1781

Colin Forbes

INCUBUS

Deutsch von Christel Wiemken

Hoffmann und Campe

Titel der Originalausgabe: »Whirlpool«
Erschienen bei William Collins & Co., Ltd., London 1991

Die Deutsche Bibliothek – CIP-Einheitsaufnahme

Forbes, Colin:
Incubus: Roman/Colin Forbes. Dt. von Christel Wiemken. –
1. Aufl. – Hamburg: Hoffmann und Campe, 1991
Einheitssacht.: Whirlpool ‹dt.›
ISBN 3-455-02048-8

Schutzumschlag- und Einbandgestaltung: Werner Rebhuhn
Gesetzt aus der Garamond-Antiqua
Satz: Dörlemann-Satz, Lemförde
Druck- und Bindearbeiten: Mohndruck, Gütersloh
Printed in Germany

Für Jane

Vorbemerkung des Autors

Alle Figuren dieses Romans entstammen der Phantasie
des Autors und stehen in keinerlei Verhältnis
zu lebenden Personen.
Auch die Firma »International Continental Union Bank, U. S.«
findet keine Entsprechung in der realen Welt.

Inhalt

Vorspiel

Die Dämmerung brach herein wie eine Warnung.

Bob Newman, Auslandskorrespondent, fuhr mit einem unguten Gefühl in seinem Mercedes 280 E durch die einsame Landschaft von Suffolk. Es war Februar, gepflügte dunkle Erde säumte eisverkrustet die einsame Landstraße. Das gespenstische Zwielicht verstärkte seine Nervosität, seine Scheinwerfer lieferten nur eine recht unsichere Beleuchtung. Was hatte seine Freundin Sandy Riverton gesagt, als sie ihn mitten in der Nacht angerufen hatte?

»Bob, können wir uns so schnell wie möglich treffen? Bei der alten Kirche in der Nähe von Yoxford, wo wir uns kennengelernt haben?«

Er hätte schwören können, daß ihre Stimme vor Angst bebte.

»Natürlich können wir das.« Er hatte im Bett gelegen und ein Gähnen unterdrückt. »Aber warum dort? Ist etwas passiert?«

»Das kann ich am Telefon nicht erklären. Du kommst doch wirklich? Ich muß dir etwas sagen, etwas, das ich dir schon längst hätte sagen müssen. Es wird dir bei deinen Recherchen über INCUBUS helfen. Ich muß Schluß machen. Kannst du es so einrichten, daß du kurz vor Tagesanbruch hier bist? Damit uns niemand sieht?«

»Sandy, was soll das? Weshalb dieser abgelegene Ort – zu dieser nachtschlafenden Zeit?«

»Ich kann hier nicht bleiben. Bitte komm, Bob. Ich muß jetzt weiter. Wir sehen uns dort?«

»Ja . . .« Inzwischen war er richtig wach geworden. »Von wo rufst du an?«

»Sage ich dir, wenn wir uns sehen. Bis später . . .«

Sie hatte den Hörer aufgelegt, bevor er noch ein weiteres Wort sagen konnte.

Er war aus dem Bett gesprungen, hatte sich sehr schnell gewaschen, rasiert und angezogen. Ein Auslandskorrespondent mußte das können, auch wenn er seinen Beruf nicht mehr ausübte – der Bestseller, den er vor etlichen Jahren geschrieben hatte, hatte ihm finanzielle Unabhängigkeit beschert.

Weder Dörfer noch einzelne Gehöfte waren zu sehen, als er die Fahrt verlangsamte; er fürchtete, den schmalen Pfad zu übersehen, der zu der

verlassenen Kirche mit dem daneben stehenden Glockenturm führte. Er hatte die Heizung voll aufgedreht – es war ein bitterkalter Morgen mit eisigem Ostwind.
Er erinnerte sich, daß an diesem Straßenabschnitt nicht einmal ein kleiner Weiler lag. ›In der Nähe von Yoxford‹ – das war eine äußerst vage Beschreibung des Standortes der alten Kirche. Sie stand in der Mitte von Nirgendwo. Wie kam Sandy auf die Idee, einen derart trostlosen Treffpunkt vorzuschlagen – zu einer derart trostlosen Stunde? Weil sie Angst hatte, dachte er ingrimmig.
Am wolkenlosen Himmel wurde das kalte Zwielicht heller. Zu seiner Linken erhaschte er einen flüchtigen Blick auf ein großes Haus aus der georgianischen Zeit, ungefähr vierhundert Meter von der Hauptstraße entfernt. In der Mitte des Giebels ein weit zurückgesetztes Bogenfenster. Mehr Queen Anne als georgianisch. Und ein merkwürdiges Zusammentreffen – Livingstone Manor war der englische Landsitz von Franklin D. Hauser, Präsident und Generaldirektor von INCUBUS Inc., dem amerikanischen Mammutunternehmen, für das Sandy bis vor kurzem gearbeitet hatte.
Er erinnerte sich an ein anderes Telefongespräch, das er vor ungefähr drei Wochen mit Sandy geführt hatte. Sie hatte bei INCUBUS gekündigt, aber keine stichhaltigen Gründe dafür genannt. Als Newman genaueres wissen wollte, war sie ausgewichen.
»Ich hatte einfach das Gefühl, immer nur dasselbe tun zu müssen, Woche für Woche, Monat für Monat. Ich glaube, es war Zeit für einen Tapetenwechsel . . .«
Sie hatte London verlassen, ohne sich noch einmal mit Newman zu treffen. In einem Brief hatte sie ihm mitgeteilt, daß sie im Haus ihrer Schwester in Southwold, einem etwas weiter nördlich gelegenen Städtchen an der Küste von Suffolk, wohnen würde. Also weshalb dieses geheimnisvolle Treffen in der Nähe von Hausers Domizil?
Newman sah den Weg, der rechts von der Straße abzweigte, und bog auf ihn ein. Er war umgeben von abfallenden Feldern und stieg leicht an. Inzwischen war es so hell geworden, daß er auf einer Anhöhe das Gemäuer der alten Steinkirche als Silhouette vor dem Horizont erkennen konnte. Auch der Glockenturm kam in Sicht, ein schlankes, quadratisches Steinbauwerk, ein gutes Dutzend Meter von der Kirche entfernt. Er spürte, wie seine Besorgnis wuchs.
Im Januar war ihm bewußt geworden, wie sehr er Sandy mochte und daß er das Stadium erreicht hatte, sie zu fragen, ob sie ihn heiraten wollte. Sie war

so anders als seine erste Frau, die in den Jahren des Kalten Krieges in Estland brutal ermordet worden war. Von Ungeduld getrieben gab er Gas. Der anderthalb Tonnen schwere Wagen schwankte, rüttelte über die vereisten Spuren, die Traktoren bei angenehmerem Wetter in dem Weg hinterlassen hatten.

Er schaute automatisch in den Rückspiegel und erhaschte einen Blick auf sich selbst – einen Mann in den Vierzigern mit blondem Haar und einem kraftvollen, glatt rasierten Gesicht, auf dem normalerweise ein leicht belustigter Ausdruck lag, ein Anflug von Humor um Mund und Augen. Bob Newman war ein Mann, den sowohl Männer als auch Frauen mochten. Als er den Kamm des Hügels erreicht hatte, seufzte er erleichtert. Sandys roter Jaguar parkte hinter einer Hecke, deren Zweige so dicht beieinander standen, daß sie aus einiger Entfernung eine undurchsichtige Barriere bildete. Er parkte seinen Mercedes neben dem Jaguar und stieg aus. Seine Hand berührte den Kühler des Jaguar, und die Besorgnis flutete zurück. Der Kühler war kalt. Sie mußte bereits seit geraumer Zeit auf ihn warten. Wo? Der einzige Unterschlupf, den er sehen konnte, war die Kirche, aber darin mußte es kalt sein wie in einem Gefrierschrank. Während er seine Handschuhe anzog, sah er aus dem Augenwinkel heraus die Sonne über einem Streifen Dunkelblau aufgehen. Die Nordsee. Dann erregte ein wesentlich kleinerer Lichtblitz seine Aufmerksamkeit. Bei dem großen Bogenfenster von Livingstone Manor.

In dem Fenster spiegelte sich die Sonne. Aber wenn es so war, mußte der Reflex nach wie vor da sein. Er war verschwunden. Newman griff in seinen Wagen und holte das starke Fernglas heraus, das er immer bei sich hatte. Er trat hinter den Wagen, duckte sich, stützte die Ellenbogen auf das Dach und stellte das Fernglas ein. Das Fenster von Livingstone Manor rückte nahe heran. Hinter der Gardine war eine Silhouette zu erkennen, eine Silhouette mit einem auf ihn gerichteten Feldstecher.

Wahrscheinlich ein früh aufgestandener Dienstbote, der sich fragte, wer um diese Stunde der Kirche einen Besuch abstattete. Er legte sein Fernglas wieder auf den Beifahrersitz und wendete sich der Kirche zu. Um das alte normannische Bauwerk mit seinen Spitzbogenfenstern zu erreichen, mußte er durch den an beiden Seiten offenen Glockenturm hindurchgehen. Hinter ihm führte ein gewundener Pfad zwischen Grabsteinen hindurch zum Eingang der Kirche. Er schlug den Kragen seines Mantels hoch, setzte sich in Bewegung.

Sowohl der Turm als auch die Kirche waren stark reparaturbedürftig. Zweifellos war die Kirche zur Zeit der Wollbarone ständig voll gewesen,

aber seither war in diesem Teil der Welt die Flut des Wohlstandes längst abgeebbt. Er trat in den Glockenturm.
Das Geräusch seiner Schritte in der lastenden Frühmorgenstille, das Knistern und Krachen des Eises unter seinen Schuhen sollte ihm noch lange im Gedächtnis bleiben.
In einer Ecke des Turmes lag die Glocke, die irgendwann einmal heruntergefallen war. Während eines heftigen Gewitters, sagten die Einheimischen. Er war gerade dabei, den Turm wieder zu verlassen, als er hochschaute. Und dann blieb er wie angewurzelt stehen und starrte auf das Grauenhafte über seinem Kopf.

Sandy hing an einem Seil, das neben der zur Turmspitze hinaufführenden Leiter an einem Balken festgemacht war. Das Seil war um ihren Hals geknotet. Ihre leblosen Augen starrten zu ihm herunter, die Zunge hing ihr aus dem Mund. Ihr Genick war gebrochen. Das lange, goldblonde Haar hing über den Rücken ihres roten Anoraks herab. Ihre langen Beine steckten in Jeans. Sie sah aus wie eine groteske Puppe in einem heidnischen Ritual.
Newman würgte, stöhnte, dann zwang er sich zum Handeln. Er stieg, jede Sprosse sorgfältig testend, die Leiter hinauf. Zwei der Sprossen waren erneuert worden. Dann stand er am oberen Ende, neben ihrer Leiche.
Er streckte die Hand aus, berührte sanft ihr bleiches Gesicht. Es war kalt, fühlte sich an wie Wachs. Das Seil, an dem sie hing, war alt und sah genauso aus wie der Rest, der noch an der Glocke hing. Er begann, ein lautes Selbstgespräch zu führen.
»Nein. Das ist unmöglich. Das ist nur ein verrückter Traum. Ich glaube es nicht. Ich liege zu Hause in meinem Bett. Das ist nur ein irrer Alptraum . . .«
Aber er wußte, daß es Tatsache war. Ein Teil seines geschulten Reportergehirns begann zu funktionieren, zu beobachten. Konnte sie Selbstmord begangen haben? Nein. Warum nicht? Weil sie unter Höhenangst litt, immer sofort schwindlig wurde. Er warf einen Blick in die unter ihm gähnende Tiefe. Ausgeschlossen!
Es widerstrebte ihm, sie hängen zu lassen, aber er stieg die Leiter wieder hinunter, weil er hier oben nichts mehr tun konnte. Seltsamerweise war sein erster Gedanke, daß Ed, ihr Mann, informiert werden mußte – Ed, von dem sie sich gerade scheiden lassen wollte. Er mußte es wissen. Ed Riverton war leitender Angestellter bei INCUBUS, dem großen amerikanischen Finanzimperium, das seine Tentakel über ganz Europa ausstreckte und in allen erdenklichen Arten von Firmen investierte. Durch ihn hatte Newman Sandy kennengelernt.

Er war nach Finnland geflogen und hatte Riverton in Helsinki interviewt. Es war ein merkwürdiges Gespräch gewesen – Riverton war nervös, machte Ausflüchte. Lag es daran, weil seine Ehe nahe daran war, in die Brüche zu gehen? Nein. Newman hatte etwas gespürt, auf das er sich keinen Reim machen konnte.

Seine Gedanken kehrten in die grauenhafte Gegenwart zurück. Bevor er den Glockenturm verließ, schaute er noch einmal nach oben. Der Anblick war gräßlich. Sie schwang langsam von einer Seite zur anderen, wie ein Pendel. Hatte er ihre starre Ruhe gestört, indem er sie berührte? Oder war es der Ostwind, der jetzt mit verstärkter Heftigkeit durch den offenen Glokkenturm hindurchwehte?

Doch was machte das für einen Unterschied? Er hatte das Gefühl, das entsetzliche Bild nie wieder loszuwerden und nie imstande zu sein, sich an ihr fröhliches Wesen zu erinnern, an ihr verschmitztes Lächeln, wenn sie ihn aufgezogen hatte. Ja, er würde immer nur diesen gräßlichen Anblick vor sich haben – eine obszöne Karikatur der wirklichen Sandy.

Nahe am Ausgang aus dem Turm stolperte er, gewann sein Gleichgewicht zurück. Sein Verstand arbeitete auf zwei Ebenen. Da waren Trauer und Entsetzen, aber ein anderer Teil seines Gehirns funktionierte. Er zwang sich, noch einmal hinaufzuschauen.

Über dem Balken, um den das Seil geschlungen war, befand sich eine Plattform, an der die Oberkante der Leiter ruhte. In dieser Plattform war ein Loch, durch das früher der Glockenstrang geführt hatte. Seiner Ansicht nach war es für Sandy unmöglich gewesen, auf dieser Plattform kniend den Balken zu erreichen, unmöglich, von dieser Stelle aus das Seil festzumachen. Sie war nur einssechzig groß – zu klein, um sich auf diese Weise selbst das Leben zu nehmen.

Erster Teil

Profile des Todes

Erstes Kapitel

»Weshalb – dem Himmel sei Dank – sind Sie nicht zurückgetreten, wenn Sie sich schon dazu entschlossen hatten?«

Diese Frage richtete Monica an Tweed, während sie auf Newmans Eintreffen warteten. Tweed, Stellvertretender Direktor des SIS, schaute aus dem Fenster seines im ersten Stock gelegenen Büros in einem Haus am Park Crescent, der Londoner Zentrale des Geheimdienstes.

»Die reinste Erbsensuppe – und verdammt kalt«, äußerte er sich über das Wetter.

Monica, seit langem seine persönliche Assistentin, in mittleren Jahren, mit grauem, zu einem Knoten geschlungenen Haar, saß an ihrem Schreibtisch, beugte sich vor und musterte Tweed. Er war mittelgroß, mittelschwer, von unbestimmbarem Alter, trug eine Hornbrille und war genau der Typ, an dem man auf der Straße vorüberging, ohne daß er einem auffiel – eine Eigentümlichkeit, die ihm schon oft gute Dienste geleistet hatte. Er war glattrasiert, sein Haar war noch dunkel, und die Augen hinter den Brillengläsern waren hellwach und durchdringend.

»Sie haben meine Frage nicht beantwortet«, hakte sie nach. »Nach Ihrem Besuch bei der Premierministerin haben Sie einen langen Urlaub genommen, und dann sind Sie zurückgekommen. Also – was ist passiert?«

»Sie hat mich überredet«, gab Tweed zu. »Als ich wiederkam, hatte sie ein sehr merkwürdiges und schwerwiegendes Problem, das sie mir gewissermaßen in den Schoß warf. Sie behauptete, ich wäre der einzige Mann, dem sie zutraute, es zu bewältigen. Unser Gespräch dauerte zwei Stunden, und schließlich ...« Er reckte in einer kapitulierenden Geste die Hände hoch. »... und schließlich ist es ihr gelungen, mich zu überreden.« Dann schaltete er um, kehrte zu seiner üblichen Tatkraft zurück. Er trat an seinen Schreibtisch, ließ sich auf dem uralten Drehstuhl nieder. »Ich möchte wissen, was Bob Newman zu schaffen macht. Als er anrief und fragte, ob er herkommen und mit mir sprechen könnte, hörte es sich an, als wäre er völlig verstört und erschüttert. Was gar nicht zu ihm paßt. Aber er wollte mir am Telefon nichts sagen.«

»Nun, wir werden es bald wissen. Er müßte jeden Augenblick kommen. Und worin besteht dieses merkwürdige und schwerwiegende Problem?«
»Ein Teil davon ist INCUBUS. Die *International Continental Union Bank, U. S.* Diese blöde Vorliebe der Amerikaner, eine Organisation mit einer ganzen Wagenladung von Anfangsbuchstaben zu bezeichnen. Sie haben doch schon von Franklin D. Hauser gehört, dem Präsidenten und Generaldirektor? Aber wer hätte das nicht? Es heißt, er wäre ebenso mächtig wie der Präsident in Washington. Was natürlich eine Übertreibung ist. Es sind die Leute, die er beschäftigt, über die sich sowohl Washington als auch Moskau Sorgen machen. Es ist schon eine kuriose Sache.«
»Kurios?«
Tweed schwieg einen Moment. »Ich kann Ihnen nicht viel darüber mitteilen. Aber ich bin von der Premierministerin gebeten worden, mit einem Spezialagenten des CIA zusammenzuarbeiten. Und mit einem unbekannten Mitglied des KGB. Das ist es, was mir kurios vorkommt.«
Er schaute aus dem Fenster, als das Telefon läutete. Monika nahm den Anruf entgegen, sagte, man solle ihn gleich heraufschicken, legte den Hörer auf, wendete sich an Tweed.
»Bob Newman ist da. Sie wollten ihn sehen ...«
»Ja. Ich möchte wissen, was mit ihm los ist.«
Er brach ab, als Newman eintrat, die Tür hinter sich zumachte, Monica zunickte und auf dem Stuhl vor Tweeds Schreibtisch zusammensackte.
»Was um Himmels willen ist passiert, Bob?«
Tweed war bestürzt über den Anblick, den Newman bot. Normalerweise war er ganz gelassen und von umgänglichem Wesen, doch jetzt wirkte er verstört, und seine Miene war ingrimmig.
»Sie sehen aus, als hätten Sie nicht geschlafen«, bemerkte Tweed.
»Habe ich auch nicht – jedenfalls nicht viel. Ich wurde mitten in der Nacht durch einen Anruf geweckt ...«
Er berichtete kurz und knapp über die Ereignisse der letzten Stunden. Anschließend, als Monica hinausgegangen war, um ihm Kaffee zu machen, informierte er Tweed über sein Verhör durch die Polizei.
»In der Polizeistation von Southwold war ein Mann von Scotland Yard. Von der Mordkommission. Er war zufällig dort, hatte gerade einen anderen Fall abgeschlossen. Alle höheren Beamten dort haben die Grippe – deshalb hat ihn der Chief Constable um Mithilfe gebeten. Ein Chefinspektor Roy Buchanan. Sehr intelligent, sehr hartnäckig. Auf seine stille Art hat er mich wegen Sandy verhört.«

»Ich bin Buchanan einmal begegnet«, sagte Tweed leise. »Ich bin der gleichen Meinung wie Sie. Ein überaus fähiger, verbissener Mann ...«
»Verbissen ist der richtige Ausdruck.« Newman hielt einen Moment inne, als wüßte er nicht, wie er sich ausdrücken sollte, dann brach es aus ihm heraus. »Buchanan glaubt, ich hätte Sandy ermordet.«

Tweed wartete, sagte nichts, sondern klopfte nur mit einem Bleistift auf die Schreibtischplatte und beobachtete Newman, während dieser in großen Schlucken den dampfend heißen Kaffee trank, den Monica gebracht hatte.
»Hat Buchanan das gesagt?« fragte Tweed schließlich.
»Nicht ausdrücklich. Aber er hat darauf hingewiesen, daß es keinerlei Anzeichen dafür gibt, daß Sandy um ihr Leben gekämpft hat, sie muß ihrem Mörder vertraut haben. Dieser Gedanke war mir selbst schon gekommen, bevor ich zum Verhör in die Polizeistation von Southwold gebracht wurde. Aber aus der Art, in der er seine Fragen stellte, war mir klar, was er dachte. Er sticht mit Worten auf einen ein wie mit einem Degen.«
»Typisch Buchanan.« Tweed musterte Newman, der sich rasiert hatte, aber offensichtlich nicht sehr geschickt – ein Stück Pflaster auf der Backe zeigte an, wo er sich geschnitten hatte. »Haben Sie sich beim Rasieren geschnitten?«
Newmans Augen funkelten. »Genau dieselbe Frage hat Buchanan mir gestellt. Er fragte sogar, ob ich vielleicht die Güte hätte, ihm den Schnitt zu zeigen. Ich riß das Pflaster ab. Ich nehme an, er hofft, daß der Pathologe, der sie sich vornimmt, Hautfetzen unter ihren Fingernägeln finden wird. Von mir.«
»Trinken Sie noch eine Tasse Kaffee«, schlug Tweed vor.
»Ich muß in Helsinki anrufen«, erklärte Newman. »Sandy lag mit ihrem Mann Ed in Scheidung. Aber das mindeste, was ich tun kann, ist, ihn anzurufen, ihm sagen, was passiert ist.«
»Das Telefon steht zu Ihrer Verfügung.«
Tweed lehnte sich in seinem Stuhl zurück und warf einen Blick zu Monica hinüber, während Newman in seinem Notizbuch nachschlug, eine Nummer in Helsinki wählte, wartete und dann Tweed anstarrte.
»Es fiele mir wesentlich leichter, mich zu konzentrieren, wenn Sie das Geklopfe mit diesem verdammten Bleistift lassen würden.«
Tweed nickte, nach wie vor gelassen, legte den Bleistift auf den Schreibtisch, zog ein Taschentuch hervor und begann, seine Brille zu putzen.
Newman hielt den Hörer fest umklammert, hörte nur das Freizeichen. Würde denn nie jemand den verdammten Hörer abnehmen? Dann endlich die Stimme einer Frau, die auf Englisch die Nummer wiederholte.

»Ich muß ganz dringend Edward Riverton sprechen. Ich rufe in seiner Wohnung an, weil er mir sagte, er wäre nur selten im Büro.«

»Wer ist am Apparat?« Die Stimme der Frau bebte.

»Entschuldigung. Hier ist Bob Newman. Ich habe Mr. Riverton vor ein paar Wochen in Helsinki interviewt . . .«

Newman hatte sich wieder in der Gewalt. Seine Stimme klang vollkommen normal, stellte Tweed fest.

»Oh Gott, Mr. Newman« rief die Frau. »Ich bin Evelyn, seine Schwägerin. Ich glaube, Sie kennen Sandy. Sie hat vor kurzem am Telefon von Ihnen erzählt. Ich habe gerade eine entsetzliche Nachricht bekommen, und ich kann Sandy nicht erreichen. Ich habe immer wieder in ihrem Haus in Southwold angerufen, aber sie meldet sich nicht.«

»Langsam, langsam, Evelyn.« Newmans Stimme war beherrscht, beruhigend. »Ich erinnere mich gut an Sie. Vor allem an das herrliche Essen, das Sie uns vorgesetzt haben. Gravadlachs – den besten, den ich je gegessen habe. So, und nun erzählen Sie mir, was passiert ist.«

»Es ist unglaublich. Sie haben Ed aus dem Nordhafen gezogen, gestern morgen, kurz nach Tagesanbruch. Ich war gerade in unserem Büro in Turku, und deshalb hat es eine Weile gedauert, bis ich davon erfuhr. Wir haben um diese Jahreszeit nur vier Stunden Tageslicht . . . Es ist entsetzlich kalt. Der Hafen ist vollständig zugefroren . . .«

Sie plapperte am Rande der Hysterie, vielleicht sogar eines Nervenzusammenbruchs. Newman sprach ganz langsam.

»Lassen Sie sich Zeit. Ich kann gut zuhören. Wie ist es passiert?«

»Der Eisbrecher *Otso* machte gerade eine Fahrrinne für die Schiffe frei. Ein Mann von der Besatzung entdeckte Eds Leiche, in einer Eisspalte eingekeilt. Gerade noch rechtzeitig, bevor der Eisbrecher sie . . .« Ihre Stimme brach. Newman wartete, hörte, wie sie tief Luft holte. »Sie brachten ihn ins Leichenschauhaus und riefen mich an.«

»Wer ist ›sie‹, Evelyn? Ich brauche Tatsachen.«

»Die Sicherheitspolizei traf ein und holte ihn von der *Otso*. Ein Mann rief mich an. Er heißt Mauno Sarin. Ich hörte schon an seiner Stimme, daß etwas nicht stimmte. – Kann ich mir ein Glas Wasser holen?«

»Ich bleibe am Apparat.«

Newman warf einen Blick auf Tweed, der sich auf seinem Stuhl aufgerichtet hatte, behielt den Hörer am Ohr und deckte die Sprechmuschel mit der Hand ab.

»Ich glaube, das dicke Ende kommt erst noch. Ich setze Sie gleich ins Bild . . . Ja, Evelyn, ich bin noch da. Sie sagten, Sie hörten schon an seiner

Stimme, daß etwas nicht stimmte. War das, *bevor* er Sie über seinen Tod informierte?«

»Nein, hinterher.«

Sie hat völlig die Nerven verloren, dachte Newman. Er räusperte sich. »Erzählen Sie mir, was dann passierte.«

»Ich bestand darauf, alles zu erfahren. Sarin wollte es mir zuerst nicht sagen, doch dann meinte er, ich würde es ohnehin bald erfahren, und besser von ihm als übers Radio. Ed ist nicht in den Hafen gefallen. Er wurde erdrosselt.« Ihre Stimme wurde schrill. »Mit irgendeinem Draht. Der Hals war so weit durchgeschnitten, daß der Kopf fast herunterfiel. Oh Gott, Bob, wie soll ich das Sandy beibringen?«

»Holen Sie sich noch ein Glas Wasser, ein ganz großes, dann reden wir weiter.«

Newman war eiskalt, wie immer in einer Notsituation. Wie sollte er das handhaben? Sollte er Sandys Schwester erzählen, daß sie auch tot war, an einem Seil in einem alten Glockenturm erhängt? Ein weiterer Schock. Aber die Dinge waren noch komplizierter, als Sarin ahnen konnte. Ed Riverton war in Finnland brutal ermordet worden – und ungefähr vierundzwanzig Stunden später war in Suffolk, mehr als tausend Meilen entfernt, seine Frau einem nicht minder brutalen Verbrechen zum Opfer gefallen. Newman trank den Rest seines Kaffees, schaffte es, Monica zuzulächeln, dann war Evelyn wieder am Apparat.

»Ich weiß, daß Sie und Sandy . . .« Sie brach ab.

»Ja«, erwiderte Newman. Sonst nichts.

»Ich weiß, daß ich feige bin – ich sollte es Sandy selbst sagen . . .« Sie geriet wieder ins Plappern. »Aber ich kann mich einfach nicht dazu überwinden. Bob, wäre es vielleicht möglich, daß Sie es ihr sagen?«

Newman schwieg einen Moment. Auf seiner Stirn bildeten sich Schweißperlen. Tweed beobachtete ihn genau, hielt den Bleistift wieder in der Hand, rührte sich aber nicht. Wie zum Teufel kann ich es ihr sagen nach dem, was sie gerade durchgemacht hat? fragte sich Newman. Aber irgend jemand mußte es tun.

»Sitzen Sie, Evelyn? Mit einem vollen Glas Wasser?«

»Einem ganzen Krug voll. Bob, was ist los? Ich höre an Ihrer Stimme, daß noch etwas passiert sein muß. Bob . . .« Ein tiefer Atemzug, den er über tausend Meilen Entfernung hören konnte. »Bob«, wiederholte sie, »ich habe mich jetzt wieder in der Gewalt. Und ich sitze. Also sagen Sie mir, was los ist.« Sie war jetzt ruhiger, hatte ihre Selbstbeherrschung wiedergewonnen. Vorübergehend.

»Ich hatte gerade ein ähnlich grauenhaftes Erlebnis, Evelyn. Für Sie muß es noch schlimmer sein – nach dem, was Sie mir gerade erzählt haben. Und es handelt sich um Sandy. Sie ist tot, genau wie Ed. Es passierte heute in den frühen Morgenstunden.«
»Ich verstehe.« Sehr beherrscht, zu beherrscht. »Wie ist es passiert, Bob? Ein Verkehrsunfall?«
»Nein. Ich sagte, genau wie Ed.« Er schwieg, und sie stöhnte auf.
»Oh, mein Gott. Nicht erdrosselt! Bitte, nicht das ...«
»Ich habe mich unklar ausgedrückt. Ich meinte, sie wurde ermordet, genau wie Ed. Wollen Sie noch einen Schluck Wasser trinken?«
»Nein! Nein! Wie ist sie gestorben? Sagen Sie es mir, verdammt nochmal! Ich fliege sofort heim. Ich rufe bei INCUBUS an und sage, daß ich aufhöre ... Ich habe für sie gearbeitet – arbeite noch für sie ... Nicht in derselben Abteilung wie Ed ...«
»Rufen Sie nicht bei INCUBUS an«, warnte er. »Nehmen Sie das nächste Flugzeug nach England. Sie haben die Nummer von meiner Wohnung in South Kensington? Gut. Telefonieren Sie Ihre Flugnummer und voraussichtliche Ankunftszeit durch. Wenn ich nicht zu Hause bin, hinterlassen Sie die Nachricht auf dem Anrufbeantworter. Benutzen Sie einen anderen Namen. Nennen Sie sich Jackie. Okay?«
»Wie ist Sandy gestorben? Sie sagten, sie wurde ermordet ...«
»Die Einzelheiten können warten, bis Sie hier sind. Vergessen Sie nicht, Ihre Flugdaten durchzutelefonieren.«
»Bob, ich muß Schluß machen.« Plötzlich hörte sich ihre Stimme an, als hätte sie es sehr eilig. Newman war bestürzt. »Ich muß von hier verschwinden. Während unseres Gesprächs habe ich in einen Flugplan geschaut. Wenn ich mich beeile, kann ich gerade noch eine Maschine erreichen. Ich will schnell packen. *Muß* jetzt Schluß machen.«
»Evelyn ...«
Newman legte langsam den Hörer auf. Sie hatte die Verbindung unterbrochen. In ihrer Stimme hatte ein Unterton gelegen, der von Panik nicht weit entfernt war. Als hätte sie vom Fenster aus etwas gesehen, was sie beunruhigte. Er erinnerte sich, daß der Apparat in Rivertons Wohnung auf einer Fensterbank gestanden hatte. Er zündete sich eine Zigarette an, tat einen tiefen Zug. Tweed wartete geduldig.
»Es ist unglaublich – und grauenhaft«, erklärte Newman. Dann berichtete er Tweed und Monica, was er erfahren hatte. Nichts in Tweeds Miene verriet seine Reaktion. Newman fuhr fort.
»Unglaublich«, wiederholte er. »Zwei Morde im Abstand von rund vier-

undzwanzig Stunden. Einer in Suffolk, der andere in Finnland. Die Opfer waren Mann und Frau. Ich weiß, daß Sandy und Ed sich auseinandergelebt hatten, daß sie vorhatte, sich von ihm scheiden zu lassen, aber ...«

»Haben sie noch miteinander geredet?« fragte Tweed. »Besteht die Möglichkeit, daß Ed Sandy angerufen und ihr irgendetwas Wichtiges erzählt hat – etwas, das so wichtig war, daß jemand es für gefährlich hielt, sie am Leben zu lassen?«

»Das glaube ich eigentlich nicht.« Newman streckte in einer Geste der Hilflosigkeit die Hand aus. »Aber es wäre nicht ausgeschlossen. Ich weiß es einfach nicht.« Seine Worte klangen, als wäre er am Ende seiner Kraft, als wäre das Adrenalin, das er für sein Telefongespräch mobilisiert hatte, jetzt völlig verbraucht.

»Trotzdem gibt es einen gemeinsamen Nenner«, erklärte Tweed. »Alle drei arbeiteten für INCUBUS – oder haben es zumindest bis vor kurzem getan. Ed, Sandy – und *Evelyn.*« Newman fuhr hoch, starrte Tweed an – ein Bild der Bestürzung.

»Sie glauben also, daß ich recht hatte?«

»In welcher Hinsicht?«

»Indem ich ihr sagte, sie sollte INCUBUS nicht mitteilen, daß sie aus der Firma ausscheidet?«

»Es ist durchaus möglich, daß sie damit ein gewisses Risiko eingeht. Ich habe keine Ahnung, warum das so ist, aber ich finde die Übereinstimmung bemerkenswert.« Während er sprach, hatte Tweed auf seinem Notizblock herumgekritzelt. Nun stellte er fest, daß er eine Schlinge gezeichnet hatte, erinnerte sich, auf welche Weise Sandy Riverton in dem alten Glockenturm gestorben war, und kritzelte sie aus, bevor Newman sie sehen konnte. »Und wie sehen Ihre weiteren Pläne in dieser Hinsicht aus?« fragte er.

»Ich werde mich eingehender mit den Aktivitäten von INCUBUS und ihrem Chef Hauser beschäftigen. Übrigens ist Hausers britischer Wohnsitz ein altes georgianisches Herrenhaus, keine drei Kilometer von diesem Glockenturm entfernt.« Er unterdrückte ein Gähnen. »Dieser Organisation auf die Schliche zu kommen, kann Monate dauern. Ich habe vor, nach New York zu fliegen – dem Hauptsitz von INCUBUS, dann weiter nach Boston, wo sich eine weitere, streng geheime Abteilung befindet. Aber fürs erste kehre ich in meine Wohnung zurück, um ein bißchen Schlaf nachzuholen, und dann nehme ich Evelyn in Heathrow in Empfang. Vielleicht ist sie der Schlüssel zu dem, wonach ich suche ...«

»Robert Newman ist der einzige Anhaltspunkt, den wir bei der Untersuchung des Mordes an Sandra Riverton haben.«
Das erklärte Chefinspektor Roy Buchanan Tweed in dessen Büro am Park Crescent. Sein Ton verriet nichts von seinem Verdacht. Er war ein Mann in den Vierzigern, einsachtzig groß. Seine grauen Augen waren wachsam, sein Verhalten gelassen. Er saß mit übereinandergeschlagenen Beinen auf dem Stuhl, von dem Newman erst vor kurzem aufgestanden war.
»Was führt Sie zu mir?« fragte Tweed verbindlich.
Monica beobachtete fasziniert die beiden Männer. Unter der Oberfläche einer alltäglichen Unterhaltung lieferten sich zwei scharfe Intelligenzen ein Duell. Buchanan hatte die Tasse mit Kaffee, die Monica ihm gebracht hatte, auf den übereinandergeschlagenen Knien abgestellt. Bevor er antwortete, trank er einen Schluck.
Sergeant Warden, Buchanans Assistent, etliche Jahre jünger als sein Chef, folgte schweigend und mit ausdrucksloser Miene dem Gespräch. Zuvor hatte Tweed ihn aufgefordert, sein Notizbuch wegzustecken.
»Hier werden nur Notizen gemacht, wenn ich es anordne«, hatte er Buchanan erklärt – umgänglich, aber bestimmt.
»Meine Leute sind Newman von Southwold aus bis hierher gefolgt«, erwiderte Buchanan schließlich. »Er sagte, er wollte in seine Wohnung in South Kensington zurückkehren. Vermutlich verschwieg er mir aus Diskretion, daß er der General & Cumbria Assurance einen Besuch abstatten wollte.«
Ein flüchtiges Lächeln huschte über sein Gesicht, als er den Decknamen des SIS gebrauchte, der auf der Tafel am Eingang stand. Und normalerweise, dachte Tweed, wärest du damit nicht durchgekommen. Es bestätigte, in welchem Schockzustand Newman sich befand – verbunden mit dem Mangel an Schlaf.
»Und da Sie nun einmal hier sind – was kann ich für Sie tun?« fragte Tweed.
»Dieser Riverton-Mord hat etwas Makabres.« Buchanan hielt inne, die Hände in den Hosentaschen, völlig entspannt. »Ich weiß nicht, ob Newman es Ihnen erzählt hat – das Opfer hing an einem Seil in einem alten Glockenturm. Das deutet meiner Meinung nach entweder auf einen persönlichen Racheakt hin oder, um es so auszudrücken, auf eine Warnung für andere.«
»Tatsächlich?« Tweeds Stimme klang, als interessierte ihn das nicht sonderlich. »Und wer könnten diese anderen sein?«
»Ich wollte, ich wüßte es – immer angenommen, daß dies der Fall ist.« Eine weitere Pause. Tweed wußte, daß derartige Pausen zu Buchanans Taktik gehörten – eine Methode, seinen folgenden Worten besonderen Nachdruck

zu verleihen. »Newman hat mir mitgeteilt, daß die Riverton bis vor kurzem Angestellte dieser INCUBUS-Organisation war. Eine Firma, die offenbar vorhat, halb Europa aufzukaufen ...« Die Bemerkung schien völlig irrelevant, aber Tweed bezweifelte, daß der Mann von Scotland Yard jemals etwas sagte, ohne damit einen Zweck zu verfolgen. Er schwieg, zwang Buchanan, fortzufahren. »Ein merkwürdiger Zufall ist die Tatsache, daß der englische Wohnsitz von Franklin D. Hauser, dem Präsidenten von INCUBUS, keine drei Kilometer von diesem Glockenturm entfernt ist.«

»Wahrscheinlich ein reiner Zufall«, bemerkte Tweed, »wie Sie selbst sagten.«

»Ich war in Livingstone Manor, Hausers Wohnsitz. Ein Butler, von der alten Schule und sehr englisch, teilte mir mit, daß Hauser sich im Ausland befindet. Er war nicht willens, mir zu sagen, wo er sich aufhält.«

»Also gingen Sie, ohne es erfahren zu haben?« Tweeds Miene war so unschuldig, daß Monica eine Hand vor den Mund halten mußte, um ihr Lächeln zu verbergen.

»Nein.« Buchanan trank seinen Kaffee aus und drehte sich dann um, um Monica Tasse und Untertasse zu reichen. »Der Kaffee war gut. Vielen Dank.« Dann wendete er sich wieder an Tweed. »Ich erklärte ihm, dies wäre eine Morduntersuchung, daß ich mich anderer Methoden bedienen würde, um seinen Arbeitgeber aufzuspüren. Diese Bemerkung beunruhigte den Butler, und ihm fiel ein, daß Hauser in Finnland ist.«

»Sie haben ihm nicht gesagt, daß Sie den Auftrag haben, sich eingehender mit INCUBUS zu beschäftigen. Sie haben ihm nicht den geringsten Hinweis darauf gegeben.«

Monica traf diese Feststellung, nachdem Buchanan und Warden kurze Zeit später das Büro verlassen hatten. Paula Grey, eine hübsche, schwarzhaarige Frau Anfang Dreißig, war gerade hereingekommen. Sie setzte sich an ihren Schreibtisch, schlug die wohlgeformten Beine übereinander, faltete die Hände im Schoß und hörte zu. Sie genoß Tweeds volles Vertrauen und hatte schon oft eng mit ihm zusammengearbeitet.

»Nein, Monica, das habe ich nicht getan.« Tweed verschränkte die Hände im Genick. »Das geht nur den SIS an. Buchanan ist clever. Er ist auf gut Glück gekommen – versuchte herauszubekommen, ob Newman mir irgendetwas erzählt hat, das ihm weiterhelfen könnte.«

»Aber genau das hat Bob getan. Er hat uns erzählt, daß Ed Riverton, ein leitender Angestellter von INCUBUS, in Helsinki aus dem Hafen gefischt wurde ...« Sie schauderte. »... nachdem man ihn erdrosselt hatte.«

»Für den Fall, daß es jemand vergessen haben sollte – ich bin immer noch hier«, warf Paula ein. »Das hört sich ziemlich gräßlich an. Vielleicht ist einer von euch so gut, mich aufs Laufende zu bringen.«
Tweed schwenkte seinen Drehstuhl in ihre Richtung und gab ihr einen kurzen Bericht über das Vorgefallene, eingeschlossen den Auftrag, den er von der Premierministerin erhalten hatte, und Newmans Besuch. Paula hörte zu, merkte sich jedes Detail. »Und wann beginnt diese Zusammenarbeit mit Washington und Moskau?« fragte sie auf ihre direkte Art.
»Das alles wird bisher streng geheim gehalten. Ich weiß noch nicht einmal, wer aus den Staaten kommen wird. Nur ein Mann – vom Präsidenten persönlich beauftragt und ganz für sich allein arbeitend. Mit Moskau das gleiche. Von Präsident Gorbatschow persönlich ausgewählt und ebenfalls für sich allein arbeitend. Eine derart strenge Geheimhaltung hat es bisher noch nie gegeben.«
»Und der Zeitfaktor?« wollte Paula wissen.
»Gleichfalls unbekannt. Kann Wochen, sogar Monate dauern. Man wird mit mir Verbindung aufnehmen, wenn es soweit ist.« Tweed runzelte die Stirn. »Irgendwie kommt mir die ganze Geschichte mysteriös vor. Sie hat etwas Gespenstisches.«
»Aber Bob Newman wird nicht stillhalten«, bemerkte Paula. »Nicht, nachdem seine Freundin ermordet worden ist. Er wird auf eigene Faust Nachforschungen anstellen.«
»Die für uns von unschätzbarem Wert sein können«, erklärte Tweed. »Er kann frei und unabhängig agieren. Wenn er mich wissen läßt, was er herausfindet, dann haben wir, wenn die Schlacht losgeht, vielleicht schon einen gewissen Vorsprung.«
»Wäre es Ihnen recht, wenn ich ihm helfe?« fragte Paula.
»Darüber muß ich nachdenken.« Tweed stand auf, begann, im Büro herumzuwandern. »Es ist durchaus möglich, daß er keinerlei Hilfe haben will. Sie kennen ihn – er arbeitet am liebsten auf eigene Faust. Gerade deshalb war er ein so erfolgreicher Auslandskorrespondent.«
»Vielleicht kann ich ihn überreden . . .«
»Vielleicht auch nicht« warnte Tweed. »Der Mord an Sandy Riverton hat ihm mächtig zugesetzt.«
»Der durchaus mit dem fast gleichzeitigen Mord an ihrem Mann in Helsinki in Zusammenhang stehen könnte«, beharrte Paula. »Das kann einfach kein Zufall sein – Mann und Frau, beide bis vor kurzem bei INCUBUS beschäftigt, beide kurz hintereinander im Abstand von vierundzwanzig Stunden ermordet. Was hat Bob als nächstes vor?«

»Evelyn, Sandys Schwester, vom Flughafen abholen. Sie kommt aus Helsinki, und vielleicht verfügt sie über Informationen, die Bob die Anhaltspunkte liefern, nach denen er sucht.«

»Ich werde Bob in seiner Wohnung anrufen«, sagte Paula und griff nach dem Hörer.

»Nein, das werden Sie nicht.« Tweeds Stimme klang entschlossen. »Erstens braucht er Schlaf. Und zweitens ist das, was er vorhat, gefährlich. Ich muß mir erst überlegen, ob ich Ihnen erlauben kann, mit ihm zusammenzuarbeiten.«

»Also sitze ich hier, drehe Däumchen und beschäftige mich mit noch mehr Akten?«

Tweed lächelte trocken. »Nein, das tun Sie nicht. Sie gehen daran, ein Dossier mit allen bekannten Fakten über die *International Continental Union Banc U. S.* zu erstellen. Mit besonderem Augenmerk auf den Mann, der diesen Koloß geschaffen hat – Franklin D. Hauser.«

Zweites Kapitel

Die Zentrale von *INCUBUS Oy* in Finnland war ein neuer, zwanzig Stockwerke hoher Glaskasten am westlichen Stadtrand von Helsinki. Das Glas war dunkelblau getönt und undurchsichtig, so daß von außen niemand sehen konnte, was in dem schwer bewachten Gebäude vorging.

Im obersten Stockwerk hatte Franklin D. Hauser im großen Sitzungszimmer eine Reihe von leitenden Angestellten versammelt. Zehn Amerikaner und ein Engländer saßen an beiden Seiten eines langen, auf Hochglanz polierten Holztisches. Am Ende des Tisches ging Hauser hinter seinem leeren Stuhl langsam auf und ab und hielt seine Ansprache.

»Gentlemen, ich habe euch aus ganz Skandinavien hergebeten, weil einige von euch frisch aus den Staaten gekommen sind, und weil es auf diesem kleinen alten Kontinent ein bißchen anders zugeht als bei uns zu Hause. Das bedeutet nicht, daß ihr wieder ganz von vorn anfangen müßt. Nein, meine Herren. Wir sind hier, um INCUBUS in Europa fest zu etablieren, und das tun wir auf die amerikanische Art . . .«

Er hielt inne, um einen Schluck Eiswasser zu trinken. Der Engländer, Adam Carver, hochgewachsen, schlank, Ende Dreißig, der rechts neben dem leeren Stuhl saß, folgte der Darbietung seines Chefs mit heimlicher Belustigung.

Hauser, ein Mann in den Fünfzigern, einsachtzig groß und schwer gebaut, trug die Uniform des amerikanischen Geschäftsmannes – hellgrauer Anzug, neues, gestärktes weißes Hemd mit angeknöpftem Kragen, diagonal gestreifte Krawatte. Sogar Hausers Gesicht war eine Standardversion: rundlich, glattrasiert, rosig, babyglatt. Nur die eisblauen Augen verrieten den skrupellosen Willen des Mannes. Und jetzt war er, dachte Carver, in seiner kumpelhaftesten Stimmung. Ich hätte den Text schon im voraus aufschreiben können, überlegte er, als Hauser fortfuhr.

»Aber zuerst möchte ich ein paar Worte über mich selbst sagen. Ich habe in Arizona, in der Nähe von Phoenix, eine Ranch mit vierzig Morgen Land und einem hübschen Haus. Ich habe eine Wohnung in der Fifth Avenue in New York. Ich habe ein Herrenhaus und zwanzig Morgen in Suffolk in England. Würdet ihr nicht sagen, das ist alles, was ein Mann braucht?«

Aber eine Frau hast du nicht mehr, bemerkte Carver im stillen. Sie ist dir fortgelaufen, mit einem jüngeren Filmstar. Hauser redete weiter, nachdem er sein Jackett ausgezogen und es sorgsam über die Stuhllehne gehängt hatte.

»Weshalb also mache ich weiter und baue die Firma aus, anstatt die Füße hochzulegen und mein Leben zu genießen?«

Hauser blieb stehen und verschränkte die Arme vor der massigen Brust. Vom Schnee draußen reflektiertes Sonnenlicht ließ die Gläser des randlosen Kneifers aufblitzen, der auf dem Rücken seiner kräftigen Nase saß. Seine Angestellten saßen steif aufgerichtet auf ihren Stühlen, eifrig bemüht, den Eindruck zu erwecken, als ließen sie sich kein einziges seiner Worte entgehen. Unter ihnen war keiner, der, um sich in seine gegenwärtige Position hochzuboxen, nicht über die Leichen von Rivalen hinweggeschritten war. Eine falsche Bewegung, und der ganze Kampf war umsonst gewesen.

»Ich werde euch sagen, warum ich weitermache«, fuhr Hauser fort und produzierte sein berühmtes Lächeln. »Ich tue es für euch, damit ihr eines Tages das habt, was ich habe. Aber dafür müßt ihr alles hergeben, was ihr hergeben könnt.« Seine Stimme hatte sich verändert; jetzt lag ein scharfer Ton darin. »Wenn INCUBUS zur größten Organisation in Europa werden soll, dann müßt ihr euch fünfundzwanzig Stunden am Tag dahinterknien. Ihr müßt mit INCUBUS schlafen und träumen. Europa ins einundzwanzigste Jahrhundert zu zerren, ist ein abendfüllender Job. Und diesen Job werdet ihr erledigen. Darüber werden wir später noch reden. Fürs erste begebt ihr euch auf Etage Fünf hinunter und bleibt dort, bis ihr einen Plan zur Infiltrierung Finnlands ausgearbeitet habt. Ihr müßt schlau sein, verschlagen, gerissen. Neulich habe ich gehört, wie ein finnischer Geschäftsmann im Restaurant The Palace sagte: ›Diese verdammten Yankees kommen.‹ Der Mann war hinter der Zeit zurück. Sie sind bereits da. Überlegt euch, wie wir aus diesem winzigen Land eine machtvolle Basis für unsere Operationen machen können ...«

Sein Ton war schneidend, herausfordernd geworden. Er nahm seinen Kneifer ab, setzte ihn höher auf der Nase wieder auf, blickte den Tisch entlang.

»Etage Fünf. Macht euch an die Arbeit. Es sei denn«, schloß er mit täuschend sanfter Stimme, »jemand hätte noch eine Frage.«

Es gab keine Fragen. Die hartgesottenen Männer am Tisch waren klug genug, diesen Fehler zu vermeiden. Ihnen war *gesagt* worden, was sie zu tun hatten. Carver beobachtete, wie sie ihre Unterlagen zusammenrafften, das Zimmer im Gänsemarsch verließen. Hausers große Hand legte sich auf Carvers Schulter.

»Sie bleiben. Wir müssen reden. Sie können später hinuntergehen und sie ein bißchen aufmuntern. Zwölf Stunden auf Etage Fünf müßten ihnen genügen, sich zu konzentrieren, meinen Sie nicht?«

Carver pflichtete ihm bei. Etage Fünf lag unter der Erde. Kein Blick auf die Außenwelt. Ein Labyrinth von Zimmern und Gängen mit einer Atmosphäre, die ebenso angenehm war wie die der Verhörzentrale in der Lubjanka in Moskau.

Hauser deponierte seinen massigen Körper auf seinen Stuhl und schaute in die Ferne. Seine Eltern hatten ihn nach Franklin D. Roosevelt benannt, und er hatte alles getan, was in seinen Kräften stand, um nach außen hin einen ebenso wohlwollenden Eindruck zu erwecken. Damit entwaffnete er seine Gegner und beeindruckte die Außenwelt.

»Ich habe einen Traum, Adam ...«

Er hielt inne. Erinnert an Martin Luther King, dachte Carver, nur was dahintersteckt, ist nicht ganz dasselbe. Er wartete, weil er spürte, daß sein Chef in nachdenklicher Stimmung war.

»Ich habe einen Traum«, wiederholte Hauser. »Die Vision eines weltweiten Heimatlandes, das sich von der Pazifikküste der USA bis zum Ural erstreckt. Dieser Möchtegern-Politiker Gorbatschow ist ein Amateur, ein Provinztölpel, der sich einbildet, das große Los gezogen zu haben. Er redet von einem europäischen Haus vom Atlantik bis zum Ural. Nun, meine Vision ist größer. Adam, wir werden Europa und die Sowjetunion erobern. Dracon arbeitet an der Strategie.« Er warf einen Blick auf Carver. »Und Ed Rivertons Posten übernimmt Frank Galvone.«

Hauser steckte eine Zigarette in eine Elfenbeinspitze, zündete sie an. Carver, ein gutaussehender Mann, um den sich die Frauen rissen, schwieg. Auf diese Taktik fiel er nicht herein. Hauser glaubte, die einzige Art, seine Spitzenleute bei der Stange zu halten, bestünde darin, einen gegen den anderen auszuspielen, von Zeit zu Zeit anzudeuten, daß ein anderer auf ihren Job aus wäre. Daher der Hinweis auf Galvone.

»Wirklich schade, daß Ed diesen gräßlichen Unfall hatte«, fuhr Hauser fort. »Er wird uns allen fehlen.«

»Dieser Finne Mauno Sarin, mit dem ich sprechen sollte, als er hier war, hat gesagt, Ed wäre erdrosselt worden, bevor jemand ihn in den Hafen warf«, bemerkte Carver.

»Also erhebt das Verbrechen auch schon im kleinen alten Finnland sein häßliches Haupt.« Hauser tat einen Zug an seiner Zigarette. »Eine der Strafen für den wachsenden Wohlstand. Früher waren die einzigen Verbrechen in dieser hinterwäldlerischen Gegend häuslicher Natur. Ein eifersüchtiger Ehemann ging mit der Axt auf seine Frau los. Manchmal war es die Frau, die zur Axt griff. Die Zeiten ändern sich. Haben Sie diesen Sarin zufriedengestellt?«

»Er ist Chef der Sicherheitspolizei, deshalb wundert es mich, daß er es war, der herkam. Das ist ein politischer Verein – eine kleine Abteilung zur Spionageabwehr. Vierzig Leute, vielleicht auch ein paar mehr.«

»Aber Sie haben ihn zufriedengestellt?«

»Ich bin ihn losgeworden. Fürs erste. Ich hatte das Gefühl, daß er wiederkommen wird. Unterschätzen Sie ihn nicht. Sarin ist ein Zyniker und ein schlauer Fuchs.«

»Dann kommt er eben wieder, und Sie reden mit ihm. Laden Sie ihn zum Essen ein, schütten Sie ihm Champagner in die Kehle, und später am Abend erwähnen Sie so ganz nebenbei, daß der Staatspräsident ein guter Freund von mir ist. Wenn das seine Wirkung verfehlt, bieten Sie ihm ein hübsches Auto an. Machen Sie es auf die amerikanische Art.«

»Das dürfte bei Sarin nicht funktionieren. Er ist unbestechlich.«

»Adam.« Hauser legte eine Hand auf Carvers Arm. »Niemand ist unbestechlich. Bei manchen Leuten muß man nur die Räder ein bißchen großzügiger schmieren. – Ach, richtig, Evelyn Holme hat gekündigt und versucht sich abzusetzen. Einer meiner Leute ist ihr zum Flughafen gefolgt. Sie ist in eine Maschine nach London gestiegen. *Uno* hat ihre Adresse. Statten Sie ihr in ein paar Tagen einen Besuch ab. Bis dahin wird *Fraternal and Equality*, unsere Versicherungsfirma, bei ihr gewesen sein und ihr eine fette Rente angeboten haben. Natürlich zu den üblichen Bedingungen.«

»Wer wird sie aufsuchen?«

»Papa Grimwood wird die Hauptrolle spielen.«

»Weshalb soll ich dann noch bei ihr aufkreuzen?«

»Damit wir sicher gehen.« Hauser hob das große Kinn. Carver war mit dieser Pose vertraut: von Roosevelt übernommen. »Damit wir sichergehen, daß sie die Rente akzeptiert hat – und die Bedingungen. Ihre Arbeit war ein bißchen heikel.« Er produzierte wieder sein strahlendes Lächeln. »Schließlich nennt man Sie nicht umsonst den Charmeur, Adam. Sie frißt Ihnen aus der Hand.«

»Was hat Frank in letzter Zeit gemacht?« fragte Carver. »Ich habe ihn schon eine ganze Weile nicht mehr gesehen. Sonst war er doch meistens hier in Finnland.«

»Sie überraschen mich.« Hausers Stimme klang sanft, aber seine dunklen, dichten Brauen hoben sich. »Stellen Fragen, die mit Ihrem Arbeitsgebiet nichts zu tun haben. Und zwar kurz, nachdem Sie zurückgekehrt sind. Frank Galvone arbeitet immer noch bei *Dracon* in der Nähe von Boston.« Er lächelte abermals. »Aber falls Sie Sehnsucht nach Frank haben sollten – es kann sein, daß er bald hier sein wird. Es wird Zeit, daß ihr beide lernt, miteinander auszukommen. Und jetzt, nehme ich an, möchten Sie *Uno* wegen dieser Holme befragen.« Er öffnete den auf seinen Hosenbeinen liegenden Aktenkoffer und entnahm ihm ein Stück Plastik. »Das ist die neue Kombination. Ich möchte sie so schnell wie möglich wiederhaben.«

Carver war entlassen. Er nahm das Rechteck aus Plastik, nickte, verließ das Zimmer und ging auf den Fahrstuhl zu. *Uno* war der Mastercomputer. Er stand in einem der Kellergeschosse, und in ihm waren alle Details über frühere und gegenwärtige Angestellte von INCUBUS gespeichert. Er war froh, daß Mauno Sarin von seiner Existenz keine Ahnung hatte. Und er hoffte, daß Papa Grimwood diese Holme mit *finesse* behandeln würde – wenn der alte Gauner überhaupt wußte, was dieses Wort bedeutete.

Evelyn Holme hatte festgestellt, daß sie, wenn sie sich sehr beeilte, gerade noch einen direkten Finnair-Flug nach London erreichen konnte. Sie hatte einen Koffer gepackt, zum Telefon hinübergeschaut, einen Blick auf die Uhr geworfen. Keine Zeit, Newman anzurufen – sie würde ihre Maschine verpassen. Auf der Straße vor ihrer Wohnung winkte sie ein Taxi heran. »Zum Flughafen bitte. Und möglichst schnell. Ich bin spät dran.«

Sie war so besorgt, ihre Maschine zu verpassen, daß ihr nicht auffiel, daß eine blasse, grobknochige und scharfnasige Frau den Motor ihres Saab anließ und dem Taxi folgte. Sie stand direkt hinter Evelyn, als diese ihr Ticket für einen einfachen Flug nach London kaufte.

Als die Maschine stieg und Kurs auf den Finnischen Meerbusen nahm, war sie regelrecht benommen. Vor ihrem Abflug hatte sie, trotz Newmans

Warnung, kurz in der Zentrale von INCUBUS angerufen und für ihren Chef die Nachricht hinterlassen, daß sie nach England zurückkehren würde.
Im Gegensatz zu ihrer Schwester Sandy war Evelyn hochgewachsen und hatte rotes Haar. Sie trug ein dunkelblaues Gabardinekostüm und eine weiße Bluse; ihren Schaffellmantel hatte sie ins Gepäckfach gestopft. Sie schaute aus dem Fenster und sah unter sich die Eismassen der zugefrorenen Ostsee. Nicht gerade die beste Jahreszeit, um nach Hause zu fliegen, aber sie hatte die Kälte so satt, die Tatsache, daß die Sonne um zehn Uhr morgens auf- und um zwei Uhr nachmittags schon wieder unterging. Eine endlose Dunkelheit, die an den Nerven zerrte und ein Gefühl ständiger Niedergeschlagenheit bewirkte.
Wenig später schlief sie ein, am Rande ihrer Kräfte nach dem, was sie von Bob Newman erfahren hatte, nach dem gräßlichen Tod von Ed Riverton, nach dem Besuch im Leichenschauhaus, wo sie ihn identifizieren mußte, nach der Hetze zum Flughafen. Sie wachte erst wieder auf, als die Maschine leicht rumpelte.
Sie schaute aus dem Fenster und war völlig verblüfft, als sie erkannte, daß sie in Heathrow gelandet waren. Sie hatte fast drei Stunden geschlafen. Als die Maschine zum Terminal rollte, seufzte sie vor Erleichterung. Kein Eis, kein Schnee. Der Himmel war zwar grau und trübe, aber wenigstens würde es noch stundenlang hell bleiben ...
»Da ist die Holme, Steve«, sagte Papa Grimwood nach einem prüfenden Blick auf das Foto, daß er vom INCUBUS-Büro in Norwich erhalten hatte. Dort befanden sich detaillierte Akten aller britischen Angestellten. Evelyn trug ihren Koffer zu einem der wartenden Taxis.
»Ich muß unseren Wagen aus dem Parkhaus holen«, erklärte Steve.
»Das kommt also genau hin«, erwiderte Grimwood. »Wir haben ihre Adresse in Wandsworth, und eine Viertelstunde, nachdem sie dort angekommen ist, stehen wir vor der Tür. Kommt wunderbar hin«, wiederholte er. »Sie hat noch keine Zeit gehabt, nach dem langen Flug wieder richtig zu sich zu kommen, und wird deshalb für unsere Überredungsmethoden sehr empfänglich sein.«

Evelyn bat den Taxifahrer, an dem kleinen Supermarkt in der Nähe ihres Hauses zu halten. Dort kaufte sie ein, was sie für eine Tasse Tee und eine einfache Mahlzeit brauchte. Das Essen, das im Flugzeug serviert wurde, war ihr entgangen. Wenige Minuten, nachdem sie ihren Koffer geöffnet hatte und wieder nach unten gegangen war, um sich eine Tasse Tee aufzubrühen, läutete es an der Haustür. Sie runzelte die Stirn; niemand wußte, daß sie

zurückgekehrt war. Mußte jemand sein, der etwas verkaufen wollte. Sie öffnete die Tür und starrte auf das groteske Paar, das davorstand.
»Miss Evelyn Holme?«
Es war ein zwergenhafter Mann, der diese Frage stellte, nachdem er seinen Hut abgenommen hatte. Sein Gesicht war gerötet und von Runzeln durchzogen, und Nase und Kinn erinnerten an einen Nußknacker. Sein Alter war schwer zu schätzen – zwischen vierzig und sechzig. Unter einem offenen Regenmantel trug er ein neues Sportjackett und eine graue Flanellhose. Er hatte die Augen eines Eichhörnchens, und sein Blick wanderte in alle Richtungen und blieb eine ganze Weile auf ihren Beinen unterhalb des kurzen Rockes hängen.
»Was wollen Sie?« fragte sie, von ihrem Flug ermüdet.
»Fraternal & Equality . . .« Der Begleiter des Zwerges zeigte ihr eine Visitenkarte, behielt sie aber fest in der Hand. »Wir bieten Ihnen lebenslange Sicherheit, Lady.«
»Das ist Steve«, stellte der Zwerg vor. »Ich bin Papa Grimwood, Hauptvertreter der Firma. Wenn wir drinnen ein paar Minuten mit Ihnen sprechen könnten, werden Sie es nicht zu bedauern haben.«
Sie zögerte. Steve war einsachtzig groß und massig, und sein blasses, glatt rasiertes Gesicht war ausdruckslos. Grimwood lächelte ölig. Evelyn hatte beiläufig von der Firma gehört, einer Tochtergesellschaft von INCUBUS. Grimwood schob sich vorwärts, immer noch lächelnd.
»Wir treffen Abmachungen mit allen Ex-Angestellten. Finanzielle – auf Lebenszeit.«
»Ex-Angestellte von wem?«
»INCUBUS.« Grimwood senkte die Stimme, und sie hatte das Gefühl, daß er diese Information nur widerstrebend gab. Sie war zu erschöpft, um Widerstand zu leisten, und führte sie ins Wohnzimmer. Dort warteten sie, bis sie sich gesetzt hatte. Dann zog Grimwood einen Stuhl heran und ließ sich dicht neben ihr nieder. Steve wählte einen Stuhl, der links von ihr stand, so daß sie sich umdrehen mußte, wenn sie ihn ansehen wollte.
»Zuerst möchten wir Sie bitten, dieses Dokument zu unterschreiben – eine kleine Formalität«, versicherte Grimwood ihr auf einschmeichlerische Art. »Danach bekommen Sie Ihre Rente von *Fraternal & Equality.* Jede Woche fünfhundert Pfund bar auf die Hand – solange Sie leben.«
»Ich unterschreibe keinerlei Dokumente, bevor mein Anwalt sie nicht überprüft hat.«
Noch während sie sprach, rechnete sie. Fünfhundert Pfund wöchentlich, das waren fünfundzwanzigtausend im Jahr. Grimwood beugte sich näher

zu ihr. Sein Akzent war eine merkwürdige Mischung aus Cockney und Amerikanisch. Vielleicht hatte er einige Zeit in den Staaten gelebt.
»Natürlich sind Bedingungen daran geknüpft«, fuhr Grimwood fort, ohne auf ihre Bemerkung einzugehen. »Sie verpflichten sich, niemals und mit niemandem über Ihre Arbeit für Ihren ehemaligen Arbeitgeber zu sprechen. Niemals«, wiederholte er. »Und mit niemandem. Kein Sterbenswörtchen.«
Sie trank einen Schluck Tee, setzte die Tasse ab, schlug die Beine übereinander, verschränkte die Hände auf den Knien.
»Und angenommen, ich würde mit jemandem über meine Arbeit sprechen?«
»Oh, meine Liebe ...« Grimwood schüttelte bedauernd den Kopf.
»Ich bin nicht Ihre Liebe«, fauchte sie.
»Ich bitte vielmals um Entschuldigung. Ich wollte sagen, daß das ganz und gar nicht in Ihrem Interesse liegen könnte.« Grimwood schüttelte abermals den Kopf. »Ganz und gar nicht. Ihre überaus großzügig bemessene Rente würde sofort eingestellt werden.«
»Und das wäre noch das geringste Ihrer Probleme.«
Es war das erste Mal, daß Steve das Wort ergriffen hatte, seit sie ins Haus gekommen waren. Seine Stimme hatte grob geklungen, drohend. Sie fuhr zu ihm herum.
»Was soll das heißen?«
Steve streckte seine riesigen Hände vor. Würgerhände, schoß es Evelyn durch den Kopf. Er stand auf, trat vor sie, stützte die Hände auf die Lehnen ihres Sessels.
»Einige wenige Leute haben diesen Fehler gemacht. Haben geredet. Es war nicht gut für ihre Gesundheit. Um nur ein Beispiel zu nennen – ein Mann kam bei einem Verkehrsunfall ums Leben. *Fraternal & Equality* ist immer sehr an der Gesundheit ihrer Kunden interessiert.« Für einen so großen Mann hatte er eine erstaunlich leise, zischende Stimme.
»Wollen Sie mir drohen?« fragte Evelyn.
Sie war verängstigt, aber sie war auch wütend, und ihr Verstand lief auf Hochtouren. Diese Männer waren unheimlich schnell bei ihr erschienen. Da mußte irgendeine Verbindung zu Helsinki bestehen, und sie mußte wieder an den Mord an ihrem Schwager denken.
»Aber nicht doch!« Grimwood beugte sich wieder vor. »Papa macht sich lediglich Gedanken über das, was Sie gesagt haben, und Steve hat sich nur an eine kleine Geschichte erinnert. Unterschreiben Sie das Dokument und vergessen Sie alles andere. Denken Sie statt dessen an die fünfhundert Pfund

– in bar –, die Ihnen Woche für Woche durch Boten geschickt werden. Solange Sie leben ...«
Er brach ab. Die Türglocke hatte angeschlagen. Evelyn löste die übereinandergeschlagenen Beine voneinander, stand langsam auf, machte sich auf den Weg durchs Wohnzimmer. Grimwood sprach schnell.
»Wer es auch sein mag – sehen Sie zu, daß Sie ihn loswerden. Dies ist Ihre einzige Chance für eine Rente, für die die meisten Leute einen Arm und einen Fuß hergeben würden ...« Er redete ins Leere. Evelyn ging bereits durch die Diele auf die Haustür zu.

Newman fuhr langsamer, als er sich dem Haus Greenway Gardens 495 in Wandsworth näherte. Ein Name, der überhaupt nicht zu der Straße paßte. An beiden Seiten standen dicht an dicht kleine Terrassenhäuser aus der viktorianischen Zeit, Erkerfenster im Erd- und im Obergeschoß, briefmarkengroße Vorgärten hinter Geländern, nichts, was auch nur entfernt nach Grün aussah. Er parkte den Wagen ein paar Häuser von Nummer 495 entfernt, ging zu Fuß zurück, stieß die schwarze, frisch gestrichene Gitterpforte auf, nahm die dichten Vorhänge an den Erkerfenstern zur Kenntnis, stieg die geflieste Vortreppe hinauf und drückte auf den Klingelknopf.
Die obere Hälfte der Haustür bestand aus Buntglas, das den öden Eindruck, den die menschenleere Straße machte, noch zu verstärken schien. Kaum zehn Sekunden später sah er die Silhouette von jemandem, der hinter dem Glas näherkam. Die Tür wurde geöffnet, und Evelyn stand vor dem Hintergrund einer langen Diele.
Newman lächelte und runzelte dann die Stirn, als er die Mischung aus Gefühlen bemerkte, die sich in ihrem Gesicht spiegelten. Überraschung, Angst, grenzenlose Erleichterung. Sie legte einen Finger auf die Lippen und zeigte nach drinnen.
»Probleme?« fragte er flüsternd.
Sie nickte und forderte ihn mit einer Handbewegung zum Eintreten auf. Newman trug einen militärisch aussehenden Trenchcoat mit breiten Revers, Gürtel und hochgeschlagenem Kragen. Als er ihr über die Schwelle folgte, steckte er seine Handschuhe in die Tasche, und sie schloß die Tür.
»Zwei Männer«, erklärte sie, gleichfalls flüsternd. »Von einer Versicherung, die zu INCUBUS gehört. Steve, der große, hat mir gedroht, falls ich nicht ein Dokument unterschreibe.«
»Ich werde sie mir einmal ansehen.«
Sie führte ihn ins Wohnzimmer, das auf die Straße hinausging. Im Erker

stand eine große Couch. Chintzvorhänge, magnolienfarbene Wände mit gerahmten Landschaftsaquarellen. Das alles nahm Newmans geschultes Reporterauge mit einem Blick zur Kenntnis. Er blieb mitten im Zimmer stehen, musterte die beiden Männer.
Der zwergenhafte Mann blieb sitzen und betrachtete den Besucher. Der große, schwere Mann, dunkelhaarig mit dichten, zu nahe beieinander stehenden Augenbrauen, stand auf und verlagerte sein Gewicht auf die Ballen. Ein Mann in Kampfbereitschaft. Evelyn schwenkte eine Hand.
»Bob, diese beiden Herren kommen von *Fraternal & Equality*, einer Versicherung. Das ist Mr. Grimwood – wird anscheinend Papa genannt. Und das ist Steve. Seinen Nachnamen kenne ich nicht. Und das ist Robert Newman.«
»Ah!« Grimwood erhob sich langsam, produzierte sein öliges Lächeln, streckte eine Hand aus. »Mr. Robert Newman, der berühmte Auslandskorrespondent. Ich habe oft Ihr Bild in den Zeitungen und Nachrichtenmagazinen gesehen. Ich freue mich, Ihre Bekanntschaft zu machen, Sir.«
Newman ignorierte die ausgestreckte Hand. Er beobachtete Steve, der die rechte Hand unter den Revers seines zugeknöpften Jacketts geschoben hatte. Newman bewegte sich plötzlich, tat drei Schritte vorwärts.
Steves Hand glitt, etwas haltend, aus dem Jackett heraus. Newman hob in einem Ablenkungsmanöver seine eigene rechte Hand und ließ gleichzeitig den rechten Fuß hochschießen. Er kollidierte heftig mit Steves Kniescheibe. Der große Mann schrie vor Schmerz auf, sackte nach vorn, Newmans Hand kam herunter, seine Fingernägel bohrten sich in den Rücken der halb zurückgezogenen Hand. Steve heulte laut auf, und Newman packte die Waffe, die er gezogen hatte. Dann trat er zurück und warf Evelyn einen fragenden Blick zu.
»Eine Walther PP, 7.65 mm Automatik. Was sind das für Leute?«
»Sie kommen von *Fraternal & Equality*, einer Versicherung, die zu INCUBUS gehört.«
»Ach, wirklich?« Die Automatik lag auf Newmans offener Hand. »Eine neue Methode, Versicherungen zu verkaufen?« fragte er den Zwerg.
»Ich bitte vielmals um Entschuldigung, Sir.« Grimwood warf einen giftigen Blick auf Steve, der noch immer gebückt dastand und seine Kniescheibe hielt. »Mein Mitarbeiter ist gelegentlich etwas ungestüm. Ich glaube, er befürchtete, daß Sie ihn angreifen würden . . .«
»Beantworten Sie gefälligst meine Frage. Ist das eine neue Methode, Versicherungen zu verkaufen?«
»Das wollte ich gerade erklären, Sir. Sehen Sie, ich habe oft viel Bargeld bei

mir und brauche Schutz. Besonders in dieser gewalttätigen Zeit. Wenn Sie die Zeitungen lesen . . .«

»Verschonen Sie mich mit den Zeitungen. Evelyn, was ist passiert, bevor ich kam?«

»Sie haben versucht, mich zu zwingen, dieses Dokument zu unterschreiben . . .«

Grimwood versuchte, nach dem Packen bedruckten Papiers zu greifen, aber Newman war ihm zuvorgekommen. »Aber, aber. Nichts verschwinden lassen – das sind schlechte Manieren. Und die sollte ein Versicherungsvertreter zu allerletzt an den Tag legen.«

»Ich bin kein Vertreter«, empörte sich Grimwood.

»Und die einzige Gewalttätigkeit ist bisher von Ihrem Freund – pardon, Ihrem Mitarbeiter – Steve ausgegangen. Ich wüßte zu gern, ob er einen Waffenschein hat. Vielleicht wäre die Polizei daran interessiert, das zu überprüfen. Aber eins nach dem anderen.« Er wendete sich an Evelyn. »Was ist das für ein Dokument, das Sie unbedingt unterschreiben sollten?«

»Das ist Eigentum der Firma . . .« Grimwood war aufgesprungen, und sein Verhalten hatte sich schlagartig geändert. »Ich verlange, daß Sie es mir zurückgeben.«

»Und ich verlange, daß Sie Ihre große Klappe halten. Ich habe Miss Holme gefragt.«

»Es ist eine dicke Rente auf Lebenszeit«, erklärte Grimwood beharrlich.

»Mit Bedingungen«, fauchte Evelyn.

»Das sehe ich.« Newman überflog gerade die zweite Seite, die, wie die erste, eine Klausel nach der anderen enthielt. Eine davon las er laut vor. *»Wenn besagter Nutznießer zu irgendeiner Zeit irgendjemanden über Einzelheiten seiner vertraulichen Tätigkeit bei INCUBUS informiert, geht besagter Nutznießer aller Ansprüche auf jedwede bis dahin gewährte Rentenzahlung verlustig und . . .«*

Newman faltete das Dokument zusammen, steckte es in die Tasche, sah Grimwood an. »Das war mir neu. Ich halte Sie nicht für sonderlich nette Leute.«

»Und«, warf Evelyn ein und deutete auf Steve, der auf einem Sessel zusammengesackt dasaß, sich das Knie hielt und Newman mit bösen Blicken bedachte, »der hat mir gedroht. Hat gesagt, es wäre nicht gut für meine Gesundheit, wenn ich mich weigerte zu unterschreiben. Außerdem sprach er von einem anderen ehemaligen Angestellten, der einen tödlichen Verkehrsunfall hatte . . .«

»Steve hat seine Geschichte nicht zu Ende erzählt«, winselte Grimwood.

»Nachdem der Mann tot war, zahlten wir einen großen Batzen Geld an seine . . ..«
»Das bezweifle ich nicht«, erklärte Newman sarkastisch. Seine Stimme veränderte sich. »Und nun verschwindet! Alle beide! Sofort!«
»Mein Knie . . .« begann Steve.
»Ich werde Ihnen helfen«, versicherte ihm Newman heiter. »Machen Sie die Haustür auf, Evelyn.« Er packte Steve beim Kragen, beförderte ihn, halb tragend, halb zerrend, zur Haustür und versetzte ihm dann einen harten Stoß. Steve landete auf dem Pflaster. Grimwood kam eilends hinterher.
»Wir werden klagen. Das ist Körperverletzung.«
Newman zog die Walther Automatik aus der Tasche, hielt sie auf der flachen Hand, schloß die Finger darum, als Grimwood nach der Waffe greifen wollte. Er deutete mit einem Nicken auf die Tür.
»Haut ab. Und kommt nicht wieder.«

Drittes Kapitel

Während Evelyn die Haustür schloß und verriegelte, eilte Newman zurück ins Wohnzimmer, trat an das Erkerfenster und schaute durch die Gardinen hindurch hinaus. Grimwood stützte Steve, der mühsam wieder auf die Beine gekommen war, und gemeinsam machten sie sich auf den Weg.
Newman beobachtete, wie sie, nachdem sie am Haus vorüber waren, auf einen grauen Volkswagentransporter zustrebten, der etwa vier Häuser weiter die Straße hinunter parkte. Grimwood blieb an der Tür des Transporters stehen, zog Schlüssel aus der Tasche, öffnete die Tür und half Steve beim Einsteigen. Dann setzte er sich ans Steuer, startete den Motor und fuhr langsam davon.
»Sie sind weg.« Newman drehte sich zu Evelyn um. Sie war blaß und sah dadurch noch hübscher aus. Roter Lippenstift betonte ihren breiten Mund, ihr feingeschnittenes Gesicht lief in ein rundes, entschlossen wirkendes Kinn aus. Das dichte rote Haar fiel bis auf die Schultern ihres blauen Gabardinekostüms, und ihre grauen Augen erwiderten seinen Blick. Ihre Miene war ernst, ganz anders als die von Sandy.
»Ich könnte einen Schluck Brandy vertragen«, sagte sie. »Wie ist es mit Ihnen, Bob?«
»Nein. Heißen Tee mit ein bißchen Zucker. Sie befinden sich in einem leichten Schockzustand. Was kein Wunder ist. Keinen Alkohol.«
»Sie haben recht. Kommen Sie mit in die Küche . . .«

Die Küche war eine Überraschung. Sie lag an der Rückseite des Hauses und ging auf einen kleinen Garten mit saurem Boden und vermoostem Rasen hinaus; ein länglicher Raum mit den modernsten Geräten. Gut geplant, so weit Newman sehen konnte, während sie den Tee zubereitete. Er ließ sich auf einem Hocker nieder, bevor er seine Frage stellte.
»Sie haben meine Warnung nicht beachtet, nicht wahr? Sie haben vor Ihrem Abflug aus Helsinki bei INCUBUS angerufen. Und mich haben Sie nicht informiert.«
»Normalerweise bin ich ziemlich vernünftig, aber ich war irgendwie durchgedreht«, gab sie zu. »Für einen Anruf an Sie hatte ich vor dem Abflug nicht mehr genügend Zeit – aber ich hatte das Gefühl, ich müßte bei INCUBUS anrufen. Ich fand es irgendwie nicht richtig, nach drei Jahren Arbeit für die Firma sang- und klanglos zu verschwinden. Das jedenfalls glaubte ich heute morgen. Jetzt bin ich anderer Meinung.«
Sie berichtete kurz über das, was nach ihrer Heimkehr passiert war. Erst nachdem sie ins Wohnzimmer zurückgekehrt waren und sie Tee einschenkte, fragte sie:
»Wie ist Sandy gestorben?«
»Trinken Sie einen Schluck Tee.« Sie saßen nebeneinander auf der Couch, und er wartete, bis sie ihre Tasse abgestellt hatte. »Der Mord an Sandy war eine gräßliche Sache. Die Einzelheiten erzähle ich Ihnen später ...« Sie ergriff protestierend seinen Arm, aber er blieb fest. »Später, sagte ich. Inwiefern war Ihre Arbeit in Finnland vertraulich – um hieraus zu zitieren?« Er zog den Packen Papier aus der Tasche.
Newman wußte genau, was er tat, daß er unbarmherzig war – entschlossen, Informationen aus ihr herauszuholen, solange sie unter Schock stand und deshalb vielleicht freier sprechen würde – und solange sie nach dem, was sie gerade erlebt hatte, auf ihren bisherigen Arbeitgeber wütend war.
Sie goß Tee nach, und er schwieg, um sie nicht aus ihrer Stimmung herauszureißen. Sie trank einen großen Schluck, setzte ihre Tasse ab, drehte sich zu ihm um, stützte das Kinn auf die Hand und erzählte ihm eine seltsame Geschichte.

»Als Sie zum Essen mit Ed und mir in Eds Wohnung waren, habe ich Ihnen erzählt, daß ich Diplompsychologin bin – wie Sandy. Ich arbeitete für etwas, was INCUBUS Profile – Psychologische Forschungsabteilung nennt. Abgekürzt P – PFA. Die Amerikaner lieben Abkürzungen. Das Schlüsselwort ist *Profile.* Ich gebe Ihnen ein Beispiel. In Turku, der zweitgrößten Stadt Finnlands, gab es eine Elektronikfirma, die einem Finnen gehörte. Turku liegt an der Südwestküste und hat einen großen Hafen, der von Schiffen aus Schweden angelaufen wird. Die Sache war streng geheim – darauf wurde von Anfang an hingewiesen.«

»Und was hatte es mit dieser Elektronikfirma auf sich?«

»*INCUBUS Oy*, das finnische Tochterunternehmen von INCUBUS, versuchte, sie über eine Scheinfirma insgeheim aufzukaufen. Diese Elektronikfirma exportierte vor allem in die Sowjetunion. Hochtechnisierte Instrumente – hergestellt mit Hilfe von schwedischen Spitzenwissenschaftlern. Alleininhaber der Firma war ein Mann namens Timo Metsola. Ich erhielt den Auftrag, ein vollständiges Profil von ihm zu erarbeiten.«

»Was für ein Profil?«

»Unter besonderer Berücksichtigung des Charakters.« Ihr Blick ging ins Leere, und sie sprach, als zitierte sie eine Lektion. »Die Stärken des Subjekts – ein starker Wille, körperliche Ausdauer unter Stress, Reaktion auf extremen Druck. Dann seine Schwächen – Alkohol, Drogen, gesundheitliche Probleme wie zum Beispiel Diabetes. Spezielle Ängste wie zum Beispiel Höhenangst, Angst vor dem Ertrinken oder vor dem Fliegen und so weiter.«

»Das ist unheimlich«, bemerkte Newman. »Sind Sie nie auf die Idee gekommen, daß dies ein überaus seltsames Verfahren ist?«

»Doch. Im Laufe der Zeit begann ich, mir Gedanken zu machen, und dann machte ich mir Sorgen. Mir wurde erklärt, man brauchte die Informationen für die Medizinische Abteilung – neben unzähligen anderen Einrichtungen verfügt INCUBUS auch über eine Reihe von pharmazeutischen Laboratorien. Die Profile überragender Persönlichkeiten, die viel erreicht hatten, sollten angeblich Material für die Entwicklung neuer Medikamente liefern. Nachdem ich mich mit Timo Metsola beschäftigt hatte, kam mir der Gedanke, daß das alles Augenwischerei war – daß mit den Profilen ein wesentlich üblerer Zweck verfolgt wurde.«

»Warum?«

»Weil ich zufällig erfuhr, daß INCUBUS darauf aus war, seine Firma zu übernehmen – und genau dasselbe war mit einem anderen Industriellen passiert, über den ich ein Profil erstellen mußte.«

»Wie in aller Welt haben Sie derartige Informationen bekommen? Ich weiß, daß Sie Diplompsychologin sind, aber ich hätte doch gern einige Details.«

»Durch Tricks, Vorspiegelung falscher Tatsachen und subversive Taktiken. Damals begann ich mich zu fragen, was ich in Wirklichkeit tat. Soll ich Ihnen ein Beispiel geben? Zu INCUBUS gehört auch ein großes Wirtschaftsmagazin in den USA. Es heißt *Leaders of Mankind.* In jeder Nummer wird ein führender Geschäftsmann aus irgendeinem Teil der Welt porträtiert. Als ich Timo Metsola das erstemal aufsuchte, mußte ich mich als Reporterin dieses Magazins ausgeben. Ich hatte alle erforderlichen Beglaubigungen.«

»Als Sie ihn das erstemal aufsuchten? Sie waren mehrmals bei ihm?«

»Es war eine ganze Reihe von Interviews. Selbst diese großen Männer fühlen sich geschmeichelt, wenn sie hören, daß *Leaders* ein Porträt von ihnen bringen will. Ich wurde von P – PFA geschult. Was für Fragen ich stellen mußte, worauf ich zu achten hatte, wenn ich jemanden interviewte. Während ich mich mit Metsola unterhielt, nahm er einmal ein Medikament ein. Inzwischen hatten wir einander recht gut kennengelernt. Er sagte, es wäre ein Präparat, das er gegen Diabetes einnehmen müßte. Das stand in dem detaillierten Bericht, den ich später ablieferte.«

»Hört sich merkwürdig an, aber kaum finster.«

»An der Geschichte eines anderen Finnen, den ich interviewte, war etwas Finsteres.« Während sie sprach, spielte Evelyn mit einem Spitzentaschentuch, zerrte nervös daran herum. »Er war Schiffsbauer – Jachten. Davon gibt es in Finnland mehr als nur einen.«

»Erzählen Sie mir von ihm«, bat Newman.

»Lassen Sie mich erst von Timo zu Ende erzählen. Er hatte nicht die Absicht, seine Firma an irgendjemanden zu verkaufen. Drei Monate, nachdem ich mein Profil abgeliefert hatte, verkaufte er sie an INCUBUS. Über den Schiffsbauer erstellte ich ein ebensolches Profil. Auch er wollte nicht verkaufen. Doch im Verlauf der Interviews stellte sich heraus, daß sein Bruder liebend gern verkauft hätte – er war dem Glücksspiel verfallen und brauchte sehr viel Geld. Außerdem war er der Erbe. Erraten Sie, was daraufhin passierte?«

»Ich rate niemals«, erwiderte Newman gelassen und zündete sich eine Zigarette an.

»Könnte ich bitte auch eine haben? Ich habe das Rauchen aufgegeben, aber jetzt brauche ich eine.« Sie warf ihm einen Blick zu. »Zünden Sie sie für mich an.«

Das war für Newman der erste Hinweis darauf, daß sie an ihm interessiert war. Aufpassen, warnte er sich. Er zündete die Zigarette an, reichte sie ihr. Sie tat einen tiefen Zug, lächelte ihn an, legte eine Hand auf seinen Arm. »Die schmeckt ganz besonders gut.«

»Was passierte dann?« fragte er schroff.

»Der Schiffsbauer kam bei einem angeblichen Unfall ums Leben. Er hatte mich gebeten, zu gehen und am Abend wiederzukommen, damit wir das Interview fortsetzen könnten. Alle Fenster waren hell erleuchtet.« Sie schauderte, tat einen weiteren Zug. »Ich habe ihn gefunden. Auf dem Dach der

Halle, in der Materialien gelagert wurden, stand ein großer Gabelstapler. Der Gabelstapler war genau in dem Augenblick vom Dach gekippt, als er darunter entlangging. Die beiden großen Holme hatten sich in seinen Körper gebohrt. Man kam zu dem Schluß, daß die Bremsen defekt gewesen waren, daß der stürmische Wind an diesem Abend Schuld daran war, daß er umkippte.«

»Das haben Sie geglaubt?«

»Ja. Bis sein Bruder die Firma übernommen hatte und sie prompt an INCUBUS verkaufte. Und in meinem vorläufigen Bericht hatte gestanden, daß er die Angewohnheit hatte, nach dem Abendessen noch einmal ins Büro zu gehen und weiterzuarbeiten. Ich begann mich zu fragen, ob ich vielleicht Profile für Mord lieferte. Hört sich das verrückt an?«

»Wie man's nimmt. Haben Sie mit irgendjemandem darüber gesprochen?«

»Ja, mit dem einzigen Menschen, dem ich vertrauen konnte. Mit Ed Riverton, Sandys Mann. Er arbeitete in der Bank-Abteilung.« Sie rückte näher an Newman heran.

»Wie Sie wissen, habe ich Ed während meines Besuchs in Helsinki nach den Bankgeschäften gefragt. Ich hatte den Eindruck, daß er Ausflüchte machte, was meine Neugier weckte. Das ist das Widerliche an uns Reportern. Haben Sie ihm alles gesagt, was Sie mir gerade erzählt haben?«

»Ja. Er wußte nichts von der Existenz von P – PFA. Er war verblüfft. Sagte, er wollte der Sache nachgehen.« Ihre Lippen bebten. »Ein paar Wochen später zog man ihn aus dem Eis des Nordhafens.«

»Hört sich an, als hätte ich recht gehabt, als ich beschloß, ein bißchen in den Aktivitäten von INCUBUS – und Hauser – herumzustochern und . . .«

Er schaute aus dem Fenster, hörte auf zu sprechen und legte warnend einen Finger auf die Lippen. Dann stand er auf und trat hinter die Couch und in den Erker. Der Volkswagentransporter war wieder da. Die gerissenen Kerle hatten nur so getan, als führen sie weg – für den Fall, daß sie beobachtet wurden; dann hatten sie kehrtgemacht und den Wagen wieder an der ursprünglichen Stelle geparkt. Aber etwas war jetzt anders an dem Fahrzeug. Aus dem Dach ragte eine große Antenne heraus – eine Antenne von der Art, wie sie Postfahrzeuge benutzen, um Leute aufzuspüren, die ihre Fernsehgebühren nicht bezahlen.

Newman bedeutete Evelyn mit einem Stirnrunzeln, weiterhin zu schweigen. Dann durchsuchte er schnell und sachkundig das Zimmer. Ein früherer Bekannter, ein Schweizer, hatte ihm beigebracht, wie man Abhörgeräte lokalisierte. Er schaltete das Radio ein, suchte weiter. Die Wanze saß an der Rückseite des Fernsehers. Er nahm sie in die Hand, brachte sie wieder an,

drehte am Radio, bis anstelle der Popmusik nur noch atmosphärische Störungen zu hören waren, und stellte es lauter.
»Sie hören uns ab«, flüsterte er. »Jetzt werden wir ihnen ein paar Fehlinformationen zukommen lassen. Gehen Sie auf das ein, was ich sage.«
Er stellte wieder die Popmusik ein, drosselte die Lautstärke so weit, daß sie kaum noch zu hören war. Dann begann er, sich mit Evelyn zu unterhalten.
»Sie haben also eine Tante in Ambleside, die Sie besuchen wollen?«
»So ist es. Ich möchte einfach für eine Weile aus meiner normalen Umgebung heraus.«
»Ambleside ist eine gute Wahl. Natürlich ist es nur ein kleines Städtchen im Lake District – jeder kennt jeden und weiß, was vorgeht. Aber ich denke, daß gerade diese Art von Ortsklatsch Ihnen guttun wird. Sie wollen noch heute abreisen?«
»Ich möchte London so schnell wie möglich verlassen«, erklärte Evelyn, auf seine Worte eingehend.
»Gut, ich helfe Ihnen beim Packen. Dann bringe ich Sie zum Bahnhof. Auf diese Weise gehen wir sicher, daß Ihnen niemand folgt. Wenn das doch der Fall sein sollte, werde ich es bemerken . . .«
Er drehte das Radio voll auf, drehte am Knopf, bis wieder nur atmosphärische Störungen zu hören waren, ging schnell ans Fenster. Binnen zweier Minuten wurde die Antenne eingezogen, und der Volkswagen fuhr davon. Newman setzte sich ganz bewußt auf den Sessel, den vorher Grimwood innegehabt hatte, nicht zu Evelyn auf die Couch.
»Was sollte das alles?« fragte sie, und die Nervosität in ihrer Stimme war nicht zu überhören.
»Ich sagte es bereits – wir wurden abgehört.« Er öffnete die Hand. »Die Dinger werden immer kleiner. Das nennt man wissenschaftlichen Fortschritt.«
»Aber wie konnten sie das? Ich habe sie eingelassen, und dann war ich die ganze Zeit bei ihnen . . .«
»Nicht, als Sie an die Tür gingen, um mich einzulassen«, erklärte er. »Ich bin ganz sicher, daß einer von ihnen in der kurzen Zeit, während Sie mich einließen, dieses kleine Mistding an Ihren Fernseher geklebt hat. Das sind geschickte Leute. Profis. Als sie in ihren Transporter eingestiegen waren, fuhren sie für den Fall, daß ich sie beobachtete, ein paar hundert Meter weit weg. Dann kehrten sie zurück, fuhren die Antenne aus, hörten mit und nahmen unser Gespräch vermutlich auf Tonband auf. Wir müssen uns genau erinnern, was wir gesagt haben, was sie jetzt wissen.«
»Und Ambleside?«

»Um Sie zu schützen. Sie sind jetzt überzeugt, daß Sie noch heute in den Lake District abreisen werden. Daß ich gesagt habe, ich würde es bemerken, wenn uns jemand folgt, wird sie veranlassen, es gar nicht erst zu versuchen. Sie werden denken, daß Sie dort leicht zu finden sind. Sie werden sich in den Lake District begeben und dort tagelang nach Ihnen suchen.«
»Das könnte funktionieren.« Ihre Stimmung besserte sich. »Es *wird* funktionieren.«
»Und sie müssen sich Zeit lassen, weil sie vorsichtig sein müssen. Ich habe Steves Walther – und ich könnte das der Polizei melden. Ich vermute, daß zwei andere Leute ausgeschickt werden, die Sie aufspüren sollen.«
»Hier haben Sie mich schnell genug aufgespürt«, erinnerte sie ihn. »Keine halbe Stunde, nachdem ich hier angekommen war, standen sie vor der Tür.«
»Wir wollen überlegen, wie das möglich war.« Er runzelte die Stirn. »Das deutet auf eine sehr mächtige Organisation hin. Sie haben den Fehler gemacht, bei INCUBUS anzurufen, bevor Sie in Helsinki ins Flugzeug stiegen ...«
»Es tut mir leid.«
Er tat ihre Entschuldigung mit einer knappen Handbewegung ab. »Lassen Sie mich weiter überlegen. Ich frage mich, wie man Sie erkannt hat. In Heathrow, meine ich. Ich nehme an, daß man Ihnen von Flughafen aus hierher gefolgt ist. Wie sehen die Unterlagen aus, die sie in ihrem Büro in Norwich haben?«
»Über Angestellte, meinen Sie? Sehr detailliert. Einschließlich Fotokopien von Geburtsurkunden, Hypotheken – selbst wenn sie abgezahlt sind wie meine. Und Fotos ...«
»Das ist es. Diese beiden hatten ein Foto und warteten darauf, daß Sie aus der Maschine ausstiegen – was bedeutet, daß man Ihnen in Helsinki zum Flughafen gefolgt sein muß. Reizende Leute.«
»Sie sagten, wir müßten uns erinnern, worüber wir uns unterhalten haben und was sie mithören konnten.«
»Ja, das ist wichtig. Sie wissen, daß Sie mir von Ihrer geheimen Arbeit erzählt haben. Sie wissen, daß ich mich mit der Krake INCUBUS beschäftige. Das dürfte meine künftigen Nachforschungen ein wenig erschweren, aber damit werde ich fertig. Schließlich weiß ich jetzt, was sie wissen.«
Sie stand auf, holte sich einen Stuhl, ließ sich vor Newman nieder und legte ihm eine Hand aufs Knie. »So. Wie ist Sandy gestorben? Ich muß es wissen.«
»Sie ist mit einem Seil erhängt worden, an einem Balken in einem alten Glockenturm in Suffolk, wo wir uns in den frühen Morgenstunden treffen wollten.«

»Großer Gott! Sandy ...«
Newman redete schnell weiter. »Ich war derjenige, der sie fand. Und das macht mich zum Hauptverdächtigen an diesem Mord ...«
Die Haustürglocke schlug an, als wäre dies ein Signal gewesen. Sie sahen sich an. Newman nahm ihre Hand von seinem Knie, stand auf und legte seine Hand auf ihre Schulter, damit sie sitzen blieb. Dann ging er zur Tür, die Walther Automatik in der Rechten. In der Diele blieb er kurz stehen, um sich noch einmal zu vergewissern, daß sie voll geladen war.
Hinter dem Buntglas konnte er die Silhouetten zweier Männer ausmachen. Beide hochgewachsen. Zumindest waren Grimwood und Co. nicht wiedergekommen. Er öffnete die Tür.
Chefinspektor Roy Buchanan, begleitet von Sergeant Warden, starrte ihn verblüfft an. Bevor er sprach, hob er eine Braue.
»Sieh da, Mr. Robert Newman. Wir dürfen uns nicht so oft treffen. Die Leute könnten reden.«

Viertes Kapitel

Adam Carver hatte mehr Zeit mit *Uno* verbracht, als er einkalkuliert hatte. Der Computer stand in einem Bunker der Etage Fünf – weit weg von dem fensterlosen Konferenzzimmer. Wegen einer Verabredung mit einem wichtigen Kunden war er erst am späten Nachmittag zurückgekehrt. Dann hatte er das Schlüsselwort eingegeben, und auf dem Monitor waren sämtliche verfügbaren Daten über Evelyn Holme erschienen. Was ihn verblüfft hatte, war die Tatsache, daß sie eine Schwester hatte, Sandra Riverton, die in Suffolk für INCUBUS arbeitete.
Uno. Der Deckname war von Hauser selbst geprägt worden, und Carver empfand ihn als kindisch. Der Präsident von INCUBUS, gerissen und skrupellos, hatte eine naive Ader. Nun las er stirnrunzelnd, was der Computer über Evelyn Holme zu sagen hatte.
Alter: achtundzwanzig. Nationalität: britisch. Beschreibung ... Beruf: Diplompsychologin. Beschäftigt: Finnland, P-PFA. Beurteilung: 1 A. Leistung: erstklassig. Nachteile: verwandt mit Sandra Riverton (Schwester), beschäftigt bei INCUBUS, Suffolk, Großbritannien.
Es stand noch eine Menge mehr da, aber das überflog er nur. Es war das letzte Wort, das seine Aufmerksamkeit fesselte. *Annulliert.* Gefolgt von einem drei Wochen zurückliegenden Datum. Carver betätigte weitere Tasten und schaltete ab. Der Monitor wurde dunkel, aber sein Verstand arbeitete weiter. Ungefähr zehn Minuten lang saß er still da und dachte nach.

Seine Gedanken überschlugen sich, und er war beunruhigt. Schließlich nahm er den Telefonhörer ab und rief Peggy Vanderheld an, Hausers junonische, willensstarke Privatsekretärin. Wenn Hauser der Presse ein Interview gab, malte er von sich gewöhnlich das Bild einer fürsorglichen Vaterfigur.

»Nur weil ich zufällig Präsident dieser Firma bin, spiele ich nicht die Rolle des Großen Weißen Häuptlings«, pflegte er zu sagen. »Meine Tür steht jedem Mitarbeiter offen, der ein Problem hat, und für die Leute, die für mich arbeiten, bin ich Tag und Nacht zu sprechen.«

Pures Geschwätz – genau wie die Ansprache, die er am Morgen vor seinen leitenden Angestellten gehalten hatte. Sein einziges Anliegen war ihre Zukunft, ihr beruflicher Aufstieg? Unsinn. Carver war Senior-Vizepräsident, Abteilung Bankwesen. Er war gelernter Buchhalter, und sein offizieller Job war es, Gelder zu beschaffen. Außer ihm gab es im weitreichenden Imperium von INCUBUS noch weitere zwölf Senior-Vizepräsidenten mit unterschiedlichen Machtbefugnissen.

»Peggy? Hier ist Adam. Etage Fünf. Ich müßte mit Franklin D. sprechen. Wann kann er mich einschieben?«

»Das dürfte schwierig sein. Sein Terminkalender ist voll . . .«

Verdammt! Adam hatte für den Abend eine Verabredung mit einer vielversprechenden brünetten Finnin. Er zweifelte nicht daran, daß er sie fast so weit hatte, daß sie mit ihm ins Bett ging. Man mußte das Eisen schmieden, solange es heiß war.

»Er bat mich, eine ehemalige Angestellte zu überprüfen. Das habe ich getan. Er möchte, daß ich aktiv werde. Aber bevor ich das tun kann, muß ich noch einiges wissen.«

»Welche Angestellte?« Peggys amerikanische Stimme klang wie ein Peitschenknall.

»Evelyn Holme. Nennen Sie ihm diesen Namen. Und daß ich ein paar Fragen habe.«

»Bleiben Sie am Apparat.«

Während er wartete, fluchte Adam abermals. Er hatte in The Palace einen guten Tisch reservieren lassen. Die Frau, mit der er verabredet war, hatte einen finnischen Freund, aber er war auf dem besten Wege, sie ihm abspenstig zu machen. Bei Frauen durfte man nicht lockerlassen, bis sie einem in die Arme sanken.

»Carver?« Peggy war wieder da. »Können Sie gleich kommen? Gut. Aber bitte sofort.«

Die Verbindung war unterbrochen. Arrogantes Weibsstück. Man behauptete, in ihrem hübschen Kopf steckten mehr Geheimnisse als in *Uno*. Es hieß, sie wäre die einzige Frau, der Hauser vertraute. Ob er etwas mit ihr hatte? Die Frage schoß Carver durch den Kopf, als er den Bunker abschloß und durch den mit rostfreiem Stahl ausgekleideten Gang auf den Fahrstuhl zueilte.

Hauser saß in seinem Privatbüro auf dem speziell für ihn gebauten und mit schwarzem Leder bezogenen *de luxe*-Drehsessel hinter einem riesigen Mahagonischreibtisch. Die Wände waren mit Mahagoni getäfelt, mit Ausnahme der Wand in seinem Rücken. Die bestand vollständig aus Glas und gewährte einen panoramaartigen Ausblick auf einen waldgesäumten See, der in Wirklichkeit ein Meeresarm war.

Hauser nahm die Zigarettenspitze aus dem Mund und bedachte seinen Besucher mit einem strahlenden Lächeln, seinem Roosevelt-Lächeln, warm und breit. Carver wußte genau, daß Hauser eine ganze Kollektion von Filmausschnitten mit Roosevelt hatte, die er sich immer wieder ansah, um die Eigenheiten des berühmten Präsidenten der USA perfekt imitieren zu können.

»Sie kommen genau zur rechten Zeit«, verkündete Hauser. »Frank ist gerade eingetroffen. Geradewegs vom Flughafen. Er ist auf dem Weg nach oben. Ist das nicht wunderbar? Schließlich ist es eine Weile her, seit ihr beide euch zum letztenmal begegnet seid.«

Er spielt wieder mit mir, dachte Carver. Frank Galvone war gleichfalls Senior-Vizepräsident. Ihm unterstand die Abteilung Information und Planung, was immer damit gemeint sein mochte. Und er war der letzte Mensch, den Carver jetzt sehen wollte. Die Tür ging auf. Kein höfliches Anklopfen. Frank Galvone kam herein, in einem Schaffellmantel, der ihm bis zu den Knöcheln reichte und dick mit Schnee bedeckt war. Durch das Fenster hindurch konnte Carver sehen, daß draußen ein Schneesturm tobte, der den Blick auf den See ausgelöscht hatte.

»Hi!« Galvone klopfte den Schnee von seinem Schaffellmantel, zog ihn aus, warf ihn auf einen Stuhl. »Fast so schlimm wie in New York hier«, bemerkte er mit seiner leisen, heiseren Stimme.

»Frank, Sie haben meinen schönen Teppich eingesaut«, erklärte Hauser ihm gelassen und lächelte.

Galvone warf einen Blick auf den grobgenoppten Teppichboden und zuckte die Achseln. Dann drückte er auf einen Knopf neben der Tür.

»Wozu haben wir unsere Bauern? Sie müssen etwas tun für ihr Geld – sofern Sie nicht wollen, daß sie den ganzen Tag faul herumsitzen.«

Peggy Vanderheld erschien in einem eng anliegenden, marineblauen Kleid.

Galvone deutete auf den Teppich. »Saugen Sie das auf – und zwar schleunigst. Wir haben eine Besprechung.«
Sie warf ihm einen giftigen Blick zu, ging jedoch hinaus, kehrte mit dem Staubsauger zurück, saugte den Schnee auf und verließ wortlos das Zimmer. Carver deutete mit einem Kopfnicken auf Galvone, der am Fenster stand und in den Schneesturm hinausschaute, und erklärte Hauser, er müßte ihn allein sprechen.
»Wenn es sich um diese Evelyn Holme-Sache handelt, dann legen Sie los«, forderte Hauser ihn auf. »Vor Frank haben wir keine Geheimnisse. Übrigens hat er auf dem Weg von New York hierher in London Station gemacht.«
»Nur eine kurze Zwischenlandung«, erklärte Galvone, der sich inzwischen umgedreht hatte.
Carver nickte. Weshalb hatte Hauser es für erforderlich gehalten, ihm diese Information zukommen zu lassen?
Galvone war Amerikaner der ersten Generation; seine Familie stammte aus Italien. Er war kleiner als Carver – einssiebzig groß –, kräftig gebaut mit breiten Schultern und stämmigen Beinen. Sein Haar war ebenso schwarz wie seine dichten Augenbrauen. Sein glattrasiertes Gesicht war sehr knochig, erinnerte an einen Totenschädel. Die Wangenknochen standen vor, die Nase war dünn, das spitze Kinn aggressiv. Carver hatte noch nie erlebt, daß er lächelte. Die braunen Augen waren ausdruckslos.
»Und jetzt«, erklärte Hauser liebenswürdig, »sind meine beiden besten Leute bei mir. Wenn ihr da seid, habe ich immer das Gefühl, daß ich mir keine Sorgen zu machen brauche.«
Carver erwiderte nichts. Hauser verfolgte seine übliche Taktik – spielte einen Mann gegen den anderen aus. Häufig sagte er über Carver: »Möglicherweise mein Nachfolger. Wenn sein Hintern so groß geworden ist, daß er auf meinen Stuhl paßt.«
Aber Carver wußte, daß er bei anderer Gelegenheit dasselbe über Galvone gesagt hatte. Und er argwöhnte, daß Galvone die Rivalität überaus ernst nahm.
»Okay.« Hauser setzte sich bequemer hin. »Adam, berichten Sie uns über Evelyn Holme.« Er warf einen Blick auf Galvone. »Er wird sie in London besuchen. Sie hat die Firma Hals über Kopf verlassen, ist nach England zurückgeflogen. Wir wollen nur sichergehen, daß alles in Butter ist.«
»Weshalb sollte es das nicht sein?« fragte Frank.
»Das wird Adam uns erzählen.«
Frank blieb stehen; Carver wurde mit einer Handbewegung zum Hinsetzen aufgefordert. »Evelyn Holme hat eine Schwester, Sandra Riverton, die

gleichfalls für uns gearbeitet hat«, begann er langsam, den Blick auf den Boden gerichtet. »Besteht zwischen den beiden ein Zusammenhang?«
»Belassen Sie es dabei«, sagte Hauser verbindlich. »Sie kümmern sich um die finanzielle Seite. Sie brauchen nichts zu tun, als dafür zu sorgen, daß sie mit ihrer Rente glücklich ist. Finden Sie heraus, wie sie zum Leben steht. Was sie als nächstes vorhat. Sie kennen sich in diesen Dingen aus.«
»Da bin ich mir nicht ganz sicher.«
»Schließlich sind Sie der Charmeur«, warf Frank höhnisch ein. »Wir wissen alle, daß Sie die Damen um den Finger wickeln können. Mich zu schicken, hätte keinen Sinn.« Er gab ein Geräusch von sich, das sich anhörte wie ein leises Kichern. »Es könnte damit enden, daß ich ihr die Zähne einschlage.«
»Zuzutrauen wäre es Ihnen«, fauchte Carver.
»Das ist keine nette Bemerkung über einen Kollegen, der gleichfalls Vizepräsident ist. Haben Sie Ihren Sinn für Humor verloren, Adam? Es war ein Scherz. Wissen Sie, was ein Scherz ist?«
Hauser setzte sich noch bequemer hin. Es gab nichts, was ihm mehr zusagte als der Anblick von zwei Untergebenen, die sich gegenseitig an die Kehle gingen. Besser als ein Stierkampf.
Carver sah ihn an, registrierte Hausers Genugtuung, zwang sich zur Ruhe. Er nickte Frank zu.
»Okay. Es war ein Scherz. Geht in Ordnung.« Er wendete sich an Hauser. »Als ich im Computer nachschaute, stieß ich auf einen Hinweis auf P – PFA. Das ist eine Abteilung, von der ich noch nie etwas gehört habe. Was haben diese Buchstaben zu bedeuten? Welche Art von Arbeit hat Evelyn Holme getan? Und warum ein solcher Code? Alle anderen Abteilungen haben Bezeichnungen, die ihre Funktion erkennen lassen. Wie die von Frank. Information und Planung.«
»Was zum Teufel hat das mit Ihnen zu tun?« fragte Frank.
Carver drehte sich zu ihm um. Er ließ es sich nicht anmerken, aber insgeheim war er überrascht von der Heftigkeit in Franks Stimme. Heftigkeit? Fast bösartige Wut.
»Wenn ich mit Evelyn Holme reden soll«, erklärte er gelassen, »muß ich über alles informiert sein, was sie mir an den Kopf werfen könnte.«
»Sie haben überhaupt nicht das Recht, in diesem Computer herumzuschnüffeln, verdammt nochmal«, knurrte Frank.
»Also, Jungs«, mischte sich Hauser ins Gespräch, »gegen ein bißchen Hickhack ist ja nichts einzuwenden, aber Sie übertreiben es, Frank. Wenn Sie sich nicht beherrschen können, dann sollten Sie in die Kantine hinuntergehen und sich einen Drink genehmigen. Mineralwasser.«

In seiner Stimme lag ein scharfer Ton, und Carver beobachtete, wie Frank sich um einen gelassenen Ausdruck bemühte. Er machte eine wegwerfende Geste und produzierte ein Schafslächeln, das eher eine Grimasse war.
»Tut mir leid, Chef. Aber diese langen Flüge können einem ganz schön zusetzen. Vor allem die Zeitverschiebung macht einem zu schaffen. Ich werde mich hinsetzen und ausruhen und mir nur anhören, was Adam zu erzählen hat.«
Zeitverschiebung? Nach einem höchstens dreistündigen Flug, wenn er auf der letzten Etappe lediglich von London nach Helsinki geflogen war? Carver hütete sich, seinen Gedanken laut Ausdruck zu geben. Er richtete den Blick wieder auf Hauser, der jetzt sehr schnell sprach.
»Ich verstehe Ihren Standpunkt, Adam. Weshalb Sandra Riverton die Firma verlassen hat, weiß ich nicht. Solche Details dringen nicht bis zu mir vor. Ich kann es mir nicht leisten, im Sumpf des Alltäglichen zu versinken. Aber jedenfalls wissen Sie jetzt, daß sie ausgeschieden ist. Vielleicht ein Zufall. Vielleicht haben die beiden Frauen am Telefon miteinander gesprochen, sind zu dem Schluß gekommen, daß sie beide keine Lust mehr hatten. Was Ed Riverton betrifft, wissen wir nur, was die Polizei uns gesagt hat. Und Sie sind im Vorteil, Adam, weil Sie es waren, der mit diesem Mauno Sarin gesprochen hat. So, und jetzt sind Sie über alles informiert, wie Sie es ausdrückten.«
»Noch nicht ganz. Welche Art Arbeit haben diese Frauen für uns getan?«
»Frauen sind eine Pest, und mir wäre es lieber, wenn ich keine einzige von ihnen beschäftigen müßte. Frauen gehören ins Haus, ins Bett und in die Küche. Aber manchmal sind sie, weil sie Frauen sind, besser geeignet, sich mit Männern zu unterhalten, die für die sogenannten weiblichen Reize empfänglich sind.«
»Meinen Sie damit, daß sie Callgirls waren?« fragte Carver.
»Nein, zum Teufel!« Hauser hieb mit seiner riesigen Faust auf den Schreibtisch und funkelte Carver an. »Sie waren so etwas wie Sekretärinnen – wie Peggy. Adam, Sie haben alles, was Sie brauchen. Sie nehmen die nächste Maschine nach London und kümmern sich um die Holme-Angelegenheit. Okay?«
Hauser wartete, bis er mit Galvone allein war, drückte wütend seine Zigarette aus, zündete sich eine neue an. Er tat mehrere Züge, und Galvone hütete sich, ein Wort zu sagen. Es kam selten vor, daß Hauser aus der Haut fuhr. Als er wieder sprach, schien er ruhiger und beherrschter zu sein.
»Sie haben einen Job, Frank.«
»Welchen?«

»Sie fliegen mit derselben Maschine wie Carver nach London. Sie nehmen Economy Class und sorgen dafür, daß er Sie nicht bemerkt. Sie folgen ihm, beobachten ihn, erstatten mir persönlich Bericht. Die Reiseabteilung wird Ihnen sagen, welchen Flug er gebucht hat.«
»Zu verhindern, daß er mich bemerkt, dürfte schwierig sein.«
»Schwierig? Verkleiden Sie sich. Staffieren Sie sich anders aus. Ein Skianzug. Schutzbrille. Oder sonst etwas.« Er musterte Galvone. »Schließlich haben Sie doch gerade erst wieder bewiesen, daß Sie mit heiklen Situationen fertig werden und zu schnellen Entschlüssen imstande sind, und alles ist so gelaufen, wie wir es wollten. Das war's. Beschatten Sie Carver.«

Fünftes Kapitel

Im Wohnzimmer des Hauses 495 Greenway Gardens saß Buchanan auf dem Sessel, den zuvor Grimwood innegehabt hatte, mit übereinandergeschlagenen Beinen. Newman und Evelyn hatten sich ihm gegenüber auf der Couch im Erker niedergelassen und Sergeant Warden mit griffbereitem Notizbuch auf einem Stuhl.
»Würden Sie mir bitte sagen, auf welche Weise Sie erfuhren, daß Ihre Schwester, Sandra Riverton, ermordet wurde?« fragte Buchanan Evelyn; seine grauen Augen beobachteten sie.
»Ich habe sie von London aus angerufen«, sagte Newman schnell. »Daraufhin ist sie sofort von Helsinki abgeflogen.«
»Ich hatte Miss Holme gefragt.« In Buchanans Stimme schwang leiser Ärger. »Vielleicht sind Sie so freundlich, sie selbst antworten zu lassen.«
»Ist Ihnen klar, daß Sie nicht gezwungen ist, sich von Ihnen verhören zu lassen?« konterte Newman. »Wir könnten Sie beide vor die Tür setzen. Es sei denn, Sie verdächtigen sie irgendeines Verbrechens. So jedenfalls lauten die Gesetze.«
»Ich kenne die Gesetze«, erwiderte der Chefinspektor gelassen. Er klimperte mit etwas Kleingeld in seiner Hosentasche. »Möchten Sie mich vor die Tür setzen, Miss Holme?«
»Ich fühle mich ziemlich mitgenommen ...«
»Sie hat mehrere ziemlich schlimme Erlebnisse hinter sich«, beharrte Newman. »Gehört es zu Ihren Gewohnheiten, Leute zu befragen, wenn sie nicht in der Verfassung sind, einen klaren Gedanken zu fassen? Ich bin wirklich der Meinung, es wäre besser, wenn Sie beide jetzt gingen und dieses Gespräch auf einen geeigneteren Zeitpunkt verschöben.«

»Sind Sie der Eigentümer dieses Hauses? Oder der Miteigentümer?« fragte Buchanan ebenso gelassen wie zuvor.
»Nein . . .«
»Dann überlassen Sie es bitte Miss Holme, die Entscheidungen zu treffen, die sie für richtig hält, ohne sich ständig einzumischen.«
»Ich bin im Augenblick wirklich ziemlich durcheinander«, erklärte Evelyn, auf Newmans Stichwort eingehend.
Buchanan richtete den Blick auf Newman. »Eben sprachen Sie von *mehreren* schlimmen Erlebnissen. Was meinten Sie damit?«
»Herr im Himmel! In Helsinki hat sie gerade erfahren, daß ihr Schwager aus dem Hafen gefischt wurde. Erdrosselt mit fast durchgetrenntem Hals, falls Sie es vergessen haben sollten. Und dann erfährt sie, daß ihre eigene Schwester einem brutalen Mord zum Opfer gefallen ist. Daher der Gebrauch des Plurals, Chefinspektor.«
»Ich habe ein sehr gutes Gedächtnis. Ich hatte Mr. Rivertons Tod keineswegs vergessen. Das wäre auch schwer möglich gewesen – schließlich haben Sie mir erst vor ein paar Minuten davon erzählt. Aber Ihre Bemerkung hörte sich an, als wären es mehr als nur *zwei* schlimme Erlebnisse gewesen.«
Er verschränkte die Hände im Schoß, beobachtete Newman und wartete ab.
»Wie es sich für Ihren argwöhnischen Verstand anhörte, ist nicht mein Problem. Ich meinte die beiden Morde. Punktum.«
»Ein merkwürdiger Fall – beide Morde wurden offenbar im Abstand von rund vierundzwanzig Stunden begangen.« Er richtete den Blick wieder auf Evelyn. »Und Sie sagten, Ihre Schwester hätte einen ähnlichen Job gehabt wie Sie selbst. Was waren das für Jobs?«
»Oh, wir waren einfach Sekretärinnen. Chefinspektor, ich bin ziemlich am Ende meiner Kräfte. Könnten wir das alles ein paar Tage verschieben, bis ich wieder ein wenig zu mir gekommen bin?«
»Selbstverständlich.« Buchanan stand auf und zog seinen Mantel an, und Warden folgte seinem Beispiel. »Bevor wir wiederkommen, werde ich versuchen, Sie anzurufen. Machen Sie sich bitte keine Mühe – wir finden unseren Weg allein.« An der Tür blieb er stehen und wendete sich noch einmal an Newman. »Und was Sie betrifft, möchte ich Sie bitten, nicht zu vergessen, daß ich einen Mord zu untersuchen habe.«
Newman lächelte ingrimmig. »Das werde ich kaum vergessen. Schon gar nicht nach der Art und Weise, auf die Sie mich in Southwold verhört haben.«
Die Andeutung eines Lächelns umspielte Buchanans Mundwinkel, eines

zynischen Lächelns. »Sie scheinen sich sehr schnell wieder gefaßt zu haben, Mr. Newman.«

Nachdem er diesen letzten Pfeil abgeschossen hatte, ging er. Sobald sie die Tür hinter sich zugemacht hatten, ging Newman hinaus und verriegelte sie.

»Was hatte das zu bedeuten?« fragte Evelyn, als er ins Wohnzimmer zurückgekehrt war.

»Daß er ein sehr gerissener und gefährlicher Gegner ist. Ich tat nur so, als hätte ich die Beherrschung verloren, und er hat es bemerkt.«

»Warum haben Sie ihm nichts von diesen widerwärtigen Männern erzählt – Grimwood und Steve? Ich hatte das Gefühl, daß Sie das unerwähnt lassen wollten, und deshalb habe ich den Mund gehalten.«

»Was sehr vernünftig war. Es hätte die Sache nur noch weiter kompliziert.« Er sah sie an. »Aber das ist nicht die ganze Wahrheit. Dieser Sache möchte ich selbst nachgehen. Ich hätte es ihm erzählt, wenn auch nur die geringste Aussicht bestanden hätte, daß er eine Bewachung für Sie abstellt – einen Polizisten vor Ihrer Haustür.«

»Und das hätte er nicht getan?«

»In Anbetracht des vorliegenden Beweismaterials bestimmt nicht. Sie sind von niemandem angegriffen und verletzt worden, Gott sei Dank. Und die Polizei beklagt sich ständig, daß sie nicht genug Leute hat. Ist zu sehr damit beschäftigt, in ihren hübschen, funkelnden Wagen ununterbrochen Streife zu fahren.«

»Bob.« Sie stand so dicht neben ihm, daß ihm ein Hauch ihres teuren Parfums in die Nase drang. »Könnten Sie nicht ein paar Tage bei mir bleiben? Für den Fall, daß diese Männer wiederkommen.« Sie hielt einen Moment inne. »Sie könnten im Gästezimmer schlafen.«

Und wie lange sollte ich deiner Meinung nach dort bleiben? fragte sich Newman. Es war einfach nicht drin. Sein ganzes Denken wurde von Sandy beherrscht, von der Erinnerung daran, daß sie wie eine Lumpenpuppe an dem Balken gehangen hatte. Die Vorstellung, mit ihrer Schwester ins Bett zu gehen, widerstrebte ihm zutiefst. Er schüttelte den Kopf.

»Das ist keine gute Idee, Evelyn. Ich möchte meine gesamte Zeit darauf verwenden, Sandys Mörder zu finden, und je länger ich damit warte, desto kälter wird die Spur. Das hätte auch Buchanan Ihnen sagen können. Kennen Sie einen guten Schlosser?« Sie nickte gleichgültig. »Dann lassen Sie das Schloß an der Haustür austauschen. Gegen ein Sicherheitsschloß. Chubb oder Banham. Wenn ich Sie anrufe, lasse ich es zweimal läuten, lege den Hörer auf, tue dasselbe noch einmal. Wenn das Telefon zum drittenmal läutet, nehmen Sie ab. Dann können Sie sicher sein, daß ich es bin. Sonst melden Sie sich nicht, einerlei, wie lange es läutet.«

»Weshalb sollten sie bei mir anrufen?«
»Wahrscheinlich werden sie es nicht tun. Aber es könnte sein, daß sie sich vergewissern wollen, daß Sie nicht hier sind – daß Sie bereits in den Lake District abgereist sind.«
»Also gut, Sie haben zu tun. Ich auch. Ich muß mich um Sandys Beerdigung kümmern. Nein, Sie brauchen mir nicht Ihre Hilfe anzubieten – ich komme allein zurecht. Außer mir hat sie keine anderen Angehörigen. Werden Sie kommen?«
Er dachte nicht daran, sich über ihre Worte aufzuregen – vermutlich war sie wütend, weil er ihr Angebot, bei ihr zu bleiben, abgelehnt hatte. Als er seinen Mantel anzog, lächelte er.
»Wenn ich Ihnen irgendwie helfen kann, brauchen Sie mich nur anzurufen. Hier ist meine Karte. Und vergessen Sie bitte nicht, Evelyn, daß ich Sandy sehr gern hatte. Ich wollte sie bitten, meine Frau zu werden.«
»Dann ist ihr auf diese Weise vielleicht einiges erspart geblieben.«
Auch diese Beleidigung überhörte er. Sie hatte es selbst gesagt – sie war am Ende ihrer Kräfte. Zu viel Entsetzen in zu kurzer Zeit.
»Denken Sie darüber nach«, forderte er sie auf. »Aber vor allem – seien Sie vorsichtig.«

»Jetzt habe ich noch ein Problem«, verkündete Tweed, nachdem er in seinem Büro angekommen war und seinen Burberry ausgezogen hatte. »Aber solange sich bei der INCUBUS-Sache nichts bewegt, habe ich wenigstens Zeit dafür.«
Paula Grey und Monica tauschten einen Blick. Es war Abend, und Tweed wirkte erregt. Er war gerade von einem neuerlichen Zusammentreffen mit der Premierministerin in Downing Street zurückgekehrt. Jetzt ließ er sich an seinem Schreibtisch nieder. Er trug seinen dicksten grauen Anzug – draußen war es bitter kalt.
»Weshalb dauert es so lange, bis das INCUBUS-Problem akut wird?« fragte Paula.
»Weil es mit Nachforschungen verbunden ist, die sich über Monate hinziehen können. Einige meiner Leute arbeiten bereits daran, aber es ist eine weltweite Organisation, und ihr Aufbau ist sehr undurchsichtig. Was vielleicht Absicht ist – aber das ist nur eine naheliegende Vermutung.«
»Und worin besteht dieses neue Problem?«
»Europa ist, wie Sie wissen, der reinste Hexenkessel. Grenzen, die rund vierzig Jahre lang undurchlässig waren, haben an Bedeutung verloren. Überall bricht, dank Gorbatschow, der kommunistische Apparat zusam-

men. Aber das bedeutet, daß eine ganze Reihe erfahrener und gefährlicher Experten arbeitslos geworden ist. Erraten Sie, wen ich meine?«

»Sie haben oft gesagt, daß Raten bei unserer Arbeit nicht angebracht ist.«

»Stimmt.« Tweed quittierte den leichten Vorwurf mit einem Lächeln, dann wurde er wieder ernst. »Die Experten, von denen ich spreche, sind die ehemaligen Angehörigen der verschiedenen Geheimdienste und Polizeistreitkräfte. Ganz plötzlich – quasi über Nacht – werden sie nicht mehr gebraucht. Dafür werden jedoch, was von ihrem Standpunkt aus wesentlich schlimmer ist, einige der Spitzenagenten gesucht, damit sie vor Gericht gestellt werden können. Haben Sie jetzt begriffen?«

»Ja.« Paula warf ihm einen vorwurfsvollen Blick zu. »Sie spielen wieder einmal Ihr Lieblingsspiel ...«

»Stimmt«, erklärte Monica. »Sie spannen uns auf die Folter und lassen uns nicht wissen, worauf Sie hinauswollen.«

»Etliche der schlimmsten kommunistischen Agenten – und damit zugleich die meistgesuchten – sind spurlos verschwunden.«

»Verschwunden?« Paula war verblüfft. »Kann es nicht sein, daß sie heimlich erschossen wurden?«

»Nein. Sie sind entkommen. Aus mehreren der im Umsturz befindlichen Balkanländer. Und aus der früher durch den Eisernen Vorhang abgeschotteten DDR. Westliche Agenten – unsere eigenen eingeschlossen – haben herausgefunden, daß sie einfach verschwunden sind. Das beunruhigt die Premierministerin, und was mich betrifft, so mache ich mir um so mehr Sorgen, je mehr Berichte ich lese. Das Ganze sieht aus, als steckte ein großer Plan dahinter.«

»Aber was könnten diese Leute schon bewirken? Sie sind in Mißkredit geraten und können nirgendwo hin«, wendete Paula ein.

»Können wir dessen sicher sein? Angenommen, sie formieren sich irgendwo zu einer neuen Geheimpolizei – mit dem Ziel, *glasnost* und *perestroika* den Garaus zu machen? Sie wären eine gefährliche Truppe – Männer und Frauen, die ihre Ausbildung beim Stasi genossen haben, bei der rumänischen Securitate und ähnlichen Organisationen. In Osteuropa ist alles in Bewegung geraten. Ein fruchtbarer Boden für Profis dieser Art.«

»Haben Sie Namen – wissen Sie von bestimmten Leuten?« drängte Paula.

»Ich kann Ihnen einen Namen nennen, bei dem es Sie kalt überlaufen wird – Ion Manescu. Eine Rumänin schwört, sie hätte ihn in London auf der Straße gesehen, als er in ein Taxi sprang. Vor ein paar Tagen.«

In Lappland setzte der Lear Jet zu seinem radargesteuerten Anflug auf den Flughafen von Rovaniemi an. Hier, dicht am Polarkreis, herrschte im

Februar fast ständig Dunkelheit, eine endlose Nacht. In der Kabine saßen elf Männer und eine Frau, und seit dem Start in Helsinki hatte niemand von ihnen mit einem anderen ein Wort gewechselt.
Während der Jet tiefer ging, hüllten sie sich zum Schutz vor der bitteren Kälte auf dem verschneiten und vereisten Boden in warme Pelze. Pelzmützen mit Ohrenklappen, dicke Pelzmäntel, pelzgefütterte Stiefel.
Der Mann mit dem schmalen, slawischen Gesicht auf dem Sitz, der dem Ausstieg am nächsten lag, trug bereits pelzgefütterte Stiefel, die extra für ihn angefertigt worden waren und ungewöhnlich spitze Kappen hatten. Er fuhr sich mit der Hand über die glatte Fläche unter seiner Hakennase.
Ion Manescu kam sich nackt vor ohne den Schnurrbart, den er abrasiert hatte. Als der Jet am Ende der Landebahn zum Stillstand gekommen war, war er der erste Passagier, der zum Aussteigen bereit war. Er blickte aus dem Fenster. Verkrüppelte Sträucher voller Eiskristalle, die im Mondlicht funkelten. Eine öde Landschaft, fast wie auf dem Mond. Der Flugplatz lag mitten in der Wildnis, kilometerweit von der Stadt Rovaniemi entfernt.
Als die Maschine zum Stehen gekommen war, öffnete der Steward die Luke und ließ die einziehbare Gangway herunter. Ein Manescu gegenübersitzender Deutscher, Helmut Ziegler, ehemals Stasi-Chef von Leipzig, machte Anstalten, die Maschine zu verlassen. Manescu legte ihm eine Hand auf die Schulter.
»Nach mir, wenn es Ihnen recht ist«, sagte er auf Deutsch. »Prioritäten sollten von Anfang an gesetzt werden.«
Er stand vor dem Deutschen und versperrte ihm den Weg. Der Deutsche starrte ihn wütend an. Dann sah er in dem vom Schnee reflektierten Licht, daß Manescus dunkle Augen seinen Blick erwiderten. Der Stasi-Veteran zitterte – teils wegen der eisigen Luft, die in die Maschine drang, teils aber auch wegen des Ausdrucks auf Manescus Gesicht.
»Bitte«, sagte Manescu. Dann stieg er die Gangway hinunter.
Die anderen Passagiere folgten ihm über den eisenharten Schnee zu einer Stelle, an der eine Reihe merkwürdiger Fahrzeuge mit laufenden Motoren auf sie wartete. Jedes Fahrzeug hatte vorn zwei breite Reifen und zwei weitere solcher Reifen hinten. Im gespenstischen Licht des Mondes sahen sie aus wie Kreuzungen zwischen starken Motorrädern und Beach-Buggies. Der Name des Herstellers stand auf der Karosserie. *Suzuki.*
Binnen zweier Minuten waren alle Passagiere an Bord der für sie bereitgestellten Fahrzeuge, und die Kolonne setzte sich mit dröhnenden Motoren in Bewegung. Fort von dem fernen Flughafengebäude, fort von der Hauptstraße nach Rovaniemi, querfeldein durch die Wildnis in Richtung Osten.

Manescu rückte seine Schneebrille zurecht, als weiße Flocken, groß wie Katzenschwänze, herabzurieseln begannen. Er war mit sich zufrieden. Er hatte seine Autorität behauptet. Man mußte immer so anfangen, wie man weiterzumachen gedachte.

Sechstes Kapitel

Adam Carver verließ den Londoner Flughafen und reihte sich in die Taxischlange ein. Er war von Helsinki aus Business Class geflogen. Jetzt stand er im Nieselregen und freute sich über ihn – der Temperaturunterschied zwischen London und Helsinki war gewaltig. Hier hatte milde Witterung eingesetzt. Während er wartete, wurde er von mehreren Frauen gemustert. Eine von ihnen flüsterte ihrer Freundin zu:
»Ein toller Typ. Gegen den hätte ich nichts einzuwenden.«
»Du bist ein unartiges Mädchen«, erwiderte ihre Begleiterin kichernd und warf einen Blick auf Carver.
Ein Nachzügler trat durch die automatischen Türen, musterte die Schlange und kehrte dann in die Halle zurück, wo ein uniformierter Chauffeur auf ihn gewartet hatte, in der Hand eine Karte mit einem Namen darauf. *Mr. Shade.* Der Chauffeur trug das Gepäck des Passagiers; seinen Aktenkoffer hatte er nicht aus der Hand geben wollen.
»Der Wagen steht auf dem Platz für Kurzparker. Ich führe Sie hin, Sir.«
»Dann los. Er steht in der Taxischlange. Meiner Schätzung nach haben Sie fünf Minuten«, knurrte Galvone.
Er hatte in derselben Maschine gesessen, aber in der Economy Class, und das hatte dem Vizepräsidenten und Leiter der Abteilung Information und Planung ganz und gar nicht gefallen. Er trug eine Lederkappe, die sein schwarzes Haar verdeckte, eine große Sonnenbrille und einen Mantel, dessen Kragen er so hochgeschlagen hatte, daß die untere Hälfte seines Gesichts verdeckt war.
Information und Planung, dachte er, als er die Rampe hinaufging – mit hängenden Schultern, um sein Aussehen noch stärker zu verändern. Im Gebäude von *Dracon*, der Denkfabrik vor den Toren Bostons, nicht weit von der Straße entfernt, die man früher Space Highway nannte, hieß die Abteilung bei der ausgewählten Elite, die dort arbeitete – Wissenschaftlern und Strategieforschern –, Information und Aktion. Das war der Ort, an dem das große Projekt ausgearbeitet wurde.
»Der Mann steigt gerade in ein Taxi«, sagte er fünf Minuten später, als der

Chauffeur vom Parkplatz herunterfuhr. »Folgen Sie ihm, verlieren Sie ihn nicht aus den Augen. Aber vor allem müssen Sie aufpassen, daß er Sie nicht bemerkt.«

Wie stellt der Mann sich das vor? dachte Charlie Bone, der Chauffeur. Typisch amerikanisch. Aber er hütete sich, irgendwelche Einwände zu erheben, als er Carvers Taxi durch den Tunnel folgte. Charlie war ein gebürtiger Londoner, hatte aber eine Zeitlang in New York gelebt.

Und Charlie war vermutlich der bestbezahlte Chauffeur in ganz London. Bezahlt, damit er den Mund hielt. Er hatte ein überaus gefährliches Gedächtnis dafür, wen er fuhr und wohin. Charlie brauchte das große Geld. Er hatte eine Vorliebe für teure Freundinnen. Und wenn es darum ging, beim anderen Geschlecht Pluspunkte zu sammeln, waren Diamanten nun einmal die besten Freunde des Mannes.

Hinter der Glaswand, die den Fahrer von seinem Passagier trennte, öffnete Galvone seinen Aktenkoffer. Darin befand sich, als Toilettenartikel getarnt, alles, was er brauchte – das Mithörgerät und mehrere überaus empfindlich reagierende Wanzen. Bevor Carver von Helsinki abgeflogen war, hatte Galvone eine dieser Wanzen in dessen Aktenkoffer versteckt.

459 Greenway Gardens – wir kommen, dachte er.

Evelyn fühlte sich sehr einsam, als die Türglocke läutete. Aber sie war auch vorsichtig. Sie öffnete die Haustür bei vorgelegter Kette, und ihre Augen weiteten sich. Da sie halb und halb erwartete, diesen widerlichen Zwerg Grimwood und seinen Partner Steve zu sehen, war der Anblick des elegant gekleideten, gutaussehenden Mannes eine Überraschung.

»Ja?« sagte sie.

»Mein Name ist Adam Carver. Hier ist meine Karte.« Er schob seine geprägte Visitenkarten durch den Türschlitz. »Wir sind uns auf dem Korridor des INCUBUS-Gebäudes in Helsinki begegnet. Sie trugen ein blaues Gabardinekostüm und eine weiße Bluse mit einem Kragen, der zu einer Schleife gebunden war.«

Das gefiel Evelyn. Ihr gefiel seine Erscheinung, sein Wesen. Und er war einer der Senior-Vizepräsidenten. Aber sie war nach wie vor vorsichtig.

»Sie sind gekommen, um mich zur Annahme der Rente zu überreden, nicht wahr?«

»Nein. Sehen Sie sich die Karte genauer an. Ich arbeite in der Bankabteilung. Ich hörte, daß Sie gekündigt haben, und ich habe geschäftlich hier zu tun.« Er lächelte. »Wahrscheinlich halten Sie es für eine Unverschämtheit, aber ich habe in unserem Büro in Norwich angerufen und mir Ihre Adresse geben lassen.«

»Sind Sie allein?« Sie schaute argwöhnisch durch den Türschlitz.
Carver schlug seinen nicht zugeknöpften Regenmantel auf und lächelte abermals. Es war ein angenehmes Lächeln. »Sehen Sie, keiner da außer mir. Niemand hat sich in meinem Mantel versteckt.«
Sie erwiderte sein Lächeln, nahm die Kette ab, bat ihn herein. Sie führte ihn ins Wohnzimmer und bedeutete ihm, auf dem Sessel Platz zu nehmen. Carver nickte, trat aber zuerst ans Fenster.
»Das ist ein sehr geräumiger Erker«, sagte er, hinter der Couch stehend. »Ein Jammer, daß der Blick nur auf eine Reihe weiterer Häuser geht.«
»Das ist London.«
Carver hielt seinen Aktenkoffer in der Hand. Als er den Taxifahrer bezahlte, hatte er großzügig zugelegt und ihn gebeten, sein Gepäck ins Hilton an der Park Lane zu bringen. Er entdeckte eine schwarze Limousine, die ein Stück weiter die Straße herunter parkte, und runzelte die Stirn.
»Können wir in die Küche gehen?« fragte er, nachdem er sich wieder umgedreht hatte. »Oder irgendwo anders hin, wo wir Wasser laufen lassen können, während wir uns unterhalten?«
Sie reagierte, als hätte er ihr einen Schlag ins Gesicht versetzt, doch sie erholte sich schnell, verließ das Wohnzimmer und ging in die am anderen Ende der Diele liegende Küche. Sie drehte den Wasserhahn voll auf, dann stöhnte sie leise.
»Großer Gott, doch nicht schon wieder!«
Er erwiderte nichts, legte seinen Aktenkoffer auf eine Arbeitsplatte, öffnete ihn, durchsuchte ihn schnell. Er fand die Wanze hinter dem Deckelfutter, holte sie heraus, legte sie in den Ausguß, drosselte den Wasserdruck und legte die Wanze unter das nun stetig fließende Wasser.
»Draußen auf der Straße steht ein Wagen«, erklärte er ihr. »Und ich vermute, drinnen sitzt jemand mit einem Abhörgerät. Ich kann mir denken, wer es ist, und wenn meine Vermutung stimmt, ginge ich am liebsten hinaus und schlüge ihm die Zähne ein. Das Ding da unter dem Wasser ist eine Wanze ...«
»Ich weiß. Ich habe selbst schon damit gearbeitet ...«
Sie brach ab und verfluchte ihre Unvorsichtigkeit. Carver hob eine Braue und sagte: »Ich verstehe. Ich habe mich schon gefragt, wieso Sie so schnell auf den Trick mit dem fließenden Wasser eingegangen sind, das unsere Unterhaltung unverständlich macht. Und diese Wanze muß vor meiner Abreise aus Helsinki in meinen Koffer praktiziert worden sein – ohne mein Wissen.«
»Möchten Sie eine Tasse Kaffee, und können wir uns dann unterhalten?«

Das war es, was sie dringend brauchte: jemanden, mit dem sie reden konnte. Carver sagte, er hätte gern einen Kaffee und entschied sich ganz bewußt für einen Hocker, der ein gutes Stück von den um den Tisch herumstehenden Stühlen entfernt war. Auf diese Weise würde er ihr nicht zu nahe sein.
Ihn erfüllten widerstrebende Gefühle. Wut über den Streich, den man ihm gespielt hatte. Vor allem jedoch eine ironische Belustigung darüber, wie sich die Dinge entwickelt hatten. Dadurch, daß er die Wanze gefunden und ihr gezeigt hatte, hatte er im Handumdrehen Evelyns Vertrauen erworben.

Auf dem Rücksitz der Limousine drehte Galvone an seinem Abhörgerät, doch alles, was er hörte, waren atmosphärische Störungen, ein Geräusch, das sich anhörte wie fließendes Wasser.
Er fluchte lästerlich, dann dachte er nach. War es möglich? Der Charmeur stand in dem Ruf, mit Frauen leichtes Spiel zu haben, worum er ihn beneidete. Aber er war doch erst ein paar Minuten im Haus. War es möglich, daß er es schon jetzt mit ihr trieb, im Badezimmer? Vielleicht würde er die Informationen, auf die er aus war, ihrem anschließenden Kopfkissengeplauder entnehmen können. Das war die Art, auf die Galvone zu denken pflegte.

»... und während diese beiden Widerlinge, Grimwood und sein Kumpel Steve hier waren«, fuhr Evelyn fort, »kam Bob Newman, der Auslandskorrespondent. Um eine lange Geschichte kurz zu machen – er warf sie hinaus. Später kamen sie zurück, in ihrem Volkswagen – und da fand Bob die Wanze, die sie an der Rückwand des Fernsehers angebracht hatten.«
»Und Sie sagen, dieser Steve hatte eine Waffe?« fragte Carver.
Er saß immer noch auf dem Schemel, während Evelyn sich auf einem Stuhl an der anderen Seite des Tisches niedergelassen hatte. Nicht zudringlich werden, schärfte er sich ein.
»Ja, eine Walther so und so. Bob nahm sie ihm ab und behielt sie. Später ging Bob auch.« Sie trank noch einen Schluck Kaffee, setzte ihre Tasse ab, schaute Carver in die Augen. »Ich bin seinem Rat gefolgt«, log sie. »Sobald er gegangen war, habe ich die Polizei angerufen. Sie hat jemanden zur Bewachung dieses Hauses abgestellt. Würden Sie mich bitte einen Moment entschuldigen?«
Sie kehrte durch die Diele ins Wohnzimmer zurück, trat in den Erker, zog eine der Gardinen beiseite. Rechts von ihr, vier Häuser weiter, parkte eine schwarze Limousine. Sie ließ die Gardine fallen, kehrte in die Küche zurück und setzte sich wieder auf ihren Stuhl.

»Ich muß dem Polizisten in regelmäßigen Abständen signalisieren, daß alles in Ordnung ist«, log sie weiter.
Carver gefiel Evelyn, doch er gehörte zu INCUBUS. Nach ihren voraufgegangenen Erfahrungen wollte sie kein Risiko eingehen. Bei seiner nächsten Frage war sie froh, daß sie geblufft hatte.
»Und was ist mit diesem Rentendokument? Haben Sie es unterschrieben? Sind Sie auf die Bedingungen eingegangen?«
»Nein, das habe ich nicht getan. Meinen Sie, ich sollte es tun?« fragte sie mit einem bewußt naiven Blick.
»In einer solchen Sache kann ich Ihnen keinen Rat geben. Das müssen Sie selbst entscheiden. Es ist Ihr Leben.«
Sie trank einen weiteren Schluck Kaffee, um sich nichts anmerken zu lassen. War das eine weitere Drohung gewesen? Subtil ausgedrückt, aber dennoch eine Drohung? Sie sah ihn direkt an.
»Und weshalb sind Sie zu mir gekommen, Mr. Carver?«
»Adam. Ich dachte, darauf hätten wir uns geeinigt.« Er stellte seine Tasse ab, stand auf. »Ich bin gekommen, weil mir gefallen hat, was mir in Helsinki auf dem Korridor begegnete. Würden Sie mit mir essen gehen? Vielleicht heute abend?«
»Nicht heute abend, Adam. Ich werde darüber nachdenken.«
»Ich muß jetzt gehen. Ich wohne im Hilton. Vielleicht rufe ich Sie von dort aus an.« Er zog einen Notizblock aus der Tasche, schrieb etwas darauf, riß das oberste Blatt ab, legte es auf den Tisch. »Die Hotelnummer. Nur für den Fall, daß Sie mich aus irgendeinem Grund anrufen möchten ...«
Sie telefonierte nach einem Taxi, das ein paar Minuten später eintraf. An der Haustür sah er aus dem Augenwinkel heraus, daß die schwarze Limousine immer noch dastand.

Sobald das Taxi Wandsworth hinter sich gelassen hatte, geriet es in dichten Verkehr. Mit dem Aktenkoffer auf den Knien und der Wanze darin dachte Carver über das nach, was er von Evelyn erfahren hatte.
Die Walther beunruhigte ihn. Es war das erste Mal, seit er für INCUBUS arbeitete, daß er auf Männer gestoßen war, die Schußwaffen bei sich hatten – außerhalb der Vereinigten Staaten. Und die Einzelheiten von Evelyns Arbeit für INCUBUS waren ihm nach wie vor unbekannt. Sie war jeder Frage zu diesem Thema ausgewichen.
Als der Verkehr völlig zum Stillstand gekommen war, drehte er sich um und warf dann einen Blick durch das Rückfenster. Durch zwei Fahrzeuge von ihm getrennt entdeckte er die schwarze Limousine, aber er konnte nicht

erkennen, wer der Passagier auf dem Rücksitz war. Schließlich setzten sich die Fahrzeuge wieder in Bewegung, überquerten die Themsebrücke.
Als Carver vor dem Hilton in der Park Lane aus dem Taxi stieg, fuhr die Limousine sehr schnell vorüber. Wieder war es ihm unmöglich, den Passagier zu erkennen.

Siebentes Kapitel

In Lappland holperte und rumpelte die Kolonne von Schnee-Buggies über unebenes Terrain durch die Nacht. Ion Manescu, der im vordersten Fahrzeug saß, betrachtete durch seine Schneebrille die vom Mondlicht erhellte Wildnis. Der Boden, über den sie fuhren, war übersät mit unter schneebedecktem Moos verborgenen Steinbrocken. An manchen Stellen hatten Fahrzeuge, die vor ihnen diesen Pfad benutzt hatten, das sterile Moos freigelegt.
Sie fuhren nach Nordosten, auf die Grenze zur Sowjetunion zu, und näherten sich nun dem Ufer eines zugefrorenen Sees. Manescu warf einen Blick auf seine Armbanduhr. Ein Uhr morgens. Dann wendete er sich an den bärtigen Fahrer.
»Wie weit ist es noch?« fragte er auf Englisch.
»Wir sind da.«
Die trostlose Landschaft hätte die meisten Leute deprimiert, aber Manescu war die rumänischen Winter gewohnt. Als der Fahrer sprach, erreichten sie die Kuppe eines niedrigen Kammes. An seinem unteren Ende sah Manescu einen Komplex aus eingeschossigen, von einem hohen Drahtzaun umgebenen Betongebäuden.
Zweiflügige Tore öffneten sich automatisch, und die Kolonne fuhr auf das Areal. Manescus Fahrzeug rollte langsam, nachdem sich, gleichfalls automatisch, ein Stahltor geöffnet hatte, in einen riesigen Raum. Leuchtstoffröhren erfüllten die Höhle mit kaltem Licht, während die Fahrzeuge auf einer Rampe ins Erdinnere hinabfuhren.
Der unterirdische Komplex war im Sommer gebaut worden, und die Baumannschaften hatten in drei Schichten rund um die Uhr gearbeitet. Beim Hereinfahren war Manescu ein ganzes Arsenal von Antennen, Drähten und Schüsseln auf dem Dach aufgefallen, das ihn an ein Frühwarnsystem erinnerte.
»Wozu dient diese Anlage?« fragte er, als der Buggy um eine Ecke in eine riesige Garage einbog. Manescu schätzte, daß sie sich jetzt drei Etagen unter der Erdoberfläche befanden.

»Sie ist das am besten ausgestattete meteorologische Institut der Welt. Und ein Observatorium. Hier werden Untersuchungen über Klimaveränderungen angestellt und Himmelsbeobachtungen.«
»Und das ist ihr einziger Zweck?« Manescu war verblüfft.
»Welchen Zweck sollte sie sonst haben?«
Der Schnee-Buggy hielt neben einer geschlossenen Fahrstuhltür, und der Fahrer schaltete den Motor aus, während ein weiterer Buggy in die Garage rollte.
»Endstation«, erklärte der Fahrer. »Vergessen Sie Ihr Gepäck nicht. Sie gehen zum Fahrstuhl und drücken auf den mit Etage Zwei gekennzeichneten Knopf. Welche Abteilung da untergebracht ist, weiß ich nicht.«

Als sich die Fahrstuhltür öffnete, wurde Manescu von einem Wachmann in Empfang genommen, der zwar uniformiert war, aber keinerlei Embleme des Instituts trug. Er führte Manescu in einen großen, fensterlosen, zellenähnlichen Raum. In dem Augenblick, in dem die Fahrstuhltür aufging, war dem Rumänen wohltuende Wärme entgegengeschlagen. Auch sein Zimmer war angenehm geheizt.
Fünfzehn Minuten später führte der Wachmann Manescu in einen großen, hörsaalähnlichen Raum auf der gleichen Etage. Er war mit Reihen von Klappstühlen und einer hohen Plattform ausgestattet, an deren einer Seite sich eine große weiße Leinwand befand. Die andere bestand aus einer Milchglasscheibe.
»Sie setzen sich in die vorderste Reihe«, wies der Wachmann Manescu an, als sich auch die anderen Leute, die zusammen mit ihm eingetroffen waren, in dem großen Raum versammelt hatten. Außer ihm wurde niemandem ein Platz in der vordersten Reihe zugewiesen. Der Saal war schwach und indirekt beleuchtet. Die Wachmänner verteilten Gläser mit Mineralwasser, dann zogen sie sich zurück. Eine Minute später erschien eine Karte auf der Leinwand. Sie zeigte Osteuropa als wirres Puzzle mit betont hervorgehobenen Grenzen. Dann begann eine verzerrte Stimme zu sprechen, und hinter der Milchglasscheibe wurde eine verschwommene Gestalt sichtbar. Mit dem Glas stimmte etwas nicht – es erinnerte an einen Spiegel in einem Vergnügungspark, der es dem Betrachter unmöglich machte, sein wahres Aussehen zu erkennen.
»Sie alle, die Sie heute abend hier sitzen, sind Teilnehmer eines großen Kreuzzugs«, begann die Stimme zu sprechen. Manescu glaubte, den Anflug eines amerikanischen Akzents herauszuhören. Was ihm nichts verriet. Die Hälfte aller Leute in Europa sprach Englisch mit diesem Akzent. Die Stimme fuhr fort.

»Eines Kreuzzugs, der der Welt wieder Ordnung, Stabilität und Disziplin bringen soll. In Osteuropa – auf dem Balkan, in der Tschechoslowakei, in Ungarn, Polen, Bulgarien und Rumänien – herrschen Chaos, Aufruhr und Unsicherheit. Gorbatschow, dieser politische Dilettant, redet von einem europäischen Haus, das vom Atlantik bis zum Ural reichen soll. Unsere Vision ist größer. Wir haben die einmalige Gelegenheit, ein Haus zu bauen, das von der Pazifikküste der USA bis an den Ural reicht. Aber dieses Haus muß von New York aus regiert und kontrolliert werden . . .«
Die hypnotische Stimme hielt inne. Hinter der Milchglasscheibe wischte sich Franklin D. Hauser den Schweiß von der Stirn. Die Heizung war voll aufgedreht, um den Verstand der Zuhörer einzulullen, sie empfänglicher zu machen für das, was er sagte.
»Jeder der hier heute Anwesenden wird bei diesem großen Projekt eine Schlüsselrolle spielen. Sie alle verfügen über spezielle Fähigkeiten und Erfahrungen, die uns helfen werden, unser Ziel zu erreichen. Nach Ihnen werden andere in diesem Ausbildungslager eintreffen, aber Sie sind die Anführer. Wir schaffen die leistungsfähigste Geheimpolizei, die es je gegeben hat. Ihnen werden bestimmte Länder zugewiesen, in denen Sie operieren werden. Und für diese Arbeit werden Sie riesige Geldsummen erhalten. Diejenigen von Ihnen, die es wünschen, werden eines Tages eine neue Identität erhalten und eine luxuriöse Behausung. In den Vereinigten Staaten . . .«
Die Stimme hielt abermals inne. Manescu beugte sich vor, versuchte, einen Eindruck von der Gestalt hinter der Milchglasscheibe zu bekommen. Unmöglich. Er war beeindruckt von dem, was er bisher gehört hatte. Aber wie sollte das bewerkstelligt werden? Als ob eine Gedankenübertragung stattgefunden hätte, fuhr die Stimme fort.
»Wie das bewerkstelligt werden soll? Mit Geld. Milliarden von Dollar stehen Ihnen zur Verfügung. Die schwächlichen Staaten, die ich erwähnt habe, stehen vor dem finanziellen Ruin. Wir werden insgeheim Kontrollmehrheiten an ihren strategischen Industrien aufkaufen. Das bedeutet, daß wir die Regierungen dieser Staaten in die Hand bekommen müssen. Durch Bestechung – alle Menschen sind bestechlich – und dadurch, daß wir die sogenannten Idealisten, die uns im Wege stehen, ein für allemal beseitigen. Sie alle haben einschlägige Erfahrungen. Und nun komme ich zu unserer Hauptaufgabe.«
Die Stimme vibrierte vor Kraft und Selbstsicherheit. Der Unbekannte war ein erstklassiger Redner – so viel war Manescu klar. Die Zuhörer verhielten sich völlig still und hingen an jedem seiner Worte.
»Unsere Hauptaufgabe besteht in der Übernahme Rußlands«, dröhnte die

Stimme. »Eine schwierige Aufgabe, meinen Sie? Nein! Gorbatschow hat keine Ahnung, was er tut, welche Kräfte er freigesetzt hat – Kräfte, die wir einspannen und beherrschen werden. Er hat verkündet, das freie Unternehmertum sollte in seinem Land wieder zugelassen werden. *Wir* werden dieses freie Unternehmertum stellen. Auf die amerikanische Art. Seit Jahren gründet ihr Leben auf Korruption, vor allem das gewisser mächtiger Leute. Falls es sich zum Erreichen unseres Ziels als erforderlich erweist, werden wir diese altbekannte Flamme neu anfachen. Schon jetzt haben wir Agenten in der Sowjetunion, die uns laufend Bericht erstatten. Dieses Reich bricht zusammen. Wir müssen ein neues schaffen, das an seine Stelle tritt, ein Gegengewicht zu einer Milliarde Chinesen, und wir werden den neuen russischen Staat beherrschen. Es kann durchaus sein, daß wir eine unabhängige Ukraine schaffen werden – die Bewegung existiert bereits, die UTS, die von München aus operiert. Mit den riesigen Mitteln, die wir ihr zur Verfügung stellen werden, wird Gorbatschow bald vor dem Problem stehen, daß sein Reich auseinanderbricht – und wir werden die Trümmer aufsammeln ...«
Eine weitere Pause. Manescu hatte den Eindruck, als tränke die Gestalt hinter der Wand aus Milchglas aus einem absurd geformten Gefäß. Und als die Stimme den Plan für Rußland umriß, hatte er gehört, wie einige der Leute hinter ihm den Atem einsogen.
»Aber«, fuhr die gespenstische Stimme fort, »damit dieser Plan auch tatsächlich gelingt, muß ich sicher sein, daß Sie alle für seine Ausführung geeignet sind. Aus diesem Grunde sind Sie hier. Unter dem arktischen Schnee begraben werden Sie einer Reihe von Tests und Prüfungen ausgesetzt werden. Das wird zeigen, ob Sie über das Durchhaltevermögen und den Verstand verfügen, die Sie für Ihre Arbeit brauchen. Erwarten Sie keine angenehme Zeit. Aber denken Sie daran ...« Die Stimme wurde plötzlich leiser. »... das letztendliche Ziel ist Moskau, und die Belohnung für diejenigen, die diese gigantische Kampagne leiten, wird riesig sein. Gute Nacht ...«
Irgend jemand begann zu klatschen. Manescu fragte sich, ob es einer der Wachmänner war, aber wenn es so war, wäre es nicht nötig gewesen. Hinter ihm brach frenetischer Applaus los, und noch bevor er aufgehört hatte, waren die Wachmänner wieder erschienen und geleiteten die einzelnen Angehörigen dieses finsteren Publikums aus dem Saal.
Wieder in seinem Zimmer angekommen, sah Manescu den Wachmann an und deutete auf die Veränderungen, die während seiner Abwesenheit vorgenommen worden waren. Auf einem kleinen Holztisch mit einem harten Stuhl standen zwei Literflaschen mit Mineralwasser; außerdem lagen dort ein großer Notizblock und mehrere Kugelschreiber.

»Was soll das?«
»Von jetzt an«, teilte der Wachmann ihm mit, »werden Sie in diesem Zimmer eingeschlossen, und in den nächsten achtundvierzig Stunden wird niemand es betreten. Sie haben eine Toilette und ein Bett, auf dem Sie schlafen können. Das Licht bleibt Tag und Nacht eingeschaltet. Der Block ist dazu da, daß Sie Ideen festhalten können, die nützlich sein könnten für den Kreuzzug, den der Konduktor umrissen hat.«
»Der Konduktor?«
»Der Mann, der die Ansprache hielt.« Der Wachmann blieb an der Tür stehen. »Ich schließe hinter mir ab. Sie bekommen kein Essen. Und geben Sie mir bitte Ihre Uhr.«
»Warum?« fragte Manescu, obwohl er die Antwort erriet, als er seine Uhr abnahm und sie dem Wachmann aushändigte.
»Damit Sie nicht feststellen können, wieviel Zeit verstrichen ist, ob es Tag oder Nacht ist, nicht einmal, welcher Tag es ist. Die anderen Gäste leben unter den gleichen Bedingungen.«
Ohne ein weiteres Wort schlug der Wachmann die Stahltür hinter sich zu, und Manescu hörte, wie sich der Schlüssel im Schloß drehte. Der Ex-Direktor der rumänischen Securitate lächelte, als er sich an einen Satz aus der Ansprache erinnerte. *Das wird zeigen, ob Sie über das Durchhaltevermögen und den Verstand verfügen . . .*

In einem ähnlichen zellenartigen Raum ein Stück den Gang hinunter stand Irina Serow, früher der einzige weibliche Oberst im sowjetischen KGB, jetzt arbeitslos, nachdem sie bei einer Säuberungsaktion hinausgeworfen worden war, zog einen in ihrer Strumpfhose versteckten Kamm hervor und fuhr sich damit durchs Haar.
Der für sie zuständige Wachmann hatte sämtliche Make-up-Utensilien aus ihrer Handtasche mitgenommen – ein subtiler Demoralisierungsversuch. Sie war fünfunddreißig Jahre alt, hatte dunkles Haar und wohlgeformte Beine und war in hochhackigen Schuhen einsfünfundsechzig groß – eine Frau, nach der sich die Männer umdrehten, wenn sie ihr auf der Straße begegneten. Als sie in England Dienst tat, hatte sie zwei Männer umgebracht – und zwar so, daß niemand sie mit der Tat in Verbindung bringen konnte. Sie schraubte von einer der Mineralwasserflaschen den Deckel ab und trank einen kleinen Schluck. Das Wasser mußte reichen. Sie konnte mühelos zwei Tage ohne Schlaf auskommen, und der Test, den sie absolvieren sollte, amüsierte sie.
Sie ließ sich am Tisch nieder, ergriff einen der Kugelschreiber und begann zu

arbeiten. Auf das oberste Blatt notierte sie das erste Thema, mit dem sie sich zu beschäftigen gedachte. *Einschüchterung.*

In dicke Pelze eingehüllt verließ Franklin D. Hauser das Institut in einem Schnee-Buggy, der ihn zu einem ungefähr einen Kilometer weit entfernten Hubschrauber-Landeplatz brachte. Er verspürte nicht das geringste Verlangen, noch länger in dieser arktischen Wildnis zu bleiben.

Eine von Hauser kontrollierte Firma hatte den Institutskomplex gebaut. Die erforderlichen Mittel waren von einer seiner Banken in Zusammenarbeit mit französischen und deutschen Organisationen zur Verfügung gestellt worden, damit das Ganze einen internationalen Anstrich bekam. Aber keiner seiner Partner hatte auch nur die vageste Ahnung vom Vorhandensein der Etagen Zwei, Drei und Vier.

Mit einem Gefühl der Erleichterung stieg er in die mit Kufen ausgerüstete Sikorski, die ihn nach Helsinki zurückbringen würde. Als die Maschine in die jetzt mondlose Nacht emporstieg, warf er einen Blick aus dem Fenster. »So«, sagte er, »jetzt habe ich die Aktion ins Rollen gebracht. Nun muß ich dafür sorgen, daß sie den nötigen Schwung bekommt.«

Achtes Kapitel

Newman richtete es so ein, daß er nach Einbruch der Dunkelheit in Greenway Gardens eintraf. Es war kurz nach acht Uhr abends, als Evelyn bei vorgelegter Kette die Tür öffnete und ihn einließ. Er hatte einen kleinen Koffer bei sich, und sie mißdeutete den Zweck seines Besuches.

»Sie haben beschlossen, doch bei mir zu bleiben?« fragte sie, als sie sich im Wohnzimmer niedergelassen hatten.

»Nein. Ich habe beschlossen, Sie von hier fortzubringen. Ich habe über das nachgedacht, was Sie mir erzählt haben – über Ihre Arbeit bei dieser Abteilung Profile und das, was später mit diesen beiden finnischen Industriellen passierte. Und dann sind auch noch die beiden Ganoven hier aufgekreuzt, die Sie zwingen wollten, dieses Versicherungsdokument zu unterschreiben, das ich inzwischen von Anfang bis Ende gelesen habe ...«

»Und ich hatte noch einen weiteren Besucher ...«

Er hörte aufmerksam zu, während sie von Adam Carver und ihrer Unterhaltung mit ihm erzählte. Sie zeigte Newman die Visitenkarte, die er ihr dagelassen hatte. Er warf einen Blick darauf, dann sah er sie an.

»Das gibt den Ausschlag. Das Tüpfelchen auf dem i. Weshalb schicken sie einen Senior-Vizepräsidenten, um jemanden auszuspionieren, der schließlich – bitte entschuldigen Sie – nur ein kleines Rädchen in einem so riesigen Getriebe war? Zuerst kommen die harten Männer, und dann ein verbindlicher und sympathischer Typ. Der älteste Trick der Welt. Und Sie haben ihm gesagt, daß Sie das Dokument nicht unterschrieben haben.«

»War das ein Fehler?« fragte sie nervös. »Allmählich habe ich das Gefühl, als würde ich regelrecht belagert.«

»Das ändert nicht das geringste. Die ersten beiden wußten das. Und dieser Adam Carver wird wahrscheinlich auf die charmante Art versuchen, Sie zum Unterschreiben zu veranlassen. Und was passiert, wenn Sie sich abermals weigern? Es hat schon zwei Morde gegeben.«

»Jetzt machen Sie mir Angst.«

Was genau Newmans Absicht war. Er nützte ihre düstere Stimmung aus und setzte ihr noch härter zu. »Nachdem ich Sie verlassen hatte, ist es mir gelungen, einen weiteren ehemaligen Mitarbeiter von INCUBUS ausfindig zu machen. Fragen Sie mich nicht, wie. Er lebt in einem anderen Teil von London. Ich habe ihn besucht, und er war verschlossen wie eine Auster. Wollte nicht einmal andeuten, was für einen Job er gehabt hat. Er war nervös. Wollte mich so schnell wie möglich wieder loswerden.«

»Und weshalb, meinen Sie, hat er so reagiert?«

»Ganz offensichtlich hat er das Dokument unterschrieben, sich bereit erklärt, eine dicke Rente zu kassieren – und den Mund zu halten. Als ich *Fraternal & Equality* erwähnte, bekam er es mit der Angst zu tun und warf mich hinaus. Da geht irgendetwas Teuflisches vor. Und deshalb packen Sie jetzt einen Koffer und verschwinden von hier, noch heute abend.«

»Wohin?«

»Sagten Sie nicht, daß Sandy ein Haus in Southwold hat? Ich war nie dort. Wir haben uns immer hier in der Stadt getroffen, sind zusammen essen gegangen.«

»Das Haus ist nicht in Southwold«, sagte sie langsam. Newman spürte, daß sie über seinen Vorschlag nachdachte. »Sandy hat immer von Southwold gesprochen«, fuhr sie fort. »Wo das liegt, wissen eine ganze Menge Leute. Aber das Haus steht in einem kleinen Nest, das Walberswick heißt. Sie hatte eine Southwold-Telefonnummer. Wer hat je von Walberswick gehört?«

»Ich zum Beispiel. Dort gibt es eine Hauptstraße, die einfach The Street heißt. Und hübsche Häuser, wenn ich mich recht erinnere. Dazu zwei oder drei Hotels. Ganz dicht an der Küste. Sie fahren bis ans Ende von The Street, biegen nach links ab und fahren auf den Parkplatz. Rechts davon ist eine rauhe Dünenlandschaft, ein großes Areal, daß Sie durchwandern müssen, bis Sie auf dem Gipfel eines Kieskammes angekommen sind. Und dann liegt auf einmal das Meer vor Ihnen ...«

Evelyn lächelte – etwas, das sie bisher in Newmans Gegenwart noch nie getan hatte.

»Offensichtlich kennen Sie Walberswick sehr gut ...«

»Es liegt genügend abseits der ausgetretenen Pfade«, fuhr er fort. »Ich bringe Sie noch heute abend dort hin. Sie haben einen Schlüssel zu dem Haus?«

»Ja. Und Sie glauben, dort bin ich sicherer aufgehoben?«

»Ja, das glaube ich. Packen Sie Ihren Koffer ...«

Um zehn Uhr abends war The Street ein menschenleerer, von Bäumen gesäumter Tunnel, nur erhellt von den Scheinwerfern von Newmans Mercedes 280 E. Zwar brannte in einigen der hübschen Häuser beiderseits der Straße noch Licht, aber ausschließlich im Obergeschoß. Die Leute gingen früh schlafen in Walberswick.

»Fahren Sie langsam«, sagte Evelyn, die neben ihm saß. »Wir sind gleich da.«

»Wir kommen später zurück. Ich möchte erst in eines der Hotels und etwas erledigen. Das dort sieht ganz ordentlich aus. Lassen Sie die Heizung laufen. Ich bin gleich wieder da ...«

Bevor sie noch etwas erwidern konnte, war er aus dem Wagen gesprungen und auf dem Weg ins Hotel. In dem Moment, in dem er den Wagen verließ, traf ihn der Wind mit voller Kraft; eine heftige Bö von der nahen See riß ihn fast um. Ein Sturm braute sich zusammen.

»Kann ich für ein paar Nächte ein Doppelzimmer haben?« fragte er den alten Mann an der Rezeption. »Ich bin zwar allein, aber ich habe gern Platz. Mein Gepäck ist im Hause eines Bekannten in The Street. Ich bezahle im voraus«, erklärte er und zog seine Brieftasche.

Er trug sich mit falschem Namen und falscher Adresse ins Melderegister ein. *P. Ashbourne, 17 Lever Road, Bournemouth.* Diese Vorsichtsmaßnahme mochte unnötig sein, aber falls wirklich weitere Ganoven von INCUBUS herumschnüffeln sollten, würden sie nicht mit der Nase darauf gestoßen, daß er sich in der Gegend aufhielt. Daß ihre Organisation vorzüglich funktionierte, hatten sie bereits bewiesen.

»Was wollten Sie denn da drinnen?« fragte Evelyn, als er sich wieder hinter das Lenkrad setzte.

»Ich mußte dringend jemand anrufen«, log er. »Zurück zu Sandys Haus.«

»Es heißt Rose Bower. Fahren Sie langsam. Sie können auf der Auffahrt parken oder auch hinter dem Haus.«

Im Licht des zwischen jagenden Wolken hervorbrechenden Mondes sah das Haus aus wie ein malerisches Objekt für eine Ansichtskarte. Ein zweigeschossiges Gebäude mit Reetdach und Gauben, die im Obergeschoß aus dem Reet vorsprangen. Er fuhr zur Rückseite, schaltete den Motor aus und griff nach dem Schlüssel, den sie in der Hand hielt.
»Ich gehe als erster hinein«, sagte er beiläufig. Auf dem gepflasterten Weg, der zwischen Rosensträuchern hindurchführte, hob er ein Stück Eisenrohr auf. Man fand immer eine Waffe, wenn man die Augen aufmachte. Er schloß die massive alte Haustür auf, stieß sie zurück. Evelyn griff ihm über die Schulter, schaltete das Licht ein. Und dann stockte ihr der Atem.
»Warten Sie hier«, befahl Newman.
Von der Haustür aus gelangte man gleich ins Hauptwohnzimmer. Es war ein einziges Chaos. Aus den Kommoden waren die Schubladen herausgerissen worden. Chintzbezogene Kissen waren aufgeschlitzt, ihre Füllung auf dem Boden verstreut. Ein gleichfalls mit Chintz bezogener Sessel war umgestürzt, der Bezug gleichfalls aufgeschlitzt.
»Großer Gott!« flüsterte Evelyn. »Hier sind sie auch gewesen.«
»Bleiben Sie an der Tür stehen, während ich mich umsehe.«
Er ging schnell durchs Haus, das Eisenrohr nach wie vor in der Hand. Der Einbruch hatte ihn nicht sonderlich überrascht. In einem geräumigen Alkoven stand ein alter, gemauerter Kamin mit daneben aufgestapeltem Feuerholz, und am hinteren Ende des Wohnzimmers führte ein schmaler Flur in die Küche und in ein kleines Arbeitszimmer.
Beiden Räumen war die gleiche brutale Behandlung widerfahren. Er machte kehrt, eilte die schmale Wendeltreppe empor, überprüfte die drei Schlafzimmer, das Bad und die Toilette. Nichts war übersehen worden. Er stieg die Treppe wieder hinunter. Evelyn war in einen Sessel gesunken.
»Diese Schweine!« sagte sie mit zusammengebissenen Zähnen. »Wie konnten sie Sandys Haus nur so zurichten?« Sie schaute auf. »Sie haben niemanden gefunden?«
»Nein. Das war auch nicht zu erwarten. Das muß passiert sein, nachdem Buchanan und sein Schatten hier gewesen sind. Sie haben den Schlüssel in ihrer Handtasche gefunden, die in ihrem Jaguar lag.«
»Aber es gibt keine Anzeichen für ein gewaltsames Eindringen. Oder ist die Hintertür . . .«
»Fest verschlossen und verriegelt. Diese Ganoven sind Experten im Umgang mit Dietrichen. Sie warten hier. Ich bringe nur eben meinen Koffer ins Hotel. Ich habe mir dort ein Zimmer genommen.«
»Aber Sie könnten doch hier bleiben . . .«

»Ich könnte«, erklärte er. »Aber dies ist Sandys Haus. Sie hat hier gewohnt. Und deshalb möchte ich es nicht. Bin gleich zurück. Dann helfe ich Ihnen beim Aufräumen. Keine Widerrede. Schließen Sie hinter mir ab und warten Sie, bis ich wieder da bin.«

In dem hübschen Hotelzimmer stellte er seinen Koffer ab, öffnete den Deckel und beließ es dabei. Er hatte Evelyn nicht die Wahrheit gesagt. Er kannte Rose Bower nur von außen. Sandy hatte das Haus renoviert und ihn nicht hineingelassen. »Erst, wenn alles fertig und für dich bereit ist«, hatte sie mit ihrem strahlenden Lächeln gesagt. In dem Augenblick, in dem er das Haus betreten hatte, war ihm der Geruch frischer Farbe in die Nase gedrungen. Er wäre fast zusammengebrochen. Nein, er war nicht imstande, auch nur eine Nacht in diesem Haus zu verbringen. Ganz abgesehen von dem Problem, daß Evelyn ihn zu mögen schien.

Als er zurückkehrte, hatte sie in der Küche eine Ecke freigeräumt und hielt Kaffee bereit. Sie tranken ihn, mitten im Chaos, wortlos. Dann setzte Newman seinen Becher ab.

»Es ist eiskalt hier drinnen. Als erstes werde ich zusehen, daß ich das Feuer im Wohnzimmer in Gang bringe. An Ihrer Stelle würde ich heute nacht dort schlafen.«

Er bestand darauf, zu bleiben, bis das Haus wieder so aufgeräumt wie möglich war und nicht mehr allzuviel an den Einbruch erinnerte. Dann sagte er rasch gute Nacht und erklärte, daß er nach dem Frühstück wiederkommen würde.

»Wir könnten einen Ausflug nach Minsmere machen«, schlug sie vor. »Das ist ein Vogelschutzgebiet. Die Pfeifenten müßten eigentlich noch da sein. Ich bezweifle, daß sie bei diesem Wetter schon nach Norden gezogen sind.«

»Gute Idee. Nochmals – gute Nacht.«

»Bevor Sie gehen, Bob . . .« Sie folgte ihm zur Haustür. »Was können sie Ihrer Meinung nach gesucht haben – diese Leute, die hier gehaust haben wie die Vandalen?«

»Keine Ahnung«, log Newman.

Der Nachtportier im Hotel hatte ihm einen Haustürschlüssel gegeben, und in seinem Kopf wirbelten Gedanken und Gefühle durcheinander, als er am Hotel vorbeiging und, dem Wetter entsprechend angezogen, zum Strand hinunterwanderte. Der Kragen seines Trenchcoats war hochgeschlagen, und den wasserfesten Hut hatte er tief in die Stirn gezogen. Die Gewalt des Sturmes nahm noch zu, als er alle Häuser hinter sich gelassen hatte, nach links auf den Parkplatz einbog und dann durch die gestrüppbewachsenen Dünen ostwärts wanderte. Diesen Weg war er Arm in Arm mit Sandy

gegangen, und als ihm der Wind ins Gesicht peitschte, erinnerte er sich, daß damals ein ähnliches Wetter geherrscht hatte.
Ein fünfminütiger Marsch über das unebene Gelände brachte ihn zu dem Kieskamm, und als er seine Kuppe erreicht hatte, wäre er fast zurückgeprallt. Riesige Wellen, die nur ein paar Meter entfernt aufliefen, schleuderten ihm Gischt ins Gesicht. Und inmitten des heulenden Sturms, der ihn umtoste, leistete Newman einen Schwur.
»Ich werde die Schweine zur Strecke bringen, die Sandy das angetan haben.«

In dieser Nacht schlief Newman nur sehr wenig. Die Behauptung, er hätte keine Ahnung, wonach die Einbrecher gesucht hatten, war eine Lüge gewesen. Er war überzeugt, daß er das, was sie gesucht hatten, in der Hand hielt. Ihren in rotes Leinen eingebundenen Terminkalender. Er hatte gewußt, wo er danach suchen mußte, als er nach dem Auffinden ihrer Leiche den Glockenturm verlassen hatte. Er war zu ihrem Jaguar gegangen, hatte die Fahrertür geöffnet, sich gebückt und unter dem Sitz getastet. Der Terminkalender war mit Klebeband an der Unterseite befestigt. Er hatte ihn hervorgeholt und eingesteckt. Buchanan wußte nichts von seinem Vorhandensein. Unterdrückung von Beweismaterial in einem Mordfall nannten sie das. Sollte sie doch der Teufel holen. Er führte seine eigene Untersuchung durch. Und wie Tweed, der dies in einem ähnlichen Zusammenhang Paula gegenüber geäußert hatte, rechnete er damit, daß es Monate dauern würde, bis er die weltweiten Operationen dieser Krake INCUBUS durchschaut hatte.
Wieder las er einige ihrer Eintragungen. *12. Januar. Bennington, Swindon. Werkzeugmaschinen. Leitender Direktor James Archer. Alleininhaber der Firma. 31. Januar. Profil fertiggestellt, an Abteilung übergeben. 20. Februar. Übernahmeangebot. Anmerkung: Archer hat eine Tochter, Julia. 5. April. Manningham Electronics. Thames Valley. Hersteller von Microchips. Inhaber: Charles Manningham. 2. Mai. Profil fertiggestellt und übergeben. 28. Mai. Übernahmeangebot. Anmerkung: Manningham hat eine Geliebte . . .*
Es gab ähnliche Eintragungen für sechs weitere Firmen, alle in wichtigen Branchen, und zwei kleine Privatbanken. Newman gähnte. Gott, war er müde. Er sah auf die Uhr – drei Uhr früh. Er zog sich schnell aus, putzte sich die Zähne und fiel ins Bett. Doch bevor er einschlief, schob er Sandys Terminkalender unter sein Kopfkissen.

Ein weiterer Tag, ein weiterer Sturm. Tweed stand hinter den dichten Gardinen am Fenster seines Büros am Park Crescent und beobachtete, wie die Bäume im Regent's Park unter der Gewalt des Windes ächzten und bebten.

»Ich habe eine ganze Menge Material, das unsere Leute zusammengetragen haben«, erklärte Paula.

»Bei mir ist auch einiges eingegangen«, sagte Monica und sortierte einen Stapel von kodierten Fax-Nachrichten aus ganz Europa.

»Und worauf laufen sie hinaus?« fragte Tweed, nachdem er an seinen eigenen Schreibtisch zurückgekehrt war und sich auf seinem Drehstuhl niedergelassen hatte.

»Sie hatten recht«, erklärte Paula. »Es sieht wirklich so aus, als hätten sich einige der Spitzenagenten aus den Sicherheitsdiensten verschiedener osteuropäischer Länder in Luft aufgelöst. Ganz sicher können wir natürlich nicht sein. Dazu sind die Verhältnisse in diesen Ländern zu chaotisch. Aber ein Mann ist auf jeden Fall unauffindbar.«

»Wer?«

»Ion Manescu. Der böse Geist der Securitate.«

»Ich hatte schon beschlossen, Nachforschungen anzustellen. Unverzüglich. Nach Anhörung des Berichts, den Sie mir gegeben haben. Guy Dalby müßte jeden Augenblick hier sein. Kommt von Wien herüber. Inzwischen kennt er seinen Sektor.«

Trotz der Veränderungen, die in der Sowjetunion vorgegangen waren, hatte Tweed sein kostspieliges Netzwerk in ganz Europa aufrechterhalten. Für eine Entspannung war die Lage nach wie vor zu instabil, die Zukunft zu ungewiß.

Nachdem Harry Masterson im Zusammenhang mit der Mäander-Geschichte ermordet worden war, hatte Tweed bei seinen Sektorenchefs einige Verschiebungen vorgenommen. Erich Lindemann war nach wie vor für den skandinavischen Sektor verantwortlich. Seine Infiltrationszone war Nordrußland. Harvey Wilson, vom Agenten zum Sektorenchef befördert, hatte nach dem Tod von Paulas Mann Deutschland, Holland und Belgien übernommen. Infiltrationszone: Polen und Tschechoslowakei. Reg Finch, gleichfalls rasch befördert, vierzig Jahre alt und sehr entschlossen, war Dalbys ehemaliger Sektor zugefallen – Frankreich, Spanien, Italien, die Türkei und die Schweiz. Infiltrationszone: Libyen und der Mittlere Osten.

Es klopfte an der Tür. Tweed rief herein, und Guy Dalby betrat das Büro. Er hatte sein Standquartier in Wien und war für den überaus sensitiven Balkan zuständig – Österreich, Jugoslawien und Griechenland. Außerdem hatte er die riskanteste Infiltrationszone. Ungarn, Rumänien, Bulgarien und die Ukraine.

»Irgendwelche Probleme?« erkundigte er sich gelassen, nachdem Tweed ihm bedeutet hatte, auf dem Stuhl vor seinem Schreibtisch Platz zu nehmen. »Ihre Nachricht klang ein bißchen dringlich.«

Dalby, ein mittelgroßer Mann in einem konventionellen grauen Anzug, schob die Welle aus schwarzem Haar auf seiner Stirn hoch. Von ihm ging eine Aura von Selbstsicherheit aus, die Paula mißfiel, obwohl sie zugeben mußte, daß er einen hervorragenden Verstand besaß.

»Ion Manescu«, sagte Tweed, sofort zur Sache kommend. »Sie haben von ihm gehört?«

»Von ihm gehört?« Dalby lachte hohl. »Er war einer der Spitzenleute, und wir haben immer versucht, ihn im Auge zu behalten – wenn wir es konnten. Er war ein Meister im Verschleiern seines jeweiligen Aufenthaltsortes, im Legen falscher Spuren. Ein gefährlicher, skrupelloser und grausamer Mann. Er stand Ceausescu nahe – und lieferte gleichzeitig Moskau Informationen. Ceausescu wußte das nicht, aber wir wußten es. Wenn er Amerikaner gewesen wäre, hätte er eine hohe Stellung im CIA gehabt – und trotzdem mit Moskau zusammengearbeitet . . .«

»Sie meinen, er ist pro-russisch?« warf Tweed ein.

»Keine Spur!« Dalby war wieder belustigt. »Manescu hält niemandem die Treue – außer sich selbst. Er hat es mit den Sowjets gehalten für den Fall, daß sie in Bukarest das Heft in die Hand bekommen würden – und natürlich wegen des Geldes, das er zweifellos dafür bekam.«

»Wo ist er jetzt?« fragte Tweed.

»Er hat wieder einmal eines seiner wohlbekannten Kunststücke vollführt.« Dalby tat, als schwänge er einen Zauberstab. »In dem einen Augenblick ist er noch da, im nächsten ist er verschwunden. Es gibt Gerüchte, daß es ihm gelungen ist, aus dem Land zu flüchten, als die Revolution ausbrach. Vielleicht hat man ihn auch erwischt und hält ihn in Draculas Schloß gefangen. Das wäre der angemessene Ort für ihn.«

Tweed hatte auf seinem Block ein zähnefletschendes Vampirgesicht gekritzelt. Nun schaute er auf.

»Ich muß ganz eindeutig wissen, ob die Rumänen ihn haben. Oder ob er entkommen ist – und wenn ja, wohin.«

»Besonders viel verlangen Sie gerade nicht. Soll ich ein paar Leute schikken?«

»Ich möchte, daß Sie das selbst übernehmen. Ich habe mit einem Freund, der mir einen Gefallen schuldet, vereinbart, daß ich den Mann stelle, der eine Ladung medizinischer Hilfsgüter nach Bukarest begleitet. Dieser Mann werden Sie sein.« Er reichte Dalby einen zusammengefalteten

Zettel. »Name und Telefonnummer. Die Ladung geht heute abend von Stanstead ab.«
»Und für wen hält mich dieser Freund?«
»Darauf wollte ich gerade kommen. Der übliche Deckmantel. Sonderdezernat. Überprüfung einer neuen Drogenroute – im Zusammenhang mit einer Gruppe der IRA. Aber nur Andeutungen.«
»Glauben Sie etwa, ich würde das unumwunden behaupten? Also gut, ich mache mich auf die Socken. Ich melde mich, wenn ich nach Wien zurückgekehrt bin. Falls ich zurückkehre.« Er stand auf, verabschiedete sich mit einem Augenzwinkern von Monica, zwinkerte dann Paula zu und war verschwunden.
»Dieser Mann ist mir entschieden zu clever«, bemerkte Paula. »Ich glaube, er weiß nicht, daß ich ihn nicht mag.«
»Er weiß es«, erklärte ihr Tweed, »und deshalb hat er Ihnen zugezwinkert. Um Sie zu ärgern.«
»Ist das nicht zu riskant, einen Mann wie Dalby nach Rumänien zu schicken? Mit all dem Wissen, das in seinem Kopf steckt?«
»Vor gar nicht langer Zeit wäre es in der Tat zu riskant gewesen«, pflichtete Tweed ihr bei. »Aber wenn er medizinische Hilfsgüter bringt, wird man ihn mit offenen Armen empfangen. Er wird dafür sorgen, daß sie es tun. Und obendrein ist er ein Sprachgenie. Nun können wir nichts tun, als auf seinen Bericht zu warten und inzwischen mit unserer eigenen Arbeit fortzufahren.«
»Wie Sie meinen«, sagte Paula zweifelnd.
Das Problem war, dachte Tweed, daß Paula, was Dalby anging, Vorurteile hatte. Unter der Leichtfertigkeit, die er am Park Crescent zur Schau stellte, steckte ein Verstand wie Quecksilber. Und neben anderen Sprachen beherrschte er auch Rumänisch – obwohl Tweed bezweifelte, daß er das in Bukarest irgendjemanden würde merken lassen.

»Einen Vorteil hat dieser Einbruch und die Durchsuchung von Sandys Haus«, erklärte Newman Evelyn, als sie vom Vogelschutzpark Minsmere wegfuhren. »Es ist unwahrscheinlich, daß sie auf die Idee kommen, dort nach Ihnen zu suchen.«
»Sind Sie sicher?« fragte sie nervös.
»Nein, hundertprozentig sicher bin ich nicht«, gab er zu. »Aber betrachten Sie es einmal unter ihrem Gesichtspunkt. Rose Bower hat Sandy gehört – bei ihrer Angewohnheit, jede Einzelheit festzuhalten, müssen sie das gewußt haben. Sie waren da, um nach irgendetwas zu suchen, von dem sie glaubten,

daß sie es hätte. Vielleicht haben sie es gefunden, vielleicht auch nicht. Aber sie haben das Haus von ihrer Liste gestrichen.«
»Das war ein schöner Tag«, sagte sie wehmütig.
Sie waren lange Zeit in dem Vogelschutzgebiet herumgewandert, hatten die Pfeifenten und andere Schwimmvögel beobachtet, die auf einem stillen Meeresarm herumpaddelten. Der Himmel war eine azurblaue Kuppel gewesen, die Luft frisch und rein. Sie hatten belegte Brote gegessen, die Evelyn im voraus zurechtgemacht hatte. Newman hatte die Unterhaltung allgemein gehalten und Evelyn daran gehindert, das Gespräch auf persönlichere Dinge zu bringen. Er hatte beschlossen, nach London zurückzukehren und in der City Nachforschungen im Handelsregister anzustellen.
»Müssen Sie denn so schnell wieder weg?« fragte Evelyn wehmütig, während der Wagen über eine Reihe von Buckeln rumpelte.
»Sie sind sicher, solange Sie sich in der Umgebung von Walberswick aufhalten. Wenn Ihnen nach Tapetenwechsel zumute ist – in Dunwich gibt es ein nettes Lokal. Wenn wir die Straße am Ende dieses Weges nach Minsmere erreicht haben, müssen Sie rechts abbiegen – nicht links, wie wir es tun werden, um Sie nach Walberswick zurückzubringen. Aber passen Sie auf, daß Sie nicht in die Nähe von Southwold kommen«, warnte er sie.

Irgendein bizarrer Impuls bewog Newman, für die Rückfahrt nach London eine Route zu wählen, die an dem Glockenturm vorbeiführte, in dem Sandy gestorben war. Am Vortag hatte in Southwold die amtliche Leichenschau stattgefunden, der er und Evelyn beigewohnt hatten.
Chefinspektor Buchanan hatte mit knappen Worten und unbewegter Stimme ausgesagt. Die Untersuchung wurde fortgesetzt. Bisher hatte er noch keine konkreten Hinweise. Das Ergebnis war zu erwarten gewesen. »Mord, begangen von einem oder mehreren Unbekannten ...« Als der Coroner seinen Spruch verkündete, hatte er Newman angesehen. Newman hatte den Blick erwidert. Sobald es vorüber war, war Newman mit Evelyn davongefahren.
Es war bereits dunkel, als er auf die A 1120 einbog, durch Yoxford hindurchfuhr und seine Fahrt dann auf der kurvenreichen Landstraße fortsetzte. Außer ihm waren keine anderen Fahrzeuge unterwegs, und er fuhr mit voll aufgeblendeten Scheinwerfern. Ihr Licht wischte über die gepflügten Felder und ließ erkennen, daß sich Rauhreif bildete. Die Nacht war kalt, die Luft eisig – ein Wetter, das seiner Stimmung entsprach.
Er näherte sich dem Pfad, der zu dem im Mondschein als dunkle Silhouette aufragenden Glockenturm führte, als er in einiger Entfernung zu seiner

Rechten ein helles Licht bemerkte. Livingstone Manor, der englische Landsitz von Franklin D. Hauser. Als er näher kam, sah er, daß sämtliche Räume des alten georgianischen Herrenhauses erleuchtet waren. Im Untergeschoß waren die Vorhänge zugezogen, nicht aber im Obergeschoß. Er fuhr langsamer.
Seine Augen verengten sich, als er neben dem Haus die Umrisse eines Hubschraubers erkannte. Newman hatte drei Nächte in dem Hotel in Walberswick verbracht – vor allem, weil er bei der amtlichen Leichenschau erscheinen mußte, aber auch, um Evelyn so weit wie möglich zu beruhigen. Er erinnerte sich, daß Buchanan an dem Tag, an dem Sandys Leiche entdeckt worden war, in Livingstone Manor gewesen war, wo man ihm gesagt hatte, Hauser wäre in Finnland. Außerdem erinnerte er sich, daß es ein Stück weiter nördlich, in der Nähe von Beccles, einen Flugplatz für Hubschrauber gab.
War Hauser jetzt hier? Es war durchaus möglich, daß er mit einem Privatjet zu einem Flugplatz in East Anglia geflogen war, sich zu dem Hubschrauber-Flugplatz hatte bringen lassen und von dort zu seinem Haus geflogen war. Denkbar war es immerhin.
Er brachte seinen Wagen vor den hohen Gittertoren zum Stehen, die den Zugang zur Auffahrt versperrten, und sah im Licht seiner Scheinwerfer eine in einen der Ziegelsteinpfosten eingelassene Wechselsprechanlage.
»Mein Name ist Robert Newman«, erklärte er, nachdem er auf den Knopf gedrückt hatte. »Ich hätte gern Mr. Hauser gesprochen – sofern er Zeit für mich hat . . .«

Neuntes Kapitel

Franklin D. Hauser saß im Smoking in einem Regency-Sessel in dem großen Wohnzimmer seines Hauses mit Ausblick auf die Zufahrt zu dem fernen Tor und eine weitläufige Parklandschaft mit großen Rasenflächen, die von einer Baumreihe mit einer riesigen Eiche abgeschlossen wurde.
»So, und nun lassen Sie hören«, wendete er sich an Adam Carver, »wie Sie in der Holme-Sache zurechtgekommen sind.«
»Sie ist mir entwischt«, erklärte Carver unumwunden. Er stand mit einem Drink in der Hand neben dem großen Kamin, in dem ein halber, von Scheiten umgebener Baumstamm prasselte und ihm den Rücken wärmte.
»Ziemlich ungeschickt von Ihnen. Lassen die Frau entwischen, obwohl Sie den Auftrag hatten, sie sich vorzuknöpfen«, höhnte Frank Galvone, der dicht neben Hauser stand.

»Einen Moment, Frank«, mahnte Hauser verbindlich. »Lassen Sie Adam erst seine Geschichte beenden. Ich bin sicher, daß er uns mehr als nur das zu berichten hat.«
»Ich habe mich mit ihr in ihrem Haus in Greenway Gardens unterhalten«, fuhr Carver ohne Rücksicht auf Galvone fort. »Um es kurz zu machen – sie war nicht bereit, das Versicherungs-Dokument zu unterschreiben. Und sie erzählte mir, daß irgendein Typ namens Steve eine Waffe gezogen hat, als Robert Newman, der Auslandskorrespondent, ihr *tète-a-tète* störte. Daß diese Firma Männer mit Waffen anheuert, war mir bisher unbekannt.«
»Ihr Ressort ist das Bankwesen«, sagte Galvone schnell. »Alles andere geht Sie nichts an.«
»Bedeutet das, daß wir Männer beschäftigen, die eine Walther mit sich herumtragen?« fragte Carver und musterte Hauser.
»Natürlich nicht.« Der Gedanke schien Hauser zu belustigen. »Ich sollte hinzufügen, daß Frank an Amerika gedacht hat. Dort kann es durchaus sein, daß Wachmänner in bestimmten Firmen bewaffnet sind. Das ist in den Staaten allgemein üblich und . . .«
Er brach ab, als jemand an die Tür klopfte. Galvone rief »Herein«, und der Butler erschien mit einem zusammengefalteten Blatt Papier auf einem silbernen Tablett. Er hielt Galvone das Tablett hin. Dieser nahm das Blatt, entfaltete es, las die paar Worte, die daraufstanden, und reichte es Hauser. Der Butler wurde mit einem Kopfnicken entlassen.
»Wenn man vom Teufel spricht . . .«, sagte er. »Newman steht vor dem Tor und möchte Sie sprechen. Ich werde ihm sagen, er soll sich fortscheren.«
»Einen Moment«, sagte Hauser schnell. Er öffnete einen blauen Aktendeckel, der auf seinem Schoß lag, überflog die maschinegeschriebenen Blätter. »Grimwood berichtet, daß Newman gerade in dem Moment aufkreuzte und ihnen in die Quere kam, als sie die Holme so weit hatten, daß sie bereit war, zu unterschreiben. Und diesen Bericht hat Adam gerade bestätigt. Es kann nie schaden, den Gegner kennenzulernen und sich anzuhören, was er zu sagen hat. Je mehr man über ihn weiß, desto besser kann man sich gegen ihn wehren. Adam, würden Sie Winterton bitte sagen, er möchte Mr. Newman einlassen? Danke.«
Galvone wartete, bis Carver das Zimmer verlassen hatte. »Ich glaube, Sie machen einen Fehler. Sonst empfangen Sie doch nie irgendwelche Zeitungsleute.«
»Frank, Sie sind entschieden zu hitzig. Sie werden nie auf meinem Stuhl sitzen, wenn Sie nicht lernen, Ihr Temperament unter Kontrolle zu halten. Sie sollten sich wirklich etwas eingehender mit meinen Methoden beschäftigen.«

»Ich weiß, daß ich mich gelegentlich irre.« Es kostete Galvone sehr viel Überwindung, das zu sagen, aber er wußte, daß er einen Schnitzer gemacht hatte. »Aber ich glaube, in den meisten Fällen habe ich recht. Und nun werde ich mir noch einen Drink genehmigen.«
Er trat vor den antiken Getränkeschrank und goß sich einen doppelten Scotch ein. Hauser beugte sich vor, öffnete eine Schreibtischschublade und ließ die Grimwood-Akte darin verschwinden. Dann lehnte er sich in seinem Sessel zurück und zündete sich eine Zigarette an. Galvone ergriff eilfertig einen Kristallaschenbecher und deponierte ihn auf einem kleinen Beistelltisch.
Newman kam herein, gefolgt von Carver. Er trug seinen Trenchcoat über dem Arm; das Angebot des Butlers, ihm den Mantel abzunehmen, hatte er abgelehnt – es konnte sein, daß er sich schnell verabschieden mußte. Als er den Raum durchquerte, lächelte er.
»Sehr freundlich von Ihnen, mich zu empfangen, Mr. Hauser. Normalerweise bitte ich im voraus um einen Termin, aber ich kam gerade vorbei und sah das Licht – und den Hubschrauber. Das brachte mich auf den Gedanken, daß Sie vielleicht gerade aus Finnland zurückgekehrt sein könnten.«
Er sah ein Flackern in den eisblauen Augen hinter dem Kneifer. Als er einen Blick auf Galvone warf, sah er etwas ganz anderes. In den dunklen Augen funkelte Feindseligkeit, und der ganze Körper des Mannes war angespannt. Sofort nach der Ankunft einen Treffer landen, das war Newmans Devise. Hauser erholte sich als erster.
»Und ich freue mich, endlich die Bekanntschaft des berühmten Auslandskorrespondenten zu machen. Ich habe Ihren Bestseller gelesen, *Kruger: The Computer That Failed.* Muß Ihnen ein Vermögen eingebracht haben.«
»In der Tat«, gab Newman zu. »Er hat mich finanziell unabhängig gemacht. Aber hin und wieder arbeite ich trotzdem noch in meinem Beruf. Wenn mich das Thema interessiert.«
»Ich vergesse meine Manieren . . .« Hauser stellte Carver und Galvone vor. »Beide Senior-Vizepräsidenten.« Er lächelte. »Eines Tages wird einer von ihnen mein Nachfolger werden. Die Frage ist nur – welcher von beiden?«
»Nun, ich denke, diese Entscheidung ist Ihre Sache.«
»Frank, versorgen Sie Mr. Newman mit einem Drink. Was möchten Sie? Danach können Sie mir erzählen, was Sie wünschen.«
Newman lehnte mit einem Kopfschütteln den angebotenen Drink ab und ließ sich auf dem Sessel nieder, den Hauser ihm mit einer Handbewegung zugewiesen hatte. »Ich hoffe, daß Sie sich zu einem Interview für den *Spiegel* bereitfinden. Wann immer es Ihnen paßt«, setzte er verbindlich hinzu.

»Ich kann Ihnen jetzt eine Viertelstunde einräumen. Danach erwarte ich Gäste zum Dinner. Schießen Sie los.«
Newman zog sein Notizbuch aus der Tasche, warf einen Blick auf Galvone und Carver. »Wenn ich jemanden interviewe, möchte ich mit ihm allein sein. Nur so kann etwas Vernünftiges dabei herauskommen.«
Hauser strahlte. »Adam, Frank – vielleicht findet ihr etwas, womit ihr euch in der Zwischenzeit anderswo beschäftigen könnt. Möglichst etwas, das im Interesse der Firma liegt.«
Galvone trat vor, legte Newman eine Hand auf die Schulter und war überrascht von den harten Muskeln, die er unter seinem harten Griff spürte. »Bevor wir gehen, sollte ich mich vielleicht vergewissern, daß dieser Kerl keine Waffe dabeihat – oder ein Bandgerät.«
»Genau das hat der uniformierte Wachmann unten bereits getan.« Newman sah zu Galvone auf. »Und nehmen Sie bitte Ihre Hand von meinem Arm, sonst tue ich es. Auf die schmerzhafte Art.«
»Versuchen Sie's doch, Sie Schlauberger . . .«
»Ihr Temperament bricht wieder durch«, bemerkte Hauser. »Muß ich Sie daran erinnern, daß Mr. Newman unser Gast ist? Ein hochgeschätzter Gast?«
Während er sprach, drückte er auf einen in der Lehne seines Sessels verborgenen Knopf. Sofort wurde die Tür am Ende des Zimmers geöffnet, und der Butler erschien. Hausers Stimme hörte sich an, als wollte er ihn bitten, den Tee zu servieren.
»Winterton, können Sie bestätigen, daß der Wachmann Mr. Newman wie üblich durchsucht hat, bevor er ihn einließ?«
»Ja, Sir. Das hat er getan, Sir.«
»Danke, Winterton. Sie können gehen.« Hauser warf einen Blick auf Newman. »Ich bitte um Entschuldigung. Aber in dieser Welt kann Erfolg Neid auslösen und dieser wiederum Gewalttätigkeiten. Ein höchst betrüblicher Zustand, aber so ist es nun einmal. Die Sicherheitsvorkehrungen müssen lückenlos sein, sonst sind sie sinnlos.«
Galvone hatte seine Hand weggenommen und war ein paar Schritte zurückgetreten. Er funkelte Newman an, dann verließ er mit Carver das Zimmer.
Newman versteifte seinen Rücken und lächelte. »Was Ihre Sicherheitsvorkehrungen angeht – von rechts wegen hätte mich schon der Wachmann am Tor auf Waffen durchsuchen müssen. Wenn ein bewaffneter Eindringling ihn ausschalten und hier eindringen würde, wäre es schlecht um Sie bestellt.«
»Danke. Was wollen Sie mich fragen?«

»Weshalb bauen Sie Ihre Aktivitäten in Europa weiter aus, und welche Pläne haben Sie?«
»Sehr bescheidene, Mr. Newman. Im kleinen Rahmen – für INCUBUS – in bestimmte Firmen zu investieren, damit wir im Gemeinsamen Markt Fuß fassen können. Ein Nebenzweig, könnte man sagen.«
»Wirklich? Bennington Werkzeugmaschinen in Swindon. Eine Schlüsselfirma in einer Schlüsselindustrie. Manningham Electronics im Thames Valley. Eine Firma mit Produkten, die in ganz Westeuropa führend sind.«
»Ach, wissen Sie, Mr. Newman.« Hauser schwenkte wegwerfend seine Zigarette, doch abermals hatte Newman ein kurzes Flackern hinter dem Kneifer bemerkt. »Ich bin Generaldirektor und Präsident einer großen, internationalen Organisation. Um Details kümmere ich mich nicht. Ich lege nur die allgemeinen Leitlinien fest. Sie erwarten doch nicht, daß ich darüber informiert bin, was in einer von zahllosen Abteilungen vor sich geht?«
»Sie stehen in dem Ruf, ein Meister des Details zu sein. Und die Firmen, die ich erwähnte, sind wichtige Akquisitionen.«
»Die Namen sagen mir nichts. Da müssen Sie sich schon bei Adam Carver erkundigen – oder bei Frank Galvone.«
»Von denen einer eines Tages Ihr Nachfolger wird – oder auch nicht?«
Hauser warf den großen Kopf zurück und kicherte. »Sie haben gut zugehört – meine kleine Kriegslist ist Ihnen nicht entgangen. Das hält sie in Trab.«
»Sie haben erklärt, Ihre Investitionen in Europa wären bescheiden. Was ist mit der Elektronikfirma von Timo Metsola in Finnland – von wo Sie gerade zurückgekehrt sind? Ich habe den Eindruck, Sie werfen Ihr Netz ziemlich weit aus.«
»Auch dieser Name sagt mir nichts.« Hausers Stimme war umgeschlagen. Er drückte wütend seine halbgerauchte Zigarette im Aschenbecher aus. »Sie sollten vorsichtig sein mit Ihrem Artikel, Mr. Newman. Aufpassen, daß alle Fakten stimmen. Ich operiere auf die amerikanische Art. Ich würde Sie verklagen, Sie bis aufs letzte Hemd ausziehen.«
»Wie sieht unter den neuen, in Bewegung geratenen Verhältnissen in Europa Ihre generelle Strategie aus?« fragte Newman.
»Arbeitsplätze zu schaffen, wo immer das möglich ist. Ich sehe in INCUBUS eine Bruderschaft aller Menschen. Meine einzige Aufgabe besteht darin, meinen Mitmenschen zu helfen, ganz gleich, welcher Rasse oder Religion sie angehören. Das dürfen Sie zitieren.«
»Und es ist Ihnen gleichgültig, welcher Methoden Sie sich bedienen?«
Hauser drückte auf den Knopf in seiner Sessellehne. »Dieses Interview wird

lästig, es ist beendet. Von Ihnen hätte ich Besseres erwartet.« Sein Wesen war aggressiv, sein Ton grob. »Seien Sie in Zukunft lieber vorsichtig. Vielleicht wäre es besser für Sie, wenn Sie sich zurückzögen und das Vermögen genössen, das Sie mit Ihrem Buch erworben haben.« Die Tür ging auf, und Winterton kam herein. »Bitte bringen Sie Mr. Newman hinaus – er geht auf der Stelle.«

»Ich danke Ihnen für das Interview.«

Newman stand lächelnd auf, steckte Notizblock und Stift in die Tasche. Dann überquerte er rasch den glänzenden Parkettfußboden und schlüpfte im Gehen in seinen Trenchcoat.

Auf zweimaliges Drücken des Sesselknopfes hin erschien Galvone. Der Ausdruck auf Hausers Gesicht verriet ihm, daß etwas passiert war. Und die Vorderseite seines Abendhemdes war mit Zigarettenasche beschmutzt. Galvone zog das Ziertaschentuch aus seiner Brusttasche.

»Entschuldigen Sie, Chef«, sagte er unterwürfig und benutzte das Taschentuch, um die Asche zu entfernen. »Ist etwas vorgefallen?«

»Robert Newman ist gerade gegangen. Er dürfte jetzt die Auffahrt entlanggehen. Er stellt Recherchen über uns an. Und er hat einiges herausbekommen. Das gefällt mir nicht. Das gefällt mir ganz und gar nicht.«

»Also wäre es vielleicht gut, wenn ich mich unverzüglich um dieses Problem kümmern würde?«

»Das ist Ihre Sache, Frank.« Er bedachte seinen Untergebenen mit einem stählernen Blick. »Ich möchte mich nicht in die Nesseln setzen – also seien Sie vorsichtig.«

»Er fährt einen Mercedes 280 E. Der Wachmann ist mit dem Fahrrad zum Tor gefahren und hat es festgestellt . . .«

Diese Worte rief Galvone über die Schulter; er eilte bereits durch das Zimmer, machte hinter sich die Tür zu, rannte durch die Diele und in die Nacht hinaus.

Unmittelbar außerhalb des Gittertors – das sich, als er sich ihm näherte, automatisch geöffnet und dann hinter ihm geschlossen hatte, lag Newman auf dem Rücken unter seinem Wagen. Mit Hilfe seiner Stablampe untersuchte er die Unterseite des Fahrgestells. Es war zwar unwahrscheinlich, daß sie so dicht bei Livingstone Manor eine Bombe angebracht hatten, aber er war lieber sicher als tot. Er rutschte auf dem Kies wieder ins Freie, stand auf, öffnete die Beifahrertür und zog den Hebel, der die Haube verriegelte.

Er öffnete die Haube und untersuchte schnell den Motor. Auch nichts. Er zog seinen Trenchcoat aus, zitterte in der Kälte, schüttelte den Schmutz ab, zog ihn wieder an und stieg ein. Obwohl es bitter kalt war, öffnete er das Fenster, bevor er den Motor anließ.

Er war noch nicht weit von Hausers Besitz entfernt, als er das Geräusch eines anderen Motors hörte. Das Geräusch eines startenden Hubschraubers. Er gab Gas, jagte die Landstraße entlang, auf der keine anderen Fahrzeuge unterwegs waren. Er fuhr mit voll aufgeblendeten Scheinwerfern, um jede der zahllosen Kurven rechtzeitig erkennen zu können. Das Licht fiel auf kahle Hecken, die aussahen wie Stacheldraht.

Das Knattern des Hubschraubers wurde lauter, kam rasch näher. Eine Minute später sah er, wie der Hubschrauber in einer Höhe von etwa zweihundert Fuß rechts von ihm vorüberflog. Seine roten und grünen Lichter blitzten auf. Er flog noch ein Stück weiter, dann ging er herunter und verschwand.

Plötzlich erinnerte sich Newman an eine Bemerkung, die Buchanan in einer Pause des Verhörs in Southwold nach der Entdeckung von Sandys Leiche gemacht hatte. Hausers Name war gefallen, und Buchanan hatte seine Tasse mit widerwärtig schmeckendem Kaffee abgesetzt und die Achseln gezuckt.

»Manchmal habe ich das Gefühl, daß diese Superreichen zeigen möchten, daß sie es geschafft haben. Hauser hat nicht nur einen zwanzig Morgen großen Besitz rings um Livingstone Manor. Ein Konstabler in Yoxford hat mir erzählt, daß ihm außerdem zweihundert Morgen Farmland westlich von seinem Landsitz gehören ...«

Und jetzt, dachte Newman, fahre ich westlich von diesem Landsitz. Also war der Hubschrauber vermutlich irgendwo auf Hausers Grund und Boden gelandet. Er war sehr schnell gefahren, als der Hubschrauber ihn überholte. Und wahrscheinlich wissen sie, daß ich diesen Wagen fahre. Er verringerte seine Geschwindigkeit ganz erheblich, blendete die Scheinwerfer ab, begann, um die Kurven zu kriechen, behielt aber den Fuß auf dem Gaspedal. Auf diese Weise fuhr er etliche Kilometer weiter, ohne einem anderen Fahrzeug zu begegnen. Das Mondlicht fiel auf den Rauhreif, der sich auf den Feldern gebildet hatte, und beiderseits der Straße stiegen Nebelschwaden auf. Er umrundete eine weitere Kurve und sah in einiger Entfernung dicht neben der Straße ein Wäldchen aus immergrünen Bäumen. Er hielt an, schaltete den Motor aus und lauschte.

War es nur Einbildung gewesen? Er hätte schwören können, daß er das Geräusch eines weiteren Motors gehört hatte, ein merkwürdiges Geräusch – klirrend, dröhnend, ratschend. Jetzt hörte er nur die Stille einer kalten, windlosen Nacht. Er startete den Motor wieder und fuhr weiter.

Er beschleunigte auf etwa 70 Stundenkilometer – plötzlich wollte er diese Gegend so schnell wie möglich hinter sich lassen. Er näherte sich dem Wäldchen, einer dunklen Insel am Rand der Straße. Der Hubschrauber hatte ihn argwöhnisch gemacht, deshalb behielt er es genau im Auge. Er nahm eine Bewegung wahr. Etwas Riesiges kam hinter dem Wäldchen hervor, näherte sich der Straße. Und jetzt war auch, viel lauter, das Klirren und Dröhnen wieder zu hören.

Er war noch zehn Meter von dem Wäldchen entfernt, als der Urheber des Klirrens und Dröhnens auftauchte. Ein riesiger Traktor mit gewaltigen Rädern rollte auf die Fahrbahn. Er mußte sich im Bruchteil einer Sekunde entscheiden. Er rammte den Fuß auf den Gashebel, der Mercedes schoß vorwärts wie ein Torpedo. Das gelbe Monstrum war fast über ihm; jetzt waren auch seine Scheinwerfer eingeschaltet – sie sahen aus wie zwei riesige Augen. Newman behielt den Fuß auf dem Gashebel. Zu seiner Rechten ragte der Traktor auf, der ihn vernichten wollte. Mit nur wenigen Zentimetern Abstand schoß Newmans Mercedes an den rollenden Rädern vorbei. Im Rückspiegel sah er, daß die massige gelbe Mauer die ganze Straße blockierte.

Frank Galvone, der am Steuer des Traktors saß, fluchte gotteslästerlich. Er hatte die Geschwindigkeit seines Opfers um Sekundenbruchteile falsch eingeschätzt. Immer noch fluchend wendete er den Traktor und fuhr zu der Senke zurück, in der der Hubschrauber und sein Pilot auf ihn warteten.

Newman, dem der Gedanke an den Mord an Sandy nicht aus dem Kopf ging, seit er zwei Stunden zuvor an dem Glockenturm vorübergefahren war, fühlte sich ziemlich mitgenommen. Seine normale Reaktion wäre gewesen, sofort zu wenden und sich den Fahrer des Traktors vorzunehmen. Aber er wußte nicht, wie groß dessen Rückendeckung war. Und er war nicht mehr bewaffnet – er hatte die Walther, die er Steve abgenommen hatte, in der Nähe von Walberswick ins Meer geworfen, und danach das Magazin, das er vorher herausgenommen hatte.

Fünf Minuten später sah er die Lichter eines Dorfgasthauses. The Nag's Head. Er parkte seinen Wagen zwischen einem Dutzend anderer, außer Sichtweite der Straße, und ging hinein.

Ein altes Gasthaus mit rauchgeschwärzten Deckenbalken und einem Kamin, in dem ein Feuer prasselte. Das Lokal war gut besucht. Überwiegend Einheimische. Landarbeiter mit Hosen, die an den Knöcheln mit Bindfaden oder Fahrradklammern zusammengehalten wurden. Er lehnte sich an die fleckige Holztheke. Der Wirt war ein kleiner, rundköpfiger Mann mit rötlichem Gesicht.

»Guten Abend, Sir. Was darf ich Ihnen geben?«
»Einen Scotch. Und etwas Wasser, bitte.«
Der Wirt stellte das Glas vor Newman hin, schob einen Krug mit Wasser über die Theke, musterte ihn.
»Fremd in dieser Gegend?«
»Ja.« Newman bezahlte den Drink. »Habe gerade einen Mann namens Franklin D. Hauser interviewt.« Er verdünnte den Scotch, trank einen Schluck. »Ich habe gehört, er wäre hier nicht sonderlich beliebt.«
Er spürte, wie die Männer rechts und links neben ihm plötzlich verstummten. Ein massiger Mann in einer Cordjacke schob sich an seiner linken Seite näher an ihn heran. Sein Ellenbogen berührte Newmans Rippen.
»Sie trinken aus, und dann verschwinden Sie, Mister.«
»Was hat er gesagt?« Eine andere Stimme, diesmal rechts von ihm. Ein Riese von einsfünfundachtzig mit schwarzem Haar und schwarzen Brauen, die über seiner großen Nase zusammenstießen. »Haben Sie zu Jed gesagt, daß Sie Mr. Hauser nicht leiden können?«
»Vielleicht trinke ich ein zweites Glas, vielleicht auch nicht«, erwiderte Newman und musterte den Mann mit der Cordjacke.
»Sie lassen es bei dem einen, und dann hauen Sie ab.«
Der Riese hob Newmans Glas und hielt es ihm dicht vor den Mund. Er grinste und zeigte dabei schlechte Zähne. »So, und jetzt ganz brav austrinken.«
»Setzen Sie das Glas ganz vorsichtig ab«, sagte Newman gelassen. »Und ich warne Sie – ich war früher beim SAS. Wenn ich mich wehren muß, werde ich versuchen, Sie nicht zu töten – aber es wird mir schwerfallen. Und ich habe nicht gesagt, daß ich Hauser nicht leiden kann. Ich habe gesagt, ich hätte gehört, er wäre nicht beliebt. Das war in Yoxford. Und ich wollte wissen, warum.«
»Yoxford!« Der Mann mit der Cordjacke lachte sarkastisch. »Diese Blödmänner haben natürlich keine Ahnung.« Er wendete sich, an Newman vorbei, an den Riesen. »An deiner Stelle würde ich das Glas ganz vorsichtig wieder hinstellen. Wir haben den Gentleman falsch beurteilt.«
Das Glas wurde behutsam vor Newman wieder auf die Theke gestellt. Er trank noch einen Schluck, dann stellte er seine Frage.
»Ich habe den Eindruck, daß die Leute hier auf Hauser nichts kommen lassen. Das überrascht mich nicht«, log er, »aber vielleicht erzählt mir jemand, warum er in dieser Gegend so beliebt ist?«
»Großzügig mit seinem Geld.« Der Wirt mischte sich in das Gespräch, erleichtert, daß es keine Schlägerei geben würde. »Um Ihnen ein Beispiel zu

geben – bei einem Sturm wurden Bäume umgestürzt, Häuser wurden beschädigt. Keine Versicherung. Wer erscheint auf der Bildfläche und erklärt, er würde dafür aufkommen, daß alles wieder in Ordnung gebracht wird? Mr. Franklin D. Hauser.«

»Sehr großzügig, wie Sie sagten.«

»Das ist noch nicht alles«, warf der Mann in der Cordjacke ein. »Jeder, der mit seinen Hypothekenzinsen in Rückstand kommt, braucht nur in Livingstone Manor Bescheid zu sagen, und Mr. Hauser hilft ihm aus der Patsche. Wenn Sie hier in der Gegend herumfahren, werden Sie feststellen, daß die Leute über Mr. Hauser nur Gutes berichten können.« Er lehnte sich vor, und sein Atem verriet Newman, daß er bereits etliche Glas Bier getrunken hatte. »Und sie würden eine Menge tun, um ihm zu helfen, falls er je irgendein Problem haben sollte.«

»Ich bin froh, daß Sie mir das gesagt haben.« Newman leerte sein Glas. »Offensichtlich hat man mir in Yoxford etwas völlig Falsches erzählt. So, und jetzt muß ich weiter.«

Als er durch die Nacht in Richtung London fuhr, versuchte Newman, so schnell wie möglich aus Hausers »Provinz« herauszukommen. Der Amerikaner war clever, das mußte er ihm zugestehen.

Er hatte die Rolle des Menschenfreunds gespielt und die Einheimischen in großem Maßstab mit Wohltaten überschüttet. Damit hatte er sich in einem großen Gebiet in der Umgebung von Livingstone Manor ein Heer von Verbündeten – und potentiellen Spionen – geschaffen. Newman hätte gern gewußt, ob er sich auch in anderen Teilen der Welt dieser Methode bedient hatte.

Außerdem kam ihm der Gedanke, daß es angesichts dieser Vorsichtsmaßnahmen ziemlich ausgeschlossen war, einen Zeugen zu finden, der gesehen hatte, wie Sandy kurz vor Tagesanbruch in ihrem Jaguar bei dem Glockenturm ankam. Wahrscheinlich war die Parole bereits ausgegeben worden: nichts Böses sehen, nichts Böses hören. Was auf einen weiteren Gedanken hinauslief.

Wenn man davon ausging, daß Sandy ermordet worden war, weil sie bis vor kurzem für INCUBUS gearbeitet hatte, dann konnte der Mörder einer von Hausers engsten Mitarbeitern sein. Er hielt Hauser für einen Mann, der sich mit allergrößter Vorsicht bewegte. Keine gedungenen Mörder für einen einmaligen Job. Zu riskant.

Großer Gott! Vielleicht befand ich mich in Livingstone Manor mit dem Mörder im gleichen Zimmer. Newman war aufgefallen, daß Mr. Carver ein athletischer Typ war, trainiert und kräftig. Andererseits war da Mr. Frank Galvone. Seinem ersten Eindruck nach war er ein Gangster; aber Newman hatte andere, halbwegs ehrliche Amerikaner in hohen Stellungen kennengelernt, die anfänglich den gleichen Eindruck erweckten. Die Tatsache, daß beide Männer in Livingstone Manor gewesen waren, gab ihm zu denken. Hieß es nicht, daß ein Mörder immer an den Schauplatz seines Verbrechens zurückkehrte?

All diese unzusammenhängenden Gedanken schossen ihm durch den Kopf, während er durch die Nacht fuhr, um in seine Wohnung in South Kensington zurückzukehren. Um ein Uhr morgens war kaum noch Verkehr auf den Straßen.

Er war seiner Wohnung in der Beresford Road schon so nahe, daß er auf der Suche nach einem Parkplatz nur noch Schritt fuhr. Der riesige Sattelschlepper mit separater Fahrerkabine tauchte aus dem Nichts auf, kam mit hoher Geschwindigkeit und voll aufgeblendeten Scheinwerfern auf ihn zu. Er versuchte auszuweichen, aber es war zu spät. Das Monstrum rammte das Heck seines Wagens. Obwohl er angeschnallt war, wurde er nach vorn geschleudert. Sein Kopf prallte auf das Lenkrad.

Er zwang sich, den Kopf zu heben, aber alles war verschwommen. Er hatte automatisch gebremst, was vermutlich ein Fehler gewesen war. Undeutlich nahm er wahr, daß das Scheinwerferlicht des Sattelschleppers schwächer wurde. Er setzte zurück, bog um eine Ecke und verschwand. Dann verlor Newman das Bewußtsein.

Zehntes Kapitel

29° C

Die Hitzewelle, die im Mai ausgebrochen war, lag auch im Juni noch über London. Tweed trug eine leichte Hose und ein offenes Hemd. Es war Spätvormittag, und er stand am Fenster seines Büros und beobachtete die Touristen, die unter der glühenden Sonne zum Regent's Park trabten.

Monica schwitzte trotz des Ventilators auf ihrem Schreibtisch, denn der schien nur die feuchtwarme Luft herumzuwirbeln. Tweed drehte sich schnell um, als die Tür aufging und Paula hereinkam. Er spürte, daß sie erregt war.

»Bob joggt im Hyde Park. Ist das nicht wunderbar? Er hat darauf bestanden, daß man ihn aus dem Krankenhaus entließ. Wenn er in seiner Wohnung ein Bad genommen hat, kommt er her.«

»Das muß gefeiert werden«, sagte Tweed. »Mit Champagner.«
»Aber erst, wenn er da ist«, erwiderte Paula. Sie ließ sich auf ihren Schreibtischstuhl sinken. »Drei gebrochene Rippen und eine schwere Gehirnerschütterung. Und nun ist er wieder in bester Verfassung. Er hat eine Menge durchgemacht.«
»Es waren nicht die Rippen, die mir Sorgen gemacht haben«, erwiderte Tweed und ließ sich gleichfalls an seinem Schreibtisch nieder. »Daß die rasch heilen würden, war zu erwarten. Aber die Gehirnerschütterung war eine gefährliche Sache.«
»Genau das hat der Arzt uns immer wieder erklärt«, erinnerte sich Paula. »Und deshalb hat er darauf bestanden, daß Bob in seiner Obhut blieb, bis die Kopfschmerzen verschwunden waren. Sie waren der reinste Mord für ihn, das konnte man sehen.«
»Es war der Fahrer dieses Sattelschleppers, der auf Mord aus war«, warf Monica ingrimmig ein. »Und was tut die Polizei? Findet den Sattelschlepper einen Kilometer von der Unfallstelle entfernt und stellt fest, daß er gestohlen war. Von seinem Fahrer keine Spur.«
Das Telefon läutete, und Paula griff als erste nach dem Hörer. Sie sprach ein paar Worte, legte auf und lächelte. »Bob ist hier. Er kommt herauf.«
Newman kam herein; auf seinem Gesicht lag ein abwesender Ausdruck. Paula registrierte ihn besorgt, sprang auf und geleitete ihn zu einem Sessel. »Haben Sie wieder Kopfschmerzen?«
»Nein.« Er lächelte sie an. »Tut mir leid, wenn ich einen etwas komischen Eindruck gemacht habe. Mir geht es gut. Ich erinnerte mich nur gerade an einige der Fakten aus dem Material, das Sie mir gebracht haben. Von meinem Zimmer im Krankenhaus aus habe ich viel herumtelefoniert. In Sandys Terminkalender – den ich damals beim Glockenturm in ihrem Jaguar fand – war von *Dracon* die Rede. Ich weiß jetzt, was das ist. Die Denkfabrik von INCUBUS in der Nähe von Boston. Von dort kommen alle Ideen. Und Ed Riverton war der Vizepräsident, der diesen Laden leitete. Er machte eine entsprechende Andeutung, als ich ihn in Helsinki interviewte – kurz bevor er ermordet wurde.«
»Und weshalb, glauben Sie, wurde er auf diese Weise ermordet?« fragte Tweed.
»Weil er sich Gedanken machte über das, was die Leute dort planen – all diese verrückten Akademiker, die in Hausers Diensten stehen. Leider habe ich keine Ahnung, was dort geplant wird.«
»Das bringt uns also auch nicht viel weiter«, bemerkte Tweed. »Inzwischen haben wir eine ganze Menge Material über diesen Koloß zusammengetragen, während Sie auf Urlaub waren . . .«

»So kann man es auch nennen.«
»Wußten Sie, daß INCUBUS die größte Bank der Vereinigten Staaten ist?« fragte Tweed. »Sogar noch größer als die Bank of America? Sie verfügt über kaum vorstellbare Mittel und Mehrheitsanteile in Schlüsselindustrien in der gesamten westlichen Welt.«
»Macht.« Newman trank einen Schluck von dem Kaffee, den Paula gebracht hatte. Der Champagner würde später kommen. »Macht«, wiederholte er. »Das ist es, was Hauser treibt. Der Erwerb von mehr Macht, als irgendein Mensch in der Welt besitzt. Ich habe mit einigen meiner Reporterfreunde gesprochen. Stückchen um Stückchen zusammengetragen. Übrigens – Chefinspektor Buchanan ist hierher unterwegs. Sie haben doch nichts dagegen?«
»Weshalb sollte ich etwas dagegen haben? Ich hätte eher angenommen, daß es Ihnen nicht recht wäre«, bemerkte Tweed. »Seit man Sie ins Krankenhaus gekarrt hat, war er zweimal hier. Anscheinend sind Sie nach wie vor sein Hauptverdächtiger.«
»Wenn man in die Enge getrieben ist, muß man den Stier bei den Hörnern packen – wobei in diesem Fall Buchanan der Stier ist. Es gibt ein paar Fragen, die ich ihm stellen möchte. Mit Ihrer Hilfe – und mit der von Mauno Sarin. Ich hoffe, er ist nach wie vor Chef der Sicherheitspolizei in Helsinki?«
»Das ist er, aber ich verstehe nicht ...«
»Sie werden es bald verstehen.«
Das Telefon läutete, und diesmal nahm Monica den Hörer ab. Paula musterte Newman, der bemerkenswert erholt aussah und Energie und Tatkraft ausstrahlte. Der frühere Schwung war wieder da. Monica legte eine Hand über die Sprechmuschel.
»Jetzt bekommen Sie Ihre Chance. Buchanan ist unten.« Sie wendete sich an Tweed. »Soll ich ihn heraufkommen lassen?«
»Tun Sie das ...«
Chefinspektor Buchanan erschien, wie gewöhnlich in einem grauen Anzug, gefolgt von Sergeant Warden mit seiner undurchdringlichen Miene. Er ließ seinen Blick über die Anwesenden schweifen, als wäre er überrascht, so viele Leute zu sehen. Tweed bedeutete seinen Besuchern, Platz zu nehmen, dann lehnte er sich zurück und überließ Newman das Feld.
»Chefinspektor, sind Sie in der Zwischenzeit mit Ihren Ermittlungen wegen des Mordes an Sandy Riverton irgendwie weitergekommen?«
»Normalerweise bin ich es, der die Fragen stellt.« Buchanans Stimme klang amüsiert. »Aber da Sie das Thema angeschnitten haben – nein. In einer Hinsicht habe ich nicht damit gerechnet, irgendwelche Zeugen zu finden, weil der Mord in den frühen Morgenstunden verübt wurde. In anderer

Hinsicht dagegen doch. Es ist eine ländliche Gegend – und Landarbeiter stehen früh auf.«

»Aber Sie haben es versucht?« beharrte Newman.

»Ja – und bin auf eine Mauer des Schweigens gestoßen.«

»Was mich nicht überrascht . . .« Newman berichtete kurz über das, was er ein paar Stunden, bevor er im Krankenhaus landete, in The Nag's Head erlebt hatte.

»Interessant.« Buchanan hielt einen Moment inne. »Aber das ergibt kein direktes Bindeglied zu Hauser, der vermutlich mit dem Verbrechen nichts zu tun hat.« Ein weitere Pause. »Abgesehen natürlich von dem Mord an Edward Riverton, ihrem Mann. Tweed hat mich über alle Einzelheiten informiert, während Sie im Krankenhaus waren.«

Buchanan schien der einzige zu sein, dem die Hitze nichts ausmachte. Er schlug die langen Beine übereinander und wirkte völlig entspannt, während er Newman mit halb geschlossenen Augen musterte. Warden saß leicht belustigt im Hintergrund; für ihn war es eine neue Erfahrung, daß jemand Buchanan verhörte – normalerweise war es umgekehrt.

»Das ist in Helsinki passiert«, erklärte Newman. »Weit weg von Suffolk.«

»Richtig. Aber wenn jemand wie ich ständig mit Mordfällen zu tun hat, lernt man, gewisse Muster zu erkennen. Es gibt Ähnlichkeiten zwischen diesen beiden Morden, die, wenn ich richtig informiert bin, in einem Zeitraum von ungefähr vierundzwanzig Stunden verübt wurden.«

»Was für Ähnlichkeiten?«

Buchanan setzte sich noch bequemer hin. »Sandra Riverton wurde in den frühen Morgenstunden an einem abgelegenen Ort ermordet. Mr. Tweed kennt Finnland und hat mir erzählt, daß Edward Rivertons Leiche im Dunkeln in den zugefrorenen Hafen geworfen wurde. Zu einer Zeit, in der keine Menschenseele unterwegs war. Auch der Tathergang weist Ähnlichkeiten auf – aber damit gehe ich vielleicht ein wenig zu weit.«

»Gehen Sie ruhig zu weit«, drängte Newman.

»Sandra Riverton wurde getötet, indem man ihr ein Seil um den Hals legte. Edward Riverton wurde mit einem Draht um den Hals erdrosselt. Ein sehr empfindlicher Teil der menschlichen Anatomie. Und eine sichere Methode, jemanden zu ermorden.«

»Ich begreife immer noch nicht, worauf Sie hinauswollen.«

»Ich denke, Sie begreifen recht gut.« Ein ingrimmiges Lächeln. »Ich sagte es bereits – die beiden Verbrechen wurden im Abstand von rund vierundzwanzig Stunden begangen. Das zeitliche Element ist es, was mir zu denken gibt. Es ist durchaus möglich, daß ein und derselbe Mann zuerst sein Werk in

Finnland getan hat und dann in eine Maschine nach London stieg, einen Wagen mietete und nach Suffolk fuhr. Außerdem habe ich festgestellt, daß Mr. Hauser einen Lear Jet besitzt, mit dem er in der ganzen Welt herumfliegt. Und dazu noch einen Sikorsky-Hubschrauber. Ich habe gesehen, wie er von Livingstone Manor aus gestartet ist. Und südöstlich von Beccles, nicht weit von seinem Landsitz entfernt, befindet sich ein Hubschrauber-Landeplatz.«

Er ist fleißig gewesen, dachte Newman. Aber warum erzählt er mir das? Als Buchanan fortfuhr, lieferte er ihm die Antwort auf seine unausgesprochene Frage.

»Mr. Newman, haben Sie zufällig die Absicht, in nächster Zeit nach Finnland zu fliegen?«

»Nein, die habe ich nicht. Warum fragen Sie?«

»Ich habe nur meine Gedanken ein bißchen schweifen lassen.« Er warf einen Blick auf Tweed, der genau wußte, daß das lachhaft war. Buchanan ließ niemals seine Gedanken schweifen. »War nur so eine Idee«, setzte Buchanan hinzu.

»Aber eine Idee, hinter der etwas steckt.« Newman ließ nicht locker.

»Nun, es könnte interessant sein, wenn jemand wie Sie bei der Niederlassung von INCUBUS in Helsinki ein bißchen herumschnüffelte, ein paar Fragen stellte. Natürlich müßten Sie die richtigen Leute dafür aufspüren.«

»Was für Fragen?«

»Ich glaube, auch das wissen Sie. War ein Mitarbeiter in der Nacht, in der Edward Riverton ermordet wurde, in Helsinki? Und war derselbe Mitarbeiter am nächsten Tag *abwesend?* Das heißt, an dem Tag, an dem Riverton aus dem Hafen gezogen wurde? Jemand, der nach England geflogen und zur Zeit des Mordes an Sandra Riverton hier gewesen sein könnte?«

»Ist das nicht ein bißchen viel verlangt?«

»Nur ein Vorschlag. So, und wenn das alles war, dann verschwinde ich jetzt wieder. Im Augenblick stecke ich bis zum Hals in dem Mord in Camden Town.« Er stand auf. An der Tür angekommen, warf er noch einen Blick auf Newman. »Wenn Sie jemanden finden würden, auf den die Beschreibung zutrifft, die ich Ihnen eben geliefert habe, wären Sie aus dem Schneider.«

»Also bin ich nach wie vor Ihr Hauptverdächtiger?«

»Formulieren wir es so, Mr. Newman. In sehr vielen Mordfällen stellt sich heraus, daß der Täter derjenige ist, der die Leiche entdeckt hat. Goodbye, Mr. Tweed . . .«

Damit verließen er und Warden das Zimmer. Sie gingen die Treppe hinunter, händigten dem Wachmann ihre Besucherkarten aus und gingen zu

ihrem nicht als Polizeifahrzeug gekennzeichneten Wagen. Warden setzte sich ans Steuer, dann stellte er seine Frage.
»Sie glauben also immer noch, Newman könnte der Mörder sein?«
»Ich lege mich nie fest, bevor neues Beweismaterial ans Licht gekommen ist. Auf jeden Fall habe ich bei Newman diesen Eindruck erweckt.«
»Und was sollte diese Sache mit Finnland, Chef?«
Buchanan lächelte trocken. »Wenn Newman unschuldig ist, wird er das beweisen wollen. Ich habe beim Assistant Commissioner eine Flugreise nach Helsinki beantragt; er hat abgelehnt und erklärt, ich müßte mich auf den Camden Town-Fall konzentrieren. Vielleicht fliegt Newman statt dessen und tut die Arbeit, die ich eigentlich selbst tun wollte.«
»Und Sie meinen, das kann er?«
»Er ist der ideale Mann dafür. Schließlich ist er ein erfahrener Auslandskorrespondent, der genau weiß, wie er Leute befragen muß. Er hat diesen Beruf viele Jahre lang ausgeübt – und der ist meinem gar nicht so unähnlich.«
Du gerissener Hund, dachte Warden, hütete sich aber, den Gedanken laut auszusprechen.
»Zurück zum Yard«, befahl Buchanan.

»Und was hat dieser Besuch von Buchanan Ihnen eingebracht?« fragte Tweed.
»Ich weiß, daß ich nach wie vor sein Hauptverdächtiger bin. Das war, was ich in erster Linie wissen wollte. Aber er hat mir mehr gegeben, als ich erwartet hatte.«
»In welcher Hinsicht?«
»In der Finnland-Sache«, warf Paula ein. »Bob wird nach Finnland fliegen. Das kann man ihm an der Nasenspitze ablesen. Und«, setzte sie entschlossen hinzu, »ich möchte ihn begleiten. Frauen bemerken oft Dinge, die Männern entgehen. Schließlich habe ich bei den INCUBUS-Nachforschungen die Hauptarbeit geleistet.«
»Ich lasse es mir durch den Kopf gehen«, sagte Tweed. »Es könnte gefährlich sein.«
»Darüber haben wir schon des öfteren geredet«, brauste sie auf. »Und es war auch gefährlich, als wir in Deutschland waren. Und bei einer früheren Gelegenheit war es auch in Rotterdam verdammt gefährlich. Ich denke nicht daran, mich wie eine Zwölfjährige verzärteln zu lassen. Oder . . .« Sie spielte ihre Trumpfkarte aus. ». . . sind Sie vielleicht altmodisch geworden? Frauen sind für Männerarbeit ungeeignet?«
»Ich habe gesagt, ich werde es mir durch den Kopf gehen lassen«, entgeg-

nete Tweed, ohne auf ihren Ausbruch einzugehen. »Außerdem wissen wir noch nicht einmal, ob Bob tatsächlich nach Finnland will.«
»Doch, ich glaube, das wird meine nächste Station sein. Aber vorher möchte ich alles lesen, was Paula über INCUBUS ausgegraben hat ...«
Er brach ab, als abermals das Telefon läutete. Monica nahm den Hörer ab und legte wieder die Hand über die Sprechmuschel.
»Es ist ein Amerikaner. Ein Mr. Ward Dexter. Er sagt, Sie erwarteten ihn; man hätte Ihnen vor ein paar Monaten mitgeteilt, daß er kommen würde. Er erwartet Sie in Brown's Hotel.«
»Sagen Sie ihm, daß ich in einer Stunde da sein werde.«
Während Monica die Botschaft übermittelte, wanderte Tweed in seinem Büro umher. Die Hitze war fast unerträglich, und das Hemd klebte ihm am Körper.
Er dachte an den Bericht, den ihm Guy Dalby, sein Sektorenchef für den Balkan, früh am Morgen aus Wien durchgegeben hatte. Dalby hatte in Bukarest aus absolut verläßlicher Quelle erfahren, daß Ion Manescu, der brutale Chef der Securitate, noch am Leben war. »Gott weiß, wohin er verschwunden ist«, hatte Dalby erklärt, »aber als er verschwand, war er noch sehr lebendig ...«
»Mr. Dexter erwartet Sie«, sagte Monica.
»Es sieht so aus, als kämen die Dinge endlich in Bewegung«, bemerkte Tweed, als er in sein Leinenjackett schlüpfte. »Hört sich an, als wäre das der Mann, den der amerikanische Präsident persönlich beauftragt hat, und mit dem ich zusammenarbeiten soll. Jetzt erfahre ich endlich, wo Washington wirklich der Schuh drückt. – Ein anderes Problem als das, das Sie haben«, sagte er zu Newman.

Elftes Kapitel

Tweed winkte ein Taxi herbei und wies den Fahrer an, ihn am Piccadilly-Eingang der Burlington Arcade abzusetzen. Er durchwanderte die Arkade, wobei er immer wieder vor den Schaufenstern stehenblieb und die ausgestellten teuren Waren betrachtete. Außerdem blickte er mehrfach in die Richtung, aus der er gekommen war.
Am oberen Ende der Arkade angekommen, bog er nach links ab und betrat Brown's Hotel in der Albemarle Street. Dort ging er rasch zum Empfang, der sich in der Mitte einer langen, bis zur Dover Street führenden Halle befand. Ein gutes Hotel – es bot nicht nur einen ausgezeichneten Service,

sondern hatte auch zwei Ausgänge. Mr. Ward Dexter bewohnte Zimmer 144.
Tweed nahm den Fahrstuhl, zu dem ihn der Portier geleitet hatte, stieg aus und ging den menschenleeren Korridor entlang. Er klopfte dreimal an die Tür von Zimmer 144, die einen Spaltbreit geöffnet wurde.
»Mr. Dexter . . .«
Tweed starrte den Mann an, der nun die Tür weit öffnete. Er war vermutlich Anfang Fünfzig, hoch gewachsen und kräftig gebaut mit einem schroffen Gesicht. Unter der kraftvollen Nase saß ein dunkler Schnurrbart, dünn und angeklatscht, was ihm ein südländisches Aussehen verlieh. Nur die eisblauen Augen verrieten Tweed, daß er sich nicht irrte.
»Kommen Sie rein«, sagte der Mann ungeduldig.
Die Tür schloß sich hinter Tweed, der den Blick rasch über das luxuriös möblierte, auf die Albemarle Street hinausgehende Doppelzimmer schweifen ließ. Dann trat er ans Fenster und schaute durch die Vorhänge hinaus. Von allen Leuten, die er aus Washington erwartet hatte, wäre »Dexter« der allerletzte gewesen. Er drehte sich um und musterte Cord Dillon, den stellvertretenden Direktor des CIA.
»Ein ungeschliffener Diamant«, nannte Paula ihn. »Manieren wie ein Elefantenbulle«, war Monicas treffende Beschreibung.
»Wie ich sehe, haben Sie sich einen Schnurrbart wachsen lassen«, bemerkte Tweed. »Und was in aller Welt haben Sie mit Ihren Haaren gemacht?«
»Sie haben mich sofort erkannt?« fragte Dillon.
»Nein. Was haben Sie mit sich angestellt?«
»Habe mir einen Schnurrbart wachsen lassen und ihn gefärbt – wie mein Haar. Wenn Sie mich nicht auf Anhieb erkannt haben, werden mich auch andere Leute nicht erkennen.«
Tweed setzte sich. Der Cord Dillon, den er kannte, hatte eine Mähne aus dichtem braunen Haar und war glatt rasiert. Die tiefliegenden Backen, die die Wangenknochen betonten, waren unverändert, unterstrichen aber die südländische Erscheinung, zu der auch der Schnitt seines leichten Anzugs paßte.
»Was ist das für ein Anzug?« fragte Tweed, während Dillon zwei Gläser mit Perrier-Wasser füllte. »Danke, das Wetter macht durstig.«
»Er stammt aus Italien. Kommen wir zur Sache. Ich bin auf mich allein gestellt. Das heißt, ich arbeite ohne jede Rückendeckung. Nicht einmal der Direktor weiß, daß ich hier bin.«
»Wer weiß es dann?«
»Der Präsident.« Dillon stapfte schwerfällig durch das Zimmer und ließ sich

neben Tweed nieder. Sogar sein Gang war anders als sonst – normalerweise bewegte er sich wie ein Mann mit Sprungfedern in den Füßen.

»Und wer sonst?«

»Niemand. Nur der Präsident. Niemand sonst.«

»Und weshalb dieses unvorstellbare Maß an Geheimhaltung?«

»Ich möchte am Leben bleiben ...«

Tweed war verblüfft. Er sprach mit einem der zähesten, cleversten Amerikaner, die ihm je begegnet waren. Er hätte nie erwartet, von Cord Dillon eine solche Bemerkung zu hören. Dillon machte nicht den Eindruck, als wäre er verängstigt, aber Tweed hatte den Eindruck, daß er angespannt war wie eine Spiralfeder.

»Würden Sie mir ein bißchen genauer erklären, was Sie damit meinen?« fragte Tweed.

»Gleich. Aber zuerst lesen Sie dieses Dokument hier – damit Sie wissen, daß ich *bona fide* bin, wie die Usbeken sagen.«

Tweed war erleichtert, daß der Amerikaner seinen ungewöhnlichen Sinn für Humor nicht verloren hatte. Er zog ein Blatt dickes Papier aus einem ebenso dicken Umschlag. Das Blatt trug das große Siegel des Präsidenten. Die Autorisierung war kurz und an Tweed gerichtet. Er überflog den maschinegeschriebenen Text. Ein Absatz erregte seine besondere Aufmerksamkeit. *Cord Dillon handelt als mein persönlicher Beauftragter mit der Anweisung, mir in dieser Sache direkt Bericht zu erstatten, ohne Einschaltung irgendwelcher und sei es noch so hoch gestellter Vermittler.*

Darunter stand die Unterschrift des Präsidenten. Tweed faltete das Blatt zusammen, schob es wieder in den Umschlag und gab ihn Dillon zurück.

»Warum haben Sie gesagt ›ich möchte am Leben bleiben‹?«

»Weil INCUBUS auf allen Ebenen der amerikanischen Regierung Leute sitzen hat. Ebenso im CIA und im FBI. Hauser ist mehrfacher Milliardär. Wir haben zwar nicht mehr als Gerüchte, aber die Summen, die er gezahlt hat, sind astronomisch.«

»Bestechungsgelder?«

»Ja. Er hat sich innerhalb der Machtstrukturen Washingtons seine eigenen Machtstrukturen aufgebaut. Der Präsident hat das Gefühl, sich im Belagerungszustand zu befinden. Er kann niemandem mehr trauen. Jeder könnte zu INCUBUS gehören.«

»Und weshalb sind Sie hierher gekommen?« fragte Tweed.

»Weil wir glauben, daß wir ihm nur in Europa das Handwerk legen können. Franklin D. Hauser. Wir haben den Verdacht, daß er illegal operiert. Aber wir brauchen eindeutige Beweise. Es gibt Gerüchte, nach denen er mit ein

paar äußerst fragwürdigen Typen zusammenarbeitet. Aber wir wissen nicht, wer sie sind. Verdammt, Tweed, im Grunde wissen wir überhaupt nichts!«
»Dann sollten wir zusehen, daß wir möglichst schnell herausbekommen, was er vorhat. Vor allem in Finnland.«
»Weshalb sollte er sich ausgerechnet für Finnland entscheiden?«
»Weil es die ideale neutrale Basis ist, würde ich meinen. Hoch im Norden gelegen – scheinbar weit abseits der Umwälzungen, die in Osteuropa vor sich gehen. Wir müssen einen Aktionsplan ausarbeiten. Und wir müssen herausfinden, was Hauser tut. Er hat sich in Helsinki ein großes Büro bauen lassen und ein weiteres in Turku, der zweitgrößten Stadt des Landes. Und er hält sich selbst sehr viel in Finnland auf.«
»Also fliegen wir hin, machen uns an die Arbeit und nehmen den Laden auseinander.«
Das war typisch für Dillon, der dazu neigte, mit dem Kopf durch die Wand zu gehen. Aber nicht immer. Dillon war clever und hatte viel Erfahrung. Aber jetzt stand er unter Stress. Er war auf sich allein gestellt. Normalerweise stand ihm ein großes Team zur Verfügung. Und vielleicht war es auch bezeichnend für das unterschiedliche Temperament von Amerikanern und Briten, dachte Tweed.
»Ich würde an Ihrer Stelle behutsam vorgehen, Cord«, warnte Tweed. »In Deckung bleiben. Ich kann noch nicht mitkommen – aber Bob Newman hat wahrscheinlich vor, dort aufzukreuzen. Wenn er nichts dagegen hat, könnten Sie sich zusammentun.«
»Der Auslandskorrespondent? Wir können nicht miteinander. Außerdem ist er ein Einzelgänger.«
»Unter welchem Deckmantel reisen Sie?«
Dillon grinste, trank noch einen Schluck Wasser. Tweeds Persönlichkeit, seine Selbstbeherrschung, seine gelassene Art zu reden übten einen beruhigenden Einfluß auf ihn aus.
»Offiziell gehöre ich zur *Washington Post.* Als Auslandskorrespondent ohne festen Arbeitsbereich ...«
»Und wenn jemand das nachprüfen will?« fragte Tweed schnell. »Sie sagten, daß nur der Präsident weiß ...«
»Der Chefredakteur der Zeitung wird es bestätigen. Er glaubt, ich stellte Nachforschungen über den weltweiten Drogenhandel an. Damit bin ich gedeckt.«
»Dann wäre es doch ideal, wenn Sie mit Newman reisen würden. Ich bin sicher, daß er nichts gegen Sie hat«, fuhr Tweed nicht ganz wahrheitsgemäß

fort. »Natürlich nur, wenn es ihm recht ist. Warten Sie ein paar Tage, dann wird Newman sich mit Ihnen in Verbindung setzen – wieder vorausgesetzt, daß er es möchte. Wenn nicht, werde ich mich wieder melden.«

»Ich kann nicht eine Ewigkeit in diesem uralten Hotel herumsitzen, wenn ich auch zugeben muß, daß es in Ordnung ist. Der Service ist ausgezeichnet. Muß noch aus der georgianischen Zeit stammen.«

»Nicht ganz.« Tweed unterdrückte ein Lächeln. »Aber Agatha Christie hat oft hier gewohnt.«

»Sie haben doch nicht vor, Newman zu sagen, was ich Ihnen erzählt habe?« fragte Dillon.

»Das muß ich. Wie Sie wissen, hat Bob Newman schon oft mit mir zusammengearbeitet. Auf ihn ist hundertprozentig Verlaß.«

»Okay.« Aus Dillons Stimme klang Zweifel. »Vergessen Sie nicht, daß ich hier unter dem Namen Ward Dexter abgestiegen bin. Und Ihren aufgeblasenen Boss, diesen Howard, werden Sie hoffentlich nicht informieren.«

»In dieser Angelegenheit steht Howard außerhalb des magischen Zirkels. Also abwarten und nicht nervös werden . . .«

Das Otmoor, nördlich von Oxford, ist eine einsame, öde Landschaft mit sauren Feldern und geringem Baumbestand. Newman fuhr, nachdem er von der B 4027 abgebogen war, mit nur etwa vierzig Stundenkilometern auf einer schmalen Landstraße. Neben ihm saß Paula, die als Lotse fungierte, und im Fond ein rastloser Cord Dillon.

»Das ist ja das reinste Schneckentempo«, beklagte sich der Amerikaner. »Wissen Sie überhaupt, wo dieser Archer jetzt wohnt?«

»Wir haben eine gewisse Vorstellung davon, Mr. Dillon«, erwiderte Paula sarkastisch. »Halten Sie Ausschau nach einem Haus, das Begonia Cottage heißt.«

»Begonia! Klingt wie eine Spaghettikneipe«, knurrte Dillon. »Glauben Sie wirklich, daß dieser Ausflug irgendeinen Sinn hat?«

»Wenn wir das nicht täten, wären wir nicht hier«, erklärte Newman. »Und auf diese Weise kommen Sie aus London heraus . . .«

»Aber es hat sich jemand an uns gehängt. Dieser silberfarbene Chevrolet. Ich hoffe, das ist Ihnen klar.«

»Er ist mir schon aufgefallen, als wir von meiner Wohnung abfuhren«, erklärte Newman schroff. »Ich habe Ihnen von meinem Krankenhausaufenthalt erzählt. Die Geschichte beweist, daß unsere Gegner genau wissen, wo ich wohne. Ich habe den Chevrolet bemerkt und am letzten Kreisverkehr abgehängt. Und wer immer uns verfolgt hat – hier im Otmoor wird er uns

nicht finden. Und falls er es doch tun sollte, können wir ihn schon sehen, wenn er noch kilometerweit entfernt ist.«
Womit er recht hat, mußte Dillon zugeben, als er einen weiteren Blick durch das Rückfenster warf. Die Straße – kaum mehr als ein Feldweg mit tiefen Gräben zu beiden Seiten – lag höher als die Landschaft. Und so weit er sie überblicken konnte, war kein anderes Fahrzeug in Sicht.
Aber er war hartnäckig. »Newman, sind Sie sicher, daß da kein Irrtum vorliegt – daß Bennington Machine Tools tatsächlich gegen Archers Willen von INCUBUS übernommen worden ist?«
»Ich bin sicher.«
Newman beließ es dabei. Er hatte es nicht für nötig befunden, Dillon von Sandys tragischem Tod zu erzählen und von dem Terminkalender, den er unter dem Sitz des geparkten Jaguars gefunden hatte. Dem Terminkalender, in dem sie ihre Interviews mit Archer von Bennington Machine Tools in Swindon und Manningham Electronics im Thames Valley verzeichnet hatte.
Newman verlangsamte die Fahrt und hielt vor einem weit von der Straße zurückgesetzten Cottage, so daß Paula den Namen lesen konnte. Er hatte sein Fenster geöffnet. Die Hitze war fast unerträglich, die Sonne strahlte von einem wolkenlosen Himmel herab, und das Wageninnere glich einem Backofen. Er wischte sich den Schweiß von Stirn und Händen.
»Holly Place«, sagte Paula, nachdem sie die Namenstafel entziffert hatte. »Das falsche Haus.«
»Fahren Sie endlich weiter, ich schmore«, knurrte Dillon.
»Das tun wir alle, Mr. Dillon«, sagte Paula liebenswürdig, während Newman anfuhr.
In der Ferne tauchte ein großes, L-förmiges Haus auf, gleichfalls weit von der Straße zurückgesetzt. Es hatte ein frisch gedecktes Dach und war von einer Ligusterhecke umgeben. Newman verlangsamte abermals und entdeckte selbst den Namen. Begonia Cottage. Die mit Hilfe des Telefons in seinem Krankenhauszimmer angestellten Nachforschungen hatten sich ausgezahlt. Vorausgesetzt, der Besitzer des Hauses war anwesend. Dann sah er, daß die Sprossenfenster offenstanden.

James Archer war ein hochgewachsener Mann in den Sechzigern, weißhaarig und glatt rasiert. Er trug eine Hornbrille und war offensichtlich eine kraftvolle Persönlichkeit. Es hatte einiger Überredung bedurft, bis er sich bereiterklärt hatte, Newman und Paula einzulassen.
Sie saßen auf Sesseln in einem Raum mit niedrigen Deckenbalken an der Vorderseite des Hauses; Archer hatte sich in einem Schaukelstuhl niederge-

lassen. Paula schaute sich um und sah Spinnweben in den Ecken. Wenn eine Frau im Haus war, dann war sie schlampig, und das schien nicht zu Archer zu passen.
»Sie sind also Auslandskorrespondent, Mr. Newman. Was kann ich für Sie tun?« fragte er sanft schaukelnd.
»Im vorigen Jahr haben Sie Ihre Firma, Bennington Machine Tools, an Columbia High Multi-Machines verkauft – eine Tochtergesellschaft von INCUBUS.«
»Sie haben offenbar Ihre Schularbeiten gemacht«, erwiderte Archer nach einer kurzen Pause.
»Darf ich fragen, weshalb Sie verkauft haben?«
»Ich wollte mich ins Privatleben zurückziehen, ein bißchen mehr vom Leben haben. Columbia hat mir den Marktpreis geboten.«
»Aber als ich mich mit einigen Ihrer Geschäftsfreunde in Swindon in Verbindung setzte, gaben alle Ihrer Überraschung Ausdruck. Sie sagten, Sie hätten ihnen erklärt, Sie würden niemals verkaufen, ganz gleich, wieviel man Ihnen böte.«
»Sie haben tatsächlich Ihre Schularbeiten gemacht.« Das Schaukeln hörte auf, der Stuhl stand plötzlich still, so reglos wie der Mann, der darin saß.
»Und wie geht es Ihrer Tochter Julia?«
Archer erstarrte. Es war ein Schuß ins Dunkle gewesen, aber er hatte sein Ziel getroffen. Archer stand langsam auf, fragte, ob sie gern einen Kaffee hätten, und verließ, nachdem sie sein Angebot angenommen hatten, das Zimmer. Paula stand gleichfalls auf, flüsterte Newman zu, sie käme gleich wieder, und folgte Archer. Newman stand auf und trat ans Fenster. Er konnte seinen Mercedes mit Dillon auf dem Rücksitz gerade noch sehen. Sie waren übereingekommen, daß drei Personen den Mann, den sie besuchen wollten, vielleicht einschüchtern würden.
Paula fand Archer in einer kleinen Küche an der Rückfront des Hauses. Er wendete ihr den Rücken zu und starrte auf die Kaffeemaschine. Sie trug ein bunt geblümtes Sommerkleid, hochgeschlossen und mit kurzen Ärmeln. Sie lehnte sich an die Arbeitsplatte und sah ihn an. In seinen Augen standen Tränen.
»Mr. Newman ist nicht gekommen, um Sie aufzuregen«, sagte sie sanft.
»Weshalb ist er dann gekommen?«
»Er stellt Nachforschungen über INCUBUS an. Er ist überzeugt, daß irgend etwas oberfaul ist an diesem Mammutunternehmen, an den Methoden, mit denen es arbeitet. Er möchte es vor der ganzen Welt bloßstellen, aber dazu braucht er Ihre Hilfe.«

Sie beließ es dabei, öffnete einen Schrank, fand Tassen, eine Kanne, Milch und Zucker und stellte alles auf ein Tablett. Er wischte die Tränen weg und schnaubte sich die Nase; dann goß er den Inhalt der Kaffeemaschine in die Kanne.

»Nein, das Tablett nehme ich«, erklärte Paula.

»Es ist Ihr Kleid«, sagte er. »Meine Frau hatte ein ganz ähnliches. Sie hätte es getragen an einem Tag wie heute.«

»Und Ihre Frau ist ...« setzte Paula an, als sie ins Wohnzimmer zurückgekehrt waren. Sie hatte das Tablett auf einem Tisch abgesetzt und begann einzuschenken.

»Sie ist tot.« Archer setzte sich auf einen Stuhl, sehr steif und aufrecht. »Es hatte mit den Begleitumständen des erzwungenen Verkaufs zu tun. Da bin ich ganz sicher.«

»Erzwungen?« fragte Newman und nahm sich eine Tasse.

»Sic waren sehr direkt. Und Sie scheinen ein ehrlicher Mann zu sein. Ich brauche nicht mehr zu befürchten, daß ich irgend etwas verlieren könnte. Meine Frau weilt, wie ich bereits sagte, nicht mehr unter den Lebenden. Und meine Tochter Julia ist Tausende von Meilen weit fort, in einem Land, das ich nicht nennen werde. Sie hat dort geheiratet und trägt jetzt einen anderen Namen. Sie ist in Sicherheit.«

»Wie ist die Übernahme damals vonstatten gegangen?« fragte Newman leise. »Ich habe gesehen, wie Sie zu meinem Wagen hinausschauten. Der Mann, der darin sitzt, arbeitet für die *Washington Post* und stellt gleichfalls Nachforschungen über INCUBUS an.«

»Ich werde Ihnen die ganze Horrorstory erzählen. Sie haben recht – ich hatte nicht die Absicht, zu verkaufen. Das habe ich auch dem Amerikaner erklärt, der in meinem Büro erschien und mir das Angebot machte. Ein brutaler kleiner Kerl mit dunklem Haar und einer Gangsterfresse. Ein Mr. Moroti. Eine Stunde, nachdem ich sein Angebot abgelehnt hatte, erhielt ich einen Anruf ...«

Er hob seine Tasse und leerte sie. Paula schenkte nach, und er fuhr fort, jetzt mit kräftigerer Stimme.

»Ich erhielt einen Anruf«, wiederholte er, »von jemand anderem. Einem Engländer mit einer kultivierten Stimme. Er teilte mir mit, sie hätten Julia mitgenommen, als sie aus ihrer Sekretärinnenschule in Swindon herauskam. Zur Zeit befände sie sich bei bester Gesundheit, aber Gesundheit wäre ein überaus fragwürdiges Gut ...«

Archers Miene war grimmig, und einen Moment lang überwältigte ihn die Erinnerung so sehr, daß er die Lippen zusammenpreßte.

»Ich kann mich genau an seine Worte erinnern. Dann sagte er, um dieses kleine häusliche Problem aus der Welt zu schaffen, brauchte ich nur vernünftig zu sein. Ich brauchte nur das Angebot zu akzeptieren.«
»Sie hätten die Polizei einschalten können«, bemerkte Newman.
»Davor hat man mich gewarnt. Der Engländer sagte, meine Telefonapparate wären angezapft und ich würde genau beobachtet. Sie gaben mir zwei Tage, um mich zu entscheiden – und diese zwei Tage waren die Hölle.«
»Und Sie haben bisher noch mit niemandem darüber gesprochen?«
»Nein.« Archer schnippte mit den Fingern. »Und ich habe etwas Wichtiges vergessen. Eine Woche, bevor Moroti auftauchte, erschien eine junge Frau in meinem Büro. Wir waren verabredet. Sie sagte, sie käme von dem amerikanischen Magazin *Leaders of Mankind* und wollte einen Artikel darüber schreiben, wie ich die Firma aus dem Nichts aufgebaut hatte. Ich weiß, das hört sich an, als hätte ich meiner Eitelkeit gefrönt, aber ich dachte, die Publicity würde mir vielleicht weitere Exportaufträge einbringen ...«
»Können Sie die Frau beschreiben?« fragte Newman.
»Ja. Sie war sehr hübsch. Schätzungsweise Mitte Zwanzig. Ziemlich klein, höchstens einsfünfundsechzig. Sie hatte wundervolles blondes Haar, das ihr lang über den Rücken herabhing.«
Newman stöhnte innerlich. Er hatte eine Beschreibung von Sandy geliefert. »Bitte, erzählen Sie weiter«, sagte er.
»Sie stellte einen Haufen Fragen, über die Firma, aber auch ganz persönliche. Über meine Familie. Ich erwähnte, daß ich eine Tochter habe, die Julia heißt. Erst viel später kam mir der Verdacht, daß dies ihre Methode gewesen war, sich detaillierte Informationen über mich zu beschaffen. Über meine Lebensgewohnheiten, mein Haus, die Tatsache, daß Julia die Sekretärinnenschule besuchte.«
»Zur Polizei sind Sie also nicht gegangen. Aber Sie haben das Problem mit Ihrer Frau diskutiert?«
»Wir sind die ganze Nacht aufgeblieben. Es war ein teuflisches Dilemma. Sollten wir es riskieren, die Polizei zu informieren? Amelia – meine Frau – war dagegen. Schließlich entsprach das, was sie mir geboten hatten, dem Marktwert der Firma. Die Bande war bestens informiert.«
»Und so haben Sie verkauft – und geschwiegen.«
»Ja. Hätten Sie an meiner Stelle nicht auch so gehandelt?«
»Wahrscheinlich. Julia war unverletzt, als sie zurückkehrte?«
»Ja. Aber sehr verängstigt. Und sie hatten ihr erklärt, wenn sie jemals über das reden würde, was ihr widerfahren war, müßte sie mit einem schlimmen und vermutlich tödlichen Unfall rechnen.«

»Ich verstehe.« Newman warf einen Blick auf Paula. »Ich glaube, wir sollten Mr. Archer in Ruhe lassen. Es sei denn, Sie hätten noch eine Frage.« Er richtete den Blick auf Archer. »Ich habe nicht vor, Ihren Namen zu erwähnen – zumindest nicht, bevor wir INCUBUS vernichtet haben.«
Archer sprang auf. »Vernichten Sie diese verdammten Schweine – mit Stumpf und Stiel!« Er sah zu Paula hinüber. »Bitte entschuldigen Sie die harten Worte.«
»Ich hätte noch härtere gebraucht«, erklärte Paula.

Zwölftes Kapitel

Peggy Vanderheld stand wutbebend in Hausers Arbeitszimmer. Draußen, hinter dem großen Aussichtsfenster, reflektierten die Wellen die Sonne und ließen das Wasser funkeln.
»Ich bin sicher, daß Sie meinen Standpunkt verstehen«, fuhr Hauser, an seinem Schreibtisch sitzend, fort. »Wenn ich etwas von den Leuten verlange, die eng mit mir zusammenarbeiten, dann ist es Zuverlässigkeit.«
»Woher sollte ich denn wissen, daß diese verdammte Akte derart geheim ist?« fauchte sie. »Sie haben mich angewiesen, die Riverton-Akte ins Archiv zu bringen. Mir fiel auf, daß das Aktenzeichen nicht stimmte. Deshalb . . .« Sie richtete sich zu voller Höhe auf, wobei ihr eng anliegendes schwarzes Kleid ihre üppige Figur betonte, als wäre der Stoff an ihren Körper angeklebt. ». . . deshalb«, wiederholte sie, »habe ich sie aufgeschlagen, um einen Blick auf das Foto zu werfen, und sah, daß es sich um die Akte von Ed Riverton handelte. In dem Augenblick kamen Sie herein.«
»Und worauf haben Sie sonst noch einen Blick geworfen?« erkundigte er sich sanft. »Auf seine Biographie vielleicht?«
»Die verdammte Biographie habe ich überhaupt nicht gesehen. Ich habe nur die erste Seite gesehen, die – falls Sie es vergessen haben sollten – das Foto des Betreffenden enthält, sein Alter, die Zeit, während der er im Dienst der Firma gestanden hat, wann er eingetreten ist und wann er uns verlassen hat – es sei denn, er weilt noch unter uns.«
Er ignorierte ihre sarkastische Bemerkung und krempelte die Hemdsärmel auf seinen dicken, kräftigen Armen ein Stück höher hinauf. Gleichzeitig musterte er sie. Er war geneigt, ihr zu glauben; ihre Wut war eine normale Reaktion auf seine Beschuldigung, sie hätte in Akten herumgeschnüffelt, die sie nichts angingen.
»Es ist die Hitze«, sagte er schließlich und bedachte sie mit einem breiten

Lächeln. »Wie Sie wissen, habe ich diese schwüle Wärme noch nie gut vertragen. Ich wäre nie auf die Idee gekommen, daß es hier, so hoch im Norden, eine derartige Hitzewelle geben könnte.«

»Sie können jemand anders damit beauftragen, die Akte ins Archiv zu bringen.«

»Ich habe Sie damit beauftragt, weil Sie meine persönliche Assistentin sind und seit jeher mein volles Vertrauen hatten. Außerdem scheint es mir an der Zeit, über eine Gehaltsaufbesserung zum Lohn für Ihre Loyalität nachzudenken. Danke, Peggy.«

Er sah ihr nach, als sie das Zimmer verließ. Sie würde vor Freude strahlen. Hauser war stolz auf seine Fähigkeit, Menschen zu manipulieren. Er blieb sitzen und dachte über sie nach. Vielleicht saß sie schon zu lange auf ihrem Posten. Es gehörte zu seiner Taktik, Leute in der Chefetage nicht allzu lange zu beschäftigen – das verhütete, daß sie zu viel erfuhren. Ich werde ihr den Laufpaß geben, beschloß er. Bald . . .

Im Fahrstuhl kochte Peggy Vanderheld, und nicht nur, weil es so heiß war. Sie kannte die Anzeichen. Er will mich feuern, dachte sie. Also, wie kann ich dem Mistkerl vorher noch einen Tritt in die Eier versetzen?

»Frank, unsere Pläne für die Infiltration Europas und Rußlands machen gute Fortschritte. Ich denke, es ist an der Zeit, alle in Finnland eintreffenden Leute genauer unter die Lupe zu nehmen.«

Galvone nickte und trat an das Aussichtsfenster. Über der See lag ein Hitzeschimmer. Er trug ein kurzärmeliges Hemd und eine zimtfarbene Hose, sein großen Füße steckten in Turnschuhen. Hauser fiel wieder einmal auf, wie energiegeladen Frank war, daß er es nicht fertigbrachte, mehr als ein paar Minuten stillzuhalten.

»Wir überwachen bereits alle Flugplätze und Seehäfen«, erinnerte er seinen Chef. »Und ich sehe täglich die Liste der uns bekannten Besucher durch.«

»Das ist der springende Punkt, Frank. Wir müssen auch nach unbekannten Besuchern Ausschau halten. Benutzen Sie die Filmausrüstung unserer Reiseabteilung. Unsere Unternehmungen befinden sich in einem heiklen Stadium. Also lassen Sie jeden filmen, der ins Land kommt, und sehen Sie sich die Filme dann genau an.«

»Wird gemacht.« Galvone ließ sich auf einem Stuhl nieder, wippte mit den Füßen. »Wie stehen die Aktien in der Sowjetunion? Da haben wir eine harte Nuß zu knacken. Sie sind Fremden gegenüber sehr argwöhnisch.«

»Die Nuß ist schon geknackt.« Hauser war in mitteilsamer Stimmung.

»Wir haben Angel, also sind wir auf Fremde, wie Sie sich ausdrückten, nicht angewiesen.«
»Angel? Hört sich an wie eine Frau. Sie trauen Frauen doch nicht.«
Hauser lächelte, schwenkte seine Zigarettenspitze. »Angel ist ein Mann, ein Mitglied des Politbüros in Moskau.«
Frank pfiff. »Sie müssen geschickt taktiert haben, um einen Mann in den höchsten Rängen dieser geschlossenen Gesellschaft anzuheuern.«
»So geschlossen ist sie jetzt nicht mehr, Frank. Wir leben im Zeitalter der *perestroika*. Ein paar Männer an der Spitze im kleinen alten Moskau sind sich nicht sicher, wie das alles ausgehen wird. Und deshalb sind Dollars, besonders auf einem Konto außerhalb Rußlands, sehr verlockend. Als eine Art Versicherungspolice für die Zukunft.«
»Darf ich fragen, wer dieser Angel ist?«
»Sie haben es gerade getan.« Hauser paffte an seiner Zigarette. »Und das war ein Fehler, Frank. Es ist doch sonst nicht Ihre Art, Ihre große Nase in Dinge zu stecken, die Sie nichts angehen. Ihr Operationsgebiet ist Europa. Um Rußland kümmere ich mich selbst. Ich muß mich wirklich wundern.«
»Entschuldigung, Chef«, sagte Galvone hastig. »Es ist mir nur so herausgerutscht. Ich war so verblüfft, daß es Ihnen gelungen ist, einen derartigen Coup zu landen. Sicher, eigentlich hätte ich nicht verblüfft sein dürfen. Schließlich haben Sie die ganze Firma aus dem Nichts aufgebaut.«
»Das stimmt . . .«
Auf Hausers großflächigem Gesicht erschien ein träumerischer Ausdruck. In Gedanken kehrte er nach La Jolla zurück, der kleinen kalifornischen Stadt an der Pazifikküste, ungefähr zehn Meilen nördlich von San Diego. Der Stadt, in der er geboren wurde. Der Stadt, in der er eine kleine Bank gegründet und sich langsam hochgearbeitet hatte. Der große Sprung nach vorn war ihm in den Achtzigern gelungen, als er sein Imperium mit Hilfe von Junk Bonds mit Riesenschritten vergrößert hatte – bis man in den Vereinigten Staaten plötzlich begriff, daß Hauser die größte Privatbank der Republik kontrollierte.
Hauser, der seinen Instinkten folgte, entledigte sich in den achtziger Jahren seines Berges von Junk Bonds und verwandelte sie in einen Berg von Geld. Er kaufte Politiker auf der untersten Ebene – und auf der höchsten. Die Gouverneure mehrerer Staaten hatte er sicher in der Tasche.
Auf den Korridoren des Kongresses wurde der Name »Hauser« hinter verschlossenen Türen geflüstert. Jedermann fragte sich, wie sein nächster Schritt aussehen würde. Und jedermann versuchte, auf den fahrenden Zug aufzuspringen. INCUBUS war das nächste Jahrzehnt. INCUBUS war

Macht. Aber Macht in den Händen einer gütigen Vaterfigur, deren einziges Bestreben das Wohlergehen der Menschheit war. Das hatte er selbst gesagt.
»Ion Manescu hat die neue Ostabteilung auf die Beine gestellt«, berichtete Galvone. »Er hat Repräsentanten nach Budapest, Bukarest, Prag, Warschau, Sofia und Berlin geschickt. Sie sind bereits dabei, in diesen Regionen kommerzielle Zellen einzurichten.«
»Repräsentanten, kommerzielle Zellen.« Hauser kicherte. »Mir gefällt die Terminologie – besonders in Anbetracht ihrer tatsächlichen Funktion.«
Kein Wunder, dachte Galvone. Schließlich hast du die Begriffe selbst erfunden. Hauser hatte eine Leidenschaft für Intrigen und dafür, finstere Machenschaften zu vertuschen, indem er sich des kaufmännischen Vokabulars bediente.
»Sie haben alle den speziellen Ausbildungskurs in Kemijärvi durchlaufen«, fuhr Galvone fort. »Wobei besonderer Nachdruck auf die Anwendung harter Methoden gelegt wurde.«
»Die amerikanische Art«, bemerkte Hauser beifällig. »Wenn man mitmischen will, muß man immer daran denken, daß es in diesem Spiel nur Gewinner und Verlierer gibt. Wir sind die Gewinner. Was kann uns aufhalten – uns daran hindern, die Welt von der Pazifikküste bis zum Ural in unsere Gewalt zu bekommen? Zumal Angel auf unserer Seite steht.«
»Was kann uns daran hindern?« wiederholte Galvone. »Ich sorge dafür, daß die Filmteams an allen Orten ihre Arbeit aufnehmen, von denen aus man nach Finnland gelangen kann.«

In Otmoor begleitete Archer seine Besucher durch den Garten bis zur Pforte. Als Newman für Paula die Pforte öffnete, spürte er, daß Archer noch etwas sagen wollte und nicht recht wußte, wie er es formulieren sollte.
Ein schmutziger Dunst, der wie Sumpfgas aussah, erhob sich über die tristen Felder. Die Sonne holte den letzten Rest von Feuchtigkeit aus der menschenleeren Landschaft. Eine drückende Stille lag in der Luft, und Newman fiel plötzlich auf, daß sie, seit sie in diese Gegend gekommen waren, keinen Vogel gehört hatten.
»Meine Tochter, Julia«, setzte Archer an, die Hand auf der Pforte.
»Was ist mit ihr?« ermutigte ihn Paula mit einem Lächeln.
»Wir haben keine Verbindung miteinander. Weder brieflich noch telefonisch.«
»Es tut mir leid, das zu hören. Verstehen Sie sich nicht?«
»O doch, unser Verhältnis ist sehr gut. Sie ist intelligent – sie war an der

Universität von Bristol, bevor sie auf die Sekretärinnenschule ging. Sie hat dort graduiert.«
»Also was ist das Problem?«
»Angst. Solange sie nicht wissen, wo sie ist, können sie mir nichts anhaben. Sie wollten, daß ich als Berater zur Verfügung stehe. Ich habe mich geweigert. Das war, nachdem ich verkauft und Julia nach – Übersee geschickt hatte. Sie werden doch nicht versuchen, herauszubekommen, wo sie sich aufhält, Mr. Newman?«
»Sie haben mein Wort. Unter gar keinen Umständen. Und Ihr eigener Name und der Ihrer Firma wird gleichfalls nicht erwähnt werden, bevor Hauser von der Bildfläche verschwunden ist.«
»Glauben Sie wirklich, daß Sie das schaffen können?«
»Auf jeden Fall werde ich mir Mühe geben.«

Es war Paula gewesen, die Newman, während er im Krankenhaus lag, bei seinen Recherchen geholfen hatte, und sie war es auch gewesen, die James Manningham, den vormaligen Besitzer von Manningham Electronics, im Thames Valley ausfindig gemacht hatte.
Sie war zu seiner früheren Adresse in Maidenhead gefahren, aber die neuen Bewohner seiner kleinen Villa hatten keine Ahnung, wo er geblieben war. Aber Paula hatte nicht locker gelassen und schließlich von der Frau die Adresse der Haushälterin erfahren, die für Manningham gearbeitet hatte. Sie hatte die Haushälterin, eine Mrs. Parsons, zum Essen in ein nahegelegenes Luxusrestaurant eingeladen und bald festgestellt, daß Mrs. Parsons eine ausgesprochene Vorliebe für Gin und Tonic hatte. Nach sechs Drinks wurde die Haushälterin gesprächig und gab Paula die neue Adresse.
»Hat mich einfach vor die Tür gesetzt und mir nicht einmal eine Gratifikation gezahlt«, beklagte sie sich. »Und das nach sechs Jahren treuer Dienste. Zufällig habe ich einmal seine Schickse gesehen. Sie ging gerade über die Brücke nach Riverboat Island. Sie hatte neue, teure Sachen an. Bei der kommt es ihm auf ein Pfund mehr oder weniger nicht an . . .«
Newman hatte Otmoor verlassen und fuhr nun in Richtung London, und Paula dirigierte ihn nach Riverboat Island in der Themse. Eine merkwürdige Insel, wie sie feststellte, als sie die letzten paar hundert Meter zu Fuß gingen; den Mercedes hatten sie, mit Dillon auf dem Rücksitz, auf einem Parkplatz zurückgelassen.
»Ich weiß wirklich nicht, weshalb ich mitgekommen bin«, hatte er geknurrt, bevor sie ihn verließen. »Weshalb kann ich nicht mitkommen und den Mann selbst in Augenschein nehmen?«

»Weil ich mit ihm telefoniert habe und es sich anhörte, als wäre er ein zäher Kunde. Nicht der Typ, der reden wird, wenn wir zu mehreren bei ihm auftauchen. Vielleicht redet er überhaupt nicht ...«

Newmans Annahme erwies sich als falsch. Sie überquerten eine gewölbte eiserne Fußgängerbrücke, die über einen Nebenarm der Themse führte; sie bildete den einzigen Zugang zu seinem Haus. Am Hauptufer lagen zahlreiche Boote, überwiegend kleine Motorboote und ein paar Ruderboote. The Lodge, wie Manninghams neuer Wohnsitz hieß, war ein großer, offensichtlich erst vor kurzem errichteter Bungalow. Manningham, ein untersetzter Mann in den Fünfzigern, erwartete sie bereits, als sie von der Brücke herunterkamen. Er war mit einer Eisenstange bewaffnet, und seine Begrüßung war alles andere als herzlich.

»Sie sind Newman. Ich erkenne Sie wieder. Worum geht es?«

Newman kam zu dem Schluß, daß ein behutsames Vorgehen wie bei Archer in diesem Fall nicht angebracht war. Hier mußte er direkt zur Sache kommen.

»Es geht um INCUBUS und um die Art, in der man sich Ihre Firma angeeignet hat. Ich recherchiere für eine Reihe von Artikeln im *Spiegel.* Das ist ein führendes deutsches Nachrichtenmagazin ...«

»Ich weiß. Worauf wollen Sie hinaus?«

»Ich bin dabei, über die Methoden, mit denen sie in der ganzen Welt die Leute schikanieren, ein Dossier anzulegen. Wie haben sie es bei Ihnen angestellt?«

»Kommen Sie herein, dann erzähle ich es Ihnen.« Er hatte Paulas Figur betrachtet. »Wer ist die Dame?«

»Meine Assistentin, Paula.«

»Eine neue Bezeichnung für ein Verhältnis. Kommen Sie mit. Und berühren Sie den Drahtzaun nicht – er steht unter Strom.«

»Ist das legal?«

»Ich habe mir nicht die Mühe gemacht, mich zu erkundigen. Ich habe Warnschilder aufgestellt, wie Sie sehen ...«

Das Innere von The Lodge glich einem Musterhaus, auffällig möbliert, ohne Rücksicht auf die Kosten. Vom Wohnzimmer aus sah man einen Anleger mit einem kleinen Motorboot. Auf dem rosa Teppichboden standen schwarze, lederbezogene Sessel und Couches. Silberne Becher – Golftrophäen – füllten das Sims über einem riesigen, aus Ziegelsteinen aufgemauerten Kamin, und gerahmte Fotos von Manningham, einen Golfschläger schwingend, schmückten die limonengrünen Wände. Der Gastgeber bemerkte, daß Paula den Teppichboden betrachtete.

»Den hat Phoebe ausgesucht. Großartig, nicht wahr? Möchte jemand einen Drink?«
Beide lehnten ab, und Manningham goß sich selbst einen großen Scotch ein. Paula ließ sich vorsichtig auf einem der riesigen Sessel nieder, in dem sie fast versank. Manningham setzte sich auf einen schwarzen Lederhocker dicht neben einer gut ausgestatteten Bar. Er eröffnete das Gespräch, indem er die geballte Faust schwang.
»Das sind Gangster. Verdammte Yankee-Gangster. Phoebe ist in der Stadt, kauft noch mehr Klamotten, gibt mein Geld aus, die Gelegenheit ist also günstig, Ihnen alles zu erzählen ...«
Die Geschichte ähnelte der, die Archer erzählt hatte, nur die Technik war abgewandelt worden. Ein Mr. Vicenzo, ein Amerikaner, hatte Manningham in seinem Büro aufgesucht. Die Beschreibung traf abermals auf Frank Galvone zu. Vicenzo hatte den Marktwert für Manningham Electronics geboten. Manningham hatte gesagt, die Firma stünde nicht zum Verkauf, aber er würde es sich vielleicht überlegen, wenn man ihm die doppelte Summe böte.
»Für wen arbeitete er?«
Newman warf seine Frage schnell ein. Manningham war in voller Fahrt, kippte seinen Drink hinunter und goß sich einen weiteren ein. Die Antwort lautete Columbia High Multi Machines & Advanced Technology, dieselbe Firma, die nach Archers Aussage auch das Angebot für Bennington gemacht hatte. Newmans Recherchen während seiner Zeit im Krankenhaus hatten ergeben, daß dieses Unternehmen eine Tochtergesellschaft von INCUBUS war.
Vicenzo war wieder gegangen. Ein paar Tage später hatte ihn ein Engländer angerufen und ihm mitgeteilt, ein Brief mit Fotos, die Manningham vielleicht interessieren könnten, sei per Einschreiben und Eilboten an ihn unterwegs. Und daß es Manningham das Leben sehr viel leichter machen würde, wenn er das Geschäft zu dem gebotenen Preis abschlösse.
»Ich habe einige der Fotos, die in dem Brief steckten, behalten. Sie wollten sie alle zurückhaben, nachdem ich mich bereit erklärt hatte, zu verkaufen – zu ihrem Preis –, aber ich habe behauptet, ich hätte über ein paar von ihnen Kaffee gekippt und sie weggeworfen. Sie müssen wissen, ich lasse mich gerade von meiner Frau scheiden. Damals lebten wir getrennt – die Frau auf den Fotos ist Phoebe. Zwei davon sind vor der Wohnung aufgenommen, die ich für sie gemietet hatte.«
Newman betrachtete die fünf Fotos, reichte sie Paula und zündete sich eine Zigarette an, nachdem Manningham erklärt hatte, er hätte nichts dagegen. Die Fotos zeigten alle dieselbe Frau. Beim Verlassen eines Geschäfts, vor

einem Apartmenthaus. Eine Nahaufnahme, mit einer Zoomlinse aufgenommen. Das Schlimme an den Fotos war, daß irgend jemand einen Gummistempel angefertigt hatte, der das Fadenkreuz eines Zielfernrohrs darstellte. Die Fotos waren so gestempelt worden, daß das Zentrum des Fadenkreuzes auf Phoebes Rücken lag. Auf der Nahaufnahme lag das Fadenkreuz über ihrem Gesicht.

Eine Edelnutte, dachte Paula. Ein unverschämtes Gesicht. Bestimmt brauchte sie eine halbe Stunde, um es zurechtzumachen. Bei Paula dauerte das nicht viel länger als zwei Minuten. Aber ganz offensichtlich liebte Manningham diese Frau. Sie gab ihm die Fotos zurück.

»Sie haben mir Angst eingejagt, das gebe ich zu«, erklärte Manningham. »Ich war nervös, weil sie die Sache mit der Wohnung herausbekommen hatten, in der sie damals lebte. Und dann diese fürchterlichen Fotos.« Er leerte sein Glas.

»Bevor dieser Vicenzo kam – sind Sie da interviewt worden, auf ungewöhnliche Art, die etwas mit Amerika zu tun hatte?«

Manningham war verblüfft. »Mein Gott! Diese Frau . . .«

Es war die gleiche Geschichte. Die Frau, die ihn für *Leaders of Mankind* interviewt hatte. Und die Beschreibung, die er von ihr gab, traf eindeutig auf Sandy zu. Alles wie gehabt.

Ein paar Minuten später verließen sie Riverboat Island und überquerten schweigend die hochgewölbte Brücke. Paula war die erste, die wieder sprach.

»Es ist grauenhaft«, sagte sie. »Die Technik, mit der sie arbeiten. Manningham hat nicht gewagt, die Polizei einzuschalten, weil sie ihm erklärt haben, daß er auf Schritt und Tritt überwacht würde. Was die Sache noch diabolischer macht, weil er eine harte Nuß ist.«

»Ja, es ist diabolisch«, erklärte Newman ingrimmig. »Aber zuerst müssen wir noch tiefer graben. Wir müssen noch näher an INCUBUS herankommen. Die Antworten liegen vermutlich in Finnland.«

»Also ist Helsinki die nächste Station?«

»Ich denke schon. Und ich werde Tweed bitten, daß Sie mitkommen dürfen. Sie haben bei Archer den richtigen Ton gefunden – und zwei Männer und eine Frau, die zusammen reisen, erregen weniger Aufmerksamkeit.«

»Also nehmen wir Cord Dillon mit?«

»Ja. Es könnte sein, daß wir Rückendeckung brauchen. Dillon ist mir zwar nicht sonderlich sympathisch, aber in kritischen Situationen steht er seinen Mann.«

»Wir fliegen direkt nach Helsinki?«
»Nicht direkt«, sagte Newman, als sie sich dem Parkplatz näherten. »Wir machen einen Umweg. Über Schweden. Es ist durchaus möglich, daß jemand bereits auf unser Eintreffen wartet.«

Am nächsten Tag informierte Tweed Monica über seinen Entschluß. Sie waren allein in seinem Büro. Tweed litt unter der Hitze und wischte sich immer wieder den Schweiß von der Stirn.
»Ich schicke Marler nach Finnland. Er soll ein bißchen herumschnüffeln. Vielleicht findet er heraus, wohin die abgängigen Leute verschwunden sind. Leute wie Ziegler von der Stasi und Manescu von der Securitate.«
»Weshalb Finnland?«
»Weil mir berichtet wurde, daß eine neue Untergrundroute eingerichtet worden ist. Sie verläuft vom Balkan zu dem deutschen Ostseehafen Travemünde.«
»Und wohin könnten sie von dort aus gelangen?« fragte Monica und warf einen Blick auf die Europakarte an der Wand.
»Sie könnten an Bord eines Fährschiffes nach Helsinki gehen. Auf diese Weise können sie spurlos verschwinden. Bei dem augenblicklich herrschenden Durcheinander kommt niemand auf die Idee, auf diesen Überfahrten die Passagiere zu kontrollieren.«
»Sollte Newman nicht informiert werden?«
»Auf keinen Fall. Wir führen zwei voneinander getrennte Untersuchungen durch. Die eine betrifft INCUBUS. Mit diesem Problem beschäftigen sich Newman, Paula und Dillon. Marler dagegen sucht nach Spuren der Leute, die verschwunden sind . . .« Jemand klopfte an die Tür. »Herein.«
Marler war ein schlanker Mann Anfang Dreißig. Er trug ein teures Sportjackett, hatte blondes Haar, war glatt rasiert und nur knapp einssiebzig groß. Wenn er sprach, tat er es mit affektierter Stimme und einem Privatschulakzent, den er im Ausland oft übertrieb. Fremde hielten ihn für einen typischen Engländer, ein bißchen geckenhaft, und nahmen ihn deshalb nicht für voll. Sie wären wesentlich vorsichtiger gewesen, wenn sie gewußt hätten, daß er unter anderem der zielsicherste Schütze in ganz Europa war.
»Morgen allerseits.« Er setzte sich auf die Kante von Paulas Schreibtisch und ließ die Beine baumeln. »Ich habe bis drei Uhr dagesessen und diese Akten gelesen, die Sie mir gegeben haben. Jetzt sind sie wieder im Zentralarchiv. Ich habe mich auf Ziegler und Ion Manescu konzentriert. Dieser Mr. Manescu war in Bukarest ein großes Tier bei der Securitate. Und ich habe

die Leute vom Maschinenraum im Keller überreden können, mir drei Fotos von unserem rumänischen Freund anzufertigen.«

»Weshalb drei?« fragte Tweed. »Sie müssen sehr vorsichtig sein, wenn Sie seinen Namen erwähnen. Er ist gefährlich.«

»Als ob ich das nicht wüßte. Schließlich hat er genug auf dem Kerbholz.« Er zog einen Umschlag aus der Brusttasche, entnahm ihm drei Fotos, legte sie auf den Schreibtisch. »Das eine ist das einzige Originalfoto, das je von ihm aufgenommen wurde. Das zweite zeigt ihn mit einem Kinnbart und seinem Schnurrbart, das dritte ohne den Schnurrbart. Unser Archie da unten ist ein wahrer Künstler.«

Monica und Tweed betrachteten die drei Fotos. Monica zischte durch die Zähne.

»Das ist unglaublich. Auf den retuschierten Bildern ist er nicht wiederzuerkennen.«

»Ich bin ziemlich sicher, daß er sein Aussehen verändert hat«, bemerkte Marler und zündete sich eine seiner King Size-Zigaretten an. »Wenn ich ihn sehe, erkenne ich ihn – aber er kennt mich nicht.«

»Sie sollten bewaffnet sein«, entschied Tweed. »Manescu ist ein Killer. Aus den Akten geht hervor, daß er in den alten Zeiten in Bukarest Leute mit den bloßen Händen erwürgt hat. Aber bei den Sicherheitsvorkehrungen an den Flughäfen ist das ein Problem. Das Sie zweifellos lösen werden.«

»Betrachten Sie es als gelöst.« Marler schwenkte wegwerfend eine Hand.

»Ist Ihr Kontaktmann, der gesehen hat, daß Manescu in Travemünde an Bord des Fährschiffes ging, verläßlich?«

»Sehr verläßlich.«

»Sie haben mir von Newman erzählt und dem tragischen Tod seiner Freundin. Wann wurde Manescu in London gesehen?«

»Zwei Tage, bevor Sandy Riverton in Suffolk ermordet wurde.«

»Interessant. In der Akte steht, daß Manescu ein Jahr an der Rumänischen Botschaft in London verbracht hat, und daß er fließend Englisch spricht. Wahrscheinlich nur ein Zufall. Manescus Anwesenheit in London um diese Zeit.«

»Dieser Gedanke war mir auch schon gekommen.« Tweed zögerte. »Ich habe Bob Newman nichts davon gesagt. Er arbeitet an einer anderen Sache. Ich möchte nicht, daß er davon abgelenkt wird. Sandys Tod hat ihn sehr schwer getroffen.«

»Wir sind nicht immer ein Herz und eine Seele«, meinte Marler und blies einen Rauchring in die Luft, »Newman und ich. Aber er hat eine Menge durchgemacht, das muß ich zugeben.«

»Wann können Sie nach Finnland abreisen?«
»Ich habe die Taschen voller Finnmark. Und ein offenes Ticket für den Ort, den ich zuerst anfliege.«
»Und das wäre?«
»Hamburg.«
»Eine etwas seltsame Route nach Finnland.«
»Ich habe meine Gründe, meine Teuerste ...«

Dreizehntes Kapitel

Der Sikorsky-Hubschrauber, der Hauser von Helsinki aus zu dem verschwiegenen Treffpunkt in den finnischen Wäldern gebracht hatte, stand mit stehenden Rotoren auf einer Lichtung. Hauser ging mit Galvone auf den Mann zu, der reglos im Schatten einer dichten Gruppe von Tannen wartete. Hauser trug eine dunkle Brille und einen breitkrempigen Strohhut, den er tief ins Gesicht gezogen hatte. Er hütete sich, seine Zigarettenspitze zu benutzen. Gekleidet war er in eine weite, khakifarbene Drilljacke und eine flatternde Hose aus dem gleichen Material. Es war nicht einfach, in ihm Franklin D. Hauser zu erkennen.
»Das ist Ion Manescu«, stellte Galvone vor.
»Wie lauten meine Instruktionen?« fragte Manescu und musterte den Mann mit der dunklen Brille.
»Es wurde beschlossen, das Überwachungsgebiet zu vergrößern, den Beobachtungs- und Schutzring weiter zu ziehen. Wir möchten, daß Sie Leute nach Schweden schicken, nach Stockholm. Achten Sie auf alle Neuankömmlinge, die an Bord eines der großen Fährschiffe nach Finnland gehen.«
»Das läßt sich in zwei Tagen organisieren«, entgegnete Manescu selbstsicher. »Und ich habe genau die Person mitgebracht, die dabei von unschätzbarem Wert sein wird. Irina Serow.«
»Er hat jemanden mitgebracht?« flüsterte Hauser. »Er sollte uns allein treffen. Fragen Sie ihn, wo diese Irina jetzt steckt.«
Galvone stellte die Frage auf Englisch. Manescu deutete mit einer langen, schlankfingrigen Hand hinter sich.
»Sie wartet außer Sichtweite im Wald. Wir sind zusammen von Kemijärvi hierher geflogen. Und wir haben inzwischen fünfzig Agenten unterschiedlicher Nationalität, die alle an diesem speziellen Ort gründlich ausgebildet worden sind.«
»Und«, fuhr Galvone fort, »sind die Agenten, die sich der liberalen Ele-

mente in einflußreichen Positionen annehmen sollen, inzwischen unterwegs?«
»Sie befinden sich bereits an Ort und Stelle«, erwiderte Manescu, seine Worte sorgfältig wählend.
Sein mageres, knochiges und von der Sonne gebräuntes Gesicht war entspannt und verriet nichts von seinem hohen Maß an Wachsamkeit. Sein Instinkt sagte ihm, daß er einer Prüfung unterworfen wurde, und er hatte sorgfältig darauf geachtet, alle Fragen kurz und bündig zu beantworten und keinerlei zusätzliche Informationen zu liefern. Aber war die Erwähnung von Kemijärvi ein Fehler gewesen?
»Fragen Sie ihn, wann die Agenten mit ihrer Kampagne gegen die Liberalen beginnen werden?« flüsterte Hauser abermals.
Galvone stellte Manescu die Frage, der mit den Händen auf den Hüften selbstbewußt dastand, nur Galvone ansah und keinen Blick in Hausers Richtung warf. Er trug ein blaukariertes T-Shirt und eine helle Hose und sah aus wie ein Finne auf Urlaub, was auch seine Absicht gewesen war.
»Heute«, sagte Manescu und preßte die Lippen zu einer dünnen Linie zusammen.
Hauser wendete sich ab und wanderte langsam zu der wartenden Sikorsky zurück. Anstatt sich auf seine normale, zielstrebige Art zu bewegen, schlurfte er die Leiter hinauf und hievte sich schwerfällig in die Kabine. Das Fernsehen hatte zu viele Filme gezeigt, auf denen Franklin D. Hauser seinen Lear Jet bestieg, um irgendwohin zu fliegen.
Hauser wollte auf keinen Fall mit den Unternehmen in Verbindung gebracht werden, die Manescu in mehreren, ehemals kommunistischen Staaten Europas in die Wege geleitet hatte. Als Galvone an Bord gekommen war und sich neben seinem Chef niedergelassen hatte, machte Hauser, bevor sich die Rotoren zu drehen begannen, eine Bemerkung.
»Ich bin beeindruckt, Frank. Sehr beeindruckt von diesem Manescu. Er hat natürlich einen Fehler gemacht, indem er Kemijärvi erwähnte. Aber einen Fehler kann man einem Mann durchgehen lassen. Glauben Sie, daß er die Wahrheit sagte, als er behauptete, die Aktionen gegen die Liberalen würden heute beginnen?«
»Ganz bestimmt.«
Für den Amerikaner Hauser waren alle Sozialisten Liberale. Sie wollten die Industrie in Staatsbesitz erhalten. Und mit Firmen, die nicht Privatleuten gehörten, konnte man keine Geschäfte machen – man konnte sie sich nicht einverleiben. Hauser nahm die dunkle Brille ab, ersetzte sie durch seinen Kneifer.

»Und wenn die Bomben hochgehen, wird die westliche Presse Elemente der alten Garde dafür verantwortlich machen, die sich nach der Zeit vor Gorbatschow zurücksehnen. Manescu hat wirklich Eindruck auf mich gemacht. Vielleicht können wir ihn eines Tages aus der Versenkung hervorholen, ihm eine neue Identität verschaffen und ihn zum Senior-Vizepräsidenten machen.«
»Warum nicht?« sagte Frank ohne eine Spur von Begeisterung und gab dem Piloten den Startbefehl.

»Hast du eine Ahnung, wer der Mann mit dem Strohhut war?« fragte Manescu Irina Serow, als sie vom Ast einer hohen Tanne herabgesprungen war.
»Franklin D. Hauser«, erwiderte sie prompt und schwenkte das Teleskop, mit dem sie den Mann mit dem Hut beobachtet hatte. »Ich habe ihn einmal gesehen, als ich bei der Botschaft in Washington war.«
»Bist du sicher?«
Manescu ergriff ihren Arm, während er die Frage stellte. Ihre andere Hand schnellte hoch wie eine Schlange und packte Manescu bei der Kehle. »Du tust mir weh. Ich mag das nicht.«
Manescu gab sie frei und rieb sich die Kehle. Sie hatte einen Griff wie ein Schraubstock. Irina Serow war ein ehemaliger Oberst des KGB – die einzige Frau, die je diesen hohen Rang innegehabt hatte. Sie war bei einer Säuberungsaktion entlassen worden, als im Zuge von Gorbatschows Reformen ein neuer KGB-Chef ernannt worden war.
Eines Nachts war sie an Bord eines Fischerbootes gegangen, das in einem kleinen Hafen in der Nähe von Jalta lag. Mit ihrer Pistole am Kopf war der Fischer über das Schwarze Meer zur Küste der Türkei gefahren und hatte, ihrer Anweisung gemäß, in der Nacht vor dem Hafen von Sinop geankert. Irina hatte ihn erschossen, seine Leiche beschwert und ins Meer geworfen.
Von Sinop aus hatte sie sich über Istanbul nach Bukarest durchgeschlagen, wo damals noch Ceausescu an der Macht war. Dort hatte sie Manescu kennengelernt, der sie unter seine Fittiche genommen hatte. Sie verfügte über unschätzbare Informationen über das, was in Moskau vorging, und sympathisierte überdies mit dem rumänischen Regime.
Als Manescu nach dem Sturz Ceausescus und dem Ende seiner Schreckensherrschaft aus Rumänien geflüchtet war, hatte er Irina mitgenommen. Und jetzt stand er ihr in einem einsamen finnischen Wald gegenüber, wo sie ihn mit Augen wie arktisches Eis anfunkelte.

Sie war fünfunddreißig Jahre alt, nur einssechzig groß, und hatte ihr dunkles Haar lang wachsen lassen, um ihr Aussehen zu verändern. Sie war von Natur aus eine slawische Schönheit und besaß eine gute Figur, die von ihrer enganliegenden, hochgeschlossenen Bluse betont wurde; mehr als ein Mann war ihr zum Opfer gefallen und hatte es hinterher bedauert, sofern er es überlebt hatte. Ihre Augen schimmerten grünlich, und ihr voller Mund war vor Wut zusammengepreßt.

»Wir müssen nach Schweden«, sagte er gelassen. »Nach Fremden Ausschau halten, die auf diesem Weg ins Land kommen wollen. Insbesondere nach solchen, die uns feindlich gesinnt sind – oder es sein könnten.«

»Dann ist es nur gut, daß ich, bevor sie mich nach Washington schickten, ein Jahr bei der Sowjetischen Botschaft in Stockholm gearbeitet habe. Wann fahren wir?«

Er nahm ihre Antwort mit Erleichterung auf, aber er wäre wesentlich weniger erleichtert gewesen, wenn er ihre Gedanken hätte lesen können. Irina Serow war völlig desillusioniert; der Kommunismus, der Kapitalismus, jeder andere Ismus waren ihr völlig gleichgültig. Sie hatte nur ein Ziel im Leben: ein Vermögen in Dollars anzuhäufen, Europa für immer zu verlassen und den Rest ihres Lebens im Luxus in Amerika zu verbringen. Die Erkenntnis, daß sie für Hauser arbeitete, eröffnete ihr neue Horizonte, aber bis jetzt hatte sie noch nicht die Zeit gehabt, sich zu überlegen, wie sie ihr Wissen in klingende Münze umsetzen konnte.

»Nach Stockholm?« entgegnete Manescu. »Morgen.«

Prag. Ladislav Sacher, Minister für Handel und Industrie, verließ den Hradschin und ging zu seinem am Bordstein geparkten Skoda. Er war ein Mann in den Sechzigern mit einer weißen Mähne. Sein Gesicht war von tiefen Falten durchzogen – eine Folge der ›Überwachung‹ durch die STB, die tschechische Geheimpolizei, die jetzt Gott sei Dank aufgelöst worden war. Sacher war ein überzeugter Sozialist, der seinen beträchtlichen Einfluß darauf verwendete, die Versuche westlicher Privatfirmen zu vereiteln, sich beherrschende Positionen anzueignen. Er war vor allem gegen die Amerikaner und das, was er in seinen Reden ihre »Mafia-Methoden« nannte.

Nachdem er unter dem alten Regime Jahre im Gefängnis verbracht hatte, Jahre, die ihren Zoll gefordert und bewirkt hatten, daß er jetzt aussah wie weit über siebzig, stand er nun jeden Morgen auf, öffnete die Fenster seiner Wohnung und atmete die »gute, saubere Luft der Freiheit«.

Er benutzte einen Stock, um sein schmerzendes rechtes Bein zu stützen, das ihm die STB absichtlich gebrochen hatte, als er im Gefängnis saß. In letzter

Zeit fühlte er sich glücklicher, als er in seinem ganzen Leben gewesen war. Eine neue Ära war angebrochen. Eine Frau, die ihm entgegenkam, lächelte.
»Guten Morgen, Vater.«
»Danke. Ein herrlicher Tag heute.«
Sie nannten ihn alle »Vater«, und er genoß die Wärme der Hitzewelle, die seinen geschundenen Knochen gut tat. Die Sonne strahlte von einem klaren blauen Himmel herab. Es war schön, am Leben zu sein.
Er schloß seinen Wagen auf, öffnete die Tür, glitt mit einiger Mühe hinter das Lenkrad, machte die Tür wieder zu. Ein Dutzend Meter entfernt saß ein stämmiger junger Mann in einem hellblauen Hemd mit Jeans und Motorradbrille auf einem am Bordstein lehnenden Moped. Ein an einem Riemen um seinen Hals hängender Leinenbeutel lag auf seiner Brust.
Sacher drehte den Zündschlüssel im Schloß und fuhr langsam an. Der junge Mann auf dem Moped schlug die Klappe des Beutels hoch, tastete nach dem Funkgerät, drückte auf den Knopf.
Die unter dem Fahrgestell des Skoda angebrachte Bombe detonierte, sobald das Signal sie auslöste. Die Gewalt der Explosion schleuderte Sachers Wagen in die Luft, riß ihn auseinander. Sein Insasse, der Mann, den sie »Vater« nannten, wurde zerfetzt bis zur Unkenntlichkeit.
Der Mann auf dem Moped fuhr bereits in die entgegengesetzte Richtung davon. Er hatte keine Ahnung, daß die Bombe – mit ihrem ausgeklügelten Auslösesystem und dem kleinen Funkgerät – auf Umwegen ins Land geschmuggelt worden war. Über Finnland und Deutschland. Ebensowenig wußte er, daß hinter dieser Untat Manescu steckte. Alles, was ihn interessierte, war die großzügige Entlohnung in tschechischen Kronen, die er unter den Dielenbrettern seines kleinen Hauses in der Hohen Tatra versteckt hatte.

In Bukarest schien die Sonne nicht. Eine dichte Bewölkung hing wie Giftgas über der ramponierten Stadt. Die Hitze war da, aber jetzt, am Abend, war es feucht und schwül.
Stefan Campeanu, vierzig Jahre alt und einer der Vorsitzenden der Bauernpartei, war auf dem Heimweg zu seiner Wohnung – zu Fuß, auf dem gewohnten Weg, zu seiner üblichen Zeit. Campeanu, ein Mann, der sich immer an dieselbe Routine hielt, erkannte nicht, daß dies eine gefährliche Angewohnheit sein konnte. Sie machte es einem Gegner leicht, ihm auf Schritt und Tritt zu folgen.
Campeanu war ein Gegner der von der Nationalen Befreiungsfront gebildeten Regierung, die sich verzweifelt an die Macht klammerte und deshalb

eingewilligt hatte, Hilfe von den USA anzunehmen. Er war dagegen, daß man durch Privatunternehmen ins Land geschleuste Dollars akzeptieren sollte, und machte aus seiner Ansicht keinen Hehl.
»An der Spitze der Front sitzen Stalinisten«, hatte er unumwunden behauptet. »Wir dürfen keine Hilfe von außen annehmen, sondern müssen unser demoliertes Land selbst wieder aufbauen. Nein zum Dollar ...«
In Bukarest gab es noch immer alte Stadtteile, trotz Ceausescus Bulldozern, die vieles Alte niedergerissen hatten, um riesige Betonkästen hochzuziehen. Campeanu ging mit gesenktem Kopf, tief in Gedanken versunken, und gelangte in eine dunkle, schmale Nebenstraße, die kaum mehr war als eine Gasse. Seine Füße folgten dem vertrauten Pfad.
Ungefähr in der Mitte der Gasse mußte er sich an einem primitiven Gerüst vorbeizwängen – drei Stockwerke hoch und aus hölzernen Pfosten und schweren Planken errichtet. Zusammengehalten wurde das Gerüst von Seilen, mit denen die Planken an den Pfosten befestigt waren. Während Campeanu sich durch die schmale Lücke zwängte, brach die Dunkelheit herein.
Er hörte das erste unheildrohende Krachen, blickte empor. Das Gerüst, dessen Seile jemand absichtlich gelockert hatte, begann zu kippen. Campeanu, ein sportlicher Mann, begann zu rennen. Dann hörte er einen Ruf. Etwa ein Dutzend Meter entfernt stand vor ihm eine schattenhafte Gestalt mit erhobenen Händen, in denen sie etwas hielt, das wie eine Schußwaffe aussah.
Campeanu blieb stehen, und das wurde ihm zum Verhängnis. Das Gerüst stürzte ein und begrub ihn unter einer wirren Masse von Planken und Pfosten. Dann wurde es still in der Gasse. Als die Pressefotografen am nächsten Morgen ihre Aufnahmen machten, zeigten sie ein Chaos, das irgendwie symbolisch war für das Chaos, das in Rumänien immer schlimmer wurde.

Zwei Tage später las Tweed die auf seinem Schreibtisch ausgebreitete *Daily Mail.* Die Bilder erzählten die Geschichten. Eines davon zeigte ein kleines Boot, das in der Nähe von Budapest auf der Donau gekentert war. Zwei führende Liberale waren ertrunken. Gerüchten zufolge war das kleine Boot von einem wesentlich größeren Wasserfahrzeug gerammt worden.
Das zweite Bild zeigte, was von dem explodierten Wagen in Prag übrig geblieben war, dem Wagen, der Ladislav Sacher gehört hatte. Die Überschrift verkündete: GREUELTAT DER STB!
Das dritte Bild, das letzte auf der Doppelseite, zeigte die wirre Masse von

Gerüstteilen in der Bukarester Gasse. Sie sah fast aus wie eine moderne Skulptur. Hier lautete die Überschrift: UNFALLTOD EINES FÜHRENDEN BUKARESTER LIBERALEN?
»Es hat angefangen«, sagte er zu Monica, die die Zeitung vor ihm gelesen hatte.
»Das Merkwürdige daran ist, daß alle vier Männer fast gleichzeitig umgebracht wurden«, bemerkte sie.
»Genau das ist der springende Punkt. Ein Unfall könnte Zufall sein. Aber drei – und der Tod des tschechischen Liberalen durch eine Bombe – das ist zu viel. Da steckt ein Plan dahinter.«
»Sie denken an Terroristen?«
»Nein. Wer hat je von irgendeiner fanatischen Terroristengruppe gehört, die imstande war, drei Morde in drei verschiedenen Ländern im Laufe von vierundzwanzig Stunden zu organisieren?«
»Also ...«
»Also sind es keine Terroristen im üblichen Sinne des Wortes«, sagte Tweed ingrimmig. »Hier wird Terror als Waffe gebraucht, als Instrument einer Politik.«
»Können Sie das ein bißchen deutlicher erklären?«
»Es ist Terror, der eingesetzt wird, um die anderen liberalen und demokratischen Elemente in Osteuropa darauf hinzuweisen, daß sie gut daran täten, die Köpfe einzuziehen. Es ist kaltblütiger Mord, sorgfältig geplant.«
»Aber wer steckt dahinter?«
»Ich habe keine Ahnung. Noch nicht. Jedenfalls keine Beweise. Von nun ab müssen wir schneller handeln. Und die Vermutung liegt nahe, daß die treibende Kraft – oder jemand, der für sie arbeitet – sich in Mittel- und Osteuropa sehr gut auskennt.«
»Können Sie das begründen, oder ist es nur eine Theorie?«
Tweed stand auf, begann in seinem Büro herumzuwandern, starrte auf die an der Wand hängende Europakarte.
»Nehmen Sie die Tragödie in Bukarest. Der Mann, der all diese Morde plant, kennt die richtigen Leute in Rumänien, die seinen Mordbefehl ausführen. Über Campeanu, einem wichtigen Politiker, stürzt ein Gerüst zusammen. Um das zu bewerkstelligen, braucht man jemanden, der sich in der Stadt gut auskennt.«
»Und der Mord an Sacher in Prag?«
»Auch hier mußte jemand wissen, wen er für den Job anheuern konnte – und vermutlich auch, wie sich die Bombe ins Land schmuggeln ließ. Das

gleiche gilt für den sogenannten Unfall der beiden Ungarn, die in der Donau ertranken. Beide machten keinen Hehl aus ihrer Überzeugung, daß sich Ungarn aus eigener Kraft emporarbeiten müsse. Und um diesen Unfall zu inszenieren, mußte jemand mit dem Kapitän eines der größeren Schiffe, die den Fluß befahren, in Verbindung treten.«

»Ist das nicht ein bißchen weit hergeholt?« fragte Monica.

»Drei Morde in drei Ländern ist zu viel«, wiederholte er. »Aber ich bin bisher noch nicht dazu gekommen, über die ganze Tragweite dieser Verschwörung nachzudenken. Außerdem glaube ich, daß wir Harry Butler und Pete Nield als Rückendeckung für Newman und Paula nach Finnland schicken sollten.«

»Wann reisen sie ab?«

»Sehr bald. Aber vorher möchte Bob noch einmal mit Evelyn Holme reden. Er ist überzeugt, daß sie ihm nicht die ganze Wahrheit gesagt hat.«

»Und Marler?«

»Ist schon unterwegs nach Hamburg.«

Auch Hauser las die Berichte, aber seine Zeitung war die *Herald Tribune*. Galvone stand neben ihm, als er das Blatt beiseite legte.

»Sie haben die drei Unfälle nicht miteinander in Verbindung gebracht. Nur ein allgemeines Händeringen über das Chaos, das sich in Europa ausbreitet.« Er zündete sich eine Zigarette an, klemmte die Spitze zwischen die Zähne und lehnte sich befriedigt zurück. »Ich war ohnehin überzeugt, daß im Westen niemand unser Spiel durchschauen würde.«

»Dafür zu sorgen, daß die Krämerseelen, die sich unseren Angeboten zur Modernisierung ihrer Industrien widersetzen, vor Angst die Hosen voll haben.«

»Mehr als das, Frank. Etwas viel Subtileres. Diese Kampagne, die Manescu in die Wege geleitet hat, verfolgt noch einen weiteren wichtigen Zweck – sie bewirkt, daß die Briten, die Franzosen und alle anderen davor zurückschrecken, in diesen Ländern zu investieren. Auf diese Weise halten wir uns die Konkurrenz vom Leibe und können selbst den Rahm abschöpfen. Hinterher ist es für die anderen zu spät. Und da wir gerade vom Zeitfaktor reden – wir müssen eine Situation herbeiführen, die es mir erlaubt, Peggy Vanderheld vor die Tür zu setzen.«

»Ich finde, Chef, daß diese Einschüchterung der Konkurrenz eine brillante Strategie ist.« Galvone ließ in seiner Stimme höchste Bewunderung mitschwingen. »Diese Sache haben Sie wirklich großartig gedeichselt, und wir ziehen den großen Fisch an Land.«

Hauser klopfte ihm auf den Arm. »Nicht der Rede wert, Frank. Das ist einfach die amerikanische Art.«

Vierzehntes Kapitel

»Walberswick ist ein hübscher Ort«, sagte Paula, als Newman langsam unter den überhängenden Ästen der Bäume von The Street entlangfuhr. »Eigentlich nicht mehr als ein Weiler, aber mit einigen wunderschönen Häusern, jedes anders als das andere, und alle sehr alt. Ich nehme an, Evelyn weiß, daß wir kommen?«

Es war früher Abend, kurz vor Anbruch der Dämmerung, aber die Hitze des Tages lag noch in der völlig unbewegten Luft. Newman nickte, während sie an einem Haus vorüberfuhren.

»Das ist Rose Bower. Und Evelyn weiß, daß *ich* komme, aber ich vergaß zu erwähnen, daß Sie mich begleiten würden.«

»Ach ja?« Sie bedachte ihn mit einem mutwilligen Lächeln. »Kann ich daraus schließen, daß meine Anwesenheit vielleicht nicht restlos willkommen ist?«

»Ich möchte nur, daß Sie mir später sagen, was Sie von ihr halten. Und jetzt werfen wir noch einen Blick aufs Meer, bevor wir sie aufsuchen. Wir sind ein paar Minuten zu früh gekommen . . .«

Als sie an den Hotels vorüber waren, bog er nach links ab und parkte den Wagen. Sie stiegen aus, streckten sich, schauten sich um. Der breite Streifen Dünenlandschaft mit dem büschelweise im Sand wachsenden groben Gras war um diese Tageszeit menschenleer.

Nahe der Hafeneinfahrt ragte ein seltsames, isoliertes Gebilde auf, das einer großen Hütte ähnelte. Die Wände des zweistöckigen Gebäudes bestanden aus Holz, das Dach war mit Ziegeln gedeckt und zur Hälfte renoviert. Eine Möwe kreischte und schoß über die dunkel purpurrote Fläche der Nordsee, die sich, still wie ein See, bis zum Horizont erstreckte. Jenseits des Hafens, etwa eine Meile entfernt, war eine Ansammlung scheinbar spielzeuggroßer Häuser zu erkennen: das Städtchen Southwold.

»Evelyn hat mir erzählt, daß sie oft hier auf den Dünen spazierengeht«, bemerkte Newman. »Wenn ihr nach Abwechslung zumute ist, fährt sie ins Naturschutzgebiet von Minsmere, wo nachts keine Menschenseele anzutreffen ist.« Er warf einen Blick auf die Uhr. »Zeit, zu ihr zu fahren. Ich wäre Ihnen dankbar, wenn Sie mich, wenn wir dort sind, ein paar Minuten mit ihr allein lassen würden. Ich möchte ihr eine delikate Frage stellen.«

Paula warf ihm einen vielsagenden Blick zu und strich mit einer schlanken Hand über ihr rabenschwarzes Haar.
»Ich glaube, ich kann mir vorstellen, was für eine Frage das ist. Und ich bin sicher, daß sie sehr attraktiv ist.«
»Sie sind boshaft«, erklärte er ihr und drehte den Zündschlüssel. »Und ja, sie ist sehr attraktiv. Für manche Männer, nehme ich an . . .«
Seine Freundschaft mit Paula hatte sich ständig vertieft. Eine Freundschaft ohne Komplikationen. Als er The Street entlang zurückfuhr, stutzte er. Ein Mann auf einem Motorrad, einer großen Honda, der in der Nähe von Evelyns Cottage geparkt hatte, wendete, als sie herankamen, seine Maschine und fuhr davon. Newman erhaschte nur einen flüchtigen Blick auf einen Mann in einer dunklen Lederjacke, aber er hatte eine bemerkenswerte Ähnlichkeit mit Steve, dem Mann, der Papa Grimwood bei dessen Besuch in Greenway Gardens begleitet hatte.
Das Aufdröhnen des Motors mordete die Stille, und der Motorradfahrer raste davon und war bald nur noch ein Punkt, der um eine Kurve herum verschwand.

Evelyn trug ein geblümtes, um ihre schlanke Taille gegürtetes, eng anliegendes Sommerkleid. Sie führte sie in das von niedrigen Deckenbalken überwölbte Wohnzimmer. Es war tadellos aufgeräumt, nichts wies mehr auf das Chaos hin, das Newman bei seinem letzten Besuch vorgefunden hatte. Evelyn zupfte an ihrer Mähne aus rotgoldenem Haar, drehte sich auf dem Absatz um und musterte Paula eingehend von Kopf bis Fuß. Sie registrierte das blaßblaue, kurzärmelige T-Shirt, den kurzen Faltenrock, die wohlgeformten Beine.
»Sie sind also Bobs – *Assistentin*« sagte sie mit zu starker Betonung des Wortes.
»Seine Assistentin beim Recherchieren«, erwiderte Paula mit einem Lächeln, das eine Spur zu warm war.
Evelyn trat dicht neben Newman, neigte den Kopf zur Seite. Ihm blieb nichts anderes übrig, als sich vorzubeugen und sie auf die dargebotene Wange zu küssen. Was natürlich als Demonstration für Paula gedacht war.
»Wie schön, Sie zu sehen, Bob«, sagte Evelyn noch einmal. »Möchte jemand einen Drink?«
Beide lehnten ab und setzten sich. Evelyn spielte die Rolle der liebenswürdigen Gastgeberin. Newman vermied es bewußt, sich auf die Couch zu setzen. Evelyn setzte sich auf einen Regency-Sessel, schlug die Beine übereinander und gestattete einen kurzen Blick auf einen Oberschenkel,

der in einer mit Schmetterlingen verzierten schwarzen Strumpfhose steckte.

»Hat sich irgend etwas getan, das Ihnen Angst gemacht hat?« fragte Newman. »Irgendwelche Fremden im Dorf? Irgendwelche Motorradfahrer, die hier öfters auftauchen?«

»Nein auf die erste Frage. Nein auf die zweite. Nein auf die letzte. Die Motorradrowdies kommen nie hierher. Hier gibt es nur ein überaus stilles Wirtshaus und keine Schaufensterscheiben, die sie einwerfen könnten, wenn sie betrunken sind. In Southwold liegen die Dinge anders. Aber vor ein paar Minuten ist ein Motorrad vorbeigefahren. Ich habe nicht gesehen, wer darauf saß.«

»Sie fühlen sich also sicher hier? Kein Kontakt mit Helsinki, seit Sie angekommen sind?«

»Ja, ich fühle mich sicher.« Ein kurzes Zögern. »Und kein Kontakt mit Helsinki. Nicht, daß ich damit gerechnet hätte.«

»Ist in letzter Zeit bei *INCUBUS Oy* jemand entlassen worden? Jemand, der einen Groll gegen die Firma hegen könnte?«

»Nicht, während ich dort war«, sagte sie, jetzt mit normalem Tonfall.

»Wer von den Leuten dort könnte über Hausers tägliche Arbeit Bescheid wissen, über die Anweisungen, die er erteilt?«

»Nun, da wäre Adam Carver, ein Vizepräsident, der für das Bankwesen zuständig ist. Auch Frank Galvone taucht oft auf, ein weiterer Vizepräsident. Seine Abteilung heißt Information und Planung, was immer das sein mag. Aber wenn Sie jemanden suchen, der mit Ihnen reden würde, können Sie die beiden vergessen. Hauser zahlt ihnen vermutlich dicke Gehälter.«

»Sonst noch jemand?«

»Eigentlich nicht.« Sie hob die wohlgeformten Brauen. »Da ist noch Peggy Vanderheld. Eine typische New Yorker Karrierefrau. Aber sie ist um die vierzig und schon eine Ewigkeit bei der Firma.«

»In welcher Position?«

»Sie ist Hausers Privatsekretärin. Er vertraut ihr. Das heißt, sofern er überhaupt einer Frau vertraut. Seine eigene hat ihn verlassen – ich kann ihr keinen Vorwurf daraus machen –, und seit dieser Zeit hat er offenbar für Frauen nichts mehr übrig.«

Paula stand auf. »Miss Holme, hätten Sie etwas dagegen, wenn ich hinausginge und mir Ihren Vorgarten ansähe, bevor es zu dunkel wird? Ich liebe Heckenrosen, und ich glaube, Ihre sind besonders schön.«

»Bleiben Sie, so lange Sie möchten. Schieben Sie den Riegel an der Haustür vor, damit Sie wieder hereinkommen können.«

Newman wartete, bis sie allein waren. Evelyn schob ihren Stuhl näher an den seinen heran. Ihr breiter Mund, von einem scharlachroten Lippenstift betont, öffnete sich zu einem strahlenden Lächeln. Sie streckte einen Arm aus und ergriff seine rechte Hand.

»Jetzt, da Sie hier sind, fühle ich mich noch sicherer.«

Seine direkte Frage traf sie hart. »Evelyn, waren Sie Ed Rivertons Geliebte?«

Sie riß ihre Hand zurück. »Wie kommen Sie auf die Idee, mir eine derart niederträchtige Frage zu stellen?«

Er zählte an den Fingern ab. »Erstens: als ich mit Ihnen und Ed in seiner Wohnung in Helsinki zu Abend aß, spürte ich eine gewisse Intimität zwischen Ihnen und ihm. Zweitens: als ich in Eds Wohnung anrief, um ihm wegen Sandy Bescheid zu sagen, nahmen *Sie* den Anruf entgegen. Sie waren dort – in seiner Wohnung. Drittens: Sie wollten unbedingt, daß ich Sandy anrufe und ihr beibringe, daß Ed ermordet wurde. Unter normalen Umständen hätte eine Schwester die Zähne zusammengebissen und das selbst übernommen. Dazu wären Sie ohne weiteres imstande gewesen. Aber wenn Sie ein Verhältnis mit dem Mann Ihrer Schwester hatten, dann hatten Sie vermutlich Hemmungen. Genügt das?«

»Erwarten Sie etwa, daß ich das zugebe?«

»Sie haben es gerade getan. Ihr Privatleben geht mich nichts an. Aber ich versuche, den Mann aufzuspüren, der Sandy so brutal ermordet hat. Hat Ed Riverton Ihnen je etwas Vertrauliches über INCUBUS erzählt? Über seinen Job? Und was in aller Welt war sein Job?«

»Er war sehr verschlossen ...«

»Nun rücken Sie schon mit der Sprache heraus, Evelyn. Kopfkissengeplauder. Da gehen die Männer aus sich heraus. Und als ich Ed interviewte, war er nervös, sehr nervös. Er brauchte jemanden als Sicherheitsventil – und dafür waren Sie gerade die Richtige.«

Sie spielte mit ihrem Spitzentaschentuch, wie sie es auch in Greenway Gardens getan hatte. Newman zündete sich eine Zigarette an, blies Rauchringe, schaute zu, wie sie emporstiegen und sich an einem schweren Deckenbalken auflösten, sagte kein Wort.

»Er war für *Dracon* verantwortlich«, begann sie. »Das ist die Denkfabrik von INCUBUS in der Nähe von Boston. Er erzählte mir, daß er immer von der Penn Station in New York mit dem Zug zu einem Bahnhof namens Back Bay fuhr, wo ein Wagen auf ihn wartete und ihn zu *Dracon* brachte. Das ist ein Komplex aus gut bewachten Gebäuden, nicht weit von der Straße entfernt, die man früher den Space Highway nannte ...«

»Ja, ich habe davon gehört. Was geht in *Dracon* vor?«

»Ed sagte, dort gäbe es eine Menge komischer Käuze. Akademiker von den Eliteuniversitäten des Ostens, ehemalige Generäle, die man mit riesigen Gehältern aus dem Pentagon abgeworben hat, Wirtschaftsfachleute. An einen Namen erinnere ich mich. Professor Hiram Goldstein. Er hat ein Buch geschrieben.«

Jetzt kommen wir der Sache schon näher, dachte Newman. »Ich habe es gelesen«, sagte er. »Das Buch von Goldstein. *No More Space.* Aber was *taten* diese Käuze?«

»Sie entwickelten Expansionspläne, hat Ed gesagt. Ihm gefiel der Plan nicht, für den Hauser sich entschieden hatte. Er sagte nicht, warum, und ich habe keine Ahnung, worin dieser Plan besteht. Aber Goldstein hat eine Menge damit zu tun. Ed hat mir erzählt, er hätte wegen dieses Plans erbitterte Auseinandersetzungen mit Hauser gehabt.«

»Wann hat er Ihnen davon erzählt? Von den Auseinandersetzungen?«

»Eine Woche, bevor sie ...« Sie schluckte. »... bevor sie ihn aus dem Hafen zogen. Kein menschliches Wesen mehr. Nur noch ein Klumpen steinhart gefrorenes Fleisch.«

»Das sind doch nicht Ihre eigenen Worte. Von wem stammt diese überaus anschauliche Beschreibung?«

»Von einem Finnen namens Mauno Sarin. Einer Art Detektiv. Er besuchte mich, ein paar Stunden, bevor ich zum Flughafen fuhr. Ich habe ihm nichts erzählt. Es gab nichts, was ich ihm hätte erzählen können. Aber ich hatte Angst. Das war einer der Gründe dafür, daß ich mit der nächsten Maschine nach Hause geflogen bin. Ich wollte nie wieder etwas mit INCUBUS zu tun haben. Da oben in Finnland geht etwas ganz Finsteres vor.«

Es war schon dunkel, als Newman von Walberswick zurückfuhr. Paula saß neben ihm und studierte im Licht einer Stablampe die auf ihrem Schoß ausgebreitete Straßenkarte.

»Was halten Sie von Evelyn?« fragte er.

»Soll ich nett sein oder ehrlich?«

»Ehrlich.«

»Sie werden mich für biestig halten, aber Sie wollten es ja so. Sie ist auf Männerfang aus. Es ist ihr zur zweiten Natur geworden, sich zu vergewissern, daß sie nach wie vor jeden Mann, der ihr über den Weg läuft, zu fesseln vermag. Und sie will Sie haben. Oder war Ihnen das nicht klar?«

»Sie will einen Beschützer. Und ich glaube, sie ist zu dem Schluß gekommen, daß ich für diese Rolle geeignet wäre. Aber seit ich den Motorradfahrer gesehen habe, glaube ich, daß sie tatsächlich einen Beschützer braucht. Also

sagen Sie mir bitte Bescheid, wenn Sie irgendwo eine Telefonzelle entdekken. Sonst noch etwas über die verführerische Evelyn?«
»Sie ist eine Lügnerin. Hört sich das auch biestig an?«
»Erklären Sie mir, wie Sie darauf gekommen sind.«
»Als Sie sie fragten, ob jemand aus Helsinki Kontakt mit ihr aufgenommen hätte, hat sie gelogen. Ich habe sie beobachtet. Sie zögerte, bevor sie diese Frage beantwortete. Vielleicht konnte das nur einer anderen Frau auffallen.«
»Mir ist es auch aufgefallen. Das Problem ist nur, daß wir, wenn es uns je gelingen sollte, Hauser bei irgendwelchen illegalen Machenschaften zu ertappen, jeden Zeugen brauchen werden, den wir bekommen können. Evelyn könnte ein solcher Zeuge sein.«
»Nun«, spottete Paula, »Sie können sie ja jederzeit besuchen – sie wird bestimmt sehr entgegenkommend sein.«

Adam Carver kehrte zum zweiten Mal an diesem Abend zu Fuß nach Rose Bower zurück. Beim ersten Mal hatte er gesehen, daß vor dem Haus ein Mercedes stand, also war er umgekehrt und hatte sich in sein Hotelzimmer ein Stück weiter The Street hinunter zurückgezogen.
Evelyn blickte durch den neu installierten Spion, nachdem sie das Licht auf dem Vorplatz eingeschaltet hatte, öffnete die beiden frisch eingebauten Schlösser und bedachte ihren Besucher mit einem strahlenden Lächeln. Sie bat ihn ins Haus, strich sich übers Haar, verschloß die Tür wieder und folgte ihm ins Wohnzimmer.
»Ich hatte Besuch, seit Sie heute nachmittag hier waren«, teilte sie ihm mit. »Es war der gutaussehende, betörende Bob Newman. Wie wär's mit einem Drink?«
»Gegen einen doppelten Scotch hätte ich nichts einzuwenden – sofern Sie mithalten.« Carver betrachtete ihre Figur mit unverhohlener Bewunderung. »Und ich sehe, daß Sie sich für mich schöngemacht haben. Sie sehen phantastisch aus. Sexy.«
»Wirklich?«
Sie war erfreut, als sie die Drinks einschenkte. Carver sah sehr gut aus, hatte gute Manieren, und ihr gefielen sein warmes Lächeln, seine verbindliche Art. Daß Paula Newman begleitet hatte, ließ sie absichtlich unerwähnt. Er stellte seine Frage, als sie ihm seinen Drink reichte.
»Newman, der Auslandskorrespondent? Was wollte er hier am Ende der Welt?«
»Ich hatte den Eindruck, daß er gekommen war, um mich zu sehen.« Sie stießen miteinander an. »Wir sind nur gute Freunde, Adam.«

Ganz schön banal, dachte er, aber er lächelte, trank die Hälfte seines Scotch, stellte sein Glas auf eine Serviette, die Evelyn hingelegt hatte. Sie saßen dicht nebeneinander auf der Couch. Er legte den Arm um ihre Taille, zog sie an sich, küßte sie voll auf den Mund. Sie erschlaffte, hielt die Augen geschlossen. Ihre Hand lag auf seinem Hals. Er wischte sich den Lippenstift mit einem Taschentuch vom Mund, schärfte sich ein, daß er es verlieren mußte. Auf Evelyns Gesicht lag der Ausdruck einer Katze, die gerade Sahne geschleckt hat.

»Und wie haben Sie mich hier am Ende der Welt gefunden?« fragte sie.

»Als Sie mich nicht von Ihrem Haus in Wandsworth aus anriefen, habe ich mich in unserem Büro in Norwich erkundigt, wo Ihre Schwester gewohnt hat«, sagte er beiläufig. »Ich dachte, es wäre einen Versuch wert. Also bin ich hierher gefahren und habe mir in einem der Hotels weiter unten an der Straße ein Zimmer genommen. Und Simsalabim! Heute nachmittag stand ich vor Ihrer Tür.«

»Sie lassen nicht so leicht locker, nicht wahr?«

»Nicht bei einer Frau wie Ihnen.« Bei der kann man die Schmeichelei mit einer Kelle auftragen, dachte er, sie kann gar nicht dick genug sein. »Hat Newman irgendwelche Fragen über Ihre Schwester gestellt?«

»Nein.« Sie war verärgert. »Ich sagte Ihnen doch, er kam, um mich zu sehen.«

»Verständlich. Genau das, was auch ich getan habe. Ist es oben ebenso behaglich?«

Sie warf ihm einen Seitenblick zu. »Sie können mit hinaufkommen und selbst nachschauen, wenn Sie mögen.«

Paula entdeckte an einer Straßenkreuzung eine Telefonzelle. Newman rief Tweed an, erklärte ihm rasch die Lage, und Tweed erklärte sich bereit, Harry Butler sofort nach Walberswick zu schicken. Newman nannte Tweed den Namen des Hotels, in dem er bei seinem früheren Aufenthalt gewohnt hatte, sagte, er riefe von einer Telefonzelle aus an, und daraufhin stellte Tweed seine Frage.

»Sollte Harry bewaffnet sein?«

»Ja«, riet Newman. Er erinnerte sich an die Walther, die Steve in Evelyns Haus in Wandsworth gezogen hatte.

Als sie weiterfuhren, teilte er Paula mit, daß Harry Butler unterwegs war, daß er Tweed eine knappe Beschreibung von Evelyn gegeben hatte, damit Butler sie erkennen konnte, und ihre Adresse. Den Rest des Weges nach London legten sie schweigend zurück. Newman setzte Paula vor ihrer

Wohnung in Putney ab, dann fuhr er zu seiner eigenen Behausung. Als er um drei Uhr morgens in die Beresford Road einbog, waren seine Augen überall; er erinnerte sich nur zu gut an den Sattelschlepper, der ihn ins Krankenhaus gebracht hatte. Und nur deshalb entdeckte er das stehende Polizeifahrzeug.

Es parkte seiner Wohnung gegenüber an der anderen Straßenseite. Zwei uniformierte Männer auf den Vordersitzen und eine ausgefahrene Funkantenne. Er betrat das Haus und war nicht sonderlich überrascht, als die Glocke anschlug, während er sich gerade einen Kaffee machte. Er ging in die schmale Diele, nahm den Hörer ab und drückte auf den Knopf, der den Fernsehmonitor einschaltete. Vor der geschlossenen Haustür stand Chefinspektor Buchanan.

»Newman. Ich bin gerade nach Hause gekommen. Es ist drei Uhr durch. Was wollen Sie?«

»Ein kurzes Gespräch. Das Ihnen vielleicht weiterhelfen könnte.«

»Bitte lassen Sie Warden draußen. Mehr als einen Besucher kann ich heute nacht nicht mehr verkraften ...«

Er drückte auf den Knopf, der das Schloß an der Haustür öffnete, und ließ Buchanan wortlos ein. Newman geleitete seinen Gast in das große, nach vorn gelegene Wohnzimmer und deutete auf eine Couch.

»Ich mache gerade Kaffee«, sagte er widerstrebend.

»Danke, aber ich habe keinen Durst.« Buchanan schaute sich um, nahm alles in sich auf. Als Newman mit seinem Becher Kaffee aus der Küche zurückkehrte, sagte er: »Es tut mir leid, Sie um diese Stunde stören zu müssen ...«

»Aber Ihre Wachhunde im Streifenwagen haben Sie über Funk wissen lassen, daß ich zurück bin. Können wir es kurz machen? Ich würde gern noch ein bißchen schlafen, bis der Tag anbricht.«

»Sie sind noch nicht nach Helsinki abgereist, aber ich habe das Gefühl, daß Sie hinfahren werden.«

Er hielt inne, aber Newman kannte inzwischen seine Taktik und sagte nichts. Mit seinem Becher Kaffee ließ er sich auf einem der Stühle am Eßtisch nieder, und nachdem er etwas von der heißen Flüssigkeit getrunken hatte, fühlte er sich nicht mehr ganz so angespannt.

»Nehmen wir einmal an, daß Hauser in den Mord an Sandra Riverton verwickelt ist«, fuhr Buchanan fort, »und ich betone, daß das nicht mehr sein kann als eine vage Annahme. Ich habe keine eindeutigen Beweise.«

»Haben Sie wenigstens zweideutige Beweise?« fragte Newman.

»Indizienbeweise, meinen Sie? Nun, ich komme immer wieder auf die

Tatsache zurück, daß zwischen den beiden Morden gewisse Ähnlichkeiten bestehen – wie ich schon früher erwähnte. Und daß sie innerhalb der relativ kurzen Zeitspanne von vierundzwanzig Stunden begangen wurden. Und daß beide Opfer für dieselbe Firma arbeiteten.«
»Könnten Sie bitte auf den entscheidenden Punkt kommen?«
»Der entscheidende Punkt ist, daß, wenn meine Annahme zutrifft, derjenige, der diese Morde begangen hat, durchaus jemand in Hausers engstem Umkreis sein könnte.«
»Und was genau bedeutet das?«
»Es bedeutet, daß Hauser nach dem wenigen, was ich über ihn in Erfahrung bringen konnte, nur im engsten Kreise agiert. Nur seine Spitzenleute dürfen wichtige Entscheidungen treffen. Kurzum, der Mörder muß einer seiner engsten Mitarbeiter sein. Wer also steht Hauser nahe?« Buchanan erhob sich. »Ich dachte, daß Sie das vielleicht im Gedächtnis behalten sollten. Wenn Sie Finnland besuchen.«
»Danke.«
»Wenn Sie den Mörder aufspüren, sind Sie aus der Sache heraus, was bis jetzt noch nicht der Fall ist.«
»Danke.«
»Gute Nacht. Ich finde selbst hinaus.«
»Das hoffe ich. Schließlich sind Sie Detektiv.«

Am nächsten Morgen stand Evelyn spät auf. Sie warf einen Blick auf das zerwühlte Bett und kam zu dem Schluß, daß es warten konnte. Ihr war nach Bewegung zumute, und nachdem sie eine Tasse starken Kaffee getrunken hatte, entschloß sie sich zu einem Strandspaziergang.
Anstelle ihrer gewöhnlich tief ausgeschnittenen Kleider trug sie eine weiße, hochgeschlossene Bluse, um keinen Dorfklatsch zu provozieren. Aber ihr blaßblauer Rock war kurz und brachte ihre schlanken Beine voll zur Geltung.
Sie entdeckte den gutgebauten Mann, schätzungsweise in den Dreißigern, als sie über die grasbewachsenen Dünen auf den Kieskamm zuwanderte, der vor dem Strand und dem dahinterliegenden Meer eine Art Deich bildete.
Er trug ein offenes, blaukariertes Hemd, eine graue Hose, einen Anorak und Turnschuhe, und an einem um seinen Hals geschlungenen Riemen hing ein Fernglas. Evelyn steuerte auf ihn zu; sie brauchte die Gesellschaft eines Mannes.
Adam hatte das Cottage am Morgen zeitig verlassen. Er hatte gesagt, er müsse nach Helsinki zurückfliegen.
»Geschäfte, Liebling. Ich muß mir wie jeder andere Mann auch meine Brötchen verdienen.«

Evelyn war ganz und gar nicht begeistert davon, daß er abreisen mußte. Er war nicht so wie jeder andere Mann auch. Nicht nach der gemeinsam verbrachten Nacht. War es eine einmalige Sache gewesen? Sie hatte keine Ahnung. Er hatte zwar versprochen, sich wieder zu melden, aber taten die Männer das nicht immer?

»Guten Morgen«, begrüßte sie den gutgebauten Mann. »Ist das nicht ein herrlicher Tag? Schön und heiß wie gestern und vorgestern.«

»Guten Morgen.« Harry Butler lüftete seinen Jägerhut; dichtes braunes Haar kam zum Vorschein. »Ja, Miss, wirklich herrlich.«

»Hätten Sie etwas dagegen, wenn ich mich Ihnen für eine Weile anschließe? Meine Schwester ist vor kurzem gestorben, und ich fühle mich einsam. Wozu brauchen Sie das Fernglas?«

»Ich beobachte Vögel. Eines meiner Hobbies.«

»Da sind Sie hier genau am richtigen Ort ...«

Sie schwieg eine Weile, wartete darauf, daß er etwas über sich erzählte, aber Butler, glattrasiert und mit einem Gesicht, das nichts preisgab, blieb stumm. Bevor er London verließ, hatte Tweed ihn instruiert und ihm Informationen über die Gegend vermittelt, die er von Newman erhalten hatte. Als er das Naturschutzgebiet von Minsmere erwähnte, hatte sich Butler sofort entschieden, welche Rolle er spielen würde.

»Vogelkundler«, hatte er Tweed erklärt. »Die ideale Tarnung. Ein Vogelkundler kann fast überall umherstreifen, ohne Aufsehen zu erregen.«

Als sie gemeinsam auf den Kieskamm hinaufstiegen, dachte Butler, daß Evelyn fassungslos sein würde, wenn sie wüßte, daß er gesehen hatte, wie Adam Carver kurz nach Tagesanbruch Rose Bower verließ, und daß er mit seiner mit einer Teleskoplinse ausgerüsteten Kamera mehrere Aufnahmen von Carver gemacht hatte. Was konnte unverfänglicher sein als ein Vogelkundler, der kurz nach Tagesanbruch mit einer Kamera unterwegs war? Nicht weniger überrascht wäre sie gewesen, wenn sie gewußt hätte, daß Butler bereits die gesamte Umgebung von Rose Bower erkundet hatte. Butler hatte in seinem Wagen geschlafen; dann war er zu dem von Newman empfohlenen Hotel gefahren und hatte das am Abend zuvor telefonisch bestellte Zimmer bezogen.

Während sie auf den Kieskamm hinaufstiegen, zog er den Reißverschluß seines Anoraks bis zur Mitte zu, um sicher zu sein, daß sein Hüftholster mit dem .38er Special Smith & Wesson-Revolver nicht zu sehen war. Als sie oben angelangt waren, schien Evelyn auszurutschen; sie ergriff Butlers Arm und hakte sich dann bei ihm ein.

Butler kam der Gedanke, daß es wesentlich leichter war, Evelyns Bekannt-

schaft zu machen, als er ursprünglich angenommen hatte. Und das würde ihm helfen, sie zu beschützen. Er hatte vorgehabt, sie nach dem Weg nach Minsmere zu fragen, aber sie hatte ihm die Arbeit abgenommen. Als Mann dagegen war er auf der Hut – er zog es vor, die ersten Annäherungsversuche selbst zu unternehmen. Evelyn legte für seinen Geschmack etwas zu viel Initiative an den Tag.
»Ist die Aussicht nicht herrlich?« schwärmte sie.
»Wundervoll.«
Er betrachtete die Holzpfähle an der Hafeneinfahrt, zwischen denen eine starke Flut einströmte. Sein geschultes Auge hatte einen idealen Weg gefunden, auf dem irgendwelche Leute an Evelyn herankommen konnten. Sie kamen nach Einbruch der Dunkelheit mit einem Boot, machten es an einem der Pfähle fest, erledigten ihren Job und waren wieder verschwunden, bevor irgend jemand wußte, daß sie dagewesen waren. Walberswick war durchaus nicht das von aller Welt abgeschnittene Refugium, das es zu sein schien.

Fünfzehntes Kapitel

Alle Wege führten nach Finnland.
Tweed erhielt den mysteriösen Anruf um zehn Uhr morgens über sein Scramblertelefon. Der Mann am anderen Ende sprach gut Englisch, und er sprach sehr schnell. Er nannte das Kennwort, das die Premierministerin Tweed im Laufe ihres Monate zurückliegenden Gesprächs mitgeteilt hatte. *Endgame.*
»Könnten Sie bitte noch heute nach Helsinki fliegen, Mr. Tweed? Ein Zimmer wurde auf Ihren Namen im Hotel Hesperia reserviert; wir wissen, daß Sie es kennen. Morgen warten Sie bitte um 11 Uhr abends am Ende des Nordhafens in der Nähe der Kathedrale. Allein. Dort werden wir mit Ihnen Kontakt aufnehmen.«
»Und mit wem spreche ich?«
»Lew Frolow . . .« Die Stimme buchstabierte den Namen. »Können wir Sie am vereinbarten Ort erwarten? Es ist äußerst dringend.«
»Ja, ich werde da sein. Was ist dringend? Wir sprechen über Scrambler . . .«
Die Verbindung war unterbrochen. Tweed legte langsam den Hörer auf und sah zu Monica hinüber. Seine Miene war nachdenklich.
»Endlich haben die Russen sich gemeldet. Buchen Sie für heute einen Flug nach Helsinki. Ja, auf meinen eigenen Namen.«
Er informierte sie kurz über das Gespräch. Monica hörte zu, schaute besorgt drein.

»Kennen Sie diesen Lew Frolow?«
»Habe noch nie von ihm gehört. Es könnte ein angenommener Name sein. Mir war, als kennte ich die Stimme, aber ich kann mich irren. Es muß jemand von ganz oben sein, denn er wurde vom sowjetischen Präsidenten persönlich beauftragt – genau wie Cord Dillon vom amerikanischen Präsidenten. So strikte Sicherheitsvorkehrungen habe ich noch nie erlebt.«
»Ist Ihnen klar, daß dieses Treffen sehr gefährlich sein könnte?« beharrte sie. »Der Nordhafen ist der Ort, wo im Februar die Leiche von Ed Riverton gefunden wurde. Sollten Sie nicht jemanden mitnehmen?«
»Nein. Die Vereinbarung besagt, daß ich meinen Kollegen von der anderen Seite, wer immer er sein mag, allein treffe.«
»11 Uhr abends. Ist es da in Helsinki noch hell?«
»Nein. Um diese Jahreszeit ist es dort zwei Stunden dunkel – von 11 Uhr abends bis 1 Uhr morgens.«
»Irgendwie gefällt mir die Geschichte nicht.«
»Ich werde vorsichtig sein. Nett von ihnen, mich mit einem Zimmer im Hesperia zu versorgen«, bemerkte Tweed.
»Das hört sich ironisch an.«
»Nun, das liegt doch auf der Hand. Meine Gastgeber, wenn man sie so nennen kann, werden das Hotel überwachen. Und nach all dieser Zeit ist es plötzlich dringend. Ich wüßte zu gern, warum.«
»Mir gefällt es immer noch nicht«, wiederholte Monica. »Die Lage in der Sowjetunion ist so instabil.«
»Seien Sie so gut und buchen Sie meinen Flug. Schließlich reise ich ja nicht in die Sowjetunion ...«

Newman, Paula und Cord Dillon flogen mit Flug SK 526 um 11 Uhr von London ab, der um 14.25 Uhr Ortszeit auf dem Stockholmer Flughafen Arlanda ankommen sollte.
Newman hatte sie nach Heathrow gefahren und seinen Mercedes auf dem Parkplatz für Langzeitparker abgestellt. Auf dem Weg dorthin war Cord Dillon in rebellischer Stimmung gewesen. Er saß allein auf dem Rücksitz und bellte seine Frage heraus.
»Können Sie mir verraten, warum zum Teufel wir nach Stockholm fliegen – was in Schweden liegt, wenn ich die Geographie nicht durcheinanderbringe?«
»Ihre Geographie ist in Ordnung«, versicherte ihm Newman gelassen. »Ich habe mich aus zwei Gründen zu einem Umweg entschlossen. Der erste: es ist durchaus möglich, daß alle in Finnland eintreffenden Leute überwacht

werden. INCUBUS ist eine riesige Organisation, und nach dem, was Evelyn mir erzählt hat, wird sie wie ein militärisches Unternehmen geleitet – mit allen erdenklichen Sicherheitsvorkehrungen.«

Paula kicherte. »Haben Sie sich deshalb so komisch ausstaffiert?«

»Dagegen ist nichts einzuwenden«, knurrte Dillon.

Newman trug eine Baseballmütze und eine auffallend karierte Jacke. Seine gleichfalls auffallend karierte Hose steckte in knielangen Lederstiefeln, und sein Gesicht verdeckte eine Brille mit großen dunklen Gläsern.

»Und der zweite Grund?« wollte Dillon wissen.

»Der wird Ihnen klar werden, wenn wir angekommen sind. In Skandinavien ist es ebenso heiß wie hier. Sie werden feststellen, daß die Fahrt von Arlanda in die Stadt, die ungefähr dreiviertel Stunden dauert, Ihnen Zeit gibt, sich zu akklimatisieren . . .«

Nachdem die Maschine gestartet war, warf Paula, die auf dem Fensterplatz neben Newman saß, einen Blick nach hinten. Sie saßen in der vordersten Reihe der Business Class, und die beiden Sitze hinter ihnen waren leer. Cord Dillon saß, wie verabredet, drei Reihen von ihnen entfernt und reiste scheinbar allein.

»Das Buch, das Sie fast ausgelesen hatten, als ich gestern abend bei Ihnen vorbeischaute. Was war das? Es schien Sie zu faszinieren.«

»Evelyn hat mich darauf gebracht. Sie erwähnte etwas, das Ed Riverton ihr erzählt hatte. Über die *Dracon* genannte Denkfabrik, in der Ideen für Hauser ausgebrütet werden. Dort arbeitet ein Professor Hiram Goldstein. Dessen Buch habe ich gelesen. *No More Space.*«

»Und wovon handelt es? Nun erzählen Sie schon.«

»Goldstein ist offensichtlich von einem Mann namens Haushofer beeinflußt worden. Der war ein Fachmann für Geopolitik. Hitler war mit Haushofer sehr einverstanden. Goldstein argumentiert, daß es den Vereinigten Staaten unmöglich ist, sich westwärts auszubreiten, weil das Pazifische Becken von Japan kontrolliert wird. Er kommt zu dem Schluß, daß die einzige Richtung, in die Amerika sich ausbreiten kann, der Osten ist – Europa und die Sowjetunion. Daher der Titel – *No More Space.* Kein Raum mehr im Westen, nur noch im Osten.«

»Und sagt uns das irgend etwas?«

»Möglicherweise.«

»Dann erklären Sie es mir. Dieses Buch hat Sie offensichtlich beeindruckt.« Sie knuffte seinen Arm. »Ich weiß immer gern, was vor sich geht.«

»Dann lesen Sie das Buch.«

»Das werde ich. Aber sagen Sie mir, was Ihnen so zu denken gegeben hat.«

»Goldstein spricht von Lebensraum. Hitler führte dieses Wort, wie wir aus

den Geschichtsbüchern wissen, ständig im Munde. Aber Hitler meinte Lebensraum für Menschen. Ein Vorwand, ein Land nach dem anderen zu erobern. Goldstein verwendet es in einem anderen Sinn. Was er meint, ist ein Raum, in dem sich die amerikanische Wirtschaft ausbreiten kann. Die neuen Ziele – Europa und die Sowjetunion.«
»Ist INCUBUS denn nicht schon groß genug?«
»Viel zu groß. Aber diese Milliardäre können nie aufhören, sie können den Hals nie voll bekommen. Sie suchen ständig nach neuen Welten, die sie erobern können. Ich brauche ein bißchen Schlaf. Das Mittagessen lasse ich ausfallen. Genießen Sie die Aussicht . . .«
Der Himmel war wolkenlos, und einige Zeit später blickte Paula aus einer Höhe von fünfunddreißigtausend Fuß auf Schweden hinunter. Ein Flickenteppich aus braunen und grünen Feldern. Hier und da eine große, dunkle Insel mit einem dichten Wald aus Koniferen. Dann eine Reihe von Seen, deren Wasser unter der gleißenden Sonne völlig still war und so blau schimmerte, so daß sie aussahen wie Seen aus Eis. Sie warf einen Blick auf die Uhr. Bald würden sie zum Anflug auf Arlanda ansetzen.

Ion Manescu und Irina Serow reisten über Nacht nach Stockholm, auf einem der großen Schiffe der Viking-Linie, die regelmäßig zwischen Helsinki und der schwedischen Hauptstadt verkehren. Am frühen Morgen gingen sie an einem Kai dicht beim Stadtzentrum von Bord.
Die stattlichen alten Häuser dieser Stadt der Wasserstraßen und Brücken, jedes aus Stein in einem anderen Farbton erbaut, schimmerten in der Sonne. Das aus zwanzig Mann bestehende Filmteam ging mit seiner Ausrüstung gleichfalls an Land und fuhr in gemieteten Wagen sofort an die von Manescu angegebenen Orte.
»So, da wären wir also«, bemerkte Irina, während sie auf ein Taxi warteten. »Bist du sicher, daß alle wichtigen Ankunftsorte überwacht werden?«
»Ich habe dafür gesorgt«, teilte Manescu ihr mit, um keinen Zweifel daran aufkommen zu lassen, wer die Operation leitete. »Ein Wagen fährt zum Flughafen von Göteborg an der Westküste. Ein weiterer an den Anleger der Fährschiffe aus Kopenhagen, der dritte zum Flughafen Bromma vor den Toren Stockholms – es ist nur ein kleiner Flughafen, aber es kann durchaus sein, daß jemand besonders schlau sein will. Und das Hauptteam wird in knapp einer Stunde in Arlanda sein.«
»Das sollte seinen Zweck eigentlich erfüllen«, erwiderte Irina.
»Solange nicht jemand von der Sowjetischen Botschaft dich erkennt. Schließlich hast du hier einmal gearbeitet«, warnte Manescu.

Irina strich sich über das lange, dunkle Haar, das sie so frisiert hatte, daß es ihr ovales Gesicht rahmte. Sie trug eng anliegende Jeans, die ihre langen Beine betonten, hochhackige Schuhe, die sie größer machten, einen gleichfalls eng anliegenden Anorak. Ja, dachte Manescu, du bildest dir ein, du sähest gut aus, und das tust du auch. Er hätte nichts dagegen gehabt, mit ihr ins Bett zu gehen, aber Arbeit und Vergnügen blieben bei ihm immer strikt voneinander getrennt.

»Als ich bei der Botschaft arbeitete«, erklärte ihm Irina auf ihre langsame und bedächtige Art, »war mein Haar kurzgeschnitten. Auf Anweisung des Militärattachés trug ich schäbige Kleider. Glaubst du wirklich, jemand würde mich wiedererkennen? Ich glaube es nämlich nicht. Und wenn du denkst, daß noch jemand von den Leuten hier ist, die damals in der Botschaft arbeiteten, bist du gewaltig auf dem Holzweg.«

»Hast du das Instrument bei dir? Für alle Fälle?« fuhr Manescu sie an, um seine Autorität zu wahren.

»In einer Extratasche in meinem Anorak. Ich verstehe etwas von meinem Job.«

»Das Instrument« war eine in den Laboratorien der Pharmazeutischen Abteilung von INCUBUS entwickelte Spritze, eine ganz dünne Nadel aus gehärtetem Glas mit einer scharfen Spitze. Sie enthielt Luft und steckte in einem schützenden Lederetui. Irina brauchte nur die Spitze in eine Vene ihres Opfers zu stechen und den Kolben herunterzudrücken, und Minuten später würde es tot sein. Ohne ein Spur, wie es gestorben war.

Manescu beobachtete, wie das letzte Team die Laufplanke herabkam und mit seiner Ausrüstung in einen wartenden Transporter stieg. Die Seitenwand des Transporters trug auf Schwedisch die Aufschrift *Werbefilme und Reklame.*

»Hier ist unser Taxi«, sagte Irina. »Bis zum Hotel Diplomat ist es nicht weit.«

»Warte einen Moment.«

Manescu beobachtete, wie die Leute ihre Filmkameras in dem Transporter verstauten. Er blieb stehen, bis auch der letzte Mann eingestiegen war und die Türen zugemacht worden waren. Dann setzte sich der Transporter in Bewegung, überquerte die Brücke nach Gamla Stan und fuhr nach Norden davon.

»So, jetzt wissen wir, daß Arlanda, das Einfallstor nach Stockholm, überwacht wird«, sagte er und stieg in das Taxi.

Marler war an Bord einer Lufthansa-Maschine Erster Klasse nach Hamburg geflogen. Bei innereuropäischen Flügen bevorzugte er Lufthansa oder Swiss-

air – sie waren die einzigen Linien, die die Erste Klasse anboten. Sie war nicht nur komfortabler, in ihr reisten auch weniger Leute, was ihm Gelegenheit bot, seine Mitpassagiere genau zu studieren.
Als er in Hamburg ausstieg, war er sicher, daß ihm niemand gefolgt war. Beim Verlassen der Maschine schlug ihm die Hitze entgegen, aber Marler machten extreme Wetterverhältnisse nicht das mindeste aus.
Mit seinem teuren Sportjackett, einem Seidenhemd mit Regimentskrawatte und gut gebügelter Hose wie der Inbegriff des wohlhabenden Engländers aussehend, holte Marler seinen Koffer von der Gepäckausgabe ab. In der anderen Hand trug er eine längliche Reisetasche, aus der der Griff eines Tennisschlägers herausragte.
Ein Taxi brachte ihn zum Hotel Vier Jahreszeiten; sein Zimmer ging, wie telefonisch erbeten, auf die Binnenalster hinaus, den kleineren der beiden Seen im Zentrum der großen Hafenstadt. Nachdem er im Speisesaal sein Mittagessen eingenommen hatte, tätigte er einen Telefonanruf, ließ den Mann am anderen Ende wissen, daß er angekommen war, und schlief dann bis zum frühen Abend. Bis dahin hatte er sich wie der untadelige Engländer im Ausland benommen.
Kurz nach Einbruch der Dunkelheit fuhr er mit einem Taxi zu einem Restaurant in einem umgebauten alten Speicher mit Blick auf die Elbe. Das Restaurant zählte zur Luxusklasse, ganz im Gegensatz zu seiner Umgebung. Als er das Taxi bezahlte und ausstieg, hatte ein starker Nieselregen eingesetzt.
In der Mitte der menschenleeren, von weiteren Speichern gesäumten Straße parkten zahlreiche schwere Laster. Ein Stück weiter die Straße hinunter suchten Mädchen Schutz unter Vordächern. Eines von ihnen rief Marler an, aber er ignorierte es und eilte in das Restaurant.
Hugo Hildebrandt wartete auf ihn an einem Tisch auf einer Galerie, von der aus man in das Hauptrestaurant hinabschauen konnte. Durch ein Fenster in der unteren Etage konnte Marler einen Schlepper sehen, der durch den Regen stromaufwärts dampfte.
Hildebrandt, ein Waffenhändler, war gekleidet wie ein wohlhabender Geschäftsmann. Er begrüßte Marler liebenswürdig, erklärte, das Essen ginge auf seine Rechnung, reichte ihm die Speisekarte. Hildebrandt, ein Mann in den Vierzigern, war schlank und hochgewachsen, und wie alle großen Männer neigte er dazu, leicht vornübergebeugt zu gehen. Sobald sie ihr Essen bestellt hatten, kam Hildebrandt – H. H., wie er in internationalen Kreisen von Hamburg bis zum Libanon genannt wurde – auf das Geschäft.

»Die gewünschte Ware liegt für Sie bereit. Zu einem angemessenen Preis natürlich«, sagte er auf Deutsch.
»Natürlich«, erwiderte Marler in der gleichen Sprache. »Also, wieviel?«
»Es handelt sich nicht um beschädigte Ware, sondern um neue . . .«
»Sparen Sie sich die Anpreisungen. Wie viel?«
»Zehntausend Mark.«
»Das soll wohl ein Witz sein!«
»Wenn es ums Geschäft geht, mache ich nie Witze«, erwiderte Hildebrandt gelassen und ließ den Blick über das untere Restaurant schweifen. »Da sitzt Lisa Krenz, die bekannte Schauspielerin.«
»Dreitausend«, erklärte Marler knapp.
»Das wiederum halte ich für einen Witz.« Hildebrandt begann zu essen. »Das Brot ist sehr gut hier«, bemerkte er. »Wenn das Brot gut ist, sollte auch alles andere genießbar sein.«
»Fünftausend Mark. Das ist mein letztes Angebot.«
Marler knüllte seine Serviette zusammen, schob seinen Stuhl zurück und stand auf, um zu gehen. Hildebrandt forderte ihn mit einer Handbewegung zum Bleiben auf.
»Also gut. Fünftausend. Damit komme ich zwar nicht auf meine Kosten, aber für Sie mache ich eine Ausnahme. Ein kleiner Verlust . . .«
Marler ließ sich seine Überraschung nicht anmerken, als er sich wieder hinsetzte. Er hatte damit gerechnet, bis auf sechstausend gehen zu müssen. Offenbar war Hildebrandt knapp bei Kasse. Eine Stunde später verließen sie das Restaurant. Marler schlug den Kragen seines Regenmantels hoch, als sie in den heftigen Nieselregen hinaustraten und sich auf den Weg ans Wasser machten.
Am Kai lag ein kleines Motorboot mit einem Ruderhaus am Heck. In dem Ruderhaus entdeckte Marler den Schiffsführer und einen stämmigen Matrosen, der gerade die Vorbereitungen zum Ablegen traf. Als Hildebrandt an Bord sprang, blieb Marler auf dem Kai stehen.
»Der da . . .« – Marler deutete auf den Matrosen – »fährt nicht mit. Keine Widerrede.«
Er ging erst an Bord, nachdem der Deutsche die Achseln gezuckt und dem Matrosen gesagt hatte, sie würden sich später sehen. Das Boot tuckerte durch den nebelähnlichen Regen in die Strommitte. Marler stellte seine Reisetasche hinter das Ruderhaus, und Hildebrandt zog unter einem Stapel Taue ein in Plastikfolie eingehülltes Paket hervor, aus dem er ein auseinandergenommenes Armalite-Gewehr und ein Zielfernrohr herausholte.
Marler untersuchte die Waffe mit Hilfe einer Stablampe. Nicht überholt,

sondern brandneu – also nicht zurückzuverfolgen. Schnell setzte er das Gewehr zusammen, steckte das Zielfernrohr auf, bat um Munition, lud die Waffe. Sie passierten gerade eine ferne Leuchtboje. Ihr Licht war verschwommen, und sie tanzte auf dem Wasser. Er zielte, schaute durch das Fernrohr, drückte ab, und das Licht erlosch.

»Man hat mir erzählt, Sie wären ziemlich gut«, bemerkte Hildebrandt, »aber so einen Schuß habe ich noch nie gesehen. Aber solange nicht ich das Ziel bin . . .«

»Sparen Sie sich das Gewäsch. Und nun die andere.«

Hildebrandts Hände griffen wieder in den Plastikbeutel und brachten eine 9 mm Walther P 38 Automatik zum Vorschein. Er steckte ein Magazin ein und reichte sie Marler. Der Engländer ließ den Blick über den Fluß schweifen – ein anderes Schiff war nicht in Sicht. Er überprüfte die Waffe, hob sie, packte den Griff mit beiden Händen, feuerte auf ein kleines Stück Treibholz, dann nickte er.

»Die fünftausend Mark«, erinnerte ihn Hildebrandt; seine rechte Hand steckte in der Tasche seines Trenchcoats.

»Das erledigen wir auf meine Art«, erklärte Marler brüsk.

Er nahm das Gewehr auseinander und verstaute die Waffe in seiner großen Reisetasche unter dem Tennisschläger. Die Walther wurde unter das Gewehr geschoben und beide mit einer kleinen Reisedecke zugedeckt. Dann reichte er Hildebrandt die Tasche.

»Sagen Sie dem Schiffsführer, er soll dort drüben am Kai anlegen, dem mit dem Taxenhalteplatz. Ich gehe an Land, und Sie geben mir die Tasche und ich Ihnen den Umschlag. Und ich will Munition für beide Waffen, zehn Magazine für die Walther. Und ein Hüftholster.«

»Das geht aber extra . . .«

»Tut es nicht.«

Hildebrandt zuckte abermals die Achseln, holte Munition für beide Waffen aus dem Plastikbeutel, händigte sie Marler aus und wies den Schiffsführer an, aufs Land zuzuhalten. Er öffnete seinen Trenchcoat, schnallte ein Hüftholster ab und gab es Marler. Was bedeutete, daß die Waffe, die darin gesteckt hatte, sich in der rechten Tasche des Waffenhändlers befand. Marler grinste, als er die Hand in seine Reisetasche steckte und sie mit der Walther wieder herauszog.

»Nur eine Vorsichtsmaßnahme, H. H.«

Der Austausch fand am Kai statt. Marler sagte gute Nacht, ging auf ein Taxi zu, das gerade einen Fahrgast absetzte, eine stark geschminkte Frau, die ihn hoffnungsvoll beäugte. »Heute abend nicht, Josephine«, erklärte Marler und stieg in das Taxi, wies den Fahrer an, loszufahren. Erst als sie ein gutes Stück vom Kai entfernt waren, nannte er sein Ziel, das Hotel Vier Jahreszeiten. Die Vorsichtsmaßnahme hätte er sich schenken können. Marler zündete sich eine seiner King-Size Zigaretten an, warf einen Blick durchs Rückfenster und sah, daß der Motorradfahrer, der in der Nähe des Kais geparkt hatte, ihm folgte. Das war typisch für Hildebrandt: wie einfach war es für einen Motorradfahrer, sich an sie zu hängen, als sie das Restaurant verließen, und dann auf der parallel zum Ufer verlaufenden Straße entlangzufahren und dabei das Schiff nicht aus den Augen zu lassen. Aber das beeinträchtigte Marlers Schlaf nicht.

Am nächsten Morgen fuhr Marler mit einem Taxi zum Flughafen, ging aber nicht zum Schalter, um einzuchecken, sondern betrat einen Waschraum, der glücklicherweise leer war.

Er begann, sich die Hände zu waschen. Die Tür wurde geöffnet, und ein stämmiger Mann in Jeans, einem schmuddeligen Hemd und schwarzen Stoppeln auf dem massiven Kinn kam herein. Marler erkannte den Matrosen, den er von dem Motorboot gescheucht hatte. Hildebrandt wurde allmählich lästig – er wollte dieselbe Ware ein zweites Mal verkaufen.

»Keine Dummheiten, sonst schlitze ich dir den Bauch auf. Her mit der Tasche ...«

Ein Klicken, und der Matrose hielt ein Schnappmesser mit breiter Klinge in der Hand. Marler zog seine Hände aus dem Waschbecken, hob die Linke. In der Rechten hielt er eine Dose mit Haarspray. Er zielte, drückte auf den Knopf, und eine Ladung Haarspray traf den Matrosen ins Gesicht und in die Augen.

Er keuchte, hob die freie Hand zu den Augen, stöhnte schmerzgepeinigt. Marlers rechte Hand traf sein Handgelenk, und das Messer klirrte zu Boden. Marler ließ die Dose fallen, packte den Deutschen bei den Schultern, schleuderte ihn mit aller Kraft in eine leere Kabine. Der Schädel des Matrosen prallte gegen die gekachelte Rückwand, und der Mann sackte zusammen. Marler drückte ihn auf den Toilettensitz. Der Matrose sank in sich zusammen, sein Kopf fiel vornüber.

Marler schloß die Tür, hob Sprühdose und Messer auf und steckte beides ein. Dann verließ er mit seinem Koffer und seiner Reisetasche den Waschraum, ließ das Messer in einen Abfallbehälter fallen und ging hinaus.

Er stieg ins erste Taxi, wies den Fahrer an, ihn zum Hauptbahnhof zu bringen. Dort kaufte er eine Fahrkarte nach Lübeck und bestieg, kaum eine Minute vor der Abfahrt, den Kopenhagen-Expreß. Während der Zug durch

die flache Landschaft Norddeutschlands eilte, las er *The Painted Veil* von Somerset Maugham.
In Lübeck, der alten Hansestadt an der Ostsee, stieg er aus und fuhr mit einem Taxi nach Travemünde, wo die Autofähren nach Helsinki ablegten. Er vergewisserte sich, daß der Griff des Tennisschlägers aus der Reisetasche herausragte.
In Travemünde löste er eine Rückfahrkarte für die Fähre nach Helsinki. Die Hitze war mörderisch, als er an Bord des riesigen Schiffes ging. In seiner Erste-Klasse-Kabine nahm er die Krawatte ab, knöpfte den Kragen auf, setzte sich aufs Bett und griff zu seinem Buch.
Auf sein Gepäck hatte niemand auch nur einen flüchtigen Blick geworfen. Als sich das Schiff in Bewegung gesetzt und er es sich auf dem Bett bequem gemacht hatte, war sein letzter Gedanke, daß Hugo Hildebrandt wirklich äußerst knapp bei Kasse sein mußte. Armer Kerl.

Sechzehntes Kapitel

Howard, der Direktor des SIS, kehrte genau im falschen Moment aus einem Urlaub in seiner Villa im Süden Frankreichs zurück. Der stattliche Mann mit dem rundlichen, rosa überhauchten Gesicht betrat das Haus am Park Crescent und stieß mit Monica zusammen, die mit den Finnair-Tickets in der Hand auf dem Weg zu Tweeds Büro war. Er hielt sie auf der Treppe auf.
»Will noch jemand Ferien machen?« fragte er mit seiner überraschend hohen Stimme. »Wer verläßt denn das Schiff in der Stunde der Not?«
Großer Gott, dachte Monica, er ist in einer seiner sogenannten scherzhaften Launen. Sie blieb auf der Treppe stehen und musterte ihren Chef. Wie üblich war Howard makellos gekleidet und trug einen neuen Chester Barrie-Anzug von Harrods. Das Hemd war weiß und panzersteif gestärkt. Das scharlachrote Ziertaschentuch in seiner Brusttasche hatte genau die gleiche Farbe wie seine Krawatte.
»Ich muß das hier ganz schnell abliefern«, erwiderte sie und warf einen Blick die Treppe hinunter auf George, der an seinem Schreibtisch neben der geschlossenen Haustür saß. »Bitte entschuldigen Sie mich.«
»Was ist das für ein großes Geheimnis, in das ich da hineingestolpert bin?« fragte er und folgte ihr die Treppe hinauf in Tweeds Büro.
»Hier sind Ihre Tickets«, sagte sie, legte sie vor Tweed auf den Schreibtisch und warf einen mißmutigen Blick über die Schulter.
»Bin ein paar Tage früher zurückgekommen«, verkündete Howard ver-

gnügt, während er die Tür hinter sich zumachte. »In der Provence herrschte eine Hitze wie in dem sprichwörtlichen Backofen. Im Begriff, irgendwohin abzureisen?«
Er ließ sich auf dem Sessel nieder, legte eines seiner langen Beine über die Armlehne und bewunderte seinen funkelnden schwarzen Schuh. Tweed steckte die Tickets in seine Brieftasche und lehnte sich auf seinem Stuhl zurück.
»Eine dringende Angelegenheit. Ich muß in fünf Minuten aufbrechen.«
»Gut. Dann haben wir volle fünf Minuten Zeit, in denen Sie mir alles erzählen können. Wohin soll die Reise gehen?«
»Nach Helsinki.« Tweed stand auf, warf einen Blick auf die Uhr, ergriff seinen Koffer.
»Warten Sie.« Howard stand gleichfalls auf, und Monica runzelte die Stirn. Er wollte Schwierigkeiten machen. »*Warum* gehen Sie auf diese Reise?«
»Im besonderen Auftrag der Premierministerin. Es tut mir leid, aber in dieser Angelegenheit ist der Deckel fest zugeschraubt. Fester, als ich es je erlebt habe.«
»Ich verstehe.« Howard akzeptierte es mit erstaunlicher Gelassenheit. »Als ich ins Haus kam, bin ich mit Pete Nield zusammengestoßen. Er kennt Skandinavien. Nehmen Sie ihn mit. Das ist ein Befehl. Daß Sie sich ohne Rückendeckung dort herumtreiben, ist zu gefährlich.«
»Die Unruheherde liegen weiter südlich.«
»Meinen Sie? Auf der Rückreise aus Frankreich habe ich mich mit Pierre Loriot unterhalten. Er sagte, ein paar gefährliche Typen vom Balkan wären in den Untergrund gegangen. Profis. Er hat aus einer verläßlichen Quelle den Tip bekommen, daß sie sich nach Skandinavien abgesetzt haben.«
»Ich muß mein Flugzeug erreichen . . .«
»Ich werde keine ruhige Minute haben, wenn Sie Nield nicht mitnehmen. Er kann für sich allein mit der gleichen Maschine fliegen. Ich stelle keine Fragen nach den Anweisungen der Premierministerin, aber ich leite diesen Laden. Sie wissen genau, daß Nield für solche Fälle immer einen gepackten Koffer und Geld in allen erdenklichen Währungen bereithält.«
»Möglicherweise bekommt er gar keinen Platz mehr in meiner Maschine . . .«
Howard drehte sich auf dem Absatz um. »Monica, rufen Sie am Flughafen an und buchen Sie einen weiteren Platz in der Maschine. Auch das ist ein Befehl.«
Tweed nickte, und Monica nahm den Hörer ab. Tweed war verblüfft, wie besorgt Howard um seine Sicherheit war. Er hatte dem, was sein Chef gesagt hatte, keinerlei Argumente entgegenzusetzen. Und er konnte Nield

immer noch abhängen, wenn sie angekommen waren. Monica tätigte kurz hintereinander drei Anrufe, dann legte sie den Hörer auf.

»Pete hat einen Platz in der gleichen Maschine, das Ticket liegt am Flughafen für ihn bereit. Er hat ein Zimmer im selben Hotel, in dem Sie wohnen werden. In drei Minuten kommt ein Taxi, das ihn noch rechtzeitig nach Heathrow bringt.«

»Dann verschwinde ich jetzt«, sagte Tweed und sah Howard an. »Danke für die Unterstützung. Ich weiß nicht, wie lange ich fort sein werde.«

»Nun«, erklärte Howard jovial und wiederholte dann eine Bemerkung, die Tweed früher Monica gegenüber gemacht hatte, »schließlich reisen Sie ja nicht in die Sowjetunion ...«

Als die Finnair-Maschine an einem klaren, blauen Himmel über die Ostsee flog, schaute Tweed aus dem Fenster. Fünfundzwanzigtausend Fuß unter ihm lag der Finnische Archipel, ein Labyrinth aus unzähligen Inseln von sehr unterschiedlicher Form und Größe. Hier und dort entdeckte er auf dem blauen Meer einen winzigen weißen Streifen, das Kielwasser irgendeines großen Schiffes.

Er schaute sich kurz um. Zwei Reihen hinter ihm saß Pete Nield und las eine Zeitung. Nield war Anfang Dreißig, ein schlanker Mann mit dunklem Haar und einem kleinen, säuberlich gestutzten Schnurrbart. Er hatte die Maschine bestiegen, ohne einen einzigen Blick in Tweeds Richtung zu werfen.

Als die Maschine zu ihrem langen Anflug auf Helsinki ansetzte, ging Tweed in Gedanken noch einmal die Strategie durch, die er in Bewegung gesetzt hatte. Newman, Paula und Cord Dillon waren gleichfalls nach Skandinavien unterwegs, um Nachforschungen über INCUBUS anzustellen. Er zweifelte nicht daran, daß Newman mit unerbittlicher Energie zu Werke gehen würde – der Mord an Sandra Riverton hatte ihn mit kalter Wut erfüllt.

Und meine eigene Mission ist ähnlich und doch wieder anders, dachte er. Auch ich stelle Nachforschungen über INCUBUS an, arbeite dabei aber mit einem unbekannten Russen zusammen. Es war fast, als wollte man in ein Spinnennetz eindringen.

Und auch Marler war unterwegs, auf der Suche nach den gefährlichen Leuten, die aus den ehemals kommunistischen Staaten verschwunden waren. Er hatte einen Anhaltspunkt: Ion Manescu war gesehen worden, als er in Travemünde an Bord einer Fähre ging, deren Zielhafen Helsinki war. Marler, wegen seiner gelassenen, zynischen Art bei den Frauen sehr beliebt, war ein erfahrener und einfallsreicher Meister im Aufspüren von Leuten, die sonst niemand finden konnte.

Es war ein doppelspuriges Unternehmen, das zwei verschiedene Ziele verfolgte. Sich einen Zugang zu INCUBUS verschaffen und herausfinden, wie dieser Koloß operierte. Und die verschwundenen Kriminellen aufspüren, die einst für die verschiedenen Sicherheitsorgane gearbeitet hatten. Als die Maschine steiler herunterging, drängte sich Tweed abermals der Vergleich zwischen INCUBUS und einem Spinnennetz auf. Wer war die Spinne in der Mitte des Netzes? War es wirklich Hauser?

»Das ist ein Problem, das wir lösen müssen. Auf irgendeine Weise, die ihren Zweck erfüllt.«
Drei Männer saßen in Hausers geräumigem Büro im obersten Stockwerk des Glasturms am Rand von Helsinki. Hauser schaute aus dem Fenster auf den Hitzedunst über dem Wasser. Hinter ihm hatte Adam Carver es sich auf einem Sessel bequem gemacht, während Galvone im Zimmer umherwanderte.
»Wie ist die gegenwärtige Situation in Frankfurt?« fragte Carver.
»Der Besitzer dieser deutschen Privatbank heißt Egon Schmidt. Er will auf gar keinen Fall verkaufen.« Hauser konsultierte eine rote Akte, die er in der Hand hielt. »Das Profil über Schmidt hat Evelyn Holme geliefert. Er hat einen Sohn, Dieter. Sie hat mit ihm im Frankfurter Hof gegessen. Dieter ist ein Playboy, die Bank interessiert ihn nicht, er würde lieber heute als morgen verkaufen. Das Verhältnis zwischen Vater und Sohn ist schlecht. Aber da Schmidt keine anderen Angehörigen hat, würde die Bank in Dieters Hände übergehen.« Er musterte die beiden Männer. »Falls Egon Schmidt etwas zustoßen sollte.«
»Dann liegt die Lösung doch auf der Hand«, sagte Galvone mit seiner heiseren Stimme.
»Und wie sieht diese Lösung aus?« fragte Carver ruhig.
»Darüber können wir später reden«, warf Hauser schnell ein. »Aber wir brauchen diese Bank, um in Deutschland Fuß zu fassen. Sehr viele Schlüsselunternehmen in Deutschland werden von Banken kontrolliert.« Er legte die Akte auf den Tisch, wechselte das Thema. »Sagen Sie, Adam, wie sind Sie mit dieser Evelyn Holme zurechtgekommen?«
»Sie ist immer noch nervös, will das Geld von der Versicherung nicht annehmen.«
»Was bedeutet, daß wir die Daumenschrauben ansetzen und ihr den großen Mund stopfen müssen«, erklärte Galvone.
»Ich glaube, sie hält mich für ihren Freund«, bemerkte der Engländer. »Ich kann sie also jederzeit wieder besuchen und versuchen, ihr die Sache schmackhaft zu machen.«

»Und Sie können jederzeit ihr Haus in Brand stecken.«
»Das wäre eine drastische Maßnahme, die sich zu unseren Ungunsten auswirken könnte. Und es gibt noch eine Komplikation.«
»Die können wir nicht brauchen«, fauchte Hauser.
»Was für eine Komplikation?« wollte Galvone wissen.
»Als ich in London war, habe ich mit Steve Abbott gesprochen, dem nicht sonderlich feinfühligen Gehilfen von Papa Grimwood. Steve ist ziemlich sicher, daß er Robert Newman, den Auslandskorrespondenten, bei Evelyn in Walberswick gesehen hat.«
»Walberswick? Was zum Teufel ist das?« fragte Hauser, dann zündete er sich eine Zigarette an. »Sie dürfen rauchen, meine Herren.«
Carver holte eine Zigarette aus seinem Etui, zündete sie an, tat ein paar Züge und beobachtete Galvone durch den Rauch hindurch. »Walberswick ist ein kleines Nest an der Küste von Suffolk. Sandra Riverton hat früher dort gelebt. Jetzt wohnt ihre Schwester Evelyn in ihrem Haus.«
»Die man schleunigst von der Bildfläche räumen sollte«, erklärte Galvone.
»Sie sind entschieden zu impulsiv, Frank«, sagte Hauser. »Ich bin sicher, daß Adam Herr der Lage ist und sie zu einem erfolgreichen Abschluß bringt.«
»Darauf würde ich keine Wette eingehen«, höhnte Galvone.
»Ich wette nie auf etwas – oder jemanden.« Hausers Stimme hatte einen scharfen Ton. »Aber was mir mehr als nur ein bißchen Sorgen macht, ist Adams Hinweis auf diesen Schnüffler Newman. Ich möchte wissen, wo er jetzt steckt. Kümmern Sie sich darum, Frank. Sie bleiben noch, Adam. Da ist etwas, das wir erledigen müssen, ohne Zeit zu vergeuden.«

Die Maschine war im Anflug auf Arlanda, wo Flug SK 526 um 14.25 Uhr eintreffen sollte. Paula schaute aus dem Fenster auf die ausgedörrte Landschaft, die ihr entgegenkam, eine Landschaft aus knochentrockener Erde mit Inseln aus dunkelgrünen Koniferen und vereinzelten großen, in den Boden eingebetteten Felsbrocken.
Von den Flughafengebäuden abgesehen, gab es kaum Anzeichen menschlicher Behausungen. Arlanda wurde von Jahr zu Jahr größer. Newman öffnete die Augen, gähnte und warf einen Blick auf Cord Dillon, der ruhelos auf seinem Sessel herumrutschte.
»Der dürfte ein Problem werden«, sagte er zu Paula. »Er ist ein Mann der Tat. Aber in kniffligen Situationen ist er von unschätzbarem Wert.«
»Warum sollten wir in knifflige Situationen geraten? Schließlich kann niemand wissen, daß wir über Schweden nach Finnland unterwegs sind.«
»Ihr Wort in Gottes Ohr. Wir landen ...«

Von Paßkontrolle und Zoll unbehelligt stiegen sie die Treppe von einem hochgelegenen Podest zur Hauptankunftshalle hinunter. Dillon, der einen verknitterten grauen Anzug trug, folgte, durch mehrere Passagiere von ihnen getrennt.

»Da muß irgendeine Berühmtheit an Bord gewesen sein«, bemerkte Paula, als sie die Halle erreicht hatten. »Ein Filmstar?«

Sie deutete mit einer Handbewegung auf ein Filmteam, vier Männer und eine Frau, die ihre Kameras auf die Neuankömmlinge richteten. Newman, der nach wie vor seine dunkle Brille trug, deutete mit einem Griff zum Schirm seiner Baseballmütze einen spöttischen Gruß an.

»Wir sind es bestimmt nicht, für die sie sich interessieren«, scherzte Paula.

Die Bemerkung beunruhigte Newman. Als sie ihre Koffer zu dem vorbestellten Mietwagen trugen, warf er noch einen Blick zurück. Die Kameras filmten weiterhin sämtliche Passagiere, die in die Halle herunterkamen.

Als sie in den Sonnenschein hinaustraten, traf sie die Hitze wie ein Keulenschlag. Paula setzte rasch eine Sonnenbrille auf – das Gleißen war so stark, daß ihre Augen schmerzten. Newman eilte auf einen Volvo Kombi zu, neben dem ein uniformiertes Mädchen mit den Schlüsseln auf sie wartete.

Der Papierkram war schnell erledigt – das Mädchen wollte offenbar so schnell wie möglich in die Halle zurückkehren. Kurz bevor sie abfuhren, glitt Dillon auf den Rücksitz, und Newman bog auf die nach Stockholm führende Autostraße ein.

»Was hat Sie so interessiert?« fragte Paula. »Als wir die Halle verließen, haben Sie sich noch einmal umgeschaut.«

»Diese Filmleute. Welchen Grund könnten sie haben, Aufnahmen von allen Leuten zu machen, die aus der Maschine ausgestiegen sind?«

»Keine Ahnung.« Paula fächelte sich mit einer Broschüre, die sie aus dem Flugzeug mitgenommen hatte, Luft zu. »Himmel, das ist der reinste Backofen.«

»Ihr Fenster ist offen.«

»Und läßt noch mehr kochendheiße Luft herein. Aber in Finnland wird es kühler sein.«

»Und wie zum Teufel kommen wir dorthin?« wollte Dillon wissen. »Auf weiteren Umwegen?«

»Mit der Fähre morgen abend. Eine angenehme Art, von Stockholm nach Helsinki zu gelangen. Auf der Ostsee verkehren riesige Autofähren.«

»Ich werde leicht seekrank«, beklagte sich Dillon.

»Sie werden das Gefühl haben, über einen Spiegel zu gleiten.«

»Ich weiß nicht, ob Sie, was die Filmleute angeht, recht haben«, bemerkte Paula. »Vielleicht haben sie einen guten Grund für ihre Arbeit.«
»Nun, es gibt eine Möglichkeit, das festzustellen, wenn wir das Grand Hotel erreicht haben und dort eingezogen sind. Wenn Sie wollen, können Sie mitkommen. Es sei denn, es zieht Sie ins Kaufhaus.«
»Und wie wollen Sie das feststellen?« fragte Paula.
»Ich verstehe nicht, was der ganze Blödsinn soll«, knurrte Dillon wütend. »Warum fahren wir auf dieser Route nach Finnland?«
»Weil wir bewaffnet sein müssen, deshalb. Und nun halten Sie den Mund.«
»Sie haben mir noch nicht gesagt, wie Sie feststellen wollen, was es mit diesen Filmleuten auf sich hat«, erinnerte Paula.
»Das erfahren Sie heute nachmittag.«
Paula fluchte innerlich und starrte aus dem Fenster. Schon jetzt klebte ihr das Kleid am Körper, und sie sehnte sich nach einem Bad. Stellenweise wurde die breite Autostraße von Kalksteinschluchten gesäumt; hinter ihnen erstreckten sich Felder, die durch den Hitzedunst nur verschwommen zu sehen waren. Und sie konnte sich nicht vorstellen, was Newman am Nachmittag vorhatte.

Marler verließ das Fährschiff, das im Nordhafen angelegt hatte, über die Laufplanke. Sofort fielen ihm die Männer mit den auf die Passagiere gerichteten Filmkameras auf. Er drängte sich schnell in eine größere Menschenmenge, machte von keinem der wartenden Taxis Gebrauch und ging zu Fuß um den Hafen herum zum Hotel The Palace.
»Sie haben ein Zimmer für mich«, erklärte er der Frau am Empfangsschalter, nannte seinen Namen, ließ den Gepäckträger seinen Koffer nehmen. Seine Reisetasche trug er selbst.
Sein Zimmer lag zum Hafen heraus, und er blickte in den strahlenden Sonnenschein. Er war der Hitze entsprechend angezogen, trug einen Leinenanzug und ein offenes Hemd. Die Reisetasche, aus der nach wie vor der Griff des Tennisschlägers herausragte, stellte er für jedermann sichtbar auf einen Stuhl. Dann riß er sich ein Haar aus und klemmte es unter den ein paar Zentimeter offenen Reißverschluß.
Seinen Koffer ließ er verschlossen auf dem Gestell stehen, auf das der Gepäckträger ihn gestellt hatte. Falls jemand das Zimmer durchsuchen sollte, würde er sich zuerst für den verschlossenen Koffer interessieren. Die Reisetasche stand zu offen da, um Aufmerksamkeit zu erregen. Dann verließ er sein Zimmer, ging die Esplanade entlang und bog nach Süden in

die Altstadt ein. In der Brusttasche seines Anzugs steckte ein Abzug des Fotos von Ion Manescu.

Tweed schaute aus dem Fenster seines Zimmers im Hotel Hesperia. Er hatte schon früher in diesem Hotel, einem modernen Betonklotz, gewohnt. Er blickte auf ein hohes Mobile aus Metall herab, das sich drehte, wenn ein Wind wehte. Aber jetzt war die Luft völlig still und das Mobile ebenfalls. Jenseits der Mannerheimintie, der ein Stück weiter östlich in die Innenstadt führenden Hauptstraße, konnte er die See sehen. Sie sah aus wie ein großer Teich und war ein Binnenarm der von hier aus nicht sichtbaren Ostsee.
Eine orange- und cremefarben gestrichene Straßenbahn rumpelte auf ihrem Weg in die Innenstadt vorüber und erinnerte ihn daran, daß er sich den Treffpunkt am Nordhafen bei Tageslicht ansehen wollte. Er fuhr mit dem Fahrstuhl in die Halle hinunter und fragte sich, ob er auf Pete Nield stoßen würde, der gleichfalls im Hesperia abgestiegen war. Aber Tweed entdeckte keine Spur von ihm, als er die geräumige Halle durchquerte und dabei einen Blick auf das über der Tür angebrachte Digitalthermometer warf.
27 Grad im Schatten. Er zuckte die Achseln, war froh, daß er einen leichten Tropenanzug trug, trat hinaus in die Hitze und spürte, wie ihm die Sonne ins Genick brannte. Die Straßenbahnhaltestelle lag nur ein paar Schritte weiter stadteinwärts, und bald, nachdem er dort angekommen war, kam eine Straßenbahn der Linie 5. Er stieg ein, zahlte beim Fahrer mit einer finnischen Münze, erhielt einen Fahrschein und erinnerte sich daran, daß er ihn in einen Automaten hinter dem Fahrer stecken und mit Datum und Uhrzeit stempeln lassen mußte.
Helsinki war eine Granitstadt. Auf seinem Weg vom Flughafen war das Taxi an gewaltigen Massen dieses Gesteins vorbeigefahren, und die Gebäude waren aus demselben Material errichtet worden. Die Straßenbahn passierte ein Museum hinter einer schräg ansteigenden Rasenfläche. Aus dem säuberlich beschnittenen Gras ragte ein gewaltiger Granitbrocken heraus. Granit überall. Es mußte die Finnen harte Arbeit gekostet haben, eine solche Hauptstadt zu bauen.
Zehn Minuten später wanderte er die von Bäumen gesäumte und zum Nordhafen führende Esplanade entlang. Männer und Frauen mit einem Minimum an Bekleidung promenierten langsam in der Hitze. Als Tweed die Spitze des Nordhafens erreicht hatte, fuhr ein Wagen an ihm vorüber. Er ging bis ans Ende des Kais. Hinter ihm machten Marktstände gute Geschäfte, und am Ufer herrschte reges Treiben. Das würde um elf Uhr abends

anders sein, während der beiden kurzen Stunden Dunkelheit, die zu dieser Jahreszeit in Helsinki zu erwarten waren.
Weshalb hier? Weshalb zu dieser späten Stunde? Im Hesperia hatte keine Nachricht von Lew Frolow vorgelegen, wer immer das sein mochte. Howard würde in Ohnmacht fallen, wenn er wüßte, auf was für eine Verabredung er sich eingelassen hatte. In diesem Moment fiel ihm auf, daß der Wagen, der ihn überholt hatte, ganz in der Nähe parkte.
Ein schlanker, behender Mann mit Taucheranzug und Atemgerät lief die nicht weit entfernte Treppe hinunter. Er trug bereits seine Atemmaske, aber etwas an seinen Bewegungen kam Tweed bekannt vor, als sich der Mann in den Hafen stürzte, schwamm und dann unter der Oberfläche der spiegelglatten See verschwand. Tweed begriff, wer der Mann war.
Pete Nield war ein hervorragender Sporttaucher. Er war der Straßenbahn gefolgt, mit der Tweed gefahren war, offensichtlich mit einem gemieteten Wagen. Er nahm seine Anweisung, Tweed zu beschützen, wirklich ernst. Tweed machte sich auf den Rückweg zur Straßenbahnhaltestelle. Nun wußte er, wie der Treffpunkt aussah.

In Stockholm war es früher Nachmittag. Die Luft war wie ein feuchtheißes Gas, und die Sonne prallte auf die Stadt hernieder, als Newman mit Paula auf dem Beifahrersitz die zweispurige Autostraße entlangfuhr, die links vom Wasser gesäumt wurde, während rechts auf einer Anhöhe hinter grünen Rasenflächen Wohnblocks aufragten. Dillon war im Hotel zurückgeblieben und hielt einen Nachmittagsschlaf.
»Wie weit ist es bis zu diesem Flughafen Bromma?« fragte Paula. »Und warum fahren wir dorthin?«
»Vom Hotel aus nur etwa fünfzehn Minuten. Und den Grund werden Sie erfahren, wenn wir dort sind.«
Auf der Straße herrschte keinerlei Verkehr, alle Ampeln standen auf Grün. Später fuhren sie auf einer einspurigen Straße an alten, leuchtend grün oder gelb gestrichenen Holzhäusern vorüber. Die Häuser waren ein- oder zweigeschossig und hatten kleine, gepflegte Vorgärten.
»Was ist Bromma?« drängte Paula. »Und wozu ist dieser Flughafen nütze, wo es doch Arlanda gibt?«
»Arlanda ist vor Jahren an die Stelle von Bromma getreten. Bromma wird nur noch für Inlandsflüge und von einigen Privatmaschinen benutzt. Er ist hervorragend geeignet für Leute, die unauffällig ins Land kommen wollen. Und hier sind wir schon . . .«
Auf dem Schild stand *FLUGHAFEN BROMMA*. Das Empfangsgebäude

war winzig im Vergleich zu dem in Arlanda. Nur zwei Leute waren zu sehen, und als Newman ein Stück vom Gebäude entfernt parkte und den Motor abschaltete, herrschte dumpfe Stille. Paula kam es vor, als befänden sie sich irgendwo weit draußen auf dem Land.

»Ich hatte recht«, sagte Newman. »Ich möchte, daß Sie etwas für mich tun. Steigen Sie aus, gehen Sie hinein, warten Sie ein paar Minuten und kommen Sie dann wieder heraus.«

»Der Mann neben dem Transporter dort hat eine Filmkamera.«

»Und der Transporter trägt die gleiche Aufschrift wie der in Arlanda. Tun Sie, um was ich Sie gebeten habe.«

Newman, der seine Baseballmütze in den Fluß vor dem Grand Hotel geworfen hatte, zündete sich eine Zigarette an. Paula stieg aus, schlenderte zu dem Gebäude hinüber. Sie trug Shorts und eine locker sitzende Bluse. Als sie an dem Transporter vorüber kam, starrte der Mann auf ihre Beine, und die Frau neben ihm versetzte ihm einen heftigen Rippenstoß.

Drinnen stellte Paula fest, daß die Empfangshalle ziemlich geräumig, aber menschenleer war. Kein Personal an den Schaltern, kein menschliches Wesen in Sicht. Sie trat an eines der Fenster und schaute auf das kleine, von Tannenwäldern umgebene Flugfeld hinaus. Es gab nur eine Landebahn, von der eine Rollbahn abzweigte, an deren Ende eine Swedair-Maschine wartete. Näher an der Hauptlandebahn stand ein Lear Jet. Auf seinem Rumpf war die Aufschrift INCUBUS zu lesen.

Siebzehntes Kapitel

»Wir stecken in der Klemme. Hauser ist uns zuvorgekommen. Ich habe ihn offenbar unterschätzt. Von jetzt an könnte es gefährlich werden – sehr gefährlich.«

Newman befand sich mit Paula in der luxuriösen Bar des Grand Hotels, und seine Stimme klang grimmig. Er hatte es sich in einem Sessel bequem gemacht, und Paula saß dicht neben ihm. Als sie von ihrem Ausflug zurückgekehrt waren, hatte Dillon erklärt, er wäre hungrig und würde in dem Restaurant mit Blick auf den Kai essen, an dem die Schiffe anlegten, mit denen die Touristen aus den Schären zurückkehrten.

»Während der Rückfahrt haben Sie kein Wort gesagt«, erinnerte ihn Paula. »Jetzt möchte ich eine Erklärung. Ich habe Ihnen erzählt, was ich gesehen habe. Und dieses Pärchen mit der Filmkamera hat keine Notiz von mir genommen und keine Aufnahmen gemacht.«

»Nur, weil Sie nicht mit dem Flugzeug gekommen sind. Denn das war es, worauf sie gewartet haben – auf jemanden, der mit dem Flugzeug in Schweden eintrifft. Genau wie sie es in Arlanda getan haben; und dort haben sie eine Menge Film verbraucht.«
»Und was, meinen Sie, hatte dieser Lear Jet von INCUBUS zu bedeuten? Es sah aus, als wartete er auf jemanden . . .«
»Oder auf etwas. Morgen werde ich Waffen kaufen. Das ist auch ein Grund dafür, daß ich mich für diese Route entschieden habe. In Finnland kann man keine Waffen kaufen.«
»Aber hier kann man es? Wollten Sie das damit sagen?«
»Ja. Morgen gehe ich zum Sergels Torg. Das ist ein Platz im Zentrum von Stockholm, auf dem man Leute trifft, die einem fast jede Art von automatischer oder Handfeuerwaffe verkaufen können.«
»Ich möchte einen Browning«, erklärte sie prompt. »Aber wie können wir die Waffen nach Finnland einschmuggeln?«
»Das ist ganz einfach. Wir fahren mit der Nachtfähre nach Helsinki. Dort gibt es im Grunde keine Überwachung und auch keine Gepäckkontrollen. Und von einem Schiff ungesehen an Land zu gehen, ist leichter, als von einer Maschine auf dem Flughafen. Denken Sie an Arlanda.«
»Soll ich Sie morgen zum Sergels Torg begleiten, Bob?«
»Ich werde darüber nachdenken. Übrigens kann es sein, daß wir noch einen Tag länger hierbleiben. Ich hoffe nur, daß ich mich mit alledem irre.«
»Sie machen sich Sorgen, weil Sie mich dabei haben«, warf sie ihm vor.
»Ich habe nie etwas dergleichen gesagt«, log er. »Lassen Sie uns essen gehen. Morgen haben wir alle Hände voll zu tun.«

Die am Flughafen von Göteborg in Westschweden aufgenommenen Filme, die von Malmö, wo die Luftkissenboote aus Dänemark anlegen, die von Arlanda – alle wurden per Hubschrauber nach Bromma gebracht.
In Bromma wurden sie noch am selben Abend in dem wartenden Lear Jet verstaut. Um neun Uhr abends startete der Jet und landete noch vor Anbruch der zwei Stunden Dunkelheit in Helsinki. Die Filme wurden auf schnellstem Wege ins Hauptquartier von *INCUBUS Oy* gebracht. Um halb elf waren sie in dem gläsernen Turm eingetroffen.

»Es gibt nichts Schöneres, als sich abends einen guten Film anzusehen«, bemerkte Hauser.
Er saß auf einem Stuhl im Vorführraum der Etage Zwei mit Galvone zu seiner Linken. Rechts von ihm saß Adam Carver, steif aufgerichtet und

hellwach, als der nächste Film anlief, der in Arlanda aufgenommen worden war.
»Paßt genau auf«, mahnte Hauser. »Seht zu, ob irgend jemand darunter ist, den einer von euch kennt. Wenn ja, sagt Bescheid, dann stoppt der Vorführer den Film, und wir sehen uns die Stelle genauer an.«
Galvone lehnte sich gelangweilt zurück und schaute sich an, wie die Fluggäste einer Maschine aus London die Treppe zur Halle hinabstiegen. Bei hellem Tageslicht aufgenommen, waren die Bilder außerordentlich scharf.
»Schon jemanden entdeckt?« fragte Hauser und schwenkte seine Zigarettenspitze.
»Keine Spur«, erklärte Galvone.
»Halt!« rief Carver. »Gehen Sie ein Stück zurück, lassen Sie den Film ganz langsam laufen und warten Sie, bis ich wieder rufe«, wies er den Vorführer an. »Und in dem Moment halten Sie den Film an.«
»Ich habe nichts gesehen, Adam«, bemerkte Hauser.
Carver erwiderte nichts, beugte sich vor und konzentrierte sich auf den in Zeitlupe ablaufenden Film. Eine Frau mit rabenschwarzem Haar kam die Treppe herunter, ging durch die Halle. Ihr folgte ein Mann mit einer auffällig karierten Jacke und einer Baseballmütze. Er berührte, zur Kamera hingewandt, mit einer typisch amerikanischen Geste den Schirm seiner Mütze . . .
»Halt!« rief Carver. Der Film blieb stehen. »Dieser Mann in der karierten Jacke. Das ist Newman, der Auslandskorrespondent Robert Newman.«
Hauser runzelte die Stirn. »Wie kommen Sie darauf? Sieht aus wie ein Tourist aus den guten alten Staaten.«
»Seine Bewegungen.« Carver lehnte sich zurück. »Sie wissen, daß ich mich mit Körpersprache beschäftige. Erinnern Sie sich an den Abend in Suffolk, als Newman in Livingstone Manor auftauchte? Da hatte ich Gelegenheit, ihn genau zu beobachten.«
»Was meinen Sie, Frank?« wollte Hauser wissen.
»Spulen Sie den Film zurück, bis zu der Stelle, wo er die Treppe herunterkommt«, befahl Carver dem Vorführer. »Und jetzt versuchen Sie beide, sich an Livingstone Manor zu erinnern. Achten Sie genau darauf, wie er sich bewegt.«
In dem großen, nur von drei Männern besetzten Vorführraum herrschte Spannung. Sie beugten sich vor, betrachteten konzentriert die Aufnahme. Carver hatte keinerlei Zweifel.
»Was meinen Sie, Frank?« fragte Hauser noch einmal.
»Ich glaube auch, es ist Newman«, erklärte Galvone widerstrebend.
»Mit Vermutungen ist uns nicht gedient«, sagte Hauser. »Aber Adam hat

einen scharfen Blick. Ich kann ihn auch anhand seiner Bewegungen eindeutig identifizieren. Dieser gerissene Hund, kommt an wie ein Amerikaner.«
»Also was unternehmen wir?« fragte Galvone.
»Oh, die Antwort liegt doch wohl auf der Hand. Newman hat sich zu einem gefährlichen Störenfried entwickelt. Zuerst besucht er Evelyn Holme genau in dem Moment, in dem Papa Grimwood es fast geschafft hat, das Versicherungsgeschäft abzuschließen. Das hat er uns vermasselt. Zweitens wurde er in der Nähe des Ortes gesehen, in dem der ehemalige Besitzer von Bennington Tools lebt, wie immer der geheißen hat ...«
»James Archer. Otmoor«, sagte Carver.
»Wie auch immer. Drittens stattet er mir in Livingstone Manor einen Besuch ab und erscheint anschließend in der Gastwirtschaft und stellt Fragen über mich. Nur gut, daß wir in Suffolk Leute haben, die uns freundlich gesonnen sind. Und viertens taucht er jetzt in Stockholm auf, nur eine Flugstunde von hier entfernt. Frank, schicken Sie ein verschlüsseltes Fax für Manescu an unser Stockholmer Büro. Informieren Sie ihn über die Lage. Die Anweisung ist simpel. Newman finden, ihn an weiterem Herumreisen hindern.«
»Und wie wollen wir das anstellen?« fragte Carver.
»Dieses Problem können Sie Frank überlassen. Er weiß, wo Bartel den Most holt. Also los, Frank ...«

Marler war gebeten worden, um neun Uhr abends wiederzukommen. Dann würde Mauno Sarin Zeit für ihn haben. Er hatte von seiner ganzen Überredungskunst Gebrauch machen müssen, um von Karma, Sarins Assistenten, überhaupt einen Termin zu bekommen. Was schließlich den Ausschlag gegeben hatte, war der Hinweis auf die Tatsache, daß er ein Empfehlungsschreiben »eines von Sarin hochgeschätzten Freundes in London« vorzeigen konnte.
Karma, ein kleiner, untersetzter, dunkelhaariger Finne, musterte Marler über den Schreibtisch in dem Büro hinweg, in das er ihn geführt hatte. Sein Englisch war gut, und es war offensichtlich seine Aufgabe, die kostbare Zeit seines Chefs nicht leichtfertig zu verschwenden.
»Wenn ich Mr. Sarin diesen Brief zeigen könnte ...«
»Ausgeschlossen. Der Brief ist vertraulich. Ich muß ihn Sarin selbst übergeben. Aber Sie können ihm meine Karte zeigen.«
Marler gab Karma eine Visitenkarte mit seinem Namen und der Firma, die als Deckadresse für den SIS am Park Crescent diente. General & Cumbria

Assurance. Karma, dessen glatt rasiertes Gesicht nicht verriet, was er dachte, drehte die Karte um.
»Auf der Rückseite steht nichts«, erklärte Marler gelassen. »Es ist eine Visitenkarte, sonst nichts.«
Karma hatte ihn allein gelassen und war fünf Minuten später mit der Nachricht zurückgekehrt, daß Mauno Sarin seinen Besucher um neun Uhr am gleichen Abend empfangen könnte. Marler hatte sich dafür bedankt, daß er seine eigene, nicht minder kostbare Zeit nicht verschwendet hatte, und war gegangen.
Um genau 9 Uhr war er, noch bei vollem Tageslicht, in das Hauptquartier der Sicherheitspolizei zurückgekehrt, eine Bezeichnung, die ihre wahre Funktion verbarg: Spionageabwehr. Das Hauptquartier lag in der Altstadt, die Marler an Leningrad erinnerte, in einem düsteren viergeschossigen Gebäude an der Ecke von Ratakatu und Fredrikinkatu. Die Fenster im Erdgeschoß bestanden aus Milchglas, in den oberen Stockwerken verwehrten schmuddelige Vorhänge den Einblick.
Die Hitze war noch immer unerträglich, als Marler sich dem Eingang näherte. Jenseits der Fredrikinkatu befand sich ein kleiner offener Platz mit einem halben Dutzend Bäume, deren Blätter schlaff herabhingen. Auf einer Bank saßen reglos zwei Möwen und ließen die Flügel hängen. Zu der schweren, mit einer langen, diagonal angebrachten Metallstange verstärkten Holztür führten zwei Steinstufen hinauf. Marler, der sein Leinenjackett über dem Arm trug, zog sich das klebende Hemd von der Brust und trat ein. Karma erwartete ihn und begleitete Marler in ein Büro im dritten Stock. Mauno Sarin erhob sich widerstrebend von dem Stuhl hinter seinem Schreibtisch, um seinen Gast zu begrüßen.
»Sie können uns allein lassen, Karma. Nun, Mr. Marler, was kann ich für Sie tun? Wie Sie sehen, bin ich sehr beschäftigt«, erklärte er auf Englisch und deutete auf seinen Schreibtisch, auf dem sich Akten und Dokumente stapelten. »Bitte nehmen Sie Platz. Sie haben ein Empfehlungsschreiben?«
Marler reichte ihm wortlos den Umschlag und wartete, während Sarin sich ein wenig entspannte, nachdem er sich wieder hingesetzt hatte und den Brief überflog. Der Chef der Sicherheitspolizei, ein Mann in den Vierzigern, war über einsachtzig groß, schlank gebaut und machte einen athletischen Eindruck. Sein Kopf begann bereits kahl zu werden, sein Kinn säumte ein dunkler Bart. Eine Aura rastloser Energie und Ungeduld ging von ihm aus. Er hatte die Hemdsärmel bis über die Ellenbogen hochgerollt.
»Ich dachte mir, daß es sich um Tweed handeln würde«, bemerkte Sarin und gab Marler den Brief zurück. »Wo liegt das Problem?«

Marler zog das Foto von Manescu aus der Tasche und reichte es über den aufgetürmten Papierkram hinweg dem Finnen. »Kennen Sie diesen Mann?«
»Nein«, erklärte Sarin prompt. »Sollte ich?«
»Ich wäre überrascht, wenn Sie ihn kennen würden. Ion Manescu, ehemals Angehöriger der rumänischen Securitate.«
»Also sitzt er wie alle anderen seinesgleichen in Bukarest im Gefängnis.«
»Eben nicht. Ein verläßlicher Zeuge sah, wie er Anfang des Jahres in Travemünde an Bord eines Fährschiffes ging, dessen Zielhafen Helsinki war. Er ist aus Bukarest entkommen. Auch einige andere Leute sind entkommen. Darunter Helmut Ziegler, ehemals Stasi-Chef in Leipzig.«
»Ich verstehe.« Sarin drehte sich mit seinem Stuhl und schaute durch die Vorhänge hindurch auf die andere Straßenseite. »Weshalb sind Sie hier?«
»Um Manescu aufzuspüren und herauszufinden, was er im Schilde führt. Tweed macht sich Sorgen. Von den Kriminellen aus den Sicherheitsdiensten der ehemals kommunistischen Staaten sind zu viele untergetaucht. Vielleicht hier in dieser Gegend. Halten Sie das für möglich?«
»Ich halte es für unwahrscheinlich.«
»Dennoch kamen die ersten Warnungen vor dem Anschlag auf das Lockerbie-Flugzeug aus Finnland.«
Sarin starrte Marler an, aber seine braunen Augen schienen auf irgendeinen fernen Gegenstand gerichtet zu sein. Marler wartete. Er konnte fast die Rädchen hören, die sich im Kopf des Finnen drehten.
»Es ist ziemlich schwierig für uns«, begann Sarin schließlich zu reden. »Flächenmäßig sind wir eines der größten Länder Westeuropas – mit außerordentlich langen Grenzen, von der Ostseeküste ganz zu schweigen. Aber unsere Einwohnerzahl beträgt nur knapp fünf Millionen. Und wir sind traditionsgemäß ein neutrales Land.«
»Das alles verstehe ich«, ermutigte Marler ihn. »Und mir ist auch klar, daß es unmöglich ist, alle Stellen zu überwachen, an denen jemand ein- oder ausreisen könnte.«
»So ist es.« Sarin begann, mit dem Lineal zu spielen. »Tatsächlich liegen uns Berichte vor, daß sich im Laufe mehrerer Monate etliche überaus unerwünschte Personen in unser Land eingeschlichen haben. Immer auf Geheimwegen. Ein Fischer hat in der Nähe von Turku ein Motorboot beobachtet, das in der Nacht zwei Männer an Land setzte. Es ist unmöglich, Routen dieser Art dicht zu machen. Haben Sie jemals von einer Firma namens INCUBUS gehört?«
»Die größte Bank in den Vereinigten Staaten, größer als die Bank of America.«

»Ja, aber inzwischen haben sie außerdem die Kontrolle über zahlreiche andere Unternehmen. Sie haben hier, im Westen der Stadt, ein großes Büro, einen riesigen Glasturm. Außerdem haben sie andere Gesellschaften gegründet und dringend benötigte Arbeitsplätze geschaffen.« Sarin grinste ohne eine Spur von Humor. »Man könnte Mr. Franklin D. Hauser als Wohltäter bezeichnen. «
»Sie haben nicht zufällig eine Liste dieser Gesellschaften?«
Für Marler war das ein Schuß ins Dunkle. Daß Sarin den Namen dieser Mammutorganisation ins Gespräch brachte, hatte ihn überrascht.
»Das kann durchaus sein ...«
Sarin durchwühlte die Aktenstapel, zog ein Blatt Papier hervor und reichte es Marler.
»Hier ist die Liste. Sie können sie behalten, wenn Sie wollen. Es ist eine Fotokopie des Originals.«
Marler warf einen Blick auf die Liste, erstaunt über die Vielzahl der Firmen, die sämtlich finnische Namen trugen. Bis auf eine. Er schaute zu Sarin auf, der wieder ins Leere blickte.
»Dieses Institut für Meteorologische und Astronomische Studien in Kemijärvi. Welches Interesse könnte eine Bank daran haben?«
»Das habe ich mich auch schon gefragt. Sein Bau ist eine merkwürdige Geschichte. Das Institut wurde teilweise von zwei anderen Gesellschaften finanziert, aber der größte Teil des Geldes kam von *INCUBUS Oy* ...«
»Was ihnen die Kontrolle verschaffte?«
»Genau. Eine Reihe von Baufirmen wurde aufgefordert, ein Angebot abzugeben, aber den Zuschlag erhielt eine Firma, die zu INCUBUS gehört. Und das Merkwürdigste daran ist, daß sie zum Bau des Instituts Leute aus Sizilien holten. Sobald die Arbeiten beendet waren, wurden sie alle in gecharterten Maschinen nach Sizilien zurückbefördert.«
»Und Sizilianer sprechen in der Regel kein Finnisch«, bemerkte Marler.
»Sie sprachen nicht einmal Englisch. Das ganze Projekt wurde sozusagen klammheimlich durchgezogen.«
»Und dieses Institut liegt in Kemijärvi?«
»Nein. Kemijärvi ist die nächste größere Stadt. Das Institut liegt an einem abgelegenen Ort mitten in der Wildnis von Lappland.«
»Ein merkwürdiger Ort, um dort etwas zu bauen.«
»Sie behaupten, er wäre ideal – für Wetterbeobachtungen.«
»Warum sollte sich ein riesiger Bankenkonzern auf ein derartiges Projekt einlassen?«
»Mr. Hauser ist ein Philantrop.« Wieder lächelte Sarin humorlos. »Also

fühlt sich unsere Regierung veranlaßt, ihn wie einen Ehrengast zu behandeln. Er finanziert auch das Theater gegenüber dem Marski Hotel. Ein Mann von Kultur, unser Mr. Hauser.«
»Und ein Mann von Geld. Ganzen Wagenladungen von Geld.«
»Das außerdem. Ein Milliardär, so weit ich weiß. Er verbringt hier einen Großteil seiner Zeit. Ich frage mich oft, warum er das tut, zumalim Winter.« Sarin lächelte spöttisch. »Vielleicht gefällt ihm unser Klima.«
»Sie haben sich das Institut in der Nähe von Kemijärvi angesehen?«
Der Ausdruck auf Sarins Gesicht veränderte sich, und in seiner Stimme schwang zum erstenmal ein harter Ton, als er, offenbar einem Impuls nachgebend, wütend erklärte: »Ich würde mir gern einen Durchsuchungsbefehl beschaffen und es von oben bis unten unter die Lupe nehmen. Aber schon ein entsprechender Antrag würde mich meinen Job kosten, und das ist die Sache nicht wert. Stattgegeben würde ihm ohnehin nicht.«
»Was hat Sie veranlaßt, INCUBUS zu erwähnen, als wir über Manescu sprachen?«
Wieder ein träumerischer Blick. Sarin formulierte seine Antwort sehr vorsichtig. »Vermutlich purer Zufall. Wahrscheinlich gibt es überhaupt keinen Zusammenhang. Aber *falls* – und das ist nur eine Vermutung – falls ehemalige Angehörige der Securitate, des Stasi, der STB und so weiter tatsächlich hier Zuflucht gefunden haben sollten – und bisher haben wir keinen einzigen von ihnen zu fassen gekriegt –, dann deutet das darauf hin, daß ein großer, gut organisierter und machtvoller Apparat dahintersteckt. Aber das ist, ich betone es abermals, lediglich eine Theorie.«
Du gerissener Teufel, dachte Marler – eine überaus subtile Art, meine Nachforschungen in eine bestimmte Richtung zu lenken. Er warf einen Blick auf die Uhr, stand auf.
»Ich danke Ihnen, daß Sie mir so viel von Ihrer Zeit gewidmet haben.«
»Ich bin immer bereit, meinem Freund Tweed zu helfen.«
Sarin stand gleichfalls auf, und sie reichten sich die Hände. Sarin hatte einen Griff wie ein Alligator. Marler wendete sich zur Tür. Sarin hatte die Leuchtstofflampe eingeschaltet. Draußen war es nach wie vor hell, aber das Zimmer war ziemlich düster. Sarin fixierte seinen Besucher.
»Sie sagten, es wäre unmöglich, auch nur in die Nähe dieses Instituts in Lappland zu kommen. Ich nehme an, der einfachste Weg wäre, zuerst mit Finnair nach Rovaniemi zu fliegen«, bemerkte Marler.
»So ist es. Danach müßten Sie ein Fahrzeug haben, das Sie von Rovaniemi

nach Kemijärvi bringt. Und *Sie*, Mr. Marler, können auf eigene Faust operieren. Meine Empfehlungen an Mr. Tweed. Ich wüßte gern, wo er sich gegenwärtig aufhält.«

Zweiter Teil

Angel aus Moskau

Achtzehntes Kapitel

In Helsinki war es dunkel. Die Uhrzeit: fünf Minuten nach elf. In zwei Stunden würde die Sonne wieder aufgehen. Die Umgebung des Nordhafens war menschenleer bis auf einen Mann.

Tweed stand ein gutes Stück von der Kante des stillen Kais entfernt. Das einzige Geräusch war das leise Anplätschern des Wassers gegen die Hafenmauer. Hinter ihm waren die Marktbuden verschwunden, von der regen Geschäftigkeit des Tages war nichts mehr zu spüren. Er lauschte angestrengt, versuchte, sich kein Geräusch entgehen zu lassen. In der Rechten hielt er eine Dose mit Haarspray, eine Waffe, die ihm Marler einmal empfohlen hatte.

Er hatte kein Wort von Lew Frolow gehört, dem Mann, der ihn in London angerufen und ihn zu diesem Treffpunkt bestellt hatte. Draußen auf der schwarzen Oberfläche des Hafenwassers tuckerte ein großes Fischerboot mit zum Trocknen aufgehängten Netzen heimwärts. Tweeds Augen hatten sich der Dunkelheit so gut angepaßt, daß er die Netze erkennen konnte.

»Keine Bewegung, Mr. Tweed, dies ist ein Revolver. Lassen Sie fallen, was Sie in der Hand halten. Jetzt dürfen Sie sich bewegen. Gehen Sie auf die Treppe zu, die zum Anleger hinunterführt.«

Die Sprühdose landete mit einem dumpfen Aufprall auf den Pflastersteinen, und Tweed ging langsam los. Was sich gegen seine Wirbelsäule preßte, fühlte sich an wie der Lauf einer Waffe. Die Stimme, die deutlich flüsternd ein gutes Englisch sprach, meldete sich wieder zu Wort.

»Ich bin hier im Auftrag von Lew Frolow. Und nun gehen Sie bitte langsam die Stufen hinunter.«

»Angenommen, ich tue es nicht? Angenommen, ich bleibe einfach hier stehen?«

»Ich muß Sie daran erinnern, daß das, was ich in der Hand halte, ein Revolver ist. Ein geladener Revolver. Wir sind völlig allein hier, und niemand wird Sie vermissen. Jedenfalls nicht so bald. Also bitte, seien Sie vernünftig.«

Das Fischerboot war jetzt sehr nahe, seine Positionslampen waren eingeschaltet, aber irgendwo war, von dem Motor des Fischerbootes fast übertönt, noch ein anderes Geräusch zu hören. Ein seltsames Plätschern, das er nicht zu identifizieren vermochte. Er ging langsam die Treppe hinunter, blieb an ihrem unteren Ende stehen und beobachtete das Fischerboot, das im Begriff war, anzulegen. Ein Matrose sprang mit einem Tau an Land, legte es um einen Poller. Der Hinweis auf Lew Frolow beruhigte Tweed. Das war über Scrambler aus Moskau gekommen. Was ihn nicht beruhigte, war der Lauf des Revolvers, der sich nach wie vor gegen sein Rückgrat preßte.

Der Rumpf des Bootes prallte gegen die unterste Stufe. So weit Tweed sehen konnte, befanden sich nur zwei Männer an Bord – der Kapitän im achtern gelegenen Ruderhaus und eine schattenhafte Gestalt am Heck. Wieder fiel ihm die Stille auf – keinerlei Geräusche außer dem Plätschern des Wassers und dem Knarren des Schiffes.

»Gehen Sie an Bord«, befahl der Mann hinter ihm. »Und keine Tricks, bitte.«

Tweed kletterte über das Schandeck, sein Entführer folgte ihm, der Motor des Fischerbootes nahm Kraft auf, der Matrose an Land löste das Tau, warf es an Bord und entfernte sich über die Treppe. Das Fischerboot steuerte in den Hafen und hielt auf die zum offenen Meer führende Fahrrinne zu.

Die schattenhafte Gestalt kam nach vorn. Der Mann trug einen eleganten Straßenanzug, war schlank gebaut, ziemlich groß, glattrasiert und hatte kurzgeschnittenes schwarzes Haar. Tweed starrte den Mann an, den er jetzt deutlicher sehen konnte.

»Willkommen, Mr. Tweed«, sagte der Mann und streckte ihm die Hand entgegen.

»Hauptmann Valentin Rebet«, erwiderte Tweed und ergriff die dargebotene Hand. »Es ist etliche Jahre her, seit wir uns zuletzt gesehen haben.«

»Ich habe den Namen Lew Frolow benutzt. Das war notwendig, im Interesse der Sicherheit. Und nach dem, was Sie eben sagten, habe ich den Eindruck, daß Ihre Leute in Moskau nicht recht auf Draht sind. Ich bin jetzt General Rebet ...« Er machte diese Aussage ohne jede Überheblichkeit. »Ich bin schnell befördert worden unter dem neuen Regime. Außerdem wurde ich von der GRU zum KGB versetzt«, fuhr er auf Englisch fort.

Tweed nickte. Das alles war ihm bekannt, aber er täuschte Unwissenheit vor, damit Rebet nicht erfuhr, wie gut seine Quellen waren. Der Russe war Ende Dreißig und hatte, wie in früheren Zeiten, ein freundliches Lächeln.

In diesem Augenblick nahmen die Dinge eine dramatische Wendung. Der Kapitän wendete ihnen den Rücken zu, vollauf damit beschäftigt, sein Schiff zwischen den Leuchtbojen hindurchzusteuern. Der Mann mit dem Revolver stand am Bug des Bootes und starrte voraus. Keine seiner Hände steckte in der Tasche. Tweed hörte ein Geräusch am Heck und fuhr gerade noch rechtzeitig herum, um einen Mann in einem Taucheranzug zu sehen, der an Bord sprang, die Maske hochschob und seine Harpune auf Rebet richtete.

»Keine Bewegung, sonst ist dieser Mann durchbohrt. Nehmt die Hände hoch, Leute . . .«

Rebet erstarrte, hob die Hände über den Kopf. Der Mann mit dem Revolver fuhr herum, sah die auf Rebet gerichtete Harpune, hob gleichfalls die Hände. Tweed sprach schnell.

»Alles in Ordnung, Nield. Um Himmels willen nicht schießen. Die Eingeborenen sind friedlich.«

»Wie friedlich?« fragte Nield wassertropfend, ohne die Waffe zu senken.

»Dies ist der Mann, mit dem ich verabredet war.«

»Es war vereinbart, daß Sie allein kommen«, warf ihm Rebet mit einem scharfen Unterton in der Stimme vor. »Wer ist dieser Mann?«

»Mein Schutzengel. Wie Sie sehen, nimmt er seine Aufgabe sehr ernst. Und am Telefon haben Sie kein Wort davon gesagt, daß ich entführt werden sollte. Ich schätze es nicht, wenn man mir einen Revolver in den Rücken bohrt.«

»Er war nicht geladen.« Rebet wendete sich auf Russisch an seinen Untergebenen, was Tweed, der die Sprache beherrschte, verstand. »Zieh den Revolver vorsichtig mit zwei Fingern heraus, Andrej, und gib ihn Mr. Tweed.«

Tweed bedeutete Nield, daß er sich nicht zu beunruhigen brauchte. Andrej schob zwei Finger in die Tasche, zog die Waffe heraus, faßte sie am Kolben und reichte sie Tweed, der sie untersuchte. Die Trommel war leer. Er lächelte Nield an.

»Es stimmt. Das verdammte Ding war nicht geladen.« Er wendete sich an Rebet. »Was ist mit meinem alten Gegner Lysenko passiert?« Auch in diesem Fall kannte er die Antwort bereits.

»Unser Präsident hält nicht viel von alten Bolschewiken«, erwiderte Rebet. »Er wurde in den Ruhestand versetzt und verbringt seine Tage damit, vor seiner Datscha in der Nähe von Odessa Holz zu hacken. Und könnten Sie Ihren Beschützer jetzt bitten, seine Waffe zu senken? Mir tun die Arme weh.«

»Sobald Sie mir gesagt haben, wohin wir fahren.«

Tweed schaute nach Westen. Sie hatten bereits die Spitze der Halbinsel umrundet und Helsinki hinter sich gelassen. Bald würden sie sich auf dem offenen Meer befinden; Tweed, der leicht seekrank wurde, dankte Gott dafür, daß das Wasser so ruhig war.

»Ich bin der Kontaktmann aus Moskau, den Sie treffen sollten«, sagte Rebet und senkte die Stimme. »Der persönliche Abgesandte des Präsidenten. Wir machen uns große Sorgen über die Art, in der sich die Dinge entwickeln. Ich nehme Sie mit, damit Sie jemanden kennenlernen.«
»Rebet, ich habe Sie gefragt, wohin wir fahren. Sagen Sie es mir, oder lassen Sie diesen alten Kasten wenden und mich zum Nordhafen zurückbringen.«
»Außerhalb der finnischen Hoheitsgewässer wartet eine sowjetische Korvette auf uns. Auf diesem Schiff werden Sie in aller Bequemlichkeit die kurze Fahrt genießen können.«
»Wohin?«
»Nach Leningrad. Dürfen wir jetzt die Arme herunternehmen? Ihr Beschützer braucht trockene Kleidung, die wir ihm zur Verfügung stellen können.«
»Alles in Ordnung, Pete«, rief Tweed Nield zu. »Sie brauchen niemanden mehr in Schach zu halten. Wir machen einen Ausflug nach Leningrad.«

Das Hotel Diplomat in Stockholm liegt ebenso wie das Grand Hotel an einem Arm des Mälarsees, der weit ins Stadtzentrum hineinreicht. Irina Serow saß in ihrem Zimmer vor der Frisierkommode und bürstete ihr langes Haar, als sie das vereinbarte Klopfen an der Tür hörte.
»Wo zum Teufel bist du so lange gewesen, Manescu?« fragte sie, als der Rumäne eintrat, die Tür hinter sich wieder abschloß und einen Reiseprospekt auf ihr Bett warf. »Es ist Abend«, wütete sie. »Ich warte hier seit Stunden. Was tun wir als nächstes?«
»Von jetzt an wirst du vollauf damit beschäftigt sein, deine speziellen Talente zu gebrauchen«, erklärte er ihr höhnisch.
Er konnte die Russen nicht leiden. Welcher Rumäne konnte das schon? Und russische Frauen waren ihm erst recht zuwider. Vor allem solche, die früher einmal Oberst im KGB gewesen waren und sich groß aufspielten.
»Also heraus mit der Sprache«, fauchte sie. »Wo hast du die ganze Zeit gesteckt?«
»Das werde ich dir sagen.« Er verfiel in einen Vortragston. »Zuerst war ich im Büro von INCUBUS am Sveavägen ...«
»Ich war in Stockholm stationiert«, erinnerte sie ihn.
»Wie ich bereits sagte, ich war im Büro. Dort lag ein dringendes Fax aus Helsinki, Anweisungen von oben. Das Ziel ist Robert Newman, der Auslandskorrespondent ...«
»Ich habe von ihm gehört, als ich in London arbeitete.«
»Halt den Mund und hör mir ausnahmsweise einmal zu. *Newman ist hier in*

Stockholm. Er wurde beim Verlassen von Arlanda gefilmt. Den Fax-Anweisungen folgend fuhr ich zum Flughafen Bromma und kam dort an, als der Lear Jet, der die Filme nach Helsinki gebracht hatte, wieder landete. Er hat Fotos von diesem Newman mitgebracht. Wir haben Anweisung, mit allen Mitteln zu verhindern, daß er Finnland erreicht.«

»Und wissen wir, wo er steckt? Welche Route er nehmen wird?«

»Um Gottes und meinetwillen, hör auf, mich ständig zu unterbrechen. Ich habe veranlaßt, daß ein Team – mit einem der Fotos – in Arlanda bereitsteht. Die Leute haben Tickets für jeden Flug. Aber man hat mich wissen lassen, daß er gerissen ist. Ich glaube nicht, daß er von Arlanda abfliegen wird. Wahrscheinlich wird er die Nachtfähre benutzen.«

»Nach Helsinki?«

»Durchaus möglich. Also warten weitere Männer, gleichfalls mit einem Abzug seines Fotos, an dem Kai, von dem die Fähre nach Helsinki ablegt. Wir werden woanders sein.«

»Darf ich vielleicht fragen, wo sich dieses Woanders befindet?«

»Wir warten am Vartan-Kai, wo die Autofähre nach Turku ablegt. Ich habe für den Fall, daß wir Newman an Bord gehen sehen, zwei Kabinen reservieren lassen. Hier ist sein Foto.«

»Er sieht gut aus.« Irina betrachtete ihr Spiegelbild. »Durchaus möglich, daß ich es schaffe, mit meiner kleinen Spritze an ihn heranzukommen.« Sie runzelte die Stirn. »Weshalb Turku und nicht Helsinki?«

»Weil dieser Newman, wie ich bereits sagte, gerissen ist. Helsinki ist überzeugt, daß er auf dem Weg dorthin ist. Aber fliegt er direkt nach Helsinki? Nein! Er fliegt zuerst nach Stockholm. Glaubst du etwa, er würde von hier aus nach Helsinki fliegen oder mit dem Schiff dorthin fahren? Ich glaube es nicht. Die anderen Wege werden überwacht, aber die Nachtfähre nach Turku behalten wir selbst im Auge. Auch morgen, wenn es sein muß.«

Es dämmerte bereits, als Newman allein zum Sergels Torg fuhr, und es gab nur noch sehr wenig Verkehr. Er hatte Paula nicht erlaubt, ihn auf diesem Ausflug zum Beschaffen von Waffen zu begleiten. Auf dem Sitz neben ihm stand ein kleiner Koffer. Er enthielt zwei zerknitterte Hemden, sonst nichts. Auf seiner Einkaufsliste standen eine .32 Browning Automatik für Paula und ein .38 Smith & Wesson Special für ihn selbst. Dillon bevorzugte eine 9 mm Luger. Das war nicht ganz einfach, aber Newman wußte, daß man auf dem berüchtigten Sergels Torg alle möglichen Waffen kaufen konnte.

Sergels Torg war ein geräumiger, offener Platz, der jedoch gut vier Meter unter dem Niveau der umliegenden Straßen lag. Newman fuhr langsam die breite Rampe hinunter, die zu dem Platz führte, und dann geradeaus weiter, bis er das unterirdische Einkaufszentrum erreicht hatte. Er hielt an, stützte den Ellenbogen auf den Rahmen des geöffneten Fensters, schaltete den Motor ab und wartete. Keine zwei Minuten später kam ein Mann auf ihn zu. Als er nahe genug herangekommen war, sah Newman, daß er höchstens zwanzig war, kurzgeschnittenes braunes Haar hatte und saubere Jeans und ein sauberes Hemd trug.

»Brauchen Sie etwas, Mister?« erkundigte sich der junge Mann auf Englisch.

»Kommt darauf an, was Sie verkaufen. Keine Drogen. Vielleicht kennen Sie jemanden, der Waffen verkauft. Handfeuerwaffen.«

»Da müssen Sie mitkommen zu meinem Freund. Er ist da drinnen. Lassen Sie Ihren Wagen hier stehen.«

»Ganz wie Sie meinen.«

Newman schloß das Fenster, ergriff seinen Koffer, stieg aus dem Volvo, schloß ihn sorgfältig ab und folgte dem jungen Mann in das Einkaufszentrum. Hier und dort standen kleine Grüppchen von jungen Leuten; sie rauchten und schlugen anscheinend nur die Zeit tot. Newman wußte es besser.

Der junge Mann führte ihn durch eine Arkade zu einer Stelle, an der ein Bettler auf dem Boden saß, vor sich eine Mütze für die Kronen. Auf der einen Seite lag neben ihm ein schäbiger Seesack, der vermutlich seine gesamte weltliche Habe enthielt, auf der anderen Seite ein offener Koffer mit Streichholzbriefchen.

»Sagen Sie ihm, was Sie wollen«, sagte der junge Mann.

Newman hockte sich nieder und sah, daß der Mann wesentlich jünger war, als es auf den ersten Blick ausgesehen hatte. Er war in den Zwanzigern, hatte Bartstoppeln im Gesicht und hellwache Augen, die Newman musterten. Mit leiser Stimme zählte Newman seine Wünsche auf. Der Bettler nickte, schaute sich vorsichtig um, griff in seinen Seesack, holte einen Browning heraus. Newman überprüfte den Zustand der Waffe, wobei er sie mit seinem Jackett verdeckte. Als nächstes kam ein Smith & Wesson zum Vorschein, gefolgt von einer Luger. Der Seesack war ein geheimes Arsenal. Es gab ein kurzes Feilschen um den Preis; Munition für die Waffen ging extra. Newman zog eine Rolle schwedischer Banknoten aus der Hosentasche, zählte die Summe ab. In seiner anderen Hosentasche steckte eine zweite Geldrolle, aber die brauchte er nicht. Schnell schob er die Waffen und die Munition unter seine schmutzigen Hemden, machte den Kofferdeckel zu, stand auf, warf eine Münze in die Mütze und ging davon. Der junge Mann blieb zurück, vermutlich, um seine Provision in Empfang zu nehmen.

Newman dachte, daß es fast zu einfach gewesen war, als er den Koffer auf den Beifahrersitz warf, einstieg und die Tür schloß. Im Rückspiegel entdeckte er einen weißen Wagen mit zwei blauen Lichtern auf dem Dach und dem Wort POLIS an den Seiten. Er kam die Rampe herunter und mit flackernden Lichtern direkt auf ihn zu. Sein Wagen würde durchsucht werden.

Die Hauptausfahrt von dem Platz, die Rampe, über die er herabgekommen war, wurde von dem näherkommenden Polizeifahrzeug blockiert. Gott sei Dank kenne ich die Gegend recht gut, dachte Newman. Er mußte es einfach riskieren. Die Vorstellung, fünf Jahre in einem schwedischen Gefängnis verbringen zu müssen, sagte ihm nicht sonderlich zu.

Er fuhr mit voll aufgeblendeten Scheinwerfern in das Einkaufszentrum hinein. Als das Polizeifahrzeug, jetzt mit eingeschalteter Sirene, näherkam, fuhr er im Slalom um eine Reihe runder Säulen herum, gelegentlich im Abstand von nur ein paar Zentimetern. Der Polizeiwagen folgte. Newman fuhr in eine nach rechts abzweigende Gasse des Einkaufszentrums und hoffte nur, daß sich dort keine Fußgänger aufhielten. Die Arkade war menschenleer. Eine Rampe kam in Sicht mit einem Wegweiser. GALLERIAN. Er war auf dem richtigen Weg. Das durchdringende Sirenengeheul widerhallte in dem geschlossenen Komplex. Newman drückte den Fuß auf das Gaspedal, donnerte die Rampe hinauf, gelangte ins Freie, drehte das Lenkrad. Wenige Augenblicke später passierte er das Gebäude, das einst das Hauptquartier von Ivar Kreuger, dem Streichholzkönig der Dreißiger Jahre, gewesen war. Das Polizeifahrzeug kam wieder nahe heran. Er bog abermals ab und fuhr langsam eine breite, mit Kopfsteinen gepflasterte Abkürzung hinunter, die steil abfiel und nicht für Fahrzeuge gedacht war. Die Räder holperten über die Pflastersteine. Im Rückspiegel sah er, wie das Polizeifahrzeug folgte, ohne das Tempo zu verringern.

In dem Polizeifahrzeug saß der Fahrer Bertil, ein kleiner, dicklicher Mann mit einem wallenden Bart, neben Otto, seinem Sergeanten. Der Sergeant drängte ihn, schneller zu fahren. Bertil gehorchte, hielt das Lenkrad fest umklammert. Plötzlich rutschte der Wagen zur Seite, prallte gegen eine Mauer. Ein Rad wurde verbogen, das Getriebe beschädigt. Der Wagen blieb stehen, der Motor erstarb.

»Hast du die Zulassungsnummer?« fragte Otto.

»Nein. Hast du sie?«

»Du hättest dir die Nummer merken müssen. Und du bist ein erbärmlicher Fahrer.«

»Okay. Dann setz du dich doch ans Steuer . . .«

Newman, inzwischen außer Sichtweite, bog in die Vastra Tradgardsgatan ein. Da alle Ampeln auf Grün standen, konnte er drei Minuten später seinen Wagen an der Rückseite des Grand Hotels parken. Dann holte er tief Luft.

Mit seinem Koffer in der Hand klopfte Newman an die Tür von Paulas Zimmer, das auf den Strommen hinausging. Als sie ihn einließ, hörte er durch das geöffnete Fenster die Sirene eines aus den Schären zurückkehrenden Schiffes und das Kreischen von Möwen. Im Zimmer herrschte noch immer eine Hitze wie in einem Backofen.

Paula trug ein T-Shirt und einen weißen Rock. An einem Tisch in der Nähe des Fensters saß Cord Dillon mit einer Handvoll Karten und verdrießlicher Miene. Newman entdeckte auf Paulas Seite des Tisches neben den abgelegten Karten ein Häufchen Banknoten. Dillon funkelte Newman an.

»Sie hätten mich warnen müssen. Ich schlug eine Partie Poker vor, und sie hat gesagt, sie hätte seit einer Ewigkeit nicht mehr gespielt. Inzwischen hat sie mir schon über zweihundert Dollar abgenommen.«

»Man kann nicht immer gewinnen. Paula, ich könnte einen Drink vertragen.«

Er ließ sich auf einen Sessel sinken, und während sie ihm einen großen Scotch einschenkte, berichtete er über seine Erlebnisse am Sergels Torg und die anschließende Verfolgungsjagd.

»Nach diesem Drink bringe ich den Volvo zur Autovermietung zurück«, fuhr er fort. »Möglicherweise überprüfen diese Polizisten sämtliche Verleihfirmen. Selbst wenn sie die Nummer nicht haben, und ich bezweifle, daß sie sie notieren konnten, kennen sie doch die Marke. Nur gut, daß der Autoverleih um diese Jahreszeit bis spät abends geöffnet hat.«

»Wie steht es mit der Ausrüstung?« fragte Dillon, völlig unberührt von Newmans knappem Entkommen.

»In diesem Koffer. Verstecken Sie ihn, während ich unterwegs bin.« Er trank die Hälfte seines Scotch. »Danke, Paula. Sie haben Ihren Browning.« Er griff in die Tasche, holte mehrere schwere, in Plastikfolie eingehüllte Päckchen heraus. »Patronen für Ihre Luger, Cord. Und hier sind Reservemagazine für den Browning . . .«

»Wann reisen wir ab und auf welcher Route?« fragte Paula.

»Morgen abend. Ich habe drei Kabinen für uns gebucht. Auf der Autofähre nach Turku. Das Schiff legt um neun Uhr abends am Vartan-Kai ab.«

EGON SCHMIDT, BANKDIREKTOR, BEI EINEM BOMBENATTENTAT IN FRANKFURT GETÖTET. NEUERLICHES VERBRECHEN DER ROTE ARMEE FRAKTION?

Franklin D. Hauser las mit großem Interesse die Schlagzeile der *Herald Tribune*. In dem folgenden Bericht hieß es, der Bankier wäre in seinen vor der Bank an der Schnellstraße zum Flughafen geparkten Mercedes eingestiegen. Man vermutete, daß die Explosion erfolgt war, als er den Zündschlüssel im Schloß drehte.
Hauser legte die Zeitung befriedigt auf seinen Schreibtisch. Jetzt konnte er Adam Carver beauftragen, in die Verhandlungen mit dem Playboy Dieter, Schmidts Sohn, einzutreten. Er würde zweifellos verkaufen. Und dann hatte INCUBUS in Deutschland Fuß gefaßt.
Er war in überaus leutseliger Stimmung, als Peggy Vanderheld, in sein Büro gerufen, das Zimmer betrat. Mit einem Schwenken seiner Zigarettenspitze bedeutete er ihr, Platz zu nehmen.
»Ja, Mr. Hauser?«
Sie saß mit übereinandergeschlagenen Beinen da, das Notizbuch auf dem Schoß. Sie war auf der Hut. In letzter Zeit hatte es einige üble Anzeichen gegeben. Und sie wußte aus langer Erfahrung, daß Hauser am gefährlichsten war, wenn er sich leutselig gab.
»Wie lange sind Sie schon bei uns, Peggy?« begann Hauser.
»Zehn Jahre.« Als ob du das nicht wüßtest, dachte sie.
»Und wie alt sind Sie?«
»Achtunddreißig.«
Sie saß jetzt sehr gerade da, und ihre dunklen Augen waren unverwandt auf den Milliardär gerichtet. Sie wußte, worauf er hinauswollte. Der Bastard.
»Also dürfte es Ihnen mit all Ihrer Erfahrung bei einer so anspruchsvollen Firma nicht schwerfallen, eine andere gut bezahlte Stellung zu finden?«
»Können wir uns die Vorrede sparen?« fragte sie verbissen.
»Wenn Sie es wünschen. Sie wissen, daß es zu meiner Taktik gehört, der Firma in regelmäßigen Abständen frisches Blut zuzuführen. Ich bin zu der Ansicht gekommen, daß es für Sie an der Zeit wäre, sich anderswo nach einer geeigneten Stellung umzusehen. Ich kann mir denken, daß Ihr Job Sie nach zehn Jahren langweilen muß.«
Sie erwiderte nichts, sondern betrachtete die Zeitung, in der Hauser gelesen hatte. Peggy war es immer gelungen, zu verheimlichen, daß sie eine Expertin im Überkopf-Lesen von Zeitungen und Dokumenten war.
»Also«, fuhr Hauser fort, als er begriffen hatte, daß sie nicht zu reagieren gedachte, »wäre es dann in Ihrem eigenen Interesse nicht besser, wenn Sie Ihre jetzige Stellung kündigen würden? Wir werden Ihnen natürlich ein erstklassiges Zeugnis ausstellen, ganz zu schweigen von Ihrem Anspruch auf eine großzügig bemessene Rente von *Fraternal & Equality*.«

»Mit anderen Worten, Sie setzen mich vor die Tür.«
»So möchte ich es eigentlich nicht ausdrücken, meine Liebe ...«
»Wie zum Teufel möchten Sie es denn ausdrücken?«
»Kein Grund, eine Szene zu machen wegen etwas, das alle Tage passiert.« Hausers Verhalten und Ton hatten sich geändert, waren niederträchtig geworden. »Sie haben drei Stunden Zeit, Ihren Schreibtisch auszuräumen und von hier zu verschwinden.«
»Es kann sein, daß es länger dauert.« Sie stand auf, warf Notizblock und Bleistift auf seinen Schreibtisch. »Aber ich werde bis zum Feierabend aus dieser Krake von einer Firma verschwunden sein. Und es war mir kein Vergnügen, Sie gekannt zu haben.«
Sie ging hinaus, machte die Tür leise hinter sich zu. Im Fahrstuhl holte sie tief Luft. Ein Gedanke ging ihr nicht aus dem Kopf. Wie kann ich es diesem arroganten Bastard heimzahlen?
In seinem Büro tat Hauser mehrere Züge an seiner Zigarette, dann hob er von einem seiner drei Telefone den Hörer ab, drückte auf einen Knopf.
»Hauser hier«, sagte er, als der Angerufene sich meldete. »Ich glaube, wir haben möglicherweise ein Problem mit der Vanderheld. Kommen Sie sofort herauf, damit wir überlegen können, wie wir es aus der Welt schaffen.«

Neunzehntes Kapitel

Schon um zehn Uhr morgens war sicher, daß es wieder ein glühendheißer Tag werden würde. Marler saß in seinem gemieteten Saab gut versteckt in einem Tannenwäldchen in einer Vorstadt von Helsinki, ein gutes Stück oberhalb vom Ende der Mannerheimintie. Vor ihm ragte der Glasturm auf, in dem sich die Zentrale von *INCUBUS Oy* befand.
Er befand sich so hoch oben, daß er über den das riesige Gebäude umgebenden Drahtzaun hinwegblicken konnte. Die Kamera, die er in Augenhöhe hielt, hatte eine Zoomlinse. Er machte drei Aufnahmen von einem Mann mit dunklem Haar und dichten Brauen, der ein amerikanisches T-Shirt, eine helle Hose und Turnschuhe trug. Das Bild im Sucher der Kamera ließ den grimmigen Ausdruck des Mannes erkennen, seine vorstehenden Wangenknochen. Marler vermutete, daß die Miene des Mannes immer grimmig war. Er sah aus wie ein Gangster, aber das taten schließlich viele Amerikaner.
Der Mann ging zu einem roten Cadillac, stieg ein, knallte die Tür so heftig zu, daß Marler es noch in hundert Metern Entfernung hören konnte. Der

uniformierte Wachmann öffnete das automatische Tor im Drahtzaun, es schwang auf und wieder zu, als der Cadillac in einer Staubwolke verschwand.

Ein Mann, der einen Cadillac fuhr, mußte zu den Spitzenleuten gehören, überlegte Marler. Jetzt hatte er ihn auf dem Film. Eine Weile zuvor hatte er beobachtet, wie die größte und längste schwarze Limousine, die er je gesehen hatte, vor dem Eingang vorgefahren war. Sie hatte getönte Scheiben, so daß man nicht sehen konnte, wer darin saß.

Der uniformierte Chauffeur war herausgesprungen, hatte die hintere Tür geöffnet. Die unverwechselbare, beeindruckende Gestalt von Franklin D. Hauser war zum Vorschein gekommen. Er hatte ein paar Worte mit dem Chauffeur gewechselt und war dann in dem Glasturm verschwunden.

Marler hatte nur wenig Hoffnung, daß seine Kamera Ion Manescu früher oder später beim Betreten oder Verlassen des Gebäudes erwischen würde. Aber als er in der voraufgegangenen Nacht in seinem Zimmer in The Palace im Bett gelegen hatte und wegen der Hitze nicht schlafen konnte, hatte er sich seinen Besuch bei der Sicherheitspolizei noch einmal durch den Kopf gehen lassen.

Besonders verblüfft hatte ihn Mauno Sarins Art, fast beiläufig mit einem Finger auf INCUBUS zu deuten, und er war zu dem Schluß gekommen, daß es der Mühe wert sein könnte, einen Tag mit der Überwachung der Zentrale des Bankgiganten zu verbringen und festzuhalten, wer kam und wer ging.

Eine halbe Stunde später kam Hauser wieder zum Vorschein, jetzt begleitet von einem schlanken, hochgewachsenen Mann, der zwei Koffer trug. Sie verschwanden auf den Rücksitzen der Limousine, der Chauffeur machte die Türen zu, eilte auf seinen eigenen Sitz. Binnen einer Minute war das riesige Fahrzeug in Bewegung und verschwand in Richtung Helsinki. Mr. Hauser war unterwegs. In ein anderes Land?

Marler trank einen kleinen Schluck Mineralwasser aus der Plastikflasche, die er gekauft hatte. Bei diesem Wetter mußte man für ausreichende Flüssigkeitszufuhr sorgen. Morgen oder spätestens übermorgen würde er nach Rovaniemi am Polarkreis fliegen. Sein Ziel: das mysteriöse Institut irgendwo inmitten der Wildnis.

An Bord der sowjetischen Korvette *Kalinin* hatte Tweed die Fahrt über die Ostsee zusammen mit General Rebet und Pete Nield hinter sich gebracht. Die See war nach wie vor spiegelglatt.

Aus irgendeinem Grund – Rebet sprach von Motorschaden, was Tweed nicht glaubte –, hatte die Korvette nur langsame Fahrt gemacht, und infolgedessen erreichten sie die große Stadt während der wenigen Stunden Dunkelheit. Tweed war nicht ganz sicher, ob durch dieses nächtliche Eintreffen verhindert werden sollte, daß er gewisse Verteidigungsanlagen am Ufer der Newa zu sehen bekam. Schließlich war Rebet, bevor er zum KGB versetzt worden war, Offizier der GRU gewesen, der Spionageabteilung der Roten Armee. Oder war es möglich, daß man seinen Besuch geheimhalten und ihn im Schutz der Dunkelheit an Land bringen wollte?

Am Kai wartete ein Wolga auf sie. Rebet entschuldigte sich.

»Bei meinem gegenwärtigen Rang müßte es für einen Besucher wie Sie eigentlich eine Zil-Limousine sein. Aber ein Wolga ist wesentlich unauffälliger . . .«

Was eher Tweeds zweite Theorie bestätigte. Die Fenster waren mit dichten Gardinen verhängt. Er ließ sich neben Rebet auf dem Rücksitz nieder, und als der Wagen schnell davonfuhr, schaute er aus dem Fenster, konnte aber kaum etwas erkennen. Nur hin und wieder ragte ein Denkmal aus der Dunkelheit empor wie ein bedrohlicher Wachtposten. Dann waren sie vor dem Hotel Moskwa am Ende des Newski-Prospekts angekommen.

Tweed und Nield wurden von Rebet eiligst ins Hotel gedrängt und in eine geräumige, aus zwei Zimmern bestehende Suite mit auf die Newa hinausgehenden Fenstern und schweren, antiquierten Möbeln geleitet. Tweed öffnete einen großen Kleiderschrank und stellte fest, daß er gut gefüllt war.

»Wir haben natürlich alles Ihrer Größe entsprechend ausgewählt«, erklärte Rebet, »also bitte machen Sie von allem Gebrauch, was Sie anziehen möchten, so lange wir das Vergnügen Ihrer Gesellschaft haben.«

»Weshalb Abendkleidung?« fragte Tweed und befingerte den Anzug.

»Hier findet ein Empfang statt . . .« Rebet sah auf die Uhr. Es war eine Stunde nach Mitternacht. ». . . heute abend. Eine wichtige Sache. Bei der Sie bestimmt die Augen offenhalten möchten.«

»Offen für was?« fragte Tweed. »Ich bin sehr geduldig gewesen . . .«

»Bitte schenken Sie mir noch einige Minuten von dieser einzigartigen Geduld.« Er wendete sich an den Wachtposten, der sie im Wolga begleitet hatte. »Juri, bitte zeigen Sie Mr. Nield seine Suite – die direkt neben der Ihren liegt«, setzte er an Tweed gewandt hinzu.

In den nächsten zehn Minuten beobachtete Tweed mit unbehaglichem Gefühl, wie Rebet die Suite mit einem kleinen Instrument durchsuchte, das einer flachen Taschenlampe ähnelte. Er »blitzte« die Räume ab, um festzustellen, ob irgendwo Abhörgeräte versteckt waren. Hier bin ich nun, dachte Tweed, in der Sowjetunion, und niemand weiß es. Und nun scheint sogar Rebet nervös zu sein. Kein erfreulicher Zustand.

Tweed setzte sich auf ein Kissen, das er auf die breite Fensterbank gelegt hatte. Während Rebet seine gründliche Suche fortsetzte und dabei den Kronleuchtern besondere Aufmerksamkeit widmete, schaute Tweed aus dem Fenster und sah, wie sich eine Brücke hob, um einige Schiffe durchzulassen – mehrere Frachter, einen massigen, stumpfnasigen Schlepper mit etlichen Kähnen dahinter.
Nield kehrte zurück, in einem marineblauen Anzug anstelle der Seemannskleidung, die man ihm an Bord des Fischdampfers gegeben hatte, der sie zur *Kalinin* gebracht hatte.
»Es ist alles bestens organisiert«, flüsterte er Tweed zu. »Rebet muß einen Funkspruch durchgegeben haben, daß ich Sie begleite. Mein Schrank enthält Anzüge in unterschiedlichen Größen. Dieser hier paßte am besten.« Er warf einen Blick auf Rebet, der gerade am anderen Ende des großen Wohnraums von einem Stuhl herabstieg, den er unter einen Kronleuchter gestellt hatte. »Was ist denn mit dem los? Auf der Suche nach Abhörgeräten? Ich dachte, er wäre ein KGB-General.«
»Nicht sonderlich beruhigend, nicht wahr?«
Rebet setzte seine Arbeit in dem angrenzenden Schlaf- und Badezimmer fort und kehrte dann zu ihnen zurück, wobei er in einer entschuldigenden Geste beide Hände schwenkte.
»Tut mir leid wegen der Vorsichtsmaßnahmen, aber hier gibt es immer noch Leute von gestern, die herausbekommen möchten, was wir tun. Man ist nirgendwo sicher, kann niemandem voll und ganz vertrauen. Und deshalb sind Sie hier.«
»Was habe ich damit zu tun?« fragte Tweed mit einer Spur von Schärfe in der Stimme.
»Ich vernachlässige meine Pflichten als Gastgeber. Möchten Sie etwas zu trinken? Und danach – möchten Sie vielleicht erst eine Weile schlafen, bevor wir uns unterhalten?«
»Einen Wodka für mich«, erklärte Nield schnell.
»Juri ...« Rebet gab seine Anweisung auf Russisch.
»Wir unterhalten uns jetzt«, sagte Tweed. »Ich habe auf der Korvette geschlafen. Ich möchte endlich wissen, um was es eigentlich geht.«
»Um Verrat.« Rebet setzte sich auf die Lehne eines Sessels und sah erst Nield und dann Tweed an. »Sie wissen, von wem ich persönlich beauftragt worden bin. Und Sie sind sicher, daß Ihr Begleiter vertrauenswürdig ist? Kann ich offen sprechen?«
»Es wäre eine hübsche Abwechslung«, erklärte Tweed trocken.
»Ich habe meinen Auftrag vom Präsidenten der Sowjetunion direkt erhal-

ten. Ich erstatte nur ihm selbst Bericht. Überall sitzen Verschwörer. Unter dem alten Regime, über dessen Verschwinden ich sehr froh bin, hatten wir zumindest Stabilität. Jetzt haben wir ein entsetzliches Chaos. Und Verrat ganz oben an der Spitze.«
»Und was ist die Spitze?« fragte Tweed gelassen.
»Das Politbüro.«

Howard erschien in Tweeds Büro am Regent's Park, und Monica schaute ein wenig verdrossen auf. Ihre Loyalität galt Tweed, und Howard, der Direktor, war für sie ein Mann, dem man nach Möglichkeit aus dem Wege ging. Sie wartete darauf, daß er sich in seiner üblichen Position mit einem Bein über der Lehne auf einem Sessel niederließ.
»Guten Morgen, Monica«, sagte Howard leise. »Mächtig still hier, wenn Tweed fort ist. Und ich mache mir große Sorgen.«
Monica blinzelte. Das war eine Seite an Howard, die sie selten zu sehen bekam, der mitfühlende und – im Notfall – entschlossene Chef. Sie schloß ihre Akte.
»Weshalb machen Sie sich Sorgen, Sir?«
»Weil wir nichts von Tweed gehört haben, nicht wissen, wo er steckt; ich fürchte, daß ihm etwas zugestoßen sein könnte. Gestern abend habe ich mit Mauno Sarin telefoniert . . .«
Großer Gott! dachte sie. Damit ist das ganze Unternehmen aufgeflogen. Seine nächsten Worte waren nicht minder verblüffend.
»Ich war sehr vorsichtig mit dem, was ich zu Sarin sagte. Ich bemerkte, es wäre lange her, daß wir miteinander gesprochen hätten, seit Tweed ihn das letzte Mal aufgesucht hätte.«
»Und was hat er gesagt?«
»Er pflichtete mir sofort bei, erkundigte sich nach Tweeds Befinden. Es gab keinerlei Zweifel, er hatte keine Ahnung davon, daß Tweed sich in Helsinki aufhält. Ich finde das äußerst beunruhigend. Wissen Sie, mit wem Tweed sich treffen wollte? Ich war davon ausgegangen, daß es Sarin war. Aber er war es nicht. Tweed ist möglicherweise in großer Gefahr.«
»Ich bin sicher, daß er genau weiß, was er tut.«
Dennoch war auch Monica bestürzt. Sarin war der Mann, von dem man erwarten konnte, daß Tweed sich bei ihm meldete, und sei es nur aus Höflichkeit. Je mehr sie darüber nachdachte, desto unruhiger wurde sie. Howard wanderte mit gerunzelter Stirn im Büro herum. Trotz der Hitze trug er einen Anzug mit Weste. Monica kam der Gedanke, daß sie ihn noch nie in Hemdsärmeln gesehen hatte; dann ergriff er wieder das Wort.

»Wo steckt Paula?«
»Ich weiß es nicht ...«
»Aber Sie haben doch sicher eine gewisse Vorstellung. Also heraus mit der Sprache.«
Monica zögerte. Unter normalen Umständen hätte sie jedes Wissen um Paulas Aufenthaltsort abgestritten, aber ihre Sorge bewirkte, daß sie es sich anders überlegte.
»Irgendwo in Skandinavien. Aber ich weiß wirklich nicht, in welchem Land.«
»Ich habe die Besucherliste überprüft. Vor nicht langer Zeit war Bob Newman hier. Ist Paula mit Tweed unterwegs oder mit Newman?«
»Mit Newman. Er stellt private Nachforschungen an – im Zusammenhang mit dem Tod seiner Freundin Sandy.«
»Der Mord an Sandra Riverton? Also, was immer auch passiert, es passiert in Skandinavien. Tweed braucht außer Pete Nield noch einen Mann, der ihm den Rücken deckt. Wo ist Harry Butler?«
»Beschützt Sandras Schwester Evelyn in Walberswick.«
»Diese Evelyn – ist sie bedroht worden? Angegriffen?«
»Bis jetzt noch nicht ...«
»Dann liegt der Fall klar.« Howards Stimme klang entschlossen. »Dies ist ein Befehl. Harry Butler reist sofort nach Helsinki ab. Keine Widerrede. Er hat schon oft mit Nield zusammengearbeitet. Seine Aufgabe ist es, Tweed ausfindig zu machen.«
»Das dürfte nicht ganz einfach sein«, erklärte Monica.
»Wenn erforderlich, wird Butler jedes Hotel in Finnland aufsuchen. Er ist wie ein Bluthund. Er gibt niemals auf.« Bevor Howard das Büro verließ, drehte er sich noch einmal um. »Und, Monica, wenn sich irgend etwas tut und ich gerade nicht da bin, dann treffen Sie die notwendigen Entscheidungen. Vergeuden Sie keine Zeit damit, mich zu konsultieren. Ich habe das Gefühl, daß sich alles in Skandinavien abspielen wird. Während ich weg bin, haben Sie das Sagen ...«
Nachdem er gegangen war, saß Monica ein paar Minuten lang verblüfft da. Es war noch nie vorgekommen, daß Howard ihr so viel Vollmacht gegeben hatte. Sie setzte sich gerader hin, strich über ihren grauen Haarknoten und stand dann auf, um Tweeds Feldbett aus dem Schrank zu holen. Von jetzt ab würde sie vierundzwanzig Stunden am Tag im Büro zubringen. Jetzt war sie nicht mehr nervös – obwohl sie das Gefühl nicht los wurde, daß die Lage bald kritisch werden würde.

Es war acht Uhr abends, als Newman an die Tür von Paulas Zimmer im Grand Hotel in Stockholm klopfte. Sie öffnete, und davor standen Newman und Dillon mit ihren Koffern.
»Sind Sie fertig?« fragte Newman leise. »Wenn wir die Nachtfähre nach Turku erreichen wollen, müssen wir jetzt los.«
»Natürlich bin ich fertig«, erwiderte sie, als sie ins Zimmer kamen und die Tür hinter sich zumachten. »Schon seit einer halben Stunde. Also haben Sie sich endgültig entschlossen, daß wir zuerst nach Turku fahren und nicht direkt nach Helsinki?«
»Ja. Es ist weniger wahrscheinlich, daß sie auch diese Route überwachen. Ihren Browning habe ich in meiner Tasche. Das Gepäck wird zwar nur selten durchsucht, aber ich will nicht riskieren, daß man Sie mit einer Waffe erwischt.«
»Wenn Sie meinen ... Worauf warten wir noch?«
Die Taxifahrt zum Kai war kein reines Vergnügen. Es war noch hell, und die Luft war heiß und stickig. Obwohl sie kurz zuvor geduscht hatte, zupfte sich Paula, die neben Newman saß, immer wieder das T-Shirt vom Leibe. Die Hitzewelle wurde immer schlimmer, und Stockholm hatte gerade einen der heißesten Tage des Jahres hinter sich.
»Wenn das Schiff eine Autofähre ist«, flüsterte sie Newman zu, »weshalb haben Sie dann nicht einen anderen Wagen gemietet?«
Dillon, der rechts von ihr saß, hatte ihre Frage gehört und beantwortete sie, aber so leise, daß der Taxifahrer nicht mithören konnte.
»Weil Bob schlau ist. Unsere Freunde könnten auf die Idee kommen, bei allen Autoverleihfirmen nachzufragen. Ein bißchen Geld wechselt den Besitzer, sie erfahren die Marke, die Zulassungsnummer. Bob hat nach Turku telefoniert und veranlaßt, daß dort ein Wagen auf uns wartet.«
Paula nickte, warf einen Blick auf den Mann mit dem zerklüfteten Gesicht, dem die Hitze nichts auszumachen schien. Er hatte zweimal Newmans Vornamen benutzt, sich lobend über seine Taktik ausgesprochen. Und das war höchst bemerkenswert bei einem Mann wie Dillon. Sie stellte überrascht fest, daß die beiden Männer einander offensichtlich nähergekommen waren.
Der Kai, noch innerhalb der Stadt, kam in Sicht, und sie entdeckte die auf sie wartende Fähre. Es war ein riesiges Schiff mit fünf Decks. Sie hatte nicht gewußt, daß auf der Ostsee so gewaltige Schiffe verkehrten. Dann sah sie die Leute mit der Filmkamera.

Manescu, der ein T-Shirt, Jeans und eine Sonnenbrille mit gewölbten Gläsern trug, stand nicht weit von seinem Filmteam entfernt. Hinter ihm wanderte Irina Serow, gleichfalls in Freizeitkleidung, das Haar zu einem Pferdeschwanz zusammengebunden, langsam hin und her. Auch sie trug eine Sonnenbrille, die Standardausrüstung für die Angehörigen eines Kamerateams.

»Dieser Mann, der da auf die Laufplanke zugeht, ist Robert Newman«, flüsterte sie Manescu zu, während sie hinter ihm vorbeiging.

»Bist du sicher?«

»Ich irre mich nie.«

Sie war stehengeblieben, um sich eine Zigarette anzuzünden, so daß sie hinter der vorgehaltenen Hand reden konnte. Sie beobachtete, wie sich der Engländer langsam die steile Planke hinaufbewegte.

»Scheint allein zu sein«, bemerkte Manescu. »Folge ihm. Du kennst meine Kabinennummer. Ich habe noch Zeit, in Helsinki anzurufen, mir endgültige Anweisungen geben zu lassen ...«

Cord Dillon war schon früher an Bord der Fähre gegangen. Paula ging allein die Laufplanke hinauf. Als Newman mit seinem Ticket in der Hand die Fähre betreten hatte, wurde er von einer attraktiven Stewardess in Empfang genommen, die ihn zu seiner im Bug des Schiffes auf dem obersten Deck gelegenen Kabine begleitete. Es war ein behaglich eingerichteter Raum, und auf dem Tisch standen Flaschen mit Mineralwasser und Orangensaft.

Er öffnete eine Flasche Mineralwasser, füllte ein Glas und trank es auf einen Zug leer. In der Kabine herrschte eine Temperatur wie in einem Backofen.

Er hörte, wie jemand leise an die Tür klopfte, zog sein Jackett an, schob die Hand in die Tasche, in der der .38 Smith & Wesson steckte, und schloß die Tür auf. Wie er vermutet hatte, war es Paula.

»Sie haben bestimmt die Diskothek gesehen, als Sie an Bord kamen«, zog sie ihn auf. »Und die Musik gehört. All die hübschen, flachshaarigen finnischen Mädchen. Genau das Richtige für Sie.«

»Vielleicht schaue ich mich später dort um.«

»Wo ist mein Browning? Ohne ihn fühle ich mich nackt.«

»Sie sehen nicht nackt aus. Leider.«

»War das etwa ein Annäherungsversuch?«

»Es gibt nichts, was ich lieber täte.« Er lächelte verschmitzt. »Und hier ist Ihr Browning, zusammen mit ein paar Magazinen.«

Sie untersuchte die Waffe, vergewisserte sich, daß sie nicht geladen war, prüfte den Mechanismus. Dann legte sie ein Magazin ein und steckte die

Waffe und die übrigen Magazine in ihre Umhängetasche. Newmans Verhalten änderte sich.
»Sie haben die Filmleute auf dem Kai gesehen. Man hat uns aufgespürt. Zumindest mich.«
»Und Sie haben gedacht, wir könnten ihnen entwischen, indem wir nach Turku fahren.«
»In Wirklichkeit war ich mir dessen keineswegs sicher. Aber auf diese Weise geht es Hauser stärker an die Nerven. Ich schleiche mich an, komme ihm Etappe um Etappe näher. Übe ein bißchen psychischen Druck aus. Es könnte immerhin sein, daß er in Panik gerät, einen falschen Schritt tut. Wir haben keinerlei Beweise dafür, daß er etwas mit dem Mord an Sandy zu tun hat.«
»Aber Sie werden sie sich beschaffen. Ich kenne Sie, weiß, wozu Sie in einer solchen Stimmung fähig sind.«
Newman ergriff ihren Arm, um seinen nächsten Worten Nachdruck zu verleihen. »Da ist etwas, wovor ich Sie warnen muß. Wir könnten in großer Gefahr sein – hier, an Bord dieses Schiffes, das die ganze Nacht unterwegs ist, bevor wir in Turku anlegen. Ein weiterer Grund dafür, weshalb ich keinen Wagen mitgebracht habe.«
»Das verstehe ich nicht.«
»Denken Sie nach. Wir fahren an Bord, werden von diesen Filmleuten entdeckt, sie kennen die Marke und die Zulassungsnummer des Wagens. Und die ganze Nacht steht er dann tief unten in den Eingeweiden dieses Schiffes. Wie leicht wäre es da, sich an ihm zu schaffen zu machen, die Bremsen in Unordnung zu bringen. Oder sogar eine Bombe anzubringen. Sie haben die Zeitung gelesen – diesen Bericht über Egon Schmidt, den bekannten Bankier, der in die Luft gesprengt worden ist.«
»Ja, Sie haben ihn mir gezeigt. Aber ich sehe den Zusammenhang nicht.«
»Es geht um eine *Bank.* Eine sehr bedeutende deutsche Privatbank. Auch INCUBUS ist im Grunde eine Bank. Vor ein paar Tagen habe ich gelesen, daß Egon Schmidt nicht die Absicht hätte, zu verkaufen, sein Sohn Dieter dagegen täte es lieber heute als morgen. Allmählich lerne ich diese Leute kennen; ich weiß, wie sie vorgehen. Wenn Hauser irgendetwas im Wege steht, dann räumt er es beiseite.«
»Und jetzt könnte er versuchen, Sie beiseite zu räumen?«
»So ist es. Und deshalb dürfen Sie nicht mit mir zusammen gesehen werden. Das gleiche gilt für Dillon, und deshalb bleibt er in seiner eigenen Kabine.« Er lächelte. »Wenn Sie also beschließen, sich die Diskothek anzusehen, dann dürfen Sie einmal mit mir tanzen. Aber nur einmal.«

»Es sei denn, ich finde jemanden, der mir besser gefällt«, erklärte sie. »Aber ich kann mir nicht vorstellen, daß wir in einer Diskothek in irgendeiner Gefahr schweben könnten – inmitten eines Haufens wildgewordener Teenager.«

Manescu hatte das Filmteam nach Bromma geschickt; von dort aus sollte der neue Film nach Helsinki gebracht werden. Er hatte in Helsinki angerufen und von Galvone erfahren, daß Hauser auf Reisen war, also hatte er Galvone über die Entdeckung Newmans informiert.
»Ich übernehme die Verantwortung hierfür selbst«, hatte Galvone entschieden. »Dieser Reporter wird immer mehr zum Ärgernis. Und die beste Methode, auf ein Ärgernis zu reagieren, besteht darin, es zu beseitigen. Ich verlasse mich darauf, daß Sie dafür sorgen, daß das Ärgernis das Schiff nicht wieder verläßt . . .«
Manescu eilte an Bord, kurz bevor die Laufplanke abgenommen wurde. Er klopfte in einem besonderen Rhythmus an die Tür von Irinas Kabine, glitt schnell hinein, um mit ihr zu reden. Die Frau saß wieder einmal vor dem Spiegel und bürstete ihr volles, glänzendes Haar.
Manescu informierte sie rasch über die Lage. Irina nickte, schob eine wohlgeformte Hand in ihre Jeans und ertastete die in einer Scheide stekkende Spritze. Dann begann sie, Lippenstift aufzutragen.
»Vielleicht kann ich ihn dazu bringen, mit mir ins Bett zu gehen. Alleinstehende Männer, weit weg von zuhause, sind gewöhnlich zugänglich.«
»Wie du es anstellst, ist mir gleich. Hauptsache, du tust es.«

Die große Fähre hatte den Kai und die Vororte Stockholms weit hinter sich gelassen und glitt jetzt über die spiegelglatte Oberfläche des offenen Meeres. Das Hemd über den Jeans, betrat Newman die Diskothek, blieb am Rande der wirbelnden Menge stehen und zündete sich eine Zigarette an.
Die Verstärker verwandelten die Musik in einen ohrenbetäubenden Lärm. Bunte Scheinwerfer leuchteten auf und erloschen, ihr gleißendes Licht färbte die Gesichter der Tanzenden abwechselnd rot, blau, gelb und grün. Es war ein Inferno aus Musik, Licht und dem Stampfen der Tanzenden. Und zum Teufel mit allen Hemmungen.
Paula, die ihr Haar zu einem Pferdeschwanz zusammengebunden hatte und deren Beine in weichen, kniehohen Lederstiefeln steckten, tauchte hinter Newman auf. Sofort forderte ein hochgewachsener Finne mit einem offenstehenden Hemd sie zum Tanzen auf. Sie begann, sich anmutig zu drehen, hielt aber Abstand zu ihrem Tänzer, und während sie tanzte, waren ihre

Augen überall. Sie drehte sich immer wieder um, ließ ihre Blicke über die Tanzfläche schweifen, behielt Newman im Auge.
Eine zierliche junge Finnin mit flachsblondem Haar tippte Newman auf den Arm. Er nickte, sagte »Okay«, drückte seine Zigarette in einem Aschenbecher aus und folgte ihr auf die Tanzfläche. Er erkannte sofort, daß sie eine gute Tänzerin war, und ihre grünen Augen funkelten einladend. Sie drängte sich dicht an ihn und fragte, trotz des Bombardements auf die Trommelfelle gut zu verstehen, auf Englisch: »Hätten Sie Lust, morgen abend in Turku mit mir essen zu gehen?« Sie lächelte. »Es ist schon fast morgen. Sie sind Engländer, nicht wahr?«
»Treten Sie vor die Klasse und küssen Sie den Lehrer. Der Lehrer bin ich.«
Sie tat es. Er breitete in einer Geste des Bedauerns die Hände aus.
»Ich täte es nur zu gern, aber ich bin geschäftlich unterwegs. Morgen abend muß ich in Tampere sein . . .«
Die Musik brach ab. Die Paare hielten inne, einige verließen die Tanzfläche. Dann setzte eine andere Melodie in schnellem Rhythmus ein. Die Finnin wollte zu ihm zurückkehren, aber es war zu spät. Eine schlanke Frau mit langem schwarzem Haar und scharlachrot geschminkten Lippen hatte ihren Platz eingenommen. Newman musterte die slawischen Wangenknochen. Sie kamen sich sehr nahe, und die Frau bewegte ständig die Hände, wohlgeformte Hände. Paula, die mit einem kleinen, untersetzten Schweden tanzte, hatte sich näher herangeschoben, wirbelte weiter herum; der Schwede, der ein guter Tänzer war, hielt ihre linke Hand. Newmans Partnerin legte beide Hände auf die Hüften, bewegte langsam ihren Körper, die Andeutung eines Lächelns im Gesicht. Paula wirbelte weiter herum, auf der Tanzfläche herrschte dichtes Gedränge; weitere Paare waren hinzugekommen. Die Frau mit dem schwarzen Haar schob die rechte Hand in die Tasche ihrer Jeans und ließ Newman dabei nicht aus den Augen. In dem dichten Gewühl kam ihre Hand wieder zum Vorschein, und sie griff nach Newmans Handgelenk. Plötzlich machte Paula einen betrunkenen Eindruck. Sie prallte heftig gegen Newmans Partnerin. Die Frau verlor das Gleichgewicht, rutschte aus. Paula prallte noch heftiger gegen sie. Etliche Tanzende wollten zugreifen und sie aufhalten, als sie zu Boden stürzte. Newman sah, wie ihr die kleine Spritze aus der Hand glitt, sah, wie Paulas rechter Stiefel auf die Spritze niederfuhr, sie zermalmte. Dann tauchte sie in der Menge unter, während die Dunkelhaarige versuchte, wieder auf die Füße zu kommen. Newman zog sie hoch, schob sie in die erwartungsvollen Arme eines hochgewachsenen Schweden, dann verließ er rasch die Tanzfläche.

»Ich werde dieses kleine Miststück wiedererkennen«, sagte Paula und ließ sich in Newmans Kabine auf seinem Bett nieder. »Sie haben gesagt, wir könnten in Gefahr sein«, erinnerte sie ihn, als sie das Glas Wasser entgegennahm, das er ihr reichte.

»Sie haben mir das Leben gerettet«, bemerkte Newman. Er sackte auf einem Sessel zusammen. »Wie sind Sie auf sie gekommen? Ich muß nicht ganz dicht gewesen sein.«

»Sie hat immer wieder zu den Scheinwerfern hochgeschaut. Mir war klar, daß sie auf den Wechsel zu einer anderen Farbe wartete, den Augenblick, in dem man nicht sehen kann, was um einen herum vorgeht. Den wollte sie nutzen, um Sie mit der Spritze zu stechen. Ich möchte wissen, was darin war.«

»Bestimmt nichts, was meiner Gesundheit zuträglich gewesen wäre. Und sie ist gerissen. Wenn ich auf der Tanzfläche zusammengebrochen wäre, hätten alle Leute angenommen, ich wäre betrunken oder hätte Drogen genommen. Und sie wäre längst über alle Berge gewesen. Wir müssen vorsichtiger sein.« Er lächelte reumütig. »*Ich* muß vorsichtiger sein. Und sie werden auf uns warten, wenn das Schiff in Turku anlegt. Ich schlage vor, daß wir spät frühstücken und die Fähre als letzte verlassen. Dann wird es natürlich hell sein.«

»Ich glaube, ich brauche jetzt ein bißchen Schlaf«, erklärte Paula, setzte sich auf, schwenkte die Beine über die Bettkante, reckte sich. »Und dazu gehe ich besser in meine Kabine, sonst bin ich meinen guten Ruf los.«

»Würde Sie das stören?« fragte er, noch immer sitzend.

»Was ist mit Dillon?« fragte sie.

»Wir haben vereinbart, daß wir uns im Speiseraum treffen. Er wartet dort, bis wir erschienen sind. Die Fähre legt um sieben Uhr an. Wenn Sie also wirklich gehen wollen, dann sehe ich Sie um halb sieben im Speiseraum.«

»Ich muß an Tweed denken.« Sie sah ihn an. »Manchmal ist es für eine Frau sehr schwierig, sich zu entscheiden – zumal dann, wenn sie zwei sehr verschiedene Männer kennt.«

»Ich bringe Sie in Ihre Kabine. Sie haben recht – wir brauchen Schlaf. Gott weiß, was uns erwartet, sobald wir unseren Fuß auf finnischen Boden gesetzt haben.«

Zwanzigstes Kapitel

Die meisten Leute, die Marler kannten, hätten gesagt, er wäre ungeduldig, wollte schnelle Ergebnisse. Aber Marler konnte, wenn es erforderlich war, auch die Geduld eines Hiob aufbringen. Inzwischen hatte er, in seinem Wagen in dem Wäldchen oberhalb der Zentrale von INCUBUS versteckt, in der glühenden Hitze zwei Tage ausgeharrt und immer wieder Aufnahmen von Leuten gemacht, die das Gebäude betraten oder verließen.

Nachdem er in sein am Nordhafen gelegenes Hotel zurückgekehrt war, saß er in Hemdsärmeln und mit geöffnetem Kragen vor dem Telefon. Er hatte mehrere Filme in ein Fotolabor gebracht, das Entwicklung binnen vierundzwanzig Stunden versprach, und zweifelte nicht daran, daß er mittlerweile Fotos von allen leitenden Angestellten hatte; daß es sich um solche handeln mußte, hatte er aus den teuren Wagen geschlossen, die sie fuhren.

Er nahm den Hörer ab und wählte die Nummer vom Park Crescent. Monica meldete sich.

»General & Cumbria Assurance . . .«

»Hier ist Marler, Monica. Kann ich mit jemandem reden? – Ich rufe von einem Hotel in Helsinki aus an«, warnte er.

»Ich verstehe. Und reden können Sie nur mit mir. Ob Sie es glauben oder nicht – unser allseits geschätzter oberster Chef hat mir das Kommando übertragen.«

Also Howard. Marler war überrascht. Monica war gut, sehr gut sogar, aber Howard war normalerweise überzeugt, daß Frauen nur zu zweierlei taugten, wovon das eine war, daß sie im Haus blieben.

»Monica, ich brauche Informationen. Wo wer ist und dergleichen.«

Am anderen Ende der Leitung zögerte Monica nur eine Sekunde lang. Es war ihre Sache, Entscheidungen zu treffen.

»Der Direktor unserer Verkaufsabteilung hält sich in Ihrer Gegend auf. Aber wir haben seit Tagen nichts von ihm gehört – und ich bin ziemlich besorgt.«

Damit mußte Tweed gemeint sein. Marler zündete sich eine seiner King-Size Zigaretten an und verschaffte sich damit eine kurze Pause zum Nachdenken. »Ich werde mich ein bißchen umschauen«, erklärte er. »Treibt sich sonst noch jemand von unserem Team irgendwo herum?«

»Ja, Paula und Bob sind zusammen unterwegs, gleichfalls in Ihrer Gegend. Aber ich habe keine Ahnung, auf welcher Route.«

Newman ist ein Einzelgänger, dachte Marler. Aber diesmal nicht so allein wie sonst. Diesmal hatte es ihn, vielleicht wegen des Mordes an seiner

Freundin, nach Gesellschaft verlangt. Nein, das konnte nicht stimmen. Paula konnte Newman nur mit Tweeds Zustimmung begleiten. Was bedeutete, daß sie hinter irgendetwas her waren.
»Sonst noch jemand?« fragte er.
»Ja. Harry Butler kommt als zusätzlicher Vertreter. Er wird mich früher oder später anrufen.«
»Sagen Sie ihm, daß ich im Palace Hotel bin, er soll vorbeikommen und mich besuchen. Und machen Sie sich keine Sorgen. Unser Verkaufsdirektor weiß, was er tut.«
Was, soweit es Tweed anging, die Untertreibung des Jahres war. Monica redete weiter.
»Er hat Pete Nield mitgenommen.«
»Na sehen Sie. Also kein Grund, deswegen in Hitze zu geraten und nervös zu werden. Streichen Sie den ersten Teil dieser Bemerkung, Monica. Hier ist es verdammt heiß. Vielleicht melde ich mich bald wieder ...«
Monica ist tüchtig, dachte er, als er den Hörer auflegte. Jeder, der dieses Gespräch mitgehört hatte, würde annehmen, daß sie zu einer Firma gehörten, die Geschäfte machen wollte. Es wird also eine Familienversammlung geben. Er öffnete die Tür, hängte das *Bitte nicht stören*-Schild an die Klinke, machte die Tür wieder zu und schloß sie ab.
Er nahm das Armalite-Gewehr aus seiner Reisetasche und begann, die Waffe zu reinigen. Das half ihm, sich zu konzentrieren. Und das Haar, das er über den Reißverschluß gelegt hatte, befand sich noch an Ort und Stelle – niemand hatte während seiner Abwesenheit das Zimmer durchsucht. Das Problem war, auf welcher Route Newman kommen würde.
Der Flughafen? Marler glaubte es nicht. Zu naheliegend. Newman war ein Fuchs. Mit der Fähre von Travemünde, auf der Route, die er benutzt hatte? Auch das glaubte er nicht. Mit der Autofähre von Schweden? Das erschien ihm am ehesten denkbar, er würde also morgen am Kai sein. Und Harry Butler? Marler stand im Rang zwar höher als Butler, aber er wußte, daß Butler ein Mann war, der über eine unwahrscheinliche Ausdauer verfügte, der an der ihm zugeteilten Aufgabe arbeitete, bis er sie erledigt hatte. Ein erstklassiger Mann.
Marler beschloß, vorerst nicht nach Rovaniemi zu fliegen, die Erkundung dieses merkwürdigen Meteorologischen Instituts, auf das Sarin ihn hingewiesen hatte, auf später zu verschieben. Es war damit zu rechnen, daß sich hier in Helsinki etwas ereignen würde. Nur die Frage, wo Tweed stecken mochte, machte ihm zu schaffen.

Im Hotel Moskwa in Leningrad war es früher Abend. Tweed, von der langen Wartezeit gereizt, versuchte, General Rebet zur Rede zu stellen. Sie saßen an einem großen, verschwenderisch gedeckten Tisch in Tweeds Suite. Pete Nield saß auf einem Stuhl nahe an der Wand und behielt den General im Auge, der seine Worte mit zahlreichen Handbewegungen unterstrich.
»Sie sprachen von Verrat im Politbüro«, begann Tweed, »und dann sind Sie auf ein anderes Thema ausgewichen. Rebet, ich möchte endlich wissen, warum Sie mich hierher gebracht haben, und zwar jetzt. Andernfalls verlange ich, daß ich sofort nach Helsinki zurückgeflogen werde.«
»Aber an unserer Gastfreundschaft war doch bestimmt nichts auszusetzen ...«
»Sie war überwältigend.« Tweed, der alle alkoholischen Getränke abgelehnt hatte, trank einen Schluck russischen Tee. »Aber ich bin nicht auf Urlaub hier. Bitte beantworten Sie meine Frage.«
»In diesem Hotel findet ein großer Empfang statt, zu dem Sie eingeladen sind.« Rebet warf einen Blick auf die Uhr. »In einer halben Stunde werde ich Sie dorthin begleiten.«
»Beantworten Sie meine Frage.«
»Genau das habe ich gerade getan. Das ist der Grund, weshalb Sie hier sind – um inkognito an diesem Empfang teilzunehmen.«
»Warum?« Tweed hatte die Stimme erhoben. »Ich weiß, daß es Russen gibt, die Stunden, Wochen oder sogar Monate brauchen, um zur Sache zu kommen. Mit mir können Sie das nicht machen. Veranlassen Sie, daß ich nach Helsinki zurückgeflogen werde, von wo Sie mich entführt haben. Was ich nicht vergessen werde.«
»Wir wissen, daß im Politbüro ein Mittelsmann sitzt – ein Verräter, wenn Sie so wollen –, der insgeheim mit einem militärisch-industriellen Potential in Amerika zusammenarbeitet und ihm hilft, die Sowjetunion in den Griff zu bekommen. Die Leute sehen eine einmalige Chance, in unserem Land Fuß zu fassen, aus ihm etwas zu machen, das nicht mehr ist als ein wirtschaftlicher Satellit der Vereinigten Staaten. Weil hier ein einziges Chaos herrscht. Haben Sie mich so weit verstanden?«
»Ja, aber diese Idee erscheint mir ziemlich weit hergeholt. Fahren Sie fort. Wo kommt der Verräter im Politbüro ins Bild?«
»Wir konnten bisher nicht feststellen, wer es ist. Was ich Ihnen jetzt sage, ist streng geheim. Wir haben einen Agenten in *Dracon* eingeschleust, die große Denkfabrik in der Nähe von Boston. Er hat berichtet, daß ein Mann auf höchster Ebene mit den Verschwörern konspiriert. Daß er den Codenamen Angel trägt. Wir haben den Kreis der Verdächtigen auf drei Mitglieder des

Politbüros eingeengt. Marschall Dimitri Zaikow, Verteidigungsminister. Anatoli Dikoyan, ein Armenier, Außenhandelsminister. Viktor Kazbek, ein Georgier, Kommunikationsminister. Einer von diesen drei Männern arbeitet mit den Amerikanern zusammen.«

»Ich sehe nicht, wie er das tun könnte«, wendete Tweed ein.

»Wir wissen, daß Angel enge Kontakte zur Mafia hat.«

»Zur amerikanischen Mafia? Also wissen Sie, Rebet ...«

»Nein, ich meinte natürlich die sowjetische Mafia. Die Untergrundbewegung, die, wie ich fürchte, nur zu gut organisiert ist. Die Männer, die Schwarzmarktgeschäfte machen, Beamte, die mit großen Summen bestochen wurden, sogar Mitglieder meines eigenen KGB. Angel hat ein dichtes Netz über die Sowjetunion gesponnen, und diese Leute sind es, die die Amerikaner benutzen.«

»Aber Sie können doch bestimmt in diese Bewegung eindringen?«

»Natürlich haben wir es versucht. Agenten wurden in diese überaus geheime Organisation eingeschleust – und tot aufgefunden. In irgendeiner Hintergasse ermordet – in Moskau, hier in Leningrad, in Kiew und so weiter. Wir haben keine Ahnung, wer Angel ist – aber er wird bei diesem Empfang anwesend sein. Wenn Sie sich unters Volk mischen, wird Ihnen vielleicht etwas auffallen, was uns bisher entgangen ist.«

»Das halte ich für höchst unwahrscheinlich.«

»Unser Präsident selbst hat darum gebeten, daß Sie es versuchen. Die Zeit wird allmählich knapp.«

»Ich werde tun, was ich kann, aber ich kann nichts versprechen.« Tweed musterte Rebet. »Sie müssen in einer verzweifelten Lage sein, wenn Sie mich zu Hilfe holen«, sagte er mit einem trockenen Lächeln.

»Wir sind in einer verzweifelten Lage ...«

Rebet redete weiter, während sie eine lange Steintreppe hinuntergingen. Unten befanden sich bereits zahlreiche Gäste in Abendkleidung, viele der Damen in schulterfreien Roben. Tweed konnte Stimmengewirr hören und das Klirren von Gläsern. Nield ging hinter ihnen her, und Rebet erteilte Tweed die letzten Instruktionen.

»Sie können sich fast ganz aufs Beobachten konzentrieren. Ich werde in Ihrer Nähe sein. Wenn ich Sie vorstelle, dann als Mr. Gubenko, unseren Handelsattaché an der Londoner Botschaft. Sie sprechen gut Russisch, aber das wird jede Spur eines englischen Akzents, den jemand entdecken könnte, erklären.«

»Ich komme mir nicht vor wie Gubenko.«

»Aber Sie sehen aus wie er!«
Es war der erste Scherz, den Rebet seit ihrer Ankunft gemacht hatte. Als sie sich ihren Weg in den riesigen Saal bahnten, schaute Tweed zu den gewaltigen, über ihm funkelnden Kronleuchtern auf. Draußen war es noch Tag. An einer Seite des Saals war ein Büffet aufgebaut, das unter Bergen von Speisen und unzähligen Flaschen nahezu zusammenbrach. Hier jedenfalls war von Nahrungsmittelknappheit nichts zu merken.
»Dieser distinguierte Herr mit dem ergrauenden Haar und dem rosa Gesicht ist der britische Botschafter«, flüsterte Rebet.
»Sorgen Sie um Himmels willen dafür, daß ich nicht in seine Nähe gerate . . .«
Dann erstarrte Tweed für den Bruchteil einer Sekunde. In der Mitte des Saales hatte sich ein Haufen Leute um einen großen, massigen Mann versammelt, der einen Kneifer trug und eine Zigarettenspitze schwenkte. Franklin D. Hauser.

Tweeds Blick war verschleiert, und er schien halb zu schlafen, als Rebet ihn langsam durch den von Menschen wimmelnden Saal führte. Aber die scheinbar schläfrigen Augen waren unverwandt auf Hauser und seinen Gesprächspartner gerichtet. Marschall Zaikow war ein kleiner, stämmiger Mann, der häufig irgendeine komische Bemerkung machte, woraufhin Hauser dann den Kopf zurückwarf und laut lachte. Zaikow, der seine Galauniform trug, war glatt rasiert, hatte einen bulligen Unterkiefer und schwenkte ständig eine geballte Faust. Als sie näher herangekommen waren, stellte Tweed überrascht fest, daß Hauser fließend Russisch sprach, eine Fähigkeit, die dem SIS trotz eingehender Recherchen entgangen war.
Als der Abend weiter fortgeschritten war, begann Hauser umherzuwandern. Tweed nippte an seinem Wodka, als ein großer, bärenhafter Mann mit schwarzem Bart und einer Mähne aus schwarzem Haar sich Hauser näherte. Sie zogen sich gemeinsam aus der Menge in eine Ecke zurück. Der bärenhafte Mann umarmte Hauser, küßte ihn auf beide Wangen, begann dann zu gestikulieren. Der Mann schien regelrecht mit Energie geladen zu sein, in noch stärkerem Maße als Hauser.
»Der Georgier?« flüsterte Tweed.
»Ja, das ist Viktor Kazbek, Kommunikationsminister. Ein Mann, der Frauen liebt, Frauen massenweise.« Rebet zuckte die Achseln. »Aber schließlich ist er Georgier. Die haben alle einen großen Appetit – auf Essen, Trinken und alle guten Dinge des Lebens.«
Tweed nickte, lehnte das Angebot eines Kellners ab, der ihm nachschenken

wollte. Er beobachtete, wie der Georgier Hauser ohne jede Hemmung immer wieder beklopfte, um irgendeiner Bemerkung Nachdruck zu verleihen. Tweed blieb ungefähr eine Viertelstunde lang ziemlich still stehen, während sich die beiden Männer ununterbrochen unterhielten. Offensichtlich kam Hauser mit Angehörigen anderer Nationen vorzüglich zurecht.
»Würden Sie sich gern mit jemandem unterhalten? Einer schönen Frau vielleicht?« fragte Rebet.
Tweed schüttelte den Kopf, hob das Glas an den Mund, trank aber nicht einmal einen kleinen Schluck. Der Georgier hatte einer sehr andersartigen Persönlichkeit Platz gemacht. Ein kleiner, schlanker Mann, makellos gekleidet, mit sorgsam aus der hohen Stirn zurückgebürstetem dunklem Haar und einem säuberlich gestutzten Schnurrbart schüttelte Hauser, der inzwischen aus der Ecke herausgewandert war, die Hand.
»Der Armenier?« flüsterte Tweed.
»So ist es. Anatoli Dikoyan, Außenhandelsminister. Er ist häufig im Westen unterwegs, versucht, Tauschgeschäfte unter Dach und Fach zu bringen. Um unsere Wirtschaft ist es ziemlich schlecht bestellt.«
»Sein Hintergrund?« fragte Tweed kurz.
Während Rebet ihn informierte, beobachtete Tweed den Armenier, der seiner kleinen Statur wegen zu Hauser aufschauen mußte; er redete pausenlos auf Hauser ein, wobei er häufig mit seinen schlanken Händen gestikulierte, um seinen Worten Nachdruck zu verleihen. Ein geschickter Mann, befand Tweed.
»Dikoyan ist ein brillanter Politiker«, erklärte Rebet. »Er hat sich jeder Veränderung des Regimes angepaßt. Er war einer der ersten, die die außerordentlichen Fähigkeiten des Mannes erkannten, der schließlich unser Präsident wurde. Er spricht vier Sprachen fließend, darunter Englisch, und verfügt über die geniale Begabung, sich immer im Hintergrund zu halten, so daß nie jemand mit dem Finger auf ihn zeigen und behaupten kann, er wäre einer von der Alten Garde ...«
Die Menge bewegte sich auf eine Doppeltür zu, die inzwischen geöffnet worden war und in einen Nebensaal führte. Rebet deutete mit einem Nicken auf die vorwärtsdrängende Menge.
»Jetzt folgt ein Bankett. Sie sind eingeladen. Ich hoffe, Sie nehmen die Einladung an?«
»Natürlich. Ich möchte die drei Männer beobachten. Wissen Sie, wann Hauser Rußland wieder verläßt?«
»Nach dem Bankett fliegt er direkt nach Helsinki zurück. Er ist kein Mann, der sich lange irgendwo aufhält.«

»Ich habe bereits gesehen, wie er sich mit dem Mann unterhalten hat, den Sie Angel nennen«, flüsterte Tweed.

»Sie meinen, Sie haben ihn identifiziert?« Rebet konnte seine Verwunderung nicht verhehlen. Tweed lächelte, schüttelte den Kopf.

»Nach dem Bankett werde ich es vielleicht wissen. Vor allem, weil Hauser unmittelbar danach abfliegt.«

»Sie sprechen in Rätseln, mein Freund. Aber da ist noch ein Problem, das uns Sorgen bereitet. Eine Reihe von Schlüsselfiguren aus den früheren Sicherheitsapparaten in verschiedenen Ländern sind verschwunden. Darunter auch einige aus den unseren. Das ist höchst vertraulich, Genosse.« Rebet flüsterte so leise, daß Tweed gerade noch hören konnte, was er sagte. »Eine Frau aus meiner eigenen neuen Organisation, und noch dazu ein Oberst, Irina Serow, hat sich abgesetzt. Möglicherweise ist sie über die Grenze nach Finnland gegangen, aber das ist nur eine Vermutung.«

»Und die anderen Schlüsselfiguren?«

Sie unterhielten sich, während sie im Kielwasser der stark alkoholisierten Menge auf den Bankettsaal zuschlenderten.

»Ein Name, den wir mehrfach gehört haben, ist der von Ion Manescu. Ein großes Tier in der rumänischen Securitate. Auch Leute von der deutschen Stasi haben sich scheinbar in Luft aufgelöst. Meine Agenten können keine Spur von diesen Leuten finden.«

»Aber gibt es irgendwelche Beweise dafür, daß sie irgendwohin verschwunden sind?«

»Jede Menge.« Rebet kicherte, aber völlig humorlos. »Einer könnte in ein Loch in der Erde gefallen sein. Vielleicht auch zwei. Aber es wäre schon ein sehr großes Loch nötig, um all die Leute zu verschlucken, die von der Bildfläche verschwunden sind. In Anbetracht der Probleme, die wir in vielen unserer Republiken haben, ist das sehr beunruhigend. Aber jetzt muß ich still sein ...«

Wie in den alten Zeiten zog sich das Bankett über Stunden hin. Tweed achtete sorgfältig darauf, daß er an der Vielzahl von Getränken, die vor ihn hingestellt wurde, nur ein wenig nippte, und bat immer wieder um mehr Mineralwasser. Und die ganze Zeit, während er neben Rebet saß und kleine Portionen verzehrte, wanderten seine Augen immer wieder zu Hauser, der am Kopf der Tafel auf dem Ehrenplatz zur Rechten von Marschall Zaikow saß, der offiziell ihr Gastgeber war, riesige Mengen Nahrung verzehrte, den Alkohol literweise trank und Witze erzählte.

Ungefähr auf halber Höhe auf der anderen Seite der Tafel und nicht weit von Tweed entfernt ragte die gewaltige, joviale Figur von Viktor Kazbek auf. Obwohl er ständig Toasts ausbrachte, trank er wesentlich weniger, als es den Anschein hatte. Seine dunklen Augen glitten über die Gäste, ruhten kurz auf Tweed. Dann hob Kazbek sein Glas, und Tweed folgte seinem Beispiel, nickte dem dynamischen Georgier zu, trank ein Schlückchen, dann schaute er woanders hin.

Der zierliche Dikoyan widmete seine Aufmerksamkeit einer reizvollen Frau, die ihm gegenübersaß. Tweed beobachtete, wie der Armenier die Dame unterhielt. Als das Bankett beendet war, erhoben sich die Gäste, standen in Grüppchen plaudernd zusammen. Tweed sah, wie Hauser, von Wachen eskortiert, aus dem Saal eilte, vermutlich auf dem Weg zum Flughafen. Rebet, der gleichzeitig mit Tweed aufgestanden war, schien seine Gedanken lesen zu können.

»Die Motorrad-Eskorte wartet bereits auf Hauser. Er bleibt nie länger, als unbedingt sein muß. In einer Stunde wird er bereits in der Luft sein.«

Dikoyan erschien neben Tweed, wurde von Rebet vorgestellt und lächelte liebenswürdig.

»Ich kenne London gut«, erklärte er. »Ich erinnere mich, wie ich einmal mit dem Zug von Charing Cross abgefahren bin, um ein Wochenende in Bournemouth zu verbringen. Ein hübsches Städtchen.«

»Das stimmt. Aber Sie müssen von Waterloo aus gefahren sein.«

»Natürlich!« Dikoyan warf entschuldigend die Hände hoch. »In London gibt es so viele Bahnhöfe ...«

Nachdem sie sich noch ein paar Minuten angeregt unterhalten hatten, verschwand er wieder in der Menge. Tweed warf einen Blick auf Rebet.

»Ich dachte mir schon, daß er gerissen ist. Diese Erwähnung von Charing Cross war eine Falle – er wollte feststellen, ob ich tatsächlich in London arbeite und der dortigen Botschaft ...«

Er brach ab, als die massige Gestalt von Viktor Kazbek vor ihm aufragte. Wieder stellte Rebet Tweed auf Russisch vor. Kazbek musterte Tweed, bat Rebet, den Namen zu wiederholen.

»Igor Gubenko, Handelsattaché an der Botschaft in London«, wiederholte Rebet.

»Ich freue mich sehr, Sie hier bei unserer kleinen Party zu sehen, Mr. – Gubenko. Habe ich den Namen richtig verstanden?«

»Das haben Sie.« Tweed erwiderte den Blick aus den funkelnden dunklen Augen des bärtigen Georgiers. »Gefällt es Ihnen, Kommunikationsminister zu sein?«

Kazbek warf den Kopf mit der dichten Mähne zurück und lachte dröhnend. »Ob es mir gefällt? Wem in aller Welt gefällt es schon, heutzutage ein Mitglied des Politbüros zu sein? Ausgenommen vielleicht unserem Chef.« Er tippte sich mit einem großen Zeigefinger an die hakige Nase. »Das war boshaft. Wenn Sie mich zitieren, Mr. – Gubenko, werde ich vor die Tür gesetzt. Jetzt bin ich in Ihrer Gewalt.«

Ein weiteres brüllendes Gelächter, die dunkle Mähne wogte, er klopfte Tweed auf den Rücken, lächelte, entblößte Goldzähne und wendete sich ab, um einer dicklichen Dame die Hand zu küssen.

Rebet wanderte auf den Ausgang zu, und Tweed folgte ihm langsam, drehte den Kopf, um seinen Blick noch einmal über den Saal schweifen zu lassen. Nicht weit von ihm entfernt stand Marschall Zaikow, eine unbewegte, untersetzte Gestalt mit einem Gesicht, das an Sibirien erinnerte. Er beobachtete sie, und einen Augenblick lang war Tweed sicher, daß er herbeikommen würde, um sich mit ihnen zu unterhalten. Aber dann schien der Marschall es sich anders überlegt zu haben. Sein und Tweeds Blick trafen sich flüchtig, dann entfernte er sich in die entgegengesetzte Richtung.

Rebet stellte Tweed seine Frage erst, nachdem er ihn und Nield, der an der Tafel ein paar Plätze von ihm entfernt gesessen hatte, zu ihrer Suite zurückbegleitet hatte.

»Das war's. Hauser ist fort. Ich nehme an, Sie möchten morgen früh zurückkehren. Sie werden nach Helsinki geflogen.« Er hielt inne. »Haben Sie eine Ahnung, welcher der drei Männer Angel sein könnte?«

Tweed sagte Nield gute Nacht, öffnete seine Tür, drehte sich um und musterte Rebet. Der Russe hatte seine Frage beiläufig gestellt, aber Tweed spürte seine Besorgnis. Er schüttelte den Kopf.

»Es tut mir leid, aber ich habe nicht die geringste Ahnung«, log er. »Aber ich danke Ihnen für Ihre Gastfreundschaft. Sie war den Versuch wert.«

Wenn er die Wahrheit gesagt und Rebet ihn gebeten hätte, ihm zu sagen, auf welche Weise ihm die Identifizierung gelungen war, dann hätte er geantwortet: »Es fehlte etwas, und das ist mir aufgefallen . . .«

Einundzwanzigstes Kapitel

Newman, Paula und Dillon waren die letzten Passagiere, die in Turku das Fährschiff der Silja-Linie verließen. Nach einem späten Frühstück hatten sie sich in Newmans Kabine versammelt, und dort war der Streit ausgebrochen.

»Wir gehen zusammen an Land«, hatte Newman verkündet. »Ohne jeden Versuch, uns zu verstecken.«
»Das ist doch Wahnsinn«, hatte Dillon geknurrt. »Nachdem wir uns so viel Mühe gegeben haben, unbemerkt nach Finnland zu gelangen.«
»Ich finde, Cord hat recht«, hatte Paula erklärt.
Newman war entschlossen, fast aggressiv gewesen. »Wir haben es versucht, und was ist passiert? Es ist mir nicht gelungen, den Unsichtbaren zu spielen. Sie haben die ganze Region unter Kontrolle, sämtliche Zugänge werden überwacht. Glauben Sie etwa, hier in Turku wird es anders sein? Nein, das wird es nicht. Also ändere ich die Strategie. Sollen sie uns sehen – und wir sehen sie. Ich werde den BMW, den ich gemietet habe, erst am frühen Abend abholen. Und dann fahren wir wie der Teufel auf der E 3 von hier nach Helsinki.«
»Ich sehe den Sinn der Sache immer noch nicht ein«, hatte Dillon geknurrt. »Und ich bin nicht einverstanden.«
»Sie kommen entweder mit oder sehen zu, wie Sie allein hinkommen«, hatte Newman brutal erklärt. »Die Entscheidung liegt bei Ihnen. Aber denken Sie daran, daß wir jetzt bewaffnet sind. Wir können uns schützen. Und drei sind eine beachtliche Truppe, falls wir unterwegs angegriffen werden sollten.«
»Und wie, wenn ich fragen darf, wollen wir den Tag verbringen, bis wir am Abend abfahren? Ihnen eine gute Gelegenheit geben, uns zu beobachten, Pläne für einen Hinterhalt zu schmieden? In aller Öffentlichkeit in Turku herumwandern? Vielleicht in einem Hotel zu Mittag essen? So, daß jedermann uns sehen kann?«
»Genau das«, hatte Newman erklärt. «Es ist Zeit, von Bord zu gehen. Ich kenne Turku. Wir lassen unser Gepäck am Bahnhof, dann sehen wir uns die Altstadt an. Dort gibt es ein Viertel mit alten Holzhäusern, die noch genauso aussehen, wie es vor hundert Jahren überall in Finnland ausgesehen hat. Wir geben uns ganz entspannt, ständig für jedermann sichtbar. Übrigens werde ich noch einen zweiten Wagen mieten – den wir dann nicht benutzen. Das ist psychologische Kriegführung, wir bringen sie außer Fassung.«
»Wie zum Teufel meinen Sie das?«
»Damit meine ich, daß, wenn man die Opposition verwirren will, die einzige Taktik darin besteht, das zu tun, was niemand von einem erwartet.«

Irina Serow, die jetzt weiße Shorts, eine weiße Bluse, eine Sonnenbrille und einen breitrandigen Strohhut trug, der ihr Haar verdeckte, beobachtete, wie Newman die Autovermietung verließ. Sie trat ein, noch während die Frau hinter dem Schalter ein Formular fertig ausfüllte, las es über Kopf.

»Kann ich etwas für Sie tun?« fragte die Frau und schaute auf.
»Ich hätte gern einen Prospekt über die verfügbaren Wagen und die Preise . . .«
Sobald sie wieder draußen war, hielt sie nach einem geeigneten Hauseingang Ausschau. Ein Stück weiter die Straße hinunter folgte Manescu, gleichfalls in Freizeitkleidung und mit einem Strohhut, Newman, der zu Paula und Dillon zurückkehrte.
Irina zog sich unter die Überdachung eines Hauseingangs zurück und holte ein Walkie-Talkie aus ihrer geräumigen Umhängetasche. Sie zog die Antenne aus und meldete sich bei *INCUBUS Oy* in Turku.
»Hier Joanna Star. Der Betreffende hat einen weißen Volvo-Kombi gemietet. Zulassungsnummer . . . Er ist nicht damit weggefahren, also hat er vermutlich noch etwas anderes vor. Ende . . .«
Als Newman sich zu ihnen gesellte, fragte Paula: »Haben Sie gemerkt, daß Sie beobachtet werden?«
»Eine Frau mit einem Strohhut und einer Sonnenbrille. Könnte diejenige sein, die letzte Nacht versucht hat, mich umzubringen – aber die hier ist größer.«
»Sie trägt Schuhe mit extradicken Sohlen«, teilte Paula ihm mit. »Sie ist Ihnen in die Autovermietung gefolgt.«
»Wunderbar. Sie wird sich informiert und über den Wagen berichtet haben, mit dem wir nicht fahren.« Er wendete sich an Dillon. »Schauen Sie sich nicht um – wir werden jetzt von einem Mann mit einem Strohhut verfolgt.«
Gemeinsam schlenderten sie ins Zentrum von Turku. Die Gebäude waren eine Mischung aus Alt und Neu, durchweg drei oder vier Stockwerke hoch, so daß sie kaum Schutz vor der Sonne boten. In Turku herrschte erheblich weniger Verkehr als in Stockholm; sie konnten sogar fast überall, wo sie wollten, die Straße überqueren. Newman nickte, warf einen Blick zurück und führte sie dann zu einem Lokal auf der anderen Straßenseite.
»Zeit für einen Drink. Was immer Sie sonst nehmen, bestellen Sie auf jeden Fall Mineralwasser und trinken Sie es. Dabei können wir beobachten, was Strohhut tut.«
»Dieses Katz-und-Maus-Spiel gefällt mir nicht«, sagte Dillon, als sie sich an einem Fenstertisch niedergelassen hatten. Er wartete, bis die Kellnerin ihre Bestellung notiert hatte. »Ich möchte Strohhut in eine dieser engen Gassen befördern, ihm den Hals zudrücken, bis er redet, und ihn dann bewußtlos machen.«
»Und damit verraten, daß wir wissen, was vor sich geht?« Newman lächelte, schüttelte den Kopf. »Wir spielen die Harmlosen. Wir glauben,

wir hätten sie abgeschüttelt. Das verleitet sie dazu, einen Fehler zu machen.«

»Ich glaube nicht, daß INCUBUS viele Fehler macht«, bemerkte Paula, nachdem die Kellnerin das Bestellte gebracht hatte. Sie trank ihren Orangensaft durch einen Strohhalm. »Finden Sie wirklich, daß es eine gute Idee war, unsere Waffen in den Koffern zu lassen, die wir am Bahnhof in die Schließfächer gesteckt haben?«

»Ganz bestimmt.« Newman war bester Laune. »Auf diese Weise können wir nicht von der Polizei erwischt werden. Wer immer diese Überwachungsoperation leitet, könnte auf den Gedanken kommen, der Polizei einen anonymen Hinweis zu geben. Sie erwischen uns mit Waffen, und das war's dann. Die Finnen mögen keine Fremden, die Schießeisen in der Tasche haben.«

Dillon knurrte. »Und ich habe Sand in den Schuhen – oder was immer das für ein Zeug war, in dem wir bei diesen alten Häusern herumgelaufen sind.«

Newman versteifte sich, dann entspannte er sich wieder. Er sah aus dem Fenster, wo Strohhut auf der anderen Straßenseite vor dem Geschäft eines Herrenausstatters stand und die Auslagen betrachtete. Aber seine Miene war nach wie vor starr, und nur Paula begriff, was passiert war. Dillons Erwähnung von Sand. Sie hatte Newmans Gedanken wieder auf seine Freundin Sandy gebracht, und er durchlebte abermals den Alptraum in Suffolk, wo er sie in dem Glockenturm hängend aufgefunden hatte.

Zuvor hatte er sich voll und ganz darauf konzentriert, ihre Verfolger zu überlisten, und auf diese Weise die Erinnerung an den grausigen Anblick verdrängt. Jetzt saß er mit verkrampften Kiefermuskeln und einem leeren Ausdruck in den Augen da. Paula kannte diesen Ausdruck, obwohl sie ihn bisher nur ein- oder zweimal beobachtet hatte. Newman war nach Mord zumute.

Franklin D. Hauser war mit seinem Lear Jet von Leningrad zurückgekehrt und auf dem Flughafen von Helsinki gelandet. Die wartende kugelsichere Limousine fuhr ihn direkt zur Zentrale von *INCUBUS Oy*. Er stürmte in das Gebäude, wie immer in Eile.

Von seinem Wagen in dem Wäldchen oberhalb der Zentrale aus machte Marler drei Aufnahmen, notierte in seinem Notizbuch die Zeit. Früh am Morgen war er zur Ankunftszeit der Fähre der Silja-Linie aus Stockholm am Kai gewesen, hatte jeden der das Schiff verlassenden Passagiere gemustert. Keine Spur von Newman; seine Vermutung war falsch gewesen, und er fragte sich, ob der Reporter überhaupt kommen würde.

Im obersten Stockwerk wartete Galvone auf seinen Chef. Sobald Hauser sich hinter seinem Schreibtisch niedergelassen hatte, kam er zur Sache. Es hatte keinen Sinn, darum herumzureden.
»Newman ist in Finnland eingetroffen.«
Hausers Gesicht erstarrte. Er erinnerte Galvone an eines der in den Black Hills in South Dakota in den Stein gemeißelten Gesichter von vier Präsidenten der Vereinigten Staaten.
»Hier in Helsinki?« fragte er mit schroffer Stimme.
»Ganz so schlimm ist es nicht . . .«
»Wie schlimm? Reden Sie endlich.«
»Newman ist in Turku. Heute morgen mit der Fähre aus Stockholm eingetroffen. Manescu und Serow haben die Sache in der Hand. Newman hat einen Volvo gemietet. Es ist damit zu rechnen, daß er bald hierher kommt. Er ist in Begleitung. Ein Mann. Eine Frau.«
»Warum haben sie den Job nicht auf der Fähre erledigt?«
»Die Serow hat es versucht. Sie hat einfach Pech gehabt.«
Die Tür zu Hausers Büro wurde geöffnet, und Adam Carver kam herein. Es war früher Abend, aber der Engländer wirkte so frisch, als läge der ganze Tag noch vor ihm.
»Wir haben eine Besprechung«, fuhr Hauser ihn an.
»Ich komme gerade aus Deutschland zurück. Die Bank von Egon Schmidt gehört uns. Ich habe seinen Sohn Dieter zur Unterzeichnung einer vorläufigen Vereinbarung überredet. Es ist noch ein Haufen Papierkram zu erledigen, aber die Bank gehört uns. Jetzt haben Sie Ihren Fuß in der Tür zu Deutschland.«
»Gut.« Hauser war erfreut, aber ungeduldig. »Sie müssen müde sein. Gehen Sie und machen Sie sich frisch. Und dann warten Sie in Ihrem Büro. Ich möchte später mit Ihnen reden.«
Er wartete, bis er wieder mit Galvone allein war, lehnte sich auf seinem Stuhl zurück und fixierte seinen Untergebenen.
»Erledigen Sie ihn. Er darf auf keinen Fall nach Helsinki kommen . . .«

Irina saß in einem Café gegenüber der Autovermietung vor ihrer zweiten Tasse Kaffee. Sie war der letzte Gast. Eine Kellnerin erschien und sagte, sie würden bald schließen. Irina erklärte, sie wartete auf einen Freund, der jede Minute kommen müsse, und gab der Kellnerin ein reichlich bemessenes Trinkgeld.
Fünf Minuten später sah sie, wie ein BMW mit Newman am Steuer herauskam; die Frau saß neben ihm, der zweite Mann auf dem Rücksitz. Sie holte

das Walkie-Talkie aus ihrer Umhängetasche und zog die Antenne aus, nachdem sie sich vergewissert hatte, daß die Kellnerin verschwunden war. »Hier Joanna Star. Der Betreffende verläßt die Stadt. Nicht wie früher berichtet in dem Volvo, sondern in einem cremefarbenen BMW. Zulassungsnummer ... Ende.«
Als sie ausgetrunken hatte und gerade gehen wollte, betrat Manescu das Café. Sie teilte ihm mit, was sie an die INCUBUS-Zentrale in Turku gemeldet hatte.
»Es ist alles in die Wege geleitet«, versicherte ihr Manescu, als sie auf die Straße hinaustraten. »Anweisung von ganz oben. Sie werden auf der E 3 einen Unfall haben. Den sie nicht überleben.«

»Sie sind diese Strecke doch schon früher gefahren«, sagte Paula, als sie die Außenbezirke von Turku hinter sich gelassen hatten. »Wie weit ist es bis Helsinki?«
»Genau einhundertachtundfünfzig Kilometer. In schätzungsweise zwei Stunden sind wir dort.«
»Wo werden wir in Helsinki wohnen?« wollte Dillon wissen.
»Das findet sich, wenn wir dort sind«, sagte Newman. »Nicht im Hesperia, wenn es sich vermeiden läßt. Dort habe ich früher einmal gewohnt. Aber das können Sie getrost mir überlassen.«
Paula warf einen Blick auf Newman. Seit Dillon seine Bemerkung gemacht hatte, die die Erinnerung an Sandy wieder wachgerufen hatte, war Newman zwar höflich gewesen, aber in grimmiger Stimmung. Sie fuhren auf der E 3, einer vierspurigen Autobahn, auf der sehr wenig Verkehr herrschte. Hinter ihnen senkte sich die Sonne dem Horizont entgegen. Paula warf einen Blick auf den Tachometer.
»Wie hoch ist die Geschwindigkeitsbegrenzung in Finnland?«
»Manchmal 80, manchmal 100 Stundenkilometer. Ein Stück voraus kommt eine Strecke, wo man aufs Gaspedal treten und 120 fahren darf.«
Paula stellte fest, daß seine Hände locker auf dem Lenkrad lagen. Er war ein hervorragender Fahrer, aber sie spürte seine innere Anspannung. Lag es daran, daß sie sich ihrem Ziel Helsinki näherten? Daß Newman es kaum abwarten konnte, Hauser gegenüberzutreten? In Wirklichkeit war Newman mit seinen Gedanken viele Meilen weit entfernt. Er erinnerte sich an das, was Chefinspektor Buchanan gesagt hatte. An die Hinweise, die er ihm gegeben hatte.
»Versuchen Sie herauszufinden, welcher leitende Angestellte in Helsinki war, als Ed Riverton erdrosselt und seine Leiche aus dem Eis des Nord-

hafens gezogen wurde. Und dann finden Sie heraus, welcher leitende Angestellte *nicht* in Helsinki war, als Sandy in dem Glockenturm in Suffolk ermordet wurde. Vielleicht finden Sie einen Mann, auf den beide Voraussetzungen zutreffen.«

Paula schaute aus dem Fenster. Wälder aus hohen Tannen und darüber ein in jenem kristallklaren Licht leuchtender Himmel, wie es ihn nur in Finnland gibt. Die Tannen zeichneten sich wie scharf umrissene Silhouetten vor diesem Himmel ab. Ein Land zum Träumen . . .

»Jetzt kommen wir auf die Schnellstrecke«, bemerkte Newman.

Paula stellte fest, daß sie jetzt wesentlich schneller fuhren und warf wieder einen Blick auf den Tachometer. 120 Stundenkilometer. Der BMW glitt dahin und trug noch zu der traumhaften Atmosphäre bei. Wie im Himmel, dachte Paula.

»Hinter uns kommt ein großer Lastwagen«, warnte Dillon. »Als er um eine Kurve bog, habe ich gesehen, daß er eine Aufschrift trägt. *INCUBUS Oy.*«

»Ein Sattelschlepper«, erwiderte Newman gelassen. »Ich habe ihn gesehen. Kommt mit der Geschwindigkeit eines Expreßzuges auf uns zu . . .«

Paula drehte sich so weit um, wie es ihr Sicherheitsgurt erlaubte. Das Fahrzeug war riesig. Ein Sattelschlepper mit einem gewaltigen Container. Sie befanden sich jetzt auf einem Straßenabschnitt, wo die beiden Fahrbahnen durch eine hohe, mit Gestrüpp bewachsene Böschung voneinander getrennt waren. Sie warf einen Blick auf Newman und sah, daß seine Lippen fest zusammengepreßt waren. „Ärger?« fragte sie leise, griff in ihre Umhängetasche und umfaßte den Kolben ihres Browning.

»Kann sein.«

Newman warf einen Blick in den Rückspiegel, dann lächelte er Paula an. Der Sattelschlepper stürmte auf sie zu wie ein Schlachtschiff, wesentlich schneller, als es selbst auf diesem Teil der Autobahn erlaubt war. Der gewaltige Container hinter der Fahrerkabine schwankte langsam und unheildrohend von einer Seite zur anderen. Dann schoß der Sattelschlepper noch schneller voran, überholte sie auf der linken Seite, ragte neben Newman auf wie ein Berg. Er senkte kurz den Kopf, erhaschte einen Blick auf den auf der ihm abgewandten Seite sitzenden Fahrer. Ein massiger Mann, der über das Lenkrad gebeugt dasaß, mit einer Schirmmütze und einer Sonnenbrille. Das Fahrzeug bewegte sich näher heran, der Fahrer drehte Zoll um Zoll das Lenrad.

Paula holte ihren Browning heraus, lehnte sich vor. Newman hatte wegen der heißen, stickigen Hitze den ganzen Weg das Fenster offen gehabt. Paula senkte den Kopf und hob die Waffe.

»Stecken Sie das Ding weg!« fuhr Newman sie an. »Wollen Sie, daß wir wegen Mord verhaftet werden?«
»Dann sind wir gleich nicht mehr als das Fleisch in einem Sandwich«, rief Dillon vom Rücksitz.
»Danke für das Vertrauensvotum«, erklärte Newman wütend.
Der Abstand zwischen den beiden Fahrzeugen betrug noch immer etwa dreißig Zentimeter, aber er verringerte sich von Sekunde zu Sekunde. Zu ihrer Rechten, an Paulas Seite, befand sich eine stählerne Leitplanke; dahinter fiel das Gelände steil zu einem Tannenwald hin ab. Sie sah alles nur verschwommen – den Container des Sattelschleppers, der ihnen immer näher kam, die Straße voraus, auf der kein einziges Fahrzeug in Sicht war. Sie hatte Newman gehorcht und den Browning wieder in ihrer Umhängetasche verschwinden lassen; die Hand, die den Kolben umfaßte, war feucht und schlüpfrig. Jeder Muskel ihres Körpers schien vor Anspannung zu beben, der Anspannung des Wartens auf den Augenblick, in dem der Sattelschlepper anprallte, sie gegen die Leitplanke schleuderte, Funken flogen, wenn Metall mit Metall kollidierte, den entsetzlichen Augenblick, in dem die Leitplanke nachgab und der BMW sich überschlug ...
Newman senkte abermals kurz den Kopf, sah, wie der Fahrer in der Kabine seine Hände auf dem Lenkrad in eine andere Position brachte, um in einem großen Bogen nach rechts zu steuern. Neunzehn von zwanzig Fahrern hätten versucht, Gas zu geben und vorwärts zu rasen, aber Newman war der Zwanzigste. Er hatte das tiefe Dröhnen des auf Höchstleistung frisierten Sattelschleppers gehört und wußte, daß er nicht die geringste Chance hatte, ihm zu entkommen. Also tat er das gefährliche Unerwartete. Er verringerte die Geschwindigkeit so stark, wie er es wagen konnte, wartete auf das Schleudern – aber das Schleudern blieb aus. Der Fahrer in der Kabine hatte das Lenkrad gedreht, er wollte Newmans Wagen so schneiden, daß dieser an der stählernen Leitplanke zermalmt wurde. Newman ging sein zweites tödliches Risiko ein. Er stieg auf die Bremse. Der BMW kam ruckartig zum Stehen. Paula warf einen raschen Blick auf Dillon. Der Amerikaner hatte sich mit der linken Hand an der Rückenlehne ihres Sitzes abgestützt; in der rechten hielt er schußbereit die Luger. Der Fahrer des Sattelschleppers hatte seine schwere Ladung quer über die Fahrbahn gesteuert; er wußte, daß der Zusammenstoß mit dem BMW den Anprall dämpfen würde. Aber der BMW war verschwunden. Er sah, wie die stählerne Leitplanke auf ihn zuflog, spürte, wie das Fahrzeug dagegenkrachte, hörte ein knirschendes Geräusch, als die Planke barst, versuchte verzweifelt, das Lenkrad herumzureißen. Zu spät.

Newman rieb sich in dem stehenden BMW den schmerzenden rechten Arm und beobachtete, wie der Sattelschlepper die Leitplanke durchbrach, sich zur Seite neigte und den Abhang hinunterrutschte. Wie von einer Kanone abgeschossen prallte er gegen die Mauer aus Tannen, drei Bäume kippten um. Einen Augenblick lang herrschte Stille, in der man nur den Motor des BMW ticken hörte. Dann ging der unbeweglich daliegende Sattelschlepper in Flammen auf. Der Fahrer verbrannte in seiner Kabine. Die umgestürzten Tannen gerieten in Brand, und das Feuer loderte auf wie eine riesige Fackel.
Newman schaute in den Rückspiegel. Keine anderen Fahrzeuge in Sicht. Er fuhr weiter und beschleunigte, bis der Tachometer wieder 120 Stundenkilometer anzeigte. Mit einer Hand zündete er sich eine Zigarette an – das einzige Anzeichen für eine Reaktion auf das, was passiert war. Paula wußte, daß er normalerweise nie rauchte, wenn er fuhr. Sie ließ ihren Browning los, holte tief Luft, wischte sich die Hände an einem Taschentuch ab, schaute nach hinten zu Dillon.
Dem zerklüfteten Gesicht des Amerikaners war nicht anzusehen, was sie gerade durchgemacht hatten. Er zwinkerte Paula zu.
»Ich glaube, wenn wir in Helsinki sind, könnte ich einen Drink gebrauchen«, bemerkte er. »Ich möchte wissen, was passieren wird, wenn wir dort sind.«
»Wir müssen uns auf unser Glück verlassen«, war alles, was Newman darauf erwiderte.

Zweiundzwanzigstes Kapitel

Peggy Vanderheld hatte ihren Schreibtisch ausgeräumt und *INCUBUS Oy* für immer verlassen. Mit einem Taxi war sie zu ihrer Wohnung gefahren, von der sie auf die See hinabschauen konnte.
Sie saß am Fenster, trank einen trockenen Martini und schäumte noch immer wegen der Art und Weise, auf die Hauser sie behandelt hatte. Ihre Wohnung lag in einem Block nahe der Endstation der Straßenbahnlinie 4, nicht weit von dem auf einer Anhöhe liegenden Hotel Kalastajatorppa entfernt, einem merkwürdigen Gebäudekomplex, von einem finnischen Architekten so gestaltet, daß es aussah, als wüchse es aus dem Granit heraus, auf dem es stand. Vielleicht würde sie dort zu Abend essen.
Dann fiel ihr ein, daß sie eine Karte für das dem Marski gegenüberliegende Theater in der Innenstadt hatte. Sie wollte unter vielen Leuten sein. Sie schaute auf den Waschplatz hinunter, eine hölzerne Plattform, die auf zwei von Geländern umgebenen Ebenen in die See hineinragte.

Peggy hatte oft finnische Frauen dabei beobachtet, wie sie morgens auf der Plattform arbeiteten, ihre Teppiche ins Meerwasser tauchten und sie dann auf Holztischen schrubbten. Das war schwere Arbeit; dennoch gehörten viele der Frauen, die den Waschplatz benutzten, der Mittelschicht an. Ein Läuten an der Tür unterbrach ihre Gedanken.
Sie schaltete die Gegensprechanlage ein, fragte, wer da wäre.
»Peggy, ich bin's, Adam Carver. Ich würde gern ein paar Worte mit Ihnen reden. Ich weiß, wie wütend Sie sein müssen nach dem, was man Ihnen angetan hat.«
»Also gut, kommen Sie herauf. Wenn es sein muß ...«
Sie drückte auf den Knopf, der das Schloß an der Haustür entriegelte, und warf einen prüfenden Blick in den Spiegel. Sie hatte die Wohnungstür bereits geöffnet, als Carver erschien, sehr elegant in einem cremefarbenen Seidenanzug.
»Nehmen Sie Platz, wenn Sie wollen.«
Sie dachte nicht daran, ihm einen Drink anzubieten, aber ihr war klar, daß sie Carver gegenüber gemischte Gefühle hegte. Er war zweifellos ein gutaussehender Mann, aber sie mißtraute seinem britischen Charme. Er bedachte sie mit etwas, das wohl ein gewinnendes Lächeln sein sollte, und ließ sich auf einem Sessel nieder. Sie entschied sich für einen Stuhl und schlug die wohlgeformten Beine übereinander.
»Nun, was wollen Sie?« fragte sie.
»Seien Sie doch nicht so schroff. Ich habe immer geglaubt, wir wären sehr gut miteinander ausgekommen, während Sie bei der Firma waren.«
»Jeder hat so seine Illusionen.«
»Ich bin nicht unbedingt mit allem einverstanden, was Hauser tut, müssen Sie wissen.« Er musterte sie. »Sie haben wirklich eine phantastische Figur, wenn ich das sagen darf.«
»Sie haben es gerade gesagt. Und wie könnte ich einem Vizepräsidenten widersprechen?«
»Auf diese Weise kommen wir nirgendwo hin ...« Er lächelte abermals.
»Dann lassen Sie uns verdammt nochmal irgendwo hinkommen. Kommen wir darauf, weshalb Sie hier sind.«
»INCUBUS ist bereit, Ihnen eine sehr großzügig bemessene Rente zu zahlen.«
»Die ich annehmen werde, weil sie mir zusteht. Wirklich reizend, wenn man behandelt wird wie ein auf die Weide gestelltes altes Pferd.«
»Peggy! Bitte! Ich habe nichts dergleichen gesagt. Sie sind noch immer eine junge Frau. Und mit Ihrer Erfahrung können Sie jeden Job bekommen, den Sie

haben wollen. Und ich hatte noch keine Gelegenheit, Ihnen zu sagen, daß INCUBUS Ihnen anbietet, doppelt so viel Rente zu zahlen, wie Sie erwarten.«

Ihre Augen wurden schmal, und sie strich sich über ihr dunkles Haar. »Und wo ist der Haken?«

»Eine gute Frage. Sie brauchen lediglich das übliche Dokument zu unterschreiben, das Ihnen verbietet, irgendwelche Informationen weiterzugeben, die Sie während der Zeit Ihrer Beschäftigung bei der Firma erlangt haben. Nicht darüber reden. Keine Zeitungsinterviews geben. Nicht für einen dicken, fetten Vorschuß aus New York Ihre Memoiren schreiben.«

Sie stand auf. »Wissen Sie was? Sie haben mich gerade auf eine gute Idee gebracht. Nett, daß Sie vorbeigekommen sind, Adam. Und jetzt entschuldigen Sie mich bitte – ich habe eine Karte fürs Theater und muß mich umziehen.«

Er erhob sich langsam. »Aber wie steht es mit dem, was ich eben sagte? Ich hätte gern eine Antwort, bevor ich gehe.«

»Einfach so? Soll das ein Witz sein?« Sie öffnete die Tür. »Ich werde darüber nachdenken. Das kann einige Zeit dauern. Es war nett, Sie gekannt zu haben . . .«

Carver verließ das Haus und wanderte langsam die Straße hinauf zu der Stelle, an der er seinen Wagen geparkt hatte. Er rieb sich das frisch rasierte Kinn. Verlor er seine Anziehungskraft? Er war sicher gewesen, daß er sie um den Finger wickeln konnte.

Er setzte sich hinters Lenkrad, starrte auf die menschenleere Straße. In der Ferne erschien eine Straßenbahn der Linie 4, rumpelte zu der ungefähr hundert Meter entfernten Endstation. Carver griff nach seinem Autotelefon, wählte Hausers Privatnummer.

»Hier ist Adam. Das Problem ist ungelöst. Schwer vorherzusagen, wie die Betreffende reagieren wird . . .«

»Sie sagen negativ?«

»Gewissermaßen. Im Augenblick . . .«

»Sie sagen negativ«, wiederholte Hauser. »Kommen Sie so schnell wie möglich her. Ich will einen ausführlichen Bericht.«

Newman hatte sich gegen das Kalastajatorppa entschieden. Zu viele schmerzliche Erinnerungen. Vor einigen Jahren hatte er dort gewohnt, als seine Frau in Estland ermordet wurde. Und nun auch noch Sandys Tod – das war zuviel. Auch nicht das Hesperia; auch dort hatte er früher schon gewohnt. Womit noch drei Hotels übrig blieben – das Marski, das Intercontinental und The Palace. Er entschied sich für das letztere.

Als er in der Halle auf Paula und Dillon wartete – Newman war ein Meister im schnellen Auspacken –, mußte er feststellen, daß die Rückkehr nach Helsinki frühere Erlebnisse wieder wachrief. Er brauchte einen Drink. Er schlenderte in die Bar, und der erste Mensch, den er, allein an einem Ecktisch sitzend, erblickte, war Marler.

»Einen großen Scotch, bitte«, bestellte Newman an der Theke.

Mit seinem Glas in der Hand wanderte er herum, als wüßte er nicht recht, wo er sich niederlassen sollte. Als er Marlers Tisch erreicht hatte, schien er zu stolpern und verschüttete etwas von seinem Drink auf die Tischplatte. Er zog ein Taschentuch heraus und redete, während er die Flüssigkeit aufwischte.

»Bitte, entschuldigen Sie. Normalerweise bin ich nicht so ungeschickt, aber ich bin ziemlich erledigt. Habe eine lange Fahrt hinter mir.«

Marler schwenkte eine Hand. »Das macht doch nichts. Gönnen Sie Ihren Füßen ein bißchen Ruhe ...«

Für einen Beobachter sah es aus wie eine Zufallsbegegnung zweier Engländer, die sich freuten, einen Landsmann getroffen zu haben. Newman setzte sich, stieß scheinbar erleichtert den Atem aus.

»Danke.« Er hob sein Glas. »Zum Wohl!« Dann stellte er das Glas auf den Tisch und senkte die Stimme. »Die Krake INCUBUS hat gerade zweimal versucht, mich umzubringen.«

Marler grinste. »Das müssen Amateure sein. Wenn sie mich angeheuert hätten, würden Sie nicht hier sitzen und Scotch trinken.«

»Ich liebe Leute, die von sich überzeugt sind«, erwiderte Newman. »Und seien Sie nicht überrascht, wenn Paula und Cord Dillon hier aufkreuzen. Wir reisen zusammen.«

»Dillon? Der stellvertretende Direktor des CIA? Wie kommt der ins Bild?«

»Darf ich Ihnen leider nicht sagen. Befehl von Tweed. Aber ich kann Ihnen sagen, weshalb ich hier bin ...«

Er gab Marler einen kurzgefaßten Bericht über seine Recherchen in Sachen INCUBUS einschließlich der Besuche bei den beiden Engländern, die gegen ihren Willen zum Verkauf ihrer Firmen gezwungen worden waren. Ebenso knapp berichtete er über die beiden Anschläge auf sein Leben, teilte Marler mit, wie er Waffen besorgt hatte. Marler strich sich über sein blondes Haar, hörte schweigend zu, bis Newman fertig war, dann zog er einen Umschlag aus der Innentasche seines Jacketts.

»Hätten Sie Lust, sich meine Urlaubsfotos anzusehen? Aufgenommen von einem versteckten Plätzchen oberhalb der Zentrale von INCUBUS im Westen der Stadt. Keine Ahnung, wer wer ist, aber der Mann, nach dem ich Ausschau hielt, war nicht darunter.«

Newman betrachtete die Hochglanzabzüge, und während er Marler einen nach dem anderen zurückgab, identifizierte er mehrere Leute.
»Das ist Adam Carver. Engländer. Habe ihn kennengelernt, als ich Hauser in Livingstone Manor, seinem Haus in Suffolk, besuchte. Nicht eine Meile von der Stelle entfernt, an der Sandy ermordet wurde. Er ist Vizepräsident. Und das hier ist Hauser, was Sie wahrscheinlich wissen – sein Foto ist oft genug in den Zeitungen erschienen. Dieser Ganove ist Frank Galvone, ein weiterer Vizepräsident. Diese beiden kenne ich nicht. Und diese gutaussehende Brünette ...«
Er brach ab, als Paula und Dillon in die Bar kamen.

»Nicht hinschauen«, warnte Paula. »Newman sitzt dort hinten in der Ecke. Und irgendwie ist er ausgerechnet auf Marler gestoßen. Ich glaube, wir sollten uns fernhalten.«
»Soll mir recht sein. Ich habe für beide nicht viel übrig. Obwohl sie tüchtige Profis sind. Lassen Sie uns ein Glas zusammen trinken, damit sich unsere Nerven wieder beruhigen.«
Das war für Paula der erste Hinweis darauf, daß Dillon, nach außen hin immer gelassen und unerschütterlich, die grauenhafte Szene auf der Autobahn noch nicht ganz verwunden hatte. Sie nahm sein Angebot dankbar an, und sie trugen ihre Gläser zu einem Tisch, der weit von dem entfernt war, an dem die beiden Engländer saßen.
Newman nickte Marler zu. »Paula ist schlau. Sie tun so, als kennten Sie uns nicht. Was Ihnen vermutlich nur recht ist. So, Sie waren im Begriff, etwas zu sagen.«
»Diese gut aussehende Brünette – wer das ist, weiß ich. Sie ist Amerikanerin, war Hausers Privatsekretärin, bis er der Dame den Marschbefehl gab, was ihr ganz und gar nicht schmeckte. Peggy Vanderheld. Ich weiß sogar ihre Adresse.«
»Wie zum Teufel haben Sie das herausbekommen?«
»Charme, alter Junge. Ich bin eines Abends einer der finnischen Sekretärinnen nach Hause gefolgt. Ich dachte, sie wäre vielleicht genau mein Typ. Sie machte im Marski auf einen Drink Station. Ich folgte ihr hinein. Nach ein paar Drinks haben wir uns prächtig verstanden. Sie glaubt, daß ich bald mit ihr ins Bett gehen werde. Aber ich glaube nicht, daß ich so weit gehen muß. Wollen Sie Details?«
»Natürlich will ich das. Spannen Sie mich nicht auf die Folter. Reden Sie.«
»Das finnische Mädchen hat mir erzählt, daß Peggy Vanderheld mehr über die Unternehmungen von INCUBUS weiß als jeder andere Mitarbeiter

unterhalb des Ranges eines Vizepräsidenten. Außerdem hat sie mir erzählt, daß die Vanderheld stinkwütend ist wegen der Art und Weise, auf die Hauser sie vor die Tür gesetzt hat. Sie ist noch in Helsinki. Meine Freundin hat mir sogar verraten, wo sie wohnt.« Er holte einen kleinen Block aus der Tasche, kritzelte etwas darauf. »Hier ist die Adresse, wenn Sie meinen, es könnte der Mühe wert sein. Sie kennen Helsinki recht gut, nicht wahr?«
»Ja.«
»Dann ist es am einfachsten, wenn Sie mit der Straßenbahn Nummer 4 fahren, und zwar bis zur Endstation. Dort steigen Sie aus, gehen auf die See zu, und dann ist es der letzte Block auf der rechten Seite. Auch das habe ich aus meiner Freundin herausgeholt.«
»Danke, Marler. Das könnte der glückliche Zufall sein, auf den ich gewartet habe. Ich nehme an, Sie würden mir ins Gesicht lachen, wenn ich Sie fragte, was Sie hierher geführt hat?«
»Nein. Ich bin auf der Suche nach ein paar gefährlichen Typen, die früher bei der Geheimpolizei waren und ihren Job verloren, als der Kommunismus auf dem Balkan und in der DDR zusammenbrach. Einer von ihnen ist Ion Manescu ...«
»Der Rumäne. Von dem habe ich schon gehört. Neben anderen Talenten ein Meister in einer besonders reizenden Art von Folter. Weshalb suchen Sie hier nach diesen Leuten?«
Marler berichtete ihm, daß Manescu beobachtet worden war, wie er in Travemünde an Bord der Fähre nach Helsinki ging. Außerdem erzählte er ihm von seinem Gespräch mit Mauno Sarin, dem Chef der Sicherheitspolizei, der ihn, scheinbar nebenbei, auf INCUBUS hingewiesen hatte.
»Und deshalb haben Sie ihre Zentrale beobachtet?« fragte Newman.
»Es war ein Schuß ins Blaue, und er hat nichts gebracht. Hier ist das einzige Foto, das je von Manescu aufgenommen wurde.«
Newman betrachtete das Foto, runzelte die Stirn, warf einen Blick auf Paula und Dillon, die in ein angeregtes Gespräch vertieft waren. Dann betrachtete er abermals das Foto und blickte schließlich zu Marler auf.
»Ich bin mir nicht sicher. Ich kann mich irren ...« Er zögerte.
»Weiter«, drängte Marler.
»Während wir in Turku herumwanderten, um uns die Zeit zu vertreiben, bis wir am Abend nach hierher losfuhren, wurden wir beschattet. Wir saßen in einem Café, und dieser Typ, den ich Strohhut nannte, tat so, als betrachtete er die Auslagen im Schaufenster eines Herrenausstatters auf der anderen Straßenseite. Es war sehr heiß, und er nahm kurz den Hut ab, um sich den Schweiß von der Stirn zu wischen. Dabei konnte ich einen Blick auf sein

Gesicht werfen, und es sah dem auf diesem Foto verdammt ähnlich. Aber ohne Schnurrbart.«

»Den kann er abrasiert haben«, sagte Marler schnell. »Wie können Sie sicher sein, daß er für INCUBUS arbeitet?«

»Weil es, wie ich Ihnen erzählt habe, ein Sattelschlepper von INCUBUS war, der versuchte, uns auf der E 3 zu Kartoffelbrei zu zerquetschen. Das bringt Strohhut in direkte Verbindung mit INCUBUS.«

»Natürlich.« Marler ging zur Theke, bestellte frische Drinks, kam zurück und setzte sich wieder hin. »Es ist merkwürdig«, fuhr er fort, »aber bevor ich mit Sarin gesprochen hatte, hätte ich gesagt, daß wir auf zwei verschiedenen Gebieten arbeiten. Jetzt bin ich nicht mehr so sicher. Was meinen Sie – wo wird Ion Manescu als nächstes auftauchen?«

»Wenn er es war, hier in Helsinki.« Newman stand auf, faltete das Blatt mit der Adresse zusammen, steckte es in seine Brieftasche. »Diese Information über Manescu sollte an Tweed weitergeleitet werden.«

»Er ist verschwunden«, erklärte Marler. »Ich habe Monica angerufen, und sie sagte mir, er wollte hierher kommen. Ich habe vorgestern sämtliche Hotels überprüft. Keine Spur von ihm.«

»Überprüfen Sie sie noch einmal«, riet Newman.

»Wo wollen Sie hin? Ich wohne übrigens in diesem Hotel.«

»Danach wollte ich Sie gerade fragen. Wo ich hin will? Mich mit Peggy Vanderheld unterhalten.«

Das Theater gegenüber dem Marski war ein modernes, kreisrundes Gebäude, dessen Mauern mit Efeu überwachsen waren. Peggy Vanderheld, die ein kastanienbraunes Kostüm trug, verließ das Theater und ging zur Haltestelle der Linie 4. Ein großer brauner Buick löste sich vom Bordstein und rollte langsam hinter ihr her.

Sie bestieg die Straßenbahn und schaute während der Fahrt stadtauswärts aus dem Fenster. Sie saß auf der rechten Seite und beobachtete die Leute, die zwischen den riesigen, aus der Erde aufragenden Granitbrocken im Park spazierengingen. Der braune Buick folgte der Straßenbahn.

Sie konnte sich nicht entscheiden, was sie unternehmen sollte. Während der Vorstellung hatte sie all ihre Probleme vergessen, aber jetzt stürmte alles wieder auf sie ein. Eine doppelte Rente? Das war eine Menge Geld, auf Lebenszeit – wenn sie den Mund hielt. Scheiß drauf, dachte sie, ich will es Hauser heimzahlen. Carvers dumme Bemerkung, sie dürfte nicht ihre Memoiren schreiben und dafür einen dicken, fetten Vorschuß aus New York kassieren, hatte ihr neue Horizonte eröffnet.

Die Straßenbahn ließ die Innenstadt hinter sich, fuhr durch eine baumreiche Vorstadt. Sie war der einzige Fahrgast, der an der Endstation ausstieg, und so mit ihren Gedanken beschäftigt, daß sie den braunen Buick nicht bemerkte, der ein Dutzend Meter die Straße hinauf parkte. Auch der cremefarbene BMW, der in der Nähe der See jenseits der stehenden Straßenbahn stand, fiel ihr nicht auf.
Drinnen saß Newman hinter dem Lenkrad. Er hatte alle Fenster geöffnet – die Hitze hatte auch jetzt, am späten Abend, noch nicht nachgelassen. Nach dem Foto, das Marler ihm gezeigt hatte, erkannte er die Vanderheld sofort. Er hatte schon früher an der verschlossenen Haustür auf den Knopf für ihre Wohnung gedrückt, aber niemand hatte sich gemeldet.
Er blieb ganz still sitzen, während sie das Haus betrat. Der braune Buick, der der Straßenbahn gefolgt war und dann geparkt hatte, war ihm nicht entgangen. Niemand war ausgestiegen. Hinter der bernsteinfarben getönten Windschutzscheibe sah er die Silhouette eines Fahrers mit Schirmmütze und Sonnenbrille.
Er wartete ein paar Minuten, dann machte er die Fenster zu, stieg aus, verschloß den Wagen und ging die Stufen zur Haustür hinauf. Wieder drückte er auf den Knopf der Gegensprechanlage, neben dem eine Karte mit dem säuberlich geschriebenen Namen *Vanderheld* angebracht war.
»Wer zum Teufel ist das nun schon wieder?« fragte eine Frauenstimme mit amerikanischem Akzent.
»Robert Newman, Auslandskorrespondent. Ich wäre Ihnen dankbar, wenn Sie mir zehn Minuten von Ihrer Zeit widmen würden. Es betrifft eine Untersuchung, die ich anstelle.«
Eine Pause. Newman hütete sich, noch mehr zu sagen.
»Was für eine Untersuchung?« wollte die Vanderheld wissen.
»Etwas, das zu ernsthaft ist, als daß man im Freien darüber reden könnte.«
»Zehn Minuten. Keine Sekunde länger.«
Ein Summer ertönte. Newman stieß die Tür auf und trat ein; während er die Treppe hinaufeilte, hörte er, wie sich die Tür hinter ihm automatisch wieder schloß. Sie stand an der Wohnungstür, bereit, sie ihm vor der Nase zuzuschlagen. Statt dessen trat sie beiseite, und er betrat eine moderne, behaglich eingerichtete Wohnung. Nichts Überflüssiges, und alles hatte seinen Platz und befand sich dort, wo es hingehörte. Er setzte sich auf den Sessel, den sie ihm angeboten hatte.
Ungefähr einssiebzig groß, schätzte Newman, eine üppige Figur in einem leichten braunen Kostüm. Schwarze Strumpfhose, hochhackige Schuhe und eine Masse von elegant frisiertem braunem Haar. Ein gutgeschnittenes

Gesicht, ein voller Mund, leuchtend roter Lippenstift. Anfang Vierzig und eine reizvolle Frau. Sie zog ihre Jacke aus, brachte wohlgeformte Brüste zum Vorschein, hängte die Jacke ordentlich über die Lehne eines Stuhls.
»Ich erkenne Sie nach Fotos, die ich vor ein paar Jahren in den Zeitungen gesehen habe. Sie haben sich gut gehalten.«
»Danke . . .«
Sie stand etwa zwei Meter von ihm entfernt, hatte die Hände auf die Hüften gestemmt und blickte auf ihn herab. »Was für eine Untersuchung?«
In ihrer Stimme lag ein herausfordernder Ton. Sie blieb stehen und zündete sich eine Zigarette an; ein Arm lag unter ihren Brüsten, der andere hielt die Zigarette.
»Eine Untersuchung von INCUBUS.« Er traf eine schnelle Entscheidung, erzählte ihr von dem Mord an Sandy, der Nähe des Tatorts zu Livingstone Manor, dem Mord an Ed Riverton, seinen Gesprächen mit den beiden Engländern, die zum Verkauf gezwungen worden waren.
»Weshalb kommen Sie zu mir?« fragte sie. »Was ist für mich drin?«
»Eine Chance, es Hauser heimzuzahlen. Ich habe vor, seine Geschäftsmethoden im *Spiegel* zu enthüllen. Aber dazu brauche ich Informationen. Eindeutige Tatsachen.«
»Ich werde darüber nachdenken. Wo kann ich Sie erreichen?«
»Ich wohne in The Palace.«
»Und warum, wenn ich fragen darf, tun Sie das, Mr. Newman? So weit ich weiß, haben Sie einen internationalen Bestseller geschrieben – *Kruger: The Computer That Failed.* Der muß Sie doch auf Lebenszeit finanziell unabhängig gemacht haben.«
»Das hat er.«
»Also warum? Sie brauchen doch nicht mehr als Auslandskorrespondent zu arbeiten. *Warum*?«
»Ich sagte es bereits«, erinnerte er sie. »Wegen Sandy. Ich glaube, daß Hauser etwas mit dem Mord zu tun hat. Und wenn das der Fall ist, mache ich ihn fertig.«
»Ich verstehe.« Newman beobachtete sie, während sie ihre Zigarette ausdrückte. Die Frau gefiel ihm. Sie war reizvoll, hatte Verstand und Mut. »Kommen Sie morgen abend um dieselbe Zeit wieder her«, erklärte sie schließlich. »Ich gehe wieder ins Theater. Ich muß erst einmal darüber schlafen.«
Er stand auf. »Schlafen Sie gut.«

Newman setzte sich hinters Lenkrad seines BMW. Der braune Buick stand nach wie vor ein Stück die Straße hinauf am Bordstein. Als er langsam daran vorbeifuhr, warf er einen Blick auf den Fahrer. Er war über dem Lenkrad zusammengesackt, hatte sich die Schirmmütze ins Gesicht gezogen, schien zu schlafen.

Newman betrachtete das Fahrzeug genau. Es war ein ziemlich großer amerikanischer Wagen, ein Le Sabre-Kombi, viertürig, mit brauner Holzverkleidung unterhalb der getönten Scheiben, mit Schlafplätzen im Heck und einem Gepäckträger auf dem Dach.

Es war später Abend, aber immer noch hell. Die Luft war klar wie Kristall, als Newman über die Mannerheimintie, auf der jetzt kaum noch Verkehr war, am Marski Hotel vorbei in die Innenstadt fuhr. Es war immer noch so heiß, daß ihm das Hemd am Rücken klebte. Er dachte an Tweed. Wo mochte er in diesem Augenblick sein?

Dreiundzwanzigstes Kapitel

Tweed saß mit Nield in dem unterhalb der Bar gelegenen Restaurant des Marski. Sie waren aus Leningrad zurückgekehrt, und Tweed hatte sich für das Marski entschieden, weil er dort noch nie abgestiegen war.

»Tut gut, wieder gewohnte Nahrung zu sich zu nehmen«, bemerkte er, während er gebratenes Hähnchen mit Safranreis verzehrte. »Die finnische Küche ist ausgezeichnet.«

»Und der Salat, den wir als Vorspeise hatten, war auch nicht ohne. Schon das Zusehen, wie das Mädchen ihn zubereitete, war ein Vergnügen ...«

Sie saßen in einer Nische am hinteren Ende des Restaurants und konnten sich offen unterhalten. Nield war erleichtert, wieder in Finnland zu sein, aber Tweed war offenbar vollauf mit seinem Essen beschäftigt. Von Zeit zu Zeit hielt er inne und betrachtete drei Postkarten, auf deren Rückseite er je einen Namen geschrieben hatte. Kazbek, Zaikow, Dikoyan. Wenn er die Namen vor sich hatte, fiel es ihm leichter, seine Gedanken zu ordnen.

»Welcher ist es?« fragte Nield.

»Schwer, das mit Gewißheit zu sagen ...«

Tweed schaute auf, als ein kräftig gebauter, glattrasierter Mann in den Dreißigern in grauer Hose und einem offenen weißen Hemd an ihren Tisch trat. Harry Butler. Nield war fassungslos, als er seinen alten Partner sah. Tweed schob seinen Teller und sein Glas ein Stückchen beiseite und forderte Butler auf, sich zu ihnen zu setzen.

»Was bringt Sie hierher, Harry?« fragte er.
»Howard hat sich Sorgen um Sie gemacht – schwere Sorgen. Er hat mich von meinem Job in Walberswick, wo ich Evelyn Holme beschützen sollte, abgezogen und hierher geschickt – für den Fall, daß Sie Unterstützung brauchen. Und Monica ist fast von Sinnen vor Angst, was Ihnen zugestoßen sein könnte.«
»Jetzt nicht mehr. Ich habe kurz mit ihr gesprochen, sobald wir wieder nach Helsinki zurückgekehrt waren. Wir waren im Ausland.«
»Sie sind nach wie vor im Ausland«, erklärte Butler auf seine gelassene Art.
»Ausland und Ausland ist nicht dasselbe.« Tweed lächelte. »Pete ist vermutlich derselben Ansicht, aber stellen Sie ihm keine Fragen. Wie haben Sie mich gefunden?«
»Indem ich seit meiner Ankunft täglich sämtliche Hotels abgeklappert habe. Ich sagte, Sie wären ein Geschäftsfreund, und ich wüßte nicht, wann Sie eintreffen würden.«
»Sehr diplomatisch. Und ich bin froh, daß Sie hier sind – obwohl mir nicht recht wohl ist bei dem Gedanken, daß Evelyn jetzt ohne Schutz ist. Aber Sie sind mir höchst willkommen. Ich habe das Gefühl, falls es zu einer Krise kommen sollte, wird sie hier ausbrechen. Dann brauchen wir vielleicht jeden Mann.«
»Dann wird es Sie freuen zu hören, daß Marler im Palace abgestiegen ist. Monica hat mich im Hesperia angerufen und mir gesagt, wo ich ihn erreichen kann.«
»Das ist eine gute Nachricht«, bemerkte Tweed, als wäre die Information, daß Marler in Finnland war, für ihn etwas völlig Neues.
»Und das ist noch nicht alles«, fuhr Butler auf seine ruhige Art fort. »Marler sagte mir, daß Bob Newman und Paula kürzlich eingetroffen sind. Sie wohnen gleichfalls im Palace. Weshalb sie hier sind, weiß ich nicht.«
Tweed nickte. Er wußte, daß Butler es bewußt unterlassen hatte, nach dem Grund zu fragen. Butler war zuverlässig; er wußte, daß Tweed zuzeiten mehrere Teams unabhängig voneinander arbeiten ließ und nach einem Zellensystem operierte, das dem der Russen ähnelte und bei dem eine Zelle ein ganz anderes Ziel verfolgen konnte als eine andere. Nur Tweed entschied, wann der Augenblick gekommen war, seine Truppen zu vereinigen, so daß sie einen Frontalangriff auf den Gegner unternehmen konnten.
»Ich werde keinen Kaffee mehr trinken«, beschloß Tweed. »Ich brauche Schlaf. Harry, Sie bleiben im Hesperia, damit ich Sie erreichen kann, wenn eine Krise eintritt.«
»Sie rechnen damit, daß das bald der Fall sein könnte?« fragte Nield.

»Sobald Hauser herausgefunden hat, daß die Opposition vor seiner Haustür steht, geht der Ballon hoch.«

Am nächsten Tag rief Peggy Vanderheld Newman im Palace an. Sie hatte in der vergangenen Nacht sehr schlecht geschlafen – ihre Probleme waren ihr pausenlos durch den Kopf gegangen. Und sie wußte immer noch nicht recht, ob sie vor Newman über Hauser auspacken sollte.
»Ich möchte, daß Sie Ihren Besuch dort, wo wir uns gestern getroffen haben, verschieben«, erklärte sie entschlossen. »Ich habe festgestellt, daß meine Theaterkarte erst für morgen gilt«, log sie. »Deshalb werde ich heute abend eine Freundin besuchen, die außerhalb wohnt. Vielleicht sehen wir uns morgen abend. Unternehmen Sie nichts, bevor ich Sie wieder angerufen habe.«
»Ganz, wie die Dame es wünscht . . .«
Newman legte den Hörer auf und runzelte die Stirn. Es war sinnlos, eine Frau zu drängen – man mußte ihr Zeit lassen, sich auf die eine oder andere Art zu entscheiden. Und er und Paula waren für den späten Nachmittag im Marski mit Tweed verabredet. Je früher Tweed von den Anschlägen auf sein Leben erfuhr, desto besser. Und was konnte während eines Aufschubs von vierundzwanzig Stunden schon schiefgehen?

Am späten Nachmittag schlug das Wetter um. Die blaue Himmelskuppel verschwand, die Sonne schien nicht mehr. Dichte Bewölkung hing über Helsinki, und der düstere Himmel sah aus wie grauer Rauch. Die Luft wurde stickig und drückte auf die Stadt wie ein eiserner Deckel.
Peggy Vanderheld hatte den Wetterbericht gehört, und als sie an diesem Abend abermals das Theater verließ, war sie auf den dichten Sprühregen, der inzwischen eingesetzt hatte, vorbereitet. Über ihrem braunen Kostüm trug sie einen cremefarbenen Regenmantel, den sie bei Stockmann, im besten Kaufhaus von Helsinki, gekauft hatte. Ihr dunkles Haar schützte ein um den Kopf gebundenes vielfarbiges Tuch, gleichfalls bei Stockmann erstanden.
Als sie auf die Straßenbahnhaltestelle zuging, bemerkte sie ein paar Meter voraus eine Frau, die ungefähr die gleiche Figur hatte wie sie und gleichfalls einen cremefarbenen Regenmantel trug. Stockmann verkaufte vermutlich eine Menge von diesen Mänteln. Doch was sie verblüffte, war die Tatsache, daß die Frau genau das gleiche Tuch um den Kopf gebunden hatte. Als Peggy das Tuch kaufte, war sie überzeugt gewesen, ein Einzelstück zu erstehen. Jedenfalls hatten keine weiteren Exemplare auf dem Tresen gele-

gen. Wahrscheinlich waren alle anderen bereits verkauft gewesen. Nun fehlt nur noch, daß sie auch noch das braune Kostüm trägt, das ich bei Stockmann gekauft habe, dachte Peggy verdrossen.

Die Frau vor ihr bestieg eine Straßenbahn der Linie 4. Peggy lief, um die Bahn noch zu erreichen – um diese Tageszeit fuhr sie nur in größeren Zeitabständen. Außer Atem sprang sie hinein, kaufte beim Fahrer einen Fahrschein, ließ ihn vom Automaten abstempeln und setzte sich.

Die fast genau wie sie gekleidete Frau saß fünf Reihen vor ihr. Peggy war so in ihre Gedanken über Newman versunken, daß ihr der braune Buick, der hinter der Straßenbahn herfuhr, nicht auffiel. Als sich die Straßenbahn der vorletzten Haltestelle näherte, sah sie auch nicht, daß der Buick plötzlich beschleunigte, die Staßenbahn überholte und bis zu einer nicht weit von der Endstation entfernten Stelle weiterfuhr.

Peggy schaute hinaus, stellte fest, daß es nicht mehr regnete, entschied, daß ein kleiner Spaziergang ihr gut tun würde, und stieg bereits an der vorletzten Haltestelle aus, wobei sie halb unbewußt registrierte, daß die wie sie gekleidete Frau noch an Bord war.

Ihre langen Beine trugen sie flott den von Bäumen gesäumten Bürgersteig entlang. Die Luft war jetzt frischer, die widerwärtige Feuchtigkeit war verdunstet. Vorher hatte man das Gefühl gehabt, sich durch Melasse zu bewegen. Als sie zum Eingang ihres Wohnblocks abbog, sah sie, wie ihr »Zwilling« zum Ufer hinunterging und sich dem Waschplatz näherte. Sonst war niemand unterwegs.

Sie duschte kurz, rauchte eine letzte Zigarette und fiel ins Bett; Sekunden nachdem ihr Kopf das Kissen berührt hatte, schlief sie. Am nächsten Morgen wurde sie um sieben Uhr vom Heulen von Polizeisirenen geweckt.

Neugierig zog sie von einem der auf die See hinausgehenden Fenster die Vorhänge zurück und blickte verwundert in einen weiteren strahlend sonnigen Tag hinaus. Um den Waschplatz herum standen mehrere Polizeifahrzeuge, und ganz in ihrer Nähe hatte sich eine Menge von Frühaufstehern versammelt, darunter etliche Männer mit Aktenkoffern. Sie zog sich schnell an und eilte hinunter, um zu sehen, was der ganze Aufruhr zu bedeuten hatte.

Weitere Polizeifahrzeuge trafen ein, uniformierte Männer sprangen heraus, versuchten, einen Kordon zu bilden und die neugierige Menge zurückzudrängen. Peggy ging langsam auf sie zu. Eine flachshaarige Frau in Jeans und offenem Anorak stand da und schrieb etwas auf einen Block. Peggy trat neben sie.

»Was ist passiert? Weshalb machen Sie sich Notizen?«
»Wohnen Sie in dem Haus da drüben?« fragte die Frau und schob ihre Brille höher. »Mir war, als hätte ich Sie dort herauskommen sehen.«
»Ja, ich wohne da ...«
»Haben Sie in der Nacht irgendetwas Ungewöhnliches gehört? Oder vielleicht am späten Abend.«
»Warum? Wer sind Sie?«
»Ich bin Reporterin bei der Zeitung *Iltalehti*. Eine Frau ist auf dem Waschplatz ermordet worden. Sie wurde erdrosselt.« Die Frau fuhr sich mit einem Finger über die Kehle. »Und dann hat man ihr offenbar auch noch den Schädel eingeschlagen.« Sie drehte sich um. »Ach du lieber Gott, jetzt kommen die Fernsehleute.«
Peggy schaute über ihre Schulter hinweg. Ein paar Meter die Anhöhe hinauf, ein gutes Stück von den Polizeifahrzeugen entfernt, stand ein weißer Transporter. Die Hecktüren wurden geöffnet, Männer holten ein hölzernes Gestell mit zwei zu einer Plattform führenden Stufen heraus. Ein Mann mit einer tragbaren Fernsehkamera eilte die Stufen hinauf, machte über die Köpfe der Menge hinweg ein paar Aufnahmen und sprang dann herunter, als ein Mann in einem Leinenanzug und eine Frau mit einem energischen Gesicht auf ihn einzureden begannen.
Peggy schlenderte zu dem Transporter hinauf, erklomm die Stufen und konnte den ganzen Waschplatz überblicken. Polizeifotografen machten Aufnahmen. Auf dem unteren Teil des Waschplatzes lag, mit dem Gesicht nach unten, der leblose Körper einer Frau. Peggy starrte fassungslos darauf. Was sie da sah, war *sie selbst*.
Es war die Frau in dem cremefarbenen Regenmantel, wie sie ihn selbst getragen hatte. Um den Kopf trug sie ein leuchtend buntes Tuch, gleichfalls wie das ihre; die grellen Farben wirkten im strahlenden Sonnenschein noch intensiver. Das Tuch war mit Blut getränkt. Wie in einem Alptraum erinnerte Peggy sich, daß die Frau an der Endstation ausgestiegen war, wie sie selber es normalerweise tat. Nur gestern abend war sie eine Station früher ausgestiegen. Sie erinnerte sich, daß die Frau die Straße hinunter auf die See zugegangen war ...
Ihr wurde schwindlig; fast wäre sie von der Plattform heruntergestürzt. Bevor jemand sie bemerkt hatte, zwang sie ihre steifen Beine, die Stufen hinunterzusteigen. Sie ging langsam die Anhöhe hinauf, kehrte halb benommen in das Haus zurück, in dem sie wohnte.
Eine halbe Stunde saß sie in ihrem Wohnzimmer und rauchte eine Zigarette nach der anderen. Dann suchte sie aus dem Telefonbuch eine Nummer heraus und wählte sie.

»Palace Hotel«, meldete sich eine Männerstimme.
»Ich hätte gern Mr. Robert Newman gesprochen, der bei Ihnen wohnt ...«
»Hier Newman. Mit wem spreche ich?«
»Peggy Vanderheld. Newman, könnten Sie heute abend zu mir kommen? Um die gleiche Zeit wie vorgestern.«
»Ich werde da sein.«

Vierundzwanzigstes Kapitel

»Sie haben den Job also vermasselt«, schrie Hauser Galvone an. »Sie haben zugelassen, daß Newman Helsinki lebendig erreicht hat, trotz meines ausdrücklichen Befehls. Das gefällt mir nicht, Frank. Sie scheinen nachzulassen.«
Die beiden Männer saßen in Hausers Büro. Jenseits des Aussichtsfensters war die See dunkel und unheildrohend, eine starke Brandung rollte auf das Ufer zu. Galvone saß seinem Chef an der anderen Seite des Schreibtisches gegenüber. Hauser hob das Kinn, biß über der Zigarettenspitze die Zähne zusammen.
»Wir wissen nicht, ob Newman wirklich nach Helsinki gekommen ist«, wagte Galvone sich vor. »Zugegeben, er ist von Turku aus auf der E 3 in diese Richtung gefahren ...«
»Wo zum Teufel hätte er sonst hinfahren sollen? Und mit Manescu ist es auch nicht so weit her, wie immer behauptet wird!«
»Sie können mit ihm reden. Er ist hier im Hause ...«
Hauser explodierte. »Hier! Sind Sie wahnsinnig? Zwischen Leuten wie Manescu und INCUBUS darf es niemals eine direkte Verbindung geben, der jemand auf die Spur kommen könnte!«
»Ich mußte eine schnelle Entscheidung treffen«, verteidigte sich Galvone. »Manescu war beunruhigt wegen des Fiaskos mit dem Sattelschlepper, der versucht hat, Newman von der Straße zu drängen ...«
»Wenigstens ist der Idiot von einem Fahrer tot«, warf Hauser ein.
»Ja. Und damit besteht nicht die Gefahr, daß er redet. Wie ich zu erklären versuchte – Manescu kam her, um mir Bericht zu erstatten, weil er beunruhigt war. Ich war völlig überrascht, als er hier auftauchte. Aber Sie brauchen sich keine Sorgen zu machen – ich habe ihn in einem verschlossenen Zimmer auf Etage Fünf untergebracht.«
»Dann holen Sie ihn heraus. Sofort! Bringen Sie ihn zum Flughafen und lassen Sie ihn von unserem Hubschrauber wieder in den Dschungel zurück-

fliegen, in dem ich ihn getroffen habe. Sie haben da oben im Wald doch ein Ferienhaus gekauft? Da kann er schmoren, bis wir ihn wieder brauchen. Ziegler befindet sich auch dort?«
»Ja. Ich habe in der Gegend drei Ferienhäuser gekauft. Sehr abgelegen. Die anderen sind auch dort – die beiden Tschechen, die früher bei der STB waren, drei weitere Leute von der Securitate und Irina Serow.«
»Die Serow hat doch mit Manescu zusammengearbeitet. Wie kommt es, daß sie sich abgesetzt hat, während Manescu hier auftaucht?«
»Nun ...« Galvone hatte gehofft, daß ihm diese Frage nicht gestellt werden würde. »Irina hat ihren eigenen Kopf. Schließlich war sie Oberst im KGB. Sie beschloß, von der Bildfläche zu verschwinden ...«
»So!« Hauser explodierte wieder. »Sie hat mehr Verstand als Manescu – und mehr als Sie, Frank! Ich habe das Gefühl, wir sollten die ganze Operation von Irina leiten lassen. Ja, der Gedanke sagt mir zu.«
»Das wird Manescu nicht gefallen«, warnte Galvone.
Hauser, der die Hemdsärmel bis über die Ellenbogen aufgerollt hatte, beugte sich vor. Er sprach mit der Zigarette im Mund, ein deutliches Anzeichen für seine Wut.
»Wen interessiert es schon, was Manescu gefällt oder nicht? Was ihm gefällt, ist der Haufen Geld, den ich ihm zahle. Dafür nimmt er Befehle entgegen, und die haben ihm zu gefallen.«
»Er war der Organisator der Anschläge in Prag, Bukarest und ...«
»Frank! Über so etwas reden wir nicht. Und jetzt fahren Sie hinunter in Etage Fünf und schaffen Manescu so schnell wie möglich aus dem Haus. Bringen Sie wenigstens das fertig?«
»Bin schon unterwegs ...«
Sobald er in seinem Büro allein war, holte Hauser ein Exemplar der Zeitung *Iltalehti* aus einer Schublade. Den größten Teil der Titelseite nahm ein riesiges Foto der auf dem Waschplatz liegenden Frau ein. Hauser hatte den Text übersetzen lassen, und die getippte englische Fassung lag in der Zeitung. Mit grimmigem Gesicht las er noch einmal die ersten Worte des Artikels.
Anna Jarva, die als Sekretärin bei einer bekannten finnischen Holzhandlung arbeitete, wurde ermordet ...
Anna Jarva! Die falsche Frau war umgebracht worden. Also weilte seine ehemalige Privatsekretärin Peggy Vanderheld nach wie vor unter den Lebenden. Mit all den Firmengeheimnissen, die in ihrem klugen Schädel steckten! Und was die Sache noch schlimmer machte, war die Tatsache, daß sie Carvers Bericht zufolge an der doppelten Rente, die er ihr angeboten

hatte, nicht interessiert zu sein schien. Und das hatte Hauser zu der Ansicht gebracht, daß in puncto Vanderheld etwas unternommen werden mußte. Etwas Endgültiges.

Auf Etage Fünf schloß Galvone die Tür auf und betrat einen luxuriös möblierten Raum mit angrenzendem Badezimmer. Manescu lag auf einer Couch und las in einem Heft mit amerikanischen Comics. Er schaute auf, als sein Besucher eintrat, dann las er weiter.

Galvone kam langsam auf ihn zu, streckte die Hand aus und nahm ihm das Heft weg. Manescu, dessen Gesicht von der Sonne gebräunt war, trug ein kariertes Hemd, Jeans und Schuhe mit unsichtbaren Stahlkappen. Unter dem linken Hosenbein befand sich ein in einer Scheide steckendes Messer; er war Rechtshänder und trug deshalb das Messer an der Innenseite des Beins.

»Zeit, daß Sie sich wieder in die Büsche schlagen«, teilte Galvone ihm mit.

»Was ist mit Newman?«

»Dazu können wir uns später etwas einfallen lassen. Jetzt jedenfalls müssen Sie das Haus ungesehen verlassen. Nehmen Sie Ihre Sachen und folgen Sie mir.«

Am Eingang des Gebäudes forderte Galvone Manescu auf, drinnen zu warten. Er selbst ging hinaus. Die gleißende Sonne blendete ihn. Er schirmte seine Augen ab, schaute sich sorgfältig um. Niemand in Sicht. Der Parkplatz war fast leer. Sein roter Cadillac stand neben Hausers großer schwarzer Limousine und noch ein paar weiteren Wagen. Er eilte in die Eingangshalle zurück.

»Sie können herauskommen. Folgen Sie mir zu dem Cadillac, und sobald ich aufgeschlossen habe, setzen Sie sich auf den Beifahrersitz. Und nun Tempo!«

In dem Saab, der in dem Tannenwäldchen oberhalb der Zentrale von INCUBUS parkte, trank Marler gerade einen Schluck Mineralwasser aus seiner Plastikflasche, als er unten einen Mann herauskommen sah. Es war der letzte Tag, den Marler auf die Überwachung des Gebäudes verwenden wollte. Im Inneren des Saab herrschte eine Hitze wie in einem Hochofen, aber Marler war unermüdlich. Er griff nach seiner Kamera mit der Zoomlinse, richtete sie auf den Mann, ließ sie wieder sinken.

»Sie sind bereits in meinem Fotoalbum enthalten, Mr. Frank Galvone«, murmelte er.

Er entspannte sich wieder, doch plötzlich richtete er sich steil auf. Etwas war

merkwürdig an der Art, wie Galvone sich umschaute. Marler griff wieder nach seiner Kamera. Galvone verschwand im Haus und kam fast sofort wieder heraus. Aber diesmal war er nicht allein.
»Großer Gott!« murmelte Marler. »Im letzten Moment – unser Freund Ion Manescu . . .«
Auch Manescu wurde vom Gleißen der Sonne geblendet. Er blieb einen Moment stehen, um eine Sonnenbrille aus der Tasche zu ziehen und aufzusetzen. In der Zeit, die er dazu brauchte, machte Marler sechs Aufnahmen. Und direkt über Manescus Kopf befand sich das Firmenzeichen. *INCUBUS Oy.*
Galvone drehte sich um, packte Manescu beim Arm und zerrte ihn zu dem Cadillac. Es folgte eine kurze Pause, während er den Wagen aufschloß. Dann verschwand Manescu auf dem Beifahrersitz, Galvone rannte um den Wagen herum, setzte sich hinters Lenkrad, knallte die Tür zu und ließ den Motor an.
Sekunden später fuhr er mit Höchstgeschwindigkeit durch das Tor, das der Wachmann geöffnet hatte, schleuderte auf die Straße und verschwand mit dröhnendem Motor in Richtung Innenstadt.
»Miserabler Fahrer«, stellte Marler fest. »Und ich muß jetzt zusehen, daß das Fotolabor den Film schleunigst entwickelt.«

Hauser befand sich in einer Stimmung kalter Wut, als Galvone zurückkehrte, nachdem er Manescu in den Hubschrauber verfrachtet hatte. Draußen war es noch hell. In welcher Verfassung sich Hauser befand, konnte Galvone schon an der Zahl der in dem Kristallaschenbecher ausgedrückten Zigarettenstummel erkennen.
»Manescu ist meilenweit von Helsinki entfernt«, berichtete er.
»Verdammt nochmal! Da habt ihr ja eine schöne Schweinerei angerichtet auf der E 3. Sogar einen Sattelschlepper von INCUBUS habt ihr benutzt – was Newman nicht entgangen sein dürfte. Das bringt uns mit der Sache in Verbindung.«
»Das hat Manescu organisiert. Aber Sie können ihm keinen Vorwurf daraus machen. Wenn er einen Wagen gemietet hätte, hätte er seinen Ausweis vorlegen müssen, und das wäre Ihnen bestimmt nicht recht gewesen. Selbst wenn er einen von unseren Leuten in Turku beauftragt hätte, einen Wagen zu mieten, hätte er sich ausweisen müssen. Das wäre gefährlich gewesen.«
Hauser zündete sich eine frische Zigarette an, musterte Galvone durch den Rauch hindurch. Es war immer dasselbe – seit jener fernen Zeit, in der er sich abgestrampelt hatte, um das Geld für eine winzige Bank in La Jolla in

Kalifornien zusammenzubringen. Wenn man wollte, daß ein Job ordentlich erledigt wurde, mußte man es selbst tun.
Jetzt war sein Unternehmen so riesig, daß er sich auf Mitarbeiter verlassen mußte, die seine Aufträge ausführten. Und obwohl er von allen Firmen in der Welt die höchsten Gehälter zahlte, waren sie immer noch zweitklassig. Er lehnte sich zurück, zwang sich zur Ruhe. Er hatte schon Unmengen von Krisen durchgestanden und war aus allen als Sieger hervorgegangen. Diesmal würde es nicht anders sein. Jetzt überlegte er schnell und ruhig.
»Als erstes müssen wir Newman ausfindig machen. Setzen Sie so viele Leute wie nötig auf den Job an. Überpüfen Sie sämtliche Hotels. Und wenn ich sämtliche sage, dann meine ich auch sämtliche. Wir haben sein Foto. Lassen Sie eine Wagenladung Abzüge machen. Vielleicht ist er unter einem anderen Namen abgestiegen. Bringen Sie die Leute an den Rezeptionen mit Geld zum Reden, zeigen Sie ihnen sein Foto. Ich will, daß Helsinki durchgekämmt wird. Unterbrechen Sie mich nicht, Frank. Von Manescu haben Sie die Beschreibung der Frau und des Mannes erhalten, die in Turku mit ihm zusammen die Fähre verlassen haben? Gut. Sagen Sie den Leuten, sie sollen ausnahmsweise einmal die Augen offenhalten. Ich wünschte bei Gott, ich könnte den Job selbst übernehmen. Frank, weshalb sitzen Sie noch hier herum? An die Arbeit. Sofort!«
Galvone hatte kaum das Büro verlassen, als das Telefon läutete. Hauser nahm den Hörer ab, fragte die Vermittlung, wer zum Teufel um diese Zeit noch etwas von ihm wollte.
»Ein Mr. Robert Newman, Sir.«

Im Hotel The Palace saß Newman in Hemdsärmeln auf der Bettkante. Obwohl alle Fenster weit offenstanden, wischte er sich den Schweiß von der Stirn; in der anderen Hand hielt er den Hörer. Seine Stimme war schroff.
»Sind Sie das, Hauser?«
»Franklin D. Hauser am Apparat.«
»Halten wir uns nicht bei der Vorrede auf. Ich bin im The Palace. Ich finde, es wird Zeit, daß wir uns einmal wiedersehen, miteinander reden. Paßt es Ihnen morgen?«
»Gewiß, Mr. Newman. Um welche Zeit? Ich richte mich ganz nach Ihnen.«
»Um zwölf. In Ihrem Büro. Ist Ihnen das recht?«
»Ich freue mich darauf, unsere Bekanntschaft zu erneuern. Könnten Sie mir vielleicht einen Hinweis darauf geben, worüber wir uns unterhalten wollen?«

»Über Informationen über Ihre Vorgehensweisen, die ich inzwischen ausgegraben habe. Morgen um zwölf. Gute Nacht, Hauser.«
In seinem Büro legte Hauser den Hörer auf, dann rief er die Vermittlung an und gab Anweisung, Galvone aufzuhalten, bevor er das Haus verließ. Ein paar Minuten später betrat der Vizepräsident das Büro und blieb unvermittelt stehen. Hauser starrte aus dem Fenster. Es war das erstemal, daß Galvone seinen Chef völlig fassungslos sah.

In seinem Zimmer im Marski hörte sich Tweed Newmans Bericht über das an, was ihm widerfahren war, seit er London verlassen hatte. Paula saß auf einer Couch, das Kinn auf die Hand gestützt, und hörte gleichfalls zu. Cord Dillon hatte sich auf einem Stuhl an der Wand niedergelassen, von wo aus er die anderen drei beobachten konnte.
Nachdem Newman seinen Bericht beendet hatte, schaute er auf die Uhr. »Ich muß gleich los. Eine Verabredung mit der Vanderheld.« Er grinste. »Oh, ich habe mir übrigens Harry Butler ausgeliehen. Er hält Wache vor dem Haus, in dem Peggy Vanderheld wohnt. Ich möchte nicht, daß sie von der Bildfläche verschwindet.«
»Ich finde, diese Verabredung mit Hauser ist unüberlegt und voreilig«, teilte Tweed ihm mit.
»Da bin ich anderer Ansicht.« Newmans Miene veränderte sich, wurde verbissen. »Seine Handlanger haben zweimal versucht, mich zu töten, das habe ich Ihnen erzählt. Und« – er warf einen Blick auf die Couch – »beim zweitenmal wären Paula und Cord mit mir gestorben. Und wenn Hauser zehnmal ein Milliardär ist – ich glaube, ich habe ihn aus der Fassung gebracht. Bisher lag die Initiative bei ihm – er hat mir durch ganz Europa nachgespürt. Jetzt ist es an der Zeit, ihm gegenüberzutreten.«
»Sie haben keine Spur von Beweisen, die ihn mit ungesetzlichen Handlungen, geschweige denn Mordversuchen in Verbindung bringen«, beharrte Tweed. »Was wir brauchen, sind eindeutige Beweise. Und Sie wollen ihn aufsuchen, ohne etwas in der Hand zu haben, womit Sie ihn treffen könnten.«
»Ich habe die Verabredung getroffen.« Newman stand auf. »Und es war ein Sattelschlepper von INCUBUS, der versucht hat, uns zu zerquetschen.«
»Der vermutlich inzwischen als gestohlen gemeldet wurde. Wenn ich könnte, würde ich Sie aus diesem Unternehmen herausziehen, Bob. Sie sind zu stark persönlich engagiert – der Mord an Sandy treibt Sie.«
»Sie können mich aus gar nichts herausziehen«, konterte Newman wütend. »Ich gehöre weder Ihnen noch Ihrer Organisation.«

»Immer mit der Ruhe, Bob«, sagte Paula gelassen. »Tweed ist lediglich um Ihre Sicherheit besorgt.«
»Sicherheit über alles?« erwiderte Newman gereizt.
»Meiner Ansicht nach hat Tweed recht«, warf Dillon ein. »Solche Unternehmen müssen zeitlich genau abgestimmt werden. Sie preschen vor wie ein wildgewordener Bulle.«
»Okay, dann bin ich eben ein wildgewordener Bulle.« Bevor er das Zimmer verließ, wendete er sich noch einmal an Paula.
»Tut mir leid, daß ich Sie angefahren habe. Mir ist klar, daß Sie sich Sorgen machen.«
»Und das nächste Mal«, erklärte ihm Tweed, »fragen Sie mich bitte um Erlaubnis, bevor Sie Butler entführen.« Er hielt einen Moment inne. »Trotzdem finde ich, daß Sie richtig gehandelt haben. Es ist durchaus möglich, daß die Vanderheld das schwache Glied in Hausers Kette ist.«

»Newman ist in der Stadt«, teilte Hauser Adam Carver mit. Sie saßen nebeneinander auf einer Couch in Hausers Büro. »Ich hatte gerade Auftrag gegeben, sämtliche Hotels zu überprüfen und festzustellen, wo er steckt – und was meinen Sie, was da passierte?«
»Keine Ahnung.«
Adam Carver war auf der Hut. Er spürte, daß Hauser wütend war, und wenn das, was selten vorkam, der Fall war, war Vorsicht geboten. In einer kritischen Situation konnte man nie wissen, wie der Amerikaner reagierte.
»Er hat mich hier angerufen, hat vorgeschlagen, daß wir uns morgen treffen. Er hat mir sogar gesagt, daß er in The Palace wohnt.«
»Er hatte keine Veranlassung, das nicht zu tun«, erwiderte Carver glattzüngig. »Er konnte davon ausgehen, daß Sie es ohnehin herausfinden würden, also sagte er es Ihnen.«
»Er besitzt eine ganz schöne Portion Frechheit.« Hauser beruhigte sich allmählich. »Sie sind Engländer. Was halten Sie von Newman? Sie hatten Gelegenheit, ihn zu beobachten, als er in Livingstone Manor aufkreuzte.«
Carver zündete sich mit seinen kräftigen, wohlgeformten Händen eine Zigarette an. Auf diese Weise konnte er sich seine Antwort überlegen.
»Sehr erfahren im Ausfragen von Leuten. Ein Einzelgänger, der es gewohnt ist, auf eigene Faust zu operieren – das hat er als Auslandskorrespondent, und zwar als erstklassiger, gelernt. Er kennt sich aus. Ein entschlossener und einfallsreicher Gegner.«
»Hört sich an, als bewunderten Sie den Dreckskerl«, knurrte Hauser.
»Ich sage nur, daß es ein grober Fehler wäre, den Mann zu unterschätzen.«

Carver war kalt wie Eis, während Hauser aufstand und rastlos in dem großen Zimmer umherwanderte. »Noch etwas«, fuhr er fort. »Ein grober Fehler wäre es auch, ihn vor den Kopf zu stoßen. Er hat eine Menge Einfluß bei den Medien.«

»Mag sein.«

Carver schwieg. Er hatte Hausers Frage ohne Umschweife beantwortet. Er trug einen blaßgrauen Seidenanzug, und nun löste er die übergeschlagenen Beine voneinander und zupfte die Bügelfalten zurecht. Er hatte ein halbes Dutzend Seidenanzüge. Das Problem war, daß sie leicht knitterten, und daß ihre Reinigung ein Vermögen kostete. Aber sie machten Eindruck auf Frauen, und Carver war ein Frauenheld. Er hatte Freundinnen in London, Brüssel und Frankfurt.

»Zeit, zur Offensive überzugehen«, entschied Hauser. »Leisetreterei ist nicht mein Stil. Also, als nächstes unternehmen wir folgendes . . .«

Fünfundzwanzigstes Kapitel

Es war später Abend, als Newman an der Endstation aus einer Straßenbahn der Linie 4 ausstieg, doch über der von Tannen gesäumten See lag noch das wundervoll klare Licht, das man nur in Finnland findet. Gegenüber dem Haus, in dem die Vanderheld wohnte, parkte der gemietete BMW.

Butler saß bei offenem Fenster hinter dem Lenkrad und trommelte mit den Fingern auf der Fensterkante. Newman blickte einen Augenblick in seine Richtung, und Butler reckte den Daumen hoch. Mit der Vanderheld war alles in Ordnung.

Sie meldete sich sofort über die Gegensprechanlage, entriegelte das Schloß an der Haustür, wartete auf ihn an der Schwelle zu ihrer Wohnung. Er lächelte und trat ein; sie machte hinter ihm die Tür zu und schloß sie ab. Sie trug ein enges schwarzes Kleid, das ihre Figur voll zur Geltung brachte. Es war trägerlos, und ihre wohlgeformten Schultern hatten die Farbe von Elfenbein. Newman hatte keine Ahnung, wie ein solches Kleid oben blieb. Vorsicht, warnte er sich selbst. Diesmal bereitete sie ihm einen ganz anderen Empfang.

»Bitte, nehmen Sie Platz, Mr. Newman. Was möchten Sie trinken? Tee, Kaffee oder etwas Stärkeres – wie wäre es damit?«

Sie schwenkte einen Arm in Richtung auf einen großen Barschrank, dessen Türen jetzt offenstanden und den Blick freigaben auf ein beachtliches Arsenal von Flaschen mit, soweit Newman sehen konnte, fast jeder bekannten Marke.

»Gegen einen kräftigen Scotch hätte ich nichts einzuwenden. Ich hatte einen etwas anstrengenden Tag.«
»Ich denke, ich schließe mich Ihnen an. Möchten Sie ihn pur? Gut ...«
Während sie die Drinks einschenkte, schaute er sich um. Auf einem Beistelltisch neben der Couch, auf der er sich niedergelassen hatte, lag ein Exemplar der Zeitung *Iltalehti*, so aufgeschlagen, daß die Titelseite mit dem großen Foto der auf dem Waschplatz liegenden Leiche von Anna Jarva obenauf lag. Peggy setzte sich neben ihn, reichte ihm seinen Drink und blickte gleichfalls auf die Zeitung.
»Das hätte eigentlich ich sein sollen«, sagte sie und stieß mit ihm an.

Als sie die Drinks einschenkte, war Newman aufgefallen, daß ihre Hand heftig zitterte und die Flasche leicht gegen das Glas klirrte. Er musterte sie, während er einen Schluck von seinem Scotch trank. Sie sah gut aus, und ihr Make-up war geschickt aufgetragen, aber er glaubte, unter ihren Augen dunkle Ringe zu entdecken.
»Wie meinen Sie das?« fragte er.
»Die Frau, die ermordet wurde, war genauso angezogen wie ich, als ich aus dem Theater kam ...«
Hastig und mit etwas schriller Stimme erzählte sie ihm detailliert, was vorgefallen war, von dem Augenblick an, da sie das Theater verlassen und sich auf den Heimweg gemacht hatte, bis zu dem, in dem sie nach einem Blick auf die Leiche die Stufen der Kameraplattform hinuntergestolpert war. Newman hörte schweigend zu, ließ sie nicht aus den Augen, merkte sich jede Einzelheit ihrer makabren Geschichte.
»Ich verstehe«, sagte er schließlich. »Und Sie sind ganz sicher ...«
»Großer Gott!« fuhr sie auf. »Liegt das denn nicht auf der Hand? Hauser hat einen Killer losgeschickt, der mich umbringen sollte. Ich weiß zuviel von seinen kriminellen Geschäften.«
»Kriminell? Meinen Sie das wirklich?« Er ließ seine Stimme ganz bewußt skeptisch klingen, und der Trick funktionierte. Sie fuhr auf der Couch herum, bis sie ihn fast berührte, und ihre dunklen Augen funkelten.
»Ich habe zehn Jahre für INCUBUS gearbeitet, davon fünf als Hausers Privatsekretärin. Und ich weiß, was dort vor sich geht. Hauser teilt die Welt in Gewinner und Verlierer. Okay. Das tun viele Leute, aber es kommt darauf an, mit welchen Methoden. Um etwas zu bekommen, was er haben will, bedient er sich jeder Methode, die es auf Gottes weiter Welt gibt – und vielleicht auch einiger, von denen Gott noch nie gehört hat. Daß er mich vor die Tür setzen wollte, war mir schon wochenlang klar, bevor er es tatsäch-

lich tat. Er war zu nett zu mir. Also habe ich nach und nach ein Dossier über seine schmutzigen Geschäfte angelegt. Ich habe Fotokopien von Dokumenten angefertigt – damit er nicht merkt, daß ich sie habe, wenn ich fort bin. Darunter von einer ganz geheimen Akte über einen Ganoven namens Popescu ...«

»Wie heißt der Mann?«

»Popescu. Blöder Name. Kommt von irgendwo auf dem Balkan. Ist das wichtig?«

»Es könnte wichtig sein. Alles könnte wichtig sein.« Newman behielt seinen beiläufigen Ton bei. »Popescu. Hört sich rumänisch an.«

»Ist es auch. Er kommt aus Bukarest.«

»Mich wundert nur, daß Hauser, ein Mann, der, wie ich gehört habe, sehr auf Geheimhaltung erpicht ist, Sie in so delikate Dinge eingeweiht hat.«

»Hat er nicht. Ich habe einiges mitgehört. Normalerweise ist er vorsichtig, aber er hat eine ganz moderne elektronische Gegensprechanlage, und manchmal hat er vergessen, sie abzuschalten. Ich habe Bandaufnahmen von einigen seiner vertraulichen Gespräche.«

»Wo ist ...« Beinahe hätte er Manescu gesagt. »... dieser Popescu jetzt?«

»Keine Ahnung. Ich weiß nur, daß er auf einer Route gereist ist, die einer der Vizepräsidenten geplant hat ...«

»Welcher?«

»Das weiß ich nicht. Popescu kam mit einem Fährschiff aus Deutschland direkt nach Finnland. Und er war nicht der einzige, der auf dieser Route reiste.«

»Wo befinden sich die Bänder, die Sie erwähnten, Ihr Dossier? Hier in Ihrer Wohnung?«

»Natürlich nicht! INCUBUS hat öfter Wohnungen von Leuten nach etwas durchwühlt, was sie haben wollten, als ich ein ausgiebiges Frühstück zu mir genommen habe. Ich habe es in einem Schließfach bei einer Bank hier in Helsinki deponiert. Nicht bei der, bei der ich mein Konto habe. Ich könnte mit Ihnen hingehen, es Ihnen aushändigen. Das Material würde Hauser ruinieren. Aber was bekomme ich dafür? Ich könnte eine Menge Geld scheffeln, wenn ich ein Buch schreiben und es in New York verkaufen würde.«

»Sie würden nur nicht lange genug leben, um das Buch fertigzuschreiben. Jedenfalls müssen Sie so schnell wie möglich von hier verschwinden. Ich werde mir einen geeigneten Ort einfallen lassen, wenn Sie mir vertrauen.«

»Habe ich eine andere Wahl?«

Newman deutete auf das Zeitungsfoto. »Was meinen Sie?«

»Sie haben vermutlich recht. Sie schlagen also vor, daß ich mich verstecke?«
»Ja. Mit einem Beschützer.«
Sie stand auf, trat ans Fenster, schaute hinaus und setzte sich dann wieder dicht neben Newman. Er zündete eine Zigarette für sie an und sah, daß ihre Hand zitterte. Sie tat einen tiefen Zug.
»Ich habe eine Neuigkeit für Sie. Ich werde überwacht. Von einem Mann in einem weißen BMW auf der anderen Straßenseite.«
»Das ist der Mann, der Sie beschützen soll. Ein Profi. Sein Name ist Harry Butler, für den Fall, daß er Sie aus irgendeinem Grund anrufen sollte.«
»Donnerwetter!« Sie lehnte sich etwas dichter an ihn, und er erhaschte einen Hauch ihres Parfums. »Sie tun wirklich etwas für eine Frau. Ich würde Ihnen gern beweisen, wie dankbar ich Ihnen dafür bin ...«
»Dann können Sie mir vielleicht eine schwierige Frage beantworten.« Newman war wieder eingefallen, was Chefinspektor Buchanan in England gesagt hatte. »Ich nehme an, Sie haben keinen Terminkalender mitgenommen und gleichfalls in dem Schließfach verstaut?«
Peggy betrachtete das Ende ihrer Zigarette. »Doch, das habe ich. Aber es wäre im Grunde nicht nötig gewesen. Für Daten habe ich ein enzyklopädisches Gedächtnis. Ich kann mich über Monate hinweg zurückerinnern.«
»Machen wir einen Versuch. Ich versuche herauszufinden, welcher leitende Angestellte von INCUBUS hier in Helsinki an zwei bestimmten Tagen abwesend war. An *beiden* Tagen. Obwohl Sie wahrscheinlich nichts über die Reisen von Popescu wissen ...«
»Doch. Ich habe seine Akte gelesen, bevor ich sie fotokopierte. Also los.«
»Das eine Datum ist der Tag, an dem ein leitender Angestellter hier in Helsinki war – ich habe mich eben falsch ausgedrückt – ich betone, der an dem Abend *hier* war, an dem Ed Riverton ermordet wurde ...«
»Daran erinnere ich mich. Und das andere?«
»Das war unmittelbar danach ...« Er nannte ihr das Datum des Tages, an dem Sandy in dem Glockenturm in Suffolk ermordet worden war, wobei er versuchte, seine Stimme möglichst unbeteiligt klingen zu lassen. Dann wartete er, während Peggy ins Leere starrte. Er konnte fast hören, wie ihr Gedächtnis arbeitete.
»Damit es keine Mißverständnisse gibt«, sagte sie nach einer Weile. »Sie suchen jemanden, der an dem Abend hier war, an dem Ed Riverton erwürgt und in den Nordhafen geworfen wurde. Und an dem darauf folgenden Tag von Helsinki *abwesend* und vielleicht im Ausland war.«
»Genau so ist es.«
»Ich sage es Ihnen später. Wenn ich sicher bin, daß ich beschützt werde.«

Am nächsten Morgen war Newman spät aufgestanden. Gegen halb zehn war er gerade im Speisesaal von The Palace mit seinem Frühstück fertig, als Marler sich zu ihm gesellte.
»Sie scheinen alt zu werden«, begrüßte Marler ihn. »Ich habe um sieben gefrühstückt und bereits ein Tagewerk hinter mir.«
»Wie gut für Sie«, erwiderte Newman ohne eine Spur von Begeisterung.
»Ich habe in meinem Zimmer ein paar neue Fotos in meinem Album. Möchten Sie sie sehen? Selbstverständlich erst, wenn Sie mit Ihrem Frühstück fertig sind.«
»Selbstverständlich.«
Widerstrebend mußte Newman zugeben, daß Marler sehr elegant aussah. Er trug einen gut geschnittenen Tropenanzug, ein am Hals offenes Hemd, ein blaßrosa Halstuch aus Seide. Sein Gesicht war von der Sonne gebräunt, und er machte einen energiegeladenen Eindruck, als er sich eine Zigarette anzündete.
»Gestern abend sind Sie verdammt spät heimgekommen, Newman«, bemerkte er. »Ich habe um Mitternacht vorbeigeschaut, und da hing Ihr Schlüssel noch an der Rezeption. Was trotzdem keine Entschuldigung dafür ist, das halbe Leben im Bett zu verbringen. Oh«, fuhr er munter fort, »Tweed hat mich angerufen. Er ist ziemlich nervös – konnte Harry Butler nicht erreichen.«
»Ich weiß, wo er ist. Ich rufe nachher im Marski an und sage ihm Bescheid.« Er trank seinen Kaffee aus. »Und nun können wir uns Ihre neuen Fotos ansehen. Wahrscheinlich alle unscharf, wie gewöhnlich. Sie sind ein miserabler Fotograf.«
Was nicht zutraf. Marler konnte mit einer Kamera ebenso gut umgehen wie mit einem Gewehr mit Zielfernrohr. Aber die beiden Männer hatten einander nie so recht leiden können und attackierten sich häufig gegenseitig – nur um zu beweisen, daß sich daran nichts geändert hatte.
In Marlers Zimmer wartete Newman, bis dieser den doppelten Boden seines Koffers angehoben und ein Geheimfach freigelegt hatte. Er holte einen Umschlag heraus und entnahm ihm die drei Fotos von Manescu, die im Keller des Hauses am Park Crescent bearbeitet worden waren.
»Die kenne ich«, beschwerte sich Newman. »Manescu, wie er in Bukarest mit Schnurrbart ausgesehen hat, dann ohne Schnurrbart und schließlich mit einem Vollbart. Was soll das?«
»Diese hier habe ich gestern von einer Stelle oberhalb der Zentrale von INCUBUS aufgenommen.«
Er holte sechs weitere Fotos heraus und beobachtete Newmans Reaktion.

Newman betrachtete sie eingehend, sah die Aufschrift *INCUBUS Oy* hinter dem Kopf des Mannes, den Marler fotografiert hatte. Er schaute auf.
»Das bringt Manescu direkt mit Hausers Gangstern in Verbindung.«
»Und Mauno Sarin hat mich in die richtige Richtung gewiesen, als ich ihn in der Ratakatu besuchte. Offengestanden habe ich nicht geglaubt, daß er recht haben könnte. Diese Fotos wurden aufgenommen, als ich gerade aufgeben wollte.«
»Sie haben nicht zufällig einige ihrer Autos fotografiert?«
»Doch. Genau das habe ich getan. In erster Linie, um mir die Zeit zu vertreiben. War ziemlich langweilig, Stunde um Stunde in diesem Saab zu sitzen.«
Marler griff wieder in seinen Umschlag, zog weitere Fotos heraus. Newman betrachtete eine der Farbaufnahmen nach der anderen. Als er die letzte in der Hand hielt, pfiff er leise, dann hielt er sie hoch.
»Dieser große braune Buick. Stand der auf dem Parkplatz?«
»Nur einmal in der ganzen Zeit, während ich sie ausspionierte. Ein Mann in Fahrerlivree ist damit weggefahren. Habe mir nicht die Mühe gemacht, einen Subalternen zu fotografieren. Schien mir sinnlos.«
»Schade. Aber Sie haben Wunder vollbracht.« Er warf Marler einen Blick zu. »Ich muß jetzt Tweed im Marski aufsuchen. Darf ich mir diese Fotos von Manescu ausleihen – alle miteinander? Und das von dem braunen Buick?«
»Bitte, bedienen Sie sich. Aber ich möchte sie später zurückhaben. Meine Empfehlungen an Tweed. Dem Herrn sei Dank, daß er wieder aufgetaucht ist. Ich werde später bei ihm hereinschauen. Gentlemen first.«

Tweed sah aus dem Fenster seines Zimmers auf den Verkehr hinunter, während Newman ihn über die jüngsten Entwicklungen informierte, wobei er sich auf das Gespräch mit Peggy Vanderheld konzentrierte und auf die Sicherheitsmaßnahmen, die er getroffen hatte. Paula saß auf der Bettkante und ließ sich kein Wort entgehen.
»Und jetzt fahren Sie bitte nicht aus der Haut«, fuhr Newman fort. »Ich kam zu dem Schluß, daß wir schnell handeln mußten, um die Vanderheld zu beschützen. Butler ist mit ihr in eine Maschine nach Stockholm gestiegen. Von Arlanda aus fährt er mit einem Mietwagen zu einem Häuschen auf der Insel Örno im Schwedischen Archipel. Nach allem, was sie mir erzählte, schwebt sie in allergrößter Gefahr, und sie ist eine überaus wichtige Zeugin. Harry kommt heute abend nach Helsinki zurück; er wird hier sein, wenn Sie ihn brauchen. Ich hatte keine Zeit, Sie vorher zu informieren.«

Tweed drehte sich um. »Sie haben richtig gehandelt. Aber wie sind Sie an dieses Häuschen auf Örno gekommen?«
»Ich kenne die Leute, denen es gehört. Ein schwedisches Ehepaar. Sie haben ein Luxusapartment im Zentrum von Stockholm. Ich habe sie angerufen, und sie sagten, ich könnte es benutzen, so lange ich wollte. Butler holt bei ihnen den Schlüssel ab; dann bringt er Peggy zur Fähre, und sie setzen zu der Insel über.«
Cord Dillon saß auf einem Stuhl, den er gegen die Wand gekippt hatte. Jetzt ergriff er zum ersten Mal das Wort.
»Ich finde, Newman hat gute Arbeit geleistet. Er hat eine mögliche Zeugin in Sicherheit gebracht. Und er hat schnell gehandelt. Er hat sie fortgeschafft, bevor sie einem zweiten Anschlag zum Opfer fallen konnte.«
»Eine *mögliche* Zeugin«, wiederholte Tweed mit einer Spur von Skepsis. »Was ist mit dem Dossier, von dem sie gesprochen hat, den Terminkalendern, den Tonbändern? Wo sind die Sachen jetzt?«
»Nach wie vor im Schließfach einer Bank hier in Helsinki.«
»Welcher Bank?«
»Keine Ahnung. Sie wollte es mir nicht sagen. Aber dies wurde mir heute morgen durch Boten ins Hotel gebracht.« Newman zeigte einen Schlüssel vor. »Das Problem ist nur, daß ich keine Ahnung habe, bei welcher Bank sie die Sachen hinterlegt hat; Schließfach-Schlüssel sind, wie Sie wissen, nicht gekennzeichnet. Peggy sagte, es wäre ihre Versicherungspolice – wir würden sie auch weiterhin beschützen, solange wir nicht wissen, wo sich das Beweismaterial befindet.«
Dillon seufzte. »Die Dame ist ganz schön schlau.«
»Haben Sie zufällig ihre Unterschrift?« fragte Tweed.
Newman schüttelte den Kopf. »Nein. Ich habe daran gedacht. Kurz bevor sie mit Butler nach Schweden abflog, sagte sie mir, der Schlüssel würde mir heute morgen überbracht werden. Ich bat sie, eine Aussage zu unterschreiben, daß sie aus freien Stücken mit Butler reist, aber sie weigerte sich.«
»Wie ich schon sagte«, wiederholte Dillon, »die Dame ist schlau. Aber der eigentliche Spaß fängt erst an, wenn wir sie in die Staaten bringen. Dort hat Hauser eine Menge Leute in der Hand. Wir wissen nicht, wem wir trauen können. Sie muß jede Minute bewacht werden, bis sie vor Gericht gegen Hauser aussagt.«
»Falls sie das überhaupt tut«, warnte Tweed. »Wir müssen eine andere Richtung einschlagen. Wir brauchen mehr.«
»Und glücklicherweise haben wir mehr«, erwiderte Newman. Er zog Marlers Fotos aus der Tasche. »Manescu ist aufgetaucht . . .«

Wieder hörte Tweed schweigend zu, als Newman berichtete, wie Marler an die Fotos gekommen war. Tweed putzte seine Brillengläser mit einem Zipfel seines Taschentuchs, dann kam er herbei und betrachtete, ebenso wie Dillon, die Fotos.
»Meinen Glückwunsch an Marler«, sagte er schließlich. »Diese Fotos sagen uns, daß Manescu – und wahrscheinlich auch Ziegler und die anderen ehemaligen Geheimdienstagenten – von Hauser rekrutiert wurden. Damit sind wir einen Schritt weitergekommen. Aber ich bezweifle, daß diese Fotos vor Gericht als Beweismaterial zugelassen werden würden. In Großbritannien.«
»Oder in den Staaten«, sagte Dillon. »Ein guter Anwalt könnte behaupten, daß es sich um Fälschungen handelt. Und was beweisen sie schon? Daß ein Mann, der in Rumänien gesucht wird, der Zentrale von INCUBUS einen Besuch abgestattet hat. Hauser könnte behaupten, der Mann hätte einen anderen Namen angegeben, hätte sich um einen Job bei ihrer Wachmannschaft beworben, wäre abgewiesen worden. Ein Kinderspiel.«
Newman stand auf. »Marler kommt nachher zu Ihnen«, teilte er Tweed mit. »Und ich habe eine Verabredung – mit Mr. Franklin D. Hauser.«
Paula sprang auf. »Ich begleite Sie, Bob. Vielleicht bemerke ich etwas, das Ihnen entgeht.« Sie bedachte ihn mit einem strahlenden Lächeln. »Der vielzitierte weibliche Instinkt. Und meine Beobachtungsgabe ist auch nicht schlecht. Geben Sie mir fünf Minuten zum Umziehen, dann bin ich so weit.«
»Das gefällt mir nicht«, sagte Tweed schnell, aber sie hatte bereits die Tür geöffnet und das Zimmer verlassen.
»Sie könnte recht haben«, argumentierte Newman. »Und in der Zentrale von INCUBUS wird uns nichts passieren. Ich werde eine Bemerkung fallenlassen, daß die Polizei weiß, wo wir sind.«
»Es gefällt mir trotzdem nicht«, murrte Tweed.
Er schaute mit hinter dem Rücken verschränkten Händen aus dem Fenster, bis Paula nach nicht einmal fünf Minuten zurückkehrte. Sie trug ein knielanges, mit Blüten bedrucktes ärmelloses Leinenkieid mit einem Ledergürtel und dazu goldene, hochhackige Schuhe.
»Lady, Sie sehen verdammt sexy aus«, bemerkte Dillon.
»Danke, Sir.« Sie knickste.
»Seid bitte vorsichtig«, mahnte Tweed.
Als sie gegangen waren, wanderte er im Zimmer hin und her. Dillon ließ sich wieder auf seinem Stuhl nieder und kippte ihn gegen die Wand.
»Dieser Bluff von Newman, daß die Polizei weiß, wo er sich aufhält, könnte seine Wirkung verfehlen«, bemerkte er. »Hauser ist schließlich nicht von gestern.«

»Da bin ich ganz Ihrer Meinung. Das ist mir auch gerade durch den Kopf gegangen.« Tweed ging zum Telefon. »Und deshalb rufe ich Mauno Sarin an. Er hat Paula sehr gern.«

Sechsundzwanzigstes Kapitel

Ein Schnellift beförderte Newman und Paula ins oberste Stockwerk. Als sich die Fahrstuhltür öffnete, wurden sie von einer Frau im Schneiderkostüm in Empfang genommen, die in Haltung und Benehmen Peggy Vanderheld sehr ähnlich war. Selbstsicher, kompetent, beherrscht. Der einzige auffällige Unterschied war ihr blondes Haar.

»Mr. Hauser ist bereit, Sie zu empfangen, Mr. Newman.« Sie warf einen Blick auf Paula. »Wir haben nur Sie erwartet.«

»Paula Grey, meine Assistentin. Sie begleitet mich fast überall hin.«

»Ich verstehe.«

Die Frau musterte Paula kurz, und ihr Blick drückte vollstes Verständnis aus. Sie führte sie in ein riesiges Büro mit einem großen, auf die See hinausgehenden Aussichtsfenster. Die Glastüren standen offen, hinter ihnen lag ein großer Balkon. Hauser saß in einem blaßblauen Anzug hinter seinem Schreibtisch. Adam Carver stand in der Nähe des Balkons, und seine Augen leuchteten auf, als er Paula sah.

»Willkommen bei INCUBUS, Mr. Newman.« Hauser erhob sich, ging rasch um seinen Schreibtisch herum, streckte ihm die Hand entgegen. In der Linken hielt er die Zigarettenspitze, sein Markenzeichen. »Dies ist das zweite Mal, daß ich das Vergnügen habe, Sie zu sehen. Ich hoffe, das Leben hat Sie gut behandelt, seit wir uns zuletzt gesehen haben.«

»Das ist meine Assistentin, Paula Grey.«

»Und von meinem Standpunkt aus hat es sich gelohnt, daß Mr. Newman seine kostbare Zeit opferte, um mich aufzusuchen, damit ich Sie kennenlernen konnte, meine Liebe. Setzen Sie sich zu mir auf die Couch. Was möchten Sie trinken?«

»Mineralwasser, bitte«, sagte Paula.

Sie war sich bewußt, daß der andere Mann, der beim Balkon stand, sie mit unverhohlenem Interesse und Vergnügen musterte. Ihr war diese Art der Musterung zutiefst zuwider – sie kam sich dabei fast nackt vor.

»Für mich bitte einen doppelten Scotch«, sagte Newman und ließ sich auf einem der Couch gegenüberstehenden hochlehnigen Stuhl nieder.

»Ich vergesse meine guten Manieren«, fuhr Hauser auf dieselbe verbindliche

Art fort. »Das ist Adam Carver, ein Landsmann von Ihnen – mein Vizepräsident für das Bankwesen.«

»Hallo«, sagte Paula; dabei beließ sie es.

Carver ergriff ihre Hand für ihren Geschmack etwas zu herzlich, aber sie lächelte, als genösse sie es. Dann holte Carver die Drinks, während Hauser seinen Kneifer auf seiner kräftigen Nase zurechtrückte. Seit sie eingetreten waren, war er die Liebenswürdigkeit in Person gewesen, als wäre das Wiedersehen mit Newman einer der erfreulichsten Momente seines Lebens. Er legte einen Arm hinter Paula auf die Oberkante der Couch, die nun, nachdem Carver sich zu ihnen gesellt hatte, zwischen den beiden Männern saß.

»Um Ihre Frage zu beantworten«, sagte Newman mit seinem Glas in der Hand. »Es steckte voller Gefahren.«

»Was?« Das herzliche Lächeln verschwand für den Bruchteil einer Sekunde.

»Sie fragten, ob das Leben mich gut behandelt hat, seit wir uns zuletzt sahen.«

»Ach so.« Hauser nippte an seinem Martini. »Gefahren? Es tut mir leid, das zu hören. Das Übliche für einen Auslandskorrespondenten, nehme ich an.«

»Ein bißchen mehr als üblich. Eingeschlossen die ständige Überwachung von jedem unserer Schritte. Dazu der Versuch, mich an Bord der Fähre nach Turku umzubringen. Ganz zu schweigen von einem Sattelschlepper, der uns auf der E 3 zu Brei zerquetschen wollte. Kleinigkeiten dieser Art.«

»Das hört sich ja furchtbar an.« Hauser setzte seine staatsmännische Miene auf. »Das hört sich an, als hätten Sie einen zu allem entschlossenen Gegner provoziert, Mr. Newman.«

Adam Carver lehnte sich vor, nachdem er Paulas übereinandergeschlagene Beine eingehend betrachtet hatte. »Vielleicht sollten Sie sich nach einem Beschützer umsehen, Mr. Newman. Sie scheinen einen gefährlichen Beruf zu haben.«

»Oh, ich kann selbst auf mich aufpassen.« Newman richtete den Blick auf Hauser. »Um Ihnen ein Beispiel zu geben. Ich habe der Polizei mitgeteilt, daß ich hier bin. Nach dem, was passiert ist, weiß sie gern, wo ich mich aufhalte.«

»Tatsächlich? Sie überraschen mich. Ich hätte gedacht, daß dies ein Ort ist, an dem Sie sich vollkommen sicher fühlen können.« Er lächelte Paula an. »Ich hoffe, Sie fühlen sich vollkommen sicher, meine Liebe?«

»Das hängt davon ab, was Sie unter sicher verstehen«, erwiderte sie mit einem Seitenblick auf Carver.

Adam Carver ergriff ihren Arm. »Ich glaube, Mr. Newman möchte mit

Mr. Hauser einige geschäftliche Dinge besprechen. Kommen Sie mit und genießen Sie die Aussicht von unserem Balkon. An einem Tag wie heute ist sie besonders grandios ...«

Sie ließ zu, daß er sie auf den Balkon führte, der sich über die ganze Länge des Zimmers erstreckte. Er geleitete sie zu einer Hollywoodschaukel am entgegengesetzten Ende. Mit der einen Hand hielt er nach wie vor ihren Arm, in der anderen das Glas mit seinem Drink. Bevor sie sich setzte, warf Paula einen Blick über das Geländer. Unter ihr gähnte ein Abgrund, und ihr wurde leicht schwindlig.

»Bitte, setzen Sie sich doch. Viele Leute empfinden diese Höhe als ein wenig beängstigend.«

»Beängstigend oder bedrohlich?« schlug sie verbindlich vor, als er sich neben ihr niederließ.

»Mit Worten können Sie umgehen. Mir gefällt Ihr Kleid. Genau das Richtige für einen Tag wie heute.« Er ergriff ihre linke Hand. »Wirklich, Sie sind eine Frau wie aus einem Traum ...«

Sie entzog ihm ihre Hand, lächelte. »Die gehört mir.«

»Wenn Sie meinen ...« Er lächelte gleichfalls. »Ich weiß, es hört sich ein bißchen vorschnell an. Aber was hielten Sie davon, heute abend mit mir essen zu gehen? Ich gebe zu, daß ich damit übers Ziel hinausschieße, aber ich befürchte, daß dies meine einzige Chance ist.«

»Ich werde darüber nachdenken.« Sie trank einen Schluck Mineralwasser. »Ich habe darüber nachgedacht. Holen Sie mich in der Halle des Hesperia ab. Um sieben Uhr. Heute abend.«

»Wunderbar ...«

Drinnen im Büro hatte Newman Hausers Angebot abgelehnt, sich zu ihm auf die Couch zu setzen. Er blieb auf seinem Stuhl, innerlich von kalter Wut erfüllt. Das Wiedersehen mit Hauser rief ihm ihr letztes Gespräch in Livingstone Manor ins Gedächtnis zurück und das Bild der mit vorgequollenen Augen und heraushängender Zunge im Glockenturm hängenden Sandy.

»Vielleicht interessiert es Sie, daß ich mich mit den ehemaligen Besitzern von Bennington Machine Tools und Manningham Electronics unterhalten habe – die beide mit illegalen Methoden gezwungen wurden, ihre Firmen an Ihre Organisation zu verkaufen«, erklärte er brutal.

In den kalten blauen Augen flackerte es kurz auf. Dann hob Hauser eine Hand an die Stirn, als versuchte er, sich an etwas zu erinnern. »Ihnen muß doch klar sein, daß ich bei einem so großen Unternehmen viele kleine Geschäfte meinen Angestellten überlasse ...«

»Ich habe nicht gesagt, daß es sich um kleine Firmen handelte. Was veranlaßt Sie zu dieser Annahme?« fragte er aggressiv.
»Ich kann nicht behaupten, daß mir Ihr Ton oder Ihre Einstellung gefallen. Und ich finde, Sie sollten mit dem Wort ›illegal‹ etwas vorsichtiger umgehen. Ich habe ein Heer von Anwälten. Sie könnten Sie von einem Tag auf den anderen ruinieren.«
»Sie könnten es versuchen. Aber die Publicity könnte sich verheerend auf Ihre blütenweiße Weste auswirken.« Er trank einen kleinen Schluck von seinem Scotch. »Das könnte sogar Sie von einem Tag auf den anderen ruinieren. Ich glaube nicht, daß Sie schon jetzt die Medien in aller Welt unter Kontrolle haben.«
»Stört es Sie, wenn ich mein Jackett ausziehe?« Hauser strahlte wieder. »Es ist wirklich ein sehr heißer Tag. So, das ist schon besser. Und nun lassen Sie uns zur Sache kommen. Ich möchte Ihnen einen guten Rat geben, Mr. Newman. Ich habe den Eindruck, Sie denken daran, gegen etwas vorzugehen, das eine weltweite Organisation ist, ein internationaler Machtfaktor ...«
»*Macht.* Das ist das Schlüsselwort, nicht wahr? Geld bedeutet Ihnen kaum noch etwas – Sie haben so viel davon, daß Sie sich für einen zweiten Midas halten. Was Sie jetzt reizt, ist der Erwerb von Macht. Mit allen erdenklichen Mitteln. Koste es, was es wolle.«
»Das Geschäftsleben ist ein Dschungel«, warf Hauser ein. Seine Gesichtsmuskeln waren angespannt.
»Oh, das ist mir bekannt. Das ganze Leben ist ein Dschungel. Aber mit Maßen. Sie verbreiten den Dschungel über ganz Europa. Zumindest haben Sie es vor, da bin ich verdammt sicher. Sie sind der öffentliche Feind Nummer Eins, Hauser. Männer und Frauen sind nur noch Figuren auf Ihrem riesigen Schachbrett, die weggeworfen werden, wenn sie Ihnen nicht mehr von Nutzen sind.«
»Frauen?« Hausers Ton war verächtlich. »Die Ehe ist eine Falle, die Frauen für Männer aufstellen. Okay. Vor hundert Jahren waren sie den Männern untertan – wie schon Jahrhunderte zuvor. Und um sich zu schützen, bedienten sie sich einer ganzen Reihe gerissener Methoden, um Männer zu beeinflussen und zu beherrschen. Verständlich – auf diese Weise konnten sie überleben. Aber wie sieht es heute aus? Die Frauenbewegung feiert Triumphe. Gleichberechtigung und dieser ganze Mist. Aber sie haben nach wie vor ihre gerissenen Methoden, arbeiten mit ihrem weiblichen Charme.« Er streckte die mit hellem Haar bedeckten Arme aus. »Aber mit mir können sie das nicht machen. Mit mir nicht.«
Newmans Augen verengten sich. Er hatte einen wunden Punkt getroffen.

Vielleicht war es das, was der Milliardär mit seiner Ex-Frau erlebt hatte? Aber ihm war auch klar, daß Hauser ihn vom eigentlichen Thema ablenken wollte.
»Nicht nur Macht«, fuhr Newman unbeeindruckt fort. Er saß dem Mann gegenüber, der – davon war er überzeugt – verantwortlich war für den brutalen Mord an Sandy. »Auch Geld ist Ihr Gott. Sie können nicht genug davon bekommen. Jetzt haben Sie die Privatbank von Egon Schmidt in Frankfurt übernommen. Von dem *verstorbenen* Egon Schmidt ...«
Wieder bemerkte er das feindselige Flackern, als Hauser seinen Blick erwiderte. Die Temperatur im Raum stieg rapide an, und das lag nicht nur an der Wärme der Sonne.
»Allmählich habe ich den Eindruck, daß Sie mir ein wenig lästig werden könnten«, bemerkte Hauser, drückte seine Zigarette aus, steckte eine neue in die Spitze, zündete sie an. »Sie sind naiv, Newman. Sie wissen nicht, mit wem Sie es zu tun haben. Ich könnte Sie zerquetschen wie eine Fliege.«
»Das könnten Sie versuchen«, pflichtete Newman ihm bei. »Scheint ein heikler Punkt zu sein, diese Übernahme der Schmidt-Bank. Der erste Schritt, um Deutschland in den Griff zu bekommen?«
Hauser errötete vor Wut. Er lehnte sich zurück, reckte das Kinn, versuchte nach Kräften, seine Beherrschung zurückzugewinnen. Dann lächelte er, deutete mit der linken Hand auf den Balkon.
»Ich nehme an, daß Ihnen das Wohlergehen Ihrer hübschen Assistentin am Herzen liegt? Mir ist aufgefallen, daß es von diesem Balkon aus ziemlich tief hinuntergeht.«
Newman erstarrte für ein paar Sekunden. Hauser versuchte, ihn zu provozieren, aber die angedeutete Drohung brachte Newman in Wut. Er stand auf, ging auf den Balkon hinaus. Paula saß auf der Hollywoodschaukel, während Carver sich über sie neigte.
»Paula«, rief Newman. »Ich glaube, wir sind hier nicht mehr erwünscht.«
Sie sprang auf, und Carver folgte ihr. Sie hatten den Balkon kaum verlassen, als die Tür zu Hausers Büro aufflog. Mauno Sarin kam entschlossenen Schrittes herein, gefolgt von Karma, seinem Assistenten, dessen rechte Hand in der Tasche steckte. Newman zweifelte nicht daran, daß sie eine Waffe umfaßte.
»Was zum Teufel soll das heißen? Wer sind Sie?« fragte Hauser. »Sie können nicht einfach so in mein Büro hereinstürmen ...«
»Ich habe es gerade getan. Sicherheitspolizei.« Sarin klappte einen Ausweis auf. »Ich habe einen Haftbefehl für Mr. Robert Newman.«

Sarin lenkte seinen Saab in die Stadt zurück, ohne ein Wort zu sagen. Newman saß neben ihm, Paula auf einem der hinteren Sitze. Sarin fuhr so schnell, wie es die Geschwindigkeitsbegrenzung erlaubte, und blickte immer wieder in den Rückspiegel.

»Verfolgt werden wir jedenfalls nicht.« Er warf einen Blick auf Newman. »Es scheint zu Ihren Gewohnheiten zu gehören, direkt in die Höhle des Löwen einzudringen.«

»Was ist mit dem Haftbefehl für mich? Und wie lautet die Anklage? Und wieso sind Sie bei Hauser aufgekreuzt?«

»Kein Haftbefehl. Keine Anklage. Lediglich ein Vorwand, um Sie dort herauszuholen. Tweed hat mich angerufen, gesagt, daß er sich Sorgen macht. Ob ich ihm helfen könnte.«

»Sie sind sehr schnell gekommen«, sagte Paula zu dem kleinen, untersetzten Karma, der neben ihr saß.

»Sarin ist gefahren«, erwiderte Karma mit der Andeutung eines Lächelns.

»Was zum Teufel hofften Sie zu erreichen, indem Sie ein derartiges Risiko eingingen?« wollte Sarin wissen.

»Genau das, was ich erreicht habe. Ich habe an Hausers Käfig gerüttelt – als Sie kamen, war er nahe am Explodieren. Er war in heller Rage über das, was ich ihm gesagt hatte. Wenn Sie ein paar Minuten später gekommen wären, hätte er sich vielleicht etwas entschlüpfen lassen.«

»Dankbarkeit!« Sarin fuhr mit einer Hand und befingerte mit der anderen seinen Bart. »Ich tische die dicksten Lügen auf, und alles, was ich dafür bekomme, ist ein Tritt in den Hintern.« Sein Ton war spöttisch.

»Ich bin Ihnen dankbar«, erklärte ihm Newman. »Die Situation wurde offengestanden ein wenig brenzlig. Hauser hatte gerade Paula bedroht.«

»Dann könnten wir vielleicht eine Beschwerde gegen ihn vorbringen, die mir die Gelegenheit bieten würde, ihn über einige seiner Unternehmungen zu verhören.«

»Ich fürchte, nein. Er ist zu klug. Er hat die Drohung nur angedeutet. Selbst wenn er in Wut ist, hat er eiserne Nerven. Er hat versucht, mich zu provozieren. Ich habe mit Worten auf ihn eingedroschen – vielleicht hätte das bewirkt, daß er einen Schnitzer macht. Das war der Sinn der Sache. Und meine Worte waren ziemlich überzeugend – aus einem bestimmten Grund ...«

Er erzählte Sarin von dem Februarmorgen in Suffolk, an dem er Sandy in dem Glockenturm gefunden hatte. Sarin hörte mit steinerner Miene zu, während sie die Mannerheimintie entlangfuhren.

»Und so«, schloß Newman, »kann sich die Geschichte auf überaus makabre Weise wiederholen. Als ich das letzte Mal hier war, machte ich Jagd auf den

Mörder meiner Frau Alexis – Sie erinnern sich sicher an unsere Fahrt über die Ostsee nach Estland. Und jetzt bin ich entschlossen, den Mörder von Sandy ausfindig zu machen – wieder im gleichen Teil der Welt. In Finnland.«

»Äußerst seltsam, aber – und das ist nicht persönlich gemeint – wir würden gern auf Ihre Anwesenheit verzichten. Sie bringt ständig Probleme mit sich.« Sarins Tonfall änderte sich. »Die Sache mit dem Tod Ihrer Freundin tut mir sehr leid. Ich vermute, er ist die treibende Kraft hinter Ihrem Besuch in unserer Stadt. Haben Sie etwas dagegen, wenn wir am Marski vorbeifahren? Ich habe Tweed versprochen, ihm Bescheid zu sagen, wenn Sie und Paula in Sicherheit sind.«

Er lenkte den Wagen plötzlich direkt vor einer herankommenden Straßenbahn quer über die Fahrbahn, und Paula schloß entsetzt die Augen. Als er den Wagen vor dem Marski anhielt, stieß Newman den angehaltenen Atem aus. Jetzt waren sie in Sicherheit. Vor Sarins Fahrweise.

»Danke, daß Sie sich um Paula und Bob gekümmert haben«, sagte Tweed zu Sarin, nachdem der Finne seine Geschichte erzählt hatte.

Zuvor hatte Newman über sein Treffen mit Hauser Bericht erstattet. Sarin hatte aufmerksam zugehört, und Paula bemerkte, daß er ins Leere schaute, als wollte er eine Entscheidung treffen. Dillon saß auf seinem gewohnten Platz an der Wand. Tweed hatte ihn als Ward Dexter vorgestellt, einen Handelsattaché auf dem Weg zur Amerikanischen Botschaft in Helsinki. Die Erklärung, die er Sarin lieferte, war eine geschickte Verschleierung seiner Position.

»London hat mich angewiesen, mit Mr. Tweed Verbindung aufzunehmen, damit ich einen Einblick in die Lage gewinne. Natürlich verfolgen wir nicht immer die gleichen Ziele. INCUBUS ist in den Staaten ein beträchtlicher Machtfaktor, und ich muß in dieser Sache eine neutrale Position beziehen. Eine diplomatische Angelegenheit, Mr. Sarin.«

»Ich verstehe.« Sarin wendete sich an Tweed. »Mir geht es nicht viel anders als Mr. Dexter. Auch ich muß eine neutrale Position beziehen. Darf ich vorschlagen, daß Sie, wenn Sie die Zeit erübrigen können, diesem merkwürdigen Meteorologischen Institut in der Nähe von Kemijärvi einen Besuch abstatten? Es dürfte sehr interessant sein. Und jetzt muß ich gehen.«

Karma öffnete ihm die Tür. Sarin hielt einen Moment inne, und bevor er das Zimmer verließ, erklärte er noch: »Ich wäre Ihnen dankbar, Tweed, wenn Sie mich über alle weiteren Entwicklungen auf dem Laufenden halten würden – für den Fall, daß ich Ihnen helfen kann.«

Sobald die beiden Finnen das Zimmer verlassen hatten und Pete Nield, der stumm dabei gesessen hatte, die Tür wieder verschlossen hatte, machte Tweed seinem Zorn auf Newman Luft.

»Das war eine sehr gefährliche und törichte Taktik – Hauser so aufzustören, wie Sie es getan haben. Es hätte Gott weiß was passieren können, wenn Sarin nicht gekommen wäre.«

»Das einzige, das passieren konnte, war, daß Hauser die Beherrschung verlor und mir etwas verriet«, konterte Newman. »Halten Sie mir wenigstens zugute, daß ich Ion Manescu nicht erwähnt habe, die Tatsache, daß wir Fotos haben, die ihn beim Verlassen des INCUBUS-Gebäudes zeigen. Ich möchte wissen, warum Sie Sarin diese Fotos nicht gezeigt haben. Er versucht, etwas gegen Hauser in die Hand zu bekommen, etwas, das seine Regierung einfach nicht irgnorieren kann.« Wütend wischte er sich den Schweiß von der Stirn, dann fuhr er fort. »Ich habe auch nicht erwähnt, daß wir die Vanderheld in Sicherheit gebracht haben, daß sie über Informationen verfügt, die INCUBUS bis auf die Grundmauern erschüttern könnten.«

»Das behauptet sie«, entgegnete Tweed. »Haben Sie daran gedacht, daß sie vielleicht nur blufft? Um den Schutz zu erhalten, für den Sie gesorgt haben? Sie glaubt, man hätte ihr nach dem Leben getrachtet . . .«

»Mit *Glauben* hat das nichts zu tun. Ihre Geschichte deckt sich mit dem Bericht in der Zeitung. Sie hat mir sogar die Sachen gezeigt, die sie getragen hat. Sie entsprechen genau denen, die in der Zeitung beschrieben wurden.«

Tweed war immer noch wütend. »Sie hätte ohne weiteres zu Stockmann gehen und die Sachen kaufen können, um sie Ihnen zu zeigen. Dazu hatte sie genügend Zeit . . .«

»Da ist noch etwas, was Sie vergessen haben. Nämlich den braunen Buick, den ich in der Nähe ihres Hauses gesehen habe – und zwar genau den, den Marler fotografiert hat. Dieselbe Zulassungsnummer. Was verlangen Sie sonst noch? Hausers Kopf auf einem silbernen Tablett? Und noch etwas haben Sie unterlassen. Sie hätten Sarin das Foto dieses Wagens zeigen sollen, und ich hätte eine Aussage gemacht über das, was ich gesehen habe.«

»Was ich sonst noch verlange?« wiederholte Tweed gelassen. »Unumstößliche Beweise.«

»Beruhigen Sie sich, Newman«, riet Dillon. »Tweed hat recht. Es hätte uns nicht weitergebracht, wenn Tweed Sarin diese Fotos gezeigt hätte. Das ist nicht Sarins Schuld. Er muß sich seiner Regierung gegenüber verantworten, und dieses Land muß sich jeden Schritt genau überlegen. In Rußland herrscht Chaos. Und einen Bruch mit Washington kann es nicht riskieren.«

»Das Problem ist, Bob«, erklärte Tweed ebenso gelassen wie zuvor, »daß Ihr

Motiv Rache ist. Verständlicherweise haben Sie nichts anderes im Kopf, als den Mann aufzuspüren, der Sandy ermordet hat. Aber das macht Sie blind für die eigentliche Aufgabe, INCUBUS auf die Schliche zu kommen. Das steht an oberster Stelle.«

»Für mich nicht mehr!«

Newman stand auf, zog sein Jackett über und wollte gerade gehen, als er einen Blick von Paula erhaschte.

»Bob«, sagte sie, »kann ich nachher zu Ihnen und Marler ins Palace kommen? Ich muß Ihnen etwas erzählen, das Sie vielleicht gern wissen würden.«

»Okay. Von mir aus.« Er blieb stehen, während Nield ihm die Tür aufschloß. »Sie sind willkommen, Paula. Sogar auf einen Drink . . .«

Nachdem Newman gegangen war, herrschte Schweigen, das mehrere Minuten andauerte. Paula stand auf und schaute mit verschränkten Armen aus dem Fenster. Sie war bestürzt. Einen derart hitzigen Streit zwischen Tweed und Newman hatte sie noch nie erlebt. Sie warf einen Blick über die Schulter. Tweed putzte seine Brille und beobachtete sie mit leicht spöttischer Miene.

»Sie glauben, ich hätte alles falsch gemacht, nicht wahr?«

Sie ging langsam und mit halb geschlossenen Augen auf ihn zu. »Was führen Sie im Schilde? Ich kenne diesen Ausdruck. Sie haben irgendetwas vor. Großer Gott! Sie haben eine Schau abgezogen. Sie haben überhaupt nicht die Beherrschung verloren! Nun reden Sie schon. Bitte.«

Tweed ließ seinen Blick durch das Zimmer und über Dillon und Nield schweifen. Er setzte die Brille wieder auf, ließ sich auf seinem Stuhl nieder. Paula blieb stehen und musterte ihn. Er verschafft sich Zeit, um einen Entschluß zu fassen, dachte sie.

»Sie haben ihn in Rage gebracht«, warf Paula ihm vor.

»Ja, das habe ich getan«, gab Tweed zu. »Aber Newman ist ohnehin in Rage, angespannt wie eine Sprungfeder. Er will Rache. Es gibt nichts, das daran etwas ändern oder ihn aufhalten würde. Hauser vom Sockel zu stürzen, wird nicht einfach sein.«

»Und weshalb wollen Sie ihn vom Sockel stürzen?« drängte Paula.

»Weil wir wissen, daß er sich der ehemaligen Geheimpolizisten bedient, die vom Angesicht der Erde verschwunden sind. Für mich sind Marlers Fotos von Manescu der Beweis dafür. Und es handelt sich nicht nur um die Securitate, sondern auch um den Stasi, die tschechische STB und Gott weiß wen noch. Wenn er sich ihrer in Finnland bedient, ist es nur eine Frage der Zeit, bis er sie auch in Großbritannien einschleust. Deshalb müssen wir ihm Einhalt gebieten. Weil INCUBUS nicht einmal vor Mord zurückscheut – das beweist der grauenhafte Tod von Ed Riverton. Er wußte Bescheid über *Dracon*, die Denkfabrik in der Nähe von Boston. Wahrscheinlich kannte er den gesamten Plan – Hausers Plan, einen erheblichen Teil der Welt in seine Gewalt zu bringen. Und einer der Morde wurde in Großbritannien verübt – der an Sandra Riverton. Niemand und nichts ist sicher, solange Hauser weitermacht.«

»Aber warum benutzen Sie Bob Newman?«

»Ich benutze ihn nicht. Er hat den Job von sich aus übernommen. Und vergessen Sie nicht, daß er – zusammen mit Ihnen – mehr Informationen zutage gefördert hat, als ich bis jetzt besitze. Es war Newman, der die ehemaligen Besitzer von Bennington Machine Tools und Manningham Electronics besucht und zum Reden gebracht hat. Es war Newman, der ganz bewußt die Anschläge auf sein Leben herausforderte – um den Gegner auszuräuchern. Sie drei – Newman, Sie selbst und Marler – haben mir Hinweise darauf geliefert, was Hauser vorhat. Und dies«, erklärte Tweed ingrimmig, »ist jetzt ein Duell zwischen mir und Franklin D. Hauser.«

»Mit Bob in der vordersten Linie?«

»Ja. Mit ihm habe ich eine Rakete – oder einen Torpedo, wenn Sie wollen – auf INCUBUS abgeschossen. Weil er Ergebnisse bringt – und auf sich aufpassen kann. Sind Sie jetzt zufrieden?«

»Sie sind hinterlistig und verschlagen.« Paula setzte sich, schlug die Beine übereinander, verschränkte die Arme und starrte ihn an.

»Wissen Sie irgendeine andere Taktik, mit der man einen Mann wie Hauser bekämpfen könnte? Und etwas Interessantes ist passiert. Als ich anfing, glaubte ich, zwei völlig voneinander getrennte Ziele zu verfolgen. Nummer eins bestand darin, daß Newman und Cord Nachforschungen über INCUBUS anstellten. Nummer zwei, daß Marler den verschwundenen Geheimpolizisten nachspürte. Und jetzt sind beide miteinander verschmolzen.« Er hörte auf zu reden, als jemand in einem bestimmten Rhythmus anklopfte. Tweed bedeutete Nield mit einem Nicken, die Tür aufzuschließen. Marler trat ein.

»Pünktlich auf die Minute, wie immer«, erklärte er munter, »für unseren Kriegsrat.«

»Wir brauchen mehr Informationen über INCUBUS«, sagte Tweed ohne Umschweife. »Was tun wir, um sie zu bekommen?«

»Ich mache eine Erkundungstour«, sagte Marler und ließ sich auf der Lehne des Sessels nieder, in dem Paula saß. »Ich fliege nach Rovaniemi in der Nähe des Polarkreises und sehe mich dort ein bißchen um. Wenn dieses Meteorologische Institut wirklich so merkwürdig aussieht, wie Sarin argwöhnt, dann können wir vielleicht einen Stoßtrupp organisieren, der den Laden auseinandernimmt.«

»Das Problem ist nur«, meinte Tweed, »wie eine Gruppe von Leuten dort oben in der Wildnis operieren kann, ohne Argwohn zu erregen.«

»Das muß ich mir noch überlegen.« Marler stand auf. »Zuerst kommt die Erkundung. Ich bin ziemlich gut darin, den Unsichtbaren zu spielen.«

»Nur gut zu wissen, daß Ihnen nichts unmöglich ist«, grollte Dillon. »So, wie diese Leute arbeiten, könnten Sie ohne weiteres in einem Sarg enden. Ich saß auch im Wagen, als dieser Sattelschlepper auf uns zukam.«

»Vertrauen Sie auf Gott, mein Freund.« Marler wendete sich an Tweed. »Wenn es Ihnen recht ist, fliege ich im Handumdrehen da hinauf.«

»In einem Flugzeug ginge es vielleicht besser«, spottete Paula.

»Es ist mir recht. Aber seien Sie vorsichtig ...«

»Ich würde gern mitfliegen«, warf Paula ein. »Keine Widerrede, bitte. Das heißt, wenn es Marler recht ist.«

»Willkommen an Bord«, sagte Marler.

Tweed war im Begriff, Einspruch zu erheben, als das Telefon läutete. Er nahm den Hörer ab. Der Anrufer nannte seinen Namen nicht, aber Tweed erkannte die Stimme von General Valentin Rebet.

»Ich muß Sie unbedingt sehen. Es hat sich etwas getan, wovon Sie wissen sollten. Wir können uns im Finnischen Archipel treffen ...«

»Nein!« Tweeds Stimme klang entschieden. »In Helsinki oder überhaupt nicht.«

»Wären Sie mit Turku einverstanden? Bitte! Ich möchte nicht gesehen werden.«

»Ja.«

»Dort gibt es ein Viertel mit alten Holzhäusern, ein Überbleibsel aus der Zeit vor hundert Jahren.«

»Das kenne ich.«

»Können Sie morgen mittag um zwölf am Eingang zu diesem Viertel sein?«

»Zuerst muß ich wissen, um was es eigentlich geht«, erklärte Tweed.

»Sie werden die Neuigkeiten hören wollen, da bin ich ganz sicher.«

»Also gut, ich bin einverstanden.«

»Ich danke Ihnen sehr. Die Lage ist äußerst kritisch.«

Tweed legte den Hörer auf. Paula beobachtete ihn genau. »Ich hatte Sie gefragt, ob ich Marler begleiten darf. Dieser Anruf. Gibt es Probleme?«

»Nein. Und Sie dürfen mit.« Er wendete sich an Dillon. »Cord, Sie wollten Ihre Botschaft aufsuchen. Dazu wäre jetzt der richtige Zeitpunkt. Paula, was halten Sie davon, mit Marler essen zu gehen, um Ihren Ausflug zu besprechen?«

Tweed wartete, bis sie gegangen waren, und verschloß hinter ihnen die Tür. Dann entdeckte er, daß Newman seine Zigaretten vergessen hatte. Er nahm eine und zündete sie an, etwas, was er nur ganz selten tat. Er hatte das Bedürfnis, mit seinen Gedanken ins Reine zu kommen.

Alles passierte auf einmal. Nield, der stumm an der Wand saß, spürte die Stimmung, in der sein Chef sich befand. Ja, das Tempo hatte sich beschleunigt. Manescu war aufgespürt worden, arbeitete für INCUBUS. Hatte er irgendetwas mit den Attentaten zu tun, die in verschiedenen Ländern verübt worden waren? Alle Opfer waren maßgebliche liberale Staatsmänner gewesen, die sich Hauser in den Weg hätten stellen können.

Außerdem hatte Newman eine wichtige Zeugin verschwinden lassen und an einem sicheren Ort untergebracht. Peggy Vanderheld. Butler konnte jeden Augenblick zurückkommen. Newman war auf dem Kriegspfad, hatte an Hausers Käfig gerüttelt. Und das würde, daran hatte Tweed keinen Zweifel, eine heftige Reaktion auslösen.

Und dann war da noch dieses geheimnisvolle Institut im hohen Norden. Wie zum Teufel sollten sie einen Stoßtrupp dorthin bringen, falls es sich als erforderlich erweisen sollte? Tweed drückte die halbgerauchte Zigarette aus. Natürlich! Newman hatte ihm ganz zufällig die Lösung genannt. Er griff nach dem Telefon, um Monica anzurufen. Sie würden bestimmte Ausrüstungsgegenstände brauchen.

Doch während er wählte, mußte Tweed an das denken, was Rebet gesagt hatte. Abermals fragte er sich, ob seine Vermutung über die Identität von Angel richtig war. Und Rebets letzte Worte waren berunruhigend.

»Die Lage ist äußerst kritisch.«

Siebenundzwanzigstes Kapitel

»Frank, ich möchte, daß Sie zum Meteorologischen Institut hinauffliegen und die Bewachung verdoppeln.«

Hauser war rastlos, wanderte in Hemdsärmeln in seinem Büro herum. Eine Aura ungeduldiger Energie ging von ihm aus. Sein Untergebener, der sich mit lang ausgestreckten Beinen auf einem Sessel lümmelte, fuhr sich mit einer Hand durch das dichte, widerspenstige dunkle Haar.

»Es wird jetzt schon bestens bewacht«, wagte er einzuwenden. »Was befürchten Sie?«

»Das, was Sie selbst befürchten sollten. Gott verdammt nochmal, Sie wissen schließlich, was passiert ist. Muß ich denn alles selber machen? Ja, das muß ich. Habe ich immer gemußt. Räumen Sie Ihre verdammten Beine aus dem Weg. Ich werde es Ihnen erklären wie einem Zehnjährigen«, wütete er.
»Ich höre ...«
»Dann halten Sie die Klappe und tun Sie genau das, Sie Kretin. Sie hören zu. Okay?«
Galvone versteifte sich. Kretin? Mußte er sich diese Beleidigungen gefallen lassen, die sein Chef ihm an den Kopf warf? Dann erinnerte er sich an das Gehalt, das ihm gezahlt wurde. Ja, er mußte es. Seine dunklen Augen verengten sich.
»Okay«, erwiderte er, sonst nichts.
»Ich hatte Ihnen gerade den Auftrag erteilt, eine große Suchaktion nach Newman zu starten. Und was passiert? Newman hat die Frechheit, hier zu erscheinen und mir mitzuteilen, daß er Schmutz zutage gefördert hat, von dem ich annahm, daß er gut vergraben war. Er ist überaus rege, dieser neugierige Brite. Es kann durchaus sein, daß sein nächstes Ziel das Institut ist. Wenn er in die falsche Abteilung gerät, stecken wir in Schwierigkeiten, großen Schwierigkeiten. Also zum Teufel mit der Wachmannschaft, die Sie hinbeordert haben. Sie fliegen sofort mit dem Jet hinauf und tun, was ich Ihnen gesagt habe. Verdoppeln die Wachen.«
»Bin schon unterwegs ...«
»Sie bleiben gefälligst sitzen, bis ich Ihnen sage, daß Sie gehen können. Mir ist gerade eine Idee gekommen. Da ist etwas, das mich beunruhigt, und mein Instinkt hat mich noch nie getäuscht. Uns entgeht etwas. Newman ist nicht zu unterschätzen, aber er ist ein Zeitungsmann. Ich glaube, daß irgend jemand dahintersteckt, der sein Vorgehen gegen mich dirigiert. Bevor Sie nach Norden fliegen, organisieren Sie eine Fahndung. Lassen Sie alle Hotels in diesem Städtchen überprüfen. Die Männer sollen alle Leute ausfindig machen, die im Laufe der letzten Woche eingetroffen sind. Briten und Amerikaner.«
»Wird gemacht. Sonst noch etwas?«
»Ja. Unsere Kampagne, Europa bis zum Ural zu übernehmen. Wir lassen überall Bomben hochgehen, um das Chaos noch zu vergrößern – dann rücken wir in Gebiete ein, in denen wir bisher nicht präsent waren. Ich möchte, daß Irina Serow, Manescu und Ziegler aus dem Wald geholt und nach Turku gebracht werden. Sie sollen dort in Hotels wohnen. Sie sorgen für die nötigen Papiere. Ich will sie morgen dort haben. Auf diese Weise können wir alle eventuellen Gegner neutralisieren. Ich selbst werde inzwischen einen anderen Weg einschlagen.«

»Und welcher ist das, wenn ich fragen darf?«
Galvone stand auf. Hauser war trotz der Hitze – sein Hemd war in den Achselhöhlen durchgeschwitzt – in voller Fahrt, energiegeladen und tatendurstig.
»Das haben Sie gerade getan.« Hauser wanderte nach wie vor im Zimmer herum wie ein Panther im Käfig. »Adam Carver ist heute zum Abendessen mit dieser Puppe verabredet, die mit Newman kam. Paula Grey. Adam kann sie betrunken machen, mit ihr ins Bett gehen, sie ausholen. Vielleicht kommen wir dadurch auf den Kopf, der hinter dieser Herumschnüffelei in unseren Angelegenheiten steckt. Und jetzt an die Arbeit, Frank. Ich glaube, ich bin dabei, den Gegner einzukreisen.«

Tweed aß mit Paula und Dillon im Kellerrestaurant des Marski zu Mittag. Sie saßen in einer Nische am hinteren Ende des Restaurants, und Tweed, der schnell aß, hatte seine Portion mit Sesam überbackenem Hähnchen und Safranreis bereits vertilgt. Harry Butler, gerade aus Schweden zurückgekehrt, saß Tweed gegenüber an der Außenseite des Tisches.
»Peggy Vanderheld sitzt wohlbehalten in diesem Häuschen auf Örno im Schwedischen Archipel«, berichtete er. »Kann sein, daß sie hier wieder aufkreuzt. Sie ist eine Frau, die weiß, was sie will, und es hat ihr nicht gefallen, dort allein zurückgelassen zu werden.« Auf Butlers normalerweise undurchdringlichem Gesicht war ein Anflug von Verlegenheit zu erkennen. »Es sah so aus, als hätte sie etwas für mich übrig. Aber das glaube ich nicht«, fuhr er hastig fort. »Ich glaube, sie wollte nur einen männlichen Beschützer um sich haben.«
»Es wäre sehr gefährlich, wenn sie hierher zurückkäme«, bemerkte Tweed.
»Ich habe getan, was ich konnte, um ihr das auszureden«, erklärte Butler. »Aber ich fand, wir brauchten eine Versicherungspolice. Deshalb habe ich ihr gesagt, daß sie mich im Hesperia finden würde. Ich bin sicher, wenn sie zurückfliegt, dann kommt sie als erstes zu mir.«
»Sie haben getan, was Sie konnten«, versicherte ihm Tweed. Dann wendete er sich an die anderen. »Ich habe versucht, mich an Hausers Stelle zu versetzen, nachdem Newman ihn heute morgen herausgefordert hat. Ich meine, daß wir in Bewegung bleiben und das Marski noch heute verlassen sollten.«
»Und wohin gehen wir?« fragte Dillon zwischen zwei Mundvoll Essen.
»Ins Hesperia, wo Butler wohnt. Aber wir tragen uns unter falschen Namen ein. Alle drei.« Er öffnete den Aktenkoffer, den er mitgebracht hatte, schob dem Amerikaner über den Tisch hinweg einen Umschlag zu. »Hier ist Ihr

neuer Paß, obwohl man ihn hier kaum verlangen wird. Sie sind jetzt Engländer.«

Dillon holte unter dem Tisch den Paß heraus, schlug die Seite mit seinem Namen und Foto auf und murrte.

»Lawrence Dawlish. Hört sich an wie eine Tunte. Und ich weiß, daß ich eine häßliche Visage habe; aber das ist albern.«

»Es ist genau die Art Foto, die auf fast jeden glattrasierten Mann paßt. Und sie sehen kaum jemals nach, wie ich bereits sagte. Hier ist Ihr Paß, Paula. Mit Ihrem eigenen Foto. Wie Sie wissen, haben wir am Park Crescent eine ganze Kollektion. Ich habe mehrere Pässe mitgebracht – für den Fall, daß sie gebraucht werden. Für mich habe ich auch einen. Ich heiße jetzt Martin Baker. Gleich nach dem Essen ziehen wir um. Nur eine Vorsichtsmaßnahme – aber sie könnte uns das Leben retten.«

Am folgenden Morgen fuhr Tweed zu seiner Verabredung mit General Rebet mit dem Zug nach Turku. Nield begleitete ihn – nach einer Debatte, in der Nield Sieger geblieben war. Tweed hatte sich für den Zug entschieden, weil er Helsinki mit der Bahn leichter unbemerkt verlassen konnte als am Flughafen.

Der Hauptbahnhof lag nicht weit vom Stadtzentrum entfernt. Seine Fassade stammte offensichtlich aus den dreißiger Jahren, und Tweed vermutete, daß sie von den Zerstörungen des Zweiten Weltkriegs verschont geblieben war. Er richtete es so ein, daß sie nur wenige Minuten vor dem Treffen mit dem Russen bei dem alten Viertel in Turku ankamen.

Um die Zeit totzuschlagen, erstand er am Eingang zwei Eintrittskarten und wanderte zusammen mit Nield auf den steilen, mit Kopfsteinen gepflasterten Straßen zwischen den alten Holzhäusern herum. Fahrzeuge waren nicht zugelassen, und das ganze Viertel machte einen seltsam stillen und verlassenen Eindruck. Das Wetter war abermals umgeschlagen, dunkle Regenwolken rückten wie ein Invasionsheer auf die zweitgrößte Stadt Finnlands vor. Tweed hatte das Gefühl, meilenweit vom zwanzigsten Jahrhundert entfernt zu sein.

Um zwölf Uhr kehrten sie zum Eingang zurück. Ein Taxi fuhr vor, dem nur General Rebet entstieg, angetan mit einem dunklen Mantel und einer Schirmmütze. Als er den Fahrer bezahlte, fand Tweed, daß er fast wie ein Finne aussah. Warum in aller Welt war er aus Leningrad hierher gekommen?

Newman saß in dem Wäldchen oberhalb der Zentrale von *INCUBUS Oy*, das auch Marler benutzt hatte. Er hatte Marler gebeten, eine Skizze des Areals anzufertigen, und Marler hatte es getan, ohne zu fragen, was Newman vorhatte. Newman hatte um acht Uhr morgens Posten bezogen, und es dauerte eine Stunde, bis er sah, was er zu sehen gehofft hatte.
Eine lange schwarze Mercedes-Limousine wurde dicht an den Eingang des Gebäudes herangefahren. Ein uniformierter Chauffeur sprang heraus und öffnete die hintere Tür. Unmittelbar darauf erschien Hauser mit einer weiteren Person. Newman schaute durch das Fernglas, das er sich von Marler ausgeliehen hatte, und identifizierte Hauser ganz eindeutig. Sein Gang war unverwechselbar, aber seine Kleidung verblüffte Newman. Normalerweise trug er einen teuren Anzug, aber jetzt hatte er einen zerknitterten Anorak an, beutelnde Jeans und eine Schirmmütze, die er über einer Sonnenbrille tief ins Gesicht gezogen hatte. Auch der Kneifer fehlte. Er sah aus wie ein Matrose.
»Was geht da unten vor?« fragte Dillon vom Rücksitz des BMW.
»Hauser begibt sich irgendwo hin ...«
»Und der Mann neben ihm?«
»Adam Carver. Ausnahmsweise einmal nicht wie frisch aus dem Modejournal. Er trägt Jeans und einen schmuddeligen Anorak, wie sein Boss. Jetzt fahren sie los ...«
Das Tor im Zaun öffnete sich automatisch, die Limousine fuhr hindurch, bog in Richtung Stadt ab. Cord Dillon knurrte. Nachdem Tweed ihm mitgeteilt hatte, daß er vermutlich den ganzen Tag unterwegs sein würde, hatte er Newman in The Palace angerufen.
»Was haben Sie heute vor?« hatte Dillon gefragt. »Ich bin überzählig. Kann ich irgendwie helfen?«
Newman war zu dem Schluß gekommen, daß ein wenig Rückendeckung vielleicht nicht schaden würde. Und Dillon war ebenso daran interessiert, INCUBUS zu ruinieren, wie er selbst. Er hatte dem Amerikaner gesagt, er sollte in einer Viertelstunde bei ihm sein, danach wäre er unterwegs.
Jetzt, als die Limousine aus ihrem Blickfeld verschwand, startete Newman den Motor des BMW und ließ ihn die gewundene Straße hinunterrollen, die am Stadtrand ein ganzes Stück von INCUBUS entfernt auf die Hauptstraße mündete. Binnen zweier Minuten hatte er die Limousine wieder entdeckt, die so schnell fuhr, wie die Geschwindigkeitsbegrenzung es erlaubte.
Dillon tastete nach seiner Luger, die in einem Schulterholster in seiner Achselhöhle steckte. Es war sicherer, die Waffe bei sich zu tragen, als sie im Hotel Hesperia zurückzulassen. Als Newman sein eigenes Holster mit

seiner Smith & Wesson anlegte, bevor sie The Palace verließen, war Dillon froh, diese Vorsichtsmaßnahme ergriffen zu haben.
»Rechnen Sie mit Schwierigkeiten?« fragte er, während Newman weiterfuhr.
»Sie nicht? Nach dem, was auf der Autobahn passiert ist?«
»Und was haben Sie vor?« fragte Dillon.
»Mich an Hauser hängen wie eine Klette. Gestern habe ich ihn aufgestört. Und ich glaube, daß er früher oder später darauf reagieren wird. Auf diese Weise ist er dahin gekommen, wo er jetzt ist. Auf den Gipfel der Welt.«
»Die Hälfte der Staaten gehört ihm, dem Bastard«, grollte Dillon. »Das gefällt uns nicht. Es heißt, er hätte ein Drittel des Senats in der Tasche. Haben wir ein Problem?«
Newman hatte leise geflucht, als er den Wagen von der in die Innenstadt führenden Hauptstraße heruntergelenkt hatte und der Limousine jetzt durch eine parkähnliche Gegend folgte – eine hügelige, baumbestandene Landschaft, durch die sich Fußwege zogen. Newman deutete mit einem Kopfnicken nach rechts.
»Gleich werden Sie ein ganz verrücktes Haus mit Türmchen sehen. Wie etwas aus Disneyland, und sehr alt. Eines der Häuser, die die Generäle des zaristischen Rußland als Sommerresidenzen benutzten, vor hundert Jahren, als Finnland noch ein russisches Fürstentum war.«
Dillon schaute aus dem Fenster. Hinter einigen Bäumen entdeckte er auf der Kuppe eines Hügels ein seltsames, weiß gestrichenes Haus, vier Stockwerke hoch mit zahlreichen Balkonen und einem runden Turm an jeder Ecke.
»Und das«, informierte ihn Newman, »ist Hausers Stadthaus. Wie er es geschafft hat, ein Nationaldenkmal zu kaufen, ist vermutlich eine hübsche Geschichte.«
»Indem er den richtigen Leuten Geld zugesteckt hat?«
»Das würde in Finnland nicht funktionieren. Ich nehme eher an, daß er hier so viele Fabriken gebaut und so viele Arbeitsplätze geschaffen hat, daß die Regierung ihm wohlgesinnt ist. Ich habe festgestellt, daß er sich in Suffolk, in der Umgebung von Livingstone Manor, der gleichen Taktik bedient hat. Er spielt den Menschenfreund und verschafft sich auf diese Weise ein Heer von Spionen und Verbündeten. Ja, ich glaube, innerhalb der nächsten halben Stunde werden wir ein Problem haben.«
»Und was für eins?«
Sie hatten die Stadt weit hinter sich gelassen und fuhren auf einer Autostraße, die zwischen Schluchten mit zutageliegendem Granit hindurchführte. Die Gegend erinnerte Dillon fast an den Wilden Westen. Hier und

dort ein vereinzeltes Haus, ein kleiner See unterhalb eines Steilhangs. Vor ihnen bog die Limousine in eine langgestreckte Kurve ein.
»Das Problem«, teilte Newman Dillon mit, »besteht darin, daß wir auf dem Weg zum Flughafen sind. Die Einheimischen nennen ihn Seusta. Vielleicht will Hauser irgendwohin fliegen. Und dieser Wagen erhebt sich nicht in die Luft.«
»Wir fliegen mit der gleichen Maschine.«
»Das glaube ich nicht. Er wird vermutlich seinen Lear Jet benutzen. Und es sieht aus, als wollte er sich insgeheim mit jemandem treffen. Deshalb die komischen Klamotten, die er und Carver tragen. Um nicht erkannt zu werden ...«

»Schachmatt. Sie hatten recht«, stellte Dillon fest, als Newman den BMW parkte.
Sie waren am Flughafen angekommen, die schwarze Limousine hatte Hauser und Carver abgesetzt, und beide waren in das Gebäude geeilt. Newman und Dillon sprangen aus ihrem Wagen, und Newman nahm eine Pressekarte aus der Brieftasche und klemmte sie unter den Scheibenwischer. Vielleicht tat sie ihre Wirkung.
In dem kleinen Flughafengebäude – klein im Vergleich zu Frankfurt oder Heathrow – eilte er hinter Hauser und Carver her, die nicht denselben Weg einschlugen wie die anderen Reisenden. Von einem Fenster aus beobachtete Newman, wie die beiden Männer auf einen Lear Jet zusteuerten, der gerade aufgetankt wurde.
»Schachmatt«, wiederholte Dillon. »Mist.«
»Vielleicht findet sich ein Weg ...«
Newman kehrte zurück zu einer Tür mit der Aufschrift *Sicherheitsdienst* in Finnisch und Schwedisch. Er klopfte an, öffnete die Tür, trat ein, machte sie hinter sich zu und zückte seinen Presseausweis.
»Ich arbeite mit der Sicherheitspolizei zusammen«, erklärte er dem uniformierten Beamten, der hinter einem Tresen saß und zu ihm aufschaute. »Ich brauche den Flugplan für den Lear Jet da draußen. Wenn Sie wollen, können Sie Mauno Sarin in der Ratakatu anrufen. Wir müssen diesen Jet verfolgen.«
»Dann sollten wir keine Zeit mit Telefonanrufen verschwenden. Der Lear Jet fliegt nach Turku. In fünfzehn Minuten startet eine Linienmaschine mit dem gleichen Ziel. Wenn Sie sich beeilen, erreichen Sie sie noch.«
»Vielen Dank. Auch Sarin dürfte Ihnen dankbar sein ...«
Sie kauften Tickets und gingen in letzter Minute an Bord der Linienmaschine. Newman dankte Gott, daß es in Finnland kein Terroristenproblem

gab und damit auch keine Sicherheitskontrolle, bei der die Waffen entdeckt worden wären, die sie bei sich hatten. Sie hatten sich kaum hingesetzt, als die Türen geschlossen wurden, die Triebwerke aufheulten und die Maschine die Startbahn entlangrollte.
»Und wenn wir in Turku sind?« flüsterte Dillon, als die Maschine in den strahlend blauen Himmel emporstieg.
»Wir können nur hoffen, daß wir vor dem Jet eintreffen. Wenn das der Fall ist, können wir uns an Hauser hängen und feststellen, wo er hinwill.«

»Dieses Zeug, das ich anhabe, erinnert mich an die Zeit, in der ich als Schauermann im Hafen von San Francisco gearbeitet habe«, bemerkte Hauser, als der Jet abhob.
»Seither haben Sie einen weiten Weg zurückgelegt«, entgegnete Carver.
»Ja, es war eine verdammt lange Reise, und sie ist noch nicht zu Ende. Möchten Sie einen Drink?«
»Nur Mineralwasser«, erwiderte Carver. Er behielt gern einen klaren Kopf.
»Was ist das für ein Treffen, zu dem wir unterwegs sind? Ich wäre gern am Abend wieder in Helsinki. Ich habe eine Verabredung mit Paula Grey. Natürlich«, fügte er schnell hinzu, »kann ich sie notfalls versetzen. Sie wird dann noch bereitwilliger zustimmen, wenn ich eine neue Verabredung mit ihr treffe.«
»Tun Sie das nicht, mein Junge. Sie könnten der Dame wertvolle Informationen entlocken. Wir werden am Spätnachmittag wieder in Helsinki sein.« Hauser trank einen Schluck von seinem Bourbon. Der Jet war luxuriös eingerichtet. Sie saßen nebeneinander in Ledersesseln. Vor Hauser befand sich an der Trennwand ein verschwenderisch bestückter Barschrank, der sich auf Knopfdruck öffnete und wieder schloß. Vor Carver stand ein Telefon, das mit einem über Satellit arbeitenden Kommunikationssystem verbunden war. Mit Hilfe dieses Telefons konnte Hauser jede seiner über die ganze Welt verstreuten Firmen anrufen; das Gespräch wurde codiert und am anderen Ende automatisch entschlüsselt. Der Jet war eine fliegende Zentrale von INCUBUS.
»Dieses Treffen«, begann Hauser, »ist streng geheim.« Er hielt inne, trank noch etwas Bourbon. »Ich habe Sie für den Fall mitgenommen, daß wir über Preise reden oder sogar finanzielle Transaktionen aushandeln müssen. Letzteres bezweifle ich, denn die Leute, mit denen wir reden, halten Zeit für eine Waffe, mit der man die Ungeduldigen zur Strecke bringt. Also biete ich ihnen ein Geschäft an, das sie nicht ablehnen können.«
»Nehme ich an den Verhandlungen teil?«

»Ich glaube nicht. Diese Leute sind sehr auf Geheimhaltung bedacht. Und zwar so sehr, daß man selbst in dem Land, aus dem sie kommen, nicht weiß, daß sie in Turku sind.«
»Also nichts Schriftliches, nehme ich an.«
»Ihre Annahme ist richtig.«
»Wie können wir miteinander reden, falls es erforderlich werden sollte?«
»Ich lasse sie in einem Zimmer allein und komme in ein anderes, um mich mit Ihnen zu beraten.«
»Könnten Sie etwas deutlicher werden?« drängte Carver. »Wenn ich im voraus weiß, worum es geht, kann ich Ihre Fragen wesentlich schneller beantworten.«
Hauser schwieg einen Moment. »Eigentlich spricht nichts dagegen, daß Sie es erfahren. Es ist eine sowjetische Handelsdelegation – Leute, die daran interessiert sind, daß ich in Rußland Privatfirmen gründe. Wir übernehmen einundfünfzig Prozent der Anteile – womit wir die Kontrollmehrheit haben, wie üblich. Für sie ist das alles ganz neu, also müssen wir sie bei der Hand nehmen.«
»Sie müssen schwer gearbeitet haben, um ein solches Geschäft in die Wege zu leiten«, bemerkte Carver, um seinen Chef zu weiteren Mitteilungen zu ermutigen.
»Wir müssen sie nach oben zerren. Diese Bauern leben noch im vorigen Jahrhundert. Ich habe einmal mit einem Spitzenfunktionär gegessen. Er hatte im Westen gelebt, war anständig gekleidet. Als die Suppe kam, hat er sie aufgeschaufelt und in sich hineingeschlürft.« Hauser demonstrierte, indem er den Kopf senkte und mit den Ellenbogen arbeitete. »Bauern«, wiederholte er. »Und die drei Männer, die ich treffen will, sitzen ganz oben. Es wird Zeit, daß wir sie zivilisieren.«
»Und wo in Turku soll das Treffen stattfinden?«
»Da, wo man am wenigsten erwarten würde, drei führende Russen anzutreffen. In den beiden Häuschen, die wir in diesem historischen Viertel gekauft haben.«

Achtundzwanzigstes Kapitel

Nachdem General Rebet eine Eintrittskarte erstanden hatte, betrat er das alte Viertel und reichte erst Tweed und dann Nield die Hand.
»Ich schlage vor, wir wandern ein bißchen herum«, sagte er, nachdem er einen Blick auf die Uhr geworfen hatte.
Nield blieb hinter den beiden Männern zurück. Seine rechte Hand steckte in

seinem Jackett, nahe bei der Browning Automatik in seinem Gürtel. Er hatte sich die Waffe von Paula ausgeliehen.
»Sie haben von einer kritischen Situation gesprochen«, sagte Tweed und kam damit gleich zum Thema. »Was ist los? Weshalb sind wir hier?«
»Um ein Treffen zwischen Hauser und drei Mitgliedern des Politbüros zu beobachten. Kazbek, Marschall Zaikow und Dikoyan. Ich weiß immer noch nicht, welcher von ihnen der Verräter Angel ist.«
»Aber Sie hoffen, es heute herauszufinden?«
Rebet zuckte die Achseln, während sie eine mit Kopfsteinen gepflasterte, rampenähnliche Straße zwischen zwei Häuserreihen emporwanderten. »Meine Informanten – die dabei ihr Leben riskierten – haben herausgefunden, daß das Treffen hier stattfinden soll und wer daran teilnimmt.«
»Wie kommen diese drei Männer her? Vermutlich sollen die Finnen doch nicht wissen, daß sie hier sind. Vor allem Marschall Zaikows Anwesenheit würde die finnische Regierung in hellen Aufruhr versetzen.«
»Das ist das Merkwürdigste daran. Ihre Reiseroute. Zwei von ihnen – und ich weiß nicht, welche zwei – landen mit einer Aeroflot-Maschine auf dem Flughafen von Turku. Ihr Vorwand ist die Handelsausstellung, die heute in Turku eröffnet wird. Sie fliegen in einer besonderen Kabine. An Bord befindet sich außerdem eine Delegation von Leuten niedereren Ranges, die auch die Ausstellung besuchen wollen. Die beiden Mitglieder des Politbüros begeben sich direkt zu einem Wagen, der sie hierher bringen wird.«
»Und der dritte?«
»Wer das ist, weiß ich gleichfalls nicht. Er ist von Leningrad nach Tallinn in Estland geflogen. Von dort aus fährt er mit einer schnellen Motorjacht zu einer der Inseln im Archipel und steigt dort für das letzte kurze Stück der Reise auf ein Fischerboot um.«
»Ziemlich kompliziert. Klingt nach Angel.«
»Finde ich auch. Das Problem besteht darin, herauszufinden, welcher von den drei Männern allein hier eintrifft.«
Tweed blieb neben Rebet stehen. Sie waren fast am oberen Ende der Straße angekommen. Ein in Taillenhöhe angebrachtes Seil versperrte ihnen den Weg, und ein Mann in Arbeitskleidung hob die Hand. Er sprach sie auf Englisch an.
»Wir führen Reparaturarbeiten an der Straße durch. Sie können heute hier nicht weitergehen.«
Ein Dutzend Schritte hinter den beiden Männern umfaßte Nield den Browning fester. Ihm war eine Ausbuchtung in der Achselhöhle des Arbeiters aufgefallen. War es üblich, daß finnische Arbeiter Waffen trugen?

Tweed nickte, blickte über das Seil hinweg. Zwei große Holzhäuser standen da, nur durch eine schmale Gasse voneinander getrennt. Hinter den dichten Gardinen waren alle Vorhänge zugezogen. Und trotz der Regenwolken am Himmel war es hellichter Tag. Die beiden Männer kehrten um.
»Wir haben den Treffpunkt gefunden«, flüsterte Rebet.
»Ganz meine Meinung. Aber wann?«
Rebet schaute wieder auf die Uhr. »Sie müßten in einer Viertelstunde eintreffen.«

Die Finnair-Maschine landete glatt auf dem Flughafen von Turku. Eine Gangway wurde herangerollt. Als Newman, gefolgt von Dillon, ausstieg, blickte er zum Himmel empor. Ein Lear Jet setzte zur Landung an. Sie waren Hauser um Minuten zuvorgekommen.
»Ich bleibe hier«, sagte Newman, als sie die Halle erreicht hatten. »Sie gehen hinaus und besorgen ein Taxi. Geben Sie dem Fahrer ein gutes Trinkgeld. Sagen Sie ihm, Sie warteten auf einen zweiten Fahrgast.«
Newman trat an ein Fenster mit Ausblick auf den Flugplatz. Als der Jet gelandet war und ausrollte, fuhr eine schwarze Limousine ihm entgegen. Hauser schien eine Vorliebe für schwarze Wagen zu haben. Er richtete sein Fernglas auf das Heck des Mercedes, merkte sich die Zulassungsnummer und ging dann schnell zu Dillon hinaus, der neben einem Taxi stand.
»Sie können jeden Augenblick losfahren, Cord. Steigen Sie ein.«
Newman gab dem Taxifahrer genaue Anweisungen, nannte ihm die Zulassungsnummer des Mercedes und erwähnte fast beiläufig, sie wären Reporter und an den beiden Insassen der Limousine interessiert, weil sie eine Story über sie schreiben wollten.
»Ich verstehe«, erwiderte der Fahrer und fuhr an, dann stoppte er.
Als die Limousine an ihnen vorübergefahren war, folgte er ihr unauffällig, indem er immer einen gewissen Abstand hielt. Nachdem sie eine kurze Strecke gefahren waren, sagte der Fahrer über die Schulter hinweg:
»Sieht so aus, als wollten sie zu dem Viertel mit den alten Häusern. Vielleicht haben Sie schon davon gehört.«
»Wir haben davon gehört«, sagte Newman, während das Taxi seine Fahrt verlangsamte.

Tweed und Rebet hatten in einem der der Öffentlichkeit zugänglichen Häuser in der Nähe eines Fensters Stellung bezogen. In dem Zimmer war es düster, die schweren Möbel stammten aus der Zeit um die Jahrhundertwende. Der Wärter des Hauses hatte sie als harmlos eingestuft und allein gelassen.

»Ich glaube, jetzt kommt Hauser«, sagte Rebet.
Sobald der Wagen zum Stehen gekommen war, sprang Carver heraus, löste zwei Eintrittskarten und betrat zusammen mit Hauser das Viertel. Die beiden Männer gingen zielstrebig die mit Kopfsteinen gepflasterte Straße hinauf zu der Stelle, wo angeblich Reparaturarbeiten durchgeführt wurden. Rebet schaute wieder auf die Uhr.
»Dieses Unternehmen wird sehr präzise abgewickelt. Meine drei müßten jeden Augenblick eintreffen.«
Pete Nield, der hinter Tweed stand, schaute aus dem Fenster, als ein Taxi vorfuhr. Er versteifte sich, als die Tür geöffnet wurde, und stieß Tweed leicht an, ohne daß Rebet es bemerkte. Tweed verzog keine Miene, während er beobachtete, wie Newman und Dillon ihren Fahrer bezahlten, Eintrittskarten kauften und das Viertel betraten.
Innerlich schäumte er vor Zorn. Was in aller Welt hatte Newman sich dabei gedacht? Wie konnte er ausgerechnet in diesem heiklen Moment hier auftauchen? Insgeheim fluchend, ließ er sich nichts anmerken, als er feststellte, daß die beiden Männer auf das Haus zugingen, das dem, von dem aus Tweed sie beobachtete, genau gegenüberlag. Beide hielten sich außer Sicht, und Newman lugte um die Ecke. Tweed vermutete, daß er den Weg von Hauser und Carver die Straße hinauf bis zum Treffpunkt verfolgen wollte.
»Die beiden Besucher scheinen sich sehr für Hauser zu interessieren«, bemerkte Rebet.
»Wahrscheinlich Wachmänner von INCUBUS«, erklärte Tweed. »Es gibt nicht viele Orte, die Hauser ohne Leibwache aufsucht.«
»Vermutlich haben Sie recht«, erwiderte Rebet zweifelnd. »Und jetzt kommt ein weiteres Taxi . . .«
Auch Newman hatte es gehört. Er packte Dillon beim Arm, und sie verschwanden in der offenen Tür des Hauses, bevor das Taxi den Eingang erreicht hatte. Sie tun genau dasselbe wie wir, dachte Tweed – sie gehen in Deckung und beobachten.
Das Taxi hielt, und drei Männer stiegen aus; einer von ihnen bezahlte den Fahrer. Alle drei trugen leichte Regenmäntel und Mützen. Tweed musterte sie, als sie das Viertel betraten. *Drei* Männer. Marschall Zaikow, Viktor Kazbek und Anatoli Dikoyan, der es fertigbrachte, selbst in einem schäbigen Regenmantel und mit einer Mütze elegant auszusehen.
»Verdammt!«
Rebet hieb eine geballte Faust auf die Fläche der anderen Hand. »Alle drei erscheinen gemeinsam. Nun habe ich keine Ahnung, wer unser Mann ist.«
»Da hat jemand geschickt taktiert«, bemerkte Tweed. »Kam sehr zeitig von

diesem Fischerboot an Land und wartete dann in einem Taxi an einem vereinbarten Treffpunkt, bis die anderen beiden erschienen, und dann sind sie gemeinsam hierher gefahren. Das einzige, was mit dieser Theorie nicht vereinbar ist – wie hat er den anderen beiden den Umweg erklärt, den er gemacht hat?«

»Das kann ich Ihnen sagen. Wie Sie wissen, gibt es in Estland Unruhen. Ein Mitglied des Politbüros sollte dorthin fahren und sich insgeheim ein Bild von der Lage machen. Diesen Grund würden die beiden anderen, von denen keiner Angel ist, gelten lassen. Das Problem ist nur, daß ich nicht weiß, wer nach Tallinn geflogen ist.«

Nield war an ein anderes Fenster getreten, damit Tweed und Rebet sich ungestört unterhalten konnten. Jetzt rief er leise: »Hier kommen zwei weitere Taxis.«

Die drei Mitglieder des Politbüros waren die Straße hinaufgegangen, die vor ihnen Hauser und Carver benutzt hatten. Marschall Zaikow marschierte zielstrebig allein voraus, gefolgt von Dikoyan und Kazbek, die, wie Tweed feststellte, nebeneinander hergingen.

Den beiden Taxis entstiegen sieben Männer. Bei mehreren ragten Flaschen aus den Taschen, und während die Fahrer entlohnt wurden, vollführten zwei von ihnen einen kleinen Tanz auf dem Pflaster.

»Großer Gott! Das sind KGB-Leute, als Matrosen verkleidet. Ich kenne einige von ihnen. Sie beschützen die drei Männer – mir kam es schon merkwürdig vor, daß sie allein hier aufkreuzten. Sie dürften alle bewaffnet sein.«

Tweed war beunruhigt. Newman und Dillon versteckten sich nach wie vor in dem Haus auf der anderen Straßenseite. Und eine Weile zuvor hatte Tweed beobachtet, wie Newman an seinem Jackett zupfte. Er wußte, was diese Geste zu bedeuten hatte – sie sollte gewährleisten, daß die Waffe, die er bei sich trug, nicht zu sehen war. Die Situation war explosiv.

»Sie verhalten sich sehr geschickt«, bemerkte Rebet bitter, als die sieben Männer Eintrittskarten kauften und in das Viertel einfielen. Sie lieferten die perfekte Imitation einer Gruppe von Matrosen, die nicht betrunken waren, aber einen kurzen Landurlaub in vollen Zügen genossen. Etliche legten die Arme um andere, und gemeinsam wanderten sie die Straße hinauf, auf der vor ihnen die drei Mitglieder des Politbüros gegangen waren.

»Damit sind wir mattgesetzt«, sagte Rebet.

»Nicht unbedingt«, erwiderte Tweed. »Wissen Sie, ob Angel auf demselben Weg zurückzukehren gedenkt, auf dem er gekommen ist?«

»Dem spärlichen Material zufolge, das ich von meinen Informanten erhalten habe, ja. Er muß. Offiziell ist er nach Tallinn geflogen. Also muß er auch von Tallinn aus wieder nach Moskau zurückfliegen.«

»Auf genau der gleichen Route?« beharrte Tweed. »Zuerst das Fischerboot, dann die Motorjacht, die ihn nach Tallinn bringt?«

»Die gleiche Route. Nur umgekehrt.«

»Dann lassen Sie mich ein paar Worte mit meinem Mitarbeiter sprechen.«

Tweed trat an das Fenster, von dem aus Nield die Außenwelt beobachtete. Er senkte die Stimme, als er seine Anweisungen erteilte.

»Pete, Sie haben die drei Männer gesehen, die kurz nach Newman und Dillon ankamen? Gut. Dies ist eine schwierige Aufgabe, aber von größter Bedeutung, wenn Sie es irgendwie schaffen können. Ich möchte, daß Sie losziehen und sich irgendetwas beschaffen, womit Sie dem Taxi folgen können, mit dem die drei Männer von hier abfahren. Einer von ihnen wird sich unauffällig von den anderen beiden trennen, die zum Flughafen weiterfahren. Ich möchte, daß Sie sich an den dritten Mann hängen wie ein Blutegel. Er wird Turku an Bord eines Fischerbootes verlassen und irgendwo im Archipel auf eine Motorjacht umsteigen. Haben Sie bis jetzt alles mitbekommen?«

»Habe ich.«

»Ich möchte, daß Sie ihm so weit wie möglich aufs Meer hinaus folgen, wenn Sie es bewerkstelligen können. Besorgen Sie sich außerdem eine Kamera. Ich brauche Fotos von diesem dritten Mann.«

»Geht in Ordnung.« Nield nahm den schwierigen Auftrag entgegen, als wäre es eine Routineaufgabe. »Nur ein Einwand – ich bin hier, um Sie zu beschützen. Ich kann nicht an zwei Orten zugleich sein.«

»Newman und Dillon sind in dem Haus gegenüber. Sie können Ihre Arbeit übernehmen.«

»Dann bin ich schon unterwegs ...«

»Haben Sie genügend Geld?«

»Reichlich. Für das, was ich brauche.«

Tweeds Blicke folgten der schlanken, behenden Gestalt. Nield ging schnellen Schrittes auf den Eingang zu. Ganz offensichtlich hatte er sich bereits überlegt, wie er den schwierigen und gefährlichen Auftrag erledigen konnte, den Tweed ihm erteilt hatte.

Tweed ging allein zu dem Haus auf der anderen Straßenseite hinüber. Aus einem Augenwinkel heraus sah er das obere Ende der Straße, die er mit Rebet hinaufgewandert war. Vier der vorgeblichen Matrosen lehnten an den Wänden von Häusern unmittelbar unterhalb des mit dem Seil abgesperrten

Areals. Drei waren außer Sicht; sie bewachten vermutlich die andere Seite der beiden Häuser. Er hätte nur zu gern gewußt, was da drinnen vor sich ging. Die Tür des Hauses gegenüber wurde geöffnet, Newman winkte ihn herein, machte hinter ihm die Tür wieder zu. Dillon stand mit der Luger in der Hand an einem der Fenster.

»Darf ich fragen, was zum Teufel Sie hier tun?« fragte Tweed.

Ohne sich irgendwie zu entschuldigen, berichtete Newman, wie sie Hauser von seinem Büro in Helsinki aus gefolgt waren. Tweed hörte zu, dann nickte er.

»Dann habe ich Ihnen wohl nichts vorzuwerfen ...«

»Das will ich hoffen«, erwiderte Newman hitzig. »Unser Job ist es, herauszufinden, was Hauser vorhat. Wer waren diese merkwürdigen Typen, die vor kurzem angekommen sind?«

»Abgesandte«, entgegnete Tweed geheimnisvoll.

»Ihr Freund da drüben hat Probleme, möglicherweise große Probleme«, rief Dillon. »Als Sie das Haus verließen, hat er herausgeschaut und ist dabei offenbar gesehen worden. Zwei von diesen Ganoven sind gerade hineingegangen.«

»Er muß beschützt werden. Koste es, was es wolle«, befahl Tweed.

Newman und Dillon eilten an ihm vorbei, öffneten die Tür, gingen langsam auf die andere Seite. Newman warf einen Blick die Straße hinauf und sah, daß die anderen Männer ihm den Rücken zuwandten und sich unterhielten. Mit seiner .38 Smith & Wesson in der Hand stieß er langsam die Tür des Hauses auf. Dillon folgte mit seiner Luger.

Die Luft im Haus war geschwängert von der Feuchtigkeit, die sich über Turku gelegt hatte. Als Newman und Dillon lautlos eintraten, stand Rebet mit erhobenen Händen an der Wand. Die beiden Männer, die vor ihm standen, hatten Makarow-Pistolen auf ihn gerichtet. Trotzdem war Rebets Stimme fest.

»Starkow, ich befehle Ihnen und Ihrem Kollegen, die Waffen wegzustecken.«

Er hatte gesehen, wie Newman und Dillon hereinkamen, und deshalb Englisch gesprochen. Daraufhin faßten die beiden Männer ihre Pistolen fester und zielten auf Rebet.

»Das würde ich an Ihrer Stelle nicht tun«, erklärte Newman.

Der erste Mann fuhr herum und richtete seine Makarow auf Newman. Ein Schuß löste sich. Der Russe stürzte zu Boden. Auch der zweite Mann hatte sich umgedreht, als Newman sprach, und richtete jetzt die Waffe auf Dillon. Ein zweiter Schuß, und er brach neben seinem Kollegen zusammen.

Rebet eilte zu ihnen, bückte sich, fühlte den Puls der Halsschlagader. Dann richtete er sich wieder auf und schüttelte den Kopf.

»Sie sind beide tot«, erklärte er Newman. »Ich muß Ihnen beiden danken Sie haben mir das Leben gerettet. Aber wir müssen so schnell wie möglich von hier verschwinden.«

Newman ergriff eine der Makarows, bohrte den Lauf in eines der auf der Couch liegenden Lederkissen, betätigte den Abzug. Dann tat er dasselbe mit der zweiten Makarow, drehte das Kissen um, um die Einschußlöcher zu verbergen, drückte jedem der Russen eine Pistole in die rechte Hand, zog eine Flasche aus der Tasche des einen, schüttete den Leichen Wodka über den Mund, stellte die Flasche auf einen Tisch. Rebet stand still da und verfolgte interessiert, was Newman tat.

»Und jetzt ganz vorsichtig zurück in das Haus auf der anderen Seite«, erklärte Newman den beiden Männern.

Er öffnete die Tür, lugte hinaus. Am oberen Ende der Straße schien ein Streit ausgebrochen zu sein; die Männer gestikulierten, mit dem Rücken zu ihnen. Er bedeutete den anderen, ihm zu folgen, rannte hinüber in das andere Haus. Tweed öffnete die Tür, ließ die drei Männer ein und machte sie hinter ihnen schnell wieder zu.

»Was ist passiert? Wo sind die beiden Wachen?«

»Tot.«

Newman berichtete schnell, was sich ereignet hatte. Als Newman fertig war, ergriff Rebet das Wort.

»Er hat mir das Leben gerettet – beide haben es getan. Und es war eine brillante Idee, es so aussehen zu lassen, als hätten sie sich gegenseitig erschossen. Vielleicht fallen sie darauf herein, wenn die Männer gefunden werden.«

»Was jeden Moment passieren kann. Wir müssen von hier verschwinden«, erklärte Tweed. »Ungesehen, wenn wir können. Und zwar auf der Stelle.«

»Was ist mit Nield?« fragte Dillon.

»Der kann auf sich selbst aufpassen. Ich sagte es bereits – wir müssen weg. Sofort!«

Newman übernahm die Führung. Er vergewisserte sich, daß die Wachen noch mit sich selbst beschäftigt waren, aber zwei von ihnen setzten sich langsam in Bewegung und kamen die Straße herunter. Wahrscheinlich fragten sie sich, wo ihre Genossen geblieben waren. Er winkte Tweed zu, der an der Tür stand und ihn beobachtete. Die vier Männer eilten aus dem Viertel heraus, und Tweed lief zu einem Taxi, das nicht weit vom Eingang entfernt parkte. Die vier Männer sprangen hinein, und Tweed wies den

Fahrer an, sie zur Akateeminen-Buchhandlung zu bringen, der erste Ort im Zentrum von Turku, der ihm einfiel. Als das Taxi anfuhr, warf er einen Blick in den Rückspiegel. Keiner der Wachen war zu sehen, als sie um eine Ecke bogen.

»Wir sind in Sicherheit«, flüsterte er Rebet zu.

»Aber wir wissen immer noch nicht, wer Angel ist«, flüsterte Rebet zurück.

»Vielleicht wissen wir es bald.«

Dabei mußte Tweed an Pete Nield denken und den Auftrag, den er ihm erteilt hatte. Vielleicht war der Auftrag gefährlicher, als er angenommen hatte.

Neunundzwanzigstes Kapitel

Pete Nield kehrte voll ausgerüstet zum historischen Viertel zurück. Er fuhr eine kräftige Honda, die er gebraucht gekauft hatte. Sein Jackett steckte ordentlich zusammengelegt in der hinteren Packtasche des Motorrads, und er trug eine Lederjacke, einen Sturzhelm und eine große Schutzbrille. Er lenkte die Maschine ein paar Meter vom Eingang des Viertels entfernt an den Bordstein und zündete sich eine Zigarette an.

Er hatte eine Menge Geld ausgegeben, aber glücklicherweise bestand Tweed darauf, daß seine Leute, wenn sie sich im Ausland aufhielten, immer reichlich mit Landeswährung versehen waren. Nachdem er die Honda gekauft hatte, war er zum Hafen gefahren. Als der Kapitän eines kleinen, schnellen Fischerbootes den Haufen Geld gesehen hatte, den Nield ihm anbot, war er sofort bereit gewesen, sein Schiff zum sofortigen Ablegen bereitzumachen.

»Die Hälfte jetzt, die andere Hälfte, wenn die Sache gelaufen ist«, hatte Nield erklärt.

Paulas Browning steckte im Gürtel unter seiner Jacke. Ein verdammt heißer Tag für eine Lederjacke, dachte er, während er seine Zigarette rauchte, aber er mußte aussehen wie ein Kurier. Er hatte auch eine japanische Kamera mit einer Zoomlinse gekauft, die jetzt in der vorderen Packtasche steckte.

»Jetzt kann ich nichts tun, als schwitzen und warten«, dachte er und wischte sich den Schweiß von der Stirn.

Die Luftfeuchtigkeit nahm ständig zu. Dunkle Wolken segelten über den Himmel, aber von den Straßen strahlte immer noch Hitze aus. Nield war das Warten gewohnt – die Hälfte seiner Arbeit bestand aus Warten. Er hatte gerade seine Zigarette ausgedrückt, als er sah, wie drei Männer in ein Taxi stiegen, das sie offenbar telefonisch bestellt hatten.

Ein großer Bär von einem Mann mit einer Mähne aus schwarzem Haar und einem Bart von der gleichen Farbe. Ein wesentlich kleinerer, schlanker Mann, der sich schnell und anmutig bewegte. Ein untersetzter, schwergebauter Mann, dessen Schritt etwas Militärisches hatte. Das Taxi fuhr davon. Nield drückte auf den Anlasser und folgte ihm.

Wäre Tweed zugegen gewesen, dann hätte er die militärische Präzision des Aufbruchs bewundert. Kurz nachdem Nield abgefahren war, erschienen zwei weitere Taxis. Unter den vier Männern, die das erste Taxi benutzten, war einer, der von zweien gestützt wurde, zusammengesackt und anscheinend betrunken. Drei weitere nahmen das zweite Taxi, und wieder wurde ein Mann, der nach Wodka roch, hineingetragen. Dann fuhren die beiden Taxis davon, auf derselben Route wie das erste.

Mehrere Minuten später erschien eine von einem Chauffeur gesteuerte schwarze Limousine. Hauser und Carver tauchten am unteren Ende der Straße auf. Hauser hatte von der Entdeckung der beiden Leichen gehört; jetzt schaute er sich sorgfältig um, bevor er, gefolgt von Carver, in die Limousine einstieg. Sobald sie angefahren war, erteilte Hauser dem Fahrer seine Anweisungen, dann wendete er sich an Carver.

»Adam, ich setze Sie am Bahnhof ab. Sie fahren mit dem Zug zurück nach Helsinki zu ihrem Abendessen mit dieser Grey. Ich habe hier noch einiges zu erledigen. Ich komme später mit dem Jet nach.«

Pete Nield beobachtete durch seine Schutzbrille, wie das Taxi vor ihm in einer stillen Straße in einem Außenbezirk von Turku anhielt. Er verlangsamte seine Fahrt, fuhr an den Bordstein heran und wühlte in der vor seiner Brust hängenden Tasche, als müßte er seine Aufträge überprüfen.

Vor dem Taxi, dem er gefolgt war, parkte ein weiteres. Er sah, wie die Tür des Taxis mit den drei Männern geöffnet wurde. Dann versperrte ihm ein Transporter in den entscheidenden Sekunden die Sicht, und er sah nur, wie eine verschwommene Gestalt in dem vor dem anderen geparkten Taxi verschwand.

Er pfiff leise durch die Zähne. Ein Fahrzeugwechsel. Welchem sollte er jetzt folgen? Die Feuchtigkeit trübte seinen Verstand. Natürlich! Tweed hatte gesagt: Folgen Sie dem dritten Mann, demjenigen, der sich von den anderen beiden absondert. Wie zum Teufel hatte Tweed dieses Manöver vorhersehen können?

Er startete seine Maschine, sobald das erste Taxi losfuhr, und warf abermals einen Blick in den Rückspiegel. Die beiden Taxis, die er schon früher bemerkt hatte, fuhren nach wie vor hinter ihm her. Es war eine große

Erleichterung, als er eine Minute später feststellen konnte, daß die beiden verschwunden waren. Offenbar hatten sie irgend etwas mit dem Taxi zu tun, das er hinter sich gelassen hatte.
Mehrere Minuten später roch er Salz in der Luft, und der Hafen kam in Sicht. Das Taxi vor ihm fuhr langsam an einem Kai entlang. Ein Wald von Masten schwankte in der kräftigen Brise, die jetzt wehte. Nield ließ seine Maschine am Kai entlangrollen, sah, wie das Taxi bei einem großen Fischerboot anhielt, und fuhr weiter bis zu dem kleineren Boot, das er angeheuert hatte. Das Ruderhaus befand sich am Heck, und der Kapitän, ein zäher Mann mit runzligem Gesicht, winkte ihm zu.
Nield erwiderte das Winken mit einem Nicken, schwang sein Bein aus dem Sattel, packte die Honda und schob sie über die Leitplanke an Bord. Dann zog er eine Segeltuchplane über die Maschine, nahm seinen Helm ab und ließ ihn gleichfalls unter der Plane verschwinden. Als nächstes entledigte er sich seiner Lederjacke, versteckte auch diese. Er schob eine Hand unter die Plane, öffnete die hintere Packtasche, nahm sein Jackett heraus und zog es an. Hier am Wasser war es überraschend kühl. Schließlich holte er noch die Kamera aus der vorderen Packtasche und legte sie griffbereit unter die Plane. Es war Nields Stärke, daß er kein Detail außer acht ließ.
Er sprang von dem schwankenden Schiff wieder auf den Kai zurück und befingerte seinen Schnurrbart, während er beobachtete, wie der Fahrgast aus dem Taxi an Bord des Fischerbootes ging. Der Kapitän seines eigenen Bootes, der Englisch sprach und ihm mitgeteilt hatte, daß er Savola hieß, hatte bereits den Motor gestartet, der jetzt leise tuckerte.
Ein paar Minuten später war Nield froh darüber, daß er die Vorsichtsmaßnahme ergriffen hatte, sein Aussehen zu verändern – zwei weitere Taxis erschienen, nachdem das erste auf dem Rückweg in die Stadt an ihm vorbeigefahren war. Auch diese Taxis fuhren an ihm vorbei und hielten bei dem Schiff, das der dritte Mann bestiegen hatte. Sie sahen aus wie die beiden Taxis, die er in seinem Rückspiegel gesehen hatte.
Mit dem Rücken zum Wind zündete Nield sich eine Zigarette an und beobachtete, wie sieben Männer ausstiegen und an Bord gingen. Zwei von ihnen schienen total betrunken zu sein. Sie wurden an Bord getragen. Nield schürzte die Lippen. Der dritte Mann mußte eine wichtige Persönlichkeit sein, wenn er von so vielen Männern begleitet wurde. Dann runzelte er die Stirn, als zwei Männer an der dem Kai zugewandten Seite auftauchten, um sich die Beine zu vertreten. Sie hatten ihren wiegenden Seemannsgang verloren und marschierten stramm und aufrecht hin und her. Sein Kapitän, Savola, trat neben ihn.

»Dieses große Fischerboot da drüben – ich möchte, daß Sie ihm folgen«, teilte Nield ihm mit.
Savola, ein kleiner, untersetzter Mann mit breiten Schultern und einem breiten Mund unter einer aggressiven Nase erinnerte Nield an Filme mit Edward G. Robinson, die er im Fernsehen gesehen hatte. Er rauchte eine gebogene Pfeife, die selten brannte. Er grunzte, schaute hinüber, zog eine Schachtel Streichhölzer aus der Tasche, zündete eines davon an und hielt es über die Pfeife.
»Das ist die *Alskär*. Hier kennt jeder jeden. Der Kapitän der *Alskär* hat mir erzählt, daß er von den Sowjets angeheuert worden ist – für ein Team von Ozeanographen, die irgendwelche Messungen vornehmen wollen. Behaupten sie jedenfalls. Vermutlich wollen sie spionieren.«
»Weiß er über mich Bescheid?« fragte Nield.
»Wie könnte er? Schließlich wußte ich bis eben nicht, welchem Schiff ich folgen soll. Und das Honorar, das Sie zahlen, garantiert Ihnen absolute Geheimhaltung. Sie bekommen das, was Sie verlangt haben.«
»Sie können mit der *Alskär* mithalten?«
Nield betrachtete Savolas wesentlich kleineres Schiff, die *Skäret*. Verglichen mit dem Schiff des Russen war sie ein Zwerg.
Savola paffte an seiner Pfeife. »Bis zum Kattegat, wenn es sein muß. In dieser Maschine, die Sie da hören, steckt eine Menge Kraft. Meine *Skäret* ist erst vor zwei Monaten von Grund auf überholt worden. Der Eigner der *Alskär* hält sein Schiff nicht sonderlich gut instand.« Er klopfte seine Pfeife aus, zertrat die Glut unter seinem großen Stiefel. »Und jetzt gehen wir besser an Bord. Auf der *Alskär* ist die Maschine angelassen worden.« Er löste die Taue von den Pollern.
Nield folgte dem Kapitän in das enge Ruderhaus. Von dort aus hatte er einen besseren Blick auf das Schiff, hinter dem er her war. »Ich hoffe, sie haben nichts dagegen, fotografiert zu werden«, dachte er, als sich die *Skäret* vom Kai löste und Kurs auf die offene See nahm.

Nachdem Hauser Carver am Hauptbahnhof von Turku abgesetzt hatte, ließ er sich in die Zentrale von INCUBUS fahren. Es war gleichfalls ein zylindrisches Gebäude mit Wänden aus undurchsichtigem blauem Glas, zwanzig Stockwerke hoch und damit das höchste Bauwerk in Turku.
Hauser saß in einem Raum im obersten Stockwerk an einem Tisch mit einer Konsole; vor ihm befand sich eine große Glasscheibe, durch die er in die drei dahinterliegenden Räume blicken konnte; für die Leute, die sich in diesen schalldichten Räumen aufhielten, blieb er unsichtbar.

Indem er Schalter an der Konsole betätigte, konnte er sich mit jedem Insassen der drei Räume einzeln unterhalten, ohne daß die anderen mithören konnten. Vor Hauser war in Mundhöhe ein Mikrofon montiert, ebenso vor den drei Leuten, die er deutlich vor sich sah.

In dem rechten Zimmer saß Helmut Ziegler, ehemaliger Stasi-Chef in der einstigen DDR. Im mittleren Raum saß steif aufgerichtet Irina Serow, und im dritten Ion Manescu. Hauser sprach mit Irina Serow.

»Mein Name ist Morrow. Ich bin Ihr Boss. Wären Sie bereit, in die Sowjetunion zurückzukehren und dort im Untergrund zu arbeiten?«

»Eine derartige Reise müßte sehr sorgfältig geplant werden.«

»So ist es. Aber Sie haben meine Frage nicht beantwortet.«

»Sagen Sie mir zuerst, was ich zu tun hätte. Dann bekommen Sie meine Antwort.«

Die Person hat Mut, dachte Hauser und schob den Kneifer auf seiner Nase höher. Ja, er hatte richtig gehandelt, als er beschlossen hatte, die drei mit der Leitung der subversiven Unternehmungen zu betrauen.

»In die Sowjetunion wird Sprengstoff eingeschmuggelt. Er soll dazu verwendet werden, den Eisenbahnverkehr zu stören und noch mehr Chaos herbeizuführen, als schon zur Zeit besteht, so daß sie verzweifelt auf Hilfe und technischen Rat angewiesen sind. Ihre Sache wäre es, die strategisch wichtigen Punkte für das Anbringen der Sprengladungen auszuwählen und die Leute, die diese Arbeit verrichten. Ihre Antwort, bitte.«

»Ich denke, das wäre zu machen. In fast sämtlichen Republiken nehmen die Unruhen zu. Das Chaos bietet ideale Möglichkeiten, den Sprengstoff zu benutzen und noch mehr Chaos herbeizuführen. Ich schlage vor, daß wir uns auf die Transsibirische Eisenbahn und die aus Moskau herausführenden Strecken konzentrieren. Eine Frage, Mr. Morrow. Durch welches Gebiet wird der Sprengstoff eingeschmuggelt?«

Hauser zögerte. Irina Serow hatte ihn beeindruckt. Sie saß so selbstsicher da, in einer enganliegenden Bluse und einem kurzen Rock, die ihre Figur voll zur Geltung brachten. Eine Frau, auf die jeder Mann hereinfällt, dachte er.

»Das Depot für den Sprengstoff ist bereits eingerichtet«, teilte er ihr mit. »Hier in Finnland. Wir schaffen ihn von Lappland aus über die Grenze.«

»Sehr gut.«

»Aber bevor Sie die Leitung dieser Operation übernehmen, möchte ich, daß Sie hier in Finnland noch etwas erledigen. Jemanden verführen. Ich melde mich in einer Minute wieder.«

Hauser unterbrach die Verbindung mit dem Zimmer, in dem sie saß, und schaltete das Mikrofon für den rechten Raum ein. Helmut Ziegler war ein relativ kleiner, massiger Mann in den Vierzigern mit einem Bürstenhaarschnitt. Er hatte dicke Brauen, die über einer Stupsnase fast zusammenstießen, einen gemeinen, verbissenen Mund und ein aggressives, brutales Kinn. Er rutschte rastlos auf seinem Stuhl hin und her, bis Hauser ihm seine Instruktionen erteilte.

Er sollte in Deutschland Unruhen und Bombenattentate organisieren und dafür sorgen, daß sie der Roten Armee Fraktion zugeschrieben wurden. Außerdem sollte Ziegler mit der UTS Verbindung aufnehmen, der in München sitzenden Bewegung für eine Freie Ukraine. Wenn es so aussah, als wollte sich die Ukraine, die zweitwichtigste Republik der Sowjetunion, selbständig machen, dann würde der sowjetische Präsident alle Hände voll zu tun haben und nicht bemerken, daß Hauser sich des Landes bemächtigte.

Hauser schaltete sich bei dem hagergesichtigen Ion Manescu ein. Seine Anweisungen waren kurz.

»Sie sorgen dafür, daß es auf dem Balkan weiter brodelt. Ihre Ziele – Budapest, Sofia und Bukarest. Setzen Sie diese Städte in Brand . . .«

Nachdem er Manescu seine Befehle erteilt hatte, wendete er sich wieder an Irina Serow, die nach wie vor steif aufgerichtet dasaß und in den vor ihr liegenden Spiegel starrte, als könnte sie den Mann sehen, der mit ihr sprach, den Mann, der sich Morrow nannte, der jedoch – davon war sie trotz der Verzerrung seiner Stimme überzeugt – Franklin D. Hauser war.

»Irina«, begann Hauser, »in Kürze werden wir den Mann identifiziert haben, der hinter den Leuten steckt, die in Finnland gegen uns operieren. Wenn das geschehen ist, möchte ich, daß Sie ihn aufsuchen – als eine Frau, die aus der Moldauischen Sowjetrepublik entkommen ist, dem Gebiet, das Stalin gegen Ende des Zweiten Weltkrieges von Rumänien annektiert hat. Mit Ihrer Persönlichkeit müßten Sie es eigentlich schaffen, ihn zum Reden zu bringen . . .«

Sie ist verteufelt sexy, dachte er, als das Gespräch beendet war. Er schaltete das Mikrofon ab. Die Arbeit war getan. Und überall in Europa und in der Sowjetunion würde bald der Teufel los sein.

Glücklicherweise war Pete Nield nicht anfällig für Seekrankheit. Die *Skäret* hatte das Festland weit hinter sich gelassen und suchte sich jetzt bei schwerer See ihren Weg zwischen den Inseln des Archipels. Große Wellen rollten auf das Fischerboot zu; es wurde auf gischtgekrönte Kämme emporgehoben, stürzte dann in das nächste Wellental hinab.

Nield hielt sich neben Savola, der am Ruder stand, an der Reling fest. Der

Archipel faszinierte ihn. Sie passierten zahllose Inseln von unterschiedlicher Größe. Auf einigen von ihnen standen eingeschossige Häuser mit leuchtendrot gestrichenen Wänden, und Nield fragte sich, was für ein Gefühl es sein mochte, in einer solchen Einsamkeit zu leben. Andere waren nicht mehr als riesige braune Felsenbuckel, über die die Wellen hinweggischteten. Sie umrundeten die Spitze einer größeren Insel, und die *Alskär* kam wieder in Sicht.
Savola erwies sich als geschickter Navigator. Er fuhr immer wieder zwischen zwei Inseln hindurch, wo er für das von den Sowjets angeheuerte Schiff unsichtbar war, und kam dann wieder zum Vorschein. Auf der schwankenden *Skäret* stemmte sich Nield an die Rückwand des Ruderhauses und schaute durch das Fernglas, das er gleichfalls in Turku gekauft hatte. Die Linsen holten die Wachmänner dicht heran. Vor Nields geistigem Auge stand ein klares Bild der drei Männer, die gemeinsam beim historischen Viertel in Turku eingetroffen waren. Bisher hatte sich keiner von ihnen sehen lassen. Und wie zum Teufel soll ich Fotos machen von einem Schiff aus, das wie ein Korken auf den Wellen tanzt? fragte er sich. Vorausgesetzt, der dritte Mann kam überhaupt zum Vorschein.
»Können wir ein bißchen näher herangehen?« fragte er.
»Ja«, erwiderte Savola. »Aber wenn wir es tun, merken sie vielleicht, daß wir ihnen folgen. Bis jetzt sind wir nur ein Fischerboot auf dem Weg zu den besten Fanggründen. Sie haben gesehen, daß auch andere Boote unterwegs sind, also weshalb sollten sie sich unseretwegen Gedanken machen? Aber wenn wir näherkommen ...«
»Wird der Kapitän der *Alskär* uns an die Russen verraten?«
»Nein.« Savola sprach mit der zwischen die Zähne geklemmten Pfeife. »Er wird dafür bezahlt, daß er diese sogenannten Ozeanographen befördert, und hat kein Interesse daran, uns Schwierigkeiten zu bereiten. Wir müssen miteinander leben, weiterhin zum Fischen ausfahren.«
»Dann gehen Sie näher heran ...«
Sie ließen den Archipel hinter sich und näherten sich der offenen See. Die Inseln wurden seltener, und keine von ihnen war bewohnt. Der ferne Horizont war eine gerade, tintenschwarze Linie, über der eine dichte Wolkenmasse hing. Grüne Wogen rollten auch weiterhin auf die *Skäret* zu, aber über ihnen war die Sonne durchgebrochen. Doch Nield war klar, daß die Gefahr, daß sie den Russen auffielen, außerhalb des Archipels wesentlich größer war. Außer der *Alskär* war kein anderes Schiff in Sicht. Und der kamen sie rasch näher.
Seltsamerweise wurde die See ruhiger, sobald sie das offene Meer erreicht hatten. Nield griff nach seiner Kamera und schob die Tür des Ruderhauses auf. Savola warf ihm einen Blick zu.

»Seien Sie vorsichtig. Das sind Russen.«

»Bin ich . . .«

Der Wind hatte sich gelegt, als Nield sich gegen die Wand des Ruderhauses lehnte und seine Kamera auf das andere Schiff richtete. Der Kopf eines Wachmannes erschien im Sucher. Er beobachtete die *Skäret* durch ein Fernglas, das er jetzt senkte. Auf dem größeren Schiff brach plötzlich geschäftiges Treiben aus. Weitere Männer erschienen. Nield blieb stehen, wo er stand.

»Achtung!« rief Savola plötzlich. Seine scharfen Augen hatten gesehen, daß einer der Wachmänner ein Gewehr hatte und damit auf die *Skäret* zielte. Auch Nield hatte die Waffe gesehen. Er blieb, wo er war, blickte durch die Kamera. Die *Alskär* lag jetzt relativ ruhig im Wasser, was dem Schützen helfen würde. Savola schwang das Ruder herum und änderte abrupt den Kurs. Ein Prasseln, das sich anhörte wie das Anprallen von Kieselsteinen gegen das Schandeck, übertönte das Geräusch des Motors. Geschosse. Der plötzliche Kurswechsel hatte Nield das Leben gerettet.

Durch den Sucher sah Nield, wie auf dem Deck der *Alskär* eine weitere Gestalt auftauchte. Der dritte Mann. Seine Züge waren klar und deutlich zu erkennen. Nield machte eine ganze Reihe von Aufnahmen, während Savola von einer Seite zur anderen steuerte und die Wachmänner weiterhin auf sie schossen. Weiteres Prasseln wie von Kieselsteinen, die gegen den Rumpf prallten.

»Bande!« brüllte Savola.

Nield bückte sich, hob etwas vom Deck auf, sprang ins Ruderhaus und knallte mit der Kamera in der Hand die Tür hinter sich zu.

»Job erledigt«, rief er Savola zu. »Wir können umkehren . . .«

»Wenn wir am Leben bleiben.«

Ein weiterer Schütze war aufgetaucht. Der dritte Mann deutete auf die *Skäret.* Nield grinste. »Ich hab' dich, du Gangster.« Die *Skäret* beschrieb rasch eine Wendung um hundertachtzig Grad und machte sich auf den Rückweg zum Archipel. Nield schaute durch das achtere Fenster. Die Schützen feuerten nach wie vor, und Savola steuerte von einer Seite zur anderen. Nield sah, wie Geschosse neben ihrem Kielwasser ins Meer einschlugen. Er öffnete die linke Hand, zeigte Savola, was er vom Deck aufgehoben hatte.

»Plastikgeschosse. Aber wenn eines davon mich ins Auge oder in die Kehle getroffen hätte, wäre ich erledigt gewesen.«

»Fahren wir heim?« erkundigte sich Savola.

»Wir fahren heim«, bestätigte Nield.

Dreißigstes Kapitel

»Quälen Sie sich doch nicht, Bob«, sagte Paula. »Daß Sie immer wieder über diesem Terminkalender brüten, den Sie in Sandys Wagen gefunden haben, bringt Sie nicht weiter. Sie müssen ihn inzwischen doch auswendig kennen.«

Newman saß in seinem Zimmer im The Palace auf einem Stuhl, während Paula sich wie eine Katze auf seinem Bett zusammengerollt hatte. Die Luft war schwül und drückend wie vor einem Gewitter. Der Wetterbericht hatte eine Temperatur von 28 Grad vorhergesagt. Newman, der ein am Hals offenes Hemd und eine leichte Hose trug, betrachtete seine Hände. Sie waren schweißnaß. Er wischte sie an seiner Hose ab, blätterte weiter den Terminkalender durch. Er stieß auf zwei Seiten, die zusammengeklebt waren. Das war ihm bisher entgangen.

Mit den Fingernägeln löste er die Seiten voneinander, las die Eintragung. *Porvoo. So wird es geschrieben, wie er mir sagte, nachdem ich ihm erzählt hatte, daß ich zufällig gehört hatte, wie das Wort erwähnt wurde. Er sagte, es wäre ein Ort in Schweden. Ich glaube ihm nicht. Er ist ein Lügner ...*

»Großer Gott! Und das habe ich übersehen«, sagte er laut.

»Was haben Sie übersehen?« fragte Paula und setzte sich auf.

»Diese Eintragung. Die beiden Seiten klebten zusammen – das kommt gelegentlich vor. Wahrscheinlich war ich damals zu fassungslos, um zu merken, daß zwei Seiten fehlten.«

»Zeigen Sie her«, sagte Paula.

Er reichte ihr den aufgeschlagenen Terminkalender, stand auf und trank noch etwas Mineralwasser. Er wanderte im Zimmer umher und hatte dabei das Gefühl, durch Melasse zu gehen.

»Es ist Sandys Schrift«, fuhr er fort. »Ich möchte wissen, wer der *Er* war, von dem sie spricht. Aber wer immer es gewesen sein mag, sie hatte recht. Er ist ein Lügner.«

»Entschuldigung. Bin ich schwer von Begriff?«

»Es ist kein großer Ort, deshalb haben die meisten Leute noch nie von ihm gehört. Aber Porvoo liegt *nicht* in Schweden – also weshalb hielt jemand es für erforderlich, in dieser Hinsicht zu lügen?«

»Und wo liegt es? Spannen Sie mich doch nicht auf die Folter.«

»Porvoo ist eine alte Hafenstadt, nur etwa fünfzig bis sechzig Kilometer von hier entfernt. Es liegt östlich von Helsinki und ist über die E 3 zu erreichen. Ich glaube, ich werde mir die Gegend einmal ansehen. Versuchen wir, ob Marler zu erreichen ist.«

»Kann ich mitkommen?« fragte sie, als er zum Telefon griff.
Ein paar Minuten später klopfte Marler an die Tür. Newman hatte das Gefühl, von der Hitze völlig zerknittert zu sein, aber Marler machte wie gewöhnlich einen taufrischen Eindruck.
»Ich habe gerade Siesta gehalten«, verkündete er. »War mir zu langweilig, darauf zu warten, daß Tweed von dort zurückkommt, wo immer er sich hinbegeben hat. Sagte, ich sollte mit dem Flug nach Rovaniemi warten, bis wir mehr Material hätten. Ich war anderer Meinung – die einzige Möglichkeit, Material zu beschaffen, besteht darin, daß man sich umsieht. Aber Tweed ist nun einmal Tweed. Wie geht es der schönsten Frau der Welt?« fragte er Paula.
»Sie ist nicht in der Stimmung für billige Schmeicheleien. Zu heiß.«
»Marler«, warf Newman ungeduldig ein, »als Sie Mauno Sarin besuchten, hat er Ihnen eine Aufstellung von Hausers Firmen in Finnland gezeigt. Befindet sich eine davon in Porvoo?«
»Nein«, sagte Marler prompt. »Warum?«
Newman erklärte ihm die Sache mit dem Terminkalender. Er reichte ihn Marler, der die Eintragung las, die Stirn runzelte und Newman dann den Kalender zurückgab.
»Damit ist nicht viel anzufangen«, bemerkte er.
»Ich werde mich trotzdem dort umsehen«, erklärte Newman störrisch und schlüpfte in seine Schuhe.
Er zog eine Schublade auf und holte unter ein paar ordentlich zusammengelegten Hemden ein Schulterholster heraus. Er legte es um, steckte die Smith & Wesson hinein, zog sein Jackett an, überprüfte sein Aussehen im Spiegel. Marler warf Paula einen belustigten Blick zu. Sie stand auf und stemmte die Hände auf die Hüften.
»Bob, ich hatte gefragt, ob ich mitkommen darf.«
»Ich denke schon. Marler, Sie sind auch eingeladen. Schließlich haben Sie mir das Wäldchen oberhalb der Zentrale von INCUBUS gezeigt.«
»Kann mir nicht vorstellen, warum. Muß in einem Anfall von Großzügigkeit geschehen sein. Wo steckt übrigens Tweed? Weiß das jemand von euch?«
Newmans Miene blieb undurchdringlich. Nach dem Zusammenstoß mit den beiden sowjetischen Wächtern um die Mittagszeit war er von Turku nach Helsinki zurückgeflogen. Zum Teil, weil er Paulas wegen besorgt war. Tweed war in Turku geblieben und mit einem Taxi zum Hafen gefahren, um auf Nield zu warten. Dillon hatte darauf bestanden, bei ihm zu bleiben.
»Soweit ich weiß, geht es ihm gut. Im Augenblick ist er nicht in Helsinki«,

erwiderte Newman. »Wollen Sie nun mitkommen nach Porvoo oder nicht?« Er war mit seinem BMW vom Flughafen zurückgekehrt, den er vor dem Abflug dort geparkt hatte.

»Also gut.« Marlers Stimme klang zweifelnd. »Ich sehe zwar den Sinn der Sache nicht recht ein – schließlich haben wir nichts als eine Eintragung in einem Terminkalender. Und INCUBUS hat, wie ich bereits sagte, keine Niederlassung in Porvoo. Aber Sie brauchen jemanden, der auf Sie aufpaßt.«

»Können wir bis sieben wieder hier sein?« fragte Paula. »Ich habe eine Verabredung mit Adam Carver. – Aber bestimmt können wir das«, fuhr sie fort, weil sie keinesfalls zurückgelassen werden wollte. »Und wahrscheinlich wird sich dort überhaupt nichts tun . . .«

Mit Paula neben sich und Marler auf dem Rücksitz überquerte Newman die Brücke über den Fluß und fuhr nach Porvoo hinein. Ein Stück flußabwärts, näher zur See hin, sah er eine Reihe einstöckiger Holzhäuser, die dicht am Wasser standen. Vor jedem Haus ragte ein hölzerner Anleger in den Fluß hinein, und an mehreren von ihnen waren alte Boote vertäut. Die Atmosphäre von Porvoo unterschied sich ganz erheblich von der des historischen Viertels von Turku, das ein wenig künstlich wirkte.

»Mir gefällt dieser Ort«, sagte Paula. »Er ist klein und wirklich alt. Man kann sich vorstellen, wie es vor hundert Jahren in Finnland ausgesehen haben muß.«

Newman parkte den BMW und schloß ihn ab, während Paula und Marler sich umsahen. Es war Spätnachmittag, die Sonne strahlte von einem azurblauen Himmel herab. Im Nordteil der Stadt führten mit Kopfsteinen gepflasterte Straßen zwischen weiteren Holzhäusern hindurch steil in die Höhe, und Gruppen von Touristen schleppten sich erschöpft bergauf.

»Wo fangen wir an?« fragte Paula entschlossen.

»Am Hafen«, erwiderte Newman.

»Warum das, alter Knabe?« wollte Marler wissen.

»Das weiß ich auch nicht. Instinkt. Und ich bin nicht Ihr ›alter Knabe‹. Also gehen wir.«

Sie überquerten die Hauptstraße und gingen dann hinter den Häusern entlang, die er von der Brücke aus gesehen hatte. Zwischen den Häusern führten schmale, gleichfalls mit Kopfsteinen gepflasterte Gassen zum Fluß hinunter. Newman legte ein strammes Tempo vor, und Paula mußte sich anstrengen, um mit ihm Schritt zu halten. Marler war ein Stück hinter ihnen zurückgeblieben und rauchte eine seiner King Size-Zigaretten.

Paula, die an Newmans Seite ging, musterte ihn kurz. Er schaute grimmig drein. Sie hakte sich bei ihm ein.
»Nicht so hastig. Sie sehen aus, als wäre Ihnen nach Mord zumute. Weil Sie wieder in dem Terminkalender gelesen haben, nicht wahr?«
»Mir ist nach Mord zumute.«
»Glauben Sie wirklich, daß es Sinn hat, hier herumzusuchen? Ich sehe nichts, was uns weiterhelfen könnte.«
»Also stellen wir Fragen. Das war schließlich früher mein Job. Und ich kann es immer noch. Fangen wir gleich hier an.«
Ein ergrauter Fischer saß auf einem Holzschemel und flickte ein Netz. Er sah auf, als Newman vor ihm stehenblieb, ein paar Banknoten in der Hand.
»Sprechen Sie Englisch?«
»Ein bißchen.«
»Ich bin von INCUBUS beauftragt, eine Geschichte ihrer Unternehmungen zu schreiben. Wissen Sie, was sie hier treiben?«
Die Hände des Fischers hörten kurz mit der Arbeit an dem Netz auf, und nach einem kurzen Blick auf die Banknoten arbeiteten sie weiter. Er ließ sich etwas Zeit, bevor er antwortete.
»Habe noch nie von dieser Firma gehört. Ich weiß nichts.«
Newman ging weiter, näher an den Fluß heran. Paula wartete mit ihrer Frage, bis sie außer Hörweite des Fischers waren.
»Glauben Sie, daß wir etwas erfahren werden?«
»Ja. Er hat gelogen. Haben Sie das nicht gemerkt? Er sprach von ›dieser Firma‹. Ich habe kein Wort davon gesagt, daß INCUBUS eine Firma ist. Also weshalb sollte er lügen? Ich glaube, wir sind über irgend etwas gestolpert. Versuchen wir es mit dem hier.«
Sie blieben neben einem Fischer stehen, der sein Ruderboot kalfaterte. Die gleiche Frage. Der gleiche schnelle Blick auf das Geld, auf Newman. Die gleiche vorgebliche Unwissenheit. Newman ging weiter, Paula hielt sich neben ihm, Marler bildete nach wie vor die Nachhut.
Sie legten eine beträchtliche Strecke zurück, parallel zum Fluß, und die Landschaft wurde rauher und war weniger dicht besiedelt. Sie waren immer noch ein gutes Stück von der See entfernt, und Newman hatte drei weitere Fischer befragt. Immer die gleiche negative Antwort, immer das Gefühl, daß etwas verheimlicht wurde. Wo hatte er das schon einmal erlebt? In Suffolk! In der Umgebung von Livingstone Manor. Newman spürte den langen Arm von Franklin D. Hauser; er reichte bis nach Porvoo.
Auf einmal registrierte Paulas scharfes Gehör das Geräusch eines langsam näherkommenden Motors und dann noch ein weiteres Geräusch. Jemand

pfiff, anhaltend und durchdringend. Marler. Sie warf einen Blick über die Schulter. Hinter Marler rollte ein Motorrad langsam über das unebene Gelände; der Fahrer war wie ein Fischer gekleidet. Marler bedeutete ihr, zu ihm zu kommen; der Motorradfahrer konnte die Geste nicht sehen. Sie sagte Newman, sie wäre in einer Minute wieder bei ihm, sie müßte nur ein paar Worte mit Marler reden.
»Was ist?« fragte sie, während sie neben Marler herging.
»Der Kerl auf dem Motorrad hinter uns. Er folgt uns schon seit zehn Minuten, beobachtet Sie beide.«
»Sie meinen, er könnte einer von den INCUBUS-Ganoven sein?« fragte sie bestürzt.
»Keine Ahnung. Warten wir ab, wie sich die Dinge entwickeln. Sonst ist nirgendwo ein Fischer zu sehen.«
Noch während er sprach, fuhr der Motorradfahrer langsam an ihnen vorbei. Als er Newman erreicht hatte, hielt er an, sprang ab und schob die Maschine neben Newman her. Um die Dreißig, schätzte Newman. Ein Mann mit gesunder Gesichtsfarbe, dichtem, dunklem Haar und einem Fünf-Uhr-Schatten um das entschlossene Kinn.
»Ich habe gehört, Sie hätten Fragen gestellt«, sagte er.
»Habe ich? Na und?«
»Sie haben die falschen Leute gefragt.«
»Den Eindruck hatte ich.«
Newman vermied es, irgendwelches Interesse zu zeigen. Er ging weiter, der Motorradfahrer schob sein Motorrad neben ihm her. Ein paar Minuten lang schwiegen beide.
»Stellen Sie mir die Fragen«, schlug der Fischer vor.
Newman wiederholte die Frage, die er den anderen Fischern gestellt hatte. Sein Begleiter schwieg weiter. Newman zog die Banknoten aus der Tasche und hielt sie ihm hin. Die Reaktion war unerwartet.
»Ich will Ihr Geld nicht. Woher soll ich wissen, wer Sie sind? Sie könnten einer von Hausers Agenten sein.«
»Stimmt. Vernünftig von Ihnen, daß Sie so vorsichtig sind.« Newman holte seinen Presseausweis hervor, reichte ihn dem Mann. Der Fischer blieb stehen und betrachtete argwöhnisch den Ausweis. Newman begriff, daß er ein solches Dokument noch nie gesehen hatte. Er ging ein Risiko ein.
»Ich bin Robert Newman, ein Auslandskorrespondent. Ich stelle Nachforschungen über *INCUBUS Oy* an. Ich habe den Eindruck, daß mit dieser Firma etwas nicht stimmt.«
»So ist es.« Der Fischer gab ihm den Ausweis zurück. »Ich habe bis vor ein

paar Monaten für INCUBUS gefischt. Hier fischt man für INCUBUS, sonst geht es einem schlecht. Sie haben mir gedroht und gesagt, ich dürfte nicht mehr für sie fischen.«

»Weiter. Das interessiert mich.«

»Da draußen ...« Er deutete mit der Hand in Richtung See. »... haben sie ein großes Fabrikschiff, auf dem Fisch verarbeitet und tiefgefroren wird. Die *New York*. Es ist das modernste Fabrikschiff der Welt. Wir liefern den Fisch, bringen ihn weit hinaus auf See zu dem Fabrikschiff. Dort wird er ausgeweidet, filettiert, gefroren und verpackt. Sie haben sogar Tiefkühllaster an Bord. Die *New York* ist eine Art riesiger Autofähre. Sie haben an der Küste eine große Rampe mit Straßenanschluß gebaut. Hin und wieder kommt die *New York* an die Küste – dort, wo die Rampe ist, ist das Wasser sehr tief –, und die Lastwagen fahren an Land und von dort aus weiter zu den Orten, wo sie ihre Ware ausliefern.«

»Hört sich an wie ein völlig legales Geschäft«, sagte Newman.

»Trotzdem geht da irgend etwas Merkwürdiges vor. Die Lastwagen verlassen die *New York* immer erst nach Einbruch der Dunkelheit. Und niemand darf in die Nähe der Rampe kommen, wenn die *New York* entladen wird. Das war einer der Gründe dafür, daß man mir sagte, ich wäre meinen Job los. Ich habe das Entladen beobachtet, und einer der Wachmänner hat mich erwischt.«

»Wachmänner?«

»Männer mit Gewehren. Niemand darf in die Nähe des Fabrikschiffes, außer zum Abliefern des Fisches. Ich war neugierig und fuhr dicht heran, nachdem ich meinen Fang ausgeladen hatte. An Bord gibt es weitere Wachmänner mit Gewehren. Ich wurde gesehen. Sie schossen auf mich, aber ich kam davon. Das Problem ist, daß jemand ein Fernglas benutzt haben muß. Sie haben mein Boot identifiziert. Dieses Fabrikschiff wird außer zum Verarbeiten von Fisch noch für irgend etwas anderes benutzt.«

»Information sollte belohnt werden«, sagte Newman und holte wieder die Banknoten hervor.

»Ich sagte doch, ich will Ihr Geld nicht«, erklärte der Fischer nachdrücklich. »Ich will Hauser eins auswischen. Und da ist noch etwas, das mir eigenartig vorkommt. Ich habe einen Vetter in Kemijärvi. Das liegt oben am Polarkreis, nicht weit vom Meteorologischen Institut und von der Grenze zur Sowjetunion entfernt.«

»Was ist es?« drängte Newman, als der Mann zögerte.

»Ich war bei meinem Vetter zu Besuch, und da sah ich einen INCUBUS-Laster, der auf der 82 in Richtung Osten fuhr. Wer da draußen braucht eine solche Menge tiefgefrorenen Fisch?«

»Ich habe keine Ahnung. Hört sich seltsam an.«
»Vielleicht können Sie sich einen ihrer Lastwagen ansehen, wenn Sie schnell nach Porvoo zurückfahren. Ein INCUBUS-Laster hatte eine Panne. Er wurde repariert, aber als ich vor ungefähr einer Stunde durch die Stadt kam, sah ich den Fahrer in einem Café sitzen. Mit Ihrem BMW könnten Sie ihn vielleicht einholen.«
»Wissen Sie, welche Route er fährt?« Newman zog eine Karte aus der Tasche, und der Fischer zeigte es ihm. »Durch Lahti und dann auf der E 4 nach Norden?« bemerkte Newman. »Woher wissen Sie das?«
»Weil ich eines Nachts einem der Laster auf meinem Motorrad gefolgt bin. Sie müssen sich beeilen, vielleicht erreichen Sie ihn noch, bevor er Porvoo verläßt. Wenn er schon fort sein sollte – der Laster parkte ganz in der Nähe der Stelle, an der Sie Ihren BMW abgestellt haben –, dann holen Sie ihn vielleicht ein.«
»Danke. Vielen Dank.« Newman machte kehrt, um sich Paula und Marler wieder anzuschließen, die zurückgeblieben waren. Paula hatte getan, als betrachtete sie ein paar Wildblumen. »Und passen Sie gut auf sich auf – mit den Leuten ist nicht zu spaßen.«

Mit Newman am Steuer fuhren sie durch eine bewaldete Landschaft, und Paula betrachtete fasziniert die einsame Wildnis aus dichten Tannenwäldern, die kein Ende zu nehmen schienen. Durch eine Lücke zwischen den Bäumen hindurch erhaschte sie einen Blick auf einen idyllischen See, eine Fläche aus klarem blauem Wasser ohne irgendein Anzeichen menschlicher Ansiedlungen. Finnland ging einfach immer weiter, ein Hort des Friedens und der Schönheit einer unverschmutzten Landschaft.
Sie waren nach Porvoo zurückgekehrt, hatten festgestellt, daß der Lastwagen nicht mehr da war, und jetzt folgten sie ihm auf der Route, die ihnen der Fischer beschrieben hatte. Paula saß mit der Karte auf dem Schoß neben Newman und agierte als Lotse. Marler hatte sich auf dem Rücksitz niedergelassen und machte entmutigende Bemerkungen.
»Also wissen Sie«, erklärte er abermals, »ich kann mir nicht vorstellen, daß wir irgend etwas finden werden – selbst angenommen, daß wir den Lastwagen entdecken. Ich finde, diese Fahrt ist ein ziemliches Hirngespinst.«
»Danke für das Vertrauensvotum«, knurrte Newman.
»Gern geschehen, alter Knabe. Gern geschehen.«
Paula warf einen Blick auf Newman. Seine Miene war nach wie vor grimmig, und er starrte auf die Straße, während sie in eine lange, von dichtem Wald gesäumte Kurve einbogen. In beiden Richtungen war kein

anderes Fahrzeug in Sicht. Das ist himmlisch, dachte Paula. Wo sonst in der Welt konnte man ganz allein durch eine derartige Traumlandschaft fahren ...

Ihre Gedanken wurden ohne jede Vorwarnung unterbrochen. Sie hatten die Kurve hinter sich gebracht, und vor ihnen erstreckte sich ein gerades Stück Straße. Ungefähr einen Kilometer vor ihnen fuhr ein großer Lastwagen. Als sich der Abstand verringerte, sahen sie, daß es sich um einen Tiefkühlwagen handelte. Auf der Rückwand stand der Firmenname. INCUBUS.

»Donnerwetter!« Marler beugte sich vor. »Ich nehme alles zurück, was ich gesagt habe. Hätte nie gedacht, daß wir den Typ einholen würden.«

»Nun müssen wir überlegen, wie wir vorgehen wollen«, bemerkte Newman.

»Fahren Sie an den Straßenrand, wenn's recht ist«, forderte Marler.

Ohne zu wissen, was er vorhatte, fuhr Newman an die Seite und schaltete den Motor aus. Paula hatte ihr Fenster geöffnet und war verblüfft von der Stille, die man regelrecht hören konnte. Das reinste Paradies.

»So, und jetzt hören Sie zu«, fuhr Marler fort. »Den Fahrer übernehme ich. Keine Widerrede. Die INCUBUS-Bande hat Fotos von euch beiden. Gott weiß wie viele – bei all den Filmteams in Arlanda und am Fähranleger in Stockholm, von denen Sie mir erzählt haben. Von mir haben sie keine Fotos. Also tauschen wir die Plätze. Ich fahre, und ihr beide setzt euch nach hinten. Wenn wir näher herankommen, liegt ihr euch in den Armen. Wahrscheinlich haben sie die Fotos, die sie von euch gemacht haben, an alle möglichen Leute verteilt. Und diese Laster haben große Rückspiegel.«

Sie stiegen aus, um die Plätze zu wechseln. Paulas Miene war professionell, als sie Marler ansah.

»Sie haben keine Waffe, mit der Sie sich verteidigen könnten«, meinte sie.

»Aber da irren Sie sich, meine Liebe.«

Marler zog das linke Hosenbein hoch und zeigte eine Lederscheide, die an die Innenseite seines Beines geschnallt war. Er zog ein großes Messer mit einer gefährlich aussehenden Klinge heraus und schob es dann wieder in die Scheide.

»Finnisches Jagdmesser«, erklärte er. »Erhältlich in allen guten Eisenwarengeschäften in Helsinki, wie Sie vielleicht bemerkt haben.« Er schaute die schnurgerade Straße entlang. »Es kommt keiner. Also machen wir uns ans Werk ...«

Sie stiegen ein. Marler schaute in den Rückspiegel und stellte fest, daß die Straße auch hinter ihnen leer war. Als er sich dem Lastwagen näherte, bemerkte er, daß er ein stetiges, aber relativ gemächliches Tempo fuhr.

»Sie haben einen Haufen Antennen auf der Fahrerkabine. Vielleicht halten sie Kontakt mit dem Mars.«

Auf dem Rücksitz hatte Newman Paula in die Arme genommen. Er flüsterte: »Damit es auch wirklich überzeugend aussieht«, und drückte seinen Mund auf den ihren. Marler vergewisserte sich durch einen Blick in den Spiegel, daß ihre Gesichter nicht zu sehen waren. Er beschleunigte, fuhr neben den großen Laster und sah zu seiner Überraschung, daß nur der Fahrer in der Kabine saß. Kein Wachmann neben ihm. Vielleicht eine gerissene Zurschaustellung von Harmlosigkeit? Aber womit hätten sie Verdacht erregen können?

Marler drückte auf die Hupe. Der Fahrer, klein und untersetzt, starrte ihn an. Marler lächelte, deutete über die Schulter, winkte in Richtung Straßenrand, dann setzte er sein nervenaufreibendes Hupkonzert fort. Der Fahrer zuckte die Achseln, fuhr langsamer, lenkte den Wagen zur Seite, hielt an. Marler brachte seinen Wagen dicht neben der Kabine zum Stehen, stieg aus und blickte zu dem Fahrer empor, als dieser die Tür öffnete. Er lächelte abermals.

»Sagen Sie, sprechen Sie Englisch? Das ist gut. Dachte, ich sollte Sie warnen. Ihr hinteres Nummernschild hat sich gelöst. Kann jede Minute herunterfallen. Wäre ein gefundenes Fressen für einen Streifenwagen. Gelegenheit für ein hübsches Strafmandat ...«

Während er sprach, stieg der Fahrer auf das Trittbrett herab und dann auf die Straße. Marler zog mit der linken Hand seine Dose mit Haarspray heraus und drückte auf den Knopf. Das Spray spritzte in die Augen des Fahrers. Er schrie auf, seine Hände fuhren hoch.

Sein Schreien brach abrupt ab, als Marlers geballte Rechte gegen sein Kinn prallte. Der Mann sackte bewußtlos zusammen, und Marler packte ihn unter den Achseln. Newman und Paula stiegen schnell aus und traten zu ihm.

»Er hat da drinnen eine ganze Batterie von Funkgeräten«, warnte Marler, als er daranging, den Mann wieder in die Kabine zu befördern. »Darunter ein Mikrofon und ein paar Dinger, die mir unbekannt sind. Warten Sie hier.«

Nachdem er den bewußtlosen Mann in die Kabine geschafft hatte, durchsuchte er seine Taschen. Er fand das Schlüsselbund in einer Jackentasche, hielt es hoch.

»Gefunden! Nun wollen wir sehen, mit welchem wir die hinteren Türen aufschließen können.«

Er mußte vier Schlüssel ausprobieren, bevor er den richtigen gefunden hatte. Er drehte den Griff, zog die rechte Tür auf und stieg ein. Die Tür sah aus wie die eines Tresors, und eiskalte Luft schlug ihm entgegen. Newman folgte ihm, während Paula draußen blieb, um sie rechtzeitig zu warnen, falls irgendein anderes Fahrzeug auftauchen sollte.

Marler öffnete die stählerne Lasche eines Containers, der aussah, als enthielte er eine große Ladung gefrorenen Fisch, und schaute mit Hilfe einer Stablampe hinein. Dann stieß er durch die Zähne hindurch den Atem aus. Er holte eine Handvoll weiche, graue Plastikmasse heraus und formte sie. Seine Zähne schlugen vor Kälte aufeinander. Paula öffnete von außen die zweite Tür und schaute hinein.
»Paßt auf, daß ihr da drinnen nicht erfriert«, warnte sie. »Die Luft, die herauskommt, fühlt sich an, als käme sie vom Nordpol.«
»Jetzt, wo auch die andere Tür offen ist, ist es besser«, rief Newman heraus. »Und wir können sehen, was wir tun.«
Er öffnete einen weiteren metallenen Container und schaute hinein. Er blickte auf, als Marler an ihm vorbeistürmte, aus dem Laster sprang, zu dem BMW rannte und mit einem Putzlappen zurückkehrte. Newman beugte sich tiefer über den Container und erstarrte.
»Marler, kommen Sie her.«
»Was ist?«
Marler hatte sein Halstuch um einen großen Ball aus grauer Plastikmasse gewickelt. Er trat neben Newman und schaute in den Container. Newman richtete sich auf.
»Wenn mich nicht alles täuscht, dann sind das Stäbe von Gelignit. Und sie schwitzen. Haben Sie nicht einen Kursus über Sprengstoffe absolviert?«
»Ja, das ist Gelignit«, sagte Marler. »Sehen wir zu, daß wir hier herauskommen. Der Laster ist eine tickende Zeitbombe.«
»Vielleicht sollten wir noch ein paar Kisten aufmachen?«
»Vielleicht sollten wir das lieber lassen. Ich nehme an, daß sie alle Sprengstoff enthalten. Hauen wir ab.«
»Was haben Sie da?«
Marler stopfte das Halstuch in seine Jackentasche und sprang auf die Straße. Er bedeutete Newman, sich zu beeilen.
»Plastiksprengstoff. Semtex, nehme ich an. Glücklicherweise ist das Zeug harmlos ohne einen Detonator und all die anderen Sächelchen.«
Marler holte weitere Putzlappen aus dem BMW und drehte sie zu Strängen. »Gehen Sie mir ein bißchen zur Hand«, sagte er zu Newman, als sie wieder neben der Kabine standen. »Wir müssen den Fahrer fesseln – für den Fall, daß er wieder zu Bewußtsein kommt, wenn wir weg sind.« Er kletterte in die Kabine und fühlte den Puls der hingesunkenen Gestalt. »Der Puls ist in Ordnung. Er bleibt noch eine Weile außer Gefecht.«
Newman drehte den Fahrer um und hielt ihm die Hände auf den Rücken, während Marler ihm mit den improvisierten Seilen die Handgelenke zu-

sammenband. Dann verfuhr er ebenso mit den Knöcheln. Newman betrachtete das Armaturenbrett, das aussah wie eine Konsole. Er ergriff das Mikrofon und zerschmetterte es auf dem Boden. Dann sprangen beide aus der Kabine und machten die Tür zu.

Paula kam vom hinteren Ende des Lasters auf sie zugelaufen. Sie sprach schnell.

»Ich habe die Türen zugemacht. Ich habe gehört, was Sie gesagt haben.«

»Wir sollten sie wieder abschließen«, sagte Marler.

Er lief zum Heck des Fahrzeugs. Paula holte ihre Karte aus dem BMW und markierte die Stelle mit einem Kreuz.

»Mauno Sarin«, sagte Newman, als Marler mit dem Schlüsselbund in der Hand zurückkehrte. »Wir müssen ihn schnellstens informieren.«

»Ungefähr fünfzehn Kilometer von hier sind wir an einer Telefonzelle vorbeigekommen«, sagte Paula.

»Ihr steigt nicht ein«, befahl Marler. »Ihr lauft mindestens hundert Meter weiter die Straße entlang und seht zu, daß ihr so weit wie möglich wegkommt, bevor ich den Motor anlasse. Es besteht die Möglichkeit, daß die Vibrationen des Motors das ganze Zeug in die Luft jagen. Keine Widerrede, Newman. Bringen Sie Paula in Sicherheit. Und zwar *sofort* ...«

Nach Atem ringend – das Rennen in der Hitze war anstrengend – blieben Paula und Newman schließlich stehen und warteten. Die Sonne brannte auf sie herab, und die Anspannung wuchs. Newman ärgerte sich, daß er nicht darauf bestanden hatte, den Wagen selbst zu fahren. Marler saß neben dem Lastwagen hinter dem Lenkrad des BMW. Paula ballte die Hände zu Fäusten, während sie darauf warteten, daß Marler den Motor anließ.

Worauf zum Teufel wartet er noch? fragte sich Newman. Er griff nach Paulas rechter Hand. Sie löste die Faust, schob ihre Finger zwischen seine, drückte fest zu. Die Stille, die ihr vorher so wundervoll vorgekommen war, bedrängte sie jetzt wie eine Drohung.

Zwischen Marlers Lippen steckte eine unangezündete Zigarette. Er schaute zu dem Lastwagen hoch. Innerhalb der nächsten paar Sekunden würde er entweder noch am Leben oder in der Luft zerrissen und über die ganze Landschaft verstreut sein. Aber hierzubleiben hatte keinen Sinn. Newman hatte recht – sie mußten Sarin informieren.

Paula und Newman standen dicht beieinander wie Statuen. Sie zitterte. Die Stille wurde unterbrochen, als Marler den Zündschlüssel drehte und den Motor startete. Paula kam das Geräusch vor wie ein Donnerschlag.

Der BMW glitt von dem Lastwagen fort, kam langsam auf sie zu. Marler fuhr an ihnen vorbei, wendete und hielt dann neben ihnen an. Sie sprangen in den Wagen. Paula glitt auf den Beifahrersitz und griff nach der Karte. Mit der nach wie vor unangezündeten Zigarette im Mund fuhr Marler langsam zurück, glitt an dem stehenden Lastwagen vorbei, fuhr noch ein paar hundert Meter langsam weiter und gab dann Gas.

Einunddreißigstes Kapitel

Am gleichen Abend um neun Uhr suchten Newman und Marler Mauno Sarin in der Ratakatu auf, wie sie es von der Telefonzelle an der Landstraße aus verabredet hatten. Sarin kam hinter seinem Schreibtisch hervor, nickte Marler zu und streckte Newman die Hand entgegen.

»Ich hoffe, Ihr Besuch wird nicht wieder so dramatisch wie vor ein paar Jahren, als wir zusammen nach Estland fuhren.«

»Ich sagte es bereits – es gibt bedrückende Ähnlichkeiten«, entgegnete Newman und beließ es dabei. »Was ist mit dem Gefrierguttransporter von INCUBUS?« fragte er, als er sich auf dem Stuhl niederließ, den Sarin ihm angeboten hatte.

»Möchten Sie Kaffee?«

Sarin sah zuerst Newman an und dann Marler, der gleichfalls auf einem Stuhl Platz genommen hatte. In Sarins Büro gab es nichts Überflüssiges und nur wenig Bequemlichkeit. Beide Männer schüttelten den Kopf. Sarin ließ sich wieder hinter seinem Schreibtisch nieder und begann, einen Bleistift zwischen den Fingern kreisen zu lassen.

»Ich habe auf Ihren Anruf hin sofort reagiert«, begann Sarin. »Ich habe sechs Streifenwagen mit je zwei bewaffneten Männern losgeschickt. Als Sie Paula Grey den Apparat übergaben, hat sie mir die Position des Lastwagens exakt beschrieben. Die Streifenwagen trafen . . .« Er schaute auf eine auf seinem Schreibtisch liegende Meldung. ». . . fünfunddreißig Minuten nach Ihrem Anruf dort ein. Sie fanden einen Wagen von INCUBUS. Der Fahrer saß schlafend in seiner Kabine; er behauptete, die Hitze wäre ihm zu viel geworden.«

Newman runzelte die Stirn, beugte sich vor. »Ja. Und was war mit dem Sprengstoff?«

Sarin schwenkte seinen Bleistift wie ein Lehrer. »Die Männer aus den Streifenwagen überprüften jeden einzelnen Container. Alle enthielten tiefgefrorenen Fisch. Keine Spur von Sprengstoff.«

»Das kann ich einfach nicht glauben«, warf Marler ein.

»Sie müssen es glauben. Es gibt keinerlei Beweise für die Richtigkeit Ihrer Geschichte.«
»Doch, die gibt es«, erklärte Marler. Er holte sein Halstuch aus der Tasche, entfaltete es, brachte den Ball aus teigähnlicher Masse zum Vorschein und gab ihn dem Finnen. »Das habe ich selbst aus einem der Container herausgeholt. Newman war dabei, er kann es bezeugen. Semtex.«
Sarin betrachtete den grauen Ball, schürzte die Lippen. Dann drückte er auf einen Knopf unter seinem Schreibtisch. Kurz darauf wurde an die Tür geklopft, und sein Assistent kam herein.
»Karma, bringen Sie dieses Zeug hinunter zu unserem Sprengstoffexperten. Fragen Sie ihn, ob er es identifizieren kann. Und zwar sofort, bitte.«
Newman wartete, bis sie wieder allein waren, dann fragte er: »Haben die Männer in den Streifenwagen den Fahrer beschrieben?«
Wieder warf Sarin einen Blick auf die Meldung. »Ja, das haben sie. Ein hochgewachsener Mann, schmales Gesicht, Schnurrbart. Um die fünfzig.«
»Dann haben sie die Fahrer ausgewechselt«, erklärte Marler. »Unserer war klein und untersetzt, Anfang Dreißig.«
»Und den Wagen haben sie auch ausgewechselt«, sagte Newman. »Wie zum Teufel haben sie das so schnell geschafft? Woher wußten sie es?« Er rief sich die Fahrerkabine wieder vor Augen. »Ich hätte daran denken müssen. Im Armaturenbrett steckte ein ganzer Haufen Instrumente. Ich habe das Mikrofon zerstört, das sagte ich Ihnen. Aber bei einer derart gefährlichen Ladung hatten sie bestimmt ein ausgeklügeltes System, das es ihnen ermöglichte, das Fahrzeug unauffällig im Auge zu behalten, ohne daß ein Wagen mit Bewachern hinterherzufahren brauchte. Was meinen Sie, Marler?«
»Es ist die einzige Erklärung. Es ist durchaus möglich, daß der Fahrer alle fünf Minuten ein Okay-Signal zu senden hatte. Auf dem Dach der Kabine gab es etliche Antennen. Die Leute sind schließlich nicht dumm. Sobald sie argwöhnten, daß etwas nicht in Ordnung war, schickten sie einen anderen Wagen los, vermutlich mit zwei Fahrern und etlichen Wachmännern. Dann fuhr einer der neuen Fahrer mit der Sprengstoffladung davon, während der andere dort parkte, wo wir den ersten zurückgelassen hatten, und tat, als schliefe er, als die Streifenwagen eintrafen. Glauben Sie uns?« fragte er Sarin.
»Einen Moment«, warf Newman ein. »Wir haben die Schlüssel für die hinteren Türen in der Telefonzelle zurückgelassen. Das haben wir Ihnen gesagt, als wir anriefen. Hat jemand sie dort abgeholt?«
»Ja. Einer der Männer aus den Streifenwagen hat es getan.« Sarin öffnete eine Schublade, zeigte ihnen ein Schlüsselbund. »Sämtliche Schlüssel wurden ausprobiert, und keiner paßte.«

»Natürlich nicht«, erklärte Marler.
»Und«, fuhr Sarin fort, »die Schlüssel tragen keinerlei Kennzeichnung, die sie mit INCUBUS in Verbindung bringen würde.«
»Das habe ich bemerkt«, erwiderte Marler. »Stört es Sie, wenn ich mir eine Zigarette anzünde?«
»Wenn es sein muß.«
»Glauben Sie uns?«
»Was gibt es da zu glauben?«
Es wurde wieder an die Tür geklopft. Karma trat ein, wie üblich mit ausdrucksloser Miene. Er wartete.
»Nun?« fragte Sarin gereizt. »Was ist?«
»Es ist Semtex. Ohne jeden Zweifel.«
»Danke, Karma. Das war alles.«
Newman nützte die Gelegenheit. »Außerdem hat mir ein verläßlicher Zeuge mitgeteilt, daß er gesehen hat, wie einer dieser Gefriertransporter von INCUBUS durch Kemijärvi gefahren ist, und zwar ostwärts zu dem Meteorologischen Institut, von dem Sie Marler erzählt haben. Wie viel tiefgekühlter Fisch wird dort verbraucht? Und warum gehen Ihre Leute von der Küstenwache nicht an Bord des Fabrikschiffes, über das ich Sie am Telefon informiert habe?«
»Sie können nicht. Es operiert außerhalb unserer Hoheitsgewässer.«
»Dann wollen wir Ihre kostbare Zeit nicht länger in Anspruch nehmen.«
»Kann ich das wieder mitnehmen?« fragte Marler und streckte eine Hand nach dem Semtex aus, das Karma auf den Schreibtisch gelegt hatte.
»Nein, das können Sie nicht.«
Sie ließen einen zutiefst beunruhigten Mauno Sarin zurück.

»Weshalb haben Sie versucht, das Semtex wiederzubekommen?« fragte Newman, als sie wieder in dem BMW saßen.
»Oh, man weiß nie, wann man so etwas brauchen kann. Und ich weiß, wie man einen Detonator und einen Zeitschalter baut. Was man dazu braucht, bekommt man in jedem Eisenwarenladen.«
»Nur Semtex haben Sie nicht.«
»Schämen Sie sich. Sie haben nicht aufgepaßt, als wir den Laster da draußen auf der Landstraße untersuchten.«
Marler öffnete das Handschuhfach. Drinnen lag ein Putzlappen, um etwas gewickelt, das aussah wie ein Ziegelstein. Er schlug den Lappen ein Stückchen zurück und zeigte Newman, was darin steckte. Eine beträchtliche Menge von dem teigähnlichen grauen Material.

»Semtex. Genug, um eine verheerende Explosion auszulösen. Und ich wüßte zu gern, ob unsere reizende Paula ihr Abendessen genießt . . .«

Paula trug ein leuchtend orangefarbenes, mit weißen Sonnenblumen bedrucktes Kleid. Sie hatte sich ganz bewußt für ein hochgeschlossenes und langärmeliges Kleid entschieden, damit Carver keine Gelegenheit hatte, irgendeinen Teil ihrer Anatomie mit seinen begierigen Fingern zu berühren.
»Ich kenne ein wundervoll romantisches Restaurant außerhalb der Stadt«, hatte er gesagt, als er sie in der Halle des Hesperia abholte. »Ich bin mit meinem Cadillac da und kann uns im Handumdrehen hinbringen. Das Restaurant wird Ihnen gefallen, die Aussicht auf die See.«
»Danke.« Sie schenkte ihm ihr schönstes Lächeln. »Aber ich habe bereits einen Tisch auf Ihren Namen in meinem Lieblingsrestaurant reservieren lassen. The Palace. Mit Aussicht auf den Hafen.«
»Wirklich?« Ein paar Sekunden lang konnte er seinen Ärger nicht verbergen, dann gab er nach. »Hört sich gut an. Also The Palace. Fahren wir los. Zuerst ein Drink in der Bar, zum Aufwärmen. Allerdings, wenn ich Sie anschaue, habe ich das Gefühl, bereits aufgewärmt zu sein . . .«
Carver trug einen eierschalenfarbenen Seidenanzug und eine weiße Krawatte. Sie fand, daß er aussah wie ein Farbenverkäufer, hütete sich aber, es auszusprechen. Während des Essens bewunderte er sie unverhohlen, aber sie tat, als bemerkte sie es nicht. Sie wartete, bis sie beim Hauptgericht angekommen waren, bevor sie das Thema zur Sprache brachte.
»Wir haben eine gemeinsame Freundin. Evelyn Holme. So weit ich weiß, haben Sie sie in ihrem Cottage in Walberswick besucht.«
Er schwieg einen Moment, bevor er antwortete: »Ich kenne sie, aber nur flüchtig.«
»Wirklich?« Sie trank einen Schluck Chablis. »Sie hat mir erzählt, daß Sie sie auch in ihrem Haus in Wandsworth besucht haben. Das ist in London.«
»Das ist mir bekannt.« Er hatte die Worte hervorgestoßen. »Ich wollte sagen, ich habe sie auch dort besucht. Wir hatten geschäftlich miteinander zu tun.«
»Den Eindruck hatte ich ganz und gar nicht. Sie sind ihr bis nach Suffolk nachgelaufen, nachdem sie Sie in London nicht angerufen hatte. Das sind ihre Worte, nicht meine.«
Während sie abermals einen Schluck Wein trank, hatte sie den Eindruck, daß seine dunklen Augen noch dunkler und durchdringender wurden. Er glaubt, er könnte eine Frau hypnotisieren, dachte sie. Die Sache machte ihr Spaß.

»Vielleicht hat sie das Ganze ein bißchen ausgeschmückt«, meinte er.
»Vielleicht.« Sie ließ es klingen, als wäre sie nicht überzeugt. »Natürlich hatte sie eine Menge durchgemacht. Erst der Mord an ihrem Schwager Ed Riverton.« Sie schaute aus dem Fenster. »Ein gräßlicher Gedanke, wenn man sich vorstellt, wie sie im Februar seine Leiche aus diesem Hafen herausgeholt haben.«
»Unsere Unterhaltung hat eine etwas makabre Wendung genommen. Ich bin mit Ihnen ausgegangen, damit Sie den Abend genießen.«
»Oh, keine Sorge. Ich genieße jede Minute. Und dann wurde, fast gleichzeitig, auch noch ihre Schwester Sandra Riverton ermordet aufgefunden. Wie war das? Ist Ed zuerst umgebracht worden und dann Sandra, oder war es umgekehrt?«
»Das weiß ich wirklich nicht. Aber Sie haben recht. Evelyn war ziemlich mitgenommen nach diesen schrecklichen Ereignissen. Ich habe versucht, sie zu trösten.«
»Tatsächlich? Nett von Ihnen. Aber mir ist, als hätten Sie gerade gesagt, Sie hätten nur geschäftlich mit ihr zu tun gehabt?«
»So ist es. Aber sie war in einer unguten Verfassung. Mußte sich jemandem anvertrauen, nehme ich an.«
Sie holte zu einem neuen Schlag aus. »Das überrascht mich. Evelyn ist nicht die Art Frau, die sich jemandem anvertraut. Und ich hätte nicht gedacht, daß Sie ihr Typ sind. Aber ich kann mich natürlich irren.«
Der gewandte Mann von Welt rang unter Paulas Attacken nach Fassung. Er wischte sich den Mund mit einer Serviette ab, trank einen großen Schluck Wein und schenkte ihr und dann sich selbst nach.
»Nach dem Essen können wir eine Spazierfahrt machen«, schlug er vor. Er musterte sie. Hatte sie bereits genug getrunken, um zugänglich zu werden? Manche Frauen schienen heutzutage einen Kopf aus Stein zu haben. »Die Landschaft ist wundervoll, und wir könnten ein bißchen frische Luft schöpfen.«
»Abgesehen davon, daß die Luft draußen so heiß ist wie in einem Backofen.«
Als er versuchte, ihre Hand zu ergreifen, zog sie sie zurück, ergriff ihre Gabel und lächelte.
»Das Essen ist ausgezeichnet. Gehen Sie oft mit Frauen aus? Vermutlich nicht. Ihre Arbeit muß Sie voll in Anspruch nehmen, und deshalb kann ich mir nicht vorstellen, daß Sie an weibliche Gesellschaft gewöhnt sind.«
Sie stellte fest, daß ihm auch das nicht gefiel. Ihm entglitt das Image des erfahrenen Casanovas. Er begann, schnell und wütend zu essen und erwi-

derte nichts, als sie weiterredete und nur kurz innehielt, um ihr frisch aufgefülltes Glas Chablis zur Hälfte zu leeren.
»Adam, was tun Sie eigentlich bei INCUBUS? Ständig unter irgendwelchem Papierkram vergraben? Ist das nicht langweilig?«
»Nein, das ist es nicht.« Er legte Messer und Gabel hin und wünschte, er hätte nicht so vehement geantwortet. Sie legte es darauf an, ihn zu reizen. »Ich bin Vizepräsident der Bankenabteilung. Ich habe ständig mit großen Geldsummen zu tun, Summen, von denen Sie wahrscheinlich nicht einmal träumen.«
»Dann waren Sie also an der Übernahme von Egon Schmidts Bank in Frankfurt beteiligt. Ich habe in der Zeitung davon gelesen.«
»Das war eine ganz normale geschäftliche Transaktion.«
»Ach, wirklich?« Sie drehte ihr Glas in der Hand, beobachtete ihn über den Rand hinweg.
»Der Vater, Egon, dachte nicht daran, zu verkaufen. Dann geht er los und kommt ums Leben, weil sein Wagen in die Luft fliegt. Womit für Sie der Weg frei ist, das Geschäft mit seinem Sohn Dieter abzuschließen, der schon immer gern verkaufen wollte. Diese Bombe muß Ihnen sehr gelegen gekommen sein, Adam.«
»Es waren Terroristen von der Rote Armee Fraktion, die ihn umgebracht haben. Einer dieser Zufälle, die es hin und wieder gibt.«
»Aber die RAF hat bestritten, irgend etwas damit zu tun zu haben.«
»Das war doch anzunehmen, nicht wahr?«
Er füllte ihr Glas, bestellte eine neue Flasche. Wie zum Teufel hatte die Unterhaltung diese Richtung eingeschlagen? Er hatte vorgehabt, Paula zu verführen, und statt dessen hatte sie ihn dazu gebracht, zu viel über INCUBUS zu reden. Während sie mehr Wein trank, wartete er ab, dann stellte er ihr die Hauptfrage.
»Wir haben viel zu viel über mich geredet. Es ist Ihr Chef, der mich interessiert. Für wen arbeiten Sie? Wer ist Ihr Chef? Ist es schwierig, für ihn zu arbeiten?«
»Ich arbeite für eine Versicherungsgesellschaft.« Sie schaute Carver direkt an. »Ed Riverton hatte eine Lebensversicherung bei uns. Ich bin hier, um herauszufinden, was mit ihm passiert ist. Unter bestimmten Umständen könnte die Police null und nichtig sein.«
»Und Sie sind der Boss dieser Firma?«
»Keineswegs. Das ist Martin Sheffield«, sagte sie und nannte den ersten Namen, der ihr einfiel. »Und es ist ein Vergnügen, für ihn zu arbeiten.«
»Und er ist auch hier? Hier in Helsinki?«
»Ich weiß so gut wie nie, wo er sich aufhält. Er ist mal hier und mal da. Nein,

ich glaube, ich möchte weder Nachtisch noch Kaffee. Ich möchte in mein Hotel zurück.«
»Ins Hesperia? Ich fahre Sie hin.« Er rief nach der Rechnung, zückte eine Kreditkarte, erledigte den Papierkram. Sie wartete, bis er fertig war.
»Danke für das Angebot, Adam. Tut mir leid, einen reizenden Abend beenden zu müssen. Ich habe jede Minute genossen. Aber ich bin müde, und ich bekomme Kopfweh. Es muß an der Hitze liegen. Und ich werde in einem Taxi zurückfahren.«
Sie dachte nicht daran, in seinen Cadillac zu steigen. Als sie in der feuchtheißen Luft des späten Abends draußen standen und auf ein Taxi warteten, bemühte sich Carver, sich seine Enttäuschung nicht anmerken zu lassen.
»Wenigstens kann ich Sie wiedersehen«, erklärte er. »Ich rufe Sie im Hesperia an. Sie können entscheiden, wohin wir das nächste Mal gehen.«
»Vielleicht. Nochmals vielen Dank für ein vorzügliches Essen.«
Sie verschwand im Taxi, bevor er sie auf die Wange küssen konnte, und sie winkte ihm auch nicht zu, als das Taxi anfuhr. Sie lächelte. Newman war nicht der einzige, der den Kessel aufrühren konnte.
In seinem Cadillac hämmerte Carver mit der Faust auf das Armaturenbrett. Dieses Biest! Aber mit etwas Glück konnte er es ihr heimzahlen, ihr eine Lektion erteilen, die sie nie wieder vergessen würde.

Zweiunddreißigstes Kapitel

Hauser war am Abend von Turku zurückgeflogen und am Flughafen von Helsinki in die dort wartende Limousine gestiegen. Sein Chauffeur hatte den kugelsicheren Mercedes zu Hausers Stadthaus gefahren, jenes von Türmchen gekrönte Gebäude, auf das Newman Cord Dillon während ihrer Fahrt zum Flughafen aufmerksam gemacht hatte.
Nachdem er geduscht und sich umgezogen hatte, begab sich Hauser in das Turmzimmer, das ihm als Büro und Wohnzimmer zugleich diente. Er goß sich ein Glas Bourbon ein und wollte gerade einen Schluck trinken, als das Telefon läutete. Adam Carver war gekommen, wollte ihn sprechen.
»Er soll heraufkommen ...«
Das Zimmer war achteckig, und während Carver über sein Essen mit Paula Grey Bericht erstattete, stand Hauser an einem der Fenster und schaute in den Park hinaus. Carver hätte seinen Bericht über ihre Unterhaltung gern etwas frisiert, aber er wußte, daß Hauser eine Art sechsten Sinn dafür hatte, ob jemand etwas verschwieg.

Außerdem ärgerte ihn, daß gleich nach ihm auch Frank Galvone erschien. Hauser wies ihn an, sich hinzusetzen, zuzuhören und sich einen Drink zu nehmen, sofern ihm das helfen würde, den Mund zu halten. Hauser war nicht in sonderlich guter Stimmung.
Irina Serow war zusammen mit Hauser zurückgeflogen, hatte aber, nachdem Hauser aus dem Lear Jet ausgestiegen war, sicherheitshalber noch eine halbe Stunde gewartet und war dann zu einer firmeneigenen Wohnung in der Gegend gefahren, in der Peggy Vanderheld gewohnt hatte.
Auf Hausers Anweisung hin waren Manescu und Ziegler mit dem Zug nach Helsinki gefahren. Beiden war eine Wohnung in Setula in der Nähe des Flughafens zugewiesen worden. Hauser zog seine Truppen zusammen.
Carver setzte seinen Bericht fort, während Galvone sich einen Drink einschenkte und sich dann mit dem Glas in der Hand an die Wand lehnte und Carver mit zynischer Miene beobachtete.
»Hört sich an, als hätten Sie es gründlich vermasselt«, bemerkte er, als Carver geendet hatte.
Hauser fuhr ihn wütend an. »Frank, ich habe gesagt, Sie sollten den Mund halten! Wie steht es im Institut? Ich nehme an, Sie sind gerade zurückgekommen.«
»Vor einer Stunde, Chef.« Er lächelte selbstzufrieden. »Die Wachen sind verdoppelt worden. Alles dicht. Ich mußte ein paar Leuten einen Tritt versetzen, damit sie aufwachen. Jetzt sind sie wach, und jeder, der versucht, dort herumzuschnüffeln, wird zu Entenragout.«
»Nehmen Sie das Grinsen aus Ihrer häßlichen Visage. Keine Sicherheitsvorkehrung ist hundertprozentig. Wie oft muß ich das noch wiederholen? Hören Sie zu, alle beide. Wir haben noch ein weiteres Problem. Wir müssen den Gegner ausfindig machen. Es gibt ihn – denken Sie an den Laster, den wir in Sicherheit bringen mußten. Ich habe Ihnen davon erzählt, Frank, als Sie mich vom Flughafen aus anriefen. Adam, Ihnen erkläre ich später, was passiert ist. Nur meiner Hartnäckigkeit ist es zu verdanken, daß wir die Leute identifizieren konnten. Auch den Mann an der Spitze.«

Hauser trat an einen türkischen Tisch mit mehrfarbigen Marmorintarsien. Wie das Turmzimmer war er achteckig – bei Hauser mußte sich alles nahtlos zusammenfügen. Er griff nach einem Blatt Papier.
»Ich habe hier eine Liste aller Briten und Amerikaner, die im Laufe der letzten Woche in Helsinki eingetroffen sind.«
»Wie in aller Welt haben sie die Namen herausbekommen?« fragte Carver. In seiner Stimme lag Bewunderung.

»Adam, weshalb wollen Sie immer wissen, wie wir vorgehen, auch wenn es mit Ihrem Zuständigkeitsbereich nicht das mindeste zu tun hat? Aber es war ganz einfach. Ich habe Leute ausgeschickt, die mit viel Geld in der Tasche die Runde durch die Hotels machten. Wir haben dafür gesorgt, daß wir in den oberen und mittleren Rängen gute Freunde haben. Ich habe mir diese Liste angesehen, während ich mich umzog. Etwas ist bei Ihrer sonst nutzlosen Unterhaltung mit Paula Grey jedenfalls herausgekommen. Sie sagte, ihr Chef hieße Martin Sheffield. Richtig?«

»Richtig.«

»Aber es stimmt nicht. Im Hesperia gibt es keinen Gast dieses Namens.« Er wendete sich an Galvone. »Adam hat berichtet, daß er die Grey nach dem Namen ihres Chefs gefragt hat, und sie sagte, er hieße Martin Sheffield. Sie wohnt im Hesperia – aber sie ist gerade erst aus dem Marski dorthin umgezogen. Und gleichzeitig ist ein Martin Baker im Hesperia aufgetaucht. Ein Brite. Wissen Sie, Adam, wenn man jemanden mit einer Frage überfällt, wie Sie es getan haben, benutzt der Betreffende oft den gleichen Vornamen und ändert nur den Nachnamen. Und da Sie einen sehr anstrengenden Abend hatten, Adam«, erklärte er sarkastisch, »können Sie jetzt verschwinden und zu Bett gehen.«

Er wartete, bis er mit Galvone allein war, steckte eine Zigarette in seine Spitze und zündete sie an.

»Frank, diese Grey weiß zu viel. Etliche der Dinge, nach denen sie Adam gefragt hat, waren für meinen Geschmack entschieden zu heikel – die Übernahme der Schmidt-Bank zum Beispiel. Wir müssen herausbekommen, was sie sonst noch alles weiß.«

»Natürlich, aber wie wollen wir das anstellen?«

»Wir entführen sie, mit Adam als Köder, Sie Trottel.«

»Sie haben nichts davon gesagt, während Adam hier war.«

»Nein. Das habe ich nicht. Glauben Sie etwa, mein Gedächtnis ließe nach? Er wird nicht einmal erfahren, welche Rolle er dabei spielt. Ich habe den Eindruck, daß er für diese Paula Grey einiges übrig hat. Und jetzt verschwinden Sie gleichfalls ...«

Hauser lächelte, als Galvone die Tür hinter sich zugemacht hatte. Er beherrschte das Spiel – die rechte Hand durfte nie wissen, was die linke tat. Er holte ein Kästchen aus einer Schublade, entnahm ihm ein rundes Instrument und schraubte es auf sein Telefon. Es war in einem seiner Labors in der Nähe von Boston hergestellt worden und verzerrte die Stimme. Er wählte die Nummer der Wohnung, in der sich Irina Serow aufhielt. Als sie sich meldete, benutzte er ihren Decknamen.

»Sonja, hier spricht Morrow. Der Name des Mannes, an den Sie sich heranmachen sollen, ist Martin Baker. Verstanden? Wohnt im Hesperia. Tun Sie es gleich morgen früh. Er könnte der Mann an der Spitze der Leute sein, die mich ein bißchen ärgern. Tun Sie Ihre Arbeit. Gründlich, falls es erforderlich sein sollte.«

Es war zehn Uhr abends, als Tweed mit Nield und Dillon aus Turku zurückkehrte. Er hatte seit Stunden nichts gegessen, aber er war unermüdlich. Bevor er den Zimmerservice anrief, erledigte er noch verschiedene andere Anrufe.

Zuerst rief er zwei Zimmer im Hotel an – Paula und Harry Butler. Dann zwei weitere in The Palace – Newman und Marler, die er bat, sofort zu ihm zu kommen. Er schaute auf, als Dillon aus seinem Badezimmer kam und sich mit einem Handtuch das Gesicht abtrocknete.

»Nield wird in einer Minute hier sein. Die anderen kommen aus dem Palace. Es wird Zeit, daß wir eine Konferenz abhalten.«

»Ich würde gern etwas essen. Sie können offenbar von Mineralwasser existieren. Ich gehe nur in mein Zimmer und hole mir ein frisches Hemd. Bin gleich zurück. Vergessen Sie das Essen nicht.«

Sobald Tweed allein war, wanderte er mit hinter dem Rücken verschränkten Händen im Zimmer umher. Als erster erschien Nield.

»Im Zug konnte ich nicht reden. War mir nicht sicher, ob Dillon in die Sache mit dem dritten Mann eingeweiht ist.«

»Erzählen Sie ...«

Tweed wanderte weiter im Zimmer umher, während Nield berichtete, was er auf der *Skäret* erlebt hatte. Als er sagte, er könnte den dritten Mann beschreiben, winkte Tweed ab.

»Sie können den Film morgen früh zu einem Geschäft bringen, wo er binnen weniger Stunden entwickelt wird. Warten Sie, bis Sie mir die Fotos zeigen können und ...«

Er brach ab, als Paula hereinkam. »Das war wirklich ein reizender Abend, den ich mit Carver verbracht habe. Der Mann ist entschieden zu pfiffig.«

Wieder hörte Tweed zu, während sie ihn ausführlich über ihre Unterhaltung informierte. Als sie geendet hatte, runzelte er die Stirn.

»Sie sind ein ziemliches Risiko eingegangen, indem Sie derartige Themen anschnitten.«

»Oh, ich habe gelogen, daß sich die Balken bogen. Vor allem, indem ich behauptete, Evelyn Holme wäre eine Freundin. Ich erinnerte mich an das, was Bob mir über Wandsworth erzählt hat und über seine Fahrt nach

Walberswick. Und was das Risiko betrifft – ich dachte, unser Plan bestünde darin, bei INCUBUS Unruhe zu stiften, Hauser nervös zu machen.«
»Sie haben gute Arbeit geleistet«, erklärte Tweed.
Als nächster traf Harry Butler ein. Er musterte seinen Kollegen Nield. »Machen Sie Urlaub? Liegen faul in der Sonne herum, während ich schwer arbeiten muß?«
»Es hätte Ihnen bestimmt keinen Spaß gemacht, wenn Sie heute nachmittag mit von der Partie gewesen wären.«
Butler setzte sich und wendete sich an Tweed. »Da ich zurückgelassen worden bin wie ein fünftes Rad am Wagen, beschloß ich, ein bißchen herumzuschnüffeln. Ich mietete einen Saab, fuhr zum Flughafen hinaus. Wie sich herausstellte, hat sich einiges getan, und ich habe den ganzen Tag dort verbracht, einen sehr langen Tag.«
»Glauben Sie, daß Sie aufgefallen sind?« fragte Tweed. »Ich habe mich darauf verlassen, daß es vier Leute gibt, von deren Existenz INCUBUS nichts weiß. Sie selbst, Nield, Marler und ich.«
»Kurz nachdem ich ankam«, berichtete Butler auf seine sachliche Art, »sah ich, wie ein Flughafenangestellter in einer hellblauen Uniform seine Mütze auf den Rücksitz seines Wagens warf und dann hineinging, um irgend etwas zu erledigen. Ich trug ein blaues Jackett, das eine gewisse Ähnlichkeit mit der Uniform hatte. Ich holte mir die Mütze, ging ins Flughafengebäude. Ihr Besitzer kam heraus und fuhr davon, ohne zu bemerken, daß seine Mütze nicht mehr da war. Den ganzen Tag über glaubten die Leute, ich wäre ein Flughafenangestellter.«
»Tüchtig«, bemerkte Tweed. »Was haben Sie gesehen?«
»Hauser und Carver erschienen in einer pompösen Limousine. Erkannte sie nach Marlers Fotos. Dann tauchten Newman und Dillon auf. Hauser und Carver gingen an Bord eines Lear Jets, flogen davon. Newman und Dillon nahmen eine Linienmaschine nach Turku . . .«
»Ich habe Sie nicht gesehen«, warf Newman ein, der inzwischen mit Marler eingetroffen war.
»Sollten Sie auch nicht. Kann ich fortfahren? Dann fuhr dieser braune Buick Le Sabre vor. Sechs unerfreulich aussehende Typen springen heraus, besteigen zwei Sikorsky-Hubschrauber und fliegen in nördlicher Richtung davon.«
»Verstärkung für das Meteorologische Institut«, vermutete Tweed.
»Keine Ahnung. Aber immerhin wissen wir jetzt, daß sie zwei Hubschrauber auf der Lohnliste haben. Dann habe ich stundenlang herumgelungert, mal hier und mal dort, um nicht aufzufallen. Am Abend kam der Lear Jet

zurück. Die schwarze Limousine wartete bereits auf Hauser, der schnell darauf zugeht. Für einen so großen Mann ist er ziemlich flink. Mir fällt auf, daß die Treppe, über die man den Jet verläßt, nicht eingezogen wurde. Ich beschließe, Hauser zu folgen. Die Limousine bringt ihn zu einem Haus, das aussieht, als stünde es in Disneyland. Ich kann Ihnen auf der Karte zeigen, wo es sich befindet ...«

»Wir wissen, wo es ist«, erklärte Newman. »Aber jetzt wissen wir, wo Hauser sich aufhält. Entschuldigung.«

Butler hatte ein großes Publikum. Paula, die auf der Bettkante saß, hörte aufmerksam zu. Newman saß rittlings auf einem Stuhl, Marler lehnte sich an die Wand und drehte eine Zigarette zwischen den Fingern. Nield stand mit verschränkten Armen da. Tweed stand gleichfalls, ließ Butler nicht aus den Augen und merkte sich jedes Detail.

»Wegen der nicht eingezogenen Treppe fahre ich zum Flughafen zurück. Ich habe Glück, komme gerade rechtzeitig, um zu sehen, wie eine Frau aus dem Jet aussteigt. Der braune Buick ist wieder da. Sie steigt ein, und ich folge ihr in die Stadt. Und dann – es tut mir leid – habe ich sie aus den Augen verloren.«

»Beschreibung bitte«, verlangte Tweed.

»Schwierig. Sie trug eine von diesen Sonnenbrillen mit breiten Bügeln und ein Tuch um den Kopf. Sie ist schlank, mittelgroß. Das heißt, ich bin mir nicht ganz sicher – sie ging, als trüge sie Schuhe, die sie größer erscheinen lassen.«

»Sie könnte also auch klein sein?« meinte Tweed.

»Möglich. Jetzt hatte ich das Gefühl, alles gesehen zu haben, was es am Flughafen zu sehen gab. Also fuhr ich zum Hauptbahnhof.«

Dieser Mann ist unermüdlich, dachte Paula. Kein Wunder, daß er Der Biber genannt wird.

»Die Mütze habe ich auf einem Tresen in der Flughafenhalle zurückgelassen«, erklärte Butler. »Ich ziehe das Jackett aus und lungere am Bahnhof herum. Ich sehe, wie Sie, Tweed, zusammen mit Dillon aus einem Zug steigen. Dann sehe ich noch jemanden, der, nachdem Sie gegangen sind, aus demselben Zug aussteigt. Ich erkenne ihn anhand des Fotos. Manescu. Und bei ihm ist ein ungemütlich aussehender Typ, ein massiger Mann mit brutalem Kinn. Könnte ein Deutscher gewesen sein. Und prompt taucht der braune Buick wieder auf. Die beiden steigen ein. Ich folge dem Buick bis zu einem Ort namens Setula in der Nähe des Flughafens, jedenfalls nicht weit davon entfernt. Manescu verschwindet in einem Mietshaus. Der Buick fährt mit unserem deutschen Freund weiter, und ich verliere ihn aus den Augen.«

Er trank einen Schluck Mineralwasser aus dem Glas, das Paula ihm hingestellt hatte. »Das war's.«
»Das ist eine ganze Menge.« Marler stieß einen bewundernden Pfiff aus.
»Der braune Buick«, sagte Tweed. »Wer hat ihn gefahren?«
»Jedesmal ein uniformierter Chauffeur. Der Mann kommt herum.«
Tweed seufzte hörbar. Paula warf einen Blick auf ihn und sah, daß er nach wie vor frisch und munter war.
»Weshalb der Seufzer?«
»Die Präzision, mit der alles abläuft«, erklärte Tweed. »Hauser ist ein erstklassiger Organisator. Ich nehme an, das ist der Grund dafür, daß er den Gipfel der Welt erklommen hat.« Er wendete sich an Butler. »Diese sechs Männer, die an Bord der beiden Hubschrauber gingen. Irgendwelche Vorstellungen von ihrer Nationalität?«
»Osteuropäer. Slawische Typen. Könnten Tschechen, Rumänen, Bulgaren gewesen sein. Schwer zu sagen.«
»Die verschwundenen Männer«, sagte Tweed halb zu sich selbst.
»Wäre es nicht allmählich an der Zeit, zu überlegen, was wir als nächstes unternehmen?« fragte Marler. »Irgendwann muß doch Schluß sein mit dem Abwarten.«
»Wir handeln, wenn der richtige Moment gekommen ist«, erklärte ihm Tweed. »Und ich sagte, daß wir mehr Informationen brauchen. Heute haben wir mehr erhalten, als ich für möglich gehalten hätte. Newman, Marler und Paula haben entdeckt, daß Hauser ungeheure Mengen von Sprengstoff nach Norden schafft. Möglicherweise irgendwo in die Nähe des Instituts.«
»Vielleicht direkt in das Institut«, vermutete Newman. »Schließlich hat Hauser die Leute engagiert, die es bauten.«
»Dank Butler«, fuhr Tweed fort, »wissen wir, wo sich eine Reihe von Schlüsselfiguren aufhält, und daß sie in Helsinki eingetroffen sind. Harry, sind Sie ganz sicher, daß es Manescu war, der aus diesem Zug ausstieg? Haben Sie ihn eindeutig identifiziert?«
»Völlig eindeutig. Er trug eine Baskenmütze, und ein Tuch verdeckte die untere Hälfte seines Gesichtes. Bei dieser Hitze! Das Tuch verrutschte kurz, und ich sah sein Gesicht ganz deutlich. Ich habe mir das Foto, das Sie mir zeigten, genau angesehen. Das einzige, das von ihm existierte, bevor Marler ihn beim Verlassen des INCUBUS-Gebäudes erwischte. Außerdem das Foto, das ihn ohne Schnurrbart zeigt. Es war Manescu, der aus dem Zug ausstieg und sich jetzt in Setula befindet. Eine halbe Fahrstunde von hier entfernt.«

»Keine gute Nachricht«, bemerkte Tweed. »Hauser zieht seine Truppen zusammen.«
»Vergessen wir darüber nicht eines unserer Hauptziele«, warf Newman ein. »Zumindest, was mich angeht. Wer hat Sandy in Suffolk ermordet? Wir müssen den Mörder finden, ihn zum Reden bringen, dann haben wir Hauser in der Hand.«
»Darin stimme ich Ihnen zu. Jetzt hängt alles miteinander zusammen. Der Mord an Sandy, der Mord an Ed Riverton, der verpfuschte Versuch, Peggy Vanderheld umzubringen. Zusätzlich zu den Morden haben wir den Sprengstoff. Und obendrein noch die Zeitungsberichte über die drei Attentate in Prag, Budapest und Bukarest. Und Manescus Anwesenheit stellt die Verbindung her zwischen den anfangs getrennten Nachforschungen – einmal über INCUBUS und zum anderen über den Verbleib der professionellen Verbrecher, die früher der Securitate und ähnlichen Organisationen angehörten und verschwunden waren. Sie sind ganz offensichtlich von INCUBUS angeheuert worden.«
»Also«, erklärte Marler ungeduldig, »wird es Zeit, daß ich mich in diesem mysteriösen Institut umsehe. Und ich habe herausgefunden, wie ich das bewerkstelligen kann.«
»Wie?«
»Heute morgen bin ich früh aufgestanden und zur Akateeminen-Buchhandlung gegangen, um ein paar Karten von Lappland zu kaufen. Dabei hörte ich, wie sich zwei Frauen über einen Touristenausflug zum Institut unterhielten, der morgen stattfinden soll. Sie werden mit einem Bus vom Hotel Intercontinental abgeholt. Überwiegend Engländer, soweit ich verstanden habe. Sie haben noch ein paar Plätze frei. Ich schlage vor, daß ich mich dieser Gruppe anschließe. Der Bus bringt sie am späten Vormittag zum Flughafen. Ideale Tarnung.«
»Ich werde darüber nachdenken. Morgen früh sage ich Ihnen Bescheid.«
»Ich hätte Ihre Zustimmung gern jetzt gleich.«
»Morgen früh.«
Tweed hatte automatisch geantwortet, und Paula begriff, daß er in Gedanken weit fort und offenbar im Begriff war, einen wichtigen Entschluß zu fassen. Dann richtete er sich auf.
»Jetzt solltet ihr alle zusehen, daß ihr ein bißchen Schlaf bekommt. Morgen werde ich euch vermutlich bitten, alle ins gleiche Hotel zu ziehen. Ich glaube, es ist an der Zeit, daß wir uns zusammenscharen. Irgendwie habe ich das Gefühl, daß Hauser mir ins Genick atmet. Also ab mit euch.«

»Wie meinen Sie das?« fragte Dillon, der bisher geschwiegen hatte. »Daß Hauser Ihnen ins Genick atmet?«
»Dieses plötzliche Auftauchen gefährlicher Typen in Helsinki. Ich glaube, Newman hat sein Ziel erreicht, als er Hauser in seinem Büro aufsuchte. Er hat ihn nervös gemacht. Und nun hat Paula Carver aufgestört, der zweifellos seinem Boss Bericht erstattet. Hauser führt irgend etwas Unschönes gegen uns im Schilde. Schlafenszeit ...«
Paula blieb auf der Bettkante sitzen, bis sie mit ihm allein war. Er sah sie an, fragte sich, was sie auf dem Herzen haben mochte.
»Wenn Marler mit dieser Touristengruppe das Institut besucht, würde ich gern mitfahren. Bitte keine Einwände. Ein Paar, ein Mann und eine Frau, erregen weniger Aufsehen.«
»Ich sage Ihnen morgen früh Bescheid. Jetzt möchte ich in Ruhe nachdenken.«
Als er allein war, wanderte Tweed langsam im Zimmer hin und her. Es war ein langer, ereignisreicher Tag gewesen, aber er war immer noch nicht müde. Er überdachte die Informationen, die neuen Teile des Puzzles, die im Laufe des Tages zum Vorschein gekommen waren. Newman hatte recht: sehr vieles hing mit der Identifizierung des Mörders von Sandy und Ed Riverton zusammen. Ein und derselbe Mann, dessen war sich Tweed ganz sicher.
Auch als er schließlich zu Bett ging, ließen seine Gedanken ihn nicht in Ruhe. Sein Instinkt sagte ihm, daß er den Entschluß, seine Streitkräfte zusammenzuziehen, zu spät gefaßt hatte. Hauser war im Begriff, erbarmungslos zuzuschlagen.

Dreiunddreißigstes Kapitel

Am folgenden Morgen traf Irina Serow schon sehr früh im Hesperia ein. Sie hatte ihr Haar blond gefärbt und hochgesteckt, trug Schuhe mit zehn Zentimeter hohen Absätzen, hatte Mascara aufgetragen, um ihre Augen größer erscheinen zu lassen, und eine leicht grün getönte Brille aufgesetzt. Sie wartete, bis an der Rezeption ein Mann frei war, und trug ihm dann ihre einstudierte Geschichte vor. Der Mann beäugte sie interessiert.
»Vielleicht können Sie mir helfen.« In ihrer schlanken Hand hielt sie zwei Banknoten. »Ich versuche, einen Job bei Martin Baker zu bekommen, der bei Ihnen wohnt. Aber ich weiß nicht, wie er aussieht.«
»Aber ich«, sagte der Mann schnell. »Wahrscheinlich sitzt er gerade im

ersten Stock beim Frühstück. Ich habe vor ein paar Minuten in seinem Zimmer angerufen, und da hat er sich nicht gemeldet.«
»Ich habe noch nicht gefrühstückt«, sagte sie mit rauchiger Stimme und schaute ihn dabei an. »Wäre es Ihnen vielleicht möglich, ihn mir zu zeigen?«
Der Mann begleitete sie in den ersten Stock. Im Fahrstuhl drückte sie ihre Umhängetasche enger an sich und vergewisserte sich, daß die Klappe nicht verschlossen war. Der Mann von der Rezeption identifizierte den Gast für sie, lehnte aber das Trinkgeld ab.
»Wir könnten ja vielleicht ein Glas zusammen trinken«, meinte er. »Um sechs habe ich Feierabend.«
»Ich werde um sechs hier sein. Haben Sie vielen Dank.«
Im Speisesaal standen lange Tische, die acht Personen Platz boten. Der Raum war ziemlich voll, aber der Stuhl neben Martin Baker war frei. Sie holte sich Brot und Marmelade vom Büffet, trat hinter den freien Stuhl.
»Darf ich mich hier niederlassen? Die meisten Plätze sind besetzt.«
Tweed schaute auf, rückte ihr den Stuhl zurecht, und sie setzte sich.
Tweed war mit seinen Gedanken weit fort, als er Butter und Marmelade auf ein halbes Brötchen strich. Er dachte an General Valentin Rebet, der sich in Turku von ihm getrennt hatte. Er vermutete, daß der Russe nach wie vor in Finnland war – er hatte Tweed gefragt, ob er vorhätte, in Helsinki zu bleiben.
»Ich heiße Sonja Drayton. Bin gestern abend aus Turku gekommen.«
Tweed fielen ihre wohlgeformten Beine auf. Beim Hinsetzen war der ohnehin schon kurze Rock noch höher hinaufgeglitten. Jetzt zupfte sie scheinbar schamhaft am Saum. Sein Blick war ihr nicht entgangen.
»Martin Baker«, sagte er. »Was haben Sie in Turku gemacht?« fragte er, nur um etwas zu sagen. In Gedanken war er immer noch weit fort.
»Ich habe für eine Firma gearbeitet, die INCUBUS heißt. Ich habe dort aufgehört. Das tun eine Menge Leute. Fast zur gleichen Zeit wie ich hat das auch eine Peggy Vanderheld aus dem Büro hier in Helsinki getan.«
»Was ist denn das für eine Firma? Mir ist, als hätte ich den Namen schon einmal gehört.«
Tweed trank Kaffee, zeigte keinerlei Reaktion außer beiläufigem Interesse. Innerlich war er aufgewacht, konzentrierte sich auf den Ort, an dem er sich befand, und auf seine attraktive Frühstücksgenossin. Sie hatte eine sanfte, anrührende Stimme mit einem ganz leichten Akzent.
Sie schien seine Gedanken lesen zu können. »Vielleicht ist Ihnen aufgefallen, daß ich einen leichten Akzent habe. Das ist Österreichisch. Mein Vater war Engländer, meine Mutter stammte aus Wien.«
»Weshalb haben Sie die Firma verlassen? INCUBUS, sagten Sie?«

»Ja. Es ist die größte Bank der Welt. Amerikanisch. Größer als irgendeine Bank in Japan, und das will schon etwas heißen. Ich bin entlassen worden. Peggy Vanderheld auch. Und jetzt wollen sie, daß ich eine Vereinbarung wegen einer Rente unterschreibe. Einer großzügigen Rente. Und ich kann mich nicht entscheiden, ob ich es tun soll oder nicht.«
»Warum nicht?«
»Sie sehen aus wie ein Geschäftsmann. Ich brauche einen Unbeteiligten, den ich um Rat fragen kann. Gibt es hier einen stillen Ort, wo wir uns nach dem Frühstück unterhalten könnten?«

In The Palace war Marler zeitig aufgestanden, hatte gefrühstückt und war in sein Zimmer zurückgekehrt. Jetzt war Paula bei ihm, sie sah ihm zu, wie er sein finnisches Jagdmesser an der Klingenspitze faßte. Am anderen Ende des Zimmers hatte er einen Holzklotz auf den Teppich gestellt, den er am Vortag, während Newman von der Zelle an der Landstraße aus mit Mauno Sarin telefonierte, am Straßenrand gefunden hatte. Er hob das Messer in Schulterhöhe und schleuderte es. Die Spitze bohrte sich in den kleinen Kreis, den er mit einem Stift auf den Klotz gemalt hatte.
»Volltreffer!« rief Paula. »Wo haben Sie Messerwerfen gelernt?«
»In Arizona. Ein Indianer hat es mir beigebracht. Sie verwenden ihre Messer dazu, Figuren für Touristen zu schnitzen.«
Er zog das Messer heraus, während Paula auf ein rhythmisches Klopfen hin die Tür aufschloß. Newman kam herein. Er trug eine karierte Schirmmütze und eine Sonnenbrille. Paula schloß die Tür wieder ab, und Marler schob das Messer in die an sein Bein geschnallte Scheide und versteckte den Holzklotz im Kleiderschrank.
»Wann wollen wir zum Intercontinental?« fragte Newman.
Eine Weile zuvor war Paula mit einer Botschaft eingetroffen, die Tweed nicht per Telefon übermitteln wollte. Er war damit einverstanden, daß sie das Institut erkundeten, aber Paula durfte nur unter der Bedingung mitgehen, daß sowohl Newman als auch Marler sie begleiteten.
»Wir fahren gleich mit einem Taxi hin«, sagte Marler. »Haben Sie Ihre Smith & Wesson?«
»Gut zu wissen, daß man sie nicht sieht.«
»Und Nield hat mir meinen Browning zurückgegeben«, sagte Paula. »Er steckt in meiner Tasche. Rechnen Sie mit Feuerwerk?«
»Bei INCUBUS kann man das nie wissen. Aber es wird ihnen schwerfallen, Sie zu erkennen.«
Paula hatte sich ein Beispiel an Irina Serow genommen, nachdem sie sich die

Beschreibung angehört hatte, die Butler von ihr gab. Sie trug ein Kopftuch, das ihr schwarzes Haar verdeckte, und eine Sonnenbrille. Alle Leute trugen Sonnenbrillen, um ihre Augen vor der gleißenden Sonne zu schützen. Marler hatte darauf bestanden, daß sie sich beide tarnen sollten, und darauf hingewiesen, daß er von ihnen dreien der einzige war, von dessen Existenz INCUBUS nichts wußte. Er sah auf die Uhr.

»Wir müssen los ...«

Anderthalb Stunden später saßen sie zusammen mit den anderen Touristen, überwiegend Engländern mittleren Alters und ein paar jungen Finnen, in einer Linienmaschine der Finnair, die um 12.05 Uhr startete. Newman und Paula saßen nebeneinander, Marler hatte einen Fensterplatz hinter ihnen. Es war ein glatter Flug über eine endlose, flache Landschaft mit Tannenwäldern und eisblauen Seen, die darin verstreut waren wie Teile eines höchst reizvollen Puzzles. Nach einer Zwischenlandung in Oulo am Bottnischen Meerbusen flogen sie weiter nach Rovaniemi.

Sie landeten auf einem kleinen, von einer Wildnis aus Gestrüpp und Felsbrocken umgebenen Flughafen, der meilenweit von der Stadt entfernt zu sein schien. Hier stiegen sie nach einer Flugzeit von fünfundfünfzig Minuten in eine Fokker Friendship um, eine kleine, von Propellern angetriebene Maschine.

Nachdem das Flugzeug in Richtung Osten gestartet war, trat die Reiseleiterin, eine flachshaarige Finnin in einem eleganten grauen Kostüm, in Aktion.

»Nennen Sie mich Irene«, sagte sie auf Englisch, während sie den Mittelgang entlangwanderte. »Wir fliegen jetzt über Lappland in Richtung zur sowjetischen Grenze.«

Paula schaute aus dem Fenster und dann auf ihre Karte. Sie flogen über der Straße Nummer 80, die nach Kemijärvi führte, die Stadt, in der der Fischer aus Porvoo einen auf die Grenze zufahrenden Gefrierguttransporter von INCUBUS gesehen hatte. Sie warf einen Blick nach hinten. Marler schien zu schlafen, doch er hatte den Kopf so zur Seite geneigt, daß seinen halb geschlossenen Augen nichts entging.

Wenig später schaute Paula wieder hinaus und sah einen großen See, auf dessen steil abfallendem Granitufer vereinzelte Bäume wuchsen. Die Reiseleiterin redete.

»Wir befinden uns jetzt nördlich von Kemijärvi. Wie Sie bemerkt haben, hat die Maschine bereits zur Landung angesetzt. Die Landebahn wurde von *INCUBUS Oy* angelegt, der großen, philantropischen Firma, auf deren Betreiben hin auch das Institut geschaffen wurde, das Sie besuchen werden ...«

Marler sah sich um. Alle Mitreisenden schienen in Ordnung zu sein. Als die Maschine tiefer glitt, zog er eine kleine Voigtländer aus der Tasche. Unter ihnen breitete sich ein Komplex aus modernen, aus grauem Stein erbauten Gebäuden. In der Mitte stand ein hoher Rundbau, der ihn an die INCUBUS-Zentrale in Helsinki erinnerte. Er machte mehrere Aufnahmen, während die Reiseleiterin ihm den Rücken zuwandte. Sie fuhr herum, kam auf ihn zu.

»Entschuldigen Sie, Sir. Machen Sie Aufnahmen? Das hat INCUBUS verboten. Wir dürfen diese Landebahn nur benutzen, wenn INCUBUS es gestattet.«

Marler lächelte. »Keine Aufnahmen. Habe vergessen, einen Film einzulegen.« Er steckte die Kamera wieder in die Tasche.

»Dann ist alles in Ordnung, Sir. Aber wir müssen uns an die Vorschriften halten.«

Die Maschine ging herunter, und eine betonierte Rollbahn kam ihnen entgegen. Newman warf einen Blick auf Paula, und ihn beschlich eine schreckliche Vorahnung. Er hätte nicht zulassen dürfen, daß sie mitkam.

Tweed hatte Irina in sein Zimmer im Hesperia mitgenommen, nachdem er einen Blick in die Halle geworfen und festgestellt hatte, daß sich dort eine Gruppe französischer Touristen aufhielt. Als sie aus dem Fahrstuhl traten, schlug er sich mit der Hand vor die Stirn.

»Miss Drayton . . .«

»Sonja, bitte.«

»Sonja, würde es Ihnen etwas ausmachen, ein paar Minuten auf dieser Couch zu warten? Bevor ich zum Frühstück ging, sagte man mir, daß an der Rezeption eine Nachricht für mich liegt. Bin gleich wieder da.«

Irina setzte sich auf die Couch in dem breiten Korridor, froh darüber, ein paar Minuten allein zu sein. Die Begegnung mit Tweed hatte ihr einen gewaltigen Schlag versetzt. Als sie vor sechs Jahren in der Sowjetischen Botschaft in London gearbeitet hatte, war General Lysenko vom GRU zu einem heimlichen Kurzbesuch dort aufgetaucht. Er hatte in einem unter einem Decknamen gemieteten Haus in der Nähe des Regent's Park am Fenster gestanden und sie plötzlich aufgefordert, zu ihm zu kommen. Dann hatte er auf die Straße hinunter gedeutet. »Dieser Mann, der zu dem wartenden Taxi geht. Sie sehen ihn deutlich? Gut. Merken Sie sich das Gesicht. Das ist Tweed, der Stellvertretende Direktor des SIS.«

Das war in den letzten Tagen des Kalten Krieges gewesen, als Lysenko Tweeds Hauptwidersacher war. Und Irina war gerade zum Oberst im KGB befördert worden. Und jetzt, vor nur einer halben Stunde, hatte sie neben

Martin Baker Platz genommen, und als er ihr das Gesicht zuwandte, hatte sie Tweed erkannt.
Irina überlegte schnell. Sie hatte den Mann an der Spitze der Gegner von INCUBUS identifiziert. Einen Mann, der weitaus gefährlicher war als alles, womit sie – oder Hauser – gerechnet hatte. Das verlangte nach extremen Maßnahmen.
Die Fahrstuhltür ging auf, und Tweed trat lächelnd heraus. Er führte sie zu seinem großen Zimmer, schloß die Tür auf, bedeutete ihr, auf einem dem Fenster zugewandten Stuhl Platz zu nehmen. Er setzte sich ihr gegenüber, so daß er das grelle Licht im Rücken hatte.
»So, also worüber wollten Sie mit mir reden? Ich kann Ihnen eine halbe Stunde widmen. Danach habe ich leider eine wichtige geschäftliche Besprechung«, erklärte er verbindlich.
»Das Dokument, das ich unterschreiben müßte, um diese großzügige Rente zu erhalten, enthält bestimmte Bedingungen, an die ich mich zeitlebens halten müßte. Wenn ich gegen diese Bedingungen verstoße, werden die Zahlungen eingestellt.«
»Wie lauten diese Bedingungen?«
»Daß ich mit niemandem über meine Arbeit spreche – oder über irgend etwas, das ich im Laufe meiner Tätigkeit für INCUBUS erfahren habe.«
»Könnte eine Vorsichtsmaßnahme gegen Industriespionage sein«, meinte Tweed und betrachtete dabei die Wand.
»Aber einiges von dem, was ich zu tun hatte, war fürchterlich.« Sie zögerte. »Ich mußte bestimmte Geschäftsleute verführen, die INCUBUS in die Hand bekommen wollte. Es war Erpressung. Das ist ein Verbrechen.«
»Ganz eindeutig«, pflichtete Tweed ihr bei.
»Aber andererseits ist die Rente wirklich sehr großzügig. Und ich kann jeden beliebigen anderen Job annehmen, ohne daß die Zahlungen eingestellt werden.«
»Weshalb sind Sie von Turku nach Helsinki gekommen«, fragte er plötzlich und beobachtete sie dabei.
»Für ein Vorstellungsgespräch bei einer ganz anderen Firma. Ich werde sie später am Tag aufsuchen.«
»Haben Sie Beweise für diese kriminellen Aktivitäten?«
Sie zögerte abermals. »Ja. Fotokopien von bestimmten Briefen, die INCUBUS belasten. Ich habe sie in meinem Hotel gelassen. Ich könnte sie heute abend um sechs vorbeibringen. Wenn Ihnen das paßt.« Sie lächelte und machte einen unschuldigen Eindruck. »Ich belästige Sie ungern, aber Sie sind so nett.«

»Dann sollte ich mir diese Fotokopien anschauen, bevor ich Ihnen irgendeinen Rat gebe.«
»Danke. Darf ich Ihr Badezimmer benutzen?«
»Natürlich. Diese Tür dort . . .«
Als er ans Fenster trat, hörte er, wie sie die Tür hinter sich verriegelte. Drinnen sah sie sich schnell um. Eine volle, noch ungeöffnete Flasche eines Medikaments gegen Sodbrennen stand auf dem Bord über dem Waschbekken. Daneben ein Glas mit einer Tube Zahnpasta, und in einem weiteren Glas die Zahnbürste.
Sie hatte den Eindruck gewonnen, daß Tweed ein Mann war, der peinlich genau auf Hygiene bedacht war. Bis jetzt hatte er sich nach dem Frühstück noch nicht die Zähne geputzt. Sie öffnete ihre Umhängetasche und holte eine kleine, fünf Minuten vorhaltende Sauerstoffmaske heraus, setzte sie auf und schob den Halteriemen über den Hinterkopf.
Als nächstes holte sie aus einem Nebenfach der Tasche einen kleinen Zylinder mit Schraubverschluß. Darinnen befand sich eine Spritze mit gelöstem Zyankali. INCUBUS schien imstande, alles zur Verfügung zu stellen; daß das Instrument in einem Laboratorium in der Nähe von Boston hergestellt worden war, wußte sie nicht.
Durch die Gläser der Maske hindurch sah sie im Spiegel über dem Waschbecken ihr unheimliches Bild. Sie merkte sich, in welchem Winkel die Zahnpastatube in dem Glas stand, hob sie heraus, schraubte den Deckel ab, legte die Tube auf den Rand des Waschbeckens. Dann schraubte sie den Deckel von dem Zyankalibehälter ab, zog die Spritze heraus, schob die dünne Nadel in die Zahnpasta, drückte den Kolben herunter. Sie zog die Nadel zurück, schraubte rasch die Zahnpastatube fest zu und stellte sie in genau demselben Winkel wie zuvor in das Glas zurück.
Behutsam verstaute sie die Spritze wieder in dem schützenden Behälter, schraubte ihn zu und ließ ihn in ihrer Umhängetasche verschwinden. Dann trat sie schnell ans Fenster und öffnete es leise, immer noch mit der Maske vor dem Gesicht. Sie war zwar mit dem Zyankali sehr vorsichtig umgegangen, aber man hatte sie gewarnt, daß es Dämpfe freisetzen konnte.
Sie ließ das Fenster offen, während sie die Toilettenspülung betätigte. Dann drehte sie den Kaltwasserhahn auf und wusch sich die Hände und ließ das Wasser weiter laufen, während sie sie abtrocknete. Sie trat an das offene Fenster, nahm die Maske ab, verstaute sie in ihrer Tasche, schloß die Klappe. Erst danach machte sie das Fenster leise zu, drehte den Wasserhahn ab, entriegelte die Tür und kam heraus.
»Wir sehen uns also heute abend um sechs«, sagte Tweed, der am Fenster

stand. »Viel Glück bei Ihrem Vorstellungsgespräch. Um welche Firma handelt es sich?«

»Akateeminen-Buchhandlung«, sagte sie schnell.

»Als Verkäuferin?« fragte er und kam herbei, um ihr die Tür zu öffnen.

»Nein. Als Sekretärin eines der Geschäftsführer. Danke, daß Sie mir Ihre Zeit geopfert haben . . .«

Tweed schloß die Tür, blieb einen Moment stehen. Er spürte die Überreste seines Frühstücks. Er hatte seine Zähne noch nicht geputzt. Er ging ins Badezimmer.

Dann stand er ganz still da, sah sich um, überprüfte mit den Augen einen Gegenstand nach dem anderen. Nichts schien verändert oder irgendwie manipuliert worden zu sein. Er runzelte nachdenklich die Stirn, durchsuchte rasch den Raum, um festzustellen, ob irgend etwas zurückgelassen worden war. Nichts. Er drehte den Kaltwasserhahn auf und griff nach der Zahnpastatube.

Harry Butler saß am Steuer des BMW, mit dem Newman ins Hesperia gekommen war. Die Anweisungen, die Tweed ihm telefonisch in den paar Minuten erteilt hatte, in denen er Sonja Drayton allein ließ, waren eindeutig gewesen.

»In ungefähr einer halben Stunde wird eine Frau in den Dreißigern das Hotel verlassen. Blond gefärbtes, schulterlanges Haar, eine eng anliegende, ärmellose grüne Bluse und ein cremefarbener Mini-Faltenrock. Gute Figur. Im Moment trägt sie das Haar hochgesteckt, aber es ist durchaus möglich, daß sie es herunterläßt, bevor sie geht. Außerdem trägt sie eine Sonnenbrille mit grün getönten Gläsern. Alles klar, Harry?«

»Dürfte leicht zu erkennen sein. Größe? Gewicht?«

»Mittelgroß auf den ersten Blick, aber sie trägt Schuhe mit zehn Zentimeter hohen Absätzen. Schlank. Folgen Sie ihr und verlieren Sie sie nicht aus den Augen. Ich muß wissen, wo sie hingeht.«

Butler zog sein Jackett aus. Es war zwar noch früh, aber schon jetzt sehr warm. Es würde wieder ein heißer Tag werden. Er beobachtete die Touristen, die aus dem Hotel heraustraten. Etliche blieben stehen, diskutierten offenbar darüber, ob sie bei dieser Hitze einen Ausflug unternehmen sollten oder nicht.

Die Frau, die er beschatten sollte, erschien ungefähr vierzig Minuten nach Tweeds Anruf. Sie ging auf eine selbstbewußt stolzierende Art, die sehr viel Ähnlichkeit mit der eines Callgirls hatte. Sie ist aus irgendeinem Grund mit sich selbst zufrieden, dachte Butler.

Sie stieg in ein Taxi, das gerade neue Gäste und ihr Gepäck abgeladen hatte. Butler startete den Motor und folgte dem Taxi auf seinem Weg über die Mannerheimintie stadtauswärts. Dabei versuchte er, sich darüber klar zu werden, was ihm an dieser Frau bekannt vorkam. Es gelang ihm nicht. Grübeln hatte keinen Sinn – er würde früher oder später darauf kommen. Zweierlei verriet ihm ihre Identität. Das Mietshaus in der Nähe der Endstation der Straßenbahnlinie Nummer Vier, vor dem das Taxi hielt. Und der stolzierende Gang war verschwunden. Nichts kennzeichnet einen Menschen mehr als seine Bewegungen. Das war die Frau, die am Vorabend aus dem Jet ausgestiegen war, aus Hausers Jet.

Tweed drehte den Deckel seiner Zahnpastatube. Die erste Umdrehung. Er hielt inne, runzelte die Stirn. Er erinnerte sich: als Sonja Drayton sein Badezimmer benutzt hatte, hatte er bis kurz bevor sie herauskam das Rauschen des Wassers gehört. Trotzdem waren ihre Hände trocken gewesen. Und außerdem schraubte Tweed seine Zahnpastatube nie fest zu. Da der Deckel dazu neigte, zu klemmen, ließ er ihn immer ein wenig locker. Jetzt war der Deckel fest zugeschraubt. Und das Glas, in dem die Tube gestanden hatte, war eine Spur verschoben – der Rand auf dem Bord war zum Vorschein gekommen.

Er schraubte den Deckel wieder fest zu, stellte die Tube ganz behutsam wieder in das Glas und betrachtete die Flasche mit dem Medikament gegen Sodbrennen. Es sah nicht so aus, als hätte sie sich daran zu schaffen gemacht. Er verließ das Badezimmer.

Er griff zum Telefon und wählte Mauno Sarins Privatnummer. Der Finne meldete sich sofort.

»Ich nehme an, Sie erkennen meine Stimme?« sagte Tweed.

»Ja? Irgendein Problem?«

»Könnten Ihre Kriminaltechniker ein paar Dinge aus meinem Badezimmer untersuchen? Ich vermute entweder Gift oder Sprengstoff und empfehle, die Sachen mit äußerster Vorsicht zu behandeln.«

»Karma, den Sie ja kennen, macht sich auf den Weg, sobald ich den Hörer aufgelegt habe.«

»Sagen Sie ihm, er soll nach Martin Baker fragen. Ich warte hier auf ihn.«

Vierunddreißigstes Kapitel

Der Gebäudekomplex des Meteorologischen Instituts stand dicht neben der Landebahn. Die Touristen verließen das Flugzeug über eine ausgefahrene Gangway. Paula, Newman und Marler ließen sich Zeit und stiegen als letzte aus. Als sie an der Reiseleiterin vorbei auf den Eingang zuwanderten, erklärte diese in schulmeisterlichem Ton: »Ich muß Ihnen erklären, was es mit den einzelnen Abteilungen auf sich hat. Fast das gesamte Personal ist auf Urlaub.«

»Aber nicht alle«, flüsterte Paula Newman zu.

»Ich weiß. Ich habe ihn gesehen.«

Auf dem flachen Dach des fünf Stockwerke hohen Gebäudes schaute ein Mann über eine Mauer und beobachtete die Touristen durch ein Fernglas. Als sie das Gebäude betraten, erhielten alle von einem verdrießlich dreinschauenden Pförtner eine Ausweiskarte, die sie an ihrer Kleidung tragen mußten.

»Zuerst besichtigen wir das Planetarium«, erklärte Irene. »Die Bezeichnung trifft eigentlich nicht zu. Wir sehen dort die Satelliten, deren Umlaufbahn über den Polarkreis führt.«

Sie betraten einen riesigen, fast dunklen Raum mit einem Kuppeldach. Die Reiseleiterin schaltete ein Tonband ein, das die Satelliten auf Englisch, Deutsch und Französisch identifizierte. Die Touristen standen dicht beisammen und schauten zur Decke empor; ihre Augen gewöhnten sich allmählich an die Dunkelheit.

»Jetzt erscheint der Satellit Astra«, verkündete die hallende Stimme.

Ein Gegenstand wie ein Fußball mit Stacheln erschien und wurde von einem Punktstrahler verfolgt, während er in einem Bogen dicht am Rand der Kuppel langsam vorüberzog. Marler löste sich aus der Gruppe, wanderte in dem Raum herum und schaute dabei häufig hoch, als suchte er einen Platz mit besserer Sicht. Er kam zu einer schweren Stahltür mit einem in die Wand eingelassenen Griff. Er versuchte, den Griff zu bewegen. Er rührte sich nicht.

Während die Tonbandstimme weiterdröhnte, gesellten sich Newman und Paula zu ihm. Gemeinsam schlenderten sie an der Wand entlang. Der Raum war überraschend kühl; Paula vermutete, daß er eine Klimaanlage hatte. Hauser mußte für dieses Schaustück ein Vermögen ausgegeben haben. Mit dem Rücken zur Wand probierte Marler den Griff einer zweiten Tür aus. Fest verschlossen. Er setzte seine Wanderung fort. Alle anderen, die Reiseleiterin eingeschlossen, starrten zur Kuppel empor, wo jetzt die Sternbilder zu funkeln begannen. Marler ging noch ein paar Meter weiter; Paula und Newman folgten ihm. Wieder blieb er stehen. Hinter seinem Rücken war eine breite Metallplatte in die Wand eingelassen, über mannshoch, mit einer rasiermesserdünnen Spalte in der Mitte. Kein Griff, nur ein Schlitz in Taillenhöhe. Für eine Computerkarte. Er holte seine Kreditkarte aus der Brieftasche, schob sie in den Schlitz, probierte verschiedene Winkel aus. Manchmal funktionierte es.

Paula vergewisserte sich, daß alle Köpfe nach oben gewendet waren. Ein weiterer Satellit war aufgetaucht. Die Tonbandstimme dröhnte weiter; die Touristen waren von dem endlosen Spektakel hoch über ihren Köpfen wie hypnotisiert. Die Gruppe bestand aus vierzig Leuten. Mit etwas Glück würde niemand sie vermissen, wenn es ihnen gelang, auch andere Teile des Komplexes zu erkunden. Paula hörte ein leises Sirren, die Bewegung einer gut geölten Maschinerie.

»Sie haben es geschafft«, flüsterte Newman. »Riskieren wir es. Schnell.« Er wendete sich an Paula. »Sie warten hier . . .«

Marler trat in den großen, käfigartigen Fahrstuhl, der hinter der offenen Tür zum Vorschein gekommen war. Newman glitt hinein, Paula folgte ihm. Marlers Augen flogen über die Steuertafel. Vier war die unterste Etage. Er drückte auf den Knopf. Die Tür glitt zu, und der Fahrstuhl fuhr abwärts. Marler sah sich um, suchte an der Decke und den Wänden des Fahrstuhls nach Beobachtungskameras. Nichts. Der Fahrstuhl setzte seine Abwärtsfahrt fort. Paula schob die Hand in ihre Umhängetasche, umfaßte ihren Browning. Newman zog seine Smith & Wesson aus dem Holster. Der Fahrstuhl blieb stehen, die Tür ging auf.

Marler lugte hinaus. Was er sah, war ein gebogener Gang. Die Wände bestanden aus grauem Metall, der Fußbogen war mit gerippptem Gummi belegt, das ihre Schritte dämpfen würde. In welche Richtung? Nach rechts oder nach links?

Zu seiner Linken schien eine fensterlose Tür den Gang abzuschließen. In der anderen Richtung verschwand er hinter der Rundung. Also nach rechts, beschloß er. Er bedeutete seinen Begleitern, noch einen Moment im Fahrstuhl zu bleiben. Er trat auf den Gang hinaus und sah eine zweite, in die Wand eingelassene Steuertafel. Er winkte die anderen heraus. Als sie alle auf dem Gang standen, drückte er den Knopf für die oberste Etage. Die Tür glitt zu, und der Fahrstuhl setzte sich aufwärts – zum Planetarium – in Bewegung.

»Damit sich jemand, der vielleicht vorbeikommt, nicht fragt, weshalb der Fahrstuhl unten ist«, flüsterte er Newman zu.

»Gute Idee. Und jetzt weiter.«
Marler begann, langsam den breiten Gang entlangzugehen. Seine Augen waren überall. Er blickte hoch, blieb stehen, trat dicht an die Wand und bedeutete Newman und Paula, seinem Beispiel zu folgen. Als sie neben ihm standen und sich wie er dicht an die Wand drückten, deutete er ein Stück voraus.
»Überwachungskamera. Aber der Linsenwinkel reicht nicht für die gesamte Breite des Ganges.«
Newman wußte, daß Marler ein Experte für Überwachungseinrichtungen war. Sie bewegten sich vorsichtig weiter. Paula glitt an der Wand entlang und konnte den Blick nicht von der Linse abwenden, die aussah wie die Mündung einer Pistole. Als sie daran vorbei waren, betrachtete sie die Wand. Staubfrei. In der unheimlichen, nervenaufreibenden Stille war nur ein ganz leises Summen hörbar. Luft wurde aus dem Gang abgesaugt; Frischluft wurde hereingepumpt. Ein Geräusch, das sie an einen Besuch im Kernkraftwerk Sizewell in Suffolk erinnerte. Und das wiederum erinnerte sie an Newmans Bericht über den gräßlichen Mord an Sandy. Konnte es irgendeinen Zusammenhang geben zwischen jenem Verbrechen und diesem unheimlichen Komplex im Norden Finnlands?
Marler blieb wieder stehen, und seine Begleiter erstarrten. Sein Blick war auf die Wand ein paar Meter vor ihm gerichtet. Newman trat dicht neben ihn.
»Elektronenstrahl quer über den Gang«, flüsterte Marler. »In Taillenhöhe. Wenn wir ihn durchbrechen, wird ein Alarmsystem ausgelöst. Wir müssen drunter durchkriechen.«
Er ging auf die Knie, schob sich vorsichtig unter der unsichtbaren Sperre hindurch. Newman folgte ihm und richtete sich dann neben ihm wieder auf. Paula holte tief Atem, verkürzte den Riemen ihrer Umhängetasche, hängte sie sich vor die Brust. Als sie unter dem Strahl hindurchkroch, sah sie den in die Wand eingelassenen Glasknopf. Er sah aus wie ein böses Auge. Sie drückte ihren Körper tiefer, erreichte die beiden Männer, richtete sich auf, keuchte vor Anspannung.
»Von jetzt ab müssen wir ständig auf solche Dinge achten«, schärfte Marler ihnen ein.
Der gebogene Gang führte endlos weiter. Marler vermutete, daß sie sich um die Peripherie des großen, kreisförmigen Gebäudes herumbewegten, das er von der landenden Fokker aus gesehen hatte. In größeren Abständen waren in die Wand geschlossene, fensterlose Türen eingelassen. Er hoffte zu Gott, daß niemand aus einer von ihnen herauskam.
Paula, die die Nachhut bildete, begann unter Klaustrophobie zu leiden.

Etage Vier. Sie steckten tief unter der arktischen Erde. Begraben. Plötzlich empfand sie den heftigen Drang, laut zu schreien. Sie drückte eine Hand auf den Mund, schluckte mehrmals rasch hintereinander. Marler blieb abermals stehen und hob die Hand. Was zum Teufel war nun schon wieder?
»Verdammt ausgeklügeltes Sicherheitssystem«, flüsterte er gelassen. »Wieder ein Elektronenstrahl – diesmal in Knöchelhöhe.«
Er deutete abwärts, dann warf er einen Blick über die Schulter, lächelte Paula zu, als er ihr Gesicht sah, deutete eine Verbeugung an.
»Aufpassen«, mahnte er.
Er ging vorwärts und hob dann erst das eine und das andere Bein wie ein Soldat beim Stechschritt. Newman folgte seinem Beispiel. Paula schaute nach unten, sah ein weiteres dieser bösen Glasaugen etliche Zentimeter über dem Boden. Ihre Beine schmerzten vor Anspannung, aber sie hob sie an, erst das eine, dann das andere. Marler legte eine Hand auf ihren Arm und drückte ihn.
»Tüchtiges Mädchen. Nur weiter so. Jetzt dauert es nicht mehr lange.«
Er setzte sich wieder in Bewegung, glitt an der Wand entlang, als er eine weitere, über der Mitte des Ganges angebrachte Überwachungskamera entdeckt hatte. Paula schob sich mit ausgebreiteten Armen an der Wand entlang. Ihre Hände waren feucht. Immer wieder blickte sie zurück. Sie hatte den Riemen ihrer Umhängetasche wieder verlängert, steckte die Hand hinein und umklammerte ihren Browning. Newman blieb stehen, schaute zu ihr zurück.
»Sie halten doch hoffentlich Ausschau nach hinten?«
»Herr im Himmel!« zischte sie leise. »Ich sehe mich alle zwei Sekunden um.«
»Okay.«
Paula war überrascht. Normalerweise hätte sie erwartet, daß es Newman war, der begriff, daß sie vor Angst halb versteinert war. Aber es war Marler gewesen, der es begriffen hatte. Dann fiel ihr Sandy wieder ein. Newmans Denken war eingleisig geworden. Konnte sie ihm einen Vorwurf daraus machen?
Für Paula wurde die Wanderung auf dem gerundeten Gang zum Alptraum. Sie stellte sich vor, daß sie immer und ewig hier herumwandern müßten, ohne einen Ausweg. Dann wurde ihr bewußt, was ihr so auf die Nerven ging. Die ständige Bewegung in einem riesigen Kreis, der entsetzliche Gedanke, daß sie eines Tages wieder bei dem Fahrstuhl ankommen würden, der sie in diese Hölle herunterbefördert hatte.
Dann stellte sie plötzlich fest, daß der Boden des Ganges nicht mehr

waagerecht war, sondern wie eine Art Rampe aufwärts führte. Die Steigung wurde steiler. Marler passierte einen weiteren, diesmal wieder in Taillenhöhe angebrachten Elektronenstrahl, indem er darunter hindurchkroch. Der Gang führte weiter aufwärts.

Marler blieb stehen, hob abermals die Hand. Ein weiterer Strahl? Nein. Jetzt deutete er voraus. Der Gang endete. Zwei Türen, geschlossen und mit schweren Riegeln, verbargen, was dahinter lag. Marler ging auf die Knie und betrachtete etwas im Licht der an der gebogenen Decke angebrachten Leuchtstoffröhren. Auch das gehört zu den Dingen, die mich wahnsinnig machen, dachte Paula. Alles ist gebogen. Keine geraden Flächen.

Marler streckte vorsichtig die Hand aus, kratzte etwas von einem dunklen Fleck ab, roch daran. Dann stand er auf und trat zu Newman, der mit dem Revolver in der Hand an der Wand stand. Er zeigte Newman die Finger seiner rechten Hand.

»Reifenspuren. Ein großes Fahrzeug. Es riecht nach Benzin. Sie bringen Lastwagen in diesen Gang. Breite Reifen.« Er schaute auf. »Selbst ein sehr großer Lastwagen käme unter dieser Decke hindurch, könnte diesen Gang entlangfahren – er ist breit genug. Ich hatte mich schon gefragt, wozu sie so viel Platz brauchen.«

»Dann wollen wir nachsehen, was sich hinter diesen Türen befindet.«

»Wenn wir sie aufbekommen ...«

Paula biß die Zähne zusammen.

Newman hielt die Smith & Wesson mit beiden Händen, während Marler den schweren Riegel an der rechten Tür umlegte und die massive Tür langsam aufschob. Der Spalt wurde breiter. Newman schaute hindurch, ebenso Paula über seine Schulter hinweg.

»Das muß die größte Garage der Welt sein«, bemerkte Newman mit gedämpfter Stimme.

Vor ihnen lag eine riesige unterirdische Garage mit schweren Stützpfeilern, die sich Reihe um Reihe in den Hintergrund erstreckten. Auf dem Beton parkte eine kaum vorstellbare Menge von INCUBUS Lastwagen, aufgereiht wie Konvois vor einer Invasion. Im Licht der starken Leuchtstoffröhren an der Decke war die Aufschrift *INCUBUS Oy* deutlich zu erkennen. Aber eine große Zahl von Wagen in zwei getrennten Reihen trug eine andere, höchst seltsame Aufschrift.

»Was steht auf diesen Lastern dort?« flüsterte Paula.

»Das ist kyrillisch«, sagte Marler. »Russische Schrift. Es heißt *SOWTRANS*. Der Name einer staatlichen Spedition.«

»Was geht hier vor?« fragte Newman.
Marler hatte den Kopf durch den Spalt gesteckt und zur Seite geneigt. Er lauschte mehrere Minuten, dann legte er einen Finger auf die Lippen, damit niemand redete.
»Es scheint niemand da zu sein«, sagte er schließlich. »Schauen wir uns um. Vielleicht finden wir heraus, was hier vorgeht . . .«
Für Paula war es eine große Erleichterung, den endlosen Horrorfilm-Gang verlassen und in die geräumige Höhle eintreten zu können. Keine Fenster nach draußen. Sie befanden sich immer noch unter der Erde. Tief darunter. Vielleicht nach wie vor auf Etage Vier.
Mit der Hand am Kolben des Browning folgte sie Newman und Marler, die sich an der linken Wand der Garage hielten und einen Gang zwischen der Wand und einer langen Reihe von Lastwagen entlanggingen. Jetzt roch es nach Öl und Benzin. Die Menschenleere war unheimlich; dennoch war Paula froh über die Geräumigkeit.
Als sie etwa die Hälfte der Garage hinter sich gebracht hatten, blieb Marler stehen und deutete auf die Gittertore eines Fahrstuhls, der so riesig war, daß ein Lastwagen bequem hineinpaßte. Paula stellte fest, daß alle Lastwagen Gefrierguttransporter waren.
Newman tippte Marler auf die Schulter und steuerte dann zwischen zwei Lastwagen hindurch auf die erste Reihe der Fahrzeuge mit kyrillischer Aufschrift zu. Er hatte einen Wagen entdeckt, dessen Hecktüren offenstanden. Marler zuckte die Achseln, setzte seinen Weg an der Wand entlang fort und passierte einen der dicken Pfeiler. Paula folgte Newman.
Er näherte sich dem Laster ganz vorsichtig, schaute hinein. Keine Wache. Er schlich an der Seite entlang und warf einen Blick in die Kabine. Leer. Er kehrte zu Paula zurück, die hinten stehengeblieben war.
»Werfen wir einen Blick hinein«, sagte er. »Mal sehen, was für eine Fracht wir diesmal haben.«
Paula kletterte hinauf, und Newman folgte ihr. Beide Hecktüren standen weit offen, so daß sie genügend Licht hatten. Paula hob die Lasche eines langen Metallbehälters, öffnete den Deckel, schaute hinein. Dann holte sie ein Reservekopftuch aus ihrer Tasche und verfuhr mit der grauen, teigartigen Substanz ebenso, wie Marler es zuvor mit der gleichen Substanz getan hatte. Sie holte eine große Handvoll von dem Material heraus, das sie an Plastilin erinnerte, wickelte es in ihr Kopftuch und steckte dann das Kopftuch wieder in die Tasche.
»Was machen Sie da?« fragte Newman.
Er hatte eine große Kiste geöffnet und kam jetzt herbei, um einen Blick in

den Behälter zu werfen. Er hätte fast gelacht, als er sah, was sie entdeckt hatte, obwohl der Inhalt nicht zum Lachen war.

»Noch mehr Semtex«, bemerkte er. »Die müssen sich das Zeug tonnenweise beschafft haben.«

»Beweismaterial«, sagte Paula und brachte ein großes Taschentuch zum Vorschein.

Sie holte eine wesentlich kleinere Menge heraus, wickelte sie in ihr Taschentuch und steckte es gleichfalls in ihre Umhängetasche. Dann richtete sie sich auf, bemerkte sein etwas gequältes Lächeln.

»Was ist denn so komisch?«

»Sehen Sie selbst – und denken Sie an den Lastwagen von Porvoo. Jetzt sind Sie an Marlers Stelle. Die reinste Wiederholungsvorstellung.«

Sie schaute in die große Kiste, die er geöffnet hatte, und sah darin eines der tödlichen Spielzeuge, die der sogenannte zivilisierte Mensch täglich produzierte. Die Stäbe waren säuberlich in Reihen gestapelt.

»Gelignit«, sagte Newman. »Sehen wir zu, daß wir hier herauskommen...«

Der Wachmann tauchte aus dem Nichts auf, als sie vom Lastwagen heruntersprangen. Ein magerer Mann mit knochigem Gesicht und hohen Wangenknochen. Er sah aus wie Manescu, aber er war es nicht. Noch einer von den Securitate-Leuten, die aus Bukarest verschwunden sind, dachte Newman ingrimmig. Seine Smith & Wesson steckte in seinem Schulterholster. Der Wachmann hielt eine .45 Magnum in beiden Händen und zielte auf sie. Das Ende des Laufs sah aus wie die Mündung einer Kanone, und Newman wußte, daß die Waffe mit nur einem Schuß ein gewaltiges Loch in ihr Opfer reißen und es wie ein Hammerschlag nach hinten schleudern konnte. Der Rumäne sprach gebrochenes Englisch.

»Hände hoch. Auf Lastwagen setzen. Fallen lassen.«

Paula und Newman taten genau das, was ihnen befohlen wurde. Der Wachmann stand etwa drei Meter vor ihnen, zu weit weg, als daß Newman riskieren konnte, nach seiner Waffe zu greifen. Paula fluchte innerlich, weil ihr Browning nach wie vor in ihrer Umhängetasche steckte. Sie richteten sich auf, hoben wieder die Hände. In der riesigen Höhle herrschte eine beklemmende Stille.

»Jetzt ihr geht langsam zur Wand...« Der Revolverlauf schwenkte zur inneren Garagenwand hinüber. »Mit Gesicht zur Wand.«

Paula ging langsam dicht neben Newman her. Seine Nähe war tröstlich. Sie würden sterben – daran hatte sie nicht den geringsten Zweifel. Als sie mit dem Gesicht zu der rauhen Betonwand dastanden, sprach der Wachmann wieder.

»Mann umdrehen – langsam. Frau mit Gesicht zur Wand.«
Newman drehte sich langsam um hundertachtzig Grad. Der Wachmann stellte sich breitbeinig hin, packte die mit beiden Händen gehaltene Magnum fester. Er visierte, und die Mündung zeigte genau auf Newmans Brust. Dann lächelte er, zeigte schlechte Zähne.
»Erst erschieße ich dich, dann nehme ich Frau, bevor ich auch sie erschieße. Keine Bewegung!«
Newman hatte sich bei der gräßlichen Drohung versteift. Etwas funkelte im Licht der Deckenbeleuchtung, fuhr wie ein Blitz durch die Luft, bohrte sich in den Rücken des Wachmanns. Marler war hinter einer Säule hervorgekommen. Der Wachmann grunzte; auf seinem Gesicht lag ein ungläubiger Ausdruck. Er ließ die Magnum fallen, versuchte sich umzudrehen, taumelte. Newman sah das Messer in seinem Rücken; nur wenige Zentimeter der Klinge ragten heraus. Die Hände des Wachmanns sanken kraftlos herab, er schwankte noch einen Moment, dann taumelte er rückwärts, prallte schwer auf den Betonfußboden und trieb dabei das Messer noch tiefer in seinen Körper. Als Marler leichtfüßig herbeigerannt kam, lag er ganz still.
Mit schweißnassem Rücken drehte Paula sich um. Marler beugte sich über den Wachmann, fühlte den Puls an seinem Hals, blickte auf.
»Mausetot. Newman, holen Sie mir bitte einen der Lappen aus dem Laster. Danke. Paula, Sie schauen besser woanders hin.«
Sie wischte sich die feuchten Hände ab, vor allem um zu verbergen, daß sie zitterten. Sie verschlang die Finger ineinander und drückte sie fest zusammen. Sie zwang sich, zuzusehen – wenn sie das nicht ertragen konnte, dann war sie für ihren Job nicht geeignet.
Marler stand auf, bückte sich wieder, wickelte den Lappen um das noch herausragende Stück der Klinge, holte tief Luft und zog am Griff. Ein Messer aus einer Leiche herauszuziehen, ist Schwerarbeit. Langsam kam die Klinge zum Vorschein, blutbedeckt, dann war sie frei. Marler richtete sich auf, benutzte den Lappen, um das Blut von der Klinge zu wischen, ging zu dem Lastwagen, schob den beschmutzten Lappen zwischen die anderen Lappen, zog sein Hosenbein hoch, verstaute das Messer wieder in der Scheide. Dann klopfte er den Betonstaub von der Säule, hinter der er sich versteckt hatte, von seiner Hose. Er verhielt sich so, als gehörte dergleichen zu seinem gewohnten Tagewerk.
»Sehen wir zu, daß wir hier herauskommen«, sagte er munter. »Am besten vermutlich mit dem Lastenfahrstuhl. Der dürfte in die Außenwelt führen.«
Er wendete sich an Newman. »Aber zuerst fassen Sie bitte diesen Abschaum mit an.«

Gemeinsam schleppten sie den Wachmann zu dem Lastwagen, den Newman und Paula durchsucht hatten, und schoben die Leiche unter das Chassis. Marler wischte sich die Hände ab, glättete sein Jackett, dann erstarrte er. Der riesige Fahrstuhl hatte sich nach oben in Bewegung gesetzt.
»Da will jemand herunterkommen«, bemerkte Marler. »Wir müssen ein Empfangskomitee bilden . . .«
Paula stand, ungefähr drei Meter von ihm entfernt, vor dem Fahrstuhlschacht. Sie hatte darauf bestanden, als Köder zu dienen, und nachdrücklich darauf hingewiesen, daß derjenige, der mit dem Fahrstuhl herunterkäme, völlig außer Fassung sein würde, wenn er eine Frau entdeckte. Widerstrebend hatte Newman eingewilligt.
Eine Weile geschah nichts, und die Spannung stieg. Der Fahrstuhl stand in irgendeiner der oberen Etagen. Paula war, als vergingen Stunden. Sie stand da, hatte die Hand in die Tasche gesteckt und um ihren Browning gelegt. Das schwirrende Geräusch setzte wieder ein. Die langsame Abwärtsfahrt des Fahrstuhls schien eine Ewigkeit zu dauern. Paula vermutete, daß er bis in die oberste Etage hinaufgefahren war. In die Außenwelt, hoffte sie. Da sie einen der großen Lastwagen erwartete, war sie verblüfft, als der Fahrstuhl endlich erschien und zum Stehen kam. Hinter dem Gitter stand ein kleiner Mann mit schmalem Gesicht. Er reagierte schnell. Ein Waffe schien in seine Hand zu fliegen, und eine Mauser zielte auf ihren Magen. Mit der freien Hand öffnete er die Tür, trat heraus und fuhr sie auf Englisch an.
»Nehmen Sie ganz langsam die Hand aus der Tasche. Wenn sie nicht leer ist, haben Sie ein Loch im Bauch.«
Sie ließ den Browning los und zog bedächtig die Hand heraus. Sein Gesicht wies die gleichen Merkmale auf wie das des Wachmannes, den Marler getötet hatte. Hohe, vorstehende Wangenknochen. Er trat einen Schritt näher an sie heran.
Der Lauf von Newmans Smith & Wesson knallte mit derartiger Gewalt auf seinen Kopf, daß sein Schädel brach. Er sackte nach vorn zusammen, und Paula sprang beiseite, als er auf dem Beton landete. Newman fühlte den Puls, dann schüttelte er den Kopf.
Sie zerrten die Leiche unter einen anderen Lastwagen, nachdem Marler die Reservemagazine aus der Jackentasche des Toten herausgeholt hatte. Dann ergriff er die Mauser, sicherte sie und steckte sie in seinen Gürtel.
»Jetzt kommt der ungemütliche Teil«, bemerkte Newman. »Mit dem Fahrstuhl hinauffahren und zusehen, was uns oben erwartet.«
Paula warf ihm einen verwunderten Blick zu. Früher einmal hätte ihm das, was sie eben erlebt hatten, schwer zugesetzt, aber seit seinem heimlichen

Aufenthalt in der DDR in den Tagen des Kalten Krieges hatte sich sein Charakter verändert. Jetzt bestand seine einzige Reaktion darin, daß er sagte: *Jetzt kommt der ungemütliche Teil.*

Sie traten in den Fahrstuhl. Marler betrachtete kurz die Steuertafel. Von oben aus waren drei Knöpfe vorhanden und darunter ein Schloß, in dem der Schlüssel steckte.

»Interessant«, sagte er. »Knöpfe für die Etagen Eins, Zwei und Drei. Und ein Schlüssel, der den Fahrstuhl in die vierte Etage hinunterbringt. Ich glaube, den nehme ich, wenn wir oben angekommen sind. Wir wollen die Leute ja nicht mit der Nase darauf stoßen, daß jemand in die Garage hinuntergefahren ist – und vielleicht erweist sich das später als nützlich.«

Er drückte auf den Knopf für Etage Eins. Als der Fahrstuhl seine langsame Aufwärtsfahrt begann, spürte Paula wieder die Anspannung. Welche neuen Gefahren mochten auf Etage Eins auf sie warten? Sie zwang sich, die Frage zu stellen, die sie beschäftigte.

»Wie in aller Welt gelangen diese riesigen Laster in die Garage?«

»Ich habe den Ausgang gefunden«, sagte Marler, ohne das Fahrstuhlgitter aus den Augen zu lassen. »Am Ende der Garage befindet sich ein riesiger Tunnel, gekrümmt und steil ansteigend.«

Während des Hinauffahrens sahen sie, daß der Fahrstuhlschacht auf jeder Etage mit einer massiven Stahltür verschlossen war. Der Fahrstuhl wurde noch langsamer, hielt auf Etage Eins an. Eine quälende Pause, dann glitt das Gitter zurück. Marlers rechte Hand steckte unter seiner Jacke und hatte die Mauser umfaßt. Newman hatte seine Smith & Wesson aus dem Holster geholt und gleichfalls in den Gürtel gesteckt. Paula blinzelte, als ihr das grelle arktische Sonnenlicht in die Augen fiel. Sie waren wieder im Freien.

Der Ausgang des Fahrstuhls führte auf eine Art Hof mit Betonfußboden, an dessen anderer Seite ein massives Gebäude stand. Fensterlos. Wie ein großes Blockhaus. Marler lugte aus dem Fahrstuhl heraus, schaute in beide Richtungen. Dann winkte er den anderen, ihm zu folgen, nachdem er den Schlüssel für Etage Vier eingesteckt hatte. Marler wußte nicht, wo sie sich befanden – sie konnten ebenso gut in der einen wie in der anderen Richtung gehen. Er deutete auf eine höhlenartige Öffnung in dem Blockhaus.

»Sehen Sie die Öffnung? Dort fahren die Lastwagen ein und aus, die wir auf Etage Vier gesehen haben.«

»Ich dachte mir, daß der Fahrstuhl allein nicht ausreichen würde«, sagte Paula. »Es würde eine Ewigkeit dauern, all die Fahrzeuge hinunterzubefördern, die da unten stehen. Aber wozu brauchen sie den Fahrstuhl, wenn sie den Tunnel haben?«

»Ich vermute«, sagte Newman, »daß er als eine Art Notein- und -ausgang fungiert, falls einer der mit Sprengstoff beladenen Laster im Tunnel hochgeht und ihn blockiert. Mr. Hauser überläßt nichts dem Zufall. Und wir gehen nach rechts. Diese Mauer ist die Außenseite desselben Gebäudes, um das wir auf diesem endlosen Gang herumgewandert sind. Mit etwas Glück kommen wir irgendwann wieder bei der Landebahn an.«

»Klingt vernünftig«, bemerkte Marler.

Auf seine Anweisung hin hielten sie sich dicht an der Mauer – Marler hatte sich an die Wache auf dem Dach erinnert, die sie beim Aussteigen aus dem Flugzeug gesehen hatten. In gewissen Abständen waren in Schulterhöhe Lüftungsfenster in der Mauer angebracht. Bei jedem Fenster duckte sich Marler und schob sich drunter durch; seine beiden Begleiter folgten seinem Beispiel. Nach der Kühle im Innern des Gebäudes kamen sie sich jetzt vor wie in einem Inferno. Die Sonne brannte erbarmungslos auf sie herab. Sie passierten einen langen, schmalen Einschnitt in dem Gebäude, in dem große Mülltonnen standen. Sie waren erst ein paar Schritte daran vorbei, als Marler plötzlich die Hand hob.

»Da kommt jemand. Eine Menge Leute. Zurück in die Gasse. Schnell!«

Paula rannte zurück, dichtauf gefolgt von Newman, tief in den schmalen Gang hinein, und versteckte sich hinter einer der Mülltonnen. Newman und Marler suchten hinter näher am Eingang stehenden Tonnen Deckung, und Marler lugte vorsichtig hinter seiner Tonne hervor.

Eine Gruppe Wachmänner tauchte auf, alle in Uniform, aber keiner von ihnen warf einen Blick in die Gasse. Holzköpfe, dachte Marler, Gott sei Dank. Als der letzte Mann vorbei war, schlich er sich aus der Gasse heraus und folgte der Gruppe auf ihrem Weg an der Mauer entlang. Dann kehrte er schnell in die Gasse zurück.

»Alles klar. Es waren zwanzig, und alle hatten Holster mit Waffen. Ziemlich ungewöhnlich für ein Meteorologisches Institut. Sie sind in den Lastenfahrstuhl eingestiegen. Der Anführer hatte einen Schlüssel in der Hand.«

»Dann wollen sie hinunter zur Etage Vier«, sagte Newman. »Wir haben Glück gehabt. Offenbar gehen sie alle gemeinsam zum Essen und lassen nur zwei Mann zurück.«

»Und nun werden sie sich fragen, wo die stecken. Sie werden nach ihnen suchen«, warf Paula ein. »Glauben Sie, daß wir hier lebend wieder herauskommen?«

»Wir versuchen es zumindest«, erklärte Newman.

Sie folgten weiter der gebogenen Mauer und waren gerade im Begriff, die erste Tür zu passieren, auf die sie gestoßen waren, als diese plötzlich geöffnet

wurde. Marler griff nach der Mauser. Eine große Frau unbestimmbaren Alters mit einem breitrandigen Strohhut und einem leuchtend orangefarbenen Kleid, das sie umhüllte wie ein Zelt, trat heraus. Sie strahlte Marler an, der in ihr eine der Touristinnen wiedererkannte.
»Ich bin Mrs. Fairweather«, sagte sie. »Ich nehme an, Ihnen ist diese endlose Herumlauferei auch auf die Nerven gegangen. Und diese fürchterlichen Tonbänder, die pausenlos auf einen eindröhnen. Es ist einfach zu viel. Ich habe Irene gesagt, ich brauchte ein bißchen frische Luft. Sie versuchte, mich zum Bleiben zu bewegen, aber ich habe darauf bestanden. George, mein Mann, sagt immer, die Welt täte gut daran, es zur Kenntnis zu nehmen, wenn ich auf etwas bestehe.«
»Da hat er bestimmt recht, meine Dame«, pflichtete Marler ihr lächelnd bei.
»Ich nehme an, Sie wissen, daß wir dieser Mauer nach rechts folgen müssen. Irene hat es mir dreimal gesagt, als hätte sie einen Dorftrottel vor sich. *Nach rechts!* Als ob einen jemand durch ein Megaphon hindurch anplärrt. Sie zeigte mir den Gang, der zu dieser Tür führt. Und wenn Sie einmal draußen sind, können Sie nicht wieder hereinkommen, hat sie gesagt. Die Tür schließt automatisch, also überlegen Sie es sich gut ...«
Sie folgten der Mauer, und Mrs. Fairweather redete wie ein Wasserfall. Marler lächelte verbindlich. Er hatte die Mauser gerade noch rechtzeitig wieder verschwinden lassen. Newman und Paula, die hinter ihnen hergingen, schwiegen. Mrs. Fairweather redete genug für vier Leute.
»Natürlich«, plauderte sie weiter, »das Planetarium war interessant. Ich nehme an, Sie waren nicht weniger überrascht als ich, als Mr. Redemaschine zum Schluß behauptete, die Satelliten, die wir sahen, wären Wettersatelliten. Dabei glaubten wir alle, daß es sich um sowjetische Spionagesatelliten handelte. Die anderen haben auch genug und wollen zurückfliegen. Wir haben viel zu viel Zeit in der Geologischen Forschungsabteilung verbracht. Stinklangweilig. Und keine Erfrischungen. Irene sagte, wir würden auf dem Rückflug nach Rovaniemi etwas bekommen. Oh, sehen Sie, da steht unser Flugzeug ...«
Die Landebahn lag vor ihnen, und die Gangway war nach wie vor an der Maschine. Marler folgte Mrs. Fairweather die Stufen hinauf, ließ sich neben ihr nieder. Eine bessere Tarnung konnte er sich nicht vorstellen.
Paula wählte einen Fensterplatz zwei Reihen hinter Marler, und Newman setzte sich neben sie. Dann sah sie auf die Uhr. Newman wußte, was sie beunruhigte. Früher oder später würde die zwanzigköpfige Wachmannschaft die beiden Toten finden. Und dann würden sie das Flugzeug nicht starten lassen.

Fünf Minuten später erschien die gesamte Touristengruppe. Die Leute marschierten entschlossen auf die Maschine zu, eilten an Bord, nahmen ihre Sitze ein. Irene wirkte deprimiert. Mrs. Fairweather flüsterte, aber so laut, daß die Hälfte der Leute sie hören konnte.
»Sehen Sie! Ich habe die Revolte ausgelöst. Ich wußte doch, daß die anderen auch die Nase voll hatten.«
»Sie sind ein wahres Labsal«, log Marler verbindlich.
Paula schaute aus dem Fenster und behielt den Eingang zu dem Komplex im Auge. Sie war ganz sicher, daß im letzten Moment noch Wachmänner auftauchen würden. Die Gangway wurde eingezogen, der Pilot ließ den Motor an, die Propeller begannen sich zu drehen. Paula beobachtete nach wie vor den Eingang. Sie versteifte sich. Drei uniformierte Gestalten rannten auf das Flugzeug zu, schwenkten die Arme, schienen irgendwelche Befehle zu brüllen.
»Was sie auch wollen – es ist zu spät. *Wir starten!*« rief Irene.
Paula hörte das Zuschlagen der Kabinentür. Die Fokker rollte an, beschleunigte, hob ab in einen wolkenlosen Himmel. Binnen dreißig Sekunden war das Institut nur noch ein Spielzeugkomplex. Die Maschine befand sich auf dem Rückflug nach Rovaniemi.
»Wissen Sie, Mrs. Fairweather«, erklärte Marler, »ich bin Ihnen wirklich dankbar, daß Sie die Besichtigungstour verkürzt haben. Sie war langweilig. Sie war *tödlich* langweilig.«

Fünfunddreißigstes Kapitel

»Sie sagen, es ist jemand in das Institut eingedrungen, Frank?«
Hausers Stimme klang gefährlich ruhig. Er saß hinter seinem Schreibtisch im Turm seines Hauses, das hundert Jahre zuvor die Sommerresidenz eines zaristischen Generals gewesen war. Die Terrassentür führte auf einen Balkon mit einem kunstvollen Gitter aus Schmiedeeisen. Galvone wanderte mit den Händen in den Hosentaschen nervös hin und her.
»Ich habe es gerade telefonisch erfahren«, berichtete er. »Zwei Wachmänner wurden in der Garage auf Etage Vier getötet . . .«
»Weiter«, befahl Hauser. »Lassen Sie sich nicht alles Stück für Stück aus der Nase ziehen.«
»Aus einem Container in einem der Lastwagen ist eine ganze Menge Semtex verschwunden. Möglicherweise haben die Eindringlinge sich einer Touristengruppe angeschlossen, die das Institut besichtigte.«

»Und Sie waren gerade dort und haben die Wachen verdoppelt. Haben Sie jedenfalls behauptet. Was ist schiefgegangen? Kann ich mich nicht einmal mehr auf Sie verlassen?«

»Bitte, Chef.« Galvone breitete in einer flehenden Geste die Hände aus. »Ich hatte Anweisung gegeben, daß die Leute schichtweise essen gehen und jeweils die Hälfte auf ihrem Posten bleibt. Die Männer von der Garagenmannschaft sind alle zusammen gegangen, wahrscheinlich, damit sie sich unterhalten und Karten spielen konnten. Sie ließen nur zwei Männer zurück – die beiden, die getötet wurden. Entgegen meinen strikten Anweisungen.«

»So ist das also. Und nun hören Sie auf, herumzuwandern, Frank. Pflanzen Sie Ihr Hinterteil auf einen Stuhl, damit ich nachdenken kann.«

Hauser zündete sich eine Zigarette an. Er war in Hemdsärmeln; selbst jetzt, um sechs Uhr abends, war die Hitze noch mörderisch, aber er hatte gelernt, mit extremen Klimabedingungen zu leben. Er dachte über Irina Serow nach. Sie hatte ihm am Morgen einen Schlag versetzt, als sie ihm mitteilte, daß ein Mann namens Tweed, Stellvertretender Direktor des SIS, im Hesperia wohnte. Er hatte den führenden Kopf ausfindig gemacht – der inzwischen tot sein sollte. Aber Hauser war sich nicht sicher, ob Irina richtig gehandelt hatte. Wie würde die britische Regierung auf seinen Tod reagieren?

Noch etwas beunruhigte ihn. Zuerst war bei dem Überfall auf den Laster nördlich von Porvoo Sprengstoff entwendet worden. Hauser zweifelte nicht daran, daß es die gleichen Leute gewesen waren, die sich jetzt im Institut noch mehr davon angeeignet hatten. Beweismaterial – das sie vielleicht der finnischen Regierung vorlegen würden. Die meisten Männer würden in Anbetracht einer derartigen Situation den Rückzug antreten. Aber das war nicht Hausers Art. In die Enge getrieben, ging man zum Angriff über.

»Frank, wir befinden uns in einer kritischen Situation. Unternehmen Ural ist bereits angelaufen. Sehen Sie hier . . .«

Er schob ein Exemplar der *Herald Tribune* über den Schreibtisch und wartete, während Galvone las. Es war eine dicke Schlagzeile.

ANSCHLAG AUF DIE TRANSSIBIRISCHE EISENBAHN. EXPLOSION JAGT ZUG IN DIE LUFT.

Galvone las den Artikel. Man vermutete, daß es mehr als hundert Tote gegeben hatte. Die sowjetischen Behörden schrieben den Anschlag »Extremisten und Terroristen« zu. Während Galvone las, starrte Hauser aus dem Fenster. Irina Serow hätte einen solchen Fehler nicht gemacht. Sie hätte dafür gesorgt, daß die Ladung erst hochging, nachdem der Zug durch war. Je früher er sie nach Rußland zurückschickte, damit sie dort das Kom-

mando übernahm, desto besser. Die erste Ladung Sprengstoff war zu früh über die Grenze geschmuggelt worden.
»Was tun wir jetzt?« fragte Galvone.
»Machen mit Unternehmen Ural weiter. Von jetzt ab unter Leitung einer Person, die weiß, was sie zu tun hat. Der heutige Zwischenfall im Institut bedeutet, daß wir den gesamten Sprengstoff so schnell wie möglich über die Grenze schaffen müssen. Sie veranlassen das, Frank. Und Sie werden alle Hände voll zu tun haben.«
»Geht in Ordnung, Chef. Sonst noch etwas?«
Galvone war erleichtert, daß Hauser das Thema des Fiaskos im Institut fallen gelassen hatte; ihm lag nicht das geringste daran, daß er darauf zurückkam.
»Möglicherweise müssen wir unser Operationszentrum von Helsinki nach Stockholm verlegen. Binnen zwölf Stunden. Einschließlich sämtlicher Geheimakten und der wichtigsten Mitarbeiter. Ich werde versuchen, die finnische Regierung zu besänftigen, indem ich ihr drei Millionen Dollar für einen Super-Eisbrecher offeriere. Aber was ihre Neutralität betrifft, ist sie so verdammt empfindlich, daß sie vielleicht nicht mitspielen wird. Im Augenblick ist es das wichtigste, das Unternehmen Ural in die Wege zu leiten. Eine Frau wird das Kommando übernehmen, eine Sonja Drayton. So, und warum klebt Ihr Hinterteil immer noch auf dem Stuhl? Und schicken Sie Adam Carver herauf, und zwar sofort ...«
Als Hauser allein war, ging er in Gedanken die verschiedenen Teile des Puzzles durch, mit denen er jonglierte. Der verstorbene Mr. Tweed hatte offenbar ein Team nach Helsinki mitgebracht, ein Team, das ihm zuerst bei Porvoo und jetzt am Polarkreis Ungelegenheiten bereitet hatte. Er brauchte ein Hinrichtungskommando. Er würde Irina Serow vorerst hierbehalten, damit sie das Kommando anführte. Außerdem würden ihm Manescu und Ziegler angehören, Männer, die nicht davor zurückscheuten, tödliche Unfälle für die Opposition zu organisieren. Wenn man in der Klemme steckte – *Gas geben.*

Tweed hatte einen geschäftigen Tag. Monica hatte aus London angerufen und ihm mitgeteilt, mit welcher Maschine die Ausrüstung ankommen würde, die er angefordert hatte. Butler hatte Tweed und Nield zum Flughafen gefahren.
Tweed hatte die Ausrüstung durch den Zoll gebracht und die Zollerklärung mit Martin Baker unterschrieben. Die Kisten waren in den BMW geladen worden. Dann waren sie zu einem Lagerhaus hinter dem Nordhafen

gefahren, das Tweed gemietet hatte. Er half ihnen, die Kisten hineinzutragen.

»Darf ich fragen, was da drin steckt?« hatte sich Nield erkundigt.

»Die Ausrüstung für ein Kamerateam. Newman hat mich auf die Idee gebracht, als er erzählte, wie sie in Arlanda und am Anleger der Fähre nach Turku von Kamerateams gefilmt wurden.«

»Ich begreife immer noch nicht«, erklärte Nield.

»Ich sah keine Möglichkeit, das Meteorologische Institut oben am Polarkreis zu erkunden. Als ich von Newman erfuhr, daß dieser Fischer in Porvoo einen Lastwagen gesehen hat, der durch Kemijärvi hindurch zum Institut fuhr, war ich ganz sicher, daß es die Basis für irgendein Unternehmen sein muß. Jetzt hängt alles davon ab, was Newman, Marler und Paula zu berichten haben, wenn sie zurückkommen.«

»Falls sie zurückkommen«, sagte Butler ingrimmig. »Wir spielen nicht mit Schoßkätzchen.«

»Sie werden es überleben. Harry, haben Sie den Transporter gemietet? Werden die Aufkleber und die Ausweise gedruckt?«

»Werden Sie. Und der Transporter steht hier im Lagerhaus. Sie können ihn nicht sehen, weil ich ihn mit einer Plane abgedeckt habe.«

»Würden Sie mir bitte verraten, was wir vorhaben?« fragte Nield.

»Butler läßt Aufkleber mit der Aufschrift National-Film in Finnisch und Schwedisch drucken. Zwei davon kommen auf den Transporter. Als wir am Flughafen waren, habe ich veranlaßt, daß wir notfalls auch ein Flugzeug chartern können. Die Ausweise dienen der falschen Identifizierung.«

Butler schloß die Türen des Lagerhauses und brachte zwei Vorhängeschlösser an. Dann stiegen sie wieder in den BMW, und Nield stellte tatendurstig seine Frage.

»Wie geht es weiter?«

»Ich erwarte einen Anruf von Monica. Sie stellt pausenlos Nachforschungen über INCUBUS an, bedient sich jeder nur erdenklichen Quelle. Durchaus möglich, daß sie uns wichtige Informationen liefern kann . . .«

Um fünf Uhr an diesem drückend heißen Nachmittag kam ein Anruf von Mauno Sarin. Die Stimme des Leiters der Sicherheitspolizei klang sehr ernst.

»Könnten Sie gegen halb sieben in der Ratakatu vorbeischauen? Unsere Techniker haben etwas herausgefunden, über das ich am Telefon nicht sprechen möchte.«

»Ich werde da sein.«

Fünf Minuten später läutete das Telefon abermals. Es war Newman, der vom Flughafen Helsinki aus anrief. Er hörte sich erschöpft an.
»Wollte Sie nur wissen lassen, daß wir wieder da sind. Wir haben Informationen. Von größter Wichtigkeit. Wir könnten in einer halben Stunde bei Ihnen sein.«
»Sehen Sie zu, daß Sie es schaffen. Nicht nur die Hitze wird intensiver. Ich muß um sechs weg . . .«
Er wendete sich an Butler und Nield, die sich auf Stühlen niedergelassen hatten. Nield, immer entspannt, hatte die Beine lang ausgestreckt. Butler saß wachsam und gerade aufgerichtet da.
»Es kann sein, daß gegen sechs hier eine blonde Frau erscheint – Sie sind ihr zu ihrer Wohnung gefolgt, Butler. Ich weiß nicht, ob sie kommt, aber wenn, dann wird sie am Empfang nach mir fragen. Wenn sie dann wieder geht, möchte ich, daß ihr sie draußen packt und auf Eis legt. Wo, ist Ihre Sache.«
»Ich werde sie wiedererkennen«, sagte Butler. »Und ich gebe Pete eine Beschreibung, damit wir beide wissen, wie sie aussieht. Vielleicht sollten wir gleich in die Halle hinuntergehen – für den Fall, daß sie früher kommt.«
»Gute Idee«, erklärte Tweed. »Es wäre durchaus möglich . . .«
Ein paar Minuten, nachdem sie gegangen waren, nahm er einen weiteren Anruf entgegen. Diesmal war es ein langes Gespräch mit Monica, die ihm mitteilte, was sie bisher herausgefunden hatte. Tweed machte sich eine Menge Notizen. An einer Stelle wiederholte sie, was sie gerade gesagt hatte.
»Das Haus und die Motorjacht, die Hauser gehören, befinden sich im *westlichen* Archipel. Nicht in den Schären vor Stockholm, sondern in denen nördlich von Göteborg.«
»Habe ich. Und der Name des Hafens? Bitte weiter . . .«
Er hatte gerade das Gespräch beendet und sein Notizbuch weggesteckt, als Newman und Marler erschienen. Er schaute auf die Uhr. Newman sagte, Paula sei in ihr Zimmer gegangen, um ein Bad zu nehmen. Dann begann er mit seinem Bericht über ihre Reise in die Arktis. Anfangs hörte Tweed sitzend zu, aber als die Geschichte weiterging, stand er auf, wanderte langsam und mit ernster Miene im Zimmer herum und ließ sich kein Wort entgehen. Marler zeigte ihm Paulas Taschentuch mit dem Sprengstoff, den sie aus dem Container geholt hatte, ließ aber das Kopftuch mit der wesentlich größeren Menge unerwähnt. Er hatte sie im Kleiderschrank in seinem Zimmer deponiert, bevor er zu Tweed gekommen war.
»Das sollte ich zu meiner Verabredung mitnehmen«, sagte Tweed und steckte das Taschentuch mit seinem Inhalt in die Tasche seines Jacketts.

Dann wartete er, während Newman auf ein leises Klopfen hin die Tür aufschloß. Paula kam herein, die Andeutung eines Lächelns im Gesicht.
»Stellt euch das vor! Ich habe noch eine Verabredung mit Adam Carver. Er behauptet, er hätte den ganzen Tag über immer wieder angerufen. Er kommt auf einen Drink her. Wir treffen uns um sechs beim Intercontinental.«
»Halten Sie das für eine gute Idee?« fragte Tweed.
Sie versetzte ihm einen spielerischen Stoß gegen den Arm. »Ich habe keine Schwäche für dieses Pappmaché-Idol, wenn es das ist, was Sie meinen. Wenn überhaupt, dann ist es eher umgekehrt.«
»Warum gehen Sie dann?« beharrte Tweed.
»Gehört zu unserer Kampagne, INCUBUS aufzustören. Und vielleicht kann ich ihn dazu bringen, daß er sich etwas entschlüpfen läßt.«
»Seien Sie bitte vorsichtig.«
Tweed schaute wieder auf die Uhr. »Ich gratuliere Ihnen allen dreien zu Ihrem Ausflug zum Polarkreis. Vielleicht habt ihr genau das mitgebracht, was nötig ist, um die finnische Regierung zu veranlassen, etwas gegen Hauser zu unternehmen. Aber wir müssen alle sehr vorsichtig sein. Allmählich kann ich mich in Hausers Denken versetzen – seine Reaktion auf die Vorgänge im Institut könnte heftig ausfallen.«

Tweed saß Mauro Sarin stumm an dessen Schreibtisch in der Ratakatu gegenüber. Mit seinem kahlwerdenden Kopf und dem Bartsaum erinnerte ihn der Finne an einen Mönch mit einer Tonsur. Sarin war ernst.
»Ihr Glück, daß Sie sich heute morgen nicht die Zähne geputzt haben. Unsere Techniker haben festgestellt, daß Ihre Zahnpastatube eine tödliche Dosis Zyankali enthielt.« Er lächelte. »Ihre präzise Art, sich auszudrücken. Zyankali ist immer tödlich. Das Medikament gegen Sodbrennen ist harmlos.« Er stützte seine Ellenbogen auf den Schreibtisch, verschränkte die kräftigen Hände. »Wer könnte sich an der Tube zu schaffen gemacht haben?«
»Eine gewisse Sonja Drayton«, sagte Tweed prompt. »Ich kann Ihnen ihre Adresse geben.«
Er berichtete knapp über die Begegnung mit der Frau mit dem blond gefärbten Haar beim Frühstück, teilte Sarin mit, daß sie sich als ehemalige Angestellte von INCUBUS ausgegeben hatte. Aber er erwähnte nicht, daß sie um sechs ins Hesperia zurückkehren wollte.
»Schon wieder INCUBUS«, stellte Sarin fest.
»Sie werden diese Bemerkung wiederholen, nachdem ich Ihnen von dem

Besuch erzählt habe, den Marler und Newman heute dem Meteorologischen Institut abgestattet haben ...«

Paulas Namen ließ Tweed unerwähnt – er machte sich ohnehin schwere Vorwürfe, weil sie auf ihrer Reise tödlichen Gefahren ausgesetzt gewesen war. Sarin hörte zu, hielt die braunen Augen unverwandt auf Tweed gerichtet. Gegen Ende seines Berichts holte Tweed das Taschentuch mit der Substanz heraus, die Paula mitgebracht hatte. Sarin drückte auf einen Knopf, Karma erschien.

»Lassen Sie das sofort untersuchen. Ich nehme an, unser Sprengstoffexperte ist inzwischen mit dem Zeug vertraut. Eine schnelle Antwort, bitte ...«

Karma war in weniger als fünf Minuten zurück. Er legte das Taschentuch mit seinem Inhalt auf Sarins Schreibtisch.

»Semtex. Ganz eindeutig. Sie brauchen mich im Moment nicht mehr? Danke.«

Sarin bohrte einen Finger in das teigähnliche Material. »Wie Sie sagten – schon wieder INCUBUS.«

»Allmählich wird es Zeit, daß Sie gegen Hauser vorgehen«, erklärte Tweed. »Wie viel Beweismaterial wollen Sie noch?«

»Es gibt ein Problem. Heute nachmittag hat Hauser der Regierung drei Millionen Dollar für einen riesigen Eisbrecher angeboten. Sie überlegt, ob sie das Angebot annehmen soll. Bitte!« Er hob eine Hand, als Tweed widersprechen wollte. »Das Problem ist, daß ein einzelner Mensch sich seine Nachbarn aussuchen kann, ein Land dagegen nicht. Ich persönlich würde Mr. Hauser zu gern des Landes verweisen ...«

»Wie viel Beweismaterial brauchen Sie noch?«

»Lassen Sie mich ausreden. Es ist ein merkwürdiges Zusammentreffen, daß Hauser dieses Angebot so kurze Zeit nach Ihrer Entdeckung von Sprengstoff an zwei verschiedenen Orten gemacht hat, die beide direkt mit INCUBUS in Verbindung stehen. Ich glaube, er ist ein guter Pokerspieler.«

»Wie meinen Sie das?«

»Meine Regierung ist Hauser verpflichtet, weil er zahlreiche Arbeitsplätze geschaffen hat. Wir können ihm sein Angebot nicht einfach vor die Füße werfen. Aber wir haben eine überaus instabile Sowjetunion unmittelbar vor der Haustür. Und der würde es vielleicht nicht gefallen, wenn wir eine derart große Summe direkt aus Washington akzeptieren. Deshalb stecken wir im Augenblick in einer Sackgasse.«

»Um es noch einmal zu wiederholen – wie viel Beweismaterial brauchen Sie noch?«

»Mir persönlich macht Ihre Entdeckung dieses Semtex – nicht nur einmal, sondern zweimal – große Sorgen. Aber wären Sie bereit, Mr. Marler vor Gericht auftreten zu lassen, wo er seinen Beruf angeben, seine Geschichte erzählen müßte? Angesichts der Tatsache, daß Marler einer Ihrer Mitarbeiter ist?«

»Nein, natürlich nicht. Aber ...«

»Dann haben wir keinerlei Beweis, den wir verwenden können. Newman allein genügt nicht. Wir brauchen *zwei* Zeugen, einen, der die Aussagen des anderen bestätigt.«

»Dann bleibt uns wohl nichts anderes übrig, als nach Hause zurückzukehren.«

»Hat es Tote oder Verletzte gegeben bei dieser heimlichen Durchsuchung des Instituts?«

»Nein«, log Tweed prompt.

»Ich wäre sehr froh, wenn Sie Ihre Nachforschungen fortsetzen würden, aber wenn es hart auf hart geht, werde ich bestreiten, das gesagt zu haben.«

»Danke für Ihre großzügige Unterstützung«, erklärte Tweed sarkastisch und ging.

Er wanderte zwischen alten Bürogebäuden aus Granit durch die stillen Straßen. Nach seinem Gespräch mit Sarin wußte er zumindest, daß sie ganz auf sich allein gestellt waren.

Die Nachricht, die ihm bei seiner Rückkehr ins Hesperia einen schweren Schlag versetzte, machte ihm erst richtig bewußt, in welchem Maße sie auf sich allein gestellt waren.

Sechsunddreißigstes Kapitel

Paula traf Carver in einer stillen Ecke nahe dem Hintereingang des Intercontinental. Newman hatte angeboten, sie zu begleiten, aber sie hatte abgelehnt. Die Aussicht, Carver irgendwelche Informationen zu entlocken, war größer, wenn sie mit ihm allein war.

»Sie sehen wunderbar aus«, begrüßte Carver sie. »Und ich fürchtete schon, Sie würden nicht kommen. Machen wir aus diesem Abend einen, den man nicht so schnell vergißt. Erst einen Drink, dann essen wir zusammen.«

»Das findet sich. Erst einen Drink ...«

Sie hatte gerade von der weiblichen Hinhaltetaktik Gebrauch gemacht, als sie einen Wagen hörte, der hinter ihr heranrollte. Sie fuhr herum. Ein brauner Buick bremste scharf. Die Türen flogen auf. Drei Männer mit Strumpfmasken und Revolvern sprangen heraus. Einer der Männer lief auf

Carver zu, der völlig fassungslos zu sein schien, forderte ihn auf, das Gesicht zur Wand zu drehen, rammte ihm den Revolverlauf in den Rücken.
Gleichzeitig ergriffen die anderen beiden Männer Paula. Einer hielt ihr die Mündung seines Revolvers an die Schläfe, der andere packte ihre Arme, zwang sie auf ihren Rücken. Sie fühlte den Stahl von Handschellen um ihre Handgelenke, hörte, wie sie einschnappten.
Sie warf einen schnellen Blick auf Carver. Er schaute über die Schulter, und seine Fassungslosigkeit hatte sich in Wut verwandelt. Sie wurde auf den Rücksitz des großen Wagens gestoßen. Die Türen knallten zu. Der Mann hinter Carver trat ihm die Beine weg, und Carver schlug auf den Beton, während der Mann gleichfalls in den Wagen sprang. Der Buick setzte zurück, wendete, fuhr am Hesperia vorbei auf die Mannerheimintie.
Die Unverfrorenheit des Überfalls hatte Paula den Atem geraubt. Die beiden Männer im Fond saßen halb auf ihr, einer hatte eine große Hand auf ihren Mund gelegt. Sie starrte die finstere Gestalt mit der Strumpfmaske an, während der Buick stadtauswärts raste.

Tweed litt unter der Hitze und war ziemlich frustriert, als er sein Taxi bezahlte und ins Hesperia zurückkehrte. Newman und Marler saßen in der Halle. Als er hereinkam, sprangen sie auf, und er fragte sich, weshalb sie auf ihn warteten.
»Es ist etwas passiert«, sagte Newman knapp. »Aber das sollten wir Ihnen lieber in Ihrem Zimmer erzählen . . .«
»Also, was ist?« fragte Tweed, nachdem er die Tür seines Zimmers von innen verschlossen hatte.
Er entledigte sich seines Jacketts und hängte es über eine Stuhllehne, was sehr untypisch für ihn war. Das Hemd klebte ihm am Rücken. Er zog es heraus und ließ es über die Hose hängen. Gleichfalls höchst untypisch. Dann ließ er sich auf einen Sessel sinken.
»Reden Sie schon. Übrigens – von Mauno Sarin haben wir keine Hilfe zu erwarten.«
»Bis jetzt sind wir auch allein ganz gut zurechtgekommen«, bemerkte Marler.
»Butler hat angerufen«, berichtete Newman. »Er und Nield haben Sonja Drayton. Sie erschien um Viertel nach sechs, wollte zur Rezeption . . .«
»Um sich zu vergewissern, daß ich tot bin.«
Tweed berichtete knapp über das Ergebnis der Untersuchung in der Ratakatu. Marler stieß einen leisen Pfiff aus, als er von dem Zyankali erzählte.
»Also ist es gut, daß wir sie haben«, fuhr Newman fort, der sich Tweed

gegenüber niedergelassen hatte. »Butler hat sich am Telefon sehr vorsichtig ausgedrückt, aber so ist es gelaufen. Er hat den Arm um sie gelegt und ihr das Mundstück seiner Pfeife in den Rücken gerammt und erklärt, es wäre ein Revolver. Dann hat er sie in dem BMW fortgeschafft.«

»Wohin?«

»In das Lagerhaus unten am Hafen, in dem die Filmausrüstung liegt. Das war ein guter Gedanke – ein Filmteam benutzen, um ...«

»Das tut jetzt nichts zur Sache«, fuhr Tweed ihn an. »War es klug, sie an diesen Ort zu bringen?«

»Sie weiß nicht, wo sie sich befindet oder welche Route sie gefahren sind. So weit ich verstanden habe, hat Nield ihr die Augen verbunden, sobald sie im Wagen saßen. Sie versuchen, sie zum Reden zu bringen – ein Tonbandgerät steht bereit. Natürlich nicht auf die harte Tour. Aber kein Essen. Nur Mineralwasser. Bis jetzt ohne Erfolg. Sie sagt kein Wort.«

»Ich frage mich, ob wir sie Sarin ausliefern sollen – wegen versuchten Mordes an mir«, überlegte Tweed. »Wo steckt Paula?«

»Macht Adam Carver betrunken mit ihren weiblichen Listen«, sagte Marler.

»Verdammt nochmal!« Tweed hieb mit der geballten Faust auf die Fläche der anderen Hand. »Wir brauchen mehr Material. Irgend etwas, das Sarin überzeugt, daß er etwas unternehmen muß.«

In so gereizter Stimmung habe ich ihn bisher kaum erlebt, dachte Newman. Das Telefon läutete, und er nahm den Hörer ab. Tweed griff nach dem Nebenapparat am Bett und hob gleichzeitig mit Newman ab. Mauno Sarin hatte es sich also anders überlegt. Er versteifte sich, als am anderen Ende der Leitung eine verzerrte Stimme zu sprechen begann.

»Ich möchte Mr. Martin Baker sprechen.«

»Ist nicht zu sprechen«, erklärte Newman schroff. »Ich bin sein Assistent.«

»Gehören Sie zu seiner Organisation?« fragte die verzerrte Stimme.

Newman kritzelte etwas auf ein Blatt Papier, reichte es Tweed. Trotz der Verzerrung glaubte er, an der Art, wie bestimmte Worte ausgesprochen wurden, Hauser zu erkennen. Schließlich hatte er sich zweimal mit dem Präsidenten von INCUBUS unterhalten. Tweed las die Notiz. *Hauser.*

»Ich sagte es bereits. Ich bin sein Assistent, sein Stellvertreter«, erklärte Newman. »Was soll das Ganze? Mit wem spreche ich? Anonyme Anrufe nehme ich nicht entgegen.«

»Diesen nehmen Sie entgegen. Die Freundin Ihres Chefs ist bei uns. Ich sage Ihnen, wie sie angezogen ist ...« Es folgte eine genaue Beschreibung von Paulas Kleidung. Newman nickte Tweed zu, bestätigte damit, daß die Beschreibung zutraf, und die Stimme fuhr fort. »Ich behalte die Frau als

Geisel. Wenn es zu weiteren Einmischungen in unsere Unternehmungen kommt, werden Sie als erstes Geschenk per Post ihre rechte Hand erhalten. Haben Sie verstanden?«
Tweed hob eine Hand, um Newman an einer Antwort zu hindern. Er war wütender, als Marler oder Newman es je erlebt hatten. Einen Augenblick kämpfte er um Selbstbeherrschung. Und als er sprach, war seine Stimme unerbittlich und umso eindringlicher, als er langsam und überaus entschlossen sprach.
»Hauser, hier spricht Martin Baker.«
Er hielt inne, um das einsickern zu lassen. Schweigen am anderen Ende der Leitung. Daß er sich selbst meldete, hatte die Stimme offenbar erschüttert. Er fuhr fort.
»Sie haben völlig recht. Wir haben eine Organisation. Sie haben ihre Kraft bereits zu spüren bekommen. Bei dem Sprengstofflaster nördlich von Porvoo. Bei unserem Eindringen in das sogenannte Meteorologische Institut. Und jetzt warne ich Sie, Hauser. Wenn der Frau irgendetwas geschieht, dann bringe ich Sie zur Strecke, und wenn ich Sie bis ans Ende der Welt verfolgen müßte. Sie werden nicht schlafen. Sie werden überall und ständig über Ihre Schulter blicken. Es wird keinen Ort geben, an dem Sie sich verstecken können.«
»Hauser?« Die Stimme bemühte sich um einen spöttischen Klang. »Den Namen habe ich noch nie gehört . . .«
»Lassen Sie die Frau sofort frei. Unverletzt«, befahl Tweed. »Wir werden Sie aus Finnland verjagen. Unsere Mittel sind unerschöpflich. Wir sind Profis . . .«
»Das Gespräch ist beendet. Ich gebe Ihnen eine Stunde, um darüber nachzudenken. Dann rufe ich wieder an. Hoffen wir, daß die Geisel in der Zwischenzeit nicht gefoltert wird.«
Die Verbindung war unterbrochen. Tweed legte sehr bedächtig den Hörer auf. Weder Marler noch Newman hatten je einen derartigen Ausdruck auf seinem Gesicht gesehen. Er sah aus wie ein Richter, der gerade ein Todesurteil verkündet hat.
»Ihre stärkste Karte haben Sie nicht ausgespielt«, erklärte ihm Newman. »Wir haben Sonja Drayton. Sie hat versucht, Sie zu ermorden. Sie muß Informationen über INCUBUS haben, die Hauser lieber verheimlichen würde.«
»Dessen bin ich mir bewußt.« Tweeds Stimme war eiskalt. »Damit werde ich ihn konfrontieren, wenn er wieder anruft. Im Augenblick muß er erst einmal einen Schock verdauen – die Tatsache, daß ich noch lebe. Es ist merkwürdig – ich kann denken wie Hauser, im Unterbewußtsein seinen

nächsten Schritt vorhersehen. Und ich glaube, umgekehrt ist es ebenso. Wir kommen auf die Idee, die Drayton zu entführen – er kommt auf die Idee, Paula zu entführen.«
Er starrte nach wie vor ins Leere, als Marler das Wort ergriff.
»Sie wissen, daß wir in der Halle auf Sie warteten, als Sie zurückkamen. Mir war, als hätte ich draußen Adam Carver gesehen. Er sah jedenfalls genau so aus wie der Mann, den ich beim Verlassen der INCUBUS-Zentrale fotografiert habe. Er machte einen ziemlich angeschlagenen Eindruck, ging auf das Intercontinental zu. Ich glaube, ich mache mich auf und suche nach ihm. Schließlich ist er der Mann, mit dem Paula verabredet war.«
»Nein! Ich gehe«, warf Newman ein.
Er war aus dem Zimmer, bevor irgendjemand reagieren konnte. Wie für Tweed war es auch für ihn ein furchtbarer Schlag, daß ausgerechnet Paula sich in den Händen von Gangstern befand, die vor keinem Mord zurückschreckten.
Er trat aus dem Fahrstuhl, ging schnell hinaus und zum Intercontinental hinüber, betrat das Hotel und steuerte auf die Bar zu.

»Martin Baker – Tweed – ist noch am Leben«, sagte Hauser zu Frank Galvone. »Damit habe ich nicht gerechnet. Und verdammt aggressiv obendrein. Ist die Frau sicher untergebracht?«
Er wanderte mit vor der Brust verschränkten Armen in seinem Turmzimmer herum. Galvone wußte, daß er beunruhigt war; die Dinge liefen nicht so, wie er es geplant hatte. Noch nicht.
»Ganz sicher«, versicherte er seinem Chef. »In einer Wohnung in Setula in der Nähe des Flughafens. Sie wird von drei zähen Burschen bewacht, die Befehl haben, sie nicht anzurühren. Noch nicht. Was ich nicht begreife, ist, weshalb Sie Adam Carver nicht gesagt haben, daß er der Köder war. Könnte sein, daß er ziemlich sauer ist, wenn er zurückkommt. Mir ist das völlig egal«, setzte er hinzu, »aber schließlich gehört er zu Ihren wichtigsten Mitarbeitern.«
»Ich habe es ihm nicht gesagt, weil ich glaube, daß er eine Schwäche für die Frau hat«, log Hauser. »Und weil er nichts wußte, konnte er seine Rolle umso überzeugender spielen. Dieser Baker oder Tweed oder wie auch immer er heißt, ist ein verdammt zäher Bursche.«
»Er wird zu Bruch gehen. Unter Druck tun sie das alle.«
»Sie haben recht, Frank. Beim nächsten Anruf werde ich die Schraube ein bißchen fester anziehen, den Kerl zum Kriechen bringen. Wir erledigen das auf die amerikanische Art.«

In dem Lagerhaus am Hafen legte Butler den Hörer auf. Marler hatte gerade angerufen, Fragen gestellt, von Paulas Entführung berichtet. Butler hatte Paula sehr gern.
Sonja Drayton war an einen schweren Stuhl gefesselt, den sie zusammen mit anderem alten Mobiliar im hinteren Teil des Gebäudes gefunden hatten. Ihre Knöchel waren an die Vorderbeine des Stuhls gefesselt, ihre Hände auf dem Rücken zusammengebunden und das Seil an der Stuhllehne festgemacht. Ihre Augen waren verbunden, ihr Mund geknebelt.
Nield hatte den BMW in einer Ecke des Lagerhauses abgestellt und hielt durch ein schmutzstarrendes Fenster Ausschau. Als er Geräusche hörte, drehte er sich um. Butler nahm den Knebel ab, hielt ihr eine Kartonpackung mit Mineralwasser an die Lippen. Das Innere des Lagerhauses glich einem Backofen.
»Wenn ich etwas zu essen bekäme«, sagte die Drayton, »würde ich Ihnen vielleicht ein paar Dinge erzählen, die Sie interessieren könnten.«
»Sie werden ohnehin reden«, grollte Butler. »Wenn ihr Magen nach Essen schreit.«
Butler legte ihr den Knebel wieder an; diesmal band er ihn ein wenig fester. Es war seit langer Zeit das erste Mal, daß Irina Serow Angst empfand. Als sie sie eine Weile zuvor befragt hatten, hatte sie sich geweigert, ihnen irgend etwas zu verraten. Sie hatte erwartet, geschlagen zu werden, aber sie hatten sie nicht angerührt. Jetzt war sie nervös; das Verhalten ihres Wächters hatte sich geändert, in seiner Stimme hatte ein bösartiger Ton gelegen. War es Wut über Tweeds Tod? Aber wie war es ihnen gelungen, sie zu identifizieren? Butler ging hinüber zu Nield, schaute gleichfalls aus dem Fenster. Er wünschte bei Gott, er wäre dort draußen und könnte nach Paula suchen.

Paula, in eine Zwangsjacke eingeschnürt, war schweißgebadet. Man hatte sie auf etwas geworfen, das sich anfühlte wie eine Couch. Ihre Augen waren mit einem bunten Taschentuch verbunden. Sie hatte drei Männer gezählt; zwei davon hatten mit ihr gesprochen, auf Englisch, aber mit einem osteuropäischen Akzent. Noch mehr Leute von der Securitate? Kein erfreulicher Gedanke. Aber sie hatte sich gezwungen, sich zu entspannen – ein Ankämpfen gegen die Zwangsjacke würde wertvolle Energie kosten.
Es überraschte sie, daß sie nicht vor Angst und Schrecken gelähmt war. Aber sie war sicher, daß Tweed einen Weg finden und sie befreien würde. Etwas wunderte sie: dieser Ausdruck der Verblüffung und der Wut auf Adam Carvers Gesicht. Wenn er sie in den Hinterhalt gelockt hatte, dann war seine Reaktion auf ihre Entführung überaus merkwürdig.

Was zum Teufel geht hier vor? fragte sie sich. Die Zeit schien stillzustehen. Nicht zu wissen, wie spät es war, quälte sie mehr als alles andere. Sie hatte nur einmal nach der Zeit gefragt.
»Vielleicht bald Zeit zu sterben, Lady«, hatte die Antwort gelautet.

Newman fand Adam Carver allein in einer Ecke der Bar des Intercontinental. Es war still um diese Stunde, und Carver saß außer Sicht des Barmannes. Newman holte sich ein Glas Champagner und setzte sich neben Carver, der sich mit der rechten Hand das Kinn hielt.
»Guten Abend, Carver. Hatten Sie eine kleine Auseinandersetzung mit Paula?«
»Großer Gott! Sie sind's, Newman. Wie zum Teufel wußten Sie, daß ich hier bin?«
»Einfach. Sie waren mit Paula vor dem Hotel verabredet. Wo ist sie?«
»Sie – äh – hat mich versetzt.«
»Einen gutaussehenden Mann wie Sie?« Newman trank einen Schluck Champagner, setzte das Glas ab. »Das kann ich nicht glauben.« Seine Stimme wurde härter. »Das glaube ich nicht.«
»Sie können mich ...«
»Und Sie können reden ...« Newmans Rechte packte Carvers Kragen unter seiner Kehle, drehte ihn zusammen, hieb seinen Kopf gegen die Wand. »... oder ich erwürge Sie. Reden Sie! Los!«
»Loslassen ... kann nicht atmen ...« Newmans Griff lockerte sich ein wenig. »Sie wurde entführt ... Drei Männer mit Strumpfmasken. Einer bedrohte mich mit einem Revolver. Knallte mein Kinn gegen die Betonmauer. Sehen Sie es sich an. Mir ist immer noch schwindlig – sonst würde es Ihnen nicht so leicht fallen, mich herumzustoßen.«
Newman betrachtete Carvers Kinn. Er hatte eine häßliche Schramme an der Seite des Unterkiefers. Er ballte die Faust, als wollte er Carver durch die Wand prügeln, dann öffnete er sie wieder, zuckte die Achseln.
»Also gut, reden Sie. Wie haben sie sie fortgeschafft? Und ich möchte schnelle Antworten.«
»In einem braunen Buick. Ich wußte nicht, daß so etwas passieren würde. Damit Sie's wissen – es ist mir ganz schön in die Knochen gefahren.«
»Also haben Sie natürlich sofort die Polizei verständigt? Haben ihr eine Beschreibung des Buick geliefert? Eine Fahndung ausgelöst?«
»Ich bin immer noch nicht wieder ganz beieinander.« Carver trank einen weiteren Schluck Scotch. »Und ich dachte, es könnte gefährlich sein, die Polizei zu informieren ...«

»Weshalb?«
»Vielleicht fordern sie ein Lösegeld. Stellen Entführer nicht immer die Bedingung, daß die Polizei nicht eingeschaltet wird? Ich hätte vielleicht ihr Leben aufs Spiel gesetzt. Großer Gott, Newman, ich mache mir genauso viel Sorgen wie Sie.«
»Das glaube ich Ihnen ebensowenig, wie ich glaube, daß der Mond blau ist.«
Aber erstaunlicherweise hatte Newman den Eindruck, daß Carver tatsächlich die Wahrheit gesagt hatte. Doch gleichzeitig wurde er ein Gefühl des Abscheus und des Mißtrauens gegenüber Carver nicht los. Er leerte sein Glas, stand auf und verabschiedete sich mit einer finsteren Drohung.
»Eines kann ich Ihnen versichern. Ich werde drastische Schritte unternehmen. Sehr drastische.«

Cord Dillon, der gerade geduscht hatte, saß bei Tweed, als Newman zurückkehrte. Sein zerklüftetes Gesicht war ebenso grimmig wie das von Tweed, der ihn gerade über die jüngsten Entwicklungen informiert hatte. Der Amerikaner mochte Paula und beurteilte ihre Chancen insgeheim als sehr schlecht.
»Ich schlage vor, wir bilden einen Stoßtrupp«, begann Newman. »Nield kann die verdammte Drayton bewachen. Butler kann herkommen und sich Dillon und mir anschließen.«
»Einen Stoßtrupp?« fragte Dillon. »Gegen wen, was und wo?«
»Hausers Hauptquartier. Wir schnappen uns Hauser selbst. Geben Sie mir eine halbe Stunde allein mit ihm, und er wird reden. Junge, wird der reden.«
»Die Idee gefällt mir nicht«, wendete Dillon ein, bevor Tweed reagieren konnte. »Hauser dürfte schwer bewacht sein. Für einen Angriff auf ihn sind wir zu wenige. Die Folge davon könnte Paulas Tod sein.«
»Ich bin derselben Meinung wie Cord«, sagte Tweed schnell. »Beruhigen Sie sich, Bob. Dieses Problem können wir nicht lösen, indem wir Hausers Zitadelle stürmen.«
»Wie sonst?«
»Überlassen Sie das mir. Das ist ein Befehl.« Tweeds Stimme klang kalt. »Und Sie bleiben hier, bis Hausers Anruf kommt. Ich glaube, ich kann einen Handel mit ihm abschließen.«
Es war seltsam, dachte Tweed, während sie warteten. Das war seine erste direkte Konfrontation mit dem Feind. Er hatte nicht die Absicht, seinen Gegner zu unterschätzen, aber er war darauf vorbereitet, ganz ruhig zu bleiben.

»Ich kann mir nicht vorstellen, wie Sie ihn dazu bringen wollen, sie laufen zu lassen«, grollte Newman. »Und ich habe Adam Carver in der Bar nebenan gefunden und ihn mir vorgeknöpft. Er sagte, er wäre dabeigewesen, als sie entführt wurde, und er wäre von einem Bewaffneten mit einer Strumpfmaske gegen die Wand geknallt worden. Er hat eine böse Schramme am Unterkiefer. Die ganze Geschichte scheint ein ziemlicher Schock für ihn gewesen zu sein. Und auf die Gefahr hin, daß Sie meinen, ich hätte nicht mehr alle Tassen im Schrank – ich habe ihm geglaubt.«
»Weshalb?« wollte Dillon wissen.
»Vor allem wegen des Ortes, an dem ich ihn fand. In einer Bar nahe dem Ort, an dem sie Paula geschnappt haben, trinkend, in einer Art Schockzustand. Wenn er beteiligt gewesen wäre, gewußt hätte, was passieren würde, dann hätte er sich lange vorher aus dem Staub gemacht.«
»Leuchtet ein«, gab Dillon widerstrebend zu. »Der Kerl, der das organisiert hat, könnte Frank Galvone gewesen sein. Ein Gangster, den sich Hauser aus Chicago geholt hat.« Er sah, wie Tweed eine Braue hob. »Ich habe meine Schularbeiten gemacht, bevor ich über den Atlantik flog . . .«
Er brach ab, als das Telefon zu läuten begann. Tweed sah auf die Uhr. Eine halbe Stunde seit dem ersten Anruf. Keine ganze, wie Hauser angekündigt hatte. Noch mehr psychologische Kriegführung. Er ließ das Telefon absichtlich etliche Male läuten, bevor er den Hörer abnahm.
»Hier Martin Baker.«
»Nehmen Sie meine Bedingungen an?« fragte die verzerrte Stimme. »Oder wollen Sie, daß Ihnen ein Bote ihre rechte Hand überbringt? Sie ist Rechtshänderin. Die Bedingungen sind, daß Sie alle Aktivitäten gegen uns einstellen. Ihre Truppe heimschicken nach England. Okay?«
»Nein. Ich nehme keinerlei Bedingungen an. Und unterbrechen Sie mich nicht, Hauser. Ich habe eine Neuigkeit für Sie. Wir haben Sonja Drayton. An einem sicheren Ort.«
Eine Pause am anderen Ende. »Wer ist diese Sonja Drayton?«
»Das wissen Sie ganz genau. Sie hat versucht, mich zu ermorden. Mit Zyankali. Wir haben den Beweis. Sie hat uns bereits aufschlußreiche Informationen über Ihre Organisation geliefert, Informationen, die auf Tonband aufgezeichnet wurden. Ich werde sie sofort der Polizei ausliefern. Zusammen mit dem Tonband. Die finnische Regierung hat nicht viel übrig für Leute, die ihre Neutralität gefährden. Leute, die Sprengstoff in ihr Land schmuggeln. Leute, die Mörderinnen anheuern. Das ist alles auf dem Band.«
Eine weitere lange Pause. Tweed vermutete, daß Hauser von einem anderen Apparat aus in der Wohnung der Drayton anrief.

»Ich glaube nicht, daß ich mich dazu bereitfinden werde«, meldete sich die Stimme wieder. »Was schlagen Sie vor?«
»Oh, Sie werden sich dazu bereitfinden. Oder Sie erleben, daß die finnische Regierung Sie mit Sack und Pack aus dem Land jagt. Es wird ein Austausch stattfinden. Ihre Geisel gegen meine. Und das Tonband.«
»Das könnten wir in Erwägung ziehen. In etwa einer Woche ...«
»Ausgeschlossen. Der Austausch findet noch heute abend vor Mitternacht statt. Oder die Drayton und das Tonband gehen zur Polizei. Ich lasse mich auf keine weiteren Verhandlungen ein. Entscheiden Sie sich. Und zwar auf der Stelle!«
Eine weitere Pause. »Es ist schwierig, unser Paket noch heute abend ...«
»Nein, das ist es nicht. Sie halten Sie nur eine halbe Fahrstunde von diesem Hotel entfernt gefangen.« Tweed setzte auf die Informationen, die Butler ihm geliefert hatte, als er Manescu und Ziegler vom Bahnhof aus zu einem Wohnblock in Setula in der Nähe des Flughafens gefolgt war.
Diesmal war die Pause nur kurz. Hauser verdaute den Schock des Begreifens, wie viel sein Gegner wußte.
»Also nach Einbruch der Dunkelheit«, erklärte er. »Zwischen Mitternacht und zwei Uhr morgens ...«
»Kommt nicht in Frage. In diesen beiden Stunden ist es stockfinster. Deshalb sagte ich vor Mitternacht. Ich bin mit meiner Geduld allmählich am Ende.«
»Dann müssen wir uns über den Ort einigen. In dem Wald außerhalb von Helsinki. Ich sage Ihnen, wie Sie hinkommen ...«
»Ausgeschlossen.« Tweeds Ton war entschlossen, eiskalt. »Der Austausch findet auf dem Waschplatz in der Nähe der Endstation der Linie 4 statt. Wo Sie die falsche Frau ermorden ließen – Anna Jarva anstelle von Peggy Vanderheld.«
»Ich habe keine Ahnung, wovon Sie reden. Der Name sagt mir nichts. Ich bin mit dem Ort einverstanden. Aber ich empfehle Ihnen, keine Polizei mitzubringen, sonst wird Ihre Freundin ...«
»Keine Polizei. Der Austausch findet um 11 Uhr statt. 23 Uhr. Und die Geisel muß völlig unangetastet sein. Ich werde einen Arzt dabei haben, der sie untersucht, bevor der Austausch stattfindet. Wenn Sie wollen, können Sie dieselbe Vorsichtsmaßnahme ergreifen. Und nun werde ich zu Abend essen. Sind wir uns einig?«
»Ich bin mit dem Austausch einverstanden, und mit den Details. Gehen Sie zum Teufel.«
Die Verbindung war unterbrochen. Tweed legte den Hörer auf. Marler, der

bisher in einer Ecke gesessen hatte, so reglos wie ein Möbelstück, meldete sich zu Wort.

»Wie in aller Welt haben Sie ihn dazu gebracht, darauf einzugehen? Und auf den Ort, den ich vorgeschlagen habe?«

»Weil mir klargeworden ist, daß er gerade dabei ist, irgendein großes Unternehmen zu starten. Dieser Sprengstoff, den Sie in dem Institut entdeckt haben. So nahe an der sowjetischen Grenze. Und diese Meldung in der *Herald Tribune.*« Er reichte Marler die Zeitung. Die Schlagzeile war unübersehbar.

ANSCHLAG AUF DIE TRANSSIBIRISCHE EISENBAHN. EXPLOSION JAGT ZUG IN DIE LUFT.

»Und das«, fuhr Tweed fort, »paßt zu den Morden an führenden Politikern in Prag, Budapest und Bukarest. Jetzt will Hauser versuchen, in der Sowjetunion Chaos zu stiften. Ich habe einen Kontaktmann, der diese Ansicht bestätigt, einen Mann innerhalb der UdSSR. Wenn der sowjetische Präsident vor immer neue Probleme gestellt wird, ist der Weg frei für Hauser. Er kann in die Sowjetunion eindringen, ihre gesamte Wirtschaft in seinen Würgegriff bringen.«

»Dann haben Sie also darauf gesetzt, daß Hauser an seiner Kampagne so viel liegt, daß er nicht das Risiko eingehen wollte, aus Finnland herausgeworfen zu werden?« fragte Marler.

»So ist es«, sagte Tweed.

»Dann können wir nur hoffen, daß der Austausch glatt über die Bühne geht«, bemerkte Newman.

»Wobei mir etwas einfällt.« Marler sprang auf. »Meine Herren, ich muß Sie leider verlassen. Ich muß gewisse Vorbereitungen treffen, die ich mit Tweed abgesprochen habe. Vorsichtsmaßnahmen für den Austausch.«

Siebenunddreißigstes Kapitel

Um 22.45 Uhr erreichte eine Straßenbahn der Linie 4 die Endstation. Die letzten beiden Fahrgäste stiegen aus. Butler hielt sich ganz dicht neben seiner Gefangenen Sonja Drayton, und gemeinsam gingen sie den Gehsteig entlang auf den Waschplatz zu.

»Eine falsche Bewegung«, warnte Butler mit rauher Stimme, »und ich werde Ihnen mit dem größten Vergnügen eine Kugel in den Leib jagen.« Sie gingen langsam und sahen fast aus wie ein Liebespaar. Butler hatte seinen linken Arm um ihre Taille gelegt. Mit der Rechten hielt er unter dem Jackett

die Luger umfaßt, die er von Dillon ausgeliehen hatte. In Paulas Zimmer hatten sie einen langen Seidenschal gefunden, den sie ihr über die Schultern drapiert und in Kniehöhe zusammengebunden hatten. Er verbarg die Tatsache, daß ihre Hände jetzt vor ihrem Körper gefesselt waren.
Irina war überrascht von der Bösartigkeit in Butlers Stimme. Er konnte nicht vergessen, daß diese Frau versucht hatte, Tweed zu ermorden. Sie kamen absichtlich zu früh – für den Fall, daß sich Leute von INCUBUS in der Wohnung von Peggy Vanderheld versteckt hatten, von der man den Waschplatz überblicken konnte. Das war nur einer der Gründe dafür, weshalb sich Tweed nach einem Gespräch mit Marler für diesen Treffpunkt entschieden hatte, bevor er den zweiten Anruf von Hauser entgegennahm. Es war sehr wahrscheinlich, daß INCUBUS einen Schlüssel zur Wohnung der Vanderheld hatte – und wenn man sie von dort aus beobachtete, würde man sehen, daß keine Polizei zugegen war.
»Dann bekommen Sie Bakers Freundin nicht zurück, und er wird sich nachts im Bett sehr einsam fühlen«, erklärte sie anzüglich.
»Lassen Sie die dreckigen Bemerkungen.«
Butler rammte ihr den Revolverlauf in die Rippen, und sie stöhnte vor Schmerz, sagte aber nichts. Gott sei Dank, daß der Himmel klar ist, dachte Butler; Dämmerlicht oder gar Dunkelheit würde ihre Sicht beeinträchtigen. Marler hatte gesagt, sie wäre wichtig. Sie gingen die menschenleere Straße entlang, betraten die Holzbohlen der Plattform, stiegen hinunter auf die über die See vorkragenden untere Fläche.
Es war nach wie vor sehr heiß. Butler konnte fühlen, daß das T-Shirt der Drayton feucht war. Sie standen da und schauten auf die See hinaus. Das einzige Geräusch war das Anklatschen des Wassers gegen die Pfosten, auf denen die Plattform ruhte. Wenn man genau hinschaute, konnte man noch immer einen bräunlichen Fleck sehen. Das Blut von Anna Jarva, die anstelle von Peggy Vanderheld hier gestorben war. Wo sie jetzt standen, war ein Mord begangen worden.
Eine Mauer aus dunklen Tannen säumte das ferne Ufer; von der Landschaft ging eine Atmosphäre des Friedens aus, wie man sie nur in Finnland findet. Keine Boote auf dem Wasser, dessen Oberfläche das Sonnenlicht reflektierte wie Quecksilber. Den einzigen Zugang zu dieser großen, lagunenähnlichen Wasserfläche bildete eine mit dem Finnischen Meerbusen in Verbindung stehende Rinne im Süden, die von hier aus nicht zu sehen war.
»Und was tun Sie, wenn sie sie nicht herbringen?« fragte Irina.
»Wir liefern Sie der Polizei aus. Wegen versuchten Mordes.«
Butler argwöhnte, daß sie ihn ablenken wollte. Er packte sie fester, drehte

sich mit dem Gesicht zum Land, schwang sie mit sich herum. Die Straßenbahn der Linie 4 fuhr in Richtung Helsinki zurück und war bald nur noch ein längliches Rechteck. Vielleicht hatten sie darauf gewartet, daß sie wegfuhr.
»Wir werden ein bißchen herumlaufen«, sagte er.
Im zweiten Stock des Hauses, wo die Vanderheld gewohnt hatte, konnte er keinerlei Anzeichen für Leben entdecken. Rechts von ihnen erhob sich eine Mauer aus hohem, völlig unbewegtem Schilf aus dem Wasser. Kein Lüftchen regte sich. Näher am Land, vor dem Schilf, wuchs dichtes Gestrüpp. Butler zog sie mit sich zu diesem Gestrüpp, schaute hinein, kehrte mit ihr auf die Plattform zurück. Von irgendwoher näherte sich eine Maschine.
Er sah einen Hubschrauber, der im Süden auftauchte und näherkam. Eine Sikorsky. Er hatte Sikorskys auf dem Flughafen gesehen. Auf dem Rumpf stand der Firmenname. INCUBUS.
»Vielleicht bringen sie sie mit diesem Hubschrauber«, bemerkte er.
»Woher zum Teufel soll ich das wissen? Schließlich ist es Ihre Party, Buster.«
»Bei wem haben Sie dieses fürchterliche amerikanische Wort aufgeschnappt?«
»Bei ...« Sie machte schnell den Mund zu.
Bei Hauser wollte sie sagen, dachte Butler, während er beobachtete, wie die Sikorsky tiefer ging, über sie hinwegflog und dann über dem ans Ufer angrenzenden Land kreiste. Er lächelte humorlos.
»Ihre Freunde wollen auf Nummer Sicher gehen.«
»Ich weiß nicht, wovon Sie reden.«
Der Hubschrauber war verschwunden, sein Motorengeräusch verklang in der Ferne. Butler sah auf die Uhr. Zwei Minuten vor elf. Sie paßten es genau ab. Dann hörte er hinter sich ein weiteres, schwaches Motorengeräusch. Er schwang seine Gefangene wieder herum, schaute auf die See hinaus. Eine große Motorjacht jagte mit hoher Geschwindigkeit heran, warf ein weißes Kielwasser auf. Butler schaute über die Schulter auf die Straße mit den Schienen, von der rechts eine Nebenstraße abzweigte, die eine Anhöhe hinauf direkt zum Hotel Kalastajatorppa führte. Diese Straße war wichtig. Eine weitere Bahn der Linie 4 hatte die Endstation erreicht. Nur ein Fahrgast stieg aus, ging auf die Plattform zu. Ein magerer Mann in einem Anzug aus cremefarbenem Leinen mit einem Strohhut und einer Tasche. Er ging, als hätte er Kieselsteine in den Schuhen. Er betrat die Plattform. Ein Mann in mittleren Jahren mit einer Hornbrille und einer quäkenden Stimme.
»Sind Sie Mr. Butler?«
»Ja.«
»Ich bin Dr. Winter. Ihr Mr. Baker besitzt sehr viel Überredungskraft ...«

Butler spürte, wie sich die Drayton versteifte. Dies war für sie der erste Hinweis darauf, daß Tweed nach wie vor am Leben war. »Das ist höchst ungewöhnlich«, fuhr Winter fort. »Ich soll hier eine Geisel untersuchen, eine Frau. Es ist kaum zu glauben. Eine Geisel – und das in Finnland.«
»Es ist kaum zu glauben«, pflichtete Butler ihm bei, »aber es ist passiert. Stellen Sie Ihre Tasche auf die Plattform. Sie könnte die Geiselnehmer nervös machen. Und es kann sein, daß sie jetzt mit Ihrer Patientin ankommen.«
Er drehte sich um. Die große Motorjacht fuhr jetzt langsamer, driftete dem Ufer entgegen. Am Bug stand eine schwarzhaarige Frau, sehr aufrecht, mit verbundenen Augen und auf dem Rücken gefesselten Händen.
»Da ist Bakers heißgeliebte Hure«, höhnte sie. »Und nun . . .«
Sie brach ab, stöhnte, unterdrückte einen Schmerzensschrei. Butler hatte ihr wieder den Lauf seiner Luger in die Rippen gerammt. Am liebsten hätte er den Abzug durchgezogen. Vier Männer standen auf dem Vorderdeck, alle mit Tüchern, die die untere Hälfte ihres Gesichtes verdeckten. Einer stand neben Paula und hatte ihren rechten Arm umklammert, die anderen drei hielten eine Hand hinter dem Rücken.
Der Motor der Jacht tuckerte leise; ihr Bug war nicht mehr als fünfzig Meter von der Plattform entfernt. Ein weiterer Mann erschien auf dem Vorderdeck, hob ein Megafon vor den Mund.
»Lassen Sie Sonja Drayton frei. Wir wollen sehen, wie sie die Hände schwenkt. Dann geht sie zum Rand der Plattform. Wenn sie dort ist, bringen wir unser Schiff heran und lassen unsere Gefangene frei. Sie betritt die Plattform, sobald Sonja Drayton an Bord geht . . .«
»Kommt nicht in Frage!« rief Butler. »Meint ihr, ich fiele darauf herein?«
Er hatte das unbehagliche Gefühl, daß der Mann mit dem Megafon zu viel redete. Vielleicht sollte damit nur eine andere Aktion getarnt werden. Er blieb, wo er war, hielt die Taille der Drayton fest umschlungen.
»Ich sagte, Sie sollen sie freigeben«, wiederholte der Mann mit dem Megafon. »Wir bleiben nicht die ganze Nacht hier. Dies ist Ihre letzte Chance, die Frau freizubekommen. Nehmen Sie Ihren Arm weg. Sind ihre Hände frei? Winken Sie uns zu, Sonja, wenn Sie können.«
»Sie rühren sich nicht von der Stelle«, flüsterte Butler.
»Irgend etwas müssen Sie tun, Buster«, höhnte Irina.
Plötzlich heulte ein weiterer Motor auf. In einem im Schilf versteckten Motorboot beobachtete Marler die Jacht, während Newman mit seiner Smith & Wesson in der Hand von Bord sprang. Er schlich tief gebückt durch das dichte Gestrüpp, fand, was er suchte, und kauerte sich nieder, um zu warten.

Von seiner Position aus konnte Marler deutlich sehen, daß die drei Männer in den hinter dem Rücken verborgenen Händen Waffen hielten. Marler hatte das Motorboot bei einer Firma im Nordhafen gemietet und dort auch eine Karte gekauft. Er hatte den Nordhafen verlassen, die Spitze der Halbinsel mit dem Braunpark umrundet, hatte das Boot durch die Fahrrinne in den Meeresarm gesteuert, auf den man vom Kalastajatorppa-Hotel herabblickte, und das Boot eine Stunde vor der vereinbarten Zeit im Schilf neben dem Waschplatz versteckt.

Er legte den Lauf des Armalite-Gewehrs auf den oberen Rand der Schutzscheibe aus Plexiglas, die das offene Ruderhaus abschloß. Das Boot, das er gemietet hatte, war genau seinen Wünschen entsprechend ausgestattet. Dicht vor seinem Mund befand sich ein Mikrofon, und im Bug war ein Lautsprecher montiert. Der Motor der Jacht war abgeschaltet worden. Einen Augenblick lang war es völlig still, dann überdröhnte seine Stimme das leise Tuckern seines eigenen Motors.

»Die drei Wachen an Deck stehen ganz still. Sie lassen die hinter ihrem Rücken versteckten Waffen sofort fallen. Oder«, die Stimme wurde lauter, »ich puste euch ins Wasser.« Er gab zwei Schüsse ab. Eine Kugel zertrümmerte das Fenster des Ruderhauses, verfehlte den Rudergänger. Die zweite Kugel bohrte sich ins Deck.

»Laßt die verdammten Waffen fallen!« brüllte Marler.

Die drei Männer erstarrten, wußten nicht, wie sie reagieren sollten. Dann ließ einer seine Waffe fallen. Einen Augenblick später folgten die anderen beiden seinem Beispiel.

»Bindet der Geisel die Hände los!« donnerte Marler.

Eine dritte Kugel traf das Deck dicht vor den Füßen des einen Mannes. Marler war so gut im Schilf versteckt, daß sie ihn nicht sehen konnten, und der unsichtbare Schütze zerrte an ihren Nerven. Der Wachmann neben Paula zog einen Schlüssel heraus, schloß die Handschellen auf. Paula reckte ihre schmerzenden Arme, winkte mit beiden Händen.

Auf der Plattform steckte Butler die Luger in seinen Gürtel, nahm ein Taschenmesser, griff unter den Schal und zerschnitt das Tuch, mit dem die Hände der Drayton gefesselt waren. Sekunden später bohrte sich der Revolverlauf wieder gegen ihre Rippen, während sie die nun befreiten Hände hob.

»Bringt das Boot langsam an die Plattform heran«, befahl Marler. »Eine falsche Bewegung, und ihr seid tot . . .«

Eine weitere Kugel durch die Überreste der Scheibe unterstrich seine Drohung. Der Motor der Jacht wurde wieder gestartet, das Boot bewegte sich langsam vorwärts, sein Rumpf stieß gegen den Rand der Plattform, der Motor wurde ausgeschaltet.

»Jetzt findet der Austausch statt«, rief Marler. »Ihr könnt den nächsten Sonnenaufgang erleben, wenn ihr keine faulen Tricks versucht . . .«

Eine weitere Kugel bohrte sich ins Deck. Marler lud das Gewehr nach, blickte wieder durch das Zielfernrohr. Paula trat auf die Plattform, passierte Irina, die an Deck ging. Keine der Frauen würdigte die andere eines Blickes. Sonja Drayton wurde eiligst unter Deck befördert, der Motor sprang an. Butler ergriff Paula beim Arm und eilte mit ihr von der Plattform herunter in das dichte Gestrüpp. Sie machte lange Schritte, versuchte, die Geschmeidigkeit ihrer Beine zurückzugewinnen.

»Können Sie auf einem Fahrrad fahren?« fragte Butler.

»Um von diesen Kerlen wegzukommen, würde ich sogar auf einem Hochrad fahren.«

Jetzt geschah eine Menge auf einmal, und zwar sehr schnell. Newman zerrte die drei Fahrräder, die Marler versteckt hatte, aus dem Gestrüpp. Die Motorjacht fuhr mit voller Kraft auf die See hinaus. Ein Motorrad tauchte auf, eine Honda, gefahren von Pete Nield; über der Lenkstange hing eine lange Kette aus schweren Eisengliedern. Er hatte die Maschine auf Tweeds Anweisung hin früher am Abend gemietet.

Marler beobachtete, wie sie die Straße hinaufradelten. Newman voran, Paula hinter ihm, Butler als letzter. Paula trat trotz ihrer schmerzenden Beine heftig in die Pedale. Sie war in London oft mit dem Rad von ihrer Wohnung zum Park Crescent gefahren; auf diese Weise kam sie schneller hin als mit einem Wagen, der ständig im Stau stand.

Ein brauner Buick kam von Norden her die Straße heruntergerast. Voller Männer. Er wendete, um die Radfahrer zu verfolgen, sie zu überfahren. Nield fuhr mit seiner Honda neben den Wagen, warf die Kette direkt vor eines der Vorderräder. Die Kette rollte sich um das Rad, der Buick schleuderte im Kreis herum, blieb stehen. Nield folgte den Radfahrern. Marler zielte mit seinem Armalite, mußte aber feststellen, daß er den Mann, der aus dem Buick ausstieg, nicht anvisieren konnte; das Gestrüpp versperrte ihm den Blick.

Der aus dem Wagen ausgestiegene Mann fluchte gotteslästerlich, während er zu hastig versuchte, die Kette abzuwickeln, dann tat er es behutsamer, bekam die Kette frei, schleuderte sie ins Gebüsch. Die Radfahrer waren verschwunden, waren auf der ansteigenden, an mehreren ausländischen Botschaften vorbeiführenden Straße nach rechts abgebogen. Paula, die hinter Newman herfuhr, wußte, daß sie abermals in Gefahr waren, als sie hörte, wie der Wagen mit quietschenden Reifen wendete.

»Weiterfahren!« rief ihr Newman über die Schulter zu. »Uns bleibt nicht mehr viel Zeit.«

Sie antwortete nicht, sparte ihren Atem für die Anstrengung. Newman erreichte die Kuppe der Anhöhe, sah den auf der anderen Straßenseite wartenden BMW, hörte den hinter ihnen herankommenden Buick. Er sprang ab, ließ sein Fahrrad fallen, ergriff Paulas Arm, sowie sie von ihrem eigenen Rad abgesprungen war, zog sie mit sich in den Teil des ausgedehnten Komplexes des Kalastajatorppa-Hotels, der auf der der See zugewandten Seite lag. Der andere Teil des Hotels befand sich auf der anderen Straßenseite, wo auch der BMW stand. Das Kalastajatorppa war das Fantasiegebilde eines Architekten – eine Reihe von steinernen Blockhäusern, die aus dem Granit herauszuwachsen schienen, auf dem sie erbaut worden waren.

Newman und Paula, gefolgt von Butler, verschwanden in dem Hotel, als der braune Buick die Kuppe erreichte und mit quietschenden Bremsen anhielt. Hinter dem Lenkrad des BMW zusammengesunken, eine Mütze auf dem Kopf, verhielt sich Tweed völlig still, während er beobachtete, wie vier Männer aus dem Buick heraussprangen, in das Hotel hineinliefen. Er startete den Motor, setzte sich aufrechter hin, umklammerte das Lenkrad, wartete.

Innerhalb des Hotels rannte Newman zu einer unter die Erde führenden Treppe. An ihrem unteren Ende tat sich vor ihnen ein Tunnel auf, der aus einem Alptraum zu stammen schien. Die Wände waren mit weißem Polystyrol verkleidet, zu Gebilden geformt, die wie Eis aussahen. Paula mußte an die bedrängende Stimmung der Welt unter dem Rhône-Gletscher denken, die sie einmal erkundet hatte. Der vor ihnen liegende Tunnel war menschenleer, die Atmosphäre bedrückend.

»Was zum Teufel ist das?« keuchte sie, während sie neben Newman herrannte.

»Tunnel für die Gäste. Verbindet die beiden Komplexe. Führt unter der Straße hindurch, kommt an der anderen Seite wieder hoch. Weiter ...«

Sie hatten, dichtauf gefolgt von Butler, drei Viertel der Tunnelstrecke zurückgelegt, als sie hinter sich das hastige Trampeln von Füßen auf der zum Tunnel hinabführenden Treppe hörten. Newman lief noch schneller, zwang Paula, mit ihm Schritt zu halten, umklammerte nach wie vor ihren Arm. Sie war fast außer Atem, als sie die zweite Treppe erreichten. Sie blickte zurück, sah Männer, die durch den Tunnel liefen.

Sie stürmten die Treppe hinauf in die große Halle, durchquerten sie, gelangten ins Freie. Newman führte sie zu dem BMW, riß die hintere Tür auf. Paula versuchte, zu schnell hineinzukommen, und stolperte. Im Rückspiegel sah

Tweed, wie die vier Männer auftauchten, auf ihren Buick zurannten. Er war beunruhigt. Er hatte gehofft, daß sie nicht auf den zweiten Plan angewiesen sein würden, den er mit Newman und Marler ausgearbeitet hatte, die sich beide in dem Hotel auskannten – daß sie, sobald sie die Kuppe erreicht hatten, in den BMW würden einsteigen können. Das Auftauchen des Buick hatte Newman zu dem Umweg gezwungen. Sobald Paula und Newman auf den Rücksitzen saßen, schwang sich Butler auf den Beifahrersitz. Tweed sah, daß der Buick bereits auf sie zukam, um ihnen den Weg zu versperren.
»Hier kommen wir nie weg«, sagte Paula nach einem Blick durchs Rückfenster.
Der Buick war vorwärts geschossen und vollführte nun eine Drehung um neunzig Grad, um den BMW seitlich zu rammen. Tweed beobachtete ihn, den Fuß auf der Bremse. Der Buick jagte auf sie zu, und Paula wappnete sich für den Moment, in dem er gegen die Seite ihres Wagens prallen würde. Tweed schaute nach links auf die massigen Granitbrocken, neben denen er parkte, versuchte, genau den richtigen Moment zu erwischen. Fuß von der Bremse – Gott sei Dank hatte der BMW ein automatisches Getriebe – Fuß fest aufs Gas, Rückwärtsgang. Paula beobachtete entsetzt, wie das riesige Geschoß auf sie zujagte. Tweed setzte schnell zurück. Es ging um Bruchteile von Sekunden. Der BMW passierte den Felsbrocken. Der Fahrer des Buick sah zu spät, was sich vor ihm befand. Fast Tweeds vordere Stoßstange streifend, jagte der Buick mit Höchtgeschwindigkeit vorbei, knallte auf den Granit. Der Aufprall war so heftig, daß sich das ganze Fahrzeug in die Luft hob.
Tweed riß das Lenkrad herum, fuhr auf die Straße, den Hügel hinab in Richtung Helsinki. Hinter ihm brachte Nield seine Honda vor dem verbeulten Buick zum Stehen, packte den Browning, den er sich aus Paulas Zimmer geholt hatte, beim Lauf und schmetterte den Kolben auf die Windschutzscheibe. Das Sicherheitsglas kraquelierte, machte die Welt vor dem Fahrer fast unsichtbar. Nield fuhr, tief über die Lenkstange gebeugt, mit Höchstgeschwindigkeit davon.

Achtunddreißigstes Kapitel

In seinem Zimmer im Hesperia berichtete Tweed Cord Dillon, was geschehen war. Bevor sie abfuhren, hatte der Amerikaner hartnäckig darauf bestanden, mit von der Partie zu sein. Tweed hatte brüsk und entschlossen reagiert.
»Der Stellvertretende Direktor des CIA? Wenn die Sache schiefgeht, erfährt Mauno Sarin von Ihrer Anwesenheit in Finnland. Die Antwort lautet nein.«

»Aber Sie können es riskieren? Der Stellvertretende Direktor des SIS?«
»Es ist meine Mitarbeiterin, die sie entführt haben ...«
Jetzt erholte sich Paula im Bad von dem, was sie durchgemacht hatte, während Newman auf ihre Bitte hin in ihrem Schlafzimmer saß. Sie hatte das Bedürfnis nach Gesellschaft gehabt, brauchte jemanden, mit dem sie durch die halb geöffnete Tür hindurch reden konnte.
»Das war ein grauenhafter Tag für Sie«, stellte Newman fest. »Zuerst der Flug zu dem Institut, die Geschehnisse in der Garage. Das muß Sie ganz schön mitgenommen haben. Und zu alledem auch noch die Entführung.«
»Das Bad hilft mir darüber hinweg. Ich bin froh, daß Sie mich zusehen ließen, als Marler dem Wachmann sein Messer aus dem Rücken zog. Er hat zwar gesagt, ich sollte wegschauen, aber er hat nicht erwartet, daß ich seine Worte ernstnahm. Ich bin froh, daß Sie mich als Mitglied des Teams behandelt haben.«
»Sie sind ein Mitglied. Und zwar ein vollwertiges.«
»Sie haben diese Episode nicht erwähnt, als Sie Tweed Bericht erstatteten.«
»Absichtlich. Marler und ich hatten das vorher abgesprochen – wir hatten beide das Gefühl, daß Tweed das nicht gefallen hätte. Tweed hat erstaunliche Reflexe. Die Art, wie er exakt im richtigen Moment diesem Buick ausgewichen ist. Und kalt wie eine Hundeschnauze auf der Rückfahrt hierher.«
»Was die Entführung angeht ... Nein, Bob, es hilft mir, das Erlebnis loszuwerden, mich von dem Trauma zu befreien. Wenn ich zurückdenke, kann ich einfach nicht glauben, daß Adam Carver gewußt hat, was passieren würde. Ich glaube, sie haben ihn benutzt.«
»Ich bin derselben Meinung. Ich fand ihn in einer Bar, nachdem wir erfahren hatten, daß sie Sie in ihre Gewalt gebracht hatten. Ausgerechnet im Intercontinental. Ich habe diesen aalglatten Vizepräsidenten halb erwürgt, um Informationen aus ihm herauszuholen. Ich würde sagen, er ist ziemlich kräftig, aber er leistete keinen Widerstand. Schien sich in einer Art echtem Schockzustand zu befinden.«
»Was halten Sie von ihm?«
»Ich weiß nicht recht, aber irgendwie paßt er nicht in diesen Laden. Leiter des Bankwesens. Ich werde einfach nicht schlau aus ihm, aber es ist etwas, worauf ich nicht den Finger legen kann.«

Mitternacht. Inzwischen war es dunkel geworden, die nur zwei Stunden dauernde Nacht von Helsinki hatte begonnen. Alle hatten sich in Tweeds Zimmer versammelt. Dillon, Paula, Newman, Butler und Marler, der

inzwischen das Motorboot an seine Anlegestelle im Nordhafen zurückgebracht hatte.
Niemand war nach Schlafen zumute, alle waren noch aufgewühlt von den Ereignissen des Tages. Tweed hatte beim Zimmerservice Schinkenbrote, Mineralwasser und Champagner bestellt. Paula wurde nur von nervöser Energie aufrecht gehalten. Tweed verzehrte den Rest eines Schinkenbrotes.
»Diese Entführung – die Art, wie Hauser darauf einging, Paula freizulassen – könnte ein bedeutender Wendepunkt sein.« Er wendete sich an Paula. »Es tut mir sehr leid, daß Sie das durchmachen mußten, aber falls es Sie tröstet – es hat uns etwas verraten, das wir sonst vielleicht nicht begriffen hätten.«
»Und was ist das?« fragte Paula.
»Hauser ist im Begriff, ein großes Unternehmen zu starten, bei dem er keine Störung gebrauchen kann. Möglicherweise weiß Sonja Drayton etwas, was für seine Pläne von entscheidender Bedeutung ist.«
»Also ist die übliche Zeit des Abwartens und des Sammelns von Informationen vorüber?« erkundigte sie sich hoffnungsvoll.
»Ich denke schon. Es wird Zeit, daß wir unser vorgebliches Filmteam organisieren und diesem sogenannten Meteorologischen Institut einen Besuch abstatten. Und diesmal bleiben Sie daheim, Paula.«
Sie wollte gerade protestieren, als das Telefon läutete. Alle versteiften sich, schauten sich gegenseitig an. Wer mochte um diese Zeit anrufen? Tweed nahm den Hörer ab, das Mädchen an der Vermittlung sagte, ein Mr. Smith wollte Mr. Baker sprechen.
»Stellen Sie ihn durch.«
»Ich nehme an, Sie wissen, mit wem Sie sprechen«, sagte eine vertraute Stimme. Rebet. »Ich hoffe, ich habe Sie nicht geweckt, aber es ist dringend. Wir müssen uns treffen. So schnell wie möglich.«
»Wann?« fragte Tweed.
»Noch heute nacht. Ich warte in einem schwarzen Saab am oberen Ende des Nordhafens auf Sie.«
»Wann?«
»Sind Sie angezogen?«
»Ja.«
»Können Sie es bis ein Uhr schaffen?«
»Ja.« Die Stimme hörte sich an wie die von General Rebet, aber Tweed war in argwöhnischer Stimmung. »Können Sie mir den Namen des Hotels nennen, in dem ich gewohnt habe und in dem später ein Empfang und ein Bankett stattfanden?«
»Das Moskwa«, erwiderte die Stimme prompt.

»Wir sehen uns um eins.«
Tweed legte den Hörer auf. Die anderen beobachteten ihn neugierig. Das Gespräch war sehr einsilbig gewesen. Paula vermutete, daß es einer seiner geheimen Informanten war, deren Identität niemand außer Tweed kannte. Sobald Tweed verkündete, was er vorhatte, reagierte Newman sofort.
»Ich muß Sie verlassen. Bitte bleiben Sie hier, essen und trinken Sie weiter. Sie haben es weiß Gott verdient. Ich fahre zu einer Verabredung – die ich, wie Sie gehört haben, eben am Telefon getroffen habe.«
»Was für eine Verabredung? Und wo?« wollte Newman wissen, der inzwischen aufgestanden war.
»Am oberen Ende des Nordhafens«, teilte Tweed ihm widerstrebend mit, »da, wo tagsüber Markt abgehalten wird.«
»Großartig!« Newman stellte sein Glas auf den Tisch. »Genau die Stelle, an der Ed Riverton erdrosselt wurde, gleichfalls mitten in der Nacht.«
»Mein Kontaktmann ist vertrauenswürdig«, erwiderte Tweed steif.
»Sie fahren jedenfalls nicht allein.«
»Mein Kontaktmann erwartet, daß ich allein komme.«
»Das kann ich mir vorstellen.« Newman legte sein Schulterholster an, überprüfte seine Waffe. »Wir sind in den letzten zwölf Stunden genügend Risiken eingegangen. Und Sie gleichfalls. Man erwartet, daß Sie allein kommen. Gut. Sie fahren, ich verstecke mich im Fond des BMW.«
»Er steht hinter dem Intercontinental«, teilte Nield ihnen mit. »Ich habe ihn dort abgestellt. Man braucht die Leute ja nicht mit der Nase darauf zu stoßen, daß wir hier sind.«
»Haben Sie die Schlüssel, Pete?« fragte Paula und stand gleichfalls auf. »Gut. Werfen Sie sie her.«
Sie fing die Schlüssel auf, funkelte Tweed an, gab sie Newman. Dann rieb sie die Hände gegeneinander, als wollte sie sagen: So, das wäre es.
»Ich habe selbst für heute schon genug durchgemacht«, fauchte sie Tweed an. »Und jetzt tun Sie, was Ihnen gesagt wird. Bob fährt mit Ihnen.«
»Bisher habe ich immer gedacht, ich wäre der Boss«, klagte Tweed scheinbar eingeschüchtert. »Anscheinend bin ich überstimmt worden.«
»Das sind Sie weiß Gott«, erklärte Dillon ihm schroff. »Nächtliche Verabredungen sind immer gefährlich.«

Um halb eins in der Nacht waren die Straßen von Helsinki leer bis auf einen cremefarbenen BMW, in dem anscheinend nur der Fahrer saß und der in die von Bäumen gesäumte Esplanade einbog. Die Straßenlaternen verbreiteten ein ungewisses Licht und schufen große Schattenflächen, in denen alles

mögliche lauern konnte. Das Fenster an der Fahrerseite war geöffnet, ebenso die beiden hinteren Fenster. Newman wollte hören und sehen und notfalls auch schießen können. Tweed fuhr langsam die verlassene Straße entlang. Nirgends war ein Anzeichen von Leben zu entdecken.
Er war fast eine halbe Stunde zu früh gekommen, aber Newman hatte darauf bestanden, daß sie vor der vereinbarten Zeit in der Nähe des Treffpunkts eintrafen.
»Wenn jemand wartet und uns überraschen will, dann werden wir ihn überraschen«, hatte er erklärt.
Tweed lenkte den Wagen von der Esplanade herunter und fuhr im Schritttempo am Kai entlang. Auf Newmans geflüsterte Anweisung hielt er an, ließ aber den Motor laufen. Zahlreiche Boote lagen vor Anker; die Lichter an ihren Mastspitzen schwankten leicht. Am Nordhafen wehte immer Wind. Manchmal ein heftiger Sturm, manchmal, wie heute nacht, eine sanfte Brise. Newman wies Tweed an, den Motor auszuschalten, lauschte.
Er hörte das Anschlagen der Wellen an den Kai, ein Knarren von mehreren hölzernen Booten. Harmlose Geräusche in einer sonst bedrückenden Stille. Tweed sah sich um wie ein Mann, der frische Luft schnappen möchte. Er konnte nichts Ungewöhnliches entdecken.
»Starten Sie den Motor«, flüsterte Newman. »Fahren Sie in den Seitenstraßen herum, die zur Kathedrale hinaufführen. Wenn Sie irgend etwas sehen, sagen Sie Bescheid. Wir haben genug Zeit, die ganze Gegend zu erkunden.«
Tweed bog nach links in eine Einbahnstraße ein, holperte über Straßenbahnschienen. Die Nebenstraßen waren dunkler; wo es keine Straßenlaternen gab, lagen sie in tiefem Schatten. Für Tweed war das eine neue Erfahrung. Seit er sich in Finnland aufhielt, war er bei Tageslicht zu Bett gegangen und wieder aufgewacht.
Er drehte eine langsame Runde zwischen den alten Gebäuden, kehrte zum Hafen zurück, schaute auf die Uhr auf dem Armaturenbrett. Genau ein Uhr. Ein schwarzer Saab parkte mit ausgeschaltetem Motor am Kai. Ohne den Kopf zu drehen und fast ohne die Lippen zu bewegen, informierte er Newman.
»Mein Kontaktmann ist da.«
»Ist er allein?«
»Sieht so aus. Ich nehme an, er wird Wort halten.«
Was Tweed beunruhigte, war die Tatsache, daß der Saab neben der Treppe parkte, die zu dem Anleger hinabführte, an dem er von Rebet nach Leningrad entführt worden war. Er fuhr neben den Saab, hielt aber einigen Abstand, so daß der Fahrer nicht in den BMW hineinsehen konnte. Er

nannte ganz bewußt keinen Namen, als er General Rebet seine Anweisung zurief.
»Fahren Sie vom Kai herunter. Halten Sie an der gegenüberliegenden Seite des Marktplatzes. Dort können wir uns unterhalten.«
Tweed hatte den Blick über den Hafen schweifen lassen und kein in Fahrt befindliches Boot entdeckt, aber er wollte kein Risiko eingehen. Er fuhr langsam weiter, beobachtete im Rückspiegel, wie der Saab den weiten Platz überquerte und im Schatten eines Gebäudes anhielt. Tweed wendete, fuhr auf den Saab zu, bremste dicht vor der Wand des Gebäudes.
»Lassen Sie den Motor laufen«, flüsterte Newman.
»Nein. Er muß mir vertrauen.«
Rebet kam auf ihn zu, angetan mit einem Sportjackett und dazu passender Hose. Tweed stieg schnell aus und ging ihm entgegen, um ihn von dem BMW fernzuhalten. In seiner Tasche steckten die Fotos, die Nield während der Verfolgungsjagd durch die Schären vor Turku an Bord der *Alskär* von dem dritten Mann gemacht hatte. Als Nield ihm die Abzüge gebracht hatte, hatte er gegrinst und sie hinter seinem Rücken versteckt gehalten.
»Schreiben Sie auf, wer Ihrer Meinung nach der dritte Mann ist.«
Tweed hatte es getan, und Nield hatte ihm die Fotos ausgehändigt. Als Tweed sie betrachtete, hatte Nield gekichert.
»Ihre Vermutung war richtig ...«
Tweed gab dem Russen nicht die Hand, und sie gingen auf dem gepflasterten Platz auf und ab. Tweed ergriff die Initiative.
»Was ist passiert? Und wo haben Sie sich verborgen gehalten?«
»An einem sicheren Ort hier in Finnland.«
Womit die schwerbewachte und mit zweihundert Mann besetzte Sowjetische Botschaft in Helsinki gemeint ist, dachte Tweed. Der Russe, größer als Tweed, wirkte sehr schlank in seiner gut geschnittenen Kleidung, und sein Rollkragenpullover ließ ihn jünger erscheinen.
»Was ist passiert?« wiederholte Tweed seine Frage.
»Sie haben von dem Attentat auf die Transsibirische Bahn gehört? Wir haben die Verantwortlichen noch nicht, aber wir wissen, daß die Saboteure über die nördliche Grenze eingeschmuggelt wurden.«
»Die nördliche?«
»Die Grenze zu Finnland. An die tausend Meilen lang. Finnland hat zwar nur relativ wenige Einwohner, aber das Land ist riesig. Und der Sprengstoff kam auf derselben Route, die auch die Saboteure benutzt haben – über Lappland. Wir glauben zu wissen, wo. Wir haben erfahren, daß ein riesiges

Kontingent von weiterem Sprengstoff morgen die Grenze überqueren soll. Das heißt, heute – es ist ja bereits nach Mitternacht.«
»Wie in aller Welt kann jemand Sprengstoff in großen Mengen nach Finnland hereinschmuggeln?« fragte Tweed.
Er wußte es recht gut. Newman hatte die Route entdeckt, als er zusammen mit Paula und Marler in Porvoo gewesen war. Wo er von dem Fabrikschiff von INCUBUS gehört hatte, das außerhalb der Dreimeilenzone operierte. Er wollte nur herausbekommen, wieviel der Russe wußte.
»Wahrscheinlich durch den Archipel«, entgegnete Rebet. »Das wäre nicht sonderlich schwierig – es ist ein kaum vorstellbares Insellabyrinth. Den finnischen Behörden wäre es unmöglich, das gesamte Gebiet zu überwachen. Das ist uns völlig klar.«
»Woher sind Sie so gut über diesen Sprengstofftransport informiert? Und über den geplanten Zeitpunkt – heute abend?«
»Ich nenne keinen Namen, aber wir haben einen Agenten in dieses sogenannte Meteorologische Institut östlich von Kemijärvi eingeschleust. Er hat uns informiert, daß ein großer Lastwagen-Konvoi mit Wachmännern – die zweifellos auch Saboteure sind – heute nacht die Grenze überqueren wird. Und dazu paßt noch etwas. Einer der drei als Angel verdächtigen Männer besucht auf seinem Weg nach Murmansk das Gebiet an der finnischen Grenze.«
»Dieser Mann?« fragte Tweed gelassen und zog die Fotos aus der Tasche. Rebet betrachtete sie im Licht einer Straßenlaterne. Dann sah er Tweed verblüfft an.
»Sie wissen es? Wir sind da nicht so sicher. Seine Anwesenheit könnte Zufall sein.«
»Sie ist kein Zufall«, erklärte Tweed.
Ohne Nields Namen zu nennen, berichtete er Rebet, wie einer seiner Leute den dritten Mann in den Schären aufgespürt hatte. An Bord eines Fischerbootes, das offensichtlich auf die See hinausfuhr, um seinen Passagier zu einem für Tallinn bestimmten sowjetischen Schiff zu bringen.
»Und Sie haben bereits in Leningrad erkannt, wer Angel ist, als Sie Dikoyan, Kazbek und Marschall Zaikow im Gespräch mit Hauser beobachteten?«
»Ja. Eines Tages werde ich Ihnen vielleicht sagen, woran.«
»Wir dachten, in der Roten Armee gäbe es Unruhe wegen *glasnost* und *perestroika*.«
»Möglicherweise können wir Sie von der finnischen Seite aus unterstützen.« Tweed informierte Rebet detailliert über den Plan mit dem angeblichen Filmteam, das noch heute nach Lappland fliegen sollte, und sagte ihm auch, daß einige Angehörige seines Teams bewaffnet sein würden.

»Wir lassen die Grenze offen, damit der Konvoi sie überqueren kann«, warnte Rebet. »Ihre Leute sollten alle weiße Kittel tragen. Weil Sie so gut kooperiert haben, verrate ich Ihnen etwas, das streng geheim ist. Sie werden vorsichtig sein in der Auswahl der Leute, die Sie informieren?«
»Natürlich.«
»Sowjetische Fallschirmjäger werden diesen Konvoi erwarten. Ihr Team könnte auf sowjetisches Territorium gelangen, ohne es zu merken. Ich nehme die erste Aeroflot-Maschine, die heute morgen von Helsinki nach Leningrad fliegt. Von dort fliege ich hinauf in den Norden, an die Grenze zu Lappland. Ich werde unsere Leute informieren, daß sie auf Männer in weißen Kitteln achten sollen, daß das Freunde sind.«
»Vielleicht können wir helfen, sie Ihnen in die Arme zu treiben.«
»Das ist es, was ich hoffe.« Rebet blieb stehen, drehte sich zu Tweed um, streckte ihm die Hand entgegen. »Denken Sie daran. Sowjetische Fallschirmjäger, eine Elitetruppe. Es könnte sehr gefährlich werden.«
»Ich denke, bisher sind wir mit unserer Ration an Gefahr recht gut fertig geworden.«

Neununddreißigstes Kapitel

Es war kurz nach zwei Uhr morgens, und Helsinki lag im diffusen Licht der Morgendämmerung. Tweed überließ es Newman, den BMW zu parken, und kehrte in sein Zimmer zurück, wo die anderen auf ihn warteten. Paula hielt sich nur mit Mühe aufrecht und unterdrückte ein Gähnen. Tweed machte nach wie vor einen frischen Eindruck.
»Wer kommt ohne Schlaf aus?« fragte er und blickte in die Runde. »Da ist ein Job zu erledigen. Wird sich bis zum Morgen hinziehen.«
»Es ist bereits Morgen«, bemerkte Paula.
»Ich meinte, bis gegen acht oder neun.«
»Was für ein Job?« fragte Marler. »Ich kann zwei Tage ohne Schlaf durchhalten.«
»Und Sie wären ideal dafür.« Tweed wanderte im Zimmer herum, jetzt, wo sie endlich aktiv werden konnten, voller Tatendrang. »Ich möchte, daß jemand die Zentrale von INCUBUS überwacht. Dort könnte sich etwas tun. Sie wissen, von wo aus man das Gebäude beobachten kann.«
»Wird gemacht.«
»Zeichnen Sie mir einen Plan«, warf Dillon ein, »dann behalte ich sie im Auge. Ich habe den ganzen Tag untätig herumgesessen.«

»Nicht Sie, Cord«, sagte Tweed. »Dieser Überwachungsjob ist nichts für Sie. Sie könnten es, daran zweifle ich keinen Augenblick, aber es ist besser, wenn Sie noch eine Weile in Deckung bleiben. Denken Sie an Ihre Instruktionen.«

»Schlüssel, Newman«, sagte Marler und streckte Newman die Hand entgegen, als dieser in Tweeds Zimmer zurückkehrte. »Steht der BMW hinter dem Haus?« Er wendete sich an Tweed. »Ich mache mich auf die Socken. Soll ich mich gegen zehn melden?«

»Keinesfalls später. Wir fliegen mit der gecharterten Maschine zum Polarkreis.« Sobald Marler gegangen war, gab er weitere Anweisungen. »Butler, Nield – Sie stehen um sechs auf und kommen in mein Zimmer. Wir fahren in dem Saab, den Sie gemietet haben, zum Lagerhaus und holen die Filmausrüstung. Sobald Stockmann geöffnet hat, kauft einer von euch sieben weiße Kittel. Und nun seht zu, daß ihr alle noch etwas Schlaf bekommt. Ich nehme an, ihr seid ein bißchen müde nach den Ereignissen des gestrigen Tages.«

»Ein bißchen?« bemerkte Paula und stand auf. »Soll das ein Witz sein?«

»Entschuldigung. Sie habe ich nicht gemeint. Sie hatten einen schwereren Tag, als ihn einer von uns seit langem durchgemacht hat. Ab ins Bett. Und schlafen Sie gut.«

Newman wartete, bis alle anderen gegangen waren. Er hatte die Kondition eines Ochsen; ihm war noch immer nicht nach Schlafen zumute. Er schenkte Tweed aus einer Flasche, die neben dem Champagner im Eiskübel gestanden hatte, ein Glas Mineralwasser ein.

»Bei dem Geiselaustausch hatten wir Glück«, bemerkte er, während Tweed trank. »Um diese Tageszeit waren keine Gäste aus dem Hotel mit dem unaussprechlichen Namen unterwegs. Und niemand an der Rezeption, als wir durch die Halle stürmten.«

»Ja, wir hatten Glück«, pflichtete Tweed ihm bei. »Und mit Paula scheint alles in Ordnung zu sein. Um neun muß ich Dr. Winter besänftigen, der erschienen war, um Paula zu untersuchen. Er ist nicht einmal in ihre Nähe gekommen.«

»Dazu war keine Zeit«, erinnerte sich Newman. »Wir waren zu sehr damit beschäftigt, uns davonzumachen. Und Paula hat es heil überstanden.«

»Ich werde Winter mit einem großzügigen Honorar zum Schweigen bewegen«, beschloß Tweed. »Er ist einer der wenigen britischen Ärzte in Helsinki. Ich werde ihm sagen, es wäre eine Sache gewesen, die die Polizei nicht an die Öffentlichkeit dringen lassen wollte. Deshalb wird auch nichts darüber in den Zeitungen stehen.«

»Ich finde, daß Sie Marler um diese Zeit zu INCUBUS hinausgeschickt haben, ist Zeitverschwendung. Der Laden dürfte dicht sein. Was haben Sie sich dabei gedacht?«
»Zum ersten reist Hauser sehr viel in der Welt herum. Er hat sich wesentlich länger an einem Ort – Helsinki – aufgehalten, als er es normalerweise zu tun pflegt. Das weiß ich aus den Informationen, die Monica mir zukommen ließ. Und zum zweiten nähert er sich dem Ende einer überaus riskanten und heiklen Operation. Ich rechne damit, daß er sich aus dem Staub macht – für den Fall, daß ihm die Fetzen um die Ohren fliegen. Im wahrsten Sinne des Wortes.«
Ohne Rebets Identität preiszugeben, teilte er Newman mit, was er von dem Russen erfahren hatte. Was ihnen in der Nähe der Grenze passieren konnte, die Vorsichtsmaßnahmen, die er ergreifen wollte. Die einzige Person, die er unerwähnt ließ, war Angel.
»Dies«, sagte er und rieb sich die Hände, »wird ein Tag, an dem wir alle Hände voll zu tun haben werden.«
»Hübsch. Und Sie meinen, gestern hätten wir einen Ruhetag gehabt?«

In seinem Büro im obersten Stock der INCUBUS-Zentrale überwachte Hauser den Abtransport der mit wichtigen Akten gefüllten Stahlschränke. Jeder trug einen Aufkleber mit einer verschlüsselten Inhaltsangabe. Angestellte schleppten die schweren Schränke aus seinem Büro zum Fahrstuhl. Es war 2.10 Uhr. Hauser warf einen kurzen Blick auf Carver und Galvone, dann sah er aus dem Fenster. Die aufgehende Sonne warf ein perlgraues Licht auf die See und ließ sie aussehen wie geschmolzenes Blei.
»Dieser Ausblick wird mir fehlen«, erklärte er.
»Vielleicht ist jemand so gut, mich in das Geheimnis einzuweihen, wo wir hinwollen, wenn ihm gerade danach zumute ist«, bemerkte Carver sarkastisch.
Hauser schloß die Tür hinter dem letzten Mann, der das Büro verlassen hatte. Er goß sich ein großes Glas Mineralwasser ein und leerte es auf einen Zug.
»Okay, mein Junge«, sagte er zu Carver, »jetzt kann ich es Ihnen verraten. Wir verlegen unser Operationszentrum in unser Büro in Stockholm.«
»Auf den Aufklebern ist nirgends der Bestimmungsort angegeben«, erklärte Carver.
»Aus Sicherheitsgründen. Aufkleber mit Adresse sind vorbereitet und werden angebracht, wenn die Lastwagen zum Flughafen unterwegs sind. Und zwar nur von vertrauenswürdigen Leuten. Sie wissen, wie ich arbeite. Ich

tauche da auf, wo man mich am wenigsten erwartet.« Er wendete den Kopf. »Frank, finden Sie nicht, daß Sie jetzt verschwinden und sich um das Unternehmen Ural kümmern sollten?«

Hauser wartete, bis er mit Carver allein war. Die Hemdsärmel des Präsidenten von INCUBUS waren bis über die Ellenbogen hochgerollt. Er überwachte den Transport der Schränke mit seinen geheimsten Unterlagen persönlich. Wenn man wollte, daß eine Arbeit ordentlich getan wurde, blieb einem nichts anderes übrig, als sie selbst zu tun.

»Adam, Sie fliegen heute mit dem Lear Jet nach Stockholm. Zusammen mit den wichtigsten Aktenschränken. Sie sind mir persönlich dafür verantwortlich, daß sie ausgeladen und im Keller unseres Büros in Stockholm untergebracht werden. Der Lear wird in Bromma landen – dort sind wir vor neugierigen Augen sicher.«

»Wir werden ein Fahrzeug brauchen, das sie von Bromma fortbringt . . .«

»Alles arrangiert. Ein Lastwagen steht dort bereit. Sie lassen die Schränke zu unserem Büro am Sveavägen bringen.«

»Ich habe keine Aufkleber gesehen, die diese Aktenschränke von den anderen unterscheiden.«

Hauser legte ihm eine Hand auf die Schulter. »Auch dafür ist gesorgt. Auf dem Lastwagen unten werden die für den Jet bestimmten Schränke mit grünen Aufklebern versehen. Alles andere geht mit einer Linienmaschine als Luftfracht nach Stockholm.«

»Und wann kommen Sie? Sie kommen doch nach Stockholm?«

»Ich fliege später mit einer weiteren Linienmaschine, und zwar unter einem anderen Namen. Bis Mittag muß ich aus Helsinki heraus sein.«

»Was ist dieses Unternehmen Ural?«

»Fragen! Fragen! Habe ich Ihnen nicht schon oft genug gesagt, daß Sie zu viele Fragen stellen? Fahren Sie hinunter in die Garage und passen Sie auf, daß diese Affen auf jeden Schrank ein grünes Etikett kleben. Ab mit Ihnen.«

Als Carver das Zimmer verlassen hatte, steckte Hauser eine Zigarette in seine Spitze. Er strahlte Zuversicht aus, aber insgeheim machte er sich Sorgen. Sein Plan, Irina Serow zu retten, ohne seine eigene Geisel aus der Hand zu geben, war mißlungen. Tweed hatte seine Strategie vorhergesehen, hatte ihn mit einer noch besseren Strategie geschlagen. Hauser zuckte die Achseln. Ein belangloser Punkt für Tweed.

Er lächelte, als er daran dachte, wie wütend sein Gegner sein würde, wenn er schließlich feststellte, daß der gesamte Apparat von INCUBUS aus Finnland verschwunden war. Oh ja, er konnte Tweed überlisten.

Marler saß in seinem Wagen in dem Wäldchen oberhalb der Zentrale von INCUBUS und beobachtete das Gebäude durch den Sucher seiner Kamera. Jetzt, um drei Uhr morgens, herrschte dort geschäftiges Treiben.

Männer in Overalls trugen Aktenschränke zu vor der Garage stehenden Lastwagen. Offenbar gab es eine Art Arbeitsteilung. Adam Carver stand neben einem der Lastwagen und überwachte das Einladen der Schränke. Andere Männer trugen weitere Schränke zu den anderen beiden Fahrzeugen, und für sie schien sich Carver nicht zu interessieren.

Marler hielt eine unangezündete King-Size Zigarette zwischen den Lippen und wartete. Von Zeit zu Zeit trank er einen Schluck Wasser aus einer Plastikflasche. Er kam ohne Essen aus, aber es war schon jetzt sehr warm; hatte es in der Nacht überhaupt abgekühlt? Marler richtete sich auf eine lange Wache ein. Seine Geduld war unerschöpflich; diese Tugend war unerläßlich für einen Schützen, der darauf warten mußte, daß sein Ziel zum Vorschein kam.

Fast zwei Stunden später, gegen 4 Uhr, stieg Carver zu dem Fahrer in die Kabine. Der Lastwagen rollte an, das automatische Tor in dem Drahtzaun schwang auf, der Laster fuhr hindurch, bog in Richtung Helsinki ab.

»Du bist mein Mann«, sagte sich Marler.

Er ließ den Motor an, fuhr die von der Zentrale aus nicht einsehbare Straße hinunter, bog auf die Hauptstraße ab und folgte dem Lastwagen, wobei er ausreichend Abstand hielt – um diese Zeit war der Verkehr noch nicht der Rede wert. Als der Lastwagen auf der Schnellstraße dahinrollte, wurde ihm klar, daß er zum Flughafen unterwegs war.

Marler kam am Flughafen an, als das Ausladen begann. Er fuhr an dem Laster vorbei, lenkte den BMW an den Bordstein, verschloß ihn und ging in die Abflughalle.

Selbst zu dieser frühen Stunde befanden sich bereits Touristen in der Halle, die auf ihre Flüge warteten. Zumeist junge Leute mit Rucksäcken, fest schlafend, die Männer mit Stoppeln im Gesicht, die Mädchen in Jeans und zerknitterten Blusen.

Marler griff sich einen Prospekt von einem auf dem Tresen liegenden Haufen, tat so, als läse er ihn. Ein Karren mit Aktenschränken, die alle ein grünes Etikett trugen, wurde an ihm vorbeigeschoben. Adam Carvers Anwesenheit störte ihn nicht – bisher war er für Carver ein Unbekannter. Durch ein Fenster beobachtete er, wie der Karren zu dem wartenden Lear Jet befördert wurde. Die Männer in den Overalls hatten Mühe, einen Schrank über die ausgefahrene Treppe in den Jet zu wuchten. Marler kam zu

dem Schluß, daß es zu riskant wäre, sich zu erkundigen, wohin der Jet bestimmt war. Dann hörte er, wie ein weiterer Lastwagen ankam.
Eine halbe Stunde später wurden die Schränke von dem zweiten Lastwagen zur Weiterbeförderung mit einem Linienflug in der Frachthalle abgeladen. Marler wartete, bis die Leute verschwunden waren, um eine weitere Fuhre zu holen, dann ging er auf den Lademeister zu.
»Ich habe nachher eine Ladung für Sie. Ich hoffe nur, daß sie rechtzeitig hier eintrifft. Können Sie mir sagen, wann die Maschine starten soll, die Sie gerade beladen?«
»Die nach Arlanda? Um 7.30 Uhr. Nach Flugplan.«
»Danke«, sagte Marler.
Er verließ die Halle. Ein dritter INCUBUS-Lastwagen war vorgefahren. Er blieb stehen, um sich eine Zigarette anzuzünden. Zwei Männer sprangen aus der Kabine, rannten nach hinten, schlossen die Türen auf. Drinnen saßen Männer, die sofort mit dem Entladen begannen. Mit militärischer Präzision geplant, dachter Marler, setzte sich hinter das Lenkrad des BMW und fuhr davon.

Tweed war frisch rasiert und voll angekleidet, als er Marler in sein Zimmer ließ. Auf einem Stuhl saß Paula, gleichfalls für den Tag gekleidet.
»Braucht ihr denn überhaupt keinen Schlaf?«
»Zu aufgeregt«, erklärte Paula ihm.
»Ich muß mit Butler und Nield zum Lagerhaus«, teilte Tweed ihm mit. »Was haben Sie herausbekommen – wenn sich überhaupt etwas getan hat?«
»Hauser evakuiert seine Zentrale ...«
Er berichtete, was er beobachtet hatte, faßte sich kurz, beschränkte sich auf das Wesentliche. Als er geendet hatte, trank Tweed einen Schluck Mineralwasser, dann trat er ans Fenster. Es würde wieder ein strahlend schöner und sehr heißer Tag werden. Das metallene Mobile bewegte sich nicht. Kein Lüftchen rührte sich.
»Stockholm«, sagte er nach kurzem Nachdenken. »Ich dachte mir, daß er aus Finnland verschwinden würde – in Anbetracht dessen, was in Lappland bald über die Bühne gehen wird.«
»Ich komme mit«, erklärte Paula entschlossen.
»Nein, das tun Sie nicht«, teilte Tweed ihr mit. »Änderung des Plans – wegen dem, was Marler berichtet hat ...«
»Weil Sie glauben, diese Expedition wäre zu gefährlich für eine Frau?« fuhr Paula auf.
»Weil«, konterte Tweed gelassen, »ich einen Job für Sie habe, der sogar noch

gefährlicher sein könnte. Weil Sie die Gegend kennen. Weil ich weiß, daß Sie mich nicht im Stich lassen werden.«

»Was für einen Job?«

»Zuerst möchte ich sicher sein, daß Sie sich verkleiden können. Es kann sein, daß Sie mit Angehörigen der Gegenpartei zusammen reisen, die ein Foto von Ihnen haben. Kurz gesagt, ich möchte, daß Sie nach Stockholm fliegen, möglichst mit der Maschine um 7.30 Uhr, falls Sie noch einen Platz bekommen. Wenn Sie es schaffen, bleiben Sie nach der Ankunft in Arlanda am Flughafen und warten. Bevor Sie Helsinki verlassen, rufen Sie eine der Tag und Nacht geöffneten Autovermietungen an und veranlassen, daß in Arlanda ein Wagen für Sie bereitsteht. Wenn die Schränke ausgeladen sind, von denen uns Marler erzählt hat, folgen Sie ihnen zu ihrem Bestimmungsort.«

»Dann mache ich mich lieber gleich auf den Weg ...«

»Warten Sie. Zuerst gehen Sie in Ihr Zimmer und verkleiden sich. Kommen Sie wieder her, damit ich feststellen kann, wie Sie aussehen.«

Ein paar Minuten später war sie zurück. Tweed und Marler starrten sie an. Paula hatte den größten Teil ihres Haars unter einem Strohhut versteckt und trug jetzt einen grauen Rock und eine cremefarbene, langärmelige Bluse. Aber die größte Veränderung hatten der helle Gesichtspuder bewirkt, den sie aufgetragen hatte, und eine große Hornbrille. Kein Lippenstift.

Marler kicherte. »Großer Gott! Sie sehen aus wie eine Lehrerin.«

»So hatte ich mir das auch vorgestellt«, erklärte Paula.

»Das haben Sie gut gemacht«, sagte Tweed. »Wenn Sie in Stockholm sind, buchen Sie für uns alle Zimmer im Grand Hotel, wenn sie welche frei haben. Wenn Sie uns anderswo unterbringen müssen, hinterlassen Sie eine Nachricht für mich in einem versiegelten Umschlag.«

»Im Grand?« wendete Paula ein. »Auf dem Weg hierher haben Bob, Cord Dillon und ich dort gewohnt.«

»Das macht nichts. Wenn Hauser nachforscht und feststellt, daß wir ihm dicht auf den Fersen sind – umso besser. Von jetzt an werde ich ihn ständig unter Druck setzen. Druck und immer mehr Druck. So, und jetzt machen Sie sich auf den Weg.«

Marler wartete, bis Paula hinausgestürmt war. »Das ist ein gefährlicher Auftrag, den Sie ihr da erteilt haben. War das klug? Schließlich erholt sie sich gerade von dieser Entführung.«

»Das ist einer der Gründe, weshalb ich sie beauftragt habe – ganz abgesehen von der Tatsache, daß ich für diesen Job auf sie angewiesen bin. Sie wird auf eigene Faust arbeiten müssen – was sie sehr gut kann. Schon das allein wird ihr helfen, über die Entführung hinwegzukommen.«

»Und wir machen uns auf den Weg nach Lappland. Das könnte eine nette Schlacht werden.«
»Eine mörderische Schlacht.«

Vierzigstes Kapitel

London stöhnte unter der Hitzewelle. Am Park Crescent hatte Monica sämtliche Fenster geöffnet, aber es half nichts – die Luft war unbewegt, nicht der kleinste frische Hauch kam herein. Sie saß mit Howard zusammen und berichtete ihm von ihren intensiven Recherchen über INCUBUS und Franklin D. Hauser.
»Ich hatte Schwierigkeiten, das Haus zu finden, das er in Schweden besitzt. Es liegt nördlich von Göteborg, nicht weit von der norwegischen Grenze entfernt, im westlichen Archipel. Die meisten Nicht-Skandinavier glauben, es gäbe nur einen Archipel, den vor den Toren Stockholms.«
»Ich kenne mich in Geographie ein bißchen aus«, erklärte Howard.
»Umso besser.«
Howard lächelte. Jetzt, wo so viele seiner wichtigsten Leute nicht da waren, fielen die Schranken zwischen ihm und Monica. Er hatte sogar ein Zugeständnis an die Hitze gemacht und saß in Hemdsärmeln da, etwas, das Monica noch nie erlebt hatte. Sie fuhr mit der Hand über ihren grauen Haarknoten und sprach weiter.
»Es ist ein großes Haus, sehr abgelegen, soweit ich feststellen konnte. Ich mußte mir erst diese Karte von einem Kontaktmann bei Lloyds beschaffen, um Skalhamn überhaupt lokalisieren zu können.«
»Skalhamn?«
»Eine winzige Bucht unterhalb des Hauses.« Sie deutete auf die Karte. »Hier. Am Ende der Welt. Mein Kontaktmann bei Lloyds hat einen Freund in Schweden angerufen. Offenbar sieht das Haus aus wie ein wichtiges Kommunikationszentrum. Eine Menge Antennen auf dem Dach und außerdem eine Satellitenschüssel, eine sehr große.«
»Und wohin bringt uns das?«
»Bitte warten Sie, bis ich fertig bin. Hauser hat dort außerdem eine große Jacht liegen – von der Art wie die, auf der Onassis gewohnt hat. Die *Washington IV.* Wenn er nicht gerade mit seinem Jet in der Welt herumfliegt, reist er mit dieser Jacht. Und auch sie ist mit allen erdenklichen Kommunikationseinrichtungen ausgerüstet.«
»Soweit wir wissen, hält sich Hauser in Helsinki auf«, wendete Howard ein.

»Aber ich habe seine Bewegungen in den letzten Jahren so weit wie möglich überprüft. Er springt auf dem Globus herum wie ein Grashüpfer – es ist also durchaus möglich, daß er Helsinki verläßt. Tweed wird wissen wollen, wo sich seine Schlupfwinkel befinden.«

»Und das war's?«

»Himmel, nein! Das Beste kommt noch. Er hat Büros in Oslo, Stockholm, Kopenhagen, Amsterdam, Brüssel, Frankfurt, Paris, Genf, Wien, Madrid, Lissabon, Mailand und Athen. Und außerdem in Singapur, Auckland, Sydney und Montreal sowie in Südamerika und Japan. Soll ich weitermachen?«

»War das das Beste?«

»Nein. Das Juwel habe ich mir bis zum Schluß aufgespart. Livingstone Manor in Suffolk. Von Boston, New York und einer Unmenge anderer Orte in den Staaten einmal abgesehen, ist Livingstone Manor das Juwel.«

»Was ist damit?«

»Alles deutet darauf hin, daß dies sein eigentliches Hauptquartier ist – der Ort, von dem aus er sein weltweites Imperium lenkt und leitet.«

»Klingt höchst unwahrscheinlich.«

»Das ist es ja gerade. Nach außen hin ist es nur sein Landsitz in Großbritannien. Wer würde auf die Idee kommen, es könnte das Zentrum des Spinnennetzes von INCUBUS sein?«

»Ich wäre jedenfalls nicht darauf gekommen.«

»Livingstone Manor ist sehr groß und von ausgedehntem Gelände umgeben. Unter der Erdoberfläche gibt es ein Labyrinth aus umgebauten Kellern, die reinsten Katakomben. Das ganze Areal ist umgestaltet worden und wird streng bewacht. Er hat dort die neuesten und besten Chiffrier- und Kodiermaschinen installieren lassen. In einem großen Raum befindet sich eine Telefonanlage mit einem Scramblersystem, technisch auf einem höheren Stand als der heiße Draht zwischen Downing Street und dem Kreml.«

»Wie in aller Welt haben Sie das herausbekommen?« fragte Howard ungläubig.

»Ich habe einen Bekannten in einer Firma, bei der die Geräte versichert sind. Er hat nur eine ganz vage Andeutung gemacht, aber ich bin ihr nachgegangen.«

»Wie haben Sie das angestellt?«

»Ich habe von demselben Bekannten den Namen der Elektrofirma erfahren, die die Geräte installiert hat.«

»Wollen Sie etwa behaupten, er wäre so einfach damit herausgerückt?«

»Nein. Ich habe nicht einmal einen Versuch in dieser Richtung unternommen. Statt dessen rief ich einen von Tweeds guten Freunden beim Sonderdezernat an. Er war Tweed noch einen Gefallen schuldig. Ich gab ihm den Namen der Elektrofirma, und er stattete dem Inhaber einen Besuch ab. Ich nehme an, er mußte ihn ein bißchen in die Mangel nehmen, aber das ist nicht meine Sache. Und raten Sie, was passiert ist?«

»Für Ratespiele habe ich nichts übrig«, entgegnete Howard, einen Moment lang wieder so steif wie gewöhnlich.

»Der Mann vom Sonderdezernat erhielt von dem Mann eine komplette Liste der Geräte, die seine Firma in Livingstone Manor installiert hat. Er mußte befürchten, daß er gegen irgendwelche Gesetze verstoßen haben könnte. Deshalb lieferte er die Informationen, die dann an mich weitergeleitet wurden.«

»Und diese Firma hat die Chiffriermaschine installiert?«

»Nein. Die ist offenbar in den Laboratorien von INCUBUS in der Nähe von Boston gebaut worden. Aber einer der leitenden Ingenieure dieser Elektrofirma hat sich in dem Labyrinth unter Livingstone Manor umgesehen. Er war während des Krieges in Bletchley und hat dort an dem Omega-Chiffriergerät gearbeitet, das die Deutschen verwendeten. Er fand eine offene Stahltür und schaute hinein. Es war niemand in der Nähe. Er sah das Chiffriergerät und berichtete seinem Chef, was er entdeckt hatte.«

»Ich verstehe.«

Howard war beeindruckt, fast bestürzt. Eine Unverschämtheit. Mitten in England. Und obendrein noch in Suffolk, wo er seinen eigenen Landsitz hatte, den er allerdings nur höchst selten aufsuchte, um seiner Frau Cynthia einen Pflichtbesuch abzustatten.

»Aber das verstößt doch nicht gegen irgendein Gesetz. Leider.«

»Nein«, pflichtete Monica ihm bei. »Aber es ist überaus bezeichnend. Ich sagte es bereits – ich bin überzeugt, daß Hauser sein Operationszentrum von Amerika nach Livingstone Manor verlegt hat und ...«

Sie brach ab, als das Telefon läutete. Sie hörte einen Moment zu, dann legte sie die Hand über die Muschel.

»Wir haben zwei unwillkommene Besucher. Chefinspektor Buchanan und Sergeant Warden. Sie warten unten und möchten Tweed sprechen.«

»Sagen Sie ihnen, sie sollen verschwinden. Tweed ist nicht da.«

»Das wäre unklug«, erklärte Monica. »Wir sollten uns anhören, was sie wollen. Es ist immer besser, wenn man vorgewarnt ist.«

»Also gut, wenn Sie meinen ...«

Howard war selbst überrascht von der Veränderung, die in seinem Verhältnis zu Monica vor sich gegangen war. Bisher hatte er in ihr immer nur die alterslose Frau gesehen, die sich um die Akten kümmerte. Jetzt behandelte er sie als Gleichgestellte.

Buchanan war ganz Amtsperson, als er eintrat, gefolgt von Sergeant Warden, dessen Gesicht wie üblich nichts zu entnehmen war. Howard erhob sich nicht, sondern forderte sie nur mit einer Handbewegung zum Platznehmen auf.
»Ich bin Howard, Tweeds Vorgesetzter. Tweed ist nicht hier. Ich wäre Ihnen dankbar, wenn Sie es kurz machen würden. Wir haben ziemlich viel zu tun.«
»Haben wir das nicht alle?« Buchanan, offenbar unbeeindruckt von Howards wenig freundlicher Begrüßung, entspannte sich und schlug die langen Beine übereinander. Warden holte ein Notizbuch aus der Tasche, legte es auf seinen Schoß.
»Nichts von dem, was hier gesagt wird, wird festgehalten«, brauste Howard auf. »Bitte denken Sie daran, wo Sie sich befinden.«
»Oh, wir wissen genau, wo wir uns befinden«, erklärte Buchanan verbindlich. »Aber darf ich Sie an etwas erinnern, Mr. Howard, worüber Sie sicher informiert sind? Daß ich einen brutalen Mord zu untersuchen habe. Nämlich den an Sandra Riverton in Suffolk.«
»Ich habe in der Zeitung gelesen«, warf Monica ein, »daß Sie den Mord in Camden Town aufgeklärt haben.«
»So ist es.« Buchanan schwenkte höflich herum, um sie anzusprechen. »Also können wir jetzt all unsere Energie darauf verwenden, den Riverton-Fall aufzuklären. Nicht, daß wir ihn je aus dem Auge verloren hätten.« Er hielt einen Moment inne. »Wußten Sie, daß Evelyn Holme, Sandras Schwester, in ihrem Cottage in Walberswick überfallen wurde?«
»Was in aller Welt geht uns das an?« fragte Howard.
»Das werde ich Ihnen erklären«, fuhr Buchanan geduldig fort. »Der Mann, der Sandras Leiche in einem Glockenturm hängend fand, war Robert Newman. Wissen Sie, wo er sich gegenwärtig aufhält?« fragte er plötzlich.
»Keine Ahnung«, erwiderte Howard schroff. »Wir haben seit längerem nichts mehr von ihm gehört.«
»Der entscheidende Punkt ist«, fuhr Buchanan unerbittlich fort, »daß vierundzwanzig Stunden zuvor Ed Riverton, ein Amerikaner und Sandras Mann, in Helsinki ermordet wurde. Und ich sehe eine Ähnlichkeit zwischen den beiden Morden. Der eine durch Erdrosseln, der andere durch Erhängen.«
»Ich sehe da keinen Zusammenhang.«
»Darauf komme ich noch. Sandra Riverton arbeitete für INCUBUS in ihrem Büro in Norwich. Zwei Wochen vor ihrem Tod hatte sie dort gekündigt. Ed Riverton war ein leitender Angestellter von INCUBUS. Auch Evelyn Holme hat für INCUBUS gearbeitet.«

»Wie geht es ihr?« fragte Monica. »Wurde sie schwer verletzt?«
Absurderweise hatte sie Gewissensbisse. Auf Howards Befehl hin hatte sie Harry Butler von Walberswick abgezogen, und seine Aufgabe war es gewesen, sie zu beschützen.
»Sie hat Glück gehabt.« Buchanan beschloß, es anders auszudrücken. »Sie war sehr mutig. Es war Abend. Ein maskierter Eindringling tauchte in der Diele auf. Hatte offenbar das Schloß geknackt. Er packte sie, Miss Holme wurde leicht verletzt, konnte sich aber befreien. Sie flüchtete in die Küche, wo gerade Wasser in einem Topf kochte. Sie schüttete es dem Eindringling in das maskierte Gesicht. Er schrie und ergriff die Flucht. Anhand seiner Figur vermutet Miss Holme, daß es sich um einen Mann namens Steve gehandelt haben könnte, der sie vor einiger Zeit in ihrem Haus in Wandsworth aufgesucht hat.«
»Er arbeitet mit einem Mann zusammen, der Papa Grimwood genannt wird«, teilte Monica ihm mit.
»Und woher wissen Sie das, wenn ich fragen darf?«
»Bob Newman hat es mir erzählt.«
»Die Holme hat uns eine gute Beschreibung vom Körperbau des Mannes geliefert«, sagte Buchanan. »Sie würde auch auf Newman zutreffen.«
»Das ist doch lächerlich«, fuhr Monica auf.
»Das wäre es«, pflichtete Buchanan ihr bei und streckte die Beine noch länger aus, »wenn ich wüßte, daß Newman zur Zeit des Angriffs ganz weit fort war.«
Also das ist es, worauf du die ganze Zeit hinauswolltest, dachte Howard. Er schwenkte eine Hand.
»So weit wir wissen, hält Mr. Newman sich im Ausland auf.«
»So weit Sie wissen? Das genügt mir nicht.«
»Es muß Ihnen genügen.«
»Chefinspektor«, warf Monica ein, um ihn von diesem Thema abzulenken, »steht Evelyn Holme unter Polizeischutz? Wer immer diese schreckliche Tat begangen hat – er könnte wiederkommen.«
»Ja, das könnte er. Die Ortspolizei kümmert sich darum. Das Problem ist, daß sie lediglich einen Mann mit einem Fahrrad abstellen können, der gelegentlich nach Walberswick kommt und dann in Rose Bower nachfragt, ob alles in Ordnung ist. Eine ziemlich unzulängliche Form des Schutzes.«
»Dann müssen Sie Papa Grimwood und diesen Steve finden«, sagte Monica.
»Wir suchen nach ihnen. Aber bisher haben wir noch keine Spur.« Er gab

Howard eine Karte. »Wenn Newman von dort, wo er sich gerade aufhält, zurück ist, wäre ich Ihnen für einen Anruf dankbar.«
»Warum soll er Sie nicht selbst anrufen?« erkundigte sich Howard in abweisendem Ton.
»Das wäre noch besser.« Buchanan stand auf, Warden folgte dem Beispiel seines Chefs. »Danke für Ihr Entgegenkommen, Sir. Vielleicht sehen Sie jetzt den Zusammenhang.«
»Nicht ganz«, entgegnete Howard. »Danke für Ihren Besuch.«
»Keine Ursache. Und wir finden unseren Weg hinaus . . .«
»Vergessen Sie nicht, Ihren Passierschein abzugeben. Sonst kommen Sie nicht an der Wache vorbei«, waren Howards Abschiedsworte.
Monica konnte kaum an sich halten, nachdem sie gegangen waren.
»Sehen Sie! Ich hatte recht mit Livingstone Manor. Es ist nicht weit von Walberswick entfernt, wo diese Frau angegriffen worden ist. Früher oder später werden alle Aktionen von Livingstone Manor ausgehen.«
»Ich wollte, Tweed würde sich melden«, sagte Howard gereizt. »Ich frage mich, in welcher Geschichte er jetzt wieder steckt.«

Einundvierzigstes Kapitel

»Er ist ein erfahrener Killer«, sagte Hauser.
Im Turmzimmer seines Hauses mit Ausblick auf den Park nahm er Akten aus einem Wandsafe und verstaute sie in einem Aktenkoffer. Die Akten enthielten Informationen über verschiedene Industrielle, Inhaber von Firmen in Großbritannien und anderen europäischen Ländern, die aufzukaufen er entschlossen war. Die Informationen stammten von Sandra Riverton und Evelyn Holme, die die Industriellen vorgeblich für die amerikanische Zeitschrift *Leaders of Mankind* interviewt hatten.
Seine Erwiderung war die Antwort auf eine Frage gewesen, die Iris Reynolds ihm gestellt hatte, die Frau, die jetzt auf einer Couch saß und ihm zusah.
»Warum haben Sie entschieden, daß Ion Manescu nach Stockholm fliegen soll?« hatte sie gefragt. »Ich dachte, er sollte Galvone und Ziegler begleiten, die dafür sorgen sollen, daß der Sprengstoff sicher über die sowjetische Grenze befördert wird.«
Iris Reynolds war die neue Identität, die Hauser Irina Serow gegeben hatte. Sie hatte ihr blond gefärbtes Haar so arrangiert, daß es ihr Gesicht rahmte. Außerdem hatte sie es in die Stirn gekämmt. Sie sah nun ganz anders aus als

die Frau, die Tweed im Hesperia aufgesucht hatte. Sie trug ein mit Blumen bedrucktes Kleid, einen breitkrempigen Strohhut und Schuhe mit flachen Absätzen, wodurch sie wesentlich kleiner wirkte. Sie sah sehr britisch aus und verfügte über einen gefälschten britischen Paß.

»Manescu«, fuhr Hauser fort, während er weitere Akten in seinen Koffer packte, »fliegt mit einer Linienmaschine nach Arlanda. Und jetzt möchte ich die Fotos haben.« Er steckte sie in einen steifen Umschlag, den er gleichfalls in den Koffer legte.

»Das einzige Mitglied der Organisation, von dem wir bisher kein Foto haben, ist der Mann auf dem Motorrad, der verhindert hat, daß unsere Falle am Waschplatz zuschnappte. Sie fliegen mit mir in unserem Lear Jet. Wenn wir unseren Bestimmungsort erreicht haben, können Sie bei der Anfertigung einer Phantomzeichnung von Tweed helfen. Wie Sie gesehen haben, besitzen wir auch Fotos von dem Mann, der Sie auf der Plattform bewacht hat. Er wurde mit einer Teleskoplinse von der Motorjacht aus fotografiert. Es mag noch weitere geben, aber die werden sich hier herumtreiben und versuchen, uns aufzuspüren.«

Irina staunte über die Energie des Amerikaners. Nach der langen Ausbildungszeit hatte er ihr jetzt sein volles Vertrauen geschenkt und ihr seine wahre Identität enthüllt.

»Eines verstehe ich nicht«, erklärte sie. »Warum ich noch nicht in die Sowjetunion reisen soll, um das Unternehmen Ural zu leiten.«

»Sie haben Ihre Leute bei der Bewegung für eine freie Ukraine in München angerufen. Ihre Agenten befinden sich in Polen und der Tschechoslowakei. Sie alle werden die Grenze zur Sowjetunion überschreiten, sie wissen, wo sie den Sprengstoff in Empfang nehmen können, kennen die Ziele.« Er hielt einen Moment inne, musterte sie mit seinen eiskalten Augen. »Ich hoffe, das entspricht den Tatsachen.«

»All das habe ich veranlaßt«, versicherte sie ihm.

»Dann werden wir Sie vielleicht später nach Istanbul schicken, wo Sie über die türkische Grenze gehen und dafür sorgen können, daß sie aktiv bleiben.«

»Noch etwas. Diese attraktive Frau, gegen die Sie mich ausgetauscht haben. Meinen Sie, daß sie hierbleiben wird?«

Er lächelte zynisch. »Könnten Sie sich vorstellen, daß Tweed die Unverfrorenheit besitzt, sie hinter mir herzuhetzen? Bei der Menge Fotos, die wir von ihr haben?«

An Bord des Lear Jets auf dem Flughafen von Helsinki sah Adam Carver abermals auf die Uhr. Wann würde die verdammte Maschine endlich starten? Seit der geplanten Abflugzeit waren Stunden vergangen. Der Jet hatte zwar eine Klimaanlage; trotzdem schien die Hitze bis in die Maschine vorzudringen.

Ein kleiner, mit einer Plane abgedeckter Lastwagen fuhr auf den Jet zu. Carver runzelte die Stirn. Alle Aktenschränke waren bereits seit einer Ewigkeit an Bord. Was konnte jetzt noch ankommen? Der Lastwagen kam heran, beschrieb einen Halbkreis, hielt mit der Rückfront zur Gangway an. Verblüfft beobachtete Carver, wie die Hinterseite der Plane angehoben wurde, zwei Leute zum Vorschein kamen und an Bord gingen.

Hauser trug eine Schirmmütze, ein britisches Sportjackett mit einem kleinen Karomuster, eine gut gebügelte graue Hose und eine Sonnenbrille. Er brachte die Carver unbekannte Frau auf einem Sitz im Vorderteil des Jets unter, dann ließ er sich neben Carver nieder.

Die Gangway wurde eingezogen, die Tür geschlossen, die Triebwerke dröhnten auf, gewannen an Kraft. Hauser hielt den vollgestopften Aktenkoffer auf seinem Schoß. Er enthielt genügend Informationen zur Erpressung von mehr als dreißig Industriellen und Kopien der Berichte, die Sandra Riverton und Evelyn Holme ihm geliefert hatten. Dazu die Profile über Firmen, die INCUBUS sich bereits einverleibt hatte, und Details über die dabei verwendeten Techniken. Ein Aktenkoffer voller Dynamit.

»Es ist schon früher Nachmittag«, beschwerte sich Carver. »Und ich hatte keine Ahnung, daß Sie mitfliegen wollten.«

»Jetzt wissen Sie es.«

Hauser lächelte. Die Leute verblüffen und nicht einmal die engsten Mitarbeiter wissen lassen, was als nächstes passieren würde – das war die sicherste Methode.

»Wir fliegen nach Bromma, nehme ich an«, sagte Carver, als der Jet auf der Startbahn entlangrollte.

»Bromma ist unser nächstes Ziel«, pflichtete Hauser ihm bei.

Er wendete sich ab, um sein wölfisches Grinsen zu verbergen. Nun, sie würden zumindest für ein paar Minuten in Bromma Station machen. Und er hatte diesen Bastard Tweed zum Narren gehalten.

»Wenigstens haben wir jetzt ein paar Fragen, die wir Hauser stellen können«, sagte Mauno Sarin befriedigt zu Karma.

Es war die Meldung der Verkehrspolizei über den demolierten braunen Buick vor dem Kalastajatorppa gewesen, die Sarin die Handhabe geliefert

hatte, auf die er wartete. Sarin hatte die Leute angewiesen, den Buick dort zu lassen, wo er sich befand, und war zusammen mit Karma an den Schauplatz des »Unfalls« gefahren.
»Da muß es doch bestimmt irgendwelche Zeugen geben«, sagte er, als sie das Fahrzeug mit der vom Anprall gegen den Granitbrocken zusammengeschobenen Haube betrachteten.
»Ich habe keine gefunden«, berichtete Karma, der vorher schon dagewesen war. »Die Gäste haben im Restaurant auf der anderen Straßenseite gesessen und gegessen und getanzt. Aber das habe ich gefunden - es war mit Klebeband unter dem Beifahrersitz befestigt.«
Eine Luger. Voll geladen. In Finnland fuhr man nicht mit geladenen Waffen durch die Stadt. Karma hatte das Hoteltelefon benutzt, um anhand der Zulassungsnummer auf dem unbeschädigten hinteren Nummernschild den Besitzer ausfindig zu machen. Der Buick war für INCUBUS zugelassen. Sarin vergeudete keine Zeit.
»Fahren Sie mich zu ihrer Zentrale. Schnell . . .«
Als sie bei dem hohen, runden Gebäude ankamen, stellten sie zu ihrer Überraschung fest, daß das Tor offenstand. Keine Spur von Wachmännern oder anderem Personal. Die Telefonzentrale war unbesetzt.
Sarin hatte auf den Fahrstuhlknopf für das oberste Stockwerk gedrückt. Als sie heraustraten, verblüffte ihn die Stille. Seine lange Beine beförderten ihn schnell in Hausers Büro. Er öffnete die Tür, trat ein.
Die Möbel standen noch an Ort und Stelle. Was Sarins Aufmerksamkeit erregte, waren staubfreie Rechtecke an den Wänden. Stellen, an denen vorher Aktenschränke gestanden hatten. Er öffnete mehrere Schubladen des riesigen Schreibtisches. Leer. Er wendete sich an Karma.
»Wenn dieses Telefon noch funktioniert, rufen Sie den Flughafen an. Hauser hat einen Lear Jet.«
Karma stellte fest, daß Hausers Privattelefon noch angeschlossen war. Wahrscheinlich eine separate, nicht mit der Zentrale verbundene Leitung. Sarin machte schnell die Runde durch die anderen Büros und kehrte zurück, als Karma den Hörer auflegte.
»Sie sind ausgezogen«, bemerkte Sarin.
»Und der Lear Jet ist am frühen Nachmittag gestartet, nachdem er die ganze Nacht und den ganzen Vormittag auf Warteposition gestanden hat.«
»Bestimmungsort?«
»Dem Flugplan zufolge Bromma bei Stockholm.«
»Also hat er sich aus dem Staub gemacht. Ich möchte wissen, warum. Sie können es ruhig wissen – ich habe den Minister über das Semtex informiert,

das Marler angeblich aus einem INCUBUS-Laster nördlich von Porvoo herausgeholt hat, und die zweite Portion aus einem Lastwagen in einer angeblichen Untergrundgarage im Institut.«
»Und wie hat er reagiert?« erkundigte sich Karma.
»Zuerst hat er gesagt, er würde darüber nachdenken. Mit anderen Worten – nichts unternehmen. Dachte ich zumindest. Aber gestern habe ich gehört, daß die Regierung Hausers Angebot von drei Millionen Dollar für einen neuen Eisbrecher ausgeschlagen hat. Das dürfte für Hauser das Signal gewesen sein, etwas vorsichtiger zu agieren.«
»Könnte der Grund dafür sein, daß er Finnland verlassen hat.«
»Wenn nicht noch etwas anderes dahintersteckt. Stellen Sie einen Trupp für einen Flug nach Lappland zusammen. Ich will mir das Institut selbst einmal genauer ansehen.«
»Die Hälfte unserer Leute ist im Urlaub – wir haben Juli«, wendete Karma ein. »Es wird einige Zeit dauern.«
»Also sehen Sie zu, daß der Trupp heute abend bereitsteht.«

Newman stellte mit Mißfallen fest, daß die Maschine, die Tweed gechartert hatte, eine Fokker war, ein mit Propellern angetriebenes Flugzeug. Er saß neben Tweed, als sie am späten Nachmittag vom Flughafen Helsinki aus startete.
»Hört sich an wie eine alte Nähmaschine«, bemerkte er.
»Es war das einzige Flugzeug, das ich bekommen konnte«, erklärte Tweed. »Und es ist so groß, daß wir alle bequem Platz haben – und unsere Ausrüstung außerdem.«
Marler saß ihnen gegenüber und schaute aus dem Fenster. Sein Armalite-Gewehr hatte er mühelos zwischen den Kameras, Scheinwerfern und Filmdosen der angeblichen Filmgesellschaft verstecken können. Butler und Nield saßen nebeneinander im vorderen Teil des Flugzeugs. Cord Dillon saß für sich allein, einen grimmigen Ausdruck auf dem zerklüfteten Gesicht, als die Maschine in den Himmel emporstieg und Kurs nach Norden nahm.
Bevor sie zum Flughafen aufgebrochen waren, hatte es in Tweeds Zimmer im Hesperia eine hitzige Diskussion zwischen Tweed und dem Amerikaner gegeben. Tweed hatte alle Gründe aufgezählt, die dagegen sprachen, daß Dillon sie begleitete.
»Sie sind vom Präsidenten der Vereinigten Staaten persönlich beauftragt worden ...«
»Er hat mich nach Europa geschickt, damit ich Beweismaterial beschaffe, das ausreicht, um Hauser vor ein amerikanisches Gericht zu stellen. Und

was könnte vernichtender sein als der Beweis, daß er Sprengstoff in die Sowjetunion schmuggelt? Verdammt nochmal, lassen Sie mich ausreden! Ich komme mit, und wenn ich Ihnen diese Luger ins Kreuz drücken müßte ...«

Schließlich hatte Tweed nachgegeben. Dillons Argumente waren überzeugend, und so hatte er schließlich widerstrebend zugelassen, daß er sie begleitete.

Was Tweed beunruhigte, als die Fokker ihre Reisehöhe erreicht und Helsinki weit hinter sich gelassen hatte, war die Tatsache, daß sie nur sehr wenige Waffen besaßen. Dillon hatte seine Luger, Marler sein Armalite-Gewehr, Newman seine Smith & Wesson. Das war alles. Nein, da war noch eine weitere Waffe – Marler hatte Butler die Mauser und die Reservemagazine gegeben, die er dem zweiten Wachmann im Institut abgenommen hatte. Ein Gewehr, drei Handfeuerwaffen. Ziemlich mager.

Bevor sie nach Stockholm abflog, hatte Paula angeboten, ihren Browning zurückzulassen, aber Tweed hatte darauf bestanden, daß sie die Waffe behielt. Es war schon schlimm genug, daß er sie allein mit einem derart gefährlichen Auftrag losschicken mußte. Da sollte sie zumindest bewaffnet sein.

Auf zwei freien Sitzen im hinteren Teil der Maschine lagen sieben weiße, bei Stockmann erstandene Kittel. Diese Kittel, erinnerte sich Tweed, hatten den Zweck, das vorgebliche Filmteam kenntlich zu machen und ihnen das Leben zu retten. Er preßte die Lippen zusammen beim Gedanken an das, was sie an der finnischen Grenze erwartete. Sowjetische Fallschirmjäger, die dicht hinter der Grenze in Stellung gegangen waren.

Den Vorschriften entsprechend mußte die Fokker in Oulu am Bottnischen Meerbusen zwischenlanden. Tweed schaute aus dem Fenster. Ein kleiner Flugplatz. Von einer Stadt nichts zu sehen. Nur ein winziges Abfertigungsgebäude mit der Aufschrift *Oulu*. Keine sonstigen Flugzeuge. Butler kehrte mit der schlechten Nachricht aus der Pilotenkanzel zurück.

»Der Pilot sagt, wir müssen hier warten. Ein Gewitter zieht herauf. Es kann eine Weile dauern.«

»Wie lange ist eine Weile?« fragte Tweed.

»Keine Ahnung. Ach ja, er hatte auch den Wetterbericht aus Rovaniemi. Die Temperatur beträgt 33 Grad Celsius.«

»Aber das ist ja noch heißer, als es in Helsinki war«, wendete sich Tweed empört an Newman. »Schließlich liegt Rovaniemi dicht am Polarkreis.«

»Hat Ihnen das noch niemand erzählt?« erwiderte Newman mit einem

vergnügten Lächeln. »Am Polarkreis ist es oft wärmer als weiter im Süden.«
»Wunderbar. Aber fürs erste sitzen wir hier fest. Wir können die Zeit zum Essen ausnützen . . .«
Er hatte kaum ausgeredet, als das Gewitter losbrach. Vor seinem Fenster zuckte ein Blitz nach dem anderen hernieder, und das Spektakel wurde unterstrichen von gewaltigen Donnerschlägen, unter denen das Flugzeug zu erbeben schien. Wolkenbruchartiger Regen prasselte auf den Asphalt, spritzte von ihm auf, überschwemmte das Gelände, peitschte gegen die Fensterscheiben.
»Das hat uns gerade noch gefehlt«, seufzte Tweed.
Butler und Nield fungierten als Stewards und servierten Sandwiches aus Kühltaschen. Tweed verspürte Heißhunger. Zu seinen Sandwiches trank er Mineralwasser. Dillon verließ mit einem Pappteller voller Sandwiches seinen Platz und setzte sich neben ihn.
»Wird die Verzögerung unseren Zeitplan durcheinanderbringen?«
»Die Beach-Buggies, die am Flughafen von Rovaniemi auf uns warten, werden ein bißchen schneller fahren müssen«, erklärte Tweed.
»Haben Sie jemals versucht, eines dieser Dinger zu fahren? Versucht, mit ihnen schneller voranzukommen?«
Mit dieser optimistischen Bemerkung kehrte er zu seinem Platz zurück. Eine Unterhaltung war so gut wie unmöglich – der Donner krachte, als würden pausenlos riesige Becken angeschlagen, der Regen prasselte nach wie vor hernieder wie der Sturzbach eines hohen Wasserfalls, Blitze zuckten über den Himmel. Tweed hatte seine Mahlzeit beendet und schaute auf die Uhr.
»Irgendwann wird es schon wieder aufhören«, bemerkte Newman.
Tweed grunzte, schloß die Augen und war gleich darauf fest eingeschlafen. Er erwachte, als die Motoren angelassen wurden. Er sah aus dem Fenster – ein klarer Sommertag. Die Fokker rollte an, wurde schneller, hob ab und beschrieb einen Kreis. Durch das Fenster hatte Tweed eine weite Aussicht – jenseits der See lag die ferne Küste Schwedens. Das Flugzeug gewann an Höhe, flog von der See weg nach Nordosten, in Richtung Rovaniemi.
»Wie steht es mit den Vereinbarungen, die Sie getroffen haben?« fragte Newman. »Dies wird ein sehr heikles Unterfangen.«
»Der Verwaltungschef des Instituts ist ein Mann namens Palonen. Paula hat gestern ausgiebig mit ihm telefoniert und den Eindruck erweckt, als wollten wir für eine Fernsehdokumentation filmen. Fernsehen wirkt immer. Palonen erklärte, das Institut wäre gegenwärtig wegen Renovierungsarbeiten geschlossen.«

»Das dürfte auf Hauser zurückgehen. Er versucht, Leute von dem Ort fernzuhalten, während sich der Sprengstoff-Konvoi auf den Weg macht.«
»So ist es. Aber Paula hat ihm gesagt, es würde uns genügen, wenn wir Aufnahmen vom Äußeren des Instituts und der Umgebung machen dürften. Damit war Palonen einverstanden. Er erwartet uns also.«
»Und angenommen, daß wir schnell verschwinden müssen? Dafür sind die Beach-Buggies nicht geeignet.«
»Das ist der Grund, weshalb ich diese Maschine gechartert habe. Außerdem habe ich eine Sikorsky und einen Piloten gemietet. Eine S 61 mit Platz für achtzehn Passagiere.«
»Warum sind wir dann nicht gleich mit dem Hubschrauber geflogen?«
»Weil er erst ab heute abend zur Verfügung steht. Außerdem habe ich eine Leuchtpistole mit orangefarbenen Kugeln besorgt. Wenn wir uns irgendwo in der Wildnis befinden – was vermutlich der Fall sein wird –, können wir der S 61 signalisieren, wo sie landen und uns abholen soll.«
»Sie scheinen an alles gedacht zu haben«, bemerkte Newman, während Tweed aus dem Fenster hinausschaute auf einen Fluß, der sich weit unter ihnen über eine von der Sonne ausgedörrte Ebene wand und aus dieser Höhe aussah wie ein blaues Tau.
»Außer an das Unkalkulierbare. Gott sei Dank, daß Paula nicht dabei ist.«

Stunden früher saß Paula in ihrem gemieteten Volvo außerhalb des Flughafengebäudes von Arlanda. Da sie wußte, daß es geraume Zeit dauern würde, die Fracht aus der Maschine auszuladen, mit der sie gekommen war, hatte sie den Wagen in aller Ruhe übernehmen können.
Jetzt saß sie da und beobachtete unter der Krempe ihres Strohhuts den wartenden INCUBUS-Laster. Die Hitzewelle brannte auf Schweden hernieder, und sie hatte alle Fenster geöffnet. Eine Stunde später sah sie, wie mit Aktenschränken beladene Karren zu dem Lastwagen geschoben wurden; seine Laderampe war bis auf das Straßenniveau abgesenkt.
Nach einer weiteren halben Stunde rollte der Lastwagen auf der Autostraße in Richtung Stockholm. Paula achtete darauf, daß sie genügend Abstand hielt; die Fahrzeit zwischen dem Flughafen und dem Stadtzentrum betrug eine gute Dreiviertelstunde.
Die Autostraße führte durch die offene Landschaft und zwischen Kalksteinaufschlüssen hindurch, bis sie die Randbezirke der schwedischen Hauptstadt erreichte. Paula verringerte den Abstand.
Sveavägen. Am Ende der breiten Straße lag Sergels Torg. Ein paar hundert Meter vor diesem berüchtigten Platz, auf dem Newman auf der Hinfahrt

ihre Waffen gekauft hatte, ragte zu ihrer Rechten Klein Manhattan auf. Fünf neunzehnstöckige Klötze aus weißem Stein, die höchsten Bürogebäude Stockholms.

Paula parkte ihren Wagen am Straßenrand und beobachtete, wie die Aktenschränke in eines der Hochhäuser gebracht wurden. Über dem Eingang sah sie die Aufschrift *INCUBUS AB*. Sie saß hinter dem Lenkrad, als wartete sie auf das Eintreffen ihres Freundes. Diesen Schein zu wahren, war nicht schwierig, denn etliche junge Männer traten an ihren Wagen und sprachen sie an.

Paula wurde nachdenklich, als die Laderampe angehoben wurde und der Laster davonfuhr. Ladung abgeliefert. Wenn diese Schränke so wichtig waren – warum wurden sie dann nicht von einem leitenden Angestellten begleitet?

»Mir entgeht etwas«, dachte sie. »Aber was?«

Dann fiel ihr Bromma wieder ein, der kleine Flughafen an der anderen Seite der Stadt, zu dem sie mit Newman hinausgefahren war, bevor sie nach Finnland weiterreisten. Paula hatte ein gutes Ortsgedächtnis. Sie fuhr durch die Stadt, bog auf die Straße nach Bromma ein.

Der Flughafen wirkte ebenso still und verlassen wie bei ihrem ersten Besuch. Sie stellte den Volvo ab und ging durch die menschenleere Halle zu dem Fenster, von dem sie wußte, daß man von ihm aus den Flugplatz überblikken konnte. Einen Augenblick lang stand sie stocksteif da und konnte ihr Glück kaum fassen.

»Volltreffer!« dachte sie.

Aus ihrer Umhängetasche holte sie das kleine Fernglas, das sie immer bei sich hatte, und richtete es auf den Lear Jet, der fast an derselben Stelle stand wie das vorige Mal. Die Aufschrift INCUBUS auf dem Rumpf war klar und deutlich zu sehen.

Sie trat an die Seite des Fensters und wartete, das Fernglas vor den Augen. Die Tür war offen, die einziehbare Gangway ausgefahren. Fünf Minuten später tauchte ein Mann auf, stieg steif die Stufen hinunter. Ein großer Mann mit einer Schirmmütze, einem Sportjackett von englischem Schnitt, einer grauen Hose und einer Sonnenbrille. Es dauerte einen Moment, bis Paula ihn erkannte. Seine Bewegungen waren unverkennbar.

»Großer Gott! Hauser!« murmelte sie.

Hauser reckte die Arme, ging auf und ab. Ein zweiter Mann erschien. Er war schlanker, eilte behende die Stufen hinunter, trat neben Hauser und ging neben ihm her. Ihn zu erkennen, hatte Paula keinerlei Mühe. Sie schürzte die Lippen.

»Casanova höchstpersönlich. Adam Carver.«

Sie verstaute das Fernglas wieder in ihrer Tasche. Ganz offensichtlich warteten sie nicht auf einen Wagen, der sie nach Stockholm bringen sollte. Marler hatte ihr genug von Hausers Art erzählt, jeden Schritt im voraus genau zu planen. Wollte er nach Stockholm, so hätte schon vor dem Eintreffen des Jets eine Limousine bereitgestanden. Paula wischte sich mit einem Taschentuch den Schweiß von der Stirn und richtete sich auf eine längere Wartezeit ein.

»Als Sie sagten, wir würden nach Bromma fliegen, dachte ich natürlich, wir wären unterwegs zu unserer Zentrale in Stockholm«, sagte Carver, als er neben seinem Chef herging. »Was steht als nächstes auf dem Fahrplan?«
»Die Beförderung der Aktenschränke mit der Linienmaschine war eine Routineangelegenheit. Tweed ist offenbar gut im Sammeln von Informationen. Das dürfte zu seinem Job gehören. Also lassen wir Mr. Tweed glauben, daß wir nach Stockholm geflogen sind, wenn es ihm dämmert, daß wir uns nicht mehr in Finnland befinden. Soll er doch seine eigene Zeit verschwenden, nicht meine.«
»Wenn es kein Staatsgeheimnis ist – wo wollen wir hin?«
»An einen Ort, mein Junge, von dessen Existenz Tweed nichts weiß. Es wird Zeit, daß wir an Bord gehen. Inzwischen sollte der Pilot das Positionslicht wieder in Ordnung gebracht haben.«
Er stieg die Gangway hinauf, betrat die Kabine, ließ sich in seinen Sessel sinken. Was für eine Hitze!
»Also eine Fahrt ins Blaue«, sagte Carver gereizt, als er sich neben ihm niederließ.
»Göteborg, mein Junge. Dorthin fliegen wir. Göteborg an der Westküste von Schweden.« Er hob eine Hand, als der Pilot aus der Kanzel auftauchte, machte eine ungeduldige Geste.
»Sehen Sie zu, daß Sie diesen Haufen Schrott vom Boden wegkriegen«, befahl er.
Im Flughafengebäude wartete Paula, bis der Jet gestartet war und sie gesehen hatte, welche Richtung er einschlug. Nach Westen.
Sie wollte gerade die Halle verlassen, als sie hörte, wie ein Rolladen hochgeschoben wurde. Sie drehte sich um und sah, daß der Informationsschalter gerade geöffnet worden war. Ein blonder Mann in den Dreißigern ordnete irgendwelche Papiere. Sie eilte durch die Halle, als wäre sie gerade eingetroffen.
»Ist Mr. Hausers Jet noch am Boden? Der Lear Jet von INCUBUS?«
»Ist gerade gestartet, Sie haben ihn nur um Minuten verfehlt.«

»Himmel! Ich habe eine wichtige Akte draußen in meinem Wagen, von der er glaubt, er hätte sie bei sich. Ich bin Peggy Vanderheld, seine Privatsekretärin. Er wird aus der Haut fahren, wenn er feststellt, daß er sie nicht hat. Und das Problem ist, daß ich zu spät in unser Büro am Sveavägen gekommen bin und nun nicht weiß, wohin er unterwegs ist.«
»Über Flugpläne darf ich nichts verlauten lassen.« Er musterte sie mit mehr als flüchtigem Interesse. »Kommen Sie nach Stockholm zurück? Vielleicht könnten wir einmal ein Glas zusammen trinken.«
»Nun ...« Sie bedachte ihn mit einem gewinnenden Lächeln. »Ich komme gerade aus England. Ich habe nicht viele Freunde hier. Also ja, vielleicht. Aber zuerst muß ich Hauser ausfindig machen.«
»Von mir haben Sie es nicht.« Er beugte sich über den Tresen, brachte sein Gesicht nahe an das ihre heran. »Göteborg.«

Zweiundvierzigstes Kapitel

In Lappland, nördlich des Polarkreises, war es Mitternacht und taghell. Zwischen dem 16. Juni und dem 18. Juli blieb die Sonne vierundzwanzig Stunden über dem Horizont. Tweed empfand das unglaublich klare und helle Licht als gespenstisch.
Die drei Beach-Buggies mit ihren riesigen Reifen rollten mit Höchstgeschwindigkeit durch die Wildnis. Der Chef der Firma in Rovaniemi, die Tweed angerufen hatte, hatte erklärt, er könnte ihm vielleicht Fahrzeuge mit frisierten Motoren zur Verfügung stellen. Er hatte es geschafft; die drei schwerfällig aussehenden Buggies schaukelten von einer Seite zur anderen, während sie einen trockenen Hang hinunterjagten.
Im ersten Wagen saß Newman am Lenkrad neben Marler und fuhr mit Höchstgeschwindigkeit, ebenso Butler, der im zweiten Buggy neben Tweed saß. Ihnen folgte Nield mit Dillon an seiner Seite.
»Ich komme mir vor wie Macbeth auf dieser verdammten Heide«, schrie Tweed, um sich über das Dröhnen des Motors hinweg verständlich zu machen.
»Das Gelände ist ganz schön rauh«, entgegnete Butler. »Ich hoffe nur, daß Newman in die richtige Richtung fährt.«
»Ich habe mir von dem Mann, der uns diese Dinger vermietet hat, einen Kompaß geben lassen. Und Marler hat eine Karte.«
»Kann er überhaupt eine Karte lesen?« fragte Butler sarkastisch.
Butler hatte für Marler nicht viel übrig. Tweed hielt sich gut fest, während

die Buggies weiterrasten, und sah sich dabei um. Das Licht hatte die Intensität von ganz hellem Mondlicht, und die Umgebung glich einer Mondlandschaft. Sie war übersät mit Felsbrocken, die aus der Erde hervorragten und von Flechten überwuchert waren. Hier und da bildeten verkrüppelte Bäume, die kaum mehr waren als Gestrüpp, erbärmliche Grüppchen. Eine Wildnis. Keine Landmarken. Vor ihnen erhoben sich niedrige, kahle Anhöhen.

»Warum sind wir nicht mit der Fokker zu dem Flugplatz des Instituts geflogen?« fragte Butler. »Damit wären wir schneller hingekommen.«

»Weil ich den Piloten nicht dazu bringen konnte, uns ohne Meldung an die Flugsicherung in Helsinki dorthin zu bringen. Das wäre vielleicht gefährlich gewesen. Außerdem waren die atmosphärischen Störungen so stark, daß sein Funkgerät praktisch nutzlos war.«

Er hörte auf zu reden, als der Buggy eine der niedrigen Anhöhen hinaufrollte. Noch mehr Felsbrocken. Noch mehr verkrüppelte Bäume. Mit verdorrtem Moos bedeckter Boden. Tweed kam der Gedanke, daß so die Erde nach einem Atomkrieg aussehen könnte. Vor ihnen hatte Newman unmittelbar vor Erreichen der Kuppe angehalten; er war aufgestanden, um über sie hinwegschauen zu können. Butler fuhr neben ihn, ebenso Nield. Als die Motoren abgestellt waren, sprang Tweed hinaus auf den schwammigen Boden, froh darüber, daß er die verkrampften Beine und die schmerzenden Arme ausstrecken konnte. Er wischte sich den Schweiß von der Stirn.

»Man kann sich kaum vorstellen, daß wir uns nur vierhundert Kilometer südlich des Nordpolarmeers befinden.«

»Bin gar nicht so schlecht gefahren«, bemerkte Newman mit seinem Fernglas vor den Augen.

»Lassen Sie mich auch mal«, sagte Marler und übernahm das Fernglas.

»Was können Sie sehen?« fragte Tweed; Dillon war neben ihn getreten.

»Das Institut – weit hinter uns. Ich bin absichtlich daran vorbeigefahren. Wir sind entschieden zu spät gekommen. Sehen Sie selbst, wenn Marler sich von meinem Fernglas losgerissen hat. Unser Ziel ist auch in Sicht . . .«

Tweed lehnte das angebotene Fernglas ab – sein Sehvermögen war ausgezeichnet. Zusammen mit Dillon, Butler und Nield ging er die paar Schritte zur Kuppe hinauf und überblickte die unendliche Landschaft. Die weißen Gebäude des Institutskomplexes standen weiter westlich auf tiefergelegenem Gelände. Aus der Entfernung wirkten sie klein wie Spielzeug, entsprachen aber genau der Beschreibung, die Newman nach seinem ersten Besuch von ihnen gegeben hatte.

Weitaus interessanter war der Konvoi von zehn Lastwagen, die auf einer Art

Piste in Richtung Osten fuhren. Er nahm das Fernglas, das Marler ihm hinhielt, schaute hindurch. Auf den Lastwagen stand in kyrillischer Schrift das Wort *SOWTRANS*. Es war der INCUBUS-Konvoi auf seinem Weg in die Sowjetunion. Tweed war zutiefst bestürzt, als er daran dachte, wie viel Sprengstoff die Wagen enthielten, welche Verheerung damit angerichtet werden konnte. Hauser hatte vor, das Land in einen Zustand totaler Unruhe zu versetzen und ein Chaos auszulösen, um später als Retter auf der Bildfläche erscheinen zu können. Zu seinen Bedingungen.
»Sehen Sie den Berg da drüben?« fragte Marler nach einem Blick auf seine Karte. »Er ist 656 Meter hoch – und liegt in der Sowjetunion.«
»Wir sind der Grenze so nahe?«
Tweed war verblüfft. Er konnte keinerlei Befestigungen sehen, überhaupt kein Anzeichen dafür, wo die Grenze verlief. Von diesem Berg einmal abgesehen. Er wußte, daß er eigentlich nicht hier sein durfte, so nahe der Grenze. Und Dillon ebensowenig. Howard würde in Ohnmacht fallen, wenn er es wüßte. Aber Tweed war froh darüber, daß er hier war. Er fühlte sich zurückversetzt in die alten Zeiten, in denen er in der vordersten Linie gestanden hatte. Dann runzelte er die Stirn. Der Konvoi hatte angehalten. Warum? Hatte irgend etwas sie beunruhigt?
Er ließ den Blick wieder zur Grenze hinüberschweifen. Selbst von dieser Anhöhe aus war nichts zu entdecken, was auf die Anwesenheit sowjetischer Fallschirmjäger hindeutete. Sein Fernglas erfaßte einen Wachturm, und er konnte in die auf hohen Pfosten ruhende Kabine hineinschauen. Sie war leer – der Turm war unbemannt.
»Irgend etwas stimmt da nicht«, erklärte Newman verblüfft. »Der Konvoi befindet sich nach wie vor auf finnischem Boden, und es sieht fast so aus, als wollte er nicht weiterfahren.«
»Vielleicht sollten wir ihn ein bißchen ermutigen«, schlug Dillon vor und zog seine Luger. »Ihn zum Weiterfahren veranlassen.«
»Vorausgesetzt, daß er von jemandem erwartet wird«, erwiderte Tweed. Besorgt fragte er sich, ob Angel es vielleicht doch geschafft hatte. Vielleicht war die Grenze tatsächlich offen, und die Lastwagen konnten in die Sowjetunion hineinfahren und sich auf den Weg zu ihren Bestimmungsorten machen. Marler hatte keine derartigen Bedenken.
»Wird Zeit, daß wir uns an diesen Konvoi heranmachen. Ein paar Kugeln, die um ihre Köpfe herumfliegen, sollten die Fahrer eigentlich veranlassen, wieder Gas zu geben. Tweed, darf ich vorschlagen, daß Sie Ihren Buggy fahren? Butler hat die Mauser. Nield kann am Lenkrad bleiben – Dillon hat seine Luger.«

»Und was ist mit uns?« warf Newman ein. »Für den Fall, daß Sie es vergessen haben sollten – ich habe eine Smith & Wesson.«
»Ich vergesse nie etwas, alter Junge«, erwiderte Marler. »Aber ich habe das Armalite-Gewehr. Sie fahren auch weiterhin.«
»Also los«, befahl Tweed. »Wenn wir den Konvoi eingeholt haben, fahren die ersten beiden Buggies rechts an den Lastern vorbei. Nield schert nach links aus. Damit haben wir sie im Kreuzfeuer.«
Tweed setzte sich hinter das Lenkrad, Butler auf den Beifahrersitz. Newman rumpelte und schaukelte bereits mit Höchstgeschwindigkeit den steilen Abhang hinunter. Tweed startete seinen Motor und folgte ihm. Das Gelände war tückisch und mit Felsbrocken übersät. Tweed wich vielen von ihnen aus, aber etlichen konnte er nicht ausweichen. Nur die riesigen Räder der Buggies machten das Befahren eines derartigen Geländes möglich. Tweed mußte sich immer wieder eine seiner feuchten Hände an seinem weißen Kittel abwischen. Er war am ganzen Körper schweißgebadet – die Anstrengung des Fahrens, die arktische Hitze, vor allem die Tatsache, daß die weißen Kittel, die normalerweise von Stationsärzten getragen wurden, viel zu warm waren.
Der Konvoi stand nach wie vor. Sie erreichten den unteren Teil des halsbrecherischen Abhangs und fuhren von hinten an ihn heran. Mit einigem Glück, dachte Tweed, sehen sie uns nicht, bis wir direkt neben ihnen sind. Das Überraschungselement würde dazu beitragen, sie in Panik zu versetzen.
»Versuchen Sie unbedingt, niemanden zu treffen«, mahnte Tweed. »Wir wollen, daß die Fahrer am Leben bleiben, damit sie nach Osten weiterfahren.«
Butler hatte seine Mauser gezogen. Mit einer Hand überprüfte er die Waffe, mit der anderen hielt er sich an einer Stange fest, sonst wäre er in Gefahr gewesen, aus dem Buggy herausgeschleudert zu werden, der schwankte und bockte wie ein Schiff im Sturm.
»Verstanden«, rief Butler.
Newmans Buggy wurde langsamer. Tweed begriff, daß er die Geschwindigkeit drosselte, damit jetzt, wo sie sich dem Ende des Konvois näherten, der Motor nicht mehr so laut dröhnte. Auch Tweed fuhr nun langsamer.
Sie befanden sich nach wie vor auf höherem Niveau als die umliegende Landschaft, und Tweed war überrascht, wie nahe sie dem hohen Berg und damit dem sowjetischen Territorium bereits gekommen waren. Er begriff, daß der vorderste Wagen des Konvois unmittelbar an der Grenze angehalten hatte.
Außerdem hatte er eine gute Aussicht auf die Piste, die sich ohne ersichtliche

Unterbrechung jenseits der Grenze fortsetze, und auch auf die Landschaft innerhalb der Sowjetunion. Niedrige, mit Gestrüpp bewachsene Hügel, tiefe Schluchten und schmale Felsspalten beiderseits der Piste. Nach wie vor keinerlei Anzeichen für die Anwesenheit von Rebets Fallschirmjägern. Wieder fragte er sich, ob Angel seine eigenen Leute und sogar Rebet überlistet hatte.

»In einer Minute lege ich los«, sagte Butler.

»Erst, wenn wir neben dem vordersten Laster sind. Und passen Sie auf, daß Sie nicht den Tank treffen – wir wollen, daß die Laster weiterfahren«, mahnte Tweed.

»Ich verstehe mein Handwerk«, erklärte Butler gelassen. »Genau das hatte ich vor.«

Wie Tweed war auch Dillon gleichzeitig nervös und glücklich darüber, endlich wieder einmal aktiv an einem Unternehmen teilnehmen zu können. Das war wesentlich besser, als in Langley, Virginia, hinter einem Schreibtisch zu sitzen und einen Agenten nach dem anderen in die Schußlinie zu schicken.

Im Rückspiegel sah Tweed, wie Nield nach links ausscherte, um den Konvoi von der anderen Seite her unter Beschuß zu nehmen. Tweed sah auf die Uhr. Er dachte an die Sikorsky, die in dieser Gegend erscheinen und sie ausfliegen sollte. Es war durchaus möglich, daß es auf Minuten ankam und daß Marler bis über beide Ohren in irgendeiner Aktion steckte, während er eigentlich dem Piloten das vereinbarte Signal mit der Leuchtpistole geben sollte.

Newman gab Gas, raste mit Höchstgeschwindigkeit vorwärts, an den letzten neun Lastwagen des Konvois vorbei. Tweed sah Marler mit seinem Armalite-Gewehr, der sich für den ersten Schuß abstützte. Er jagte gleichfalls vorwärts, während Butler sich mit der einen Hand an der Stange festhielt und mit der Mauser zu zielen versuchte. Der Lauf hüpfte auf und nieder. Wie zum Teufel sollte er es unter diesen Umständen fertigbringen, einen sicheren Schuß abzugeben?

Als Newman die Kabine des ersten Lasters erreicht hatte, trat er auf die Bremse und drehte das Lenkrad. Der Buggy schleuderte im Halbkreis herum, kam zum Stehen. Marler hatte die beiden Männer in der Fahrerkabine genau vor sich. Er hob sein Gewehr, die Männer duckten sich, und er schoß im Winkel über ihre Köpfe hinweg. Die Windschutzscheibe zersplitterte, Glas prasselte auf die Haube. Newman fuhr langsam am Konvoi entlang zurück und wich dabei Tweeds Buggy aus, während Marler weiterhin Schüsse über die Dächer der Lastwagen hinweg abgab.

Nield traf auf der anderen Seite des vordersten Fahrzeugs ein, als der Fahrer gerade den Motor anließ. Dillon gab einen Schuß aus seiner Luger ab, zielte durch die wegen der Hitze offenen Fenster hindurch über die Köpfe der Männer hinweg. Nield fuhr weiter, wollte auf der Piste wenden. Sein Motor blockierte. Der vorderste Lastwagen beschleunigte, rumpelte auf Nield zu, wollte den Buggy rammen. Nield versuchte zweimal vergeblich, den Motor zu starten. Beim dritten Versuch sprang er an, und Nield fuhr Sekunden, bevor der Lastwagen ihn zermalmen konnte, von der Piste herunter. Dillon gab einen weiteren Schuß ab.
Von Tweeds Buggy aus schoß Butler über die Hauben der anderen Fahrzeuge hinweg, die nun gleichfalls ihre Motoren angelassen hatten. Der ganze Konvoi begann, sich wieder in Bewegung zu setzen. Plötzlich bemerkte Tweed, daß Newmans Buggy direkt auf die Grenze und auf den Fuß des hohen Berges zufuhr.
»Was zum Teufel tut dieser Idiot?« brüllte er.
»Da ist jemand auf dem Berg«, erklärte Butler. »Und aus dem Konvoi hat niemand zurückgeschossen. Das habe ich nicht erwartet.«
»Die Männer in den Lastwagen dürften alle unbewaffnet sein – wahrscheinlich sind es ehemalige KGB-Leute, die sich nach Gorbatschows Amtsantritt aus dem Land geschlichen haben. Jetzt kehren sie als ausgebildete Saboteure zurück. Also keine Waffen – für den Fall, daß sie irgendwann angehalten und durchsucht werden. Wer steht auf dem Berg?«
»Fahren Sie ein Stück vom Konvoi weg, dann können Sie ihn sehen. Er steht vor einem großen Felsbrocken und schwenkt eine weiße Fahne. Ich habe ihn ein paar Sekunden lang gesehen, als Sie wendeten.«
Tweed fuhr den Buggy von der Piste herunter und hielt mit laufendem Motor an; dann stand er auf, um besser sehen zu können. Der letzte Laster des Konvois überquerte die Grenze. An der Flanke des Berges, ungefähr dreißig Meter hoch, stand ein Mann und schwenkte eine weiße Fahne. Dann ließ er die Fahne sinken, und nun endlich verstand Tweed, weshalb der Konvoi angehalten hatte.
Er hatte auf das Zeichen gewartet, daß der Weg frei war, das Schwenken der weißen Fahne. Marler rannte auf den Fuß des Berges zu, erreichte ihn, begann hinaufzusteigen, das Armalite-Gewehr in der linken Hand. Butler sah, wie Tweed sich vorbeugte, scharf hinschaute.
»Großer Gott!«
»Was ist?« fragte Butler.
Aus einer der Schluchten dicht neben dem letzten Lastwagen sprang eine Schar Männer heraus, Männer in Tarnanzügen. Die sowjetischen Fall-

schirmjäger. Der Mann auf dem Berg bückte sich, richtete sich rasch wieder auf, hielt eine Maschinenpistole in der Hand, zielte damit genau auf die Fallschirmjäger unterhalb von ihm. Es würde ein Massaker geben.
Selbst aus dieser Entfernung wirkte der Mann sehr groß, ein Hüne mit einer Mähne aus schwarzem Haar, einem schwarzen Bart. Viktor Kazbek, der Georgier, der Kommunikationsminister. Er hob den Lauf der Maschinenpistole, stützte den Kolben an seiner massigen Schulter ab.
Ein Schuß löste sich, widerhallte in der plötzlich eingetretenen Stille, nachdem die Motoren der Lastwagen und auch die der Beach Buggies abgestellt worden waren. Kazbek schwankte, eine Sekunde, bevor er den Abzug betätigen und die nichtsahnenden Fallschirmjäger unter ihm mit einem Geschoßhagel überschütten konnte. Er erstarrte plötzlich, schien im Begriff, von der Kante zurückzutreten, dann sackte seine massige Gestalt zusammen, stürzte über die steile Wand herab, brach unten über einem zerklüfteten Felsbrocken zusammen. Marler senkte sein Gewehr, kletterte den Berg wieder hinunter und kehrte befriedigt zu dem Buggy zurück, in dem Newman auf ihn wartete.

Butler drehte sich um und schaute in die Richtung zurück, in der Finnland lag. Er sah genauer hin, dann packte er Tweeds Arm, und Tweed schaute in dieselbe Richtung. Ziemlich weit entfernt stand ein Fahrzeug auf der Piste, das aussah wie ein Land Rover. Zwei Männer. Einer stand, hielt etwas vor den Augen. Das eigentümliche Licht ließ den Gegenstand aufblitzen. Ein Fernglas.
Newman kam mit seinem Buggy heran und stoppte neben Tweed. Er deutete auf den Land Rover. Tweed nickte, schien uninteressiert.
»Das könnten Leute von Hauser sein, die sehen wollten, wie das Unternehmen abläuft«, erklärte Newman.
»Ganz ohne Zweifel.«
Der stehende Mann setzte sich, das Fahrzeug wendete, beschleunigte, raste westwärts davon, in Richtung Institut. Staub wirbelte von der ausgedörrten Piste hoch und entzog den Land Rover ihrem Blick.
»Sollten wir nicht hinterherfahren?« fragte Newman.
»Nein.«
»Aber sie werden Hauser berichten, daß das Unternehmen fehlgeschlagen ist.«
»Und das ist genau das, worauf ich gehofft habe«, erklärte Tweed. Er drehte sich wieder in Richtung Sowjetunion um, blickte nach Osten. »Ich glaube, ich sehe einen Bekannten. Sie alle warten hier.« Er wendete sich an Marler.

»Ich gratuliere zu Ihrer Zielsicherheit. Sie haben ihn genau im richtigen Moment erledigt.« Er sprang aus dem Buggy.
»Ich komme lieber mit«, sagte Marler.
»Nein. Das ist ein Rendezvous, bei dem ich allein erscheinen muß.«
General Valentin Rebet war in Uniform. Er winkte Tweed herbei, blieb aber auf der sowjetischen Seite der Grenze stehen und streckte Tweed eine Hand entgegen.
»Also Kazbek war es. Woher wußten Sie das schon in Leningrad?«
»Ganz einfach. So offenkundig, daß es Ihnen entgangen ist. Hauser hat sich bei dem Empfang vor dem Bankett mit Dikoyan unterhalten, mit Marschall Zaikow, mit Kazbek. Aber als er sich mit den ersten beiden unterhielt, stand er mitten im Saal, umgeben von Leuten. Sein Gespräch mit Kazbek fand in einer Ecke statt, und der hat ihn umarmt. Wobei Hauser seinem Angel zweifellos etwas zugesteckt hat. Geld? Details der geplanten Unternehmen innerhalb der Sowjetunion? Das werden wir vermutlich nie erfahren. Übrigens paßte ins Bild, daß Kazbek Informationsminister war.«
»Weshalb, wenn ich fragen darf?«
»Sie dürfen. Die wirksamste Methode, die Sowjetunion in ein Chaos zu stürzen, besteht darin, die Kommunikation zu stören. Das Telefonsystem. Die Rundfunk- und Fernsehstationen. Vor allem die Eisenbahnlinien, die für Sie so wichtig sind. Deshalb auch die erste Explosion an der Transsibirischen Eisenbahn.«
»Ich bin Ihnen dankbar, Tweed. Wir durchsuchen gerade die Lastwagen. Bisher war jeder Container, den wir geöffnet haben, bis zum Rand voll Sprengstoff. Dieser Konvoi enthält genug von dem Zeug, um die halbe Sowjetunion in die Luft zu jagen.«
»Und vergessen Sie nicht – einiges ist bereits eingeschmuggelt worden. Sie dürften noch eine Zeitlang Probleme haben. Hat Hauser irgendwelche Handelsvereinbarungen mit Moskau abgeschlossen?«
»Ja. Bei der Geheimkonferenz in Turku. Er eröffnet Banken, eine Kette von Supermärkten.«
»Lassen Sie sie schließen. Sehen Sie zu, daß Sie nichts mit ihm zu tun haben. Ich muß jetzt gehen.«
Tweed hatte das Knattern des näherkommenden Hubschraubers gehört. Über die Schulter sah er, daß Marler die Leuchtpistole abfeuerte, sah die orangerote Kugel zerplatzen. Die S 61 senkte sich rasch der Stelle entgegen, an der die Beach Buggies im Halbkreis Aufstellung genommen hatten.
»Bitte sprechen Sie Ihrem Scharfschützen meinen herzlichen Dank aus«, sagte Rebet schnell. »Er hat eine ganze Kompanie Fallschirmjäger gerettet.

Kazbek hätte sie hingeschlachtet. Natürlich hatten wir noch weitere Leute in Reserve. Und willkommen in der Sowjetunion. Sie stehen mit einem Fuß auf unserem Territorium.«
Tweed zog seinen rechten Fuß zurück, verabschiedete sich mit einem Händedruck von Rebet und rannte zu der Stelle, an der die Sikorsky gelandet war. Ihre Rotoren wurden langsamer, kamen zum Stillstand. Tweed stellte fest, daß die große Maschine von zwei Piloten geflogen wurde. Marler kam ihm entgegen.
»Es wird Sie vielleicht interessieren, daß ich den Land Rover mit dem Fernglas beobachtet habe. Der stehende Mann war Frank Galvone.«
»Der wahrscheinlich das ganze Unternehmen geleitet hat. Und der Hauser berichten wird, daß es ein Fiasko war. Alles läuft so, wie ich es gehofft hatte.«
»Wie meinen Sie das?« fragte Newman.
»Die Entführung war bezeichnend. Genauer gesagt, die Bereitwilligkeit, mit der sie Paula freigegeben haben. Alles deutete darauf hin, daß etwas Großes im Gange war. Und mir kam es darauf an, Hauser aus Finnland zu vertreiben. Steigt ein . . .«
In der für achtzehn Personen ausgelegten Kabine fanden sie bequem Platz. Marler setzte sich neben Tweed, der aus dem Fenster schaute, als die Sikorsky abhob und von der Grenze wegflog. Er ließ sich von Marler das Fernglas geben. Es war eine Erleichterung, an Bord des Hubschraubers zu sein, erlöst von der sengenden Hitze und dem Gerüttel der Beach Buggies.
»Was sehen Sie?« fragte Marler.
»Wir sind gerade rechtzeitig gestartet. Mehrere Beach Buggies mit voller Besatzung steuern auf die Stelle zu, an der wir gestartet sind. Im vordersten sitzt Mauno Sarin. Ich habe ihm eine Menge Ärger erspart.«
»Wie meinen Sie das?«
»Finnland ist sehr auf seine Neutralität bedacht. Wenn eine riesige Menge Sprengstoff – an der langen Küste Finnlands mühelos ins Land geschmuggelt – entdeckt worden wäre, dann hätte das die Beziehungen zur Sowjetunion stark belastet. Und in dieser Gegend herrscht ohnehin schon so viel Unruhe, daß Finnland bestimmt gern darauf verzichtet, auch noch hineingezogen zu werden.«
»Und wie geht es weiter? Newman sitzt ganz allein da. Warum?«
»Er denkt darüber nach, wer Sandy ermordet hat. Und ich denke darüber nach, wie ich Hauser vernichten kann. Vielleicht besteht zwischen beidem ein Zusammenhang.«

Dritter Teil

Hexenkessel des Terrors

Dreiundvierzigstes Kapitel

»Adam, ich habe gerade erfahren, daß dieser Kretin Steve bei Evelyn Holme Mist gebaut hat.« Hauser ballte eine fleischige Hand zur Faust und hieb damit in die Luft des großen Wohnzimmers, als wollte er Steve zu Boden schlagen. »Unsere Zentrale in Norwich berichtet, daß er sie in ihrem Cottage in Walberswick besuchen wollte. Offenbar ist ihm das gelungen, aber sie hat ihn in die Flucht geschlagen. Und jetzt muß er untertauchen – er wird von der Polizei gesucht.«

»Pech«, bemerkte Adam Carver.

Sie saßen in dem L-förmigen Wohnzimmer von Hausers Haus oberhalb einer kleinen Klippe in Skalhamn an der Westküste Schwedens. Nachdem sie mit dem Lear Jet in Göteborg gelandet warten, hatte die dort wartende Limousine sie nach Norden gebracht, gefolgt von einem Lastwagen, in dem sich die Schränke mit den Geheimakten befanden.

Das Wetter war umgeschlagen. Ein Aussichtsfenster am Ende des Raums gab den Blick auf das Skagerrak frei, über dem ein Gewittersturm tobte. Meterhohe Wellen rollten heran, brandeten gegen die Felsen unterhalb des Hauses, bespritzten die Fensterscheibe mit brauner Gischt.

Mit einem Glas Bourbon in der Hand trat Hauser an das Fenster, um einen genaueren Blick auf die tobende See zu werfen. Ein Stück von der Küste entfernt lag die *Washington IV* vor Anker, ein riesiger weißer Kabinenkreuzer, der in dem heftigen Seegang rollte und stampfte. Das Fenster war gleichfalls L-förmig und setzte sich an der Südwand des Raums fort. Hauser schaute hinaus, aber die Klippe versperrte ihm die Sicht auf den winzigen Ort Skalhamn, wo ein Motorboot vor dem Sturm geschützt vertäut war.

»Evelyn Holme«, fuhr Hauser fort. »Ich meine, Sie sollten sie noch einmal aufsuchen. Sie dazu bringen, daß sie den Rentenvertrag unterschreibt, das Problem lösen. Sie ist eine Lücke in unserer Verteidigungslinie.«

»Ich dachte, wir wollten nach Harwich. Aber das können wir erst, wenn der Sturm nachgelassen hat. Soll ich von Göteborg aus hinüberfliegen?«

»Dem Wetterbericht zufolge wird der Sturm wahrscheinlich weiterziehen. Wir werden ein oder zwei Tage abwarten . . . Wer zum Teufel ruft denn hier an?«

Hauser ging zum Telefon und nahm den Hörer ab. Adam glättete eine Bügelfalte seiner Hose, zupfte seine Manschetten zurecht, so daß die goldenen Manschettenknöpfe zu sehen waren, dann beobachtete er Hauser. Die Augen hinter dem Kneifer waren ausdruckslos, der Mund eine dünne Linie. Seine Antworten waren einsilbig.
»Ja, Frank ...«
»Nein ...«
»Nein ...«
»Okay«, sagte er schließlich. »Kommen Sie so schnell wie möglich nach Skalhamn. Nehmen Sie die erste Maschine nach Göteborg. Schlafen Sie notfalls auf einem Flughafen. Aber sehen Sie zu, daß Sie noch gestern hier eintreffen.«
Er knallte den Hörer auf die Gabel, leerte sein Glas und füllte es wieder. Carver hielt den Mund, während sein Chef mit grimmiger Miene in dem großen Wohnraum hin und her wanderte. Schließlich ließ er sich in einen Sessel sinken.
»Unternehmen Ural ist geplatzt.«
»Was für ein Unternehmen war das?«
»Das geht Sie nichts an. Frank sagt, Tweed ist dafür verantwortlich. Wie er dahintergekommen ist, werde ich wohl nie erfahren. Aber eines weiß ich – wir müssen etwas tun, um diesem Bastard das Handwerk zu legen.«
»Und wie wollen wir das anstellen?«
»*Wir* haben damit nichts zu tun. Das ist Franks Angelegenheit. Wir schiffen uns nach Harwich ein, sobald Frank seinen Kadaver in dieses Haus geschleppt hat.«
»Dann könnte es immer noch stürmen. Schauen Sie aus dem Fenster.«
»Ich habe hinausgeschaut. Bis dahin hat sich der Sturm gelegt.«
Hauser sprach, als könnte er den Wellen gebieten. Er reckte das Kinn vor, seine Gedanken überschlugen sich. Als er das Glas absetzte, hatte er einen Entschluß gefaßt.
»Wir fahren auf jeden Fall nach Harwich, und von da aus mit dem Wagen nach Livingstone Manor. Dieses alte englische Landhaus ist das modernste Kommunikationszentrum der Welt. Tweed wird nie auf den Gedanken kommen, daß ich wieder vor seiner eigenen Haustür sitze.« Er schwenkte die Zigarettenspitze. »Alle Mitteilungen gehen über das Chiffriersystem, und es gibt auf der ganzen Welt kein Gerät, das dieses System knacken könnte.«
»Anscheinend geht Ihnen dieser Tweed nicht aus dem Kopf«, bemerkte Carver.

»Nein, zum Teufel! Tweed ist nur ein Gegner unter anderen, die ausgetrickst und außer Gefecht gesetzt werden müssen.«
Hauser pflanzte seinen dicken Hintern auf die Lehne eines Sessels und lächelte. Es kostete ihn einige Mühe. Carver hatte einen empfindlichen Nerv getroffen. Hauser machte eine Erfahrung durch, die völlig neu für ihn war. Tweed wurde bei ihm zur fixen Idee. Nur sich selbst gegenüber gab er zu, daß Tweed ihn aus Finnland vertrieben und gezwungen hatte, sich wie ein Flüchtling nach Westen abzusetzen. Immerhin war Livingstone Manor ein Ort, an dem Tweed ihn nicht einmal im Traum vermuten würde. Auch hier in Skalhamn würde er ihn nicht aufspüren.

»Jetzt bringen sie bestimmt keine Aktenschränke mehr auf die *Washington IV*«, sagte Paula zu Linda. »Nicht, solange dieses Wetter anhält . . .«
Die beiden Frauen kauerten nebeneinander in einer Felsennische oberhalb von Skalhamn. Beide trugen Jacken aus gelbem Ölzeug mit Kapuzen, die sie so weit wie möglich über den Kopf gezogen hatten. Bisher hatten sie ihnen einigermaßen Schutz vor dem prasselnden Regen geboten, und die landeinwärts liegende Felswand schützte sie vor der Gewalt des Sturms.
Paula war weit und schnell gereist, nachdem sie gesehen hatte, wie der Lear Jet von Bromma aus startete. Sie war wieder nach Arlanda gefahren und hatte den Volvo zurückgegeben. Dann hatte sie ein Ticket gekauft und war mit der nächsten Maschine nach Göteborg geflogen. Sie konnte ihrem Glück kaum trauen, als sie, während die SAS-Maschine landete, den Lear Jet entdeckte, der am Rand des Rollfeldes stand.
In Göteborg angekommen, hatte sie sich ein Zimmer im Sheraton genommen, einem modernen Hotel mit riesiger Halle und Räumen in verschiedenen Stockwerken, von denen aus man in das Restaurant im Erdgeschoß herabblicken konnte. Sie hatte abermals Glück gehabt, als sie von dem Netzwerk von Informanten und Mitarbeitern Gebrauch machte, über das Tweed in ganz Europa verfügte.
Linda Sandberg hatte ihre nahegelegene Wohnung verlassen und war im Hotel eingetroffen, als Paula gerade mit dem Auspacken fertig war. Linda war Paula sofort sympathisch gewesen, eine schlanke, hochgewachsene Frau Ende Zwanzig mit einem Wasserfall goldblonden Haars, das ihr fein geschnittenes Gesicht umrahmte. Sie hatten sich eine halbe Stunde unterhalten.
». . . und über diesen Franklin D. Hauser bin ich bestens informiert«, hatte Linda später gesagt. »Nicht viele Leute wissen, daß er ein tolles Haus in Skalhamn hat. Das ist ein winziges Nest, das selbst die meisten Schweden

nicht kennen. Aber ich fahre oft an der Küste herum, wenn mein Job bei der Werbeagentur mir Zeit dazu läßt. Skalhamn liegt ziemlich weit im Norden, in der Nähe der norwegischen Grenze . . .«
Lindas Wagen war in der Werkstatt, aber sie kannte eine Autovermietung in der Nähe des Hotels. Sie hatte Paula darauf hingewiesen, daß ein Sturm angesagt worden war; und während Paula einen roten Mercedes mietete, war Linda in ein Geschäft gegangen und hatte Pullover und Ölzeug gekauft.
Es war früher Abend, als sie auf einer kurvenreichen Straße durch eine einsame Landschaft fuhren. In der Ferne ragten braune Felsklippen auf, und häufig passierten sie dunkle Tannenwälder. Bei einem Wegweiser mit der Aufschrift *Skalhamn* waren sie auf eine schmale Landstraße abgebogen, als Paula vor ihnen den INCUBUS-Lastwagen entdeckte.
»Fahren Sie langsam«, warnte sie. »Das könnte gefährlich werden. Wie weit ist es noch bis Skalhamn?«
»Wir sind ganz nahe daran«, erklärte Linda und drosselte das Tempo.
»Wenn Sie können, parken Sie den Wagen irgendwo außer Sichtweite, sobald wir so nahe sind, daß wir den Ort zu Fuß erreichen können.«
Linda hatte den Mercedes in einem Wäldchen abgestellt. Sie waren etwa fünfhundert Meter weit gelaufen, als die Schwedin auf ein Haus zeigte, dessen oberer Teil über den Rand einer kleinen Klippe herausragte. Eine schwarze Limousine erschien an der Kante der Klippe, verschwand wieder.
»Das ist Hausers Haus«, sagte Linda. »Und es sieht so aus, als wäre er bereits hier eingetroffen. Ich habe einmal gesehen, wie er am Flughafen von Göteborg mit einem ganz ähnlichen Wagen abgeholt wurde. Der Chauffeur hat ihn gerade in die Garage gefahren. Ich glaube, der Sturm wird bald losbrechen . . .«
Sie gingen auf einem schmalen, gewundenen, auf beiden Seiten von Felsen gesäumten Pfad entlang. Linda ergriff Paulas Arm, legte den Zeigefinger auf den Mund, um sie zum Schweigen zu veranlassen. Sie schlichen vorwärts, lugten um eine Felskante herum, und Paula konnte einen ersten Blick auf Skalhamn werfen.
Der Hafen war winzig, eine muschelförmige Nische zwischen hohen, braunen Felsen mit einer schmalen Einfahrt und einer kleinen Steinmole. Unterhalb der Mole, an einer Eisenleiter vertäut, lag ein Motorboot. Der INCUBUS-Laster war dicht an die Leiter herangefahren, und Männer in Overalls ließen an Tauen einen stählernen Aktenschrank in das Boot hinunter. Paula glaubte, an dem Aktenschrank einen grünen Aufkleber zu erkennen. Als ein weiterer Schrank heruntergelassen wurde, war Paula ganz sicher, daß er ein grünes Etikett trug. Sobald die Taue gelöst worden waren,

kletterten zwei Männer die Leiter hinunter. Der Motor sprang an, und das Boot fuhr langsam durch die schmale Einfahrt.
Linda faßte Paula am Arm und führte sie in einen schmalen Hohlweg außer Sichtweite des Hafens. Plötzlich lag die offene See vor ihnen, auf der ein großer weißer Kabinenkreuzer vor Anker lag. Das Motorboot nahm Fahrt auf, hinterließ ein weißes Kielwasser, steuerte auf ein von der Reling des Kreuzers herabgelassenes Fallreep mit einer Plattform zu. Sie beobachteten, wie die Aktenschränke an Bord befördert wurden.
»Wir sollten unser Ölzeug überziehen«, sagte Linda. »Ich habe eben die ersten Tropfen abbekommen. Es geht los.«
Über der See war der Himmel tintenschwarz. Der Sturm brach plötzlich mit voller Gewalt los. Blitze zuckten auf. Donner dröhnte wie der Paukenschlag eines himmlischen Orchesters. Die Wolken brachen, und der Niagarafall stürzte herab. Das in den Hafen zurückkehrende Motorboot hatte Mühe, seinen geschützten Platz hinter der Mole zu erreichen. Es schaffte es gerade noch, bevor die haushohen Wellen hereinzurollen begannen. Paula ließ das Fernglas sinken, das sie immer in ihrer Umhängetasche bei sich trug, verstaute es wieder darin, schloß die Klappe. Durch das Glas hatte sie den Namen des Schiffes gelesen. *Washington IV.* Das war der Augenblick gewesen, in dem sie ihre Bemerkung gemacht hatte.
»Jetzt bringen sie bestimmt keine Aktenschränke mehr auf die *Washington IV*...«
»Dann sollten wir zum Wagen zurückkehren«, sagte Linda.
Sie rannten den ganzen Weg, und nur das Ölzeug bewahrte sie davor, bis auf die Haut naß zu werden. Als sie die Jacken ausgezogen hatten und Linda sich hinter das Lenkrad gesetzt hatte, drehte sie den Zündschlüssel. Nichts passierte. Sie versuchte sechsmal, den Motor zu starten, und jedesmal erstarb er sofort wieder.
»Großartig. Vielleicht ist der Motor zu heiß geworden. Wir sind in ziemlichem Tempo hierher gefahren.«
»Das ist Pech«, sagte Paula. »Und es könnte gefährlich werden, wenn wir hier bleiben.«
»Das sagten Sie bereits, bevor wir losfuhren. Aber es macht mehr Spaß, als Werbetexte zu schreiben. Essen wir die Sandwiches, die Sie sich im Hotel machen ließen. Kann sein, daß wir hier festsitzen.«

In seinem Wohnzimmer hatte Hauser das Radio eingeschaltet und wartete auf den nächsten Wetterbericht. Carver, der auf geregelte Mahlzeiten Wert legte und dem die amerikanische Art, einen Hamburger oder etwas derglei-

chen hinunterzuschlingen, zuwider war, verzehrte ein von der Haushälterin zubereitetes Abendessen. Er fragte sich, für wen das zweite Gedeck bestimmt sein mochte. Eine schlanke Frau mit blondgefärbtem Haar kam ins Zimmer, und Hauser stellte sie als Iris Reynolds vor. Als sie ihren Stuhl vom Tisch zurückschob, starrte Carver sie mit unverhohlener Bewunderung an.
»Nehmen Sie schnell diesen Ausdruck von Ihrem Gesicht, sonst versetze ich Ihnen einen Tritt in die Eier«, erklärte sie liebenswürdig.
Carver blieb beinahe der Bissen im Hals stecken. So pflegten attraktive Frauen nicht mit ihm zu reden. Er funkelte sie über den Tisch hinweg an, und ihre Blicke trafen sich. Iris hielt seinem Blick stand, ohne die Spur eines Lächelns, während die Haushälterin ihr das Essen servierte. Adam war nervös: ihre Augen schienen regelrecht durch ihn hindurchzugehen, wie die eines Henkers, der für seinen Strick Maß nimmt.
Hauser amüsierte sich. »Iris kommt mit uns in unser neues Hauptquartier.« Er wendete sich an die Haushälterin. »Bringen Sie mir einen Hamburger, in Papier eingeschlagen. Ich esse ihn aus der Hand. Und reichlich gebratene Zwiebeln.«
»Wer«, fragte Carver, um das Thema zu wechseln, »wird Frank begleiten, falls er nicht allein reist? Oder sollte ich das vielleicht nicht fragen?«
»Sie wissen verdammt gut, daß Sie das nicht sollen. Ich habe es Ihnen oft genug gesagt – Sie stellen zu viele Fragen. Ich verstehe nicht, weshalb Sie das immer wieder tun.«
Hauser verfolgte seine übliche Taktik, Untergebene nicht mehr wissen zu lassen, als unbedingt sein mußte. Ion Manescu würde Galvone begleiten, und die beiden Männer würden von Schweden aus nach London fliegen. Wer käme schon auf die Idee, einen ehemaligen Securitate-Chef – oder einen ehemaligen Stasi-Boss – in einem englischen Landhaus zu suchen? Galvone würde auch Helmut Ziegler mitbringen.
Adam Carver schien seine Gedanken lesen zu können. »Wenn Frank nach Göteborg fliegt, sind wir vielleicht schon fort, wenn er hier eintrifft.«
»Wir werden fort sein. Ich hinterlasse bei der Haushälterin eine Nachricht für ihn. ›Suchen Sie sofort Dr. Livingstone auf.‹ Dann weiß er Bescheid.«
»Das ist für ihn aber ein ganz schöner Umweg.«
»Es hält ihn im Training. Kann ihm nur guttun . . .«
Eine Stunde später legte sich der Sturm so plötzlich, wie er gekommen war. Die Aussicht durch das große Fenster war grandios. Die riesigen Wellen ebbten ab, der Abendhimmel klärte sich auf, die Wasseroberfläche wurde allmählich wieder glatt. Hauser befahl, mit dem Verladen fortzufahren.
»Wir fahren noch heute nacht nach Harwich . . .«

In dem im Tannenwald versteckten Mercedes öffnete Paula ein Fenster. Der Sturm hatte sich gelegt, die Luft war sehr kühl. Nach der Hitzewelle war es ein merkwürdiges Gefühl, jetzt auf einmal zu frösteln. Sie zog den Pullover über, den Linda gekauft hatte.

Im Wald herrschte drückende Stille. Das einzige Geräusch war das stetige Herabfallen von Regentropfen von den ausladenden Ästen, die ihr vorkamen wie die Schwingen eines großen, bösen Vogels. Linda drehte den Zündschlüssel. Der Motor sprang beim ersten Versuch an.

»Ich gehe zurück und schaue mich ein letztes Mal um«, sagte Paula. »Nein, keine Widerrede. Sie bleiben im Wagen, lassen den Motor laufen. Eine Person fällt weniger auf. Ich kenne jetzt den Weg . . .«

Sie ging die Straße entlang, die lediglich ein wenig feucht war; der größte Teil des Wolkenbruchs war von der leicht gekrümmten Oberfläche in die angrenzenden Felder abgeflossen. Jetzt nicht mehr vom Ölzeug behindert, lief sie behende den Hohlweg hinauf bis zu der Stelle, von der aus sie die See überblicken konnte, und holte dort ihr Fernglas aus der Tasche.

Das Motorboot steuerte aus dem Hafen heraus. Die See hatte sich inzwischen wieder völlig beruhigt. Außer dem Rudergänger befanden sich drei Personen an Bord. Sie hatte keine Mühe, die massige Gestalt Hausers auszumachen und die wesentlich schlankere von Adam Carver. Der dritte Passagier war eine Frau. Irgendetwas an ihr kam ihr bekannt vor, dann erinnerte sie sich. Ihr standen wieder die angespannten Minuten vor Augen, in denen sie auf dem Waschplatz gegen eine andere Geisel ausgetauscht worden war. Dies war die Frau, gegen die man sie ausgetauscht hatte. Sobald sie die Plattform am Fallreep des Kabinenkreuzers erreicht hatten, betrachtete sie das Schiff genauer.

Am Mast oberhalb der großen Brücke wurde eine Flagge eingeholt, die Vielzweckflagge von Panama. Sobald sie unten war, wurde eine andere aufgezogen. Die britische. Paula hatte genug gesehen.

Sie eilte den Hohlweg hinunter und lief auf der menschenleeren Straße zurück zu dem Mercedes, in dem Linda nervös auf sie wartete. Die Schwedin winkte, als Paula herankam, und öffnete die Beifahrertür.

»Bin ich froh, daß Sie heil und gesund wieder da sind!«

»Das ist nett von Ihnen.« Paula stieg ein. »Alles in bester Ordnung. Könnten Sie mich direkt zum Sheraton fahren? Ich muß dringend telefonieren.«

Vierundvierzigstes Kapitel

Tweed schien unermüdlich zu sein; selbst Marler staunte über seine Ausdauer. Sie saßen zusammen in Tweeds Zimmer im Hesperia. Newman und Butler waren in Sessel gesunken; Dillon schlief auf einer Couch. Nur Pete Nield machte einen frischen Eindruck – er schaute aus dem Fenster. Es war später Abend; Touristen in Hemdsärmeln und Frauen in von der Hitze zerknitterten Kleidern trotteten erschöpft die Mannerheimintie entlang. Trotz der geöffneten Fenster war es nach wie vor schwül, und das Mobile vor dem Hotel bewegte sich nicht. Tweed führte ein Telefongespräch, machte sich Notizen.

Er sprach mit Monica, die sagte, sie versuchte bereits seit Stunden, ihn zu erreichen. Er hörte zu, ohne sie zu unterbrechen, warf nur hin und wieder ein beruhigendes Wort ein.

»Ja, ich bin noch dran. Sprechen Sie weiter . . .«

Monica war wie üblich sehr einfallsreich, und die Informationen, die sie ihm lieferte, hörten sich an wie Details harmloser Versicherungsgeschäfte. Schließlich dankte er ihr, legte den Hörer auf, drehte sich um.

»Bob, Chefinspektor Buchanan ist Ihnen wieder auf den Fersen. Er hat Monica und Howard aufgesucht, wollte wissen, wo Sie stecken. Anscheinend hat er einen anderen Mordfall aufgeklärt und konzentriert sich jetzt wieder auf den Mord an Sandy.«

»Das wurde auch verdammt Zeit . . .«

»Warten Sie, es kommt noch mehr. Evelyn Holme, die Sie in Wandsworth aufgesucht haben und die später in Walberswick von Butler überwacht wurde, ist überfallen worden.«

»Und Buchanan verdächtigt mich? Wie in aller Welt . . .«

»Warten Sie doch, bis ich ausgeredet habe. Die Holme wurde in ihrem Cottage von einem maskierten Mann angegriffen, konnte ihn aber in die Flucht schlagen. Sie glaubt, es wäre ein Mann namens Steve gewesen.«

»Dieser Gangster?« Newman machte eine angewiderte Handbewegung. »Den müßte Scotland Yard doch eigentlich aufspüren können.«

»Er ist untergetaucht. Und jetzt müssen wir uns dem zuwenden, was als nächstes zu tun ist, und das ist eine Menge. Ich hoffe, Sie haben Peggy Vanderheld nicht vergessen, möglicherweise unsere wichtigste Zeugin. Butler, Sie fliegen nach Arlanda, mieten einen Wagen, fahren nach Örno, holen sie dort ab, schaffen sie nach Arlanda, fliegen mit der nächsten Maschine nach London, bringen sie zum Park Crescent, übergeben sie dem Wachmann, holen sich eine Waffe und fahren dann mit ihr zusammen zu Evelyn

Holmes Cottage in Walberswick. Die beiden Frauen dürften sich eine Menge Interessantes zu erzählen haben.«

»Dann sollte ich mir schleunigst ein Ticket für die erste Maschine morgen früh besorgen.«

Butler war bereits unterwegs zur Tür, aber Tweed rief ihn zurück. Seine nächste Anweisung ging an alle Mitglieder seines Teams.

»Ihr alle, auch Sie, Butler, müßt eure Waffen loswerden. Werft sie in den Hafen oder sonstwohin. Aber seht zu, daß ihr sie loswerdet.« Er nickte Butler zu. »So, und jetzt können Sie gehen. Ich komme selbst nach Walberswick, um der Vanderheld ein paar Fragen zu stellen. Bis dahin wird sie ziemlich verängstigt sein.«

»Weshalb?«

Butler blieb an der Tür stehen. Tweeds Verstand lief auf Hochtouren. Ihm war etwas anderes eingefallen.

»Weil Evelyn Holme ihr von ihren eigenen Erfahrungen mit INCUBUS erzählen wird. Sie wird mehr als bereit sein, sich mit mir zu unterhalten.« Er blickte zu Nield hinüber. »Ich möchte, daß Sie Butler begleiten. Holme und Vanderheld sind die einzigen beiden Zeugen, mit deren Hilfe wir Hauser vielleicht den Garaus machen können.«

»Hoffen wir nur, daß Evelyn noch am Leben ist«, sagte Newman ingrimmig. »Steht sie unter Polizeischutz? Dafür hat Buchanan doch hoffentlich gesorgt.«

»Er hat getan, was er konnte. Wenn der Ortspolizist mit seinem Fahrrad unterwegs ist, schaut er hin und wieder bei ihr herein.«

»Großer Gott!« rief Newman. »Wir haben es mit Profis zu tun. Hoffentlich kommen Sie noch rechtzeitig, Harry.«

»Da ist etwas dran, Bob«, erklärte Tweed. »Also, Sie, Butler, fliegen nach Arlanda und holen die Vanderheld. Was Sie betrifft, Nield, wird der Plan geändert. Sie fliegen direkt nach London, melden sich bei Monica. Sie zeigt Ihnen, wo das Cottage der Holme in Walberswick liegt. Rose Bower. Anschließend fahren Sie sofort dorthin. Bob, können Sie Pete ein paar Zeilen an Evelyn mitgeben, die ihn ausweisen?«

Dillon setzte sich auf. »Ich habe gehört, was Sie über die Waffen sagten. Ich frage mich, wo ich meine Luger loswerden soll. Ich kenne mich in Helsinki überhaupt nicht aus.«

»Ich wollte gerade einen Vorschlag machen«, mischte sich Marler ins Gespräch. »Eine Waffe loszuwerden, ist fast ebenso schwierig, wie sich einer Leiche zu entledigen. Wenn mir alle ihre Eisenwaren aushändigen, kann ich das machen.«

»Wie?« fragte Tweed.
»Mir steht nach wie vor das Motorboot zur Verfügung, das ich benutzt habe, als Paula entführt worden war. Ich stecke alle Waffen – einschließlich meines Armalite-Gewehrs – in eine Reisetasche, beschwere sie mit einer Kette oder etwas ähnlichem. Dann fahre ich mit dem Motorboot ein Stück aufs offene Meer hinaus und werfe die Tasche über Bord.«
»Eine gute Idee«, pflichtete Tweed ihm bei. »Und vergessen Sie die Reservemagazine nicht.«
Dillon gab Marler seine Luger und die dazugehörige Munition, Butler händigte seine Mauser aus, Newman seine Smith & Wesson, doch er zögerte noch einen Moment.
»Tweed, die Leute, mit denen wir es zu tun haben, sind bis an die Zähne bewaffnet. Warum sollen wir jetzt nackt herumlaufen?«
»Das erkläre ich später.«
»Wie Paula zu sagen pflegt – Sie spielen mal wieder den Geheimnisvollen.«
Marler deponierte die Waffen in einer leeren Schublade, verließ das Zimmer und kehrte gleich darauf mit einer ledernen Reisetasche zurück. Er packte die Waffen hinein, zog den Reißverschluß zu, setzte sich und zündete sich eine Zigarette an.
»Wie geht es weiter?«
Butler und Nield hatten das Zimmer verlassen. Tweed sah auf die Uhr. Es war später am Abend, als er geglaubt hatte. Sie waren am frühen Morgen von ihrem Ausflug nach Lappland zurückgekehrt und ins Bett gefallen, sobald sie in ihren Zimmern im Hesperia und in The Palace angekommen waren. Sie hatten fast bis zum Mittag geschlafen; bevor Tweed seinen Pyjama angezogen hatte, hatte er noch bei der Vermittlung angerufen und gebeten, keine Gespräche durchzustellen. Etwas, was er bisher kaum jemals getan hatte.
Den Nachmittag über hatte er seine Mitstreiter in Ruhe gelassen und sie erst am späten Abend in sein Zimmer gerufen. Jetzt hatte ihn die Tatsache, daß es draußen nach wie vor hell war, über die späte Stunde hinweggetäuscht. Er wollte gerade den Mund öffnen, um Marler zu antworten, als das Telefon läutete. Er tat es, während er nach dem Hörer griff.
»Wir fliegen nach Stockholm. Dorthin sind Ihren Beobachtungen zufolge die Aktenschränke von INCUBUS transportiert worden.«
Der Anruf kam von Monica. Wieder hörte er ein paar Minuten lang schweigend zu, aber diesmal machte er sich keine Notizen. Er dankte ihr, sagte, er würde zurückrufen, legte den Hörer auf, wendete sich an alle Anwesenden.

»Wir müssen unseren Plan ändern. Stockholm fällt flach. Es ist genau das eingetreten, von dem ich hoffte, daß es eintreten würde – Hauser, Adam Carver und die Frau, die versucht hat, mich umzubringen, haben sich an der Westküste von Schweden eingeschifft. Zweifellos wollen sie nach England. Das werde ich gleich überprüfen. Paula hat hervorragende Arbeit geleistet . . .«
Er informierte sie kurz über das, was Monica ihm mitgeteilt hatte. Paula hatte sie vom Sheraton in Göteborg aus angerufen, ihr von ihren Beobachtungen am Sveavägen in Stockholm berichtet, von ihrer Fahrt nach Bromma und ihren Erlebnissen mit Linda Sandberg in Skalhamn.
». . . und deshalb«, schloß Tweed, »können wir jetzt davon ausgehen, daß mein Plan besser funktioniert, als ich zu hoffen wagte.«
»Was für ein Plan?« fragte Newman. »Spannen Sie uns doch nicht ständig auf die Folter!«
»Solange sich Hauser in Finnland aufhielt, konnten wir nicht viel gegen ihn unternehmen – wegen des verständlichen Strebens dieses Landes nach absoluter Neutralität. Deshalb habe ich es von Anfang an darauf angelegt, seine Unternehmungen zu vereiteln und ihn in Richtung Westen zu vertreiben. Ich rechnete damit, daß er sich nach Schweden absetzen würde, aber der Plan hat sogar noch besser funktioniert. Wir haben ihn nach England zurückgetrieben – wo er der britischen Gerichtsbarkeit unterworfen ist.«
»Sie gerissener Hund«, war Dillons Bemerkung.
»Aber sind Sie sicher?« fragte Newman.
»Mit einigem Glück werde ich es im Laufe der nächsten Stunde sein. Der Hafenmeister von Harwich, Jonas Heathcoate, ist ein guter Freund von mir.«
»Und was nützt uns das?« erkundigte sich Newman.
»Paula hat berichtet, daß Hauser, Adam Carver und eine Frau, vermutlich die, die mich ermorden wollte, an Bord von Hausers Kabinenkreuzer gegangen sind. Es ist eine Sache der Geographie. Der für ein so großes Schiff wie die *Washington IV* geeignete Hafen, der Livingstone Manor am nächsten liegt, ist Harwich.«
»Er kann sonstwohin gefahren sein«, wendete Newman ein.
»Aber Monica hat mir schon früher mitgeteilt, daß nach ihren Nachforschungen in Livingstone Manor das modernste Kommunikationssystem der Welt installiert worden ist, einschließlich eines Chiffriergerätes. Hauser ist sehr vorsichtig geworden – er ist auf ein Kommunikationssystem angewiesen, in das wir nicht eindringen können.«
»Von diesem früheren Anruf von Monica haben Sie kein Wort verlauten lassen«, grollte Newman.

»Nein, das habe ich wohl nicht.« Tweed lächelte. »Aber als ich erfuhr, was es mit Livingstone Manor auf sich hat, war Hauser in Finnland.«
»Also«, wiederholte Marler seine frühere Frage, »wie geht es weiter? Aber ich kann es mir denken«, setzte er hinzu.
»Das sage ich Ihnen, wenn ich mit Jonas Heathcoate gesprochen habe. Zügeln Sie Ihre Ungeduld so lange.«
Er zog ein kleines Notizbuch mit einem Register aus der Tasche, schlug es unter dem Buchstaben »H« auf, wählte eine Nummer, wartete. Die Spannung im Zimmer wuchs; sowohl Newman als auch Marler ahnten, was er wissen wollte. Tweed mußte mit mehreren Leuten sprechen, bevor er Heathcoate an den Apparat bekam. Er identifizierte sich, indem er den Hafenmeister an ihr letztes Zusammentreffen erinnerte. Newman beugte sich mit fest ineinander verschränkten Händen vor. Livingstone Manor . . .
». . . ja, Jonas, das ist das Schiff«, fuhr Tweed fort. »Die *Washington IV.* Ein großer Kabinenkreuzer. Er gehört dem Bankier Franklin D. Hauser. Wie bitte? Könnten Sie das wiederholen? Die Verbindung ist ziemlich schlecht. Die *Washington IV* hat heute morgen in Harwich festgemacht? Und Hauser wurde von einer schwarzen Limousine abgeholt? Eine gefährliche Angewohnheit – er bietet sich damit regelrecht als Ziel an. Kugelsicher, sagten Sie? Empfiehlt sich wohl auch. Danke, Jonas. Ich schulde Ihnen einen Gefallen.«
Tweed legte den Hörer auf, wischte sich die schweißfeuchte Hand ab, sah die anderen an.
»Ich nehme an, ihr habt alles gehört? Er muß schon vor Stunden in Livingstone Manor eingetroffen sein.«
Marler stieß einen bewundernden Pfiff aus. »Wie machen Sie das? Sie haben nicht zufällig einen Informanten bei INCUBUS eingeschleust?«
»Ich habe mich sehr bemüht, mich in das Denken meines Gegners zu versetzen. Jeden seiner Schritte vorherzusehen. Aber ich habe das Gefühl, daß er, was mich betrifft, dasselbe tut. Also – wozu sollte ich einen Informanten brauchen?«
»Und wie geht es weiter?« fragte Marler zum dritten Mal.
»Das liegt doch wohl auf der Hand. Morgen fliegen wir alle nach London zurück, planen das nächste Stadium unserer Kampagne gegen Hauser. Er hat sich in meinen Käfig begeben.«

Als Hauser am nächsten Morgen den Chiffrierraum in Livingstone Manor verließ, stieß er auf dem Flur auf Adam Carver. Er schob seinen Kneifer höher und verzog unwillig den Mund.

»Was zum Teufel haben Sie hier unten herumzuschnüffeln?«
»Ich habe Sie gesucht.« Carver, makellos gekleidet in einen leichten hellgrauen Seidenanzug, war gelassen und selbstsicher. »Ich habe die Bilanz von Egon – oder vielmehr jetzt Dieter – Schmidts Bank in Frankfurt, die wir gekauft haben. Sie sagten, Sie wollten sie sehen.«
»Später.« Hauser knallte die mehrfach gesicherte Tür des Chiffrierraums zu. »Wie sind Sie hier heruntergekommen? Am oberen Ende der Treppe ist eine Stahltür, für die Sie keinen Schlüssel haben.«
»Jemand muß sie offengelassen haben. Die Bilanz steht Ihnen jederzeit zur Verfügung.«
Hauser wartete, bis Carver die Kellertreppe hinaufgestiegen und verschwunden war. Dann zog er ein Schlüsselbund aus der Tasche, öffnete die Tür der neben dem Chiffrierraum liegenden Suite, trat ein und machte die Tür hinter sich wieder zu.
Die Suite war luxuriös eingerichtet und bestand aus einem Wohnzimmer, einem Schlafzimmer und einem Bad. Außerdem hatte sie eine Klimaanlage. Auf einer Couch hatte es sich Ion Manescu bequem gemacht, und es war unwahrscheinlich, daß seine Securitate-Kollegen in Bukarest ihren ehemaligen Chef wiedererkannt hätten.
Bevor er mit Galvone von Helsinki abgeflogen war, hatte sich Manescu das Haar ganz kurz schneiden lassen. Außerdem trug er eine große Hornbrille, die ihm ein professorales Aussehen verlieh. Er rauchte einen Stumpen. Als Hauser erschien, schwang er die Beine auf den Boden, verschränkte die kräftigen, knochigen Finger und wartete.
»Frank sagt, Sie hätten ihn am Flughafen verlassen und einen Wagen gemietet. Sie sind erst Stunden nach Frank hier eingetroffen. Was haben Sie sich dabei gedacht? Wo haben Sie sich herumgetrieben?«
»Schließlich bin ich nach Suffolk gekommen, oder etwa nicht? Bevor ich hier ankam, bin ich ein bißchen herumgefahren, habe bei ein paar Pubs Halt gemacht, den Einheimischen zugehört, mir etwas von ihrer Ausdrucksweise angeeignet.«
»Und wo waren Sie?« fragte Hauser.
»In Lavenham, Southwold . . .«
»In der Gegend waren Sie? Sind Sie verrückt? Ich hatte Ihnen doch gesagt, daß Sie diesen Teil der Welt meiden sollten. Warum haben Sie das getan?«
»Das habe ich Ihnen gerade gesagt.« Manescu hatte nicht die Absicht, sich von dem vor ihm stehenden Amerikaner einschüchtern zu lassen. »Und niemand hat mich beachtet. Ich falle nicht auf. Ist das nicht genau das, was Sie wollen?«

»Sie sind ein verdammt großes Risiko eingegangen. Tun Sie es nicht wieder, es sei denn, ich schicke Sie dorthin.«
Sein Verhalten änderte sich, er wurde umgänglich. Der Rumäne hatte immer ein wenig Mühe, sich diesen plötzlichen Stimmungsumschwüngen anzupassen. Und Hauser hatte die Angewohnheit, sich besonders liebenswürdig zu geben, wenn er wichtige – und sogar gefährliche – Anweisungen erteilte. Als er damit fertig war, wendete er sich zum Gehen.
»Geht das in Ordnung, was ich Ihnen gesagt habe?« fragte er, während er die Tür aufschloß. »Und Sie sprechen darüber weder mit Carver noch mit Galvone.«
»Geht in Ordnung«, sagte Manescu.

Zeit, ein bißchen Feuer unter Galvones Hintern zu machen. Hauser verschloß die zum Kellerkomplex führende Tür. Mit geballten Fäusten erschien er in dem großen Wohnzimmer mit dem Bogenfenster an der Frontseite. Galvone stand am Fenster und schaute hinaus. Die Hitzewelle hielt an, die Sonne brannte auf Suffolk hernieder. Der Sturm in Skalhamn war nur ein kurzes Zwischenspiel gewesen, dachte Hauser. Er schaute auf das Glas in Galvones Hand.
»Bißchen früh, um mit dem Saufen anzufangen. Schließlich brauchen Sie einen klaren Kopf.«
Er hatte nach etwas gesucht, womit er gleich den richtigen Ton anschlagen konnte. Er trat an die Hausbar und schenkte sich, um seinen Worten Nachdruck zu verleihen, ein großes Glas Mineralwasser ein.
»Sie haben am Flughafen mit Manescu Mist gebaut. Großer Gott, sind Sie nicht einmal imstande, heikles Material zu eskortieren?«
»Ich war verblüfft, wie stark er sein Aussehen verändert hatte. Er brannte darauf, mit dem britischen Hintergrund zu verschmelzen. Und das ist es doch, was wir wollen, oder?«
»Wenn ich etwas will, dann sage ich es Ihnen«, brüllte Hauser. »Ich brauche Leute, die ihre Arbeit ordentlich erledigen. Wenn ich einen Befehl gebe, dann führen Sie ihn aus. Ich brauche Männer, die, wenn sie morgens aufwachen, bereit sind, einen Bären in den Arsch zu beißen. Und da wir gerade von Bären reden – in Lappland haben Sie auch Mist gebaut. Ist dieser Sprengstoff nun durchgekommen oder nicht?«
Galvone schwieg einen Moment, weil er das Gefühl hatte, über Schwemmsand zu laufen. Er hatte sich gezwungen gesehen, Hauser zu berichten, was er von seinem Land Rover aus beobachtet hatte. Man log Hauser nicht an – wenn man überleben wollte. Aber unter Druck konnte man die Wahrheit ein bißchen frisieren.

»Die meisten Lastwagen hatten die Grenze passiert, bevor ich Anzeichen für die Einmischung bemerkte . . .«

»Einmischung! Vorher haben Sie von sowjetischen Fallschirmjägern gesprochen. Also spielen Sie gefälligst nicht mit Worten. Sie haben auf diesen Konvoi gewartet. Wer hat ihnen den Tip gegeben? Wahrscheinlich dieser Bastard Tweed. Nur gut, daß wir schon vorher eine große Ladung eingeschmuggelt hatten.«

»Haben Sie die Zeitungen gelesen?« fragte Galvone in der Hoffnung, seinen Chef ablenken zu können. Er deutete auf die auf einem Tisch liegende *Daily Mail* mit ihrer großen Schlagzeile. »Das ist wirklich sensationell.«

Hauser nickte. Er hatte die Arme vor der Brust verschränkt und blickte auf die Zeitung herab. Das verschaffte ihm eine gewisse Befriedigung.

SPRENGSTOFFANSCHLAG AUF ZENTRALE DES KGB IN KIEW. WACHSENDE UNSICHERHEIT.

»Welchen Plan verfolgen Sie?« fragte Galvone.

»Ich nehme an, Sie haben den Artikel gelesen. Überall weht die blaurote Flagge der unabhängigen Ukraine. Die sowjetische Flagge ist nirgendwo zu sehen. Die UTS – die in München sitzende Bewegung für eine freie Ukraine – ist aktiv geworden. Aber Sie meinten den Generalplan, nicht wahr?«

»Den meinte ich.«

»Ich habe eine Vision. Eines nicht allzu fernen Tages wird der Dollar die Weltwährung sein. Er wird an die Stelle des Rubels treten. Schon jetzt kann Ihnen jeder Tourist, der aus Moskau kommt, erzählen, daß ihn die Einheimischen um Dollars anbetteln. In Moskau gibt es Lokale, in denen etliche der rund zehntausend Prostituierten nach Kunden Ausschau halten – vorausgesetzt, sie können in Dollars zahlen. Die Prostitution ist in der Sowjetunion nicht verboten. Es ist ihre bedeutendste Wachstumsindustrie. Sie haben sogar Polizistinnen, die in den Bars der Spitzenhotels in Zivil auf einem Hocker neben einem Callgirl sitzen.«

»Aber Sie sagten doch, es wäre nicht verboten«, meinte Galvone.

»Ihr Hörvermögen bessert sich. Die Polizistinnen sollen aufpassen, daß den ausländischen Touristen nichts passiert, während sie ihre Wahl treffen. Dollars, Frank – der Schlüssel zu einer Heimstatt der Menschheit, die sich von der Pazifikküste der Staaten bis zum Ural erstreckt.« Hauser tat einen Zug aus seiner Zigarette, schwenkte die Spitze, wechselte auf seine abrupte Art das Thema.

»Da wir gerade von Geld reden – ist diese Privatbank, Street & Braithwaite in Southampton, bereit, an uns zu verkaufen?«

»Ich habe in der Zentrale in Norwich angerufen. Dort sagte man mir, Leopold Street hätte nein gesagt. Aber es gibt neben der Bank einen leerstehenden Laden, in den man leicht hineinkommen könnte.«

»Dann braucht Mr. Street vielleicht eine kleine Ermunterung. Für solche Fälle haben wir einen Vorrat an Semtex im Keller.«

Galvone erhob sich. »Sie wollen, daß ich diese Ermunterung organisiere?«

»Weshalb zum Teufel hätte ich sonst das Thema zur Sprache gebracht? Einen Moment noch«, rief er Galvone nach, der bereits zur Tür unterwegs war. »Ich habe noch ein Hühnchen mit Ihnen zu rupfen. Wie sind Sie so schnell hergekommen? Ich hatte angeordnet, daß Sie nach Skalhamn fahren sollten.«

»Ach, das.« Galvone machte mit seinen großen Händen eine wegwerfende Geste. »Weil ich weiß, daß Sie häufig Ihre Pläne ändern und ständig auf Achse sind, habe ich vom Flughafen in Helsinki aus dort angerufen. Die Haushälterin öffnete den Umschlag, den Sie für mich hinterlegt hatten, und las mir Ihre Nachricht vor. Der Hinweis auf Dr. Livingstone sagte mir, daß Sie hierher gefahren waren. Also sind wir direkt nach London geflogen – Manescu, Ziegler und ich selbst. Sie haben Ziegler hier irgendwo untergebracht?«

Hauser errötete vor Wut und biß auf seine Zigarettenspitze, um nicht die Beherrschung zu verlieren. Galvone bemerkte seinen Ausdruck und stand stockstill da. Hauser trat vor und richtete seinen dicken Zeigefinger auf ihn, als wollte er ihn damit erstechen.

»Sie könnten auf Ihrem Weg nach draußen sein. Auf die harte Art. Ich habe es Ihnen schon oft genug gesagt – Sie führen meine Befehle aus. Kommen Sie nicht auf die Idee, zu denken oder gar eigene Entschlüsse zu fassen. Das hat Ed Riverton gemacht, und jemand hat mir einen Gefallen getan. Sie haben Ziegler abgeliefert. Und damit ist, was Sie betrifft, die Sache erledigt. Adam Carver weiß, wie er meine Anordnungen auszuführen hat.«

»Adam versteht seinen Job«, pflichtete Galvone ihm in versöhnlichem Ton bei.

»Und Adam ist gerade dabei, einen Job zu erledigen.« Hauser lächelte. »Aber manchmal mache ich mir über Adam so meine Gedanken. Und Sie holen jetzt das Semtex und machen sich auf den Weg nach Southampton.«

»Können wir es riskieren, eine Bombe zu verwenden? Schließlich sind wir in Großbritannien.«

»Himmel!« Hauser schlug sich mit der Hand an die Stirn. »Muß ich denn alles selbst erledigen? Machen Sie unterwegs am Londoner Flughafen Station. Warten Sie auf einen Iren, der am Schalter von Aer Lingus eincheckt, und greifen Sie sich seinen Paß. Schließlich haben Sie als Taschendieb in

Chicago angefangen. Lassen Sie den Paß in dem Laden liegen. Die Briten werden denken, es wäre die IRA gewesen.«
Allein in seinem Wohnzimmer zurückgeblieben, lächelte Hauser zufrieden. Auch das Problem Evelyn Holme würde nun bald aus der Welt sein.

Fünfundvierzigstes Kapitel

Panik!
Evelyn Holme stand am Sprossenfenster ihres Wohnzimmers in Rose Bower und glaubte, ihren Augen nicht trauen zu können. Vor der Pforte zu ihrem Vorgarten war ein roter Jaguar vorgefahren.
»Das ist Adam Carver! Sie sagten doch, er wäre in Finnland ...«
»Da war er«, erwiderte Butler kurz, dann wendete er sich an Pete Nield. »Bringen Sie Peggy nach oben in ihr Zimmer. Bleiben Sie bei ihr.«
Nield war schon in Bewegung, nahm Peggy Vanderheld beim Arm und eilte mit ihr durch die Diele und die schmale Treppe hinauf. Butler trat vom Fenster weg und ging schnell auf eine offene Tür zu. Bevor er im Nebenzimmer verschwand, drehte er sich noch einmal um.
»Ich lasse die Tür einen Spaltbreit offen. Ich muß hören können, was hier vor sich geht. Aber lassen Sie ihn nicht wissen, daß wir hier sind – und kein Wort über die Vanderheld. Sie haben keine Ahnung, wo sie steckt. Schaffen Sie das?«
Evelyn nickte. »Ja, das schaffe ich ...«
»Lassen Sie ihn reden. Wenn Sie Angst haben, sagen Sie irgendetwas über Southwold. Dann bin ich blitzschnell da ...«
Evelyn holte tief Luft. Die Türglocke schlug an. Sie strich ihren Minirock glatt, betrachtete sich im Wandspiegel, richtete ihr Haar, ging zur Tür und öffnete sie.
»Überraschung!« Carver lächelte breit. »Ich hoffe, ich komme nicht im unrechten Moment. Ich habe versucht, Sie anzurufen, aber Ihre Nummer steht nicht im Telefonbuch.«
»Sie ist nicht eingetragen.«
Evelyn schluckte. Sie fand, daß Adam besser aussah denn je zuvor. Sein Gesicht und seine Hände waren von der Sonne gebräunt. Er trug einen eleganten beigefarbenen Seidenanzug, ein blau gestreiftes Hemd, eine einfarbig blaue Krawatte, ein dazu passendes Ziertaschentuch, handgenähte Schuhe. Die Sonnenbräune stand ihm gut. In der Hand hielt er einen kleinen Blumenstrauß.

»Die sind für Sie. Obwohl ich annehme, daß bei Ihnen an Blumen kein Mangel herrscht.« Er warf einen Blick zurück auf die Heckenrosen, die den Weg zur Haustür säumten. »Aber ich wollte nicht mit leeren Händen kommen.«

»Sie sind wunderschön. Vielen Dank. Kommen Sie mit ins Wohnzimmer. Dieser Sessel ist bequem.«

Sie vermied es ganz bewußt, auf die Tür des kleinen Arbeitszimmer zu schauen, in dem sich Butler versteckt hatte. Sie wußte, daß er mit einer Smith & Wesson bewaffnet war; er hatte ihr die Waffe gezeigt, als er angekommen war, um sie zu beruhigen. Und Nield, der oben wartete, hatte einen .32 Browning, dem er, wie Paula, den Vorzug gab.

Der Strauß war ein Problem. Normalerweise wäre sie damit in die Küche gegangen, hätte eine Vase mit frischem Wasser gefüllt, aber sie wollte Adam nicht allein im Wohnzimmer lassen, während sich Butler im Nebenraum aufhielt. Sie nahm eine Vase vom Tisch, zog die darinstehenden Blumen heraus, legte sie auf den Kaminsims. Arrangierte Carvers Strauß in der Vase.

»Ich gebe ihnen später frisches Wasser. Was möchten Sie trinken?« fuhr sie fort. »Einen Saft? Orange, Zitrone, Limone? Oder lieber etwas stärkeres?«

»Limonensaft wäre nicht schlecht. Ich habe einen Durst, als käme ich direkt aus der Sahara. Leben Sie hier ganz allein?«

»Ja, aber ich genieße die Ruhe und den Frieden. Allerdings hatte ich ein ziemlich unerfreuliches Erlebnis ...«

Sie reichte ihm seinen Drink, setzte sich, schlug die Beine übereinander und erzählte ihm von dem maskierten Angreifer, ohne seine Ähnlichkeit mit Steve zu erwähnen. Er hatte Mühe, nicht ständig auf ihre Beine zu starren, und so hörte er mit ernster Miene zu und richtete den Blick dabei auf ihr Gesicht.

»Das ist ja fürchterlich«, sagte er, als sie geendet hatte. »Aber Sie haben es doch sicherlich der Polizei gemeldet, sie um Schutz gebeten.«

»Ja, das habe ich. Aber sie konnte nicht mehr tun, als den Ortspolizisten zu beauftragen, von Zeit zu Zeit bei mir hereinzuschauen und festzustellen, ob mir nichts passiert ist. Wahrscheinlich habe ich einen Einbrecher gestört, und der hat den Kopf verloren. Kein Grund zur Aufregung.« Sie lächelte. »Schnee von gestern. Was macht das Bankgeschäft?«

»Oh, wir übernehmen jede Firma, die wir kriegen können – das heißt, jede, die unseren Preis akzeptiert. Das ist bei Hauser zu einer regelrechten Manie geworden. Kaufen, kaufen, kaufen.«

»Sie mögen die Amerikaner nicht?« fragte sie ruhig.

Er zögerte. »Nun, ich finde, sie sind ziemlich von sich selbst überzeugt. Scheinen zu glauben, daß sie alles besser könnten als irgend jemand sonst. Was nicht der Fall ist.«
»Wenn Sie sie nicht mögen – warum arbeiten Sie dann noch für sie?«
Er bedachte sie mit dem entwaffnenden Lächeln, bei dem ihr immer ganz schwach wurde. »Offen gesagt, des Geldes wegen.« Er bewegte die Finger, als zählte er Banknoten. »Wo finde ich sonst einen Job, der mir einen solchen Haufen Geld einbringt?«
»Geld ist nicht alles.«
»War es nicht Rockefeller, der das gesagt hat?« Er lächelte abermals. »Aber im Grunde bin ich gekommen, um Sie zu fragen, ob Sie nicht irgendwann mit mir essen gehen wollen. Vielleicht im Swan drüben in Lavenham. Mit dem Jaguar ist das ein Katzensprung. Natürlich bringe ich Sie hinterher wieder nach Hause. Ich versuche, Sie zu überreden.«
»Das ist mir klar. Wann?«
»Wie wäre es mit nächster Woche? Würde Ihnen der Donnerstag passen?«
»Vielleicht. Also gut, ich sage zu. Unter einer Bedingung.«
»Und die wäre?«
»Falls irgend etwas dazwischen kommt, müßten wir es verschieben. Deshalb muß ich wissen, wo ich Sie erreichen kann. Eine Telefonnummer. Wo ist Ihr Standquartier?«
Er zögerte abermals, aber nur einen Moment; dann holte er eine Karte aus seiner Brieftasche, schrieb eine Nummer auf die Rückseite, reichte sie ihr. »Noch etwas, bevor ich wieder gehe. Die Rentenangelegenheit. *Fraternal & Equality* lassen fragen, ob Sie jetzt die Abmachung unterschreiben wollen . . .«
»Deshalb der Aktenkoffer.« Evelyn deutete auf den Koffer, den er neben seinem Sessel abgestellt hatte. »Jetzt kommen wir zum eigentlichen Grund Ihres Besuchs.«
»Nein!« Carvers Stimme klang nachdrücklich. »Ich bin gekommen, weil ich Sie sehen und zum Essen einladen wollte. Ich mußte Hauser sagen, wo ich hin wollte – er hält uns alle an sehr kurzer Leine. Er schob mir die Papiere zu, befahl mir, Sie zu fragen, wenn ich schon einmal hier wäre. Mir selbst ist das völlig egal. Übrigens haben sie die monatlichen Zahlungen erhöht.« Er tupfte sich den Schweiß von der Stirn. »Ich wollte, ich hätte das Thema überhaupt nicht zur Sprache gebracht. Und außerdem gefällt mir diese Versicherung nicht mehr.«
»Warum nicht?«
Er beugte sich vor. »Mir wurde immer gesagt, es wäre eine unabhängige

Firma. Kürzlich habe ich herausgefunden, daß es sich um eine Tochtergesellschaft von INCUBUS handelt. Eine weitere von Hausers vielen Gaunereien.«
»Sie können den Vertrag hier lassen. Ich zeige ihn meinem Anwalt.«
»Das kann ich leider nicht. Wenn ich ohne das Dokument zurückkomme, reißt Hauser mir den Kopf ab. Vergessen wir die ganze Geschichte. Bleibt es bei unserem Dinner?«
»Wenn ich Sie nicht anrufen und absagen muß.« Erst jetzt warf sie einen Blick auf die Visitenkarte. »Wie ich sehe, halten Sie sich jetzt in Livingstone Manor auf. Ich dachte, das wäre nur einer von Hausers Wohnsitzen.«
»Er hat eine Art Firmenzentrale daraus gemacht. Ich nehme an, er liebt es, den Landedelmann zu spielen. Amüsant, wenn man bedenkt, daß er Milliardär ist.« Er sah auf die Uhr, stand auf. »Ich glaube, ich habe Sie lange genug belästigt. Wir sehen uns hoffentlich am nächsten Donnerstag. Ich hole Sie gegen sieben ab.«
»Wenn ich es einrichten kann.« Evelyn lächelte, als sie ihn zur Haustür begleitete. »In Ihrem Jaguar dürfte es jetzt ganz schön heiß sein.«
»Vermutlich.« Carver zog ein Paar Wildlederhandschuhe aus der Tasche, streifte sie über. »Vor allem am Lenkrad kann man sich auf den ersten paar Meilen die Finger verbrennen. Bis demnächst ...«
Sie machte die Tür erst zu, als der Wagen verschwunden war. Butler wartete im Wohnzimmer auf sie. Sie schenkte ihm einen kühlen Drink ein.
»Was meinen Sie?« fragte sie. »War der eigentliche Grund seines Besuches diese widerwärtige Rente?«
»Das glaube ich eigentlich nicht. Er hatte irgendeinen anderen Grund, Sie aufzusuchen.«
»Wenn ich versuche, zynisch zu sein, muß ich Ihnen beipflichten. Es war irgendwie merkwürdig, daß er so abfällig von Hauser gesprochen hat – es war fast, als wollte er mir eine Botschaft zukommen lassen.«
»Ich rufe Tweed an und informiere ihn.«

Am Park Crescent nahm Tweed Butlers Anruf entgegen, hörte zu, dankte ihm dafür, daß er angerufen hatte, legte den Hörer auf. In seinem Zimmer hatten sich so viele Leute versammelt, daß zusätzliche Stühle hereingeholt werden mußten.
Paula hatte gerade den detaillierten Bericht über ihre Erlebnisse in Schweden beendet – die Ankunft in Arlanda, das Ausladen der Aktenschränke am Sveavägen in Stockholm, ihre Fahrt nach Bromma, ihre spätere Fahrt mit Linda Sandberg nach Skalhamn und das, was sie dort beobachtet hatten.

Sie hatte ein interessiertes Publikum. Monica machte sich Notizen. Newman und Marler hörten zu. Aber der Mann, der völlig still dasaß, seine grauen Augen keine Minute von ihr abwendete und sich keines ihrer Worte entgehen ließ, war Chefinspektor Buchanan. Neben ihm saß Sergeant Warden. Als sie geendet hatte, ergriff Tweed das Wort. Er erzählte ihnen von Carvers Besuch.
». . . aber noch interessanter war, was Butler mir von Pete Nield zu berichten hatte. Pete ist mit einem Motorrad nach Walberswick gekommen. Gestern ist er langsam am Strand herumgefahren. Er fürchtet, daß jemand von der See her kommen könnte. Auf dem Rückweg nach Rose Bower sah er, wie ein Ford Cortina langsam daran vorbeifuhr. Dann wendete der Wagen und fuhr zur A 12 zurück. Nield folgte ihm unauffällig. Später mußte der Ford an einer roten Ampel halten. Nield fuhr neben ihn, konnte einen Blick auf den Fahrer werfen. Er ist ganz sicher, daß es Ion Manescu war.«
»Der Terrorist, von dem Sie uns erzählten«, sagte Buchanan.
»Eher ein Saboteur als ein Terrorist. Wie wir alle hat sich auch Nield die Fotos, die Marler von Manescu beim Verlassen der INCUBUS-Zentrale in Helsinki aufgenommen hat, genau angesehen. Er hat nicht sofort geschaltet, aber der Fahrer warf ihm einen Blick zu, bevor er wieder anfuhr, und da war Nield seiner Sache sicher. Sagt, der Rumäne hätte jetzt ganz kurzgeschnittenes Haar und trüge eine große Hornbrille.«
»Hat er eine Ahnung, wohin er gefahren ist?« fragte Buchanan.
»Auch das ist interessant. Nield folgte dem Ford, bis er auf die A 1120 eingebogen und durch Yoxford gefahren war. Dann machte er kehrt, weil er fürchtete, Manescu könnte seinen Verfolger bemerken.«
»Wenn ich mich recht entsinne«, meinte Buchanan, »liegt Livingstone Manor an der A 1120.«
»So ist es«, pflichtete Tweed ihm bei. »Und damit ist der Weg, den Manescu einschlug, ziemlich bezeichnend.«
»Ich möchte, daß allen ganz klar ist, wie die Dinge liegen«, sagte Buchanan. Er stand auf, wanderte zwischen den Stühlen herum, klimperte mit Kleingeld in seiner Hosentasche. »Im Augenblick untersuche ich drei Mordfälle. Zwar wurde einer der Morde außerhalb meines Zuständigkeitsbereiches begangen – in Finnland –, aber ich bin überzeugt, daß alle drei Morde von ein und derselben Person begangen wurden.«
»Drei?« fragte Tweed. »Welche drei?«
»Zuerst der an Ed Riverton in Finnland, dann der an Sandra Riverton in Suffolk und schließlich der an dem Mann, der Steve genannt wird und der diesen Papa Grimwood bei dem Besuch bei Evelyn Holme in Wandsworth begleitet hat . . .«

»Sie haben diesen Steve also gefunden?« fragte Newman.
»Ja, aber leider tot. Wir haben seine Spur mit Hilfe unserer Informanten aus der Unterwelt bis ins East End von London verfolgt. Und zwar bis zu einer Adresse in der Mile End Road. Wir kamen zu spät. Die Leiche war hinter der verschlossenen Tür eines unbenutzten Kellers versteckt.«
»Und das Bindeglied ist, daß er für INCUBUS gearbeitet hat?« fragte Tweed.
»Das Bindeglied«, fuhr Buchanan fort, als hätte niemand gesprochen, »ist die Todesursache. Er wurde erwürgt.«
Er schwieg. Die Luft im Büro war stickig, und es herrschte Totenstille. Buchanan trug einen grauen Straßenanzug; ihm schien die Hitze nichts auszumachen. Er lehnte sich an die Wand, verschränkte die Arme, fuhr fort.
»Jeder Mörder hinterläßt unabsichtlich sein Markenzeichen. Hier haben wir einen Mörder, der sich immer einen besonders verletzlichen Teil der menschlichen Anatomie aussucht. Den Hals.«
»Ich glaube, wir verstehen, worauf Sie hinauswollen«, sagte Tweed, begierig auf das, was er als nächstes sagen würde.
Buchanan fuhr unerbittlich fort. »Ed Riverton, der Amerikaner in Helsinki, wurde erdrosselt.« Er richtete den Blick auf Newman. »Sandra Riverton wurde ein Strick um den Hals gelegt, und sie wurde erhängt.« Es war ein brutaler Schlag, und Newman erstarrte. »Und nun haben wir diesen Steve, gleichfalls erwürgt. Ich habe kaum einen Zweifel daran, daß wir, wenn wir den Mörder eines dieser Opfer haben, den Mörder von allen dreien identifiziert haben. So stehen die Dinge im Augenblick.«
Er setzte sich, streckte die Beine aus und sah Tweed erwartungsvoll an.
»Ich glaube, mein nächster Schritt«, erklärte Tweed, »ist eine Fahrt nach Walberswick. Ich möchte mich eingehend mit Peggy Vanderheld unterhalten. Sie dürfte über die mit INCUBUS in Verbindung stehenden Leute mehr wissen als sonst jemand, an den wir herankommen können.«
»Ich wäre gern dabei«, erklärte Buchanan.
»Wenn Sie versprechen, sich still zu verhalten. Sonst nicht. Und nur, wenn die Vanderheld mit Ihrer Anwesenheit einverstanden ist. Weil sie Amerikanerin ist, können Sie sie zu nichts zwingen. Und wenn ich es recht bedenke, ich auch nicht. Außerdem haben wir keinerlei Beweise dafür, daß sie in irgendein Verbrechen verwickelt sein könnte. Also kann ich nur hoffen, sie durch gutes Zureden zum Sprechen zu bringen.«
»Und im Verhören von Leuten haben Sie Erfahrung«, bemerkte Buchanan. »Nicht nur in Ihrer gegenwärtigen Position. Ich weiß, daß Sie, bevor Sie in diese Organisation überwechselten, einer der erfolgreichsten Superintendenten der Mordkommission von Scotland Yard waren.«

Tweed lächelte trocken. »Das ist schon eine Weile her. Sind Sie mit meinen Bedingungen einverstanden, falls Sie mitkommen wollen?«
»Völlig einverstanden.«
»Darf ich auch mitkommen?« fragte Paula. »Es könnte sich als nützlich erweisen, wenn noch eine Frau dabei ist. Falls sie scheut, lasse ich Sie sofort mit ihr allein.«
»Unter denselben Bedingungen – ja.« Tweed entspannte sich. »Meine Unterhaltung mit der Vanderheld könnte der Wendepunkt einer Operation sein, die mit einer Untersuchung der Geschäftsmethoden von INCUBUS und dem Versuch begann, herauszufinden, was aus den ehemaligen Angehörigen der kommunistischen Geheimdienste wie der Securitate geworden ist. Jetzt ist es eine Morduntersuchung.«
»Die Untersuchung dreier Morde«, betonte Buchanan.
Cord Dillon, der auf einem an die Wand zurückgekippten Stuhl saß, hatte bisher geschwiegen. Er war Buchanan als »Mr. Dexter, ein Beamter vom Außenministerium« vorgestellt worden. Jetzt meldete er sich zum ersten Mal zu Wort.
»Und ich brauche Beweise, um Mr. Franklin D. Hauser das Handwerk legen zu können.«
»Möglicherweise liefert Ihnen die Lösung von Chefinspektor Buchanans Problem genau das, was Sie brauchen«, sagte Tweed. »Sonst noch etwas?«
»Ich glaube, es wäre vielleicht keine schlechte Idee, wenn ich auch nach Suffolk fahren würde«, erklärte Marler. »Nichts Aufregendes – nur ein bißchen um Livingstone Manor herumschnüffeln. Nach Einbruch der Dunkelheit natürlich.«
»Seien Sie vorsichtig«, mahnte Tweed. »Ich kann mich des Gefühls nicht erwehren, daß Hauser im Begriff ist, zurückzuschlagen. Das Problem ist nur, daß wir nicht wissen, wen oder was er zu treffen versucht. Und nun sollten wir nach Walberswick fahren.«

Sechsundvierzigstes Kapitel

In seinem an der Rückfront von Livingstone Manor gelegenen großen Arbeitszimmer hieb Hauser mit der geballten Faust auf den Schreibtisch. Seine Augen funkelten vor Erbitterung. Carver, der ihm gegenübersaß, fragte sich, ob seine Wut echt war oder nur eine weitere Vorstellung eines schauspielerischen Naturtalents.

»Weshalb konnten Sie dieses Weibsbild nicht dazu bringen, den Vertrag zu unterzeichnen?«
»Sie sagte, sie wollte es sich überlegen. Wenn ich es bei ihr hätte lassen können, hätte sie ihre Meinung vielleicht geändert.«
»Sie wissen ganz genau, daß wir derartige Dokumente nie an Orten herumliegen lassen, wo sie neugierigen Blicken ausgesetzt sind. Gott weiß, wem sie es womöglich gezeigt hätte.«
Carver, der sehr aufrecht auf seinem Stuhl saß, schwieg. Er hielt es für unklug, Hauser wissen zu lassen, daß Evelyn vorgehabt hatte, den Vertrag von ihrem Anwalt prüfen zu lassen. Weshalb noch Öl ins Feuer gießen?
»So stehen die Dinge also.« Hauser lächelte, schob das Kinn vor.
»Weshalb ist diese Evelyn Holme so wichtig?« fragte Carver.
War Hauser schizophren? Seine Stimmungsumschwünge waren kaum zu fassen. Jetzt strahlte Hauser, lehnte sich in seinem Sessel zurück, schwenkte die Hand.
»Da haben wir es schon wieder, mein Junge. Sie stellen Fragen über Abteilungen von INCUBUS, die Sie nichts angehen. Vielleicht schicke ich jemanden von unseren weiblichen Angestellten, damit sie sich von Frau zu Frau mit ihr unterhalten kann. Das könnte funktionieren«, fuhr er umgänglich fort. »Wer weiß schon, wie Frauen reagieren? Sie wissen es ja selbst nicht einmal. Haben Sie eine Karte von der Gegend, Adam?«
»Ja.« Carver holte die Karte aus seiner Brusttasche, reichte sie seinem Chef. »Suffolk ist eine ziemlich komplizierte Landschaft, in der man sich leicht verirren kann.«
»Nein, breiten Sie die Karte aus. Machen Sie an der Stelle, an der Evelyn Holme wohnt, ein Bleistiftkreuz, damit die junge Dame, die ich hinschicken werde, das Haus finden kann. Das heißt, sofern ich mich überhaupt entschließe, jemanden hinzuschicken. Sie haben keinen Bleistift? Als ich als junger Mann in Kalifornien anfing, hatte ich immer einen Bleistift und ein Radiergummi in der Tasche. Aber das ist mal wieder typisch. Sie sind ein gebildeter Mann. Ich wette, Sie haben drei oder vier goldene Kugelschreiber bei sich, aber keinen Bleistift. Sie sollten sich schämen.«
Carver mißfiel der herablassende Ton, den Hauser so gern anschlug. Er beugte sich über die Karte, kennzeichnete den Standort von Rose Bower mit einem Bleistiftkreuz. Er hatte keine Ahnung, daß Hausers Hänselei nur den Zweck hatte, die Bedeutung des Kreuzes zu verschleiern. Hinterher konnte es ausradiert und damit ein wichtiges Beweisstück vernichtet werden.
»Danke, Adam.« Hauser faltete die Karte zusammen. »Keinerlei Anzeichen

von Besuchern oder Mitbewohnern in dem Cottage, während Sie sich an Evelyn heranmachten? Nein? War nur so eine Frage.«
Carver war verblüfft, ließ sich aber nichts anmerken. Wie zum Teufel hatte Hauser ahnen können, daß er Evelyn zum Essen eingeladen hatte? Der Mann war ein Gedankenleser. Es war beunruhigend, schlimmer als einer seiner Wutanfälle. Als Carver aufstand, kam Hauser um seinen Schreibtisch herum und klopfte ihm auf die Schulter.
»Später habe ich wahrscheinlich einen wichtigen Auftrag für Sie. Wenn Sie Ihre Sache gut machen, steckt eine große Gratifikation für Sie drin. So, und jetzt können Sie gehen und mit Ihrem Golfschläger spielen . . .«
Hauser wartete, bis Carver gegangen war, und seine Miene war bösartig. Er holte ein Schlüsselbund hervor, ergriff die zusammengefaltete Karte, ging von seinem Arbeitszimmer den langen Gang entlang, betrat das Wohnzimmer und öffnete mit einem der Schlüssel die verschlossene Tür, durch die man in den Kellerkomplex gelangte.

Als Hauser die neben der von Manescu liegende Suite betrat, schaute Irina Serow von dem englischen Roman auf, den sie gerade las. Sie lag auf einer Couch und ließ Hauser den Anblick ihrer Beine genießen, bevor sie sich erhob.
»Ich habe einen schwierigen Auftrag für Sie«, erklärte Hauser und breitete die Karte auf einem Tisch aus. »Sehen Sie dieses Bleistiftkreuz? Nehmen Sie ein Radiergummi mit. Wenn der Job erledigt ist, müssen Sie das Kreuz ausradieren und das Radiergummi wegwerfen. Es geht um eine Frau, die in einem abgelegenen Nest an der Küste wohnt. Es heißt Walberswick. Das Kreuz zeigt Rose Bower, das Haus, in dem sie lebt.« Er richtete sich auf, lächelte zu ihr herunter. »Und das ist das Problem – sie lebt immer noch . . .«

Irina Serow bog in einem gemieteten Ford Escort an der Stelle von der A 12 auf die B 1387 ab, an der ein Wegweiser die Abzweigung nach Walberswick kenntlich machte. Sie hatte einen Führerschein auf den Namen Iris Reynolds und eine Visitenkarte mit dem gleichen Namen und ihrem Beruf. Kosmetikerin.
Die Karte war auf ihren Vorschlag hin in einem der Räume des Kellerkomplexes in Livingstone Manor gedruckt worden. Sie vermutete, daß viele der Angestellten von INCUBUS Karten mit falschen Namen bei sich trugen. Sie hatte die Karte mit der Aufschrift nach oben auf den Beifahrersitz gelegt, und in der Hitze war die Druckerschwärze schnell getrocknet.
Auf dem gleichen Sitz lag ein teuer aussehender, weinroter Musterkoffer.

Den Inhalt hatte die Apotheke geliefert, die sich in einem weiteren Kellerraum befand, der wie alle anderen ständig verschlossen war. Was sich empfahl, dachte Irina, während sie auf der einsamen Landstraße entlangfuhr. In dieser sogenannten Apotheke lagerten genügend Mittelchen, um ganz Suffolk zu vergiften.
Als sie die ersten Häuser erreicht hatte und aus dem gleißenden Sonnenlicht in den Schatten der Straßenbäume gelangte, fuhr sie langsamer, um die Namen der Häuser lesen zu können. Beinahe hätte sie ihr Ziel verfehlt, denn der Name, den sie suchte, war von Heckenrosen überwuchert. *Rose Bower.* Sie fuhr langsam weiter, warf dabei einen Blick auf den zwischen den Rosen hindurchführenden Weg, auf das Fenster im Erdgeschoß und auf die Giebelfenster in dem mit Stroh gedeckten Dach. Niemand zu sehen. Immer noch argwöhnisch, fuhr sie weiter, suchte beide Seiten der Straße nach verborgenen Wächtern ab. Hauser hatte zwar gesagt, die Frau lebte allein, aber Hauser war noch nie hier gewesen, und Adam Carver, diesem Modegekken, traute sie nicht. Sie hatte ihn während der Überfahrt von Skalhamn nach Harwich von ihrer Kabine auf der *Washington IV* aus genau beobachtet. Carver hatte sie nicht gesehen, aber als er die Kajütstreppe herunterkam, hatte Hauser gerufen: »Adam, ich muß mit Ihnen reden ...«
Sie erreichte eine Stelle, von der aus sie einen Blick über das Panorama der funkelnden See hatte. In einiger Entfernung entdeckte sie auf dem kiesigen Strand einen Mann und eine Frau, die ihr den Rücken zukehrten und auf die See hinausschauten. Sie wendete und fuhr zurück nach Rose Bower.

Butler saß auf der Toilette und kämpfte mit einer Verstopfung, als Evelyn die zierliche Frau bemerkte, die sich auf dem Gartenpfad dem Haus näherte. Sie rannte aus dem Wohnzimmer zur Haustür, blickte durch den Spion. Sie sah ein attraktives, von blondem Haar gerahmtes Gesicht. Noch bevor die Besucherin läuten konnte, öffnete sie bei vorgelegter Kette die Tür.
»Es tut mir sehr leid, daß ich Sie behelligen muß«, erklärte Irina, »aber ich habe mich verirrt. Ich muß irgendwo falsch abgebogen sein. Haben Sie eine Karte, die Sie mir zeigen könnten? Diese Hitze macht mich ganz fertig.«
Evelyn löste die Kette, ließ sie ein, führte sie ins Wohnzimmer. Auf einer Anrichte stand ein großer Krug mit Bowle, die sie gerade zubereitet hatte. Butler hatte ihr gesagt, daß Newman kommen würde. »Mit ein paar Freunden ...«
Evelyn war zu dem Schluß gekommen, daß sie der Frau eine Erfrischung anbieten mußte. Nach der langen Fahrt von London in dieser Hitze würde

sie vermutlich eine Stärkung zu schätzen wissen. Irina ließ sich auf einem Stuhl nieder; ihre Handtasche lag auf ihrem Schoß, die Klappe war offen. »Ich bin seit Stunden herumgefahren«, erklärte Sie. »Könnte ich vielleicht irgend etwas zu trinken haben? Ich bin völlig ausgedörrt.«

»Ich habe gerade eine Bowle gemacht. Sie könnten auch einen Fruchtsaft haben. Limonensaft . . .«

»Ein kleines Glas Bowle wäre herrlich. Vorausgesetzt, daß Sie mir dabei Gesellschaft leisten.«

»Also gut, ein kleines Glas für jeden von uns. Wo wollten Sie eigentlich hin?« fragte sie, während sie aus dem Krug einschenkte und ihn dann wieder in den Eiseimer stellte.

»Nach Southwold. Ich fürchte, ich bin meilenweit davon entfernt.«

»Nein, Sie sind ganz dicht dran. Wenn Sie bis ans Ende dieser Straße fahren und dann über die Hafeneinfahrt nach Norden schauen würden, könnten Sie es sogar sehen. Aber das Hinkommen ist ein bißchen schwierig. Ich zeige Ihnen den Weg auf der Karte . . .«

Sie tat es, und Irina nickte und lächelte.

»Jetzt ist mir alles klar. Ich danke Ihnen . . .«

Sie hatte sich in ihrem Sessel zurückgelehnt, doch jetzt versteifte sie sich plötzlich. Evelyn stand noch, als sie hastig zu reden begann.

»Großer Gott! Ich bin Kosmetikern. Glauben Sie nicht, ich wollte Ihnen irgend etwas verkaufen«, setzte sie schnell hinzu. »Nicht, nachdem Sie so hilfsbereit waren. Aber ich habe meinen Musterkoffer draußen vor der Haustür stehen gelassen. Ich habe ihn abgesetzt, weil ich läuten wollte . . .«

»Ich hole ihn. Er ist bestimmt noch da.«

Evelyn verließ das Zimmer. Irina hob die Klappe ihrer Handtasche, holte ein Briefchen aus weißem Papier heraus, schüttete das Cyanidpulver in Evelyns Glas, ergriff den Löffel, den Evelyn auf einem Teller liegengelassen hatte, rührte die Bowle um. Als ihre Gastgeberin zurückkehrte, hatte sie sich wieder in ihrem Sessel zurückgelehnt.

»Hier ist Ihr Koffer. Er sieht sehr elegant aus. Ich kann mir vorstellen, daß Sie ihn nicht verlieren möchten.«

»Wirklich nett von Ihnen.« Irina hob ihr Glas, lächelte. »Auf Ihr Wohl!«

Evelyn wollte nach ihrem Bowlenglas greifen, überlegte es sich dann aber anders und nahm ein anderes, noch halbvolles Glas in die Hand.

»Ich werde erst meinen Limonensaft austrinken und anschließend die Bowle genießen. Mir ist nach etwas zumute, das mich ein bißchen aufmöbelt.«

Irina trank ihre eigene Bowle, dann setzte sie das leere Glas ab. Sie öffnete

ihren Musterkoffer, holte eine kleine Packung heraus, gab sie Evelyn. Dann machte sie den Koffer wieder zu und stand auf.
»Das ist ein kleines Dankeschön-Geschenk. Ohne Sie hätte ich stundenlang in dieser Hitze herumfahren können. Aber jetzt muß ich weiter.«
»Chanel Nr. 5!« Evelyn betrachtete die kleine Packung. »Aber das wäre doch nicht nötig gewesen ...«
»Mögen Sie es nicht?« fragte Irina, bereits auf dem Weg zur Haustür. »Das sind Gratisproben für ganz spezielle Kunden – und zu denen rechne ich Sie.«
»Ich finde trotzdem, es ist zu großzügig, aber ich danke Ihnen – es ist mein Lieblingsparfum.«
Sie öffnete die Haustür und begleitete ihren scheidenden Gast den Gartenpfad hinunter. Plötzlich ertönte ein ohrenzerreißendes und derart wütendes Gebell, daß Irina zusammenfuhr und nach links schaute. Am Rande des Gartens trennte ein kräftiger, hoher Drahtzaun die beiden Grundstücke voneinander. Der Zaun verlief im rechten Winkel durch einen Teil des benachbarten Vorgartens und knickte dann abermals ab, so daß er einen Zwinger bildete. Hinter dem Drahtzaun kauerte ein großer Hund, der wie ein deutscher Schäferhund aussah. Er bleckte die Zähne und hatte Schaum vor dem Maul.
»Sie brauchen keine Angst zu haben«, versicherte ihr Evelyn. »Er ist sicher eingeschlossen. Die Besitzer sind losgefahren, um den Tierarzt zu holen. Er soll ihn einschläfern. Das Tier ist völlig verrückt geworden. Vielleicht liegt es an der Hitze ...«
Sie blieb an der Pforte stehen und schaute ihrer Besucherin nach, die mit ihrem Ford Escort zur A 12 zurückfuhr. Dann blickte sie über die Pforte hinweg zur See hinüber. Pete Nield war mit Peggy Vanderheld auf den Dünen unterwegs. Die Amerikanerin war ruhelos, verlangte nach regelmäßigen Spaziergängen.
Evelyn kehrte ins Haus zurück, schloß die Tür und erinnerte sich, daß sie die Kette wieder vorlegen mußte. Selbst dieser kurze Ausflug in die Hitze hatte sie durstig gemacht. Sie ging ins Wohnzimmer, griff nach ihrem Bowlenglas. Das ist genau das, was ich jetzt brauche, dachte sie, und hob das Glas.

Newmans Miene entsprach seiner Stimmung, als er seinen Mercedes 280 E in Richtung Yoxford über die A 1120 lenkte. Neben ihm saß Tweed, auf dem Rücksitz Paula. Tweed warf einen Blick auf Newman, bemerkte seine Miene, konnte sich vorstellen, woran er dachte, und hielt den Mund.

Sie näherten sich der langen Zufahrt zu Livingstone Manor, die links von der Straße abzweigte. Newman konnte bereits die alte Kirche auf der Anhöhe sehen und den danebenstehenden Glockenturm, den Ort, an dem Sandy eines so grauenhaften Todes gestorben war. Er drosselte die Geschwindigkeit auf etwa fünfzig Stundenkilometer.

»Wir sind dicht bei Livingstone Manor, nicht wahr?« fragte Tweed.

»Ja.«

»Wenn sie Wachen aufgestellt haben, könnten sie uns sehen.«

»Sollen sie doch.« Newmans Ton war kalt, unbeteiligt. »Sollen die Schweine doch wissen, daß wir hinter ihnen her sind. Sie sind in unsere Falle gegangen. Sollen sie schwitzen.«

»Oh, ich bin sicher, das tun sie bereits«, versuchte Tweed die Atmosphäre aufzulockern. »Bei dieser Hitze ist Schwitzen zu einer Lebensform geworden.«

»Das war es nicht, was ich gemeint habe.«

»Das wissen wir«, sagte Paula ruhig. »Das wissen wir, Bob.«

Ungefähr hundert Meter hinter ihnen fuhr Chefinspektor Buchanan in einem Volvo-Kombi und paßte seine Geschwindigkeit der von Newman an. Neben ihm saß Sergeant Warden in Hemdsärmeln – ein Zugeständnis an die Hitze, das er sich nur selten erlaubte.

Als sie das ausgedehnte Areal von Livingstone Manor erreicht hatten, fuhr Newman sogar noch langsamer. Beim Pförtnerhaus stand ein Wachtposten, der sich den Schweiß von der Stirn wischte. Der Wagen sagte ihm nichts. Paula schaute nach links und entdeckte hinter dem geschlossenen Tor mehrere vor dem Haupteingang des Hauses geparkte Fahrzeuge.

»Ein roter Jaguar«, sagte sie. »Ein cremefarbener Cadillac. Und eine lange schwarze Limousine. Mr. Franklin D. Hauser scheint zu Hause zu sein.«

»Drei Wagen, ich weiß«, sagte Tweed.

Paula war verblüfft. Tweed hatte scheinbar nur auf die vor ihm liegende Straße geschaut und den Kopf keinen Zentimeter zur Seite gedreht. Aber das hatte sie schon öfters erlebt. Tweed schien aus dem Augenwinkel heraus mehr wahrnehmen zu können als die meisten Leute bei unmittelbarem Hinschauen.

»Ein Jammer, daß dieses schöne Haus von dem Antennenverhau auf dem Dach verunstaltet wird«, sagte er. »Aber Monica hatte recht – oder besser: der Mann von der Elektrofirma, der vom Sonderdezernat verhört wurde, hatte recht. In diesem Haus stecken mindestens ebenso viele erstklassige Kommunikationseinrichtungen wie bei uns am Park Crescent. Ein unerfreulicher Gedanke.«

»Jedenfalls bestätigt das, daß sich hier eine wichtige Zentrale befindet«, bemerkte Paula.
Tweed sah auf die Uhr. »Ich hoffe nur, daß unseren beiden Zeuginnen in Walberswick nichts passiert ist.«
»Wie sollte das geschehen? Schließlich werden sie von Butler und Nield bewacht.«
»Ich werde trotzdem froh sein, wenn wir ankommen und sie bei bester Gesundheit vorfinden. Wie lange dauert es noch, bis wir da sind?«
»Ungefähr eine halbe Stunde«, sagte Newman, dann verfiel er in Schweigen.

Butler kam eilig ins Wohnzimmer. Er war in sein Jackett geschlüpft, um die Smith & Wesson zu verdecken. Als er eintrat, hob Evelyn gerade das Glas, aus dem sie trinken wollte.
»Ich habe Stimmen gehört«, sagte Butler. »Ich kam, so schnell ich konnte.« Er bemerkte das leere Glas auf dem Tisch. »Wer war da? Und wo ist der Besuch jetzt?«
»Eine Frau, die sich verirrt hatte. Eine Kosmetikerin. Die Hitze machte ihr zu schaffen. Sie hatte ihren Musterkoffer draußen vor der Tür vergessen. Ich habe ihn für sie geholt. Sie war echt. Sie hat mir sogar diese Flasche Chanel Nr. 5 geschenkt ...«
»*Nicht trinken!* Stellen Sie das Glas vorsichtig wieder auf den Tisch. Und nun erzählen Sie mir ganz genau, wie sich alles abgespielt hat.«
Auf Butlers normalerweise undurchdringlichem Gesicht spiegelte sich angestrengte Konzentration, als er sich ihren Bericht anhörte; er drehte den Kopf zur Seite und machte sich ein genaues Bild vom Ablauf des Besuches.
»... Sie sehen, sie war völlig harmlos«, schloß Evelyn. »Und an dem leeren Glas sehen Sie, daß sie selbst von der Bowle getrunken hat und ...«
Sie brach ab, als der Schäferhund auf dem Nachbargrundstück abermals wütend zu knurren und wie ein Wahnsinniger zu bellen anfing. Evelyn verzog das Gesicht.
»Ich habe Ihnen erzählt, daß die Nachbarn losgefahren sind, um den Tierarzt zu holen, damit er das Tier einschläfert. Dieses Gebell geht mir auf die Nerven.«
»Haben Sie eine flache Schale? Irgendetwas, woraus ein Hund trinken könnte?«
»Ja. Warum? Entschuldigung, Sie werden einen Grund dafür haben. Ich habe noch die Schüssel, die ich für meinen eigenen Hund angeschafft hatte. Er ist überfahren worden, und ich konnte mich nicht entschließen, mir einen neuen anzuschaffen.«

Butler ergriff die im Kamin liegende Kohlenschaufel, nahm ihr Bowlenglas in die andere Hand und folgte ihr in die Küche. Evelyn stellte eine weiße Porzellanschüssel auf den Tisch, und er goß den halben Inhalt des Glases hinein.

»Ich gehe zur Hintertür hinaus. Könnten Sie in den Vorgarten gehen und das Tier ein paar Minuten lang ablenken? Aber halten Sie um Gottes willen genügend Abstand.«

Auch hinter dem Haus zog sich der hohe Drahtzaun an der Grenze des Nachbargrundstücks entlang. Butler ging ein paar Meter weit über den Rasen, bückte sich dicht neben dem Zaun und stellte die Schüssel neben sich ab. Vorn bellte der Hund wie ein Wahnsinniger.

Der Boden war von der Sonne so hart gebrannt, daß er mehrere Minuten brauchte, um unter dem Zaun eine flache Mulde zu graben – flach, aber tief genug, um die Schüssel unter dem Zaun hindurchzuschieben. Dann stand er auf und rasselte mit der Kohlenschaufel an dem Drahtzaun. Das Bellen brach kurz ab und ging dann wieder los, als Butler abermals mit der Schaufel gegen den Zaun schlug. Als der Hund auftauchte, sprang Butler schnell zurück.

Evelyn lief durch die Vordertür ins Haus, verschloß sie, legte die Kette vor, eilte durch den Flur in die Küche und kam durch die Hintertür in den Garten. Butler deutete mit der Schaufel auf das Nachbargrundstück.

Der Schäferhund starrte sie mit blutunterlaufenen Augen und Schaum vor dem Maul an. Dann sah er die Schüssel. Er beschnüffelte den fremden Gegenstand, stand ein paar Augenblicke still da und betrachtete die Flüssigkeit. Schließlich senkte er den großen Kopf und begann, sie aufzulecken. Plötzlich fuhr sein Kopf hoch, ein Schütteln durchlief seinen Körper, er riß das Maul auf, stieß ein dumpfes Geheul aus, versteifte sich vom Kopf bis zum Schwanz, kippte zur Seite, schlug auf dem Boden auf. Dann lag er ganz still, und die Sonne brannte auf den Kadaver hernieder.

»Großer Gott!«

Evelyn schlug die Hand vor den Mund. Einen Moment lang stand sie stocksteif da. Butler nahm ihren Arm, führte sie ins Haus. Sie dankte ihm, wanderte wie ein Zombie ins Wohnzimmer, ließ sich in einen Sessel fallen und blickte zu Butler auf.

»Das hätte ich sein können.«

»Aber Sie waren es nicht.« Er lächelte sie an – etwas, was er sehr selten tat. »Sie und ich, wir müssen jetzt eine Abmachung treffen. Sie versprechen, nie wieder jemanden ins Haus zu lassen – sonst gehe ich nie wieder zur Toilette.«

Sie lachte mit einem leichten Anflug von Hysterie, dann kicherte sie, sprang

auf, schlang die Arme um ihn und drückte ihn an sich. Als sie ihn wieder freigab, faßte er sie beruhigend bei den Schultern.
»In dem Glas ist noch eine Probe für die Kriminaltechniker. Und jetzt schütte ich den Rest der Bowle in die Toilette.«
»Nach all der Mühe, die ich mir damit gemacht habe!«
Diese Bemerkung sagte Butler, daß sie nicht in einen Schockzustand hineinglitt. Er hatte gerade den Krug geleert und die Spülung betätigt, als die Türglocke anschlug. Evelyn kam in die Toilette, zupfte ihn am Ärmel.
»Es ist jemand an der Tür. Tun Sie Ihre Pflicht, Harry.«
Ein Blick durch den Spion zeigte ihm Nield Arm in Arm mit Peggy Vanderheld, die die Rosenhecke betrachtete, während er darauf wartete, daß die Tür geöffnet wurde. Butler stand auf der Schwelle und betrachtete das Pärchen.
»Haben Sie sich gut amüsiert, Pete?« fragte er.
Nield errötete trotz seiner Sonnenbräune. Peggy zog ihren Arm zurück und erwiderte kühn Butlers Blick. In ihrem engen Rock und einer kurzärmeligen Bluse sah sie sehr sexy aus, und sie wußte es.
»Alles in Ordnung?« fragte Nield etwas verlegen.
Butlers Verstand arbeitete blitzschnell. Tweed kam, um die Vanderheld zu verhören; er würde bald hier sein. Vielleicht würde ein Schlag helfen, der hartgesottenen Amerikanerin die Zunge zu lösen.
»Aber gewiß doch«, erwiderte er. »Alles bestens. Natürlich hatten wir ein bißchen Aufregung. Eine Frau ist hier aufgetaucht, während ich auf der Toilette saß, und hat versucht, Evelyn zu vergiften. Gehen Sie in die Küche und werfen Sie einen Blick zur Hintertür hinaus. Dann können Sie sehen, was mit dem tollwütigen Hund von nebenan passiert ist, als er die für Evelyn bestimmte Bowle trank. Ein sehr lehrreicher Anblick ...«

Siebenundvierzigstes Kapitel

Tweed stieg aus dem Mercedes, der vor Rose Bower vorgefahren war. Er sah sich um und beurteilte mit erfahrenem Blick, wie sicher beziehungsweise unsicher die Umgebung war. Nach ihm stieg Paula aus. Newman schloß den Wagen ab und wartete, während Tweed zu Buchanan ging, der seinen Volvo ein paar Meter entfernt geparkt hatte.
»Ich gehe jetzt hinein und versuche die Vanderheld zu überreden, daß sie in Ihre Anwesenheit einwilligt, aber ich kann Ihnen nichts versprechen. Es wird bald jemand herauskommen und Ihnen Bescheid sagen.«

»Das ist Ihre Sache. Ich warte hier«, erwiderte Buchanan.
Tweed wendete sich an Warden, der gerade aussteigen wollte und bereits sein Notizbuch in der Hand hielt.
»Ich glaube nicht, daß Ihre Anwesenheit der Unterredung förderlich ist«, erklärte er entschieden.
»Sie meinen, ich soll im Wagen sitzen bleiben wie ein Wachhund?«
»Wenn Sie es so ausdrücken wollen – ja.«
Als er Buchanan verließ, war er sicher, daß dieser ein Lächeln unterdrückte.
Butler war aus dem Cottage herausgekommen, sprach mit Newman. Dann berichtete er Tweed über den Anschlag auf Evelyns Leben. Äußerlich schien er von dem Zwischenfall völlig unbeeindruckt zu sein.
»Wo ist Peggy Vanderheld?«
»Zusammen mit Nield in dem Gästezimmer im Obergeschoß«, teilte Butler ihm mit. »Sie erwartet Sie.«
»Dann sollte ich zusehen, daß ich es hinter mich bringe ...«
Die Tür zum Wohnzimmer war geschlossen, als er das Cottage betrat und die schmale Treppe hinaufeilte. Nield erwartete ihn auf dem oberen Flur, deutete auf eine geschlossene Tür.
»Sie ist da drinnen. Sie wissen von dem Mordversuch an Evelyn Holme heute nachmittag? Gut. Und auch«, er senkte die Stimme, »daß Butler es der Vanderheld gesagt hat? Er dachte, es könnte sie ein bißchen weich machen. Die Dame ist ein ziemlich harter Brocken.«
»Sie halten hier auf dem Flur Wache, aber nicht in der Nähe dieser Tür. Ich rechne mit einem weiteren Anschlag – vielleicht auf das Leben beider Frauen, sobald sie wissen, daß Evelyn noch am Leben ist.«
»Wie sollten sie das erfahren?«
»Keine Ahnung. Aber sie werden es herausbekommen ...«
Tweed klopfte an, eine melodische amerikanische Stimme rief »Herein«, und er betrat ein kleines Schlafzimmer mit einer schrägen Balkendecke und machte die Tür hinter sich wieder zu. Was immer er erwartet haben mochte – das nicht. Peggy Vanderheld hatte sich auf einem Doppelbett ausgestreckt, aus ihrem Minirock ragten ihre wohlgeformten Beine heraus, und unter einer enganliegenden Bluse, deren oberste drei Knöpfe offenstanden, zeichneten sich ihre Brüste ab. Offenbar trug sie unter der Bluse nichts als ihre Haut. Ihr Kopf ruhte auf einem Kissen, und sie musterte Tweed mit halb geschlossenen Augen. Das dichte braune Haar breitete sich über das Kissen. Sie versucht mich anzumachen, dachte Tweed.
»Mein Name ist Tweed, Leiter der Ermittlungsabteilung der General & Cumbria Assurance. Ich stelle Nachforschungen an über den Tod von Ed

Riverton in Helsinki. Er war bei uns sehr hoch versichert. Außerdem über den Tod von Sandra Riverton, die gleichfalls bei uns versichert war. Darf ich mich setzen?«
»Sie können auf der Bettkante Platz nehmen, wenn Sie mögen.«
»Ich glaube, ein Stuhl ist bequemer. Danke.«
»Und wie könnte ich Ihnen dabei helfen?«
»Das Feld der Untersuchung hat sich ausgeweitet. Um an die Wahrheit heranzukommen, müssen wir uns mit der Firma beschäftigen, für die Sie früher gearbeitet haben. INCUBUS. Übrigens wartet draußen in seinem Wagen Chefinspektor Buchanan von New Scotland Yard. Er ist für den Mord an Sandra Riverton zuständig. Ich hätte ihn gern dabei, wenn Sie nichts dagegen haben.«
»Rollen Sie ihn herein. Wenn er mir nicht gefällt, sage ich es Ihnen; dann kann er wieder Leine ziehen.«
»Er wird Ihnen keine Fragen stellen.« Tweed öffnete die Tür, informierte Nield, kehrte in das Zimmer zurück. Peggy Vanderheld war aufgestanden; sie stand jetzt vor einem Wandspiegel und bürstete ihr Haar. Dann zog sie ihre Andeutung eines Rockes glatt, ließ sich auf einem Stuhl nieder und schlug die Beine übereinander. Buchanan kam herein.
»Das ist Chefinspektor Buchanan«, stellte Tweed vor. »Er ist ausschließlich als Beobachter hier.«
Einen Augenblick lang stand Buchanan ganz still da, seine grauen Augen begegneten dem Blick der Vanderheld, dann trat er vor, streckte die Hand aus. »Miss Vanderheld.« Ihre wohlgeformte Hand war überraschend kühl, ihr Griff fest.
Eine beachtliche Frau, dachte Buchanan, als er sich für einen Stuhl in einer Ecke außerhalb ihres direkten Blickfeldes entschied. Sie hatte überaus beeindruckende dunkle Augen, und als sie sprach, hatte ihre Stimme einen sehr weiblichen und verführerischen Klang. Die halb aufgeknöpfte Bluse brachte ihren schönen Hals voll zur Geltung, aber Buchanan registrierte auch das gutgeschnittene Gesicht und das energische Kinn.
»Sie beschäftigen sich also mit dem gesamten Apparat von INCUBUS«, begann sie, wobei sie sich an Tweed wendete. »In diesem Fall kann ich Ihnen ein paar interessante Tatsachen mitteilen. Die ganze, weltweite Firma wird von Hauser persönlich geleitet. Wenn er von der Bildfläche verschwindet, bricht der Laden zusammen.«
»Was ist mit seinen leitenden Angestellten?« fragte Tweed.
»Laufburschen mit großartigen Titeln.« Sie schürzte die vollen Lippen. »Nehmen wir Adam Carver, Vizepräsident, zuständig für das Bankwesen.

Ohne Hausers Zustimmung kann er nicht einmal eine Würstchenbude kaufen. Er liefert die Fassade und zieht auf die verbindliche Art die Geschäfte durch, die Hauser bereits eingefädelt hat. Und dafür bekommt er 300 000 Dollar im Jahr. Noch etwas über Adam – Hauser hat seinen Spaß daran, einen gebildeten Engländer herumkommandieren zu können. Weshalb? Weil er in Kalifornien aus dem Nichts hervorgegangen ist und nur eine ganz bescheidene Schulbildung hat. Manchmal frage ich mich, wie Adam seine Zeit verbringt, wenn er nicht gerade irgendeine Schlampe verführt.«

Ihr Ton war boshaft, und Tweed fragte sich, ob Carver der Vanderheld vielleicht nicht genug Aufmerksamkeit gewidmet hatte.

»Und was ist mit Frank Galvone?« fragte er.

»Frank!« In ihrer Stimme schwang Verachtung. »Wußten Sie, daß er zum Abschaum auf den Straßen Chicagos gehörte, als Hauser ihn anheuerte?«

»Ja. Beruf: professioneller Taschendieb und Schläger.«

Die Vanderheld schaute überrascht drein. »Sie scheinen ja eine Menge zu wissen. Sie haben nicht zufällig einen Mann in die Firma eingeschleust?«

»Leider nicht«, erwiderte Tweed. »Aber ich habe meine Schularbeiten gemacht. Bitte sprechen Sie weiter – Sie wollten mir von Galvones Hintergrund erzählen, von seiner Arbeit bei INCUBUS.«

»Offiziell ist er Vizepräsident für Strategische Planung. Der Titel ändert sich je nach Hausers Laune. Weitere 300 000 Dollar im Jahr für einen weiteren Laufburschen. Er ist für die Schmutzarbeit zuständig, aber auch er kann ohne Hausers Zustimmung nicht einmal unter die Dusche gehen. Er fliegt fast ständig in der Welt herum. Sandra Riverton hat mir einmal erzählt, daß, als er dem Büro in Norwich einen Besuch abstattete, das große Zittern losging. Er setzt die Leute unter Druck, sorgt dafür, daß sie arbeiten, bis sie nicht mehr wissen, wo ihnen der Kopf steht.«

Buchanan beugte sich vor. »Darf ich auch eine Frage stellen?«

Peggy Vanderheld musterte ihn, bedachte ihn mit einem trägen Lächeln. »Das kommt auf die Frage an, Buster.«

Innerlich seufzte Tweed erleichtert auf. Offensichtlich gefiel ihr die stille, höfliche Art des Chefinspektors.

»Sie erwähnten gerade Sandra Riverton. War sie in Helsinki, als Sie sich mit ihr unterhielten?«

»Nein. Wir sprachen am Telefon miteinander. Sie hatte gerade eine lange Sitzung mit Frank hinter sich und erzählte mir, sie wäre völlig am Ende ihrer Kräfte. Das war in Norwich gewesen. Er hatte sie mit Fragen über ihren Job bombardiert, wie immer der beschaffen sein mochte. Er blieb mehrere Tage in Norwich, aber ich glaube nicht, daß sie ihn noch einmal gesehen hat.«

»Danke. Ich wünschte, ich bekäme immer so präzise Antworten.«

Er lehnte sich zurück und wurde wieder zum stillen Zuhörer. Tweeds Verhörtechnik faszinierte ihn – die Art, wie er sich ihre Wut über die fristlose Kündigung zunutze machte, ohne diese Tatsache auch nur mit einem einzigen Wort zu erwähnen. Er entspannte sich wieder, während Tweed seine nächste Frage stellte.

»In Helsinki erwähnten Sie Bob Newman gegenüber einen Mr. Popescu.«

»Nicolae Popescu ist ein widerwärtiger Typ. Ich habe ihn nur einmal gesehen, vor etlichen Monaten, als er in Helsinki eintraf. Ich kam gerade mit dem Fahrstuhl oben an, die Tür glitt auf, und ich sah ihn. Hauser trat vor ihn, um ihn zu verdecken, und ich drückte auf den Abwärtsknopf, bevor Hauser mich sehen konnte. Ich weiß nicht warum, aber ich hatte das Gefühl, daß ich ihm nicht begegnen sollte.«

Tweed zog einen Umschlag aus der Tasche, holte eine Reihe von Fotos hervor, die er zuvor am Park Crescent auch Buchanan gezeigt hatte. Er reichte sie der Vanderheld, und sie schob ihren Stuhl so weit vor, daß sich ihre Knie fast berührten. Buchanan beobachtete, wie Tweed auf diese Annäherung reagierte. Er zuckte nicht mit der Wimper. Sie sah schnell die Fotos durch. Alle ihre Bewegungen waren sehr gezielt.

»Dieser hier«, sagte sie und gab ihm einen Abzug zurück.

»Sind Sie sicher?«

Tweed hielt das Foto hoch, so daß Buchanan sehen konnte, für welches sie sich entschieden hatte. Das Foto von Ion Manescu.

»Ganz sicher. Ich sagte Ihnen schon, er ist ein widerwärtiger Typ. Ein Mann, der einem Angst einjagen kann, jemand, dem man nicht in einer dunklen Gasse begegnen möchte.« Sie schwieg einen Moment. »Sagen Sie, wenn unser Gespräch beendet ist – werde ich dann auch weiterhin beschützt? Genauer gesagt, wird Mr. Nield in meiner Nähe bleiben, solange Hauser frei herumläuft?«

»Ja«, erklärte Tweed prompt. »Das garantiere ich Ihnen. Wie kommen Sie auf diese Frage?«

Sie griff unter die Tagesdecke auf ihrem Bett und zog einen großen Folienumschlag hervor, der eine grüne Akte enthielt. Sie reichte ihn Tweed.

»Ich habe mich rückversichert, als Hauser mich nach all den Jahren vor die Tür setzte. Dies ist eine Fotokopie der Akte Popescu. Lächerlicher Name, aber der Mann ist alles andere als lächerlich. Als Hauser mir die Akte gab und mir befahl, sie ins Archiv zu bringen, sagte er, Popescu wäre Österrei-

cher! Ich bitte Sie! Österreicher! Ich finde, der Name hört sich eindeutig rumänisch an. In dieser Akte steht, daß er gut Englisch spricht, daß er ein Jahr lang Attaché an irgendeiner Botschaft in London war. Die Nationalität der Botschaft ist unleserlich gemacht. Verstehen Sie jetzt, weshalb ich sicher sein wollte, daß ich auch weiterhin beschützt werde?«
Tweed lächelte, schaute ihr in die dunklen Augen, die seinen Blick unverwandt erwiderten. Fast hypnotisch.
»Sie wollten meiner sicher sein, bevor Sie mir die Akte gaben. Sehr vernünftig.« Trotz der Hitze in dem kleinen Schlafzimmer schaffte er es, seine Stimme ganz beiläufig klingen zu lassen. »Nur so als Theorie. Nehmen wir einmal an, Hauser wäre imstande, einen Mord zu organisieren. Würde er einen Außenseiter anheuern, einen Profikiller?«
»Sie glauben, daß er das getan hat?«
»Im Augenblick ist es nicht mehr als eine Theorie.«
Sie lehnte sich in ihrem Sessel zurück, streifte die Schuhe ab, ergriff beide Armlehnen des Sessels und schlug die Beine übereinander, wobei einer ihrer Füße Tweeds Hose streifte. Er tat, als hätte er es nicht bemerkt. Ihr Gesicht war hart wie Stein geworden.
»Ich beantworte keine Fragen mehr. Das zieht mich zu tief in die Sache hinein. Ich dachte, Robert Newman würde anwesend sein. So jedenfalls habe ich Mr. Nield verstanden.«
»Was ist schiefgelaufen?« fragte Tweed ruhig.
»Sie. Sie sind irgendein Versicherungsmann – falls das stimmen sollte.« Sie warf einen Blick auf Buchanan. »Dort drüben sitzt ein Kriminalbeamter. Und jetzt reden Sie von Mord. Wenn ein Reporter anwesend wäre – ein Außenseiter, der sich durch nichts einschüchtern läßt –, dann würde ich vielleicht reden. Entweder das oder gar nichts.«
»Einen Moment«, sagte Tweed verbindlich. »Wir dachten, daß Sie sich vielleicht bedrängt fühlen würden, wenn wir zu dritt hier aufgekreuzt wären.«
Er ging zur Tür und öffnete sie. Die Vanderheld konnte hören, wie er Nield aufforderte, Bob Newman zu holen. Dann wartete er, bis Newman in einem am Hals offenen Hemd mit aufgekrempelten Ärmeln erschien. Er forderte ihn wortlos zum Eintreten auf.
»Hallo, Peggy«, begrüßte Newman sie lächelnd. Er lehnte sich an eine Wand, verschränkte die Arme und schlug die Knöchel übereinander – ein Bild vollkommener Entspanntheit.
»Geben Sie mir eine Zigarette, Bob«, sagte die Vanderheld. »Zünden Sie sie für mich an.«

Newman tat es, reichte ihr die Zigarette. Sie tat einen langen Zug, blies einen Rauchring.

»Die schmeckt besonders gut.« Sie wendete sich an Tweed. »Wie war noch Ihre Frage?«

»Angenommen, Hauser wollte einen Mord organisieren – oder eine Reihe von Morden – würde er dann einen Außenseiter anheuern, einen Profikiller?«

»Nein. Niemals. Er würde es in der Familie belassen – ein Ausdruck, den er in bezug auf INCUBUS gern gebraucht. Vielleicht einen leitenden Angestellten, vielleicht einen Profi, aber jemanden, der auf seiner Lohnliste steht. Auf diese Weise behält er alles unter Kontrolle – weil er ihnen ein Vermögen zahlt. Auf jeden Fall jemanden, der zur Firma gehört, und zwar von ziemlich oben.«

»Und nun«, mischte sich Newman ins Gespräch, »möchte ich Ihnen noch einmal die Frage stellen, die ich Ihnen schon in Helsinki gestellt habe, bevor wir Sie mit einem Beschützer nach Örno gebracht und Ihnen damit wahrscheinlich das Leben gerettet haben. Denken Sie an Anna Jarva, die arme Frau, die auf dem Waschplatz ermordet wurde, nur weil sie zufällig dieselben Kleider trug wie Sie und mit der gleichen Bahn der Linie 4 fuhr.«

»Welche Frage?«

Ihre ganze Aufmerksamkeit war jetzt auf Newman gerichtet. Ihre vollen roten Lippen waren leicht geöffnet, ließen die Zungenspitze sehen. Mein Gott, dachte Buchanan, dir macht es Spaß, Männer zu erregen, dich zu vergewissern, daß du es nach wie vor kannst.

»Können Sie anhand Ihrer Aufzeichnungen feststellen«, fragte Newman, »wer in der Nacht, in der Ed Riverton ermordet wurde, in Helsinki war? Und wer – sofern es sich um die gleiche Person handelt – in der folgenden Nacht, in der Sandra Riverton in Suffolk ermordet wurde, *nicht* in Helsinki war. Oder befinden sich die Aufzeichnungen, vielleicht Ihr Terminkalender, nach wie vor in dem Schließfach in Helsinki, von dem Sie mir erzählt haben?«

»Dazu brauche ich keine Aufzeichnungen.« Sie lehnte sich zurück, schob die Brüste vor. »Ich habe ein fotografisches Gedächtnis. Nur deshalb hat mich Hauser fünf Jahre lang behalten. Eine Privatsekretärin, die immer erst in einer Akte nachschlagen muß, hätte er nicht geduldet.«

»Ich höre Ihnen immer noch zu«, versicherte ihr Newman.

»Auf Adam Carver trifft das zu. Er war in der Nacht, in der Ed Riverton ermordet wurde, in Helsinki. Am nächsten Tag ist er irgendwohin geflogen. Wohin, weiß ich nicht.«

»Sonst noch jemand?« drängte Newman.

»Frank Galvone. Ich erinnere mich, daß ich Licht in seinem Zimmer sah, als ich das Gebäude verließ. Er sagte, er hätte länger zu arbeiten. Am nächsten Tag ist er abgereist und war achtundvierzig Stunden verschwunden. Sah ziemlich erschöpft aus, als er zurückkam.«

»Und das war's?«

»Nein, das war's nicht. Nicolae Popescu hatte sich auf einem Bett in Etage Fünf hingeflegelt. Seine Tür stand einen Spaltbreit offen – es war eine kalte Nacht, eiskalt. Die Heizung auf dem Flur war voll aufgedreht. Ich konnte einen Blick auf ihn werfen, als ich einige Akten in den Tresor brachte.«

»Und am folgenden Tag?« beharrte Newman.

»Da mußte ich ein paar wichtige Unterlagen zu einem Flugzeug bringen. Am Flughafen von Helsinki sah ich ihn in der Schlange der Leute, die an Bord einer Maschine nach London gehen wollten.«

»Peggy, Ihr Gedächtnis ist phänomenal. Und Sie sind sich dieser Fakten ganz sicher?«

»So ist es, Buster. Um genau das handelt es sich. Um Fakten . . .«

»Damit stehen wir wieder da, wo wir angefangen haben«, sagte Tweed, als sie die Treppe hinuntergingen. »Drei Tatverdächtige.«

»Nicht ganz«, erklärte Newman. »Ich kann es nicht beweisen, aber ich glaube, ich habe herausgefunden, wer der Mörder ist.«

»Und wie haben Sie das geschafft?«

»Ich bin noch nicht ganz sicher und will im Augenblick nicht mehr sagen. Auch ich kann den Geheimnisvollen spielen, Tweed.«

Paula kam ihnen in der Diele entgegen. Während der Fahrt zum Cottage hatte Tweed ihr erklärt, daß sich die Vanderheld durch die Anwesenheit zu vieler Leute bedrängt fühlen könnte. Was nicht der wahre Grund gewesen war: ihm war plötzlich klar geworden, daß die Gegenwart einer weiteren attraktiven Frau durchaus bewirken konnte, daß die Vanderheld nicht mitspielte. Nach seinem Besuch in ihrer Wohnung in Helsinki hatte Newman die Vanderheld als »erotisches Kraftwerk« beschrieben.

»Wie sind Sie mit ihr zurechtgekommen?« fragte Paula aufgeregt.

»So einigermaßen«, erwiderte Tweed. »Mir scheint, Ihnen geht etwas anderes im Kopf herum.« Er unterbrach sich, als Butler aus dem Wohnzimmer herauskam.

»Harry, ich möchte, daß Sie Chefinspektor Buchanan vollständig über das informieren, was Evelyn beinahe zugestoßen wäre. Nehmen Sie ihn mit in den Hintergarten, zeigen Sie ihm den Hund. Und geben Sie ihm die Probe für die Kriminaltechniker.«

Er nickte Buchanan zu, der ihnen langsam die Treppe herunter folgte und sich dabei mit dem Grundriß von Rose Bower vertraut machte. Während Butler ihn in die Küche führte, folgte Tweed Paula ins Wohnzimmer. Evelyn, die ihre Stimmen gehört hatte, füllte Gläser mit Limonensaft.
»Ich bin völlig ausgetrocknet«, gab Tweed zu, nachdem er sich gesetzt hatte. »Danke. Fühlen Sie sich jetzt wieder besser nach Ihrem nervenaufreibenden Erlebnis? Mein Name ist Tweed.«
»Viel besser, Mr. Tweed. Bitte entschuldigen Sie mich einen Augenblick – ich will noch mehr Saft holen. Ich habe gerade Sergeant Warden etwas hinausgebracht.«
»Was ist, Paula?« fragte Tweed, als sie allein waren.
»Ich möchte, daß Sie ihr das Foto von Irina Serow zeigen, das, von dem Sie nicht verraten wollten, wo Sie es herhaben.«
Tweed trank mehr Saft, dachte über ihren Wunsch nach. Das Foto hatte er während seines Aufenthaltes im Hotel Moskwa in Leningrad bekommen. Er war gebeten worden, es vertraulich zu behandeln, weil die Frau einen hohen Rang im KGB bekleidet hatte. Rebet wollte nicht, daß die Tatsache, daß sie sich abgesetzt hatte, publik wurde. Sehr russisch.
»Warum gerade Evelyn?«
»Wir haben uns über die Sache unterhalten, während Sie oben waren. Irgendetwas an der Beschreibung, die sie mir von der vorgeblichen Kosmetikerin lieferte, ließ mich an dieses Foto denken. Sie braucht nicht zu wissen, um wen es sich handelt.«
»Ich werde es mir überlegen. Aber ich kann mir nicht vorstellen, daß Hauser es riskieren würde, jemanden wie sie in dieses Land zu bringen. Und Buchanan darf von diesem Foto nichts wissen. Ich habe darauf geachtet, daß er es nicht zu Gesicht bekommt. Himmel, ich hoffe, Sie irren sich.« Er senkte die Stimme. »Die Vanderheld hat uns erzählt, daß Manescu mehr als einmal in England gewesen ist. Ein unerfreulicher Gedanke.«
Er hörte auf zu sprechen, als Evelyn mit einem Krug voll frischem Limonensaft zurückkam. Er ließ zu, daß sie sein Glas abermals füllte. Das viele Reden in der Hitze des Spätnachmittags machte durstig.
»Miss Holme«, sagte er dann, »ich habe hier ein Foto, von dem ich möchte, daß Sie einen Blick darauf werfen. Vielleicht haben Sie die Frau irgendwann einmal in der Nähe von Walberswick gesehen.«
Paula stand neben Evelyn, während diese das Foto betrachtete. Sie runzelte die Stirn, hielt es ein Stück weiter weg.
»Ich glaube nicht«, sagte sie schließlich. »Aber irgend etwas daran kommt mir bekannt vor.«

»Legen Sie das Foto auf das Tischchen dort drüben«, schlug Tweed vor. »Und dann decken Sie mit den Fingern das dunkle Haar so weit ab, daß Sie nur noch das Gesicht sehen.«
Er trank noch mehr Saft. Sogar in diesem schattigen Wohnzimmer war es heiß. Er sah sich in dem behaglichen, mit chintzbezogenen Möbeln und dazu passenden Vorhängen ausgestatteten Raum um. Im allgemeinen mochte er dieses Material nicht, aber es paßte zu der Balkendecke und dem großen, aus Ziegelsteinen aufgemauerten Kamin.
»Das ist doch nicht zu fassen!» rief Evelyn. »Jetzt bin ich ganz sicher – das ist diese fürchterliche Person, die versucht hat, mich zu vergiften. Es war das blond gefärbte Haar, das mich verwirrt hat – damit sieht sie ganz anders aus. Wer ist diese Frau?«
Tweed war auf die Frage vorbereitet. »Eine Frau, die wegen Beteiligung an Versicherungsbetrug gesucht wird. Dies ist das erstemal, daß sie einen Mordversuch unternommen hat. Sie haben nicht zufällig kürzlich eine Lebensversicherung abgeschlossen?«
»Nein. Aber wie in aller Welt ist sie gerade auf mich verfallen?«
»Vielleicht war an dem, was sie sagte, etwas Wahres. Sie hatte sich verirrt, ist ins falsche Haus gekommen. Und ich wäre Ihnen dankbar, wenn Sie es Peggy Vanderheld gegenüber nicht erwähnen würden. Wir wissen nichts Genaues, und deshalb ist es wichtig, daß sie immer wachsam und auf der Hut ist. Natürlich ist es auch möglich, daß die vorgebliche Kosmetikerin von dieser INCUBUS-Firma *Fraternal & Equality* kam.«
Er wollte, diese Erklärung wäre ihm gleich eingefallen. Die Hitze scheint mein Denkvermögen zu beeinträchtigen, dachte er. Buchanan kam ins Zimmer, gefolgt von Newman.
»Keine Sorge, Miss Holme«, versicherte ihr Buchanan. »Ich habe nicht vor, Ihnen einen Haufen Fragen zu stellen. Nur eine.« Er holte einen großen Knopf aus der Tasche, zeigte ihn ihr. »So weit ich informiert bin, haben Sie eine Zeitlang in Helsinki gearbeitet. Sergeant Warden hat den Müll auf dem Boden des Glockenturms durchsucht, in dem Sandra Riverton ermordet wurde. Dabei hat er diesen Knopf gefunden. Es hängen noch ein paar Fäden daran, und er trägt das Zeichen von DAKS. Ich vermute, daß er von einem sogenannten British Warm abgerissen wurde, während die Riverton um ihr Leben kämpfte. Gibt es in Helsinki jemanden, von dem Sie wissen, daß er einen British Warm trägt? Sie wissen, das ist ein kurzer Mantel von militärischem Schnitt, der viel von Offizieren getragen wird.«
»Hauser hat so einen Mantel. Und war es nicht bitterkalt in der Nacht, in der meine Schwester starb?«

»Das war es«, erklärte Newman tonlos. »Darf ich den Knopf einmal sehen? Danke.«
»Da war noch jemand in Helsinki, der einen British Warm getragen hat«, erinnerte sich Evelyn. »Weshalb ist mir so, als wäre es ein Ausländer gewesen?«
»Verraten Sie es mir«, schlug Buchanan vor.
»Ich kann nicht. Es fällt mir einfach nicht ein.«
»Dieser Knopf ist das einzige greifbare Beweisstück, das wir haben«, bemerkte Buchanan und nahm ihn wieder an sich. »Die Vanderheld habe ich nicht gefragt – sie ist Amerikanerin, und ich weiß nicht recht, was ich von ihr halten soll. Sie hat ein bißchen zu viel geredet. Und wenn Ihnen wieder einfällt, wer außer Hauser einen British Warm besitzt, dann rufen Sie mich bitte unter dieser Nummer an.«
Er gab ihr eine Karte und ging dann durch den Vorgarten hinaus zu seinem Volvo. Tweed trank noch ein Glas Saft, bedankte sich bei Evelyn und wanderte dann gleichfalls hinaus in die Hitze.
»Ich bin beunruhigt«, erklärte er Newman, als sie zwischen den Rosenhekken hindurchgingen. »Nield hat berichtet, daß er Manescu erkannt hat, als er auf seinem Motorrad neben dessen Wagen anhielt. Und nun wissen wir von Evelyn, daß sich auch Irina Serow in dieser Gegend aufhält. Hauser muß etwas ganz Besonderes im Schilde führen.«
Als sie, gefolgt von Buchanan und Warden in ihrem Volvo nach London zurückfuhren, stellte Tweed die Frage, die ihm die ganze Zeit nicht aus dem Kopf gegangen war.
»Sie sagten, Sie wüßten, welcher der drei Verdächtigen, die uns die Vanderheld genannt hat, der Mörder ist. Darf ich fragen, wie Sie darauf gekommen sind? Vorausgesetzt natürlich, daß Sie recht haben.«
»Durch etwas, was Buchanan am Park Crescent sagte, bevor wir nach Finnland abgereist sind. Sie sind doch so stolz auf Ihr gutes Gedächtnis, also lassen Sie einfach diese Unterhaltung in der Erinnerung noch einmal ablaufen.«

Achtundvierzigstes Kapitel

IRA-BOMBE VERFEHLT ZIEL IN SOUTHAMPTON.
Hauser las befriedigt die Schlagzeile in der Spätausgabe des *Evening Standard*, die Galvone auf der Rückfahrt von dieser Stadt in Hampshire gekauft hatte. Dem darunterstehenden Artikel war zu entnehmen, daß die Bombe in einem leerstehenden Laden neben der Privatbank von Street & Braith-

waite gelegt worden war. Man ging davon aus, daß die Bombenleger gehofft hatten, sich den Weg in die Bank freizusprengen und eine große Summe Geldes für die IRA zu beschaffen. Der Reporter war der Ansicht, daß die Bombe zu früh und nicht nahe genug an der Wand der angrenzenden Bank detoniert war.

»Gute Arbeit, Frank«, sagte er und warf die Zeitung auf den Schreibtisch in seinem Arbeitszimmer in Livingstone Manor.

»Und die Direktoren der Bank machen sich jetzt vermutlich vor Angst in die Hosen«, erklärte Frank selbstgefällig.

»Wir sind noch nicht fertig«, fuhr Hauser Galvone an, als dieser das Zimmer verlassen wollte. »Aber zuerst kommen Sie mit hinunter in den Kartenraum ...«

In dem labyrinthartigen Kellergeschoß schloß er eine Tür auf, bedeutete Galvone, ihm zu folgen. Der Raum war leer bis auf eine riesige Wandkarte von Europa und der Sowjetunion. Verschiedene Städte waren mit roten Stecknadeln markiert. Warschau, Budapest, Sofia, Belgrad und Bukarest.

»Das sind die Orte, an denen die nächsten Bomben hochgehen werden. Die Firmen, die ich zu übernehmen gedenke, werden schnell verkaufen wollen, bevor sie in die Luft gesprengt werden. Wir müssen für Chaos sorgen, bevor wir die amerikanische Ordnung einführen können.«

»Warum Belgrad?«

»Sie sollten sich wirklich besser auf dem Laufenden halten, Frank. Jedenfalls dann, wenn Sie für mich von irgendwelchem Nutzen sein wollen.« Er lächelte. »Mit Adam habe ich nie derartige Probleme. Jugoslawien bricht auseinander. Slowenien und Kroatien verlangen nach Unabhängigkeit. Man muß den Topf am Kochen halten.«

Er sprach, als handelte es sich um ein ganz normales Geschäft. Die Tatsache, daß die Bomben an Werktagen um die Mittagszeit detonieren und damit besonders viele Menschenleben kosten würden, war für Hauser lediglich ein Mittel zu dem Zweck, ein möglichst großes Chaos zu verursachen.

»Der andere Job, den Sie zu erledigen haben«, fuhr er fort, »ist die gründliche Überprüfung sämtlicher Sicherheitsvorkehrungen hier in Livingstone Manor. Ich habe das Gefühl, Tweed wird bald wissen, daß ich hier bin. Er ist gefährlich – aber das bin ich auch. Und jetzt an die Arbeit, Frank.«

Wahrscheinlich war es nur gut, daß die Hitze Marler nichts ausmachte. Er war vollauf damit beschäftigt, die nötigen Vorbereitungen für seine Erkundung von Livingstone Manor zu treffen.

Er hatte vor, gegen drei Uhr morgens in das Gebäude einzudringen. Um

diese Zeit hatte die Moral immer ihren tiefsten Stand erreicht, und die Wachen ließen in ihrer Aufmerksamkeit nach. Sehr viel Zeit verbrachte er im East End von London. In einer ziemlich schäbigen Gegend hinter der Old Kent Road war er mit Alfred Higgins verabredet.
Alf Higgins, wie er von seinen Freunden in der Unterwelt genannt wurde, hatte einen kleinen Uhrmacherladen, wo er gerade so viel gesetzlich einwandfreie Arbeit verrichtete, daß die Polizei ihm nichts anhaben konnte. Seine wirklichen Talente lagen in seinen Fähigkeiten im Umgang mit den neuesten Alarmanlagen und Sicherheitseinrichtungen. Außerdem war er ein hervorragender Schlosser – was in der Praxis bedeutete, daß er Schlösser knacken und die Türen zu Häusern und Safes öffnen konnte, die als unüberwindlich galten. Marler hatte sich seiner Fähigkeiten bei illegalen Unternehmungen schon mehrfach bedient und wußte, daß er ein schlüpfriger Kunde war. Außerdem wußte er, daß er sich die gleiche Lektion wie immer anhören mußte.
»Setzen Sie sich auf den Sessel dort, damit Sie's bequem haben, Mr. 'Enderson«, begrüßte Alf seinen Besucher. »Nicht ihr richtiger Name, 'Enderson, da gehe ich jede Wette ein.«
Marler warf einen Blick auf den klapprigen Sessel in dem düsteren Zimmer – düster wegen der verschmutzten Fensterscheiben. Er entschied sich statt dessen für einen hölzernen Schemel, verschränkte die Arme.
»Ich sagte Henderson, und bei Henderson bleibt es. Genau wie beim letzten Mal. Ich möchte, daß Sie in ein Landhaus einbrechen, das schwer gesichert ist. Durch Wachmänner und die neuesten Sicherheitssysteme ...«
»Von wem installiert?«
»Von einer britischen Firma, die ihr Handwerk versteht.«
Alf, der in einem uralten Schaukelstuhl saß, fuhr sich durch seinen Mop aus grauem Haar. Er sollte einmal zum Friseur gehen, dachte Marler – er sieht aus wie ein Landarbeiter. Was allerdings seine Vorteile hatte – schließlich würden sie gemeinsam nach Suffolk fahren. Er war ein kleiner Mann mit mageren Armen und Beinen, und sein Gesicht glich einer Walnuß, braun und schrumpelig. Sein Alter zu schätzen, war unmöglich – zwischen vierzig und sechzig. Das Beste an ihm waren die Hände mit ihren langen, feinfühligen Fingern. Dann kam die Lektion.
»Sie sagten, ›ich möchte, daß Sie einbrechen‹. Sie kennen meine Grundsätze, Mr. 'Enderson. Ich gehe niemals irgendwo hinein. Auf diese Weise komme ich auch nie ›hinein‹, wenn Sie verstehen, was ich meine.« Er bekicherte seinen Witz. »Ich sorge dafür, daß Sie in dieses Haus hineinkommen. Ich leihe Ihnen das Werkzeug, mit dem Sie jedes Schloß aufbekom-

men. Aber ich bleibe draußen, während Sie gegen das Gesetz verstoßen. Ich bin ein gesetzestreuer Mann und denke nicht daran, mich bei einem Einbruch erwischen zu lassen.«

»Einverstanden«, erklärte Marler schroff. »Was für Werkzeug? Ich betone, das Haus ist die reinste Festung.«

»Über die Knete können wir später reden. Eine Festung kostet ein bißchen mehr. Möchten Sie ein Bier? Verdammt heiß heute.«

»Nein, danke«, sagte Marler nach einem Blick auf das schmierige Glas, aus dem Alf trank. »Was für Werkzeug?« wiederholte er seine Frage.

Marler trug einen alten, leichten marineblauen Anzug. Er schaute sich in dem mit Gerümpel angefüllten Zimmer um, das offensichtlich früher einmal eine Bar gewesen war. Hinter seinem Gastgeber befand sich eine schmutzige Theke, auf der Unmengen von alten Uhren standen, die allesamt nicht zu gehen schienen. Weitere Uhren standen und lagen auf Borden hinter der Theke; auch der Fußboden war übersät mit Ersatzteilen und Werkzeugkästen mit aufgeklappten Deckeln. Freien Raum gab es fast überhaupt nicht. Was es der Polizei fast unmöglich machen würde, das Zimmer zu durchsuchen. Eine Arbeit wie das Durchwühlen eines Schuttabladeplatzes.

»Es gibt zwei Arten von Sicherheitsschlössern«, sagte Alf plötzlich. »Diese Sicherheitsfritzen glauben, wenn sie ein Schloß kompliziert machen, dann können sie jedermann draußen halten. Aber genau das Gegenteil trifft zu. Wenn sie statt dessen einen Haufen solider Riegel anbrächten, würden sie ihr dickes Geld wirklich verdienen. Da haben wir das Kombinationsschloß, auf das Sie bei den meisten Wandsafes stoßen. Darauf kommen wir gleich – sehen wir erst einmal, was wir mit den Zylinderschlössern anfangen können.«

Higgins trug eine erstaunlich saubere Leinenjacke mit großen Taschen. Er schob die Hand in die rechte Tasche und zog drei anscheinend ganz gewöhnliche, verschieden große Schlüssel heraus. Nur ihre Farbe war eigentümlich, sie war leicht irisierend. Er deutete mit einem Nicken auf die zur Straße führende Tür.

»Nehmen Sie die und machen Sie die Tür auf. Übrigens sind das nicht die richtigen Schlüssel für diese Tür.«

Marler betrachtete die schwere Holztür. Sie hatte drei Schlösser. Higgins war selbst auf Sicherheit bedacht. Außerdem gab es noch vier große Riegel, die Higgins vorgeschoben hatte, nachdem Marler hereingekommen war. Er nahm die Schlüssel, schaute Higgins an.

»Wie geht es?«

»Was Sie da in der Hand haben, sind Magnetschlüssel. Einer von ihnen öffnet jedes Sicherheitsschloß. Bewegen Sie ihn ganz behutsam, passen Sie auf, was passiert.«

Marler zuckte die Achseln, glitt von seinem Schemel herunter, ging zur Tür. Zuerst schob er die vier Riegel zurück. Dann hielt er einen der drei Schlüssel nach dem anderen an das oberste Schloß, fand einen, der die richtige Größe zu haben schien, führte ihn ein, bewegte ihn anweisungsgemäß ganz behutsam. Er hörte, wie sich das Schloß entriegelte. Er wählte einen Schlüssel für das zweite Schloß aus, verfuhr wie beim erstenmal, hörte wieder, wie sich das Schloß entriegelte. Der gleiche Schlüssel entriegelte auch das unterste Schloß. Er drehte den Türknauf, und die schwere Holztür schwang auf.

»Alle Wetter!« murmelte er.

»Ich schließe lieber wieder ab«, sagte Higgins und verließ seinen Schaukelstuhl.

Er nahm einen Schlüsselbund, verriegelte die Schlösser, schob die Riegel wieder vor. Dann bewegte er sich leichtfüßig an das hintere Ende der Theke, schob einen Stapel Kartons beiseite und brachte einen großen Safe zum Vorschein.

»Da steckt mein ganzes Geld drin. Sie können es haben, wenn Sie das Ding aufkriegen. Das hier könnte helfen.«

Aus der linken Tasche brachte er ein kleines, röhrenförmiges Instrument mit einer verdickten Basis zum Vorschein. Er zeigte Marler das andere Ende. Es war hohl und schien eine Reihe von immer kleiner werdenden Flanschen zu enthalten. Higgins gab es Marler.

»Versuchen Sie Ihr Glück. Setzen Sie das hohle Ende auf das Kombinationsschloß. Gehen Sie auch jetzt ganz behutsam vor, wenn Sie es einpassen. Wenn Sie spüren, daß es greift, drücken Sie auf den Knopf im unteren Ende und warten. Dieser Safe hat das neueste Kombinationsschloß. Die Firma, die es konstruiert hat, garantiert für seine Sicherheit. Blödes Volk ...«

Marler hockte sich nieder, betrachtete kurz das Instrument, dann setzte er das hohle Ende vorsichtig auf das Kombinationsschloß, spürte ein leichtes Ziehen, als es griff. Er drückte auf den Knopf im unteren Ende, verschränkte die Hände, wartete hockend vor dem Safe. Er hörte leise Klickgeräusche. Sehr schnell, eines nach dem anderen. Dann herrschte Stille.

»Los, weiter«, drängte Higgins. »Sie sind, wo Sie nicht sein sollten. Nicht trödeln.«

Marler drehte den Griff der Safetür, zog sie auf und schaute in den Safe. Nichts. Er war leer. Higgins bückte sich neben ihm, verschloß den Safe wieder, drehte das Instrument ein wenig nach rechts, um es zu lösen, ließ es wieder in seine Tasche fallen.

»Diese drei Schlüssel . . .«, begann Marler.

»Magnetisch, wie ich schon sagte. Ziehen die Riegel der Schlösser zurück. Die Sicherheitsfritzen machen ihre Schlösser aus Metall, glauben, das macht sie sicherer. Diese Schlüssel habe ich selbst erfunden und in der Werkstatt eines Freundes hergestellt. Manchmal finde ich, ich sollte sie patentieren lassen.« Er kicherte wieder.

»Und das Kombinations-Dingsbums?«

»Ach, das.« Higgins schaute betrübt drein, trank noch mehr warmes Bier. »Würde Ihnen gern erzählen, daß ich das auch gemacht habe. Wäre eine Lüge. Habe es von einem Yankee in Philadelphia, dem ich einmal einen Gefallen getan habe. Dürfte ziemlich teuer sein, wenn man es kaufen wollte. Wenn man weiß, wo man es bekommen kann. In das untere Ende ist ein winziger Computer eingebaut. Er funktioniert mit einer Batterie. Ich werde eine neue Batterie einsetzen, damit für Sie alles hübsch ordentlich ist. Achthundert Piepen für den ganzen Job«, sagte er schnell.

»Achthundert Pfund! Das soll wohl ein Witz sein.«

»Und ohne mich. Sie müssen selbst mit diesen Dingern arbeiten.«

»Das kann ich. Und das werde ich. Vierhundert Pfund. Und hier drinnen ist es verdammt heiß, also entschließen Sie sich. Ich kann auch woanders hingehen.«

»Reden Sie keinen Blödsinn. Und Schlüssel kriegen wie diese hier? Und das Dingsbums?«

»Fünfhundert. Bar auf die Hand, wie beim letztenmal.«

»Ich mache nur Geschäfte in bar. Das wissen Sie. Die Steuerfritzen können Schecks lesen. Bargeld können sie nicht lesen – nicht, wenn sie es nicht finden. Sechshundert Mäuse. Mein letztes Angebot. Da ist die Tür. Ich schließe sie sogar für Sie auf.«

»Also gut. Sechshundert. Ach ja, und da sind natürlich auch Alarmanlagen. Elektronische. Das weiß ich genau.«

»Darum kümmere ich mich. Alles im Preis eingeschlossen. Weil mir Ihr Gesicht gefällt. Wann?«

»Heute Nacht. Ich hole Sie um halb zwölf ab. In einem blauen Ford Cortina. Lassen Sie mich nicht warten. Hier sind vierhundert in Fünfzigern als Anzahlung. Vergessen Sie nicht, *alle* Werkzeuge mitzubringen. Und nun schließen Sie diese verdammte Tür auf, bevor ich hier drinnen ersticke.«

Marlers Besuch bei Newman in dessen Wohnung in der Beresforde Road in South Kensington lief ganz anders ab, als er erwartet hatte. Newman hörte zu, wie Marler ihn über seinen geplanten Einbruch in Livingstone Manor informierte.

»... und da Sie Hauser dort im Februar besucht haben, hoffe ich, daß Sie mir eine gewisse Vorstellung vom Grundriß des Hauses vermitteln können. Vielleicht können Sie sogar einen Plan von dem Teil zeichnen, den Sie gesehen haben.«

»Ja, das tue ich gern.« Newman griff nach seinem Glas mit Fruchtsaft und lächelte. »Unter der Bedingung, daß ich Sie und diesen Alf Higgins begleiten darf.«

»Das stand eigentlich nicht auf meiner Tagesordnung ...«

»Jetzt steht es darauf. Wenn Sie diesen Plan haben wollen. Und ich habe auch einige der Sicherheitsvorrichtungen bemerkt.« Newmans Verhalten änderte sich, seine Miene wurde finster. »Vergessen Sie nicht, daß meine Freundin Sandy von einem von Hausers Leuten brutal ermordet worden ist. Und nach dem, was Tweed mir von dem Gespräch mit der Vanderheld erzählt hat, bevor ich dazukam, bin ich jetzt überzeugt, daß Hauser den Befehl zu Sandys Hinrichtung gegeben hat. Denn genau das ist es gewesen.«

»Tweed würde sagen, Sie wären persönlich viel zu tief in die Sache verwikkelt, um sich zusammen mit mir auf dieses Unternehmen einlassen zu können.«

»Ich bin bis über beide Ohren in die Sache verwickelt. Entscheiden Sie sich. Ich zeichne den Plan, erzähle Ihnen etwas über die Sicherheitseinrichtungen, rette Ihnen vielleicht das Leben. Wir haben es nicht mit Schmusekätzchen zu tun.«

»Das ist mir klar.«

»Also soll ich den Plan zeichnen?«

»Ja, bitte. Und ich stimme Ihnen zu – für diesen Job sind zwei vielleicht besser als einer. Selbst dann dürfte es noch gefährlich sein.«

Marler trat an das große Fenster im Erker des geräumigen Wohnzimmers. Hinter den Gardinen war die Kirche von St. Mark's zu sehen und die Bäume und der Rasen der die Kirchen umgebenden Anlage. Ein für London sehr ungewöhnlicher Ausblick.

»Hier ist der Plan«, sagte Newman ein paar Minuten später. »Allerdings nur von einem Teil des Erdgeschosses. Hausers Arbeitszimmer scheint an der Rückseite zu liegen – ich sah, wie am Ende eines langen Flurs eine Tür geöffnet wurde. Der wichtigste Raum dürfte Hausers riesiges Wohnzimmer sein. Als ich mich mit ihm unterhielt, fiel mir auf, daß Galvone an der fast

geschlossenen Tür an der inneren Wand lehnte. Hier ...« Er deutete mit seinem Stift auf die Stelle. »Er machte sie leise zu. Ich nehme an, daß sie in den Kellerkomplex hinabführt, von dem uns Monica bei unserem Treffen mit Tweed heute morgen erzählt hat.«
»Ich wollte eigentlich vorher noch zu einer kurzen Erkundungstour nach Livingstone Manor hinausfahren, aber Sie sind dort gewesen. Laufen Wachhunde auf dem Gelände herum?«
»Nein, ich glaube nicht. Sie scheinen sich auf menschliche Wachen zu verlassen. Die Fenster sind verdrahtet, aber an der Haustür konnte ich keinerlei Alarmanlagen entdecken. Sie ist mit drei Schlössern gesichert.«
»Irgendwelche Riegel?«
»Nein, warum?«
»War nur eine Frage. Dieser eisgekühlte Champagner ist eine Wohltat? Lanson? Ihre Lieblingsmarke?«
»Ich finde, er läßt sich trinken. Noch etwas. Ich habe vor, eine Waffe mitzunehmen.«
»Gute Idee«, erklärte Marler. »Ich auch. Aber in diesem Fall nicht das Armalite-Gewehr.« Er schlug das Jackett seines Tropenanzugs auf, ließ den Kolben des in einem Hüftholster steckenden .32 Brownings sehen. Dann zog er das linke Hosenbein hoch und entblößte die umgeschnallte Scheide, aus der der Griff eines Jagdmessers herausragte. Schließlich griff er in die Tasche, holte etwas heraus und schob es über die Finger seiner rechten Hand.
»Ein Schlagring?« fragte Newman. »Sie rechnen mit Nahkämpfen?«
»Wenn wir auf jemanden stoßen, muß er lautlos unschädlich gemacht werden.«
Er zog den Schlagring ab, steckte ihn wieder in die Tasche, hob sein Glas. »Trinken wir auf den Erfolg.«
Aufs Überleben«, korrigierte Newman. »Und darauf, daß wir Beweise in die Hand bekommen, die Franklin D. Hauser vom Sockel stürzen.«
Während sie tranken, stellte Newman fest, daß die normalerweise zwischen ihm und Marler herrschende Feindseligkeit verschwunden war. Für den Augenblick jedenfalls. Vielleicht lag es an der Hitze. Das Telefon läutete. Auf Newmans Nicken hin nahm Marler den Hörer ab. Es war Tweed.
»Geben Sie mir Newman, bitte.«
»Was kann ich für Sie tun?« fragte Newman.
»Was immer Sie vorhaben – Sie sind auf sich allein gestellt. Bitte denken Sie daran. Und seien Sie vorsichtig. Ich bin überzeugt, daß die letzte Krise nahe bevorsteht.«

»Liebesgrüße von Tweed«, scherzte Newman, als er den Hörer aufgelegt hatte. »Und wann genau soll dieser Einbruch stattfinden?«
»Heute nacht um drei Uhr. Auf die Minute, wenn ich bitten darf ...«

»Was führen Sie jetzt im Schilde?« fragte Paula.
Sie trug einen rehbraunen Minirock, eine hellrote Strumpfhose und eine kurzärmelige weiße Bluse und hatte sich auf der Kante ihres Schreibtisches niedergelassen. Die Luft in Tweeds Büro am Park Crescent war heiß und stickig. Er legte den Hörer auf.
»Nur eine Überprüfung. Marler sitzt bei Newman in dessen Wohnung.« Er wendete sich an Monica. »Ziemlich offensichtlich. Newman holt sich mit seinem Berechtigungsschein eine Smith & Wesson aus unserem Arsenal, Marler versorgt sich mit einem .32 Browning. Und sie sind beieinander.« Er warf einen Blick auf Cord Dillon, der auf einem Stuhl in der Ecke saß. »Sie brauchen Beweise gegen Hauser, eindeutige Beweise.«
»So ist es. Etwas, womit ihm das Justizministerium ein für allemal das Handwerk legen kann. Ich hoffe, die beiden Damen hier wissen, daß ich offiziell auf dieser Seite des Großen Teiches nicht vorhanden bin?«
»Beide sind absolut vertrauenswürdig. Ihre Frage war unnötig.«
»Wann ist Ihnen klar geworden, daß Marler etwas vorhat?«
»Gleich, nachdem Monica mir berichtet hatte, daß er heute früh hier war. Daß er alles wissen wollte, was sie über den Kellerkomplex in Livingstone Manor herausgefunden hat.«
»Sie hätten es ihm verbieten können«, warf ihm Paula vor.
»Die beiden können auf sich selbst aufpassen.« Tweeds Stimme wurde hart. »Hauser verstößt gegen ein Gesetz nach dem anderen. Terrorisiert Firmen, die er aufkaufen will. Transportiert Sprengstoff in die Sowjetunion. Einen solchen Mann kann man nicht mit legalen Maßnahmen zur Strecke bringen. Er stellt eine Bedrohung für die halbe Welt dar.«
»Sie scheinen ziemlich aufgebracht zu sein«, bemerkte Paula.
»Sehen Sie sich diese Meldungen an, dann wissen Sie, warum.«
Auf seinem Schreibtisch lagen mehrere Zeitungen. Er tippte mit dem Finger auf die Schlagzeilen.
BOMBENEXPLOSION AUF DEM BALKAN.
AUTOBOMBE TÖTET FÜHRENDEN RUMÄNISCHEN LIBERALEN.
CHAOS IN BULGARIEN.
JUGOSLAWIEN BRICHT AUSEINANDER.
ZWANZIG TOTE BEI BOMBENANSCHLAG AUF KGB-ZENTRALE IN CHARKOW.

»Seit der sowjetische Präsident den Deckel abgehoben hat, ist alle Stabilität zum Teufel«, sagte Tweed. »Europa ist zu einem Hexenkessel geworden.«

Neunundvierzigstes Kapitel

»Evelyn Holme dürfte inzwischen eine steife Leiche sein«, berichtete Irina Serow. »Was ist meine nächste Aufgabe?«
»Sie haben die Zeitungen gesehen.« Hauser deutete mit einer Handbewegung auf die auf dem Tisch in seinem Wohnzimmer in Livingstone Manor liegenden Blätter. »Sie haben gerade eine Sache erledigt, die mir schon seit einiger Zeit Kopfzerbrechen bereitet hat. Ihre nächste Aufgabe? In dem Kessel herumrühren, der in Europa und der Sowjetunion am Überkochen ist. Genauer gesagt, in ein paar Tagen lasse ich Sie nach München bringen. Von dort aus leiten Sie den Angriff auf die Ukraine.«
»Und bis dahin?«
»Bleiben Sie in Ihrer Suite in Deckung.«
Hauser griff nach seinem Schlüsselbund, öffnete die zu den Kellern führende Tür, begleitete Irina nach unten. Nach seiner Rückkehr drückte er auf den Knopf der Gegensprechanlage.
»Frank, ich will Sie in dreißig Sekunden hier sehen.«
Er entfaltete den Zettel, den die Serow ihm gegeben hatte, und auf dem Evelyn Holmes Telefonnummer stand. Sie hatten bereits früher festgestellt, daß sie nicht im Telefonbuch verzeichnet war, doch Irina hatte sich, während sie sich in dem Cottage aufhielt, die Nummer auf dem Apparat gemerkt. Hauser streckte Galvone den Zettel entgegen, als dieser ins Zimmer gestürmt kam.
»Frank, rufen Sie diese Nummer an, verlangen Sie nach Evelyn Holme. Wahrscheinlich wird sich niemand melden. Sie ist tot.«
»Weshalb soll ich dann anrufen?«
»Manchmal haben Sie wirklich ein Brett vor dem Kopf, Frank. Damit wir sicher sind, daß sie tot ist.«
»Und wenn sie es nicht ist und den Hörer abnimmt? Sie wird meine Stimme erkennen. Schließlich hat sie eine Zeitlang in Helsinki gearbeitet.«
»Das weiß ich, so erstaunlich Ihnen das auch vorkommen mag. Und wenn sie den Hörer abnimmt und Sie erkennt, dann schadet das auch nichts. Setzt sie nur noch mehr unter Druck. Und nun rufen Sie eine tote Dame an . . .«
Galvone wählte die Nummer. Es dauerte eine Weile, bis am anderen Ende der Hörer abgenommen wurde.

»Ja, wer ist dort?« fragte eine Frauenstimme.
»Ich möchte mit Evelyn Holme sprechen.«
»Am Apparat. Wer ist dort?«
»Wir wollen Ihnen nichts verkaufen«, sagte Galvone schnell. »Wir stellen eine Untersuchung über den Treibhauseffekt an. Sie wohnen in der Nähe der Küste. Was ist Ihre Ansicht?«
»Zuerst möchte ich wissen, mit wem ich spreche.«
»Ich kann Sie sehr schlecht verstehen. Atmosphärische Störungen. Die Verbindung ist nicht gut. Ich rufe später wieder an ...«
Galvone knallte den Hörer auf die Gabel und warf einen argwöhnischen Blick auf seinen Chef. Hauser war ein Mann, der schlechte Neuigkeiten nicht übermäßig liebte.
»Das war Evelyn Holme, mit der ich gerade gesprochen habe. Ich habe ihre Stimme erkannt. Sie ist ungefähr so tot wie ich ...«
»Vielleicht sogar noch weniger«, fuhr ihn Hauser bösartig an. »Sind Sie ganz sicher?«
»Ja. Ich kenne ihre Stimme.«
»Dann müssen wir zu drastischen Maßnahmen greifen. Ich möchte, daß Sie einen Trupp von vier Männern organisieren – nein, besser sechs –, die in zwei Wagen losfahren und Rose Bower mitten in der Nacht angreifen. Es könnte sein, daß sie beschützt wird. Der Trupp wird mit Waffen ausgerüstet, wie sie die IRA oft benutzt. Kalaschnikows und Tränengaspistolen.« Seine Stimme wurde schneidend. »Fallt über dieses verdammte Cottage her. Nein, Sie fahren nicht mit. Bestimmen Sie einen tüchtigen Mann, der die Sache übernimmt. Wenn er seine Arbeit getan hat, wird die Bude in Brand gesteckt. Sie sollen Benzin mitnehmen. Rose Bower geht in Flammen auf. An die Arbeit, Frank.«
»Wenn wir sechs Leute von hier abziehen, fehlen uns Wachen – und Sie haben mich erst kürzlich angewiesen, die Wachmannschaft zu verdoppeln.«
»Sie tun, was Ihnen gesagt wird!« Hauser reckte Galvone einen Finger entgegen. »Bilden Sie sich etwa ein, ich wollte von Ihnen Argumente hören? Dafür habe ich andere Kretins.«
»Kann ich dann wenigstens veranlassen, daß in der Nacht ein paar Hunde herumlaufen? Ich kenne einen Mann in Norwich, der ...«
»Frank! Ich habe es Ihnen schon Dutzende von Malen erklärt. Setze Hunde ein, und die Wachen verlassen sich auf sie. Alles, was ein Eindringling braucht, ist ein Brocken vergiftetes Fleisch, und dann haben Sie nichts außer *toten* Hunden. Ich will menschliche Hunde, die wach und hungrig bleiben. Weshalb stehen Sie immer noch hier herum?«

Hauser spürte eine innere Unruhe, nachdem Galvone gegangen war. Er fühlte sich auch verfolgt und bedrängt. Warum? Das Problem Holme würde in der Nacht gelöst werden. Er hatte die ehrgeizigste Kampagne seines Lebens gestartet, eine Kampagne mit dem Ziel, die ganze Welt vom Pazifik bis zum Ural unter seine Kontrolle zu bringen, eine Kampagne, die bereits auf vollen Touren lief. Also warum?

Er steckte eine frische Zigarette in die Elfenbeinspitze, zündete sie an und machte sich dann auf den Weg über den Korridor zu seinem Arbeitszimmer, wo wegen der Nachmittagshitze die auf das weitläufige Areal an der Rückfront des Hauses hinausführenden Terrassentüren offenstanden. Er trat auf die breite Terrasse hinaus und stieg die Stufen hinunter, die auf die Rasenfläche führten.

Das Gelände war mit einer Hecke aus Tannen umgeben, und am hinteren Ende des Rasens befand sich ein Hubschrauber-Landeplatz, auf dem eine kleine Sikorsky stand, ständig voll aufgetankt; die Piloten taten rund um die Uhr Dienst.

Bewaffnete Wachmänner folgten der massigen Gestalt in gebührendem Abstand auf den beiden Umgehungspfaden. Hauser erreichte die Sikorsky und ging an Bord, die beiden Wachmänner rannten los, um zu ihm zu gelangen. Einer setzte sich vor ihn, der andere suchte sich einen Platz im hinteren Teil der Maschine. Hauser ließ sich auf dem einzigen Sessel nieder. Der Pilot erschien, um seine Befehle entgegenzunehmen.

»Hank«, wies ihn Hauser an, »fliegen Sie mit diesem Ding über einen Ort namens Walberswick. Ein gottverlassenes Nest an der Küste nördlich von hier. Kreisen Sie dort, bis ich Ihnen sage, daß Sie hierher zurückfliegen sollen.«

»Ja, Sir.«

Hauser war es endlich gelungen, seinen dicken Finger auf das zu legen, was ihn beunruhigte. Es hatte keinerlei Reaktion von Tweed gegeben, nirgendwo. Also was führte der Kerl im Schilde? Der Gedanke an seinen Gegenspieler entwickelte sich zur fixen Idee.

In New Scotland Yard stürmte Sergeant Warden in das Büro von Chefinspektor Buchanan. Er hielt zwei Dokumente in der Hand und schwenkte sie triumphierend.

»Alles in Ordnung, Sir.«

»Was ist in Ordnung? Sie sollten bei dieser Hitze nicht so rennen.« Buchanan lehnte sich in seinem alten Drehsessel zurück, verschränkte die Hände im Schoß und fuhr dann gelassen fort: »Setzen Sie sich, beruhigen Sie sich, dann können Sie berichten.«

»Ich habe die beiden Durchsuchungsbefehle. Einen für Adam Carvers Wohnung in Chelsea, den anderen für Frank Galvones Apartment in diesem Luxusblock in der Nähe vom Regent's Park. Wir könnten sofort hinfahren.«
»Kaum zu beiden Orten gleichzeitig. Sie liegen ein Stückchen auseinander.«
Buchanan öffnete eine Schublade, holte einen Plastikbeutel heraus, entnahm ihm einen großen Knopf mit dem DAKS-Symbol und mehreren schwarzen Fäden, die an der Metallöse an der Unterseite hingen. Er hob ihn ins Licht. »Unser einziger Hinweis auf den Mord an Sandra Riverton. Wenn überhaupt.«
»Ich verstehe nicht, Sir.«
»Sandra Riverton wurde an einem bitterkalten Februarmorgen kurz vor Sonnenaufgang ermordet. Ein Wetter, bei dem der Mörder durchaus einen British Warm getragen haben könnte. Aber dieser Mantel, wenn er überhaupt noch existiert, könnte sich ebensogut in Helsinki befinden.«
»Es gibt nur eine Möglichkeit, das herauszufinden«, erklärte Warden mit ungewöhnlichem Eifer.
»Und dann ist da noch der dritte Verdächtige, den die Vanderheld in Walberswick erwähnte. Ion Manescu.«
»Ein Rumäne. Der hat doch bestimmt nie einen British Warm besessen, Sir.«
Buchanan war belustigt. »Weil er Ausländer ist? Tweed hat mir erzählt, daß Manescu vor etlichen Jahren zur Rumänischen Botschaft in London gehörte. Und was läßt einen Mann englischer aussehen als ein British Warm? Da ist nur ein Haken.«
»Und der wäre?«
»Ich habe mich bei Interpol erkundigt. Dort hat man mir gesagt, Manescu wäre tot.«
»Merkwürdig. Also hat Tweed sich geirrt?«
»Möglich. Aber einer seiner Leute hat Ion Manescu mit kurzgeschnittenem Haar vor ein paar Tagen am Steuer eines Wagens in der Nähe von Livingstone Manor eindeutig identifiziert. Und wie ich Tweed kenne, sind seine Informationen gewöhnlich korrekt. Tun wir, was wir können. Zuerst Adam Carvers Wohnung in Chelsea. Übrigens war es Monica, Tweeds Mitarbeiterin, die mir die Adressen von den beiden Männern beschafft hat.«

In Rose Bower unternahm Butler den fünften Versuch, Tweed telefonisch zu erreichen. Mit großer Erleichterung hörte er Monicas Stimme, identifizierte sich, hörte sie sagen:

»Es ist Butler. Scheint dringend zu sein. Hatte Mühe, zu uns durchzukommen . . .«
»Ich bin froh, Ihre Stimme zu hören, Tweed. Hier hat sich einiges getan. Frank Galvone hat bei Evelyn angerufen – offensichtlich, um sich zu vergewissern, daß sie tot ist. Ich ließ sie den Anruf entgegennehmen und habe am Nebenapparat mitgehört . . .«
Butler gab das Gespräch zwischen Galvone und Evelyn Wort für Wort wieder. Tweed war nicht überrascht, ließ es sich aber nicht anmerken. Sein Verstand arbeitete auf Hochtouren, versuchte die Folgen abzuschätzen.
»Harry, Hauser weiß jetzt, daß Evelyn noch am Leben ist. Rechnen Sie mit einem erheblich gewaltsameren Angriff auf das Cottage. Ich habe bereits bei einem Freund vom Sonderdezernat veranlaßt, daß er einen Kurier losschickt. Er bringt euch zwei Maschinenpistolen mit reichlich Munition. Wenn ihr es für richtig haltet, ein anderes Quartier zu beziehen, dann tut es. Der Kurier bringt euch außerdem ein Mobiltelefon – ihr könnt also von überall her mit mir in Verbindung treten.«
»Danke. Aber das ist noch nicht alles. Ich habe Evelyn gesagt, sie sollte der Vanderheld von Galvones Anruf erzählen. Daraufhin teilte sie mir mit, daß sie noch drei weitere Akten bei sich hat. Eine über Adam Carver, eine über Galvone und eine zweite, noch detailliertere über Manescu. Sie hat sie nicht in der Bank in Helsinki zurückgelassen.«
»Dann geben Sie dem Kurier die Akten mit. Sagen Sie ihm, er soll auf dem Rückweg als erstes zum Park Crescent fahren. Werden Sie Rose Bower verlassen?«
»Darüber muß ich mich erst mit Pete beraten.«
»Die Entscheidung liegt bei Ihnen. Und viel Glück.«
Paula sprang von ihrem Schreibtischstuhl auf. »Mir ist gerade etwas eingefallen, was ich in Skalhamn gesehen habe. Auf dem Achterdeck der *Washington IV* ist ein Hubschrauber-Landeplatz – und darauf stand eine kleine Sikorsky. Ich weiß nicht, ob das wichtig ist.«
»Ich spreche mit Heathcoate, dem Hafenmeister in Harwich.« Er wählte die Nummer, und es dauerte eine Weile, bis er den Hafenmeister an den Apparat bekam.
»Heathcoate? Hier ist Tweed. Entschuldigen Sie, daß ich Sie noch einmal belästigen muß. Dieses Schiff, die *Washington IV* – hatte das zufällig einen Hubschrauber auf dem Achterdeck?«
»Sie scheinen gut informiert zu sein. Ja, es hatte einen, als es anlegte.«
»*Hatte?* Sagten Sie nicht, daß Hauser von einer schwarzen Limousine abgeholt wurde. Habe ich Sie vielleicht mißverstanden?«

»Sie haben mich völlig richtig verstanden. Ich war überrascht, daß er nicht die Sikorsky benutzte. Später sah ich dann, wie Mechaniker daran arbeiteten. Sah aus, als wäre mit der Maschine irgendetwas nicht in Ordnung. Jetzt scheint der Schaden behoben zu sein. Sie ist heute morgen abgeflogen und wurde seither nicht mehr gesehen.«
»Danke.«
»Moment noch. Ich weiß nicht, ob es Sie interessiert, aber ich bin gerade informiert worden, daß die *Washington IV* morgen früh in See stechen soll. Es wurde Proviant an Bord gebracht.«
»Nochmals danke.«
Er teilte Monica und Paula mit, was er gehört hatte. Paula schenkte ihm frischen Tee ein. Er leerte die Tasse auf einen Zug – sein Durst war kaum zu löschen.
»Es sieht aus, als passierte jetzt alles auf einmal«, bemerkte Paula. »Alles gerät in immer raschere Bewegung. Newman und Marler treten in Aktion. Und wie die Dinge in Rose Bower liegen, gefällt mir gar nicht.«
»Ich fürchte, die Krise steht jetzt ganz nahe bevor«, erklärte Tweed ernst.

Fünfzigstes Kapitel

Die Sikorsky kreiste, tief fliegend, über Walberswick und seiner Umgebung. Hauser schaute aus dem Fenster. Die Serow hatte erklärt, sie hätte die Holme umgebracht. Was war schiefgelaufen? Was hatte es mit diesem Ort auf sich?
Es war unmöglich, dieses Cottage, Rose Bower, aus der Luft auszumachen. Die Maschine flog über die Dünen und den Strand, von dem aus Touristen zu ihr hochschauten. Hauser sah den schmalen Kanal, der die Hafeneinfahrt bildete. Ein ganzes Stück weiter landeinwärts hatten ein paar Boote festgemacht; die schmale Einfahrt wurde beiderseits von hölzernen Pfählen begrenzt, an denen keine Boote vertäut waren.
Er nickte unwillkürlich. Wieder einmal mußte er sich selbst um eine Sache kümmern, den schwachen Punkt herausfinden. Gott allein wußte, weshalb ihn weder Carver noch Manescu über den sichersten Weg, sich Rose Bower zu nähern, informiert hatten. Die See war ruhig, kleine Wellen plätscherten gegen die Einfahrt, rollten durch den Kanal, verschmolzen weiter landeinwärts mit der glatten Oberfläche des Hafenbeckens. Er wendete sich an den vorn sitzenden Wachmann.
»Sagen Sie dem Piloten, er soll zu Livingstone Manor zurückfliegen. Und er

soll das benutzen, was er für seinen Kopf hält – erst landeinwärts fliegen, bevor er den Kurs ändert und den Landeplatz ansteuert.«

Sobald die Maschine gelandet war, sprang er heraus und zog den Kopf ein, um dem sich noch langsam drehenden Rotor zu entgehen. Er eilte zurück in sein Arbeitszimmer; Galvone kam ihm entgegen.

»Ich habe alles veranlaßt, Chef, für den Angriff auf Rose Bower . . .«

»Kommen Sie mit herein. Der Plan ist geändert. Nach Walberswick führt nur eine Straße, eine Abzweigung von der Hauptstraße.« Er ließ sich auf seinem Stuhl nieder und fixierte Galvone, der vor ihm stand.

»Das bedeutet, Frank, daß auch nur eine Straße herausführt. Sind Sie zu blöd, um eine Karte zu lesen? Unser Trupp könnte in die Falle geraten. Der einzig mögliche Weg führt über die See. Der Landangriff findet nicht statt. Schicken Sie die Leute nach Harwich, sagen Sie ihnen, sie sollen an Bord der *Washington IV* gehen. Sie nehmen das große Motorboot. Außerdem brauchen sie das Schlauchboot mit dem Außenbordmotor. Sie warten, bis es dunkel ist, dann fahren sie an der Küste entlang nach Walberswick.«

»Könnte schwierig sein, Walberswick im Dunkeln zu finden«, gab Galvone zu bedenken.

»Großer Gott! Muß ich einen Plan aufstellen, in dem jedes winzige Detail enthalten ist? Der Kapitän gibt ihnen eine Karte. Und mit dem Sechs-Mann-Trupp fährt einer der Matrosen, der die Küste kennt. Schließlich bin ich dort oft genug herumgekreuzt.«

»Die Leute sind noch hier.« Galvone sah auf die Uhr. »Ich schicke sie lieber gleich in einem Wagen los, damit sie genügend Zeit haben.«

»In einem Wagen? Einem? Sie sind ein Fall für einen Gehirnchirurgen. Wenn sechs Mann gleichzeitig in Harwich auftauchen und gemeinsam auf das Schiff gehen, kann es sein, daß sie dem Hafenmeister auffallen. Sie sehen nicht gerade aus wie Sonntagsschüler.« Er lächelte, aber es war kein angenehmes Lächeln. »Also fahren sie in einigem Abstand nach Harwich, in drei Wagen, jeweils zwei Mann in einem Wagen. Verstanden?«

»Klingt vernünftig.« Galvone zögerte, bevor er das Zimmer verließ.

»Ihnen geht etwas im Kopf herum. Spucken Sie es aus.«

»All der Sprengstoff – das Semtex –, das hier im Keller liegt. Sollten wir es nicht irgendwohin auslagern?«

»Warum? Kein Mensch käme auf die Idee, es ausgerechnet hier zu suchen. Ich bin hier ein wichtiger Mann. Ich habe Fabriken gebaut, Arbeitsplätze geschaffen. Wir bringen es fort, wenn es irgendwo in Europa gebraucht wird – in Containern für Tiefkühlkost. Die Briten halten Ausschau nach

Drogen und Sprengstoff, die ins Land kommen, nicht nach Zeug, das herausgeht.«
»Das war genial, wie Sie das Zeug auf der *Washington IV* in Privatgepäck versteckt aus Libyen eingeschmuggelt haben.«
Galvone fand, daß es an der Zeit war, Hauser zu schmeicheln. Wieder einmal hatte er die Reaktion seines Chefs falsch eingeschätzt.
»Natürlich war es genial. Eine Idee, auf die Sie niemals gekommen wären. Und das ist der Grund, weshalb ich Milliardär bin und Sie mit 300 000 Dollar im Jahr auskommen müssen. Und jetzt verschwinden Sie und setzen Sie den neuen Plan in die Tat um. Und denken Sie daran – das sind Muskelmänner und deshalb nicht sonderlich gescheit. Erklären Sie ihnen alles ganz genau.«
Als er wieder allein war, wanderte er ruhelos auf und ab. Er hatte Galvone absichtlich nicht verraten, daß die *Washington IV* am nächsten Morgen auslaufen sollte. Inzwischen hätte eigentlich jemand um Livingstone Manor herumschnüffeln, ihn vielleicht sogar aufsuchen müssen. Daß Tweed, wie es den Anschein hatte, überhaupt nichts unternahm, ging ihm allmählich auf die Nerven.

In Newmans Wohnung in der Beresforde Road setzte sich Marler in dem kleinen, an das Wohnzimmer angrenzenden Gästezimmer im Bett auf. Er war gerade aus einem kurzen Schlaf erwacht. Er schwang die Beine auf den Teppich, stand auf, stopfte sich das Hemd wieder in die Hose und machte sich auf den Weg zum Bad, der ihn durchs Wohnzimmer führte.
Newman wanderte mit den Händen in den Hosentaschen im Zimmer umher. Als Marler erschien, schaute er gerade auf die Uhr.
»Sie sollten auch ein Nickerchen machen«, riet Marler.
»Wenn ich tagsüber schlafe, kann ich hinterher nicht mehr klar denken.«
Im Bad wusch sich Marler das Gesicht mit kaltem Wasser und kämmte sich. Als er ins Wohnzimmer zurückkehrte, wanderte Newman noch immer herum. Marler setzte sich rittlings auf einen Stuhl und zündete sich eine Zigarette an.
»Das kommt wahrscheinlich von Ihrer Zeit als Auslandskorrespondent«, bemerkte er. »Immer auf Achse. Sie laufen herum wie ein Panther im Käfig. Entspannen Sie sich.«
»Mir ist nicht nach Entspannen. Wir sollten etwas essen. Ganz in der Nähe ist ein Hotel, wo man eine fast eßbare Mahlzeit bekommen kann. Auf meine Kochkünste sind Sie wahrscheinlich nicht erpicht – und außerdem ist mir nicht danach, bei dieser Hitze Eier zu braten.«

»Und weil ich nicht gern an einer Lebensmittelvergiftung sterben möchte, bin ich einverstanden. Wir gehen essen.«
Marler war sich der Spannung, die in der Luft lag, durchaus bewußt. Newman fragte sich, was sie in Livingstone Manor erwarten mochte.

Chefinspektor Buchanan machte noch einen Umweg, bevor er zu Adam Carvers Wohnung fuhr. Ihm gab die Tatsache zu denken, daß es so schwierig war, Papa Grimwood ausfindig zu machen, den Mann, den der inzwischen verblichene Steve bei seinem Besuch in Evelyn Holmes Wohnung in Wandsworth begleitet hatte.
Er parkte in der von der Shaftesbury Avenue abzweigenden Straße auf einer gelben Linie vor dem Eingang des einzigen Büros, das INCUBUS in London unterhielt. Warden traf seine Feststellung, als Buchanan den Wagen abschloß.
»Wir stehen auf einer gelben Linie.«
»Das ist mir nicht entgangen. Haben Sie einen Vorschlag, wo wir sonst parken könnten? In dieser Straße sind wir niemandem im Wege. Wir wollen sehen, ob wir hier irgendwelche Informationen ausgraben können. Als Sie hier waren, haben sie behauptet, sie hätten noch nie von *Fraternal & Equality* gehört.«
Buchanan zeigte dem ein wenig beschränkt aussehenden Mädchen am Empfang seinen Ausweis. Er redete mit ihr wie mit einer Sechzehnjährigen, aber durchaus höflich.
»Ich möchte den Direktor von *Fraternal & Equality Insurance* sprechen. Wenn Ihnen diese Firma unbekannt ist, möchte ich zu demjenigen, der hier der Chef ist.«
»Das ist Mr. Humble. Er hat erst vor ein paar Wochen hier angefangen. Ich sage ihm, daß Sie hier sind.«
Buchanan folgte ihr zu einer Tür, deren obere Hälfte aus Milchglas bestand. Alles in diesem Haus wirkte altmodisch und abgenutzt. Ein beabsichtigter Effekt?
Das Mädchen klopfte an, und er betrat hinter ihr das Zimmer. Ein Mann mittleren Alters mit einer goldgefaßten Brille, der hinter einem alten Holzschreibtisch saß, blickte verärgert auf und musterte die Eindringlinge.
»So«, erklärte Buchanan dem Mädchen, »von hier ab übernehme ich. Machen Sie bitte die Tür hinter sich zu und kehren Sie an den Empfang zurück.«
»Sie können hier nicht einfach so hereinplatzen.«
Der Mann hatte eine quiekende Stimme, und obwohl er versuchte, sich

entrüstet zu geben, wirkte er nur lächerlich. Buchanan zeigte ihm seinen Ausweis, zog einen klapprigen Stuhl heran, ließ sich vorsichtig darauf nieder. Warden lehnte sich mit dem Notizbuch in der Hand an die Wand.
»Ich verstehe einfach nicht, was Sie hier wollen«, fuhr Humble fort. »Bei uns hat kein Einbruch oder so etwas stattgefunden. Vielleicht sind Sie an der falschen Adresse«, setzte er hoffnungsvoll hinzu.
»In dem Firmenregister in der City befindet sich unter dieser Adresse das eingetragene Büro von *Fraternal & Equality Insurance.* Also müssen Sie diese Firma leiten«, sagte Buchanan. Er formulierte es so, daß es eine eindeutige Feststellung war.
»Das ist nur ein kleiner Teil unseres Betriebes, soweit ich informiert bin. Ich bin neu hier . . .«
»Einer Ihrer wichtigsten Vertreter ist Papa Grimwood. Er zieht mit einem Mann herum, den wir als Steve Reilly identifiziert haben.«
»Beide Namen sind mir völlig unbekannt.«
»Dann haben Sie doch sicher nichts dagegen, wenn wir Ihre Personalakten durchsehen. Natürlich können Sie nein sagen. Doch dann würde ich einen Durchsuchungsbefehl beantragen und Mr. Franklin D. Hauser über mein Vorgehen unterrichten.«
»Ich bin Mr. Hauser noch nie begegnet, und mir wäre es lieber, wenn Sie sich nicht mit ihm in Verbindung setzen würden.« Humble war nervös. »Natürlich können Sie die Personalakten durchsehen. Ein Durchsuchungsbefehl ist unnötig. Ich bin immer bereit, mit der Polizei zusammenzuarbeiten. Aber es würde Sie einige Zeit kosten. Es sind eine ganze Menge Akten.«
Buchanan warf einen Blick auf Warden, der gerade aufgehört hatte, sich Notizen zu machen. Der Sergeant nickte und bestätigte damit, daß er sämtliche Aussagen des Direktors festgehalten hatte.
»Eine Menge Akten«, wiederholte Humble. »Eines der wenigen Dinge, die ich von Mr. Hauser weiß, ist, daß er Computern nicht traut. Er sagt, sie könnten ›angezapft‹ werden – ich glaube, so nennt man das. Sie lagern in einem Hinterzimmer. Bitte, kommen Sie mit . . .«
An der Schwelle des Zimmers tauschten Buchanan und Warden einen fassungslosen Blick. An allen vier Wänden standen hölzerne Regale, die vom Boden bis zur Decke reichten und mit Akten gefüllt waren. Humble entschuldigte sich und ließ sie allein. Buchanan zog das Jackett aus und hängte es über die Lehne eines Stuhles, der einmal bessere Tage gesehen hatte.
»Kommen Sie, Warden. Machen wir uns an die Arbeit. Wenigstens sind die Rücken der Akten beschriftet.«

»Irgendwie merkwürdig, Sir«, sagte Warden, nachdem er dem Beispiel seines Chefs gefolgt war. »Ich dachte immer, INCUBUS wäre eine der modernsten Firmen der Welt.«
»Ist es auch. Dies ist nur ein Aushängeschild, aber nach den paar Aufschriften, die ich bisher gelesen habe, handelt es sich tatsächlich um *Fraternal & Equality*.«
Es dauerte eine Ewigkeit, bis Buchanan die Akte von Leopold Grimwood gefunden hatte. Mit einer Adresse in Pimlico. Warden notierte die Einzelheiten.
»Weshalb ist dieser Grimwood so wichtig?« fragte er.
»Nach allem, was wir gehört haben, ist diese sogenannte Pensionskasse eine Form von Erpressung und Nötigung. Wenn wir Grimwood zum Reden bringen können, bekommen wir möglicherweise Beweismaterial für eine Anklage gegen Hauser. Ich betone das Wort ›möglicherweise‹.«
»Wohin jetzt?« fragte Warden, als Buchanan sich wieder hinter das Lenkrad ihres Wagens gesetzt hatte.
»Zuerst zu Carvers Wohnung in Chelsea. Wann wir in Galvones Apartment am Regent's Park ankommen, wissen die Götter. Und nachdem wir uns all die Mühe gemacht haben – geben Sie über Funk Grimwoods Adresse durch. Ein paar Leute sollen losfahren und ihn zum Verhör heranschleppen.«
Warden wollte gerade nach dem Mikrofon greifen, als die vom Yard übermittelte Botschaft Tweeds durchkam.

Zum fünftenmal stand Paula von ihrem Schreibtisch auf und starrte mit verschränkten Armen durch das Fenster in den Abend hinaus. Tweed blickte von der auf seinem Schreibtisch liegenden Akte auf.
»Sie sind nervös.«
»Ich weiß.« Paula drehte sich um, und Monica beobachtete sie. »Ich kann einfach nicht stillsitzen. Wir können doch sicherlich etwas unternehmen, anstatt hier untätig herumzusitzen.«
»Das geht Ihnen auf die Nerven, nicht wahr?« Tweed lächelte. »Wenn es Ihnen schon so ergeht – was meinen Sie, welche Wirkung das auf Hauser hat? Ich war ihm immer dicht auf den Fersen, seit ich in Finnland ankam. Er wird annehmen, daß ich inzwischen seine Spur bis nach England verfolgt habe. Er ist schlau. Also erwartet er, daß ich etwas unternehme. Statt dessen tut sich überhaupt nichts. Das ist das, was einer unserer Generäle ›meisterliche Inaktivität‹ genannt hat.«
»Ich könnte die Wände hochgehen«, erklärte Paula.

»Hoffen wir, daß Hauser Ihnen da oben Gesellschaft leistet.«
Eine Stunde später erschien der Kurier des Sonderdezernats mit den Akten, die Peggy Vanderheld Butler ausgehändigt hatte. Er entschuldigte sich für die lange Verspätung. Es war Ferienzeit, endlose Staus auf den Straßen. Tweed schlug eine der Akten auf, aber seine Gedanken waren woanders. Er machte sich Sorgen wegen Newman und Marler. Dann faßte er einen plötzlichen Entschluß. Er griff zum Telefon und wählte Buchanans Nummer im Yard. Eine Polizistin meldete sich; ihre Stimme kam Tweed bekannt vor.
»Sergeant Murray-Browne am Apparat. Um was geht es? Und mit wem spreche ich?«
»Mein Name ist Tweed . . .«
»Hallo, Mr. Tweed. Ich war einmal mit Chefinspektor Buchanan bei Ihnen, als Sergeant Warden sich nicht wohl fühlte. Kann ich irgend etwas für Sie tun?«
»Ich muß unbedingt mit dem Chefinspektor sprechen.«
»Der ist leider schon seit Stunden unterwegs. Aber vielleicht kann ich ihn erreichen. Er hat Funk in seinem Wagen.«
»Die Nachricht ist dringend. Er kennt den Chefkonstabler von Suffolk. Er ist neu, und ich kenne ihn nicht. Er möchte mit dem Chefkonstabler Verbindung aufnehmen, ihn bitten, so viele Streifenwagen mit bewaffneten Männern wie möglich in die Nähe von Livingstone Manor zu schicken. Ohne Sirenengeheul. Eine unauffällige Annäherung ist von entscheidender Bedeutung.«
»Ich gebe die Nachricht weiter, sobald ich ihn über Funk erreichen kann. War das alles, Mr. Tweed?«
»Ja, das war alles. Weisen Sie bitte ausdrücklich darauf hin, daß die Männer bewaffnet sein sollten.«
Er wendete seine Aufmerksamkeit wieder den Akten zu und überflog gerade die letzte, als Cord Dillon ins Büro kam. Er ließ sich auf einen Stuhl sinken und nahm den Kaffee, den Monica ihm anbot, dankbar an. Tweed gab ihm die Akten.
»Die sind von der Vanderheld gekommen. Sie hat uns hingehalten. Sie sind interessant, aber ich finde nichts darin, womit wir Hauser vor Gericht bringen könnten, weder hier noch in Amerika.«
»Ich kann Ihnen sagen, daß das fast unmöglich ist, noch bevor ich sie gelesen habe – obwohl ich es natürlich tun werde. Hauser hat so viele Richter in der Tasche, daß ich bezweifle, ob er jemals verurteilt werden wird. Aber ich sehe sie mir an . . .«

Fünf Minuten später läutete das Telefon. Tweed nahm den Hörer ab, wunderte sich, wer um diese Zeit noch anrufen mochte. Es war Marler.
»Ich rufe an, bevor wir von Newmans Wohnung abfahren. Er ist gerade aus dem Zimmer gegangen. Haben Sie Beweise, mit denen Sie Hauser hinter Gitter bringen können – oder hoffen Sie, jemals derartige Beweise zu bekommen?«
»Merkwürdig, daß Sie gerade jetzt danach fragen. Sie müssen ein Hellseher sein. Haben Sie einen Grund für diese Frage?«
»Ich habe immer einen Grund, wenn ich eine Frage stelle. Wollen Sie sie beantworten? Ich habe es eilig.«
»Warten Sie eine halbe Minute.« Tweed wendete sich an Dillon. Er wußte, daß der Amerikaner einen Kurs im Schnellesen absolviert hatte. Er überflog bereits die letzten Seiten der letzten Akte. »Cord, was meinen Sie jetzt, nachdem Sie sich die Akten angesehen haben?«
»Dasselbe wie vorher. Ein oder zwei Sachen fallen auf – aber ein gerissener Anwalt könnte sie in der Luft zerrupfen. Und auf Hausers Gehaltsliste stehen die besten Anwälte der Vereinigten Staaten.«
Tweed holte tief Luft, nahm die Hand von der Sprechmuschel.
»Die Antwort lautet nein.«
»Danke.«
Die Verbindung war unterbrochen. Tweed legte den Hörer auf, stand auf, sah Paula an.
»Ich fahre selbst nach Suffolk. Sie können mitkommen, wenn Sie wollen. Ich möchte nicht zurückkommen und feststellen müssen, daß Sie an dem sprichwörtlichen Kronleuchter schaukeln.«
»Endlich geht's los.«
Paula öffnete eine der unteren Schubladen ihres Schreibtisches, holte ihre Tasche heraus und steckte, vom Schreibtisch gedeckt, ihren Browning mit Reservemagazinen hinein. Als sie sich aufrichtete, sah sie, daß Tweed seine 7,65 Walther Automatik überprüfte. Sie hatte kaum jemals erlebt, daß er eine Waffe bei sich trug. Er steckte sie in die Jackentasche, und Dillon stand gleichfalls auf.
»Ich komme mit euch, Leute. Keine Widerrede. Es tut sich was. Ich rieche es.«
»Werden wir kurz nach Newman und Marler ankommen?« fragte Paula.
»Ausgeschlossen«, erklärte Tweed. »Wenn man bedenkt, wie Newman zu fahren pflegt.«

Einundfünfzigstes Kapitel

Um halb drei in der Nacht saß Hauser in seinem Arbeitszimmer und überprüfte die Klauseln in dem Vertrag für die Übernahme der Bank von Street & Braithwaite in Southampton. Weder Carver noch Galvone waren darüber informiert, daß er vorhatte, um 7.30 Uhr mit der *Washington IV* in See zu stechen. Bestimmungshafen: Boston.

Er vermochte nicht zu sagen, weshalb sein Instinkt ihm riet, Großbritannien zu verlassen. Der Entschluß ärgerte ihn – seine Zentrale in Livingstone Manor war hervorragend ausgerüstet. Aber er hatte nur überlebt, weil er immer seinem Instinkt gefolgt war. Er drückte auf den Knopf der Gegensprechanlage.

»Adam, ich will Sie sehen. In meinem Arbeitszimmer. Sofort.«

Lästig war auch, daß die Terrassentüren jetzt zu und fest verschlossen waren. Im Raum stand eine fast unerträgliche Hitze. Aber da nur so wenige Wachmänner zurückgeblieben waren, empfahl es sich vermutlich nicht, die Türen offenstehen zu lassen.

»Was kann ich für Sie tun, Sir?« fragte Carver, als er vor Hausers Schreibtisch stand.

Ihm fiel auf, daß Hauser frisch rasiert war und sich umgezogen hatte. Vermutlich der Hitze wegen. Hauser schob ihm den Stapel Papiere über den Schreibtisch.

»Machen Sie noch für heute einen Termin mit Street aus. Suchen Sie ihn auf, solange er noch unter dem Schock der IRA-Bombe steht. Und kommen Sie nicht ohne seine Unterschrift auf diesem Vertrag zurück.«

Er musterte Carver. Der Engländer trug einen seiner Seidenanzüge, einen blaßblau karierten. Kein Wunder, daß er bei fast jeder Frau landen konnte. Nun, auf sein Essen mit Evelyn Holme würde er verzichten müssen. Es sei denn, er wollte mit einer Leiche ausgehen.

»Ich ziehe mich ins Wohnzimmer zurück und mache mich damit vertraut, bevor ich mich ein paar Stunden aufs Ohr haue.«

»Gehen Sie nach oben in die Bibliothek. Nicht ins Wohnzimmer. Das brauche ich selbst für eine Konferenz. Und nun verschwinden Sie.«

Eine Konferenz? Um diese Zeit? Carver zuckte die Achseln, während er die breite Treppe zum Obergeschoß emporstieg. Hauser schien überhaupt keinen Schlaf zu brauchen. Das Geheimnis seines Erfolges, dachte Carver, als er die Tür zur Bibliothek hinter sich zumachte, sich in einem Sessel niederließ und begann, den Vertrag zu studieren.

Das Telefon läutete, als Hauser gerade im Begriff war, sein Arbeitszimmer

zu verlassen. Er ließ es mehrmals läuten. Er erwartete keinen Anruf zu dieser nächtlichen Stunde. Schließlich nahm er den Hörer ab.
»Wer ist da?«
»Mr. Franklin D. Hauser, nehme ich an. Hier spricht Robert Newman. Ich hoffe, ich störe Sie nicht in Ihrem Schönheitsschlaf – ich dachte, da ist etwas, das Sie wissen sollten.«
»Sagen Sie Ihren Vers.«
»Ich dachte, Sie würden gern erfahren, daß bei der Untersuchung des kaltblütigen Mordes an Sandra Riverton ein wichtiges Beweisstück aufgetaucht ist. Ein von einem Mantel abgerissener Knopf. Einem Mantel, der bei uns British Warm heißt. Der Knopf trägt das DAKS-Symbol.«
»Sind Sie betrunken? Was soll dieser Blödsinn?«
»Ich habe den Knopf im Stroh auf dem Boden des Glockenturmes gefunden, in dem sie ermordet wurde. Ich habe ihn dort liegen gelassen. Ein Beweisstück, das die Polizei finden wird, sobald es Tag ist. Angenehme Nachtruhe ...«
Die Verbindung wurde unterbrochen, und Hauser fluchte. Mehrere Minuten lang stand er nur da und dachte nach, dann ging er schnell den langen Korridor entlang und ins Wohnzimmer, wo er die ins Untergeschoß führende Tür aufschloß und hinter sich wieder zumachte. Dann eilte er die Treppe hinunter und über die Fliesen des Kellerflurs. Er öffnete die Tür zu Manescus Suite und trat ein. Der Rumäne lag wieder auf der Couch und las eine Zeitung. Als Hauser eintrat, lockerte er gerade seine Krawatte und nahm sie ab. Dann stand er langsam auf, was Hauser erbitterte – er erwartete schnellere Beweise der Ehrerbietung von seinen Handlangern.
»Irgendwelche Probleme?« fragte Manescu.
Während er auf eine Antwort wartete, spielte er mit seiner Krawatte, drehte sie zu einer Schnur zusammen. Sein gebräuntes Kinn war mit dunklen Stoppeln bedeckt.
»Rasieren Sie sich«, fuhr Hauser ihn an. »Das ist Ihr erstes Problem. Ich hatte einen Anruf von Robert Newman, diesem verrückten Reporter. Behauptet, er hätte einen Knopf von etwas, das er British Warm nannte, im Glockenturm gefunden. Sobald es hell ist, machen Sie sich auf und sehen zu, ob Sie irgendeinen gottverdammten Knopf finden können. Und am Nachmittag fliegen Sie nach Belgrad und sorgen dafür, daß der Topf am Kochen bleibt. Ihr Ticket lautet auf den Namen, unter dem Sie gegenwärtig arbeiten.«
Er warf die Mappe der Fluggesellschaft auf den Couchtisch. An der Tür drehte er sich noch einmal um.

»Ich lasse die Tür unverschlossen. Aber wandern Sie nicht im Haus herum.«
Er setzte seinen Weg den Flur entlang fort und schloß die Tür zu Irina Serows Suite auf. Sie war voll angekleidet und saß vor dem Spiegel ihrer Frisierkommode. Als der Amerikaner eintrat, ließ sie ihren Lippenstift fallen und sprang auf.
»Der Plan ist geändert. Sie und Manescu reisen schon heute nachmittag ab. Sie nehmen eine Maschine nach München. Hier ist Ihr Ticket. Sie wissen, was Sie zu tun haben. Setzen Sie die Ukraine in Brand. Diese Tür bleibt unverschlossen. Sie machen sich um elf auf den Weg.«
»Verstanden . . .«
Sie redete ins Leere. Hauser war bereits fort. Er stieg die Treppe hinauf, begab sich an seinen Schreibtisch im Wohnzimmer und schaltete die Gegensprechanlage ein.
»Frank? Kommen Sie sofort zu mir. Adam, haben Sie gehört, was ich sagte? Weshalb sind Sie noch nicht hier?«
Als die beiden Männer eintraten, saß Hauser an seinem Schreibtisch und wischte sich mit einem Taschentuch den Schweiß aus dem bulligen Genick. Wie schaffte Carver es nur, selbst bei dieser Hitze auszusehen wie aus dem Ei gepellt? Aber es war gut, jemanden um sich zu haben, der auf sein Äußeres achtete. Galvone war zwar frisch rasiert, aber im übrigen sah er in Jeans und einem schmuddeligen Hemd ziemlich verboten aus.
»Ich hatte gerade einen Anruf von Newman«, informierte er sie. »Mitten in der Nacht. Der Kerl ist total verrückt – aber ich glaube, er wollte nur bluffen. Behauptet, er hätte auf dem Boden dieses Glockenturms einen Knopf von einem British Warm gefunden und dort liegen gelassen, damit die Polizei ihn am Morgen finden kann. Ein ziemlich kläglicher Nervenkrieg. Aber ich weiß jetzt, daß Tweed wieder da ist. Also was zum Teufel haben er und seine Mörderbande vor?«
Aus Hausers Mund und in Galvones Anwesenheit war das, wie Carver fand, wirklich eine köstliche Bemerkung. Hauser wendete sich an Carver.
»Ist Ihr Jaguar für Ihre Fahrt nach Southampton voll aufgetankt?«
»Bis zum Stehkragen«, versicherte Carver ihm.
»Frank, Sie fliegen nach Helsinki zurück und machen unser Büro dort wieder auf. Tweed wird nie auf den Gedanken kommen, daß wir schon so bald wieder von dort aus operieren. Hier ist Ihr Ticket. Verpassen Sie die Maschine nicht. So, und nun lassen Sie mich allein, alle beide.«
Er holte sich aus dem in die Hausbar eingebauten Kühlschrank einen Krug mit Eiswasser, schenkte sich ein großes Glas ein und leerte es. Dann sah er auf die Uhr. Hatte er sich um alles gekümmert? Nein, da war noch etwas,

das er überprüfen mußte. Er ging den Korridor entlang zu seinem Arbeitszimmer, schloß die Terrassentür auf, nickte dem Wachmann zu und eilte über den Rasen zu dem auf dem Landeplatz stehenden Hubschrauber.
»Ist die Maschine okay?« rief er zu dem Piloten hinauf.
»Okay und startbereit.«
»Das will ich sehen. Heben Sie ab und landen Sie dann wieder.«
Die Rotoren begannen zu wirbeln, der Motor dröhnte, der Hubschrauber erhob sich in die Luft, kreiste über dem Gelände und setzte dann wieder auf dem Landeplatz auf. Der Pilot schob das Fenster zurück und grinste.
»Zufrieden?«
»Grinsen Sie nicht so dämlich. Selbstzufriedenheit kann ich nicht ausstehen. Können Sie mich zur *Washington IV* fliegen?«
»Selbstverständlich, Sir. Habe gerade meinen Dienst angetreten. Dem Wetterbericht nach wird es ein glatter Flug.«
»Das will ich hoffen.«

Vor der Küste von East Anglia ankerte das große Motorboot bei ruhiger See. Der Rudergänger schaute zu, wie sechs bullige Männer das Schlauchboot mit dem Außenborder über Bord hievten, Waffen mit Schalldämpfern und Tränengaspistolen mit Patronen, die ein tödliches Nervengas enthielten, darin verstauten und dann selbst hineinkletterten.
Der Anführer des Trupps hatte eine Karte von Walberswick, auf der Rose Bower mit einem Bleistiftkreuz gekennzeichnet war. Sie würden das Schlauchboot an der Hafeneinfahrt festmachen und dann über die Dünen zu der Straße vordringen, an der Rose Bower lag. Sie würden ihren Job erledigen, das Haus mit den bereits an Bord verstauten Benzinkanistern in Brand setzen, zum Schlauchboot zurückkehren. Er schätzte, daß sie dafür dreißig Minuten brauchen würden. Höchstens.
Der Mann am Heck startete den Außenborder und steuerte das Schlauchboot auf die Hafeneinfahrt zu. Es war eine mondlose Nacht. Auch das würde ihnen zugute kommen, dachte der Anführer des Trupps, als das Schlauchboot über die sanften Wellen glitt und die hölzernen Pfosten näherkamen.

Marler hatte Tweed angelogen, als er bei seinem Anruf behauptet hatte, Newman wäre zugegen, aber im Augenblick nicht greifbar. Newman war zur Old Kent Road gefahren, um Alf Higgins abzuholen. Sobald er zurückgekehrt war, war Marler, beladen mit einer großen Segeltuchtasche mit verstellbarem Riemen, neben Newman eingestiegen. Higgins saß im Fond, die meiste Zeit schweigend und mit ineinander verkrampften Händen.

Sie fuhren bereits durch Suffolk, als Newman im Flüsterton seine Frage stellte. Die nicht abgeblendeten Scheinwerfer warfen ihr Licht auf eine leere, von Hecken gesäumte Straße. Seit einer Stunde war ihnen kein anderes Fahrzeug begegnet.

»Was haben Sie in dieser schweren Tasche?« fragte Newman.

»Ein paar Sächelchen, die Alf mir gegeben hat«, erwiderte Marler, gleichfalls flüsternd. »Und ein bißchen Spielzeug, das ich von dem Sprengstoffkurs mitgebracht habe, den ich in einem hübschen Landhaus in der Nähe von Amersham absolvierte.«

»Haben Sie vor, das Zeug zu benutzen?«

»Keine Ahnung. Das weiß ich erst, wenn wir dort sind und sehen, wie die Dinge liegen. Immer bereit, das ist mein Motto. Daß ich früher einmal bei den Pfadfindern war, haben Sie wohl nicht gewußt?«

»Ich kann mir kaum jemanden vorstellen, der einen miserableren Pfadfinder abgeben würde als Sie ...«

Als sie bis auf eine Meile an Livingstone Manor herangekommen waren, fuhr Newman langsamer. Die Uhr am Armaturenbrett zeigte 2.30 Uhr.

»Wir sind gleich da«, erklärte er Marler.

»Ich weiß. Habe ich es Ihnen nicht erzählt? Nachdem wir aus Finnland zurück waren, bin ich hier herausgefahren und habe mich ein wenig umgesehen. Das war, nachdem Monica mich über die Chiffriergeräte und das ganze andere Zeug informiert hatte, das Hauser hat einbauen lassen.«

»Sie haben sich umgesehen? Wie?«

»Auf die übliche Art und Weise. Ich habe mich im Dunkeln auf das Gelände geschlichen und Hausers Herrenhaus umkreist. Dabei habe ich neun Wachmänner gesehen. Wir müssen also ziemlich vorsichtig sein. Und falls wir auf einen dieser Wachmänner stoßen sollten, überlassen Sie ihn mir. Auf dem Weg zu Ihrer Wohnung habe ich noch kurz in einen netten kleinen Nachtclub hineingeschaut. Eines dieser Lokale, die die sogenannte Aristokratie wegen der dort erhältlichen illegalen Mittelchen besucht.«

»Wovon zum Teufel sprechen Sie?«

»Mit einigem Glück werden Sie es nicht erfahren. Wir sollten den Wagen hier stehenlassen – biegen Sie auf das Feld ein, dort hinter den Bäumen. Wir sind ganz nahe. Holen Sie tief Luft, Newman – es geht los ...«

Butler hatte Evelyn und Peggy ans äußerste Ende des Hintergartens von Rose Bower geführt. Jetzt, da sich ihre Augen an die Dunkelheit gewöhnt hatten, konnten sie sehen, wohin sie ihre Füße setzten. Beide Frauen trugen hochgeschlossene Overalls und wasserdichte, blaßgraue Kapuzen

– Sachen, die Evelyn bei der Gartenarbeit bei feuchter Witterung zu tragen pflegte.
»Sehen Sie zu, ob Sie irgendwelche Schutzkleidung heraussuchen können«, hatte Butler Evelyn früher am Abend aufgefordert. »Und lange Hosen – wenn Sie meinen, daß Sie eine finden, die Peggy paßt . . .«
Butler hob die Hand. Das Auftauchen des tief über Walberswick fliegenden Hubschraubers hatte ihm und Nield verraten, daß sie, noch bevor die Nacht um war, in größte Gefahr geraten konnten.
Butler, der Gärtnerhandschuhe trug, hielt das Brombeergestrüpp am Ende des Gartens auseinander, so daß die beiden Frauen hindurchgehen konnten. Sie standen am Rand eines Feldes, und Butler zeigte ihnen ihr Versteck.
»Da ist ein großer, fast völlig von Gras überwucherter Graben. Ich möchte, daß Sie sich hineinlegen, das Gras über sich ziehen und sich ganz still verhalten. Selbst wenn Sie Leute kommen hören, dürfen Sie keinen Muskel bewegen. Es kann auch sein, daß Sie Schüsse hören. Das werde ich sein. Aber Sie dürfen auf gar keinen Fall neugierig werden und den Kopf herausstrecken, um zu sehen, was passiert.«
Er wartete, bis sich die beiden Frauen in dem breiten Graben ausgestreckt hatten. Dann bückte er sich und zog noch mehr Gras über sie. Es hatte seit Wochen nicht geregnet, und der Graben war knochentrocken. Das einzige Problem war, daß er von Insekten wimmelte, und er hoffte, daß ihre Kleidung sie einigermaßen vor dem Krabbelzeug schützen würde.
»Wo ist Nield?« flüsterte Evelyn.
»Er hält vorn Wache. Ich bleibe in der Nähe. Es kann sein, daß Sie eine ganze Weile hier bleiben müssen. Versuchen Sie, sich zu entspannen.«
»Möchten Sie vielleicht, daß wir hier schlafen?« fragte Evelyn ironisch.
»So ist es«, erklärte Butler. »Angenehme Ruhe.«
Er schlich an der Seite des Gartens die halbe Strecke bis zum Haus zurück. Dann hängte er seine Waffe auf den Rücken und kletterte auf eine alte Eiche, die er zuvor ausgewählt hatte. Dort ließ er sich in der Gabelung zweier dicker Äste nieder. Von hier aus lag der gesamte Hintergarten in seinem Schußfeld. Jeder, der sich hierher wagte, würde seiner Waffe zum Opfer fallen. Er richtete sich aufs Warten ein.

Auch Marler saß hoch oben auf einem Baum, der außerhalb der Umzäunung an einer Ecke des weitläufigen Grundstücks stand. Nachdem er aus dem Mercedes ausgestiegen war, hatte er sich seines Jacketts entledigt und einen Overall von undefinierbarer Farbe angezogen, der optisch mit dem Laub verschmolz. Aus einer der geräumigen Taschen des Overalls hatte er

ein Fernglas herausgeholt, mit dem er jetzt die nähere Umgebung des Hauses absuchte.
Er blieb eine halbe Stunde auf dem Baum sitzen und wunderte sich. In der ganzen Zeit hatte er nur drei Wachmänner gesehen. Sie patrouillierten einzeln um das Haus herum, und das war so groß, daß nur in Abständen von zehn Minuten ein Wachmann in Marlers Blickfeld auftauchte.
Bei seiner früheren Erkundungstour hatte er neun Wachmänner gezählt. Damals waren sie zumeist paarweise aufgetreten – zwei Paare hatten sich dicht am Haus gehalten, während die anderen auf dem Grundstück patrouillierten oder die Grenzen abgingen. Einer von ihnen war unter seinem Baum hindurchgegangen, aber keiner hatte nach oben geschaut.
Wo zum Teufel steckten die anderen sechs Wachmänner? Marler glaubte nicht, daß sie sich alle im Haus befanden. Wenn so viele Leute zur Verfügung standen, war es das einzig Vernünftige, die meisten von ihnen außerhalb des Hauses einzusetzen. *Wenn* sie zur Verfügung standen.
Und noch etwas fiel ihm auf. Auf dem Kiesplatz an der anderen Seite des Hauses standen nur drei Wagen. Ein roter Jaguar. Eine lange schwarze Limousine – offensichtlich Hausers Fahrzeug. Und ein cremefarbener Cadillac. Als er das letzte Mal hier gewesen war, hatte er neun Wagen unterschiedlicher Bauart gesehen. Marlers Geduld kannte keine Grenzen. Um ganz sicher zu gehen, wartete er noch etwas länger.
Newman, der im Mercedes saß, war bei weitem nicht so geduldig. Er hatte alle Fenster geöffnet, trommelte mit den Fingern aufs Lenkrad, schaute alle fünf Minuten auf die Uhr. Vom Rücksitz her meldete sich Higgins zu Wort.
»Solche Dinge brauchen Zeit«, bemerkte er. »Kann man nicht überstürzen. Sonst wird man erwischt. Mr. 'Enderson versteht sein Handwerk.«
»Freut mich, das zu hören«, erklärte Newman schroff.
»Habe einmal einen Mann wie Sie gekannt«, fuhr Higgins unerschüttert fort. »Der hatte einen Job in London. Habe ihm gesagt, daß er es zu verdammt eilig hätte. Erst genau umsehen, habe ich ihm gesagt. Wollte nicht auf mich hören. Wissen Sie, wo er jetzt steckt? Sitzt zehn Jahre in Strangeways ab.«
»Eine sehr tröstliche Vorstellung in diesem Moment.«
»Versuche ja nur, Ihnen zu helfen. Warum steigen Sie nicht aus und gehen ein bißchen herum? Manche Leute werden steif, wenn sie so lange im Auto sitzen.«
Newman beschloß, diesem Rat zu folgen. Er öffnete die Tür, stieg aus, ging langsam zur Straße zurück und lauschte, ob sich irgendwelche Fahrzeuge näherten. Plötzlich tauchte Marler auf; er war völlig lautlos herangekommen.

»Wird Zeit, daß Sie etwas für Ihr Geld tun, alter Junge«, teilte er dem verblüfften Newman mit.

Zweiundfünfzigstes Kapitel

Pete Nield stand vor Rose Bower, mit einem großen Aktenkoffer, den er sich von Evelyn geliehen hatte. Zu dieser nächtlichen Stunde hatte man das Gefühl, die Stille hören zu können. In der Luft hing noch immer die Hitze des voraufgegangenen Tages.

Er schaute zum Cottage zurück, das er bewachen sollte. Es brannte kein Licht, die Haustür war verschlossen und verriegelt. Nield kämpfte mit seinem Instinkt. Er war ihm schon oft gefolgt, und meistens hatte es sich als richtig erwiesen.

Mit dem Aktenkoffer in der Hand verließ er seinen Posten und ging rasch zu der Stelle hinüber, wo der Rand des Ortes an die See grenzte. Als er auf den zu der Wildnis aus Dünen und Gras führenden Pfad einbog, berührte eine frische Brise sein Gesicht. Er ging noch schneller, ließ die im Dunkeln dastehenden Häuser hinter sich.

Dann blieb er plötzlich stehen und dachte nach. Butler verließ sich darauf, daß er ihm zur Seite stand. Die beiden Männer hatten schon in mehr als einer kritischen Situation zusammengearbeitet. Er kam sich vor wie ein Deserteur.

Als er dastand, im Begriff umzukehren, war das einzige Geräusch das leise Rauschen des von der Brise bewegten Grases. Das einzige Geräusch? Er wartete noch einen Augenblick, sicher, daß sein Gehör ihn getäuscht hatte.

Dann hörte er es wieder. Schwaches Motorengeräusch. Von der See her. Ihrem Feind. Seit seiner ersten Erkundung von Walberswick war er überzeugt gewesen, daß die See ihr Feind war. Er verließ den Pfad, durchquerte, so schnell er konnte, das unebene Dünengelände, den tückischen feinen Sand, und stieg auf eine der Dünen, um über die lange Barriere des Kieskamms hinwegblicken zu können.

Er blinzelte, schloß die Augen und machte sie dann schnell wieder auf. Jenseits des Kammes lag die völlig ruhige See, und als das schwache Motorengeräusch erstarb, entdeckte er die Andeutung eines weißen Streifens. Das Kielwasser eines Motorbootes? Oder bildete er sich das alles nur ein? Er warf einen Blick hinter sich. Wenn sie im Auto kamen, vor Rose Bower anhielten und das Cottage stürmten, würde Butler ganz auf sich allein gestellt sein.

Fast wider Willen setzte er seinen Weg über die Dünen fort und spürte immer stärker den Salzgeschmack der Luft. Dann erkletterte er den Kieskamm und hatte freien Blick auf den Strand und die Hafeneinfahrt. Er stand dort, allein mit der Nacht und dem Meer, starrte hinaus, ob irgendwo Positionslichter zu sehen waren. Nichts. Er wartete, warf einen Blick auf das Leuchtzifferblatt seiner Uhr. Um vom Cottage aus diese Stelle zu erreichen, hatte er zehn Minuten gebraucht. Er würde noch drei Minuten warten und dann so schnell wie möglich zurücklaufen.

Dann hörte er, wie ein Motor angeworfen wurde – aber es klang anders als zuvor. Er setzte sich auf den Kieskamm. Doch dann fiel ihm ein, daß er durch ein Nachtglas gesehen werden konnte; er ging hinter der Kuppe in Deckung. Wieder das Aufheulen eines gestarteten Motors, der sofort wieder erstarb. Was zum Teufel ging da draußen vor? Jetzt konnte er deutlich das Tuckern eines Außenborders hören, der sich dem Hafen näherte. Der Führer des Motorbootes hatte nur seinen Motor getestet und wieder abgestellt. Das Tuckern dagegen wurde lauter.

Jetzt konnte er das pfeilförmige Kielwasser des hereinkommenden Bootes deutlich erkennen. Er holte das Nachtglas, das jeder von Tweeds Leuten ständig bei sich trug, aus der Jackentasche und richtete es, ohne seine Deckung zu verlassen, auf die Stelle unmittelbar vor dem Kielwasser. Es war ein großes Schlauchboot mit Außenborder. Sechs Mann an Bord. Alle trugen Matrosenjacken und Schirmmützen und hielten etwas in Händen, das aussah wie automatische Gewehre.

Nield empfand eine Art von Genugtuung. Er hatte richtig vermutet. Die Angreifer kamen von der See her – er hatte immer darauf hingewiesen, daß damit zu rechnen war. Dennoch befand er sich in einem Dilemma. Es war Sommer. Auch Touristen wollten gelegentlich etwas Ungewöhnliches erleben. Mitten in der Nacht auf einer spiegelglatten See herumschippern. Und er wußte immer noch nicht genau, ob sie wirklich automatische Gewehre bei sich hatten.

Das Schlauchboot wurde größer, hielt direkt auf die Hafeneinfahrt zu. Nield knirschte verzweifelt mit den Zähnen. Wie konnte er sicher sein, daß sie nicht nur zwischen den Pfosten hindurchfuhren und nach einer nächtlichen Kreuzfahrt an der Küste entlang zu ihrem weiter landeinwärts gelegenen Liegeplatz zurückkehrten? Doch dann fiel ihm das Motorboot wieder ein. Er richtete sich für jedermann sichtbar auf, legte die Hände als Trichter an den Mund und schrie mit höchster Lautstärke:

»Sofort den Motor abschalten, sonst puste ich euch aus dem Wasser!«

Sobald er seine Warnung herausgeschrien hatte, ließ er sich hinter der Kuppe fallen. Und im gleichen Augenblick kamen von dem Schlauchboot die Kugeln geflogen, ein Geschoßhagel, der bestürzend zielsicher war. Eine

Kugel, von einer Waffe mit Schalldämpfer abgeschossen, zischte an seinem Kopf vorbei, als er hinter seiner dürftigen Brustwehr in Deckung ging. Er hörte, wie weitere Kugeln vor ihm in den Kies prasselten. Ein Kiesel wurde in die Luft geschleudert, landete dicht neben seinem linken Fuß.

Nield holte die Uzi-Maschinenpistole aus dem Aktenkoffer. Die Waffe, von einem Kurier des Sonderdezernats gebracht, hatte ein Magazin mit vierzig Schuß und konnte pro Minute sechshundert Schuß abgeben. Nield hob die Waffe über die Kuppe des Kieskamms, zielte auf den Rumpf des Schlauchbootes, betätigte den Abzug. Ein Geschoßhagel traf das Fahrzeug, oberhalb und unterhalb der Wasserlinie.

Nield schob ein neues Magazin ein, sah, wie sich das Boot nach Steuerbord umlegte, die sechs Männer ins Meer kippte, kenterte und unterging. Er feuerte abermals, zielte über die Köpfe der aufs Land zuschwimmenden Männer hinweg. Sie machten kehrt, begannen, aufs Meer hinauszuschwimmen, offenbar in der Hoffnung, das ferne Motorboot zu erreichen, das Nield gerade noch als kleinen Fleck ausmachen konnte.

Nachdem er ein weiteres Magazin eingelegt hatte, eröffnete er abermals das Feuer, wobei er immer über die Köpfe und die flegelnden Arme hinwegschoß. Er sah, wie zwei Köpfe versanken und nicht wieder auftauchten. Daran waren nicht seine Kugeln schuld – sie mußten schlechte Schwimmer sein.

Er stand auf, um bessere Sicht zu haben. Vier Köpfe jetzt, dann versank ein weiterer auf Nimmerwiedersehen. Nield verstaute die Uzi wieder im Aktenkoffer. Er mußte so schnell wie möglich von hier verschwinden. Er warf einen letzten Blick auf die See. Jetzt waren nur noch zwei Köpfe zu sehen. Nield wendete sich ab, zuckte die Achseln.

Als er auf der Suche nach den beiden Frauen in den Hintergarten von Rose Bower zurückkehrte, sprang Butler von der Eiche herunter.

»Sie sehen ein bißchen mitgenommen aus«, bemerkte er. »War was?«

Dreiundfünfzigstes Kapitel

Marler, Newman und Higgins schlichen dicht an der Vorderseite von Livingstone Manor entlang. Sie waren alle auf den Baum geklettert, auf dem Marler zuvor gesessen hatte, und hinter dem das Grundstück umgebenden Drahtzaun abgesprungen. Dann hatten sie sich vorsichtig dem Gebäude genähert.

Marler hatte freie Bahn signalisiert, nachdem er gesehen hatte, wie ein

Wachmann um die Ecke gebogen war. Sie hatten zehn Minuten, um ins Haus zu kommen, bevor ein weiterer Wachmann auftauchte. Die Fenster, die sie passierten, gehörten zum Wohnzimmer; daran erinnerte sich Newman von seinem Besuch im Februar. Er gab die Information im Flüsterton an seine Begleiter weiter.

»Ich sehe mal nach, ob jemand drin ist«, erklärte Higgins, gleichfalls flüsternd.

Er zog ein Instrument aus seiner Tasche, das wie ein Stethoskop aussah, setzte ein Ende auf eine Fensterscheibe, lauschte an der Hörmuschel am anderen Ende. Newman sah auf die Uhr. Sie waren weit hinter ihrem Zeitplan zurück; es hatte eine Ewigkeit gedauert, bis Marler zum Mercedes zurückgekehrt war. Und jetzt vergeudete Higgins noch mehr Zeit. Er zerrte behutsam an dem Saugnapf, löste ihn von dem Glas.

»Da drin ist niemand.«

»Wie können Sie da so sicher sein?« wollte Newman wissen.

»Reagiert überaus empfindlich, dieses Ding hier. Damit kann man hören, wenn ein Mensch eine Zeitung umblättert. Oder in einem Sessel seine Stellung verändert. Das garantiere ich Ihnen. Da drin ist niemand. Und jetzt machen Sie die Haustür auf«, wies er Marler an. »Aber nicht zu heftig . . .«

Newman fluchte innerlich. Bevor sie den Mercedes verließen, hatte es eine Auseinandersetzung gegeben. Higgins hatte auf der Haustür bestanden, weil nie jemand damit rechnete, daß durch sie eingebrochen werden könnte. Jetzt untersuchte er die massive Holzplatte und ihre Kanten mit Hilfe einer Stablampe.

»Keine Alarmanlage. Also los.«

Marler betrachtete die drei Schlösser, wählte einen Schlüssel für das unterste aus, schob ihn behutsam ein, lauschte mit zur Seite geneigtem Kopf. Er hörte, wie die Riegel zurückglitten. Die anderen beiden Schlösser waren schneller offen, als er zu hoffen gewagt hatte. Higgins reichte Newman ein kleines Instrument, das einer Taschenlampe ähnelte.

»Das ist das Ding, von dem ich Ihnen im Wagen erzählt habe«, flüsterte er. »Entdeckt elektronische Sperren. Wenn Sie es einschalten, ist der Strahl für zehn Sekunden tot – und kein Alarm wird ausgelöst.«

»Und Sie kommen mit, und . . .« begann Marler.

Es war bereits zu spät. Higgins war an den mit Gardinen verhängten Fenstern vorbeigesprintet und zog sich im Laufen das Jackett aus. Wahrscheinlich, um es als Polster zu benutzen, wenn er den Drahtzaun überkletterte und wieder auf den Baum stieg.

»Ich übernehme«, sagte Newman. »Ich kenne den Grundriß.«

Er hielt seine Smith & Wesson in der herabhängenden rechten Hand und hoffte zu Gott, daß er keine Veranlassung haben würde, sie abzufeuern. Ihre lautlose Verwendung als stumpfer Gegenstand war etwas anderes. Er drehte langsam den Türgriff, schob die Tür auf. Sie war gut geölt und gab keinerlei Geräusch von sich. Der Spalt wurde breiter, und er hatte freien Blick auf die große Halle, die nach oben führende Treppe, den langen, zu einem anderen Zimmer an der Rückfront führenden Korridor, dessen Tür offenstand. Drinnen brannte Licht.

Er sah wieder auf die Uhr. Neun Minuten. Sehr bald würde ein Wachmann an der Vorderfront auftauchen. Er bedeutete Marler mit einer Kopfbewegung, ihm zu folgen, und machte einen großen Schritt über den Fußabstreifer – für den Fall, daß eine Kontaktmatte darunter lag. Er zog die Tür ganz behutsam hinter sich zu, während Marler dicht an die Wand gedrückt dastand; seine Rechte lag an seiner Hüfte, in der Linken verbarg er eine kleine Dose. Beide Männer trugen Schuhe mit Gummisohlen. Newman durchquerte die Halle, schaute in das Wohnzimmer. Higgins hatte recht gehabt – es war leer.

Er ließ die Tür offen und trat ein. In diesem Zimmer gab es keine Elektronensperren – das wußte er von seinem früheren Besuch. Er deutete auf die Tür an der hinteren Wand. Marler betrachtete das Schloß, versuchte es mit einem der Schlüssel. Ohne Ergebnis. Er wählte einen anderen Schlüssel aus, hantierte damit, konnte abermals nichts hören. Der dritte Schlüssel war zu groß. Newman griff an ihm vorbei, drehte langsam den Griff, schob. Die Tür ging auf, und vor ihnen lag eine in das Kellergeschoß hinabführende Treppe.

»Lassen Sie mich schnell einmal unten nachsehen«, flüsterte Marler.

Newman wartete im Schatten am oberen Ende der Treppe, während Marler hinunterschlich. Die »Lampe« vor sich haltend, folgte er dem gefliesten Flur, wobei er mehrere im Dunkeln liegende Nischen und Abzweigungen passierte.

Der Wachmann kam aus einem der vor Marler liegenden Zimmer, blieb wie angewurzelt stehen, starrte den Eindringling an. Marler ließ die »Lampe« in die Tasche gleiten. Der Mann war ein Riese, mindestens einsachtzig groß, von massigem Körperbau, Anfang Dreißig, mit kurzgeschnittenem Haar. Ehemaliger Marineinfanterist, dachte Marler.

Der Wachmann, der zu seiner Hose nur ein Unterhemd trug, grinste, als er auf den kleinen, schlanken Marler herunterschaute. Ein Kinderspiel, schien er zu denken. Er trat vor, die riesigen Hände zu Fäusten geballt, eine Waffe im Holster an der linken Hüfte. Er rechnete damit, daß Marler zurückwich.

Marler sprang auf ihn zu, seine rechte Hand mit dem Schlagring fuhr hoch, knallte gegen den massigen Kiefer. Der Wachmann taumelte, ließ benommen den Kopf sinken, und Marler sprang zur Seite, ließ die Handkante seiner Linken auf eine Seite seines Halses niedersausen. Der Wachmann kippte nach vorn, sein Kinn knallte auf die Fliesen. Er lag still.
Newman eilte herbei. Marler fühlte den Puls des Wachmanns. Er schaute auf.
»Mausetot. Umgekippt, als stürzte das Empire State Building ein. Helfen Sie mir, ihn in einen Nebenflur zu ziehen.«
Nachdem sie den Wachmann im Dunkeln versteckt hatten, griff Marler in die Tasche. Er brachte ein Päckchen zum Vorschein, steckte es dem Wachmann in die Hosentasche.
»Was ist das?« fragte Newman.
»Crack. Ich habe etliche Päckchen dieser schmutzigen Droge in einem Nachtclub gekauft. Wenn er gefunden wird, solange wir noch hier unten sind, wird man annehmen, er wäre süchtig gewesen, hätte eine Überdosis genommen und sich auf den Fliesen den Kiefer zerschmettert.«
»Sehen wir zu, ob es hier etwas zu finden gibt«, sagte Newman.
Sie waren ein Stück weiter den Korridor entlanggegangen, als sie hörten, wie hinter ihnen eine Tür geöffnet wurde. Marler folgte Newman in die Dunkelheit einer Abzweigung. Stimmen. Füße, die sich langsam entfernten. Newman lugte heraus. Eine Frau und ein Mann. Gesichter, die im Gespräch einander zugewandt waren. Er hatte ihre Fotos genau betrachtet. Irina Serow und Ion Manescu.
»Wie schaffen sie es bloß, das Haus so sauber zu halten?« fragte Manescu.
»Dienstboten, die von draußen kommen. Einheimische. Aber sie sind nur tagsüber hier. Hauser will nicht, daß sie hier wohnen . . .«
Sie stiegen die Treppe hinauf. Newman und Marler hörten, wie die Tür geöffnet und wieder geschlossen wurde. Jetzt begriff Newman, weshalb sie nicht verschlossen gewesen war. Aus irgendeinem Grund hatte man den beiden Terroristen – Saboteuren, um Tweeds Ausdruck zu gebrauchen – Gelegenheit gegeben, sich frei zu bewegen.
Ungefähr in der Mitte des langen Korridors entdeckten sie einen Strahl. In der »Lampe« flackerte ein rotes Licht auf. Marler schaltete sie ein, und sie passierten die in Knöchelhöhe in die Wand eingelassenen elektronischen Augen. Unmittelbar dahinter stießen sie auf eine verschlossene Tür.
Marler gelang es erst mit dem dritten Schlüssel, ihr Schloß zu öffnen. Sie betraten einen Raum mit gewölbter Decke. An zwei Wänden waren vertraut aussehende Kisten mit dem Aufdruck »Gefrierfisch« gestapelt. Marler

öffnete eine der Kisten, starrte auf die teigartige graue Substanz. Newman hob einen weiteren Deckel an. Noch mehr von dem Zeug.
»Semtex«, sagte Marler. »Bevor wir losfuhren, habe ich mit Tweed telefoniert. Er sagte mir, niemand könnte Hauser zur Rechenschaft ziehen.« Er ließ seine Tasche von der Schulter gleiten, löste den Riemen, stellte sie auf den Boden, öffnete sie. »Sie gehen hinaus, verstecken sich in dem Gang gegenüber, halten mir den Rücken frei.«
»Was haben Sie vor?«
»Los, wir haben nicht viel Zeit.«
Newman ging hinaus, schloß die Tür, glitt in den dunklen Gang, wartete. Ihm war, als müßte er eine Ewigkeit warten; immer wieder schaute er auf das Leuchtzifferblatt seiner Uhr. Er hörte, wie Manescu und die Serow zurückkamen. Die Serow redete, ihre Stimme klang erstaunlich weiblich und verführerisch.
»Dieser Spaziergang im Freien war eine Wohltat. Und jetzt müssen wir schlafen. Wir fliegen morgen nachmittag ab, und ich möchte ausgeruht in München ankommen. Von dort aus muß ich wahrscheinlich bis in die Nacht über Funk meine Anweisungen erteilen.«
Newman hörte, wie erst eine und dann noch eine Tür geschlossen wurde. Sie hatten offensichtlich getrennte Zimmer.
Er sah wieder auf die Uhr. Womit zum Teufel hielt Marler sich so lange auf? Newman war entschlossen, bei Tagesanbruch weit von Livingstone Manor entfernt zu sein.
Die Tür öffnete sich, und Marler kam zum Vorschein, die Tasche jetzt wieder auf dem Rücken. Er wartete, bis Newman ihm ein Zeichen gab, machte dann die Tür hinter sich zu und versuchte, sie mit dem gleichen Schlüssel wieder abzuschließen, aber es gelang ihm nicht. Er hatte vergessen, sich von Alf Higgins zeigen zu lassen, wie das ging. Er ließ den Blick über den Korridor schweifen.
»Die Tür dort ist offen«, flüsterte er.
»Wir müssen verschwinden ...«
»Hineinschauen dauert nur einen Augenblick.«
Marler stieß die Tür weiter auf, sah, daß niemand drinnen war, betrat den Raum. Newman folgte ihm, und beide starrten auf die riesige Karte von Europa und der Sowjetunion, auf der rote Stecknadeln zahlreiche Städte markierten.
»Großer Gott!« sagte Newman. »Das sind die Orte, an denen in letzter Zeit Bomben hochgegangen sind. Sie lesen doch Zeitung.«
»Manchmal. Wie ich sehe, ist da eine Nadel für Charkow. Dort ist neulich die Zentrale des KGB in die Luft gegangen. Mindestens zwanzig Tote.«

»Hauser ist ein Monster«, bemerkte Newman. »Er schreckt vor nichts zurück. Ein Chaos anrichten und dann auf der Bildfläche erscheinen, um die Ruinen wieder aufzubauen – auf die amerikanische Art.« Er musterte Marler. »Was ist das für ein Ding, das Sie da in der Hand halten? Sieht aus wie ein Mobiltelefon.«

»Und es hat sogar eine Wähltastatur. Ein Produkt unserer schlauen Freunde im Keller am Park Crescent.« Er zog eine Antenne aus. »Sie verstehen ihr Handwerk. Dieses Ding hier ist ein Funkgerät, mit dem man eine Bombe zur Explosion bringen kann. Und in dem Keller nebenan lagert eine Menge Sprengstoff. Ich gebe den entsprechenden Code ein – in diesem Fall 142 –, und das Funksignal zündet die Bombe.«

»Und das haben Sie alles bewerkstelligt, als Sie in diesem Keller waren?«

»Nicht ganz. Es war eine gewisse Vorarbeit erforderlich, und das Produkt dieser Vorarbeit hatte ich in der Tasche. Offensichtlich haben Sie das Semtex vergessen, das ich mir auf dem Lastwagen von Porvoo und dann in dem Institut in Lappland angeeignet habe. Aber wir sollten jetzt Abschied nehmen vom Luxuswohnsitz eines Milliardärs, wie die Grundstücksmakler es beschreiben würden.«

»Ja, und zwar schnellstens. Wozu ist das Funkgerät da?«

»Eine reine Vorsichtsmaßnahme. Für den Fall, daß wir auf dem Weg hinaus auf irgendwelchen Widerstand stoßen sollten. Wenn ich den Leuten erkläre, wie die Dinge liegen, werden sie uns mit Freuden vom Grundstück herunterbegleiten.«

»Also los. Verschwinden wir.«

Tweed jagte mit dem neuen Volvo-Kombi, den Howard genehmigt hatte, über die kurvenreiche Straße. Neben ihm saß Paula und klammerte sich an den Haltegriff; Cord Dillon saß im Fond und kaute auf einer unangezündeten Zigarre.

»Ich glaube, wir sind Livingstone Manor jetzt ziemlich nahe«, sagte Paula. »Ich habe die Kurve wiedererkannt, um die Sie dieses Flugzeug gerade herumgesteuert haben.«

»Ich mache mir Sorgen«, brauste Tweed auf, ohne die Geschwindigkeit zu verringern. »Bisher haben wir noch keine einzige Polizeistreife gesehen. Sie sollten inzwischen längst hier sein.«

»Vielleicht haben sie sich versteckt«, meinte sie. »Obwohl bei Ihrer Fahrweise bestimmt eine aufgetaucht wäre und Sie angehalten hätte.«

»Gott weiß, was für Risiken Newman und Marler eingehen – und Hauser ist völlig skrupellos. Sie haben recht, wir sind ziemlich nahe dran. Ich biege hier ein und stelle den Wagen hinter den Bäumen ab.«

Paula richtete sich auf. Tweed hatte den Motor abgeschaltet.
»Sehen Sie, da steht Bobs Mercedes . . .«
Sie sprang heraus, lief zu dem geparkten Wagen. Auf dem Rücksitz regte sich jemand, öffnete die Tür, stieg aus, hob grüßend die Hand.
»Guten Morgen, Madam. George Budge, zu Ihren Diensten«, sagte Alfred Higgins. »Habe gerade ein Nickerchen gemacht. Empfiehlt sich nicht, nachts zu fahren, wenn man müde ist. Aber Ihr Fahrer scheint ja recht munter zu sein . . .«

Einige Meilen hinter Tweed überschritt auch Chefinspektor Buchanan das Tempolimit. Warden, der neben ihm saß, kam es vor, als nähmen sie gefährliche Kurven auf zwei Rädern.
»Irgendwann werden wir schon ankommen, Sir«, meinte er.
»*Irgendwann* kann zu spät sein. Es hat mich zu viel Zeit gekostet, aus Monica, Tweeds Assistentin, herauszubekommen, wo sich Newman ihrer Meinung nach aufhält. Ihm geht es darum, an dem Mörder seiner Freundin Rache zu nehmen. Und ich glaube, er weiß, wer dieser Mörder ist.«
»Sie glauben es?«
»Ich glaube es nicht nur, ich bin mir dessen ganz sicher. Und Monica war es auch. Es ist dieser verdammte Mantelknopf.«
»Nun, Sie sind es, der den Wagen fährt.«
»Ihre Beobachtungsgabe ist wirklich verblüffend«, erwiderte Buchanan und gab noch mehr Gas.

Vierundfünfzigstes Kapitel

Marler und Newman hatten Livingstone Manor fast hinter sich gebracht, als ihr Glück sie verließ. Marler war auf einen Baum am Rande des Grundstücks geklettert und wieder abgesprungen. Newman folgte ihm und erklomm gerade den Stamm von Ast zu Ast, als er Gewehrfeuer hörte. Er schaute zurück. Einer der Wachmänner war aufgetaucht, hatte offenbar die Bewegung im Laub wahrgenommen, vielleicht auch festgestellt, daß die Haustür unverschlossen war.
Kugeln prasselten in das Gezweig, und Newman versuchte verzweifelt, sich schneller zu bewegen. Ein Schauer von Blättern rieselte ihm übers Gesicht. Das war knapp gewesen. Er ergriff den überhängenden Ast, riskierte einen letzten Blick zurück. Ein zweiter Wachmann hob sein Gewehr an die

Schulter. Als er sich fallen ließ, peitschte ein Geschoßhagel in die Baumkrone.
»Über die Straße«, rief Marler, als Newman neben ihm landete. »Das Gelände steigt an. Dort stehen Bäume. Wenn wir die erreichen, können wir sie wegputzen, sobald sie das offene Gelände überqueren.«
Sie spurteten über die deckungslose Straße in ein Weizenfeld und dann den Hang hinauf; Marler lief wie ein Langstreckenläufer, dichtauf gefolgt von Newman. Sie erreichten die Baumgruppe, Marler blickte auf, entschied sich für eine besonders große Kastanie und kletterte mit der Tasche auf dem Rücken so behende wie ein Affe hinauf.
Während Newman seinem Beispiel folgte, hörte er, wie in Livingstone Manor ein Wagen angelassen wurde. Er kam näher, entfernte sich dann wieder von ihnen. Newman hörte, wie sich das Motorengeräusch änderte; anscheinend fuhr er auf einem Kurs, der parallel zu dem verlief, den sie auf ihrem Weg den Abhang hinauf eingeschlagen hatten. Er hielt inne, versuchte, den Wagen zu entdecken, aber das Laub nahm ihm die Sicht. Der Motor erstarb, als er Marler folgte, der in eine geradezu unglaubliche Höhe emporgestiegen war.
Er erreichte Marler, der rittlings auf einem Ast saß, von dem aus er das ganze Gelände und das Dach von Livingstone Manor ungehindert überblicken konnte. Er hielt ein Fernglas vor die Augen. Newman setzte sich neben ihn auf den gleichen dicken Ast, lehnte sich an den Baumstamm.
»Hauser will abhauen«, erklärte Marler. »Er hat einen kleinen Hubschrauber, eine Sikorsky, glaube ich, am Rand des Grundstücks. Er geht gerade an Bord.«
»Er wird davonkommen. Die Großen erwischt man nie.«
Er beugte sich vor. Wie aus dem Nichts waren Streifenwagen aufgetaucht. Einer von ihnen näherte sich dem offenstehenden Gittertor, durch das gerade ein Wachmann herausrannte. Er hob sein automatisches Gewehr, zerschoß die Windschutzscheibe. Die Tür an der anderen Seite des Streifenwagens ging auf, ein Polizist sprang heraus, ging hinter der Kühlerhaube in Deckung, gab zwei Schüsse ab. Der Wachmann wurde gegen einen der steinernen Torpfosten geschleudert, lehnte einen Moment dagegen, dann sackte er zusammen. Andere Polizisten sprangen aus ihren Wagen, als ein weiterer Wachmann auftauchte und seine Waffe hob. Ein Schuß fiel, der Wachmann ließ seine Waffe fallen, stürzte zu Boden.
Der Schußwechsel war vorbei, und jetzt hörten sie ein anderes Geräusch, das Schwirren der Rotoren des Hubschraubers. Die Maschine erhob sich langsam vom Boden, verhielt einen Moment, schwenkte dann nach Süden

in Richtung Harwich. In diesem Augenblick bemerkte Newman, daß Marler sein Funkgerät in der Hand hielt. Der Hubschrauber befand sich gerade über Livingstone Manor, als Marler die Ziffern eingab. *142*.
Newman hatte kurz zuvor auf die Uhr geschaut. Es war fünf Uhr. Die Dämmerung konnte jede Minute einsetzen. Jetzt herrschte das, was man die »falsche Dämmerung« nannte. Der Hubschrauber hing noch über Livingstone Manor, als die Welt explodierte. Ein ungeheuerliches Getöse mordete den letzten Rest der Stille, in der zuvor nur das stetige Knattern des Hubschraubers zu hören gewesen war. Das Haus brach auseinander, gewaltige Brocken Mauerwerk wurden emporgeschleudert.
Dann erreichte die Druckwelle den Hubschrauber, der plötzlich auf der Stelle zu verharren schien. Eine Flammensäule schoß empor, hüllte die Maschine ein. Newman sah, wie sie in die zertrümmerten Überreste des Gebäudes stürzte, von dem nur noch zwei Mauern standen. Ihm war, als sähe er, wie Hausers Hubschrauber aufprallte, eine Sekunde, bevor eine der Mauern einstürzte und ihn unter sich begrub. Dann kam der Rauch und hüllte das Trümmerfeld ein.
»Dieses kleine Ding hat eine Reichweite von mehr als zwei Meilen, hat man mir erzählt«, bemerkte Marler. Er schaute dahin, wo das Haus gestanden hatte. »Es war ohnehin nur ein zweitklassiges Beispiel georgianischer Architektur.«
Newman befand sich bereits auf dem Abstieg, so schnell, daß er etliche Zweige abriß. Marler sah ihm verwundert nach.
»Wo wollen Sie hin?«
»Ich bin verabredet. Mit einem Mörder.«

Fünfundfünfzigstes Kapitel

Es mußte enden, wie es angefangen hatte. Am selben Ort. Im Glockenturm. Seit mehreren Tagen war Newman überzeugt gewesen, daß es so kommen würde. Er war darauf vorbereitet, daß es so sein würde, wie es im Februar gewesen war.
Im Osten dämmerte es, Streifen aus Dunkelblau und Gold zogen sich über den Himmel. Es würde wieder ein heißer Tag werden. Er wanderte den Pfad hinauf, blieb wie gebannt stehen. Neben dem Glockenturm stand ein roter Jaguar. Genau wie Sandys Jaguar dagestanden hatte, ein leuchtender Farbfleck, als er an einem bitterkalten Februarmorgen den gleichen Pfad heraufgekommen war.

Er schüttelte sich wie ein Mann, der aus einem Alptraum erwacht. Müde, schmutzig, mit zerrissener Kleidung und Händen, die bluteten, wo er sie sich an Zweigen aufgerissen hatte, holte er tief Luft, ging rascher auf den Glockenturm zu.

Es war genauso wie damals, aber es war auch anders. Damals war es Winter gewesen, jetzt war Hochsommer, ein Sommer, den Sandy genossen hätte. Er bewegte die schmerzenden Finger, als er die Kuppe der letzten Anhöhe erreicht hatte, in den Glockenturm hineinsehen konnte. Er trat auf das Grasbankett, bewegte sich lautlos.

In dem Glockenturm lag ein Mann auf den Knien, wendete Newman den Rücken zu, wühlte im Stroh herum, suchte etwas. Newman hatte sich dem Glockenturm bis auf zwei Meter genähert, als der Mann einen Blick über die Schulter warf und aufsprang.

»Was war das für eine fürchterliche Explosion?« fragte Adam Carver.

»Sie haben Ihren hübschen Seidenanzug schmutzig gemacht«, sagte Newman mit eiskalter Stimme. »Ist es vielleicht das, wonach Sie suchen?«

Er zeigte ihm den Knopf, den er von seinem eigenen British Warm abgerissen hatte, einen Knopf mit dem DAKS-Symbol. Carver schwenkte in einer Geste des Nichtverstehens die Hände.

»Wovon reden Sie? Weshalb sollte ich mich für einen Knopf interessieren?«

»Weil Sandy diesen Knopf von Ihrem Mantel abgerissen hat, als sie um ihr Leben kämpfte, bevor Sie sie wie eine gemeine Verbrecherin an diesem Balken da oben erhängten. Da oben, Carver. Über Ihrem Kopf.«

Instinktiv schaute Carver hoch. Newman bewegte sich vorwärts. Carver suchte nach einem Fluchtweg, schaute durch eines der Rundbogenfenster, sah den Wagen, der den Pfad heraufrumpelte. Er drehte sich um, ergriff die Holme der Leiter, kletterte hinauf. Newman versuchte, seinen Knöchel zu packen, verfehlte ihn, begann selbst, die schwankende Leiter zu ersteigen. Er schaute auf, sah Carvers Fuß, der auf seinen Kopf zielte, duckte sich gerade noch rechtzeitig. Carver kletterte weiter, erreichte die hölzerne Plattform dicht bei dem Hängebalken. Er hatte es so eilig, daß er im Stroh auf der Plattform ausglitt und der Länge nach hinstürzte.

Newman trat auf die Plattform, als Carver wieder aufsprang und sich ihm entgegenstellte. Newman zeigte ihm ein zweitesmal den Knopf. Ein paar Sekunden lang standen beide Männer ganz still da.

»Sie sind Hausers gekaufter Mörder«, erklärte Newman. »Sie haben Ed Riverton erwürgt und in den Nordhafen geworfen, damit er von dem Eisbrecher zermalmt würde. Dann sind Sie in die nächste Maschine nach London gestiegen und hierher gefahren, nachdem Sie sich mit Sandy für den frühen Morgen verabredet hatten. Wollen Sie wissen, wie ich schließlich darauf gekommen bin, daß Sie es waren – und nicht Galvone oder Manescu?«

»Also gut, Schlaumeier«, höhnte Carver. »Wie sind Sie darauf gekommen?«

»Weil«, sagte Newman, ohne sich seine Trauer anmerken zu lassen, »es jemand gewesen sein muß, der gut aussieht, jemand, dem sie vertraute. Damit schieden Galvone und Manescu aus. Sie können mit Frauen umgehen, Sie Laus. Unter diesem hübschen Seidenanzug steckt der letzte Dreck.«

»Eifersüchtig, wie?«

Während er das sagte, bückte sich Carver schnell, packte eine Handvoll Stroh, warf es Newman in die Augen. Newman blinzelte, und Carver stürzte sich auf ihn. Instinktiv schlang Newman beide Arme um Carvers Körper, um sich zu retten. Mit ihrem Kampf beschäftigt, merkten beide Männer nicht, daß der herankommende Wagen den Glockenturm erreicht hatte. Buchanan hatte einen auf dem Rücksitz liegenden British Warm ergriffen und traf gerade noch rechtzeitig im Glockenturm ein, um den Wortwechsel mitzuhören. Carvers Geständnis. Jetzt schaute er zu den beiden Männern hinauf und rief Newman zu:

»Wir haben Carvers Mantel, an dem der Knopf fehlt. Das Labor hat bestätigt, daß der Knopf von diesem Mantel stammt. Das reicht zur Verurteilung ...«

Hilflos mußte er zusehen, wie oben auf der schwankenden Plattform der Kampf weiterging. Carver hakte einen Fuß hinter Newmans Knöchel, um ihn zu Fall zu bringen. Newman ließ nicht locker, bekam seine rechte Hand frei, hieb sie mit aller Kraft unter das Kinn seines Gegners. Carver taumelte, gewann das Gleichgewicht zurück, merkte nicht, daß er am Rande der Plattform stand. Newman rammte ihm das Knie in die Lenden. Carver stöhnte vor Schmerz, lockerte seinen Griff, ballte die rechte Faust, um sie in Newmans Kehle zu schmettern. Seine Füße rutschten über den Rand. Seine rechte Hand packte Newmans Kehle. Als Newman darauf reagierte, indem er seinen Arm ergriff, stürzte er von der Plattform.

Er hätte Newman fast mit sich gerissen. Newman stemmte die Beine ein, um dem Zug standzuhalten und hielt nach wie vor Carver am rechten Arm. Er konnte von Carvers Körper nur Kopf und Schultern sehen. Newman blickte in die entsetzten Augen des Mörders.

Der Seidenärmel begann, an der Schulter zu reißen. Noch hielt Newman Carvers rechten Arm fest, aber er spürte, wie ihm der Stoff langsam durch

die Hand glitt. Seine Augen waren kalt und fast ausdruckslos, als er beobachtete, wie die Ärmelnaht Stich um Stich aufriß. Einen Augenblick lang sah es so aus, als könnte es ihm gelingen, den in der Luft hängenden Mann auf die Plattform zurückzuziehen. Dann trennte sich der Ärmel von seinem Besitzer. Carver stieß einen schrillen Schrei aus, als er abstürzte. Sein Körper beschrieb in der Luft einen halben Purzelbaum, dann ging er wie ein Turmspringer mit dem Kopf voran in die Tiefe. Buchanan hörte das grauenhafte Geräusch von Schädelknochen, die auf den Steinfußboden des Glockenturms schmetterten. Carver lag reglos da, wie eine zerfetzte Lumpenpuppe.
Mit dem Ärmel in der Hand stand Newman langsam auf. Unter Aufbietung seiner ganzen Willenskraft zwang er sich, die schwankende Leiter Sprosse um Sprosse hinabzusteigen. Unten angekommen, stand er ganz still da, warf keinen Blick auf den Leichnam. Er starrte auf den roten Jaguar, das Ebenbild von Sandys Wagen.
»Ich fahre Sie zurück zu Ihrem Wagen, wo Tweed auf Sie wartet. Lassen Sie sich von Tweed heimfahren.«
»Ich kann selbst fahren . . .»
»Aber Sie werden es nicht tun. Das ist ein Befehl. Und ich bin sicher, daß Tweed es nicht zulassen wird. Dies ist Carvers Mantel. Wir haben ihn in seiner Wohnung in Chelsea gefunden. Ein Knopf fehlt. Merkwürdig, daß er nie daran gedacht hat, wie belastend ein fehlender Knopf sein kann.«
»Merkwürdig«, pflichtete Newman ihm bei und ließ sich zu Buchanans Wagen führen.
Er war so benommen, daß er keine Ahnung hatte, wovon Buchanan sprach.

Nachspiel

»Ich bin gekommen, um mich zu verabschieden.«

Cord Dillon streckte Tweed in seinem Büro am Park Crescent die Hand entgegen. Tweed zögerte einen Moment, zuckte die Achseln, ergriff lustlos die dargebotene Hand.

»Sie haben es erraten?« fragte Dillon.

»Was erraten?«

»Weshalb wir Hauser aus dem Weg haben wollten. Seinen ganzen Apparat vernichten. Was jetzt, wo er tot ist, geschehen wird.«

»Weiter.«

»Die Infrastruktur der Sowjetunion ist dem Zusammenbruch nahe. Die Eisenbahnen zerfallen, weil nichts zu ihrer Erhaltung getan wird. Das Telefonnetz ist kaum noch funktionsfähig - viele Anlagen stammen noch aus der Zeit vor dem Ende des Ersten Weltkriegs. Versuchen Sie einmal, von Moskau nach Leningrad zu telefonieren - das kann Sie einen ganzen Tag kosten. Oder Sie lassen es lieber.«

»Und?«

»Die Untergrundbahn, einst der Stolz der Moskauer, zerfällt gleichfalls. Sie brauchen nur einen der Bahnsteige zu betreten, dann können Sie sehen, wie das Wasser durch Risse in den Wänden sickert. Muß ich noch mehr sagen?«

»Das ganze Land bricht zusammen?«

»So ist es. Hauser hatte vor, den Leuten erst eine Todesangst einzujagen und dann aus der Sowjetunion ein neues Amerika zu machen. Glauben Sie etwa, das wollten wir? Nach siebzig Jahren Kommunismus? Die Sowjetunion wird von der Landkarte verschwinden. Sie wird zu einem Land der Dritten Welt.«

»Und das paßt Ihnen?«

»Ich kann Ihnen gar nicht sagen, wie sehr uns das paßt. Jetzt ist es einerlei, wer an die Macht kommt. Es spielt keine Rolle mehr. Hauser war im Begriff, all das zu ruinieren. Jetzt können wir uns zurücklehnen und zusehen, wie es passiert. Sie haben es gewußt?«

»Ich habe es vermutet. Weil Sie die ganze Zeit, die Sie hier verbrachten, kaum mehr waren als ein Beobachter. Sie haben sich nicht sonderlich angestrengt, uns zu helfen. Müssen Sie nicht zusehen, daß Sie Ihre Maschine erreichen?«

»Ja, das muß ich wohl.« Dillon wendete den Kopf. »Auf Wiedersehen, Paula.«

»Auf Wiedersehen«, sagte sie.

»Ist das eine gute Idee?« fragte sie, als sie allein waren.

»Es war keine gute Idee, Hauser an die Macht kommen zu lassen«, erwiderte Tweed.

»Ich meine, die Sowjetunion zusammenbrechen zu lassen«, beharrte sie. »Wenn das passiert, dann stehen wir vor noch viel schwierigeren Problemen.«